当代中国古代文学研究文库

丛书主编 傅璇琮 黄霖 罗剑波

一孔斋论学集

陈伯海 著

复旦大学出版社

"当代中国古代文学研究文库"总序

中国古代的文学源远流长、光辉灿烂,从远古朴实的民谣、奇幻的神话,到《诗经》、楚辞、汉赋、唐诗、宋词、唐宋古文、元曲、明清小说……花团锦簇,美不胜收。它以无数天才的作家、优美的作品、多变的文体、鲜活的形象、生动的故事、独特的风格与鲜明的民族特点,充分地表现了中华儿女的传统美德、人生理想、聪明才智、崇高精神,以及审美情趣与艺术才能。它们是中华民族五千年传统文化珍贵的结晶,也是全世界文学之林中耀眼的瑰宝。

有文学,就有欣赏,就有批评,就有研究。早在先秦时代,对文学的批评就随处可见,如《左传》中写到季札在鲁国观乐,对《诗》中的众多作品一一作了点评。后来逐步产生了一批理论批评与研究专著,如刘勰的《文心雕龙》、锺嵘的《诗品》、严羽的《沧浪诗话》、刘熙载的《艺概》等,为中国古代文学的研究树立了典范。到20世纪初,在中西融合、古今通变的潮流中,中国古代文学研究的思维模式与书写方式都发生了明显的变化,截至1949年,已陆续产生了一批现代形态的中国古代文学研究成果。新中国建立以后,历史翻开了新的一页,近七十年来,特别是从上世纪 80 年代以来,当代的中国古代文学研究尽管有时也不免遇到这样或那样的干扰与曲折,但总体而言,不论是文献的整理或考辨,还是理论的概括与分析;不论是纵向或横向的宏观综论,还是对作家或作品的具体探索;不论是沿用传统的方法作研究,还是借用了外来的新论来阐释,都取得了可喜成绩,其人才之多、论著之富与质量之高都是前所未有、举世瞩目的。

这批当代的中国古代文学研究成果也是一笔宝贵的财富,特别是一些名家的代表性论著,本身也有学习与传承、总结与研究的重要价值。为此,在复旦大学出版社的倡议与支持下,我们陆续邀请了一批当代在世的研究中国古代文学有实绩、有影响的名家,由他们自选其有代表性的专论结成一集,每集字数在 30 万字左右。第一辑选有十位学者,年龄不等,照顾到各自研究对象的不同方面。以后将还陆续推出,计划本文库的总量在 50 本左右。

我们相信,本文库的每一集文字都曾经为学术史的推进铺下过坚实的一砖一石,都曾经如一股强劲的东风吹开过读者的心扉,拨动过大家的心弦。如今重温他们精到的论断、深邃的思考、严密的逻辑、优美的文字,乃至其治学的风范、人格的魅力,都可以为后来者提供学习与承传的典范,也为总结与研究新中国古代文学研究的辉煌历史铺路开道。我们这样重视中国古代文学的研究,希望能推动学界进一步深入地去研究中国古代文学的历史渊源、发展脉络、基本走向,搞清楚中国古代文学的独特创造、价值理念、鲜明特色,增强文化自信和民族自信,并积极地去发掘与阐发古代文学的当代价值,从中汲取优秀的思想精华、道德精髓和美学情趣,使之成为涵养社会主义核心价值观的重要源泉,为实现中国梦起到积极的作用。

最后,不能不说的是,正当我们这套丛书的第一辑即将付梓问世之时,傅璇琮先生于 2016 年 1 月 23 日突然病逝。在这套丛书的筹划与出版的全过程中,曾得到了病中的傅先生的悉心指导与全力帮助。他的逝世,是学界的重大损失,也直接影响了这套丛书的后续工作。我们将沿着既定的思路,编辑与出版好这套丛书,以作为对傅先生永远的纪念。

目　录

"历史与现实的对话"——自选集小序 ……………………………… 1

第一辑　古代文论的现代观照 ……………………………… 1

"变则通,通则久"
　　——论中国古代文论的现代转换 ……………………… 3
一个生命论诗学范例的解读
　　——中国诗学精神探源 ………………………………… 13
释"诗言志"
　　——兼论中国诗学的"开山的纲领" …………………… 31
唐人"诗境"说考释 ………………………………………… 51
生命体验的审美超越
　　——《人间词话》"出入"说索解 ……………………… 74
从古代文论到中国文论
　　——21世纪古文论研究的断想 ………………………… 92

第二辑　唐诗意象艺术谭 ·· 97

　　为"意象"正名 ·· 99
　　唐前诗歌意象艺术的流变 ······································ 118
　　唐诗与意象艺术的成熟 ··· 137
　　"诗到元和体变新"
　　　　——古典诗歌艺术转型之枢纽谈 ······················· 167
　　"温李新声"与词体艺术先导
　　　　——唐诗意象艺术转型之另面观 ······················· 201
　　从唐诗学到唐诗学史 ·· 225
　　唐诗学建设的一点回顾与思考 ································ 243

第三辑　文学史与文学史学 ·· 249

　　宏观的世界与宏观的研究 ······································ 251
　　论中国文学的民族性格 ··· 254
　　中国文学史之鸟瞰 ··· 280
　　自传统至现代
　　　　——近四百年中国文学思潮变迁论 ····················· 305
　　寻求宏观与微观的会通 ··· 337
　　《中国文学史学史》编写导言 ·································· 343
　　文学史的哲学思考 ··· 366
　　《文学史与文学史学》编后记 ·································· 375

陈伯海著作成果一览 ··· 381

"历史与现实的对话"
——自选集小序

  录入这本集子里的文字,选自个人历年来在中国古典文学研究领域内发表过的论文和书稿,按古文论、唐诗学和文学史学的不同类别列为三辑。因受篇幅的限制,我没有打算从多方面来展示自己的"业绩",而是尝试在每一辑里突出一个主题,如古文论研讨中的现代观照与阐释问题、唐诗演进中的意象艺术流变问题以及文学史的宏观研究和文学史学建构问题。它们作为我从事研究工作时经常关注的重心,自应在这本自选集里占据特殊的位置。而说到底,这三方面的问题又都围绕着一个大题目,即如何把握学术传统推陈出新的关系,或者说,怎样通过开发、激活历史资源以创建民族新文化与新学术理念的问题,这也便是我个人毕生在学术活动中进行思想探索的归结点所在了。

  众所周知,学术的生命在于创新,缺乏创新意识,停留于陈陈相因,就不会有学术的进步。但创新不能没有凭借,新的学术理念要从既有的成果中提炼出来,传统资源的开发和利用自是必不可少的;而且传统愈是厚实,可供选择与利用的资源愈加丰富,创新的空间便愈有拓开的余地,这也应该是不言而喻的。吊诡的是,中国现代学术文化的发展,在相当一段时间之内恰恰选择了反向的行程。我们本有三千年以上(从《诗经》算起)的古文明积淀,加以晚清以后一百多年间大力引进的外来思想文化和自身社会现代化进程中的新的创获,总合起来构成一笔巨大的财富,用于开发、创新该当是绰绰有余的。可是我们所采取的策略,却是先以西方文明冲击民族固有的传统,再用苏联"先进文化"打压西方"资产阶级文化",而后又在"反修防修"的名义下抵制苏俄文化,更通过"史无前例"的"大革命",将自身百年行程中积累的新文学(包括革命文学)的传统也一笔勾销掉,于是只剩下"两结合""三突出"几句空洞的口号以供树立"样板",实质上是将文学创新活动关进了逼仄难行的死胡同里,其失败是不难预期的。幸好在上世纪末尾的二十年间,我们迎来了改革开放的浪潮,不仅世界各国的新思潮得以大量接触,自身固有的民族传统也得到重视和发扬,研习传统的风气彬彬大盛,学术昌明便有了指望。

　　不过话说回来,重视传统并不等于万事皆备。创新固不离乎承传,而承传的最终取向仍在于创新。如果只是将传统尊奉起来,收拾辑补,清理打扫,加意守望而不使坠失,虽有意义,却还是达不到推陈出新的要求。当然,各种辑补清理的工作都是必要的,它能帮助我们更正确也更全面地把握传统,因亦成为开发和利用好传统资源的前提。但"清点"的目的毕竟在于"盘活",只有"盘活"了既有的资产,才有可能源源不绝地孳生出新的财富,即新的学术理念与方法、新的研究课题与内容乃至新的学科生长点与部门结构,一句话,也便是我所着意追求的学术创新了。中华民族要在新的世纪里建立起能体现时代精神而又具有自身民族特色的新文化新学术,脱离开发与活用自己的传统资源,使之与当代社会及外来文明相结合的道路,是万万行不通的。

　　然则,究当如何来开发和利用好传统资源呢?以个人的体会而言,这几条原则或许是需要认真考虑的。

　　其一是研究者本人须立足于当代,也就是说,他要以当代人的眼光来打量传统,从发展当代学术的需求来采择传统中与之相切合的成分,在精心提炼的基础之上使之凸显出来,便于进入当代学术构建的视野。这样做,恰是为历史与现实的对话打开了门户,而这一对话与交流的态势,必将导致传统中孕育着的现代因子脱颖而出,传统向现代的推移转化始有了可能。我自己在古文论研讨中重视其现代阐释问题,在唐诗学建设上落脚于诗歌意象艺术的解析,乃至文学史考察中倡扬宏观意识和文学史学的建构,实在都涵有一份当代人的情怀,是尝试以当代人的身份来拥抱历史。这些尝试自是不成熟的,做的时候还要严防坠入庸俗实用化的陷阱,但我坚执地相信,回顾历史正是为了面向现实(包括开启未来),所以当代的立足点是万万不能丢失的。

其次,从当代意识出发来把握传统,要致力于激活传统,让其中尚或蕴有生命力的成分充分显露并活跃起来,于是历史与现实相联系与相转化的渠道得以敞通,传统有可能进入当代,在古今中外互补互动的作用下生发出新的意义来,这也就是传统的推陈出新了。对这个问题的理论阐说,在列入本书开篇的《"变则通,通则久"——论中国古代文论的现代转换》一文中有简要提挈,而紧接下来探讨中国诗学精神的综论和有关"诗言志"、唐人"诗境"说以及《人间词话》"出入"说等个案解剖中,也都贯彻了同样的思路,成败得失如何,切望得到同行专家和关心这类问题的广大人士的批评指正。其实"现代转换"亦非古文论研究领域特有的课题,放大开来看,整个中国思想、文化、学术、文艺的古老传统,在进入现代化进程之后,都面临着为适应现代社会建设的需要而实现自身"创造性转化"的任务,"激活"乃是通向这一目标的必要途径,因亦构成传统推陈出新的不二法门,其具体经验则还有待实践过程中的多样化创造。

末了,还可以设想一下传统被"激活"后如何融入当代,以形成现代学术与精神文明的有机组成的前景。这个问题似已轶出古典文学研究的范围,实仍属其"题中应有之义",因为我们的研究对象一旦超越具体事象的考索,上升到义理层面的概括时,便不可避免地要关涉到某种理论观念与理论范式的运用,而若这观念与范式的性能已经由传统转成现代,则处理的对象虽不离乎传统,其研究的性质当已归属于现代,其于现代人思维的开发更有了直接的关联。我在《从古代文论到中国文论》的短文中初步接触到这个话题,而实际上,传统融入当代的现象时时处处都有发生。即以我们对青年学子乃至社会公众所进行的古典文化宣讲而言,其意义绝不限于传授一点过去的知识,更常着眼于人文关怀、审美心灵、道德素养、历史视野乃至语言文字表达能力的培养,最终要落实到现代人格的建构上来,这不就是传统"创造性转化"的活生生的事例吗?研究工作与一般社会宣讲自有区别,但只要研究者能更自觉地承担起面向现实以开创未来的使命,尽心致力于推陈出新,让传统在当代语境下重新焕发青春,是完全可预期的。

先贤有云:"六经责我开生面"(见王夫之《自题画像》联),意谓学习经典不能拘于陈说,而要不断予以新的理解和阐释,这也正是我们对待文学传统以至整个中国学术文化传统所应抱有的态度。我相信,只要我们坚持从当代立足点上来观照和反思传统,让历史与现实的对话、交流能有效地开展起来,则传统的推陈出新自能顺畅地运行下去,民族文化的振兴将不难实现,我们企盼着它早日到来!

小书问世,得傅璇琮、黄霖诸先生热心筹划,复旦大学出版社全力支持,责编杜怡顺先生精心把关,谨一并申以谢忱。

陈伯海

2015年2月题于沪上

第一辑

古代文论的现代观照

- "变则通,通则久"
- 一个生命论诗学范例的解读
- 释"诗言志"
- 唐人"诗境"说考释
- 生命体验的审美超越
- 从古代文论到中国文论

"变则通,通则久"
——论中国古代文论的现代转换

关心中国文化命运的人,面临着一个如何对待文化传统,特别是古代文化传统的问题。保守传统、扬弃传统、更新传统,构成了当代文化思想潮流分野的标志。我个人更感兴趣于如何"激活"传统,只有激活了传统,它才有保持、发扬和创新的余地。

这样说,并不意味着我认为古代传统在今天已经全然死去。传统作为过去时代的产物,在产生它的那个时代里是具有充分生命力的。但随着世道的转移,它自身也起了分化:其中一部分确已死去,不再能在现实生活中发挥积极的作用;有的因子依然活着,且被吸收、融入新文化的机体;还有一些成分表面看来缺乏活力,如能解除其原有的意义纠葛,投入新的组合关系之中,亦有可能重新焕发出强劲的生命力来。所谓"激活"传统,正是要改变这种新陈纠葛、"死的拖住活的"的现象,让传统中一切尚有生机的因素真正活跃起来,实际地参加到民族新文化乃至人类未来文明的建构中去。这是一个宏大的主题。当前大陆学界有关"中国古代文论的现代转换"问题的探讨,便是围绕这个主题而展开的。

一

"古代文论的现代转换",是在回顾和反思这一百年来中国文艺学发展道路的背景下提出来的。大家知道,20 世纪以来,相对于古代文论的传统,我们有了一个现代文论的建构,它来自三方面的组合:一是引进外来文论,主要是西方文论(包括马列文论);二是吸收古代文论;三是将当代文学创作与批评的实践经验提升、总结为理论。三个方面的有机结合,当能造成一种具有中国特色而又体现时代精神的新的理论形态,以自列于世界民族之林。遗憾的是,时至今日,这个局面并未能形成。翻开今人编写的各种文艺理论专著或教科书,我们总能看到,外来文论占据着中国现代文论的主干部位,从当代文艺创作和批评实践中提炼出来的某些观念多属于方针、政策性的补充说明,而古文论的传统往往只摄取了个别的因子,甚或单纯用以为西方理论的调料和佐证。这就是为什么我们尽管言说着一套现代文论的"话语",仍常要感叹自己患了严重的"失语症"[①],我们失去的不正是那种最具民族特色的语言思维表达方式及其内在的心灵素质吗?

再来看另一头的情况,即本世纪以来的古文论研究,这门学科通常是以"中国文学批评史"的名目出现的。称之为"批评史",应该包含这样两重涵义:一方面指以史的意识来概括和贯串历代文学批评,使零散的批评材料上升到完整的历史科学的水平;另一方面则又意味着将原本活生生的批评活动转化为已经完成了的历史过程,通过盘点、清理的方式把它们列入了遗产的范围。遗产自亦是可宝贵的,如能加以合理的开发、利用尤然。可惜的是,本世纪以来的古文论研究大多停留于清理阶段(这在学科建设初期有其必要性),尚无暇计及如何用活这笔资产。长此以往的负面作用,便是古文论的影响越来越见收缩,不仅不能有效地投入现代文化和文学批评的运作,连原先专属于自己的领地——古代文学批评研究也难以据守。它日渐沦落为古文

---

① "失语症"的提法曾在学界引起轩然大波,质疑与否定的人占大多数。严格说来,这个提法确实不够周全,容易造成丢失了可以重新捡回的错觉。而实际上我们民族经历的是一场话语转型,原来的话语不能完全适应时代发展的需要,所以要大量吸收外来话语以充实和改造旧有的传统。但在特殊历史条件的影响下,产生了急于引进而顾不上慢咽细嚼的情况,致使外来话语泛漫于整个社会文化环境之中,传统的精义反倒泪没不显了。从这个角度来看,"失语"一词对揭示民族新文化建构中的失衡现象,还是有作用的,当然出路不在于"复语",而在于从传统与现代的会通中求得话语的创新。

论学者专业圈子里的"行话",尽管可以在同行中间炒得火爆,而圈子以外的反响始终是淡漠的。

古文论的自我封闭和现代语境中民族话语的失落,两个方面的事实反映出同一个趋向,便是古代传统与现代生活的脱节。这自有其内在深刻的原因。正像任何一种理论都是人的特定的实践经验的总结与升华,古文论的传统也是建筑在古代文学创作与文化生活的基础上的。中国古代有高度发展的精神文明和绵延不绝的文学源流,从而产生了自成体系、自具特色的文论传统,其丰富的内涵至今尚未得到充分的揭示和运用。然而,作为一个已经完成了的、封闭的理论体系,古文论的传统显然又有与现实生活的演进不相适应的一面。本世纪以来,我们的文学语言由文言转成白话,文学样式由旧体变为新体,文学功能由抒情主导转向叙事大宗,文学材料由古代事象演化为当代生活,这还只是表层的变迁。更为深沉的,是人们的生命体验、价值目标、思维方式、审美情趣都已发生实质性的变异。面对这一巨大的历史反差,古文论兀自岿然不动,企图以不变应万变,能行得通吗?"转换"说的提出,正是要在民族传统和当代生活之间架起桥梁,促使古文论能动地参与现时代人类文化精神的建构,其积极意义无论如何也不能低估。

二

应该怎样来实现"古代文论的现代转换"呢?这里首先涉及对"转换"一词的确切把握问题,在这个问题上是有各种不同的看法的。

依我之见,古文论的现代转换,不等于将古代的文本注解、翻译成现代汉语。当然,用语的变置也是一种"转换",但那多半是浅表层次的,如果局限于这个层次,古文论与时代精神脱节的矛盾仍然无法解决。

古文论的现代转换,亦有别于一般所谓的"古为今用"。"古为今用"着眼于一个"用"字,它强调传统资源的可利用性,主张在应用的层面上会通古今;"转换"说则立足于古文论自身体性的转变,由"体"的发展生发出"用"的更新,才能从根底上杜绝那种生拉硬扯、比附造作的实用主义风气。

古文论的现代转换,更不同于拿现代文论或外来文论的形态来"改造"和"取代"古文论。比较文学中一度盛行的"移中就西"式的阐发研究,片面鼓吹借取西方文论的话语框架来规范古文论的义例,整合古文论的事象,只能导致民族特色的消解和西方理念普适性的张扬,最终湮没了自身的传统。

撇开以上诸种说法,要想给"转换"一词来个明确的界定,我们还必须回到"转换"说产生的背景上去。如上所述,"转换"说的兴起导源于文艺学上民族话语的"失落",而"失落"的一个重要表征便是古文论传统与现代生活的疏离,古文论愈益走向自我封闭。打破这样的格局,重新激发起传统中可能孕有的生机,只有让古文论走出自己的小圈子,面向时代,面向世界,在古今中外的双向观照和双向阐释中建立自己通向和进入外部世界的新生长点,以创造自身变革的条件。一句话,变原有的封闭体系为开放体系,在开放中逐步实现传统的推陈出新,这就是我对"现代转换"的基本解释,也是我所认定的古文论的现代转换所应采取的朝向。

三

原则既已确立,就可转入操作的层面,对"转换"的具体途径作一点探测。在我看来,比较、分解、综合构成了这一转换过程中的三个基本的环节,它们相互承接而又相互渗透。

先说比较,它指的是在古文论研究中引进现代文论和外国文论作为参照系,在古今与中外文论相沟通的大视野里来审视中国古代文论,寻求其与现代文论、外国文论进行对话、交流的契机,这是打破古文论封闭外壳的第一步,是实行其现代转换的前提。比较,需要有可比较点,这就是共同的话题;对于同一话题做出各自独特的陈述,这就是不同的话语。真正的比较必须涵盖这"同""异"两个方面("话题"和"话语"自身亦互有同异,须细心察别),以辨析"同中之异"和"异中之同"作为自己的职责,才能达到有效的对话交流;若只是一味简单地"认同"或"别异",则容易使比较流于表面化和形式化。

举例说,在美和形象的关系问题上,西方文论一贯持"美在形象"的观念,"美学"的名称即由"感性学"而来,艺术思维被称作"形象思维",就连黑格尔这样的唯理主义者也不得不承认"美是理念的感性显现"。看看我们古代的典籍中也自有这一路,如春秋时楚国大夫伍举讲到的"以目观则美"①,以及后来常为人称引的"诗赋欲丽"②、"文章者,非采而何"③,皆是。如果比较仅止于这一步,那就不具备任何意义,因为没有增添新的意见。而若将考察的视野转移到自身的立足点上来,我们将会发现,以"形象"为美远不足以概括民族审美的理念。在我们的传统中,最能引起美的感受的决非"采丽竞繁"之类,反倒是《老子》书所宣扬的"大象无形",从"大象无形"到司空图主张的"象外之象""景外之景",实际上包孕着一个新的命题,即"美在对形象的超越"。这并不意味着我们的先人看不见形象的美,而是说,在他们的观念中,美不单在于形象,或者说,在形象的美仅是次一级的美,必须超越形象,才能进入美的更深沉的境界。两种不同的见解,究竟孰是孰非呢?也许各有所当,最终能达成互补。但在这歧异的背后,恰恰隐藏着不同民族的不同文化精神、价值取向和思维方式。从这个角度深入地挖掘下去,不仅能找到古文论的精义所在,还能从中开发出它的现代意蕴,使它同当时代人接上话茬,从而参与到当代文论和文化的建构中去,这不就是古文论现代转换所迈出的坚实的一步吗?

次说分解,指的是对古文论的范畴、命题、推理论证、逻辑结构、局部以至全局性的理论体系加以意义层面上的分析解剖,区别其特殊意义和一般意义、表层意义和深层意义、整体意义和局部意义等等。这

---

① 见《国语·楚语上》。
② 曹丕《典论·论文》。
③ 刘勰《文心雕龙·文质》,范文澜《文心雕龙注》卷六。

些意义层面通常是纠缠在一起的,纠缠的结果往往导致直接的、暂时性的意义层面掩抑了更为深刻而久远的意义层面,古文论传统中所孕育着的现代性能也就反映不出来了,这便是我要强调的"死的拖住了活的"的症结所在。只有经过分解,剥离和扬弃那些外在的、失去时效的意义层面,其潜在的、具有持久生命力的内核方足以充分显露出来。故分解构成了古文论由凝固、自足的体系变为对外开放的、持续发展的思想资源的决定性的一环,也是古文论现代转换的重要关节点。

不妨拿中国诗学的开山纲领——"诗言志"的命题来作一番演示。"诗言志"的含义是什么呢?依据朱自清先生的考证,"志"在古代中国特指与宗法社会的政教、伦理相关联的诗人怀抱①,因而"言志"便意味着诗歌所表达的思想感情要合乎社会礼教规范,汉儒由此引申出"发乎情,止乎礼义"的道德标准和"经夫妇,成孝敬,厚人伦,美教化,移风俗"诸种社会功能②,大体符合"诗言志"的原意。这应该是该命题的最特定、最直接的含义,从这个意义上说,"诗言志"的命题已经死了,今天的诗歌早已挣脱了宗法礼教的拘束。但是,我们也可以把此项命题理解得宽泛一点,不死扣住宗法社会的伦理、政教,而是用来表达诗歌与一般社会生活及政治活动的联系,60年代毛泽东主席为《诗刊》题辞书写这句话,想来便是取的这层意思。就这个一般性的含义而言,"诗言志"的命题并未过时,它可以同现代文论中有关"文艺与社会""文艺与政治"等论题接上口、对上话,而古人围绕着"言志"、"明志"、"陈志"、"道志"、"一时"之"志"、"万古"之"志"、"发愤""不平"之"志"、"温柔敦厚"之"志"以及"志""情"关系、"志""气"关系的种种议论与实践,亦皆可用为今天思考这类问题的借鉴。更往深一层看,我们还能发现,"诗言志"的"志"(后人也称"情志")实在是一个非常独特的概念。它具有思想的内容,也包含情感的成分,且不属一般的思想情感,特指一种社会性的思想感情,一种积淀着社会政治伦理内涵,体现出社会

---

① 见《诗言志辨》,载上海古籍出版社1981年版《朱自清古典文学论文集》。

② 见《毛诗序》。

群体与人际规范的思想情感,简言之,是具有鲜明的社会义理指向的个人感受。这样一个范畴,在西方文论和我们的现代文论中似还找不到贴切的对应物。比较而言,黑格尔《美学》中的"pathos"一语有点近似。黑格尔反对用艺术作品来煽情,他所倡扬的"pathos"(英译"passion"),不同于一般表情感的"feeling"或"emotion",特指理念渗透和积淀下的情感生命活动(所谓"存在于人的自我中而充塞渗透到全部心情的那种基本的理性的内容"①),其"情""理"复合的内涵与"情志"约略相当②。不过"pathos"更关注于理念普遍性原则的制约作用,而"情志"则落脚在具体社会人伦的规范上,两相较量,差异犹自显然。如果说,"pathos"一语更多地体现出西方文论中的唯理主义与思辨哲学的倾向,那么,从"情志"的观念中或许能进一步开发出文艺创作与社会学、伦理学、心理学、美学交相共振的某种基因,那将是"诗言志"的命题对人类未来文明建设的特殊贡献。

经过比较,又经过分解,于是来到综合。综合指的是古文论传统中至今尚富于生命力的成分,在解脱了原有的意义纠葛,得到合理的阐发,拓展、深化其历史容量之后,开始进入新的文学实践与文化建构的领域,同现时代以及外来的理论因子相交融,共同组建起新的话语系统的过程。它标志着古文论现代转换的告成。由于这步工作远未能展开,目前要总结其经验,探讨其方法,尚觉为时过早。不过我这个推断并非空穴来风,从"意境"说的近代流变中或可找到它的某些踪迹。

"意境"(亦称"境""境界")一词出现在古代文论中,原本同"意象"的含义十分接近。王昌龄《诗格》中讲到"物境"、"情境"、"意境"(狭义的),就是指诗歌作品的三种意象类型。稍后皎然《诗式》也多以"境""象"混用。自刘禹锡提出"境生于象外"的命题,"意境"说才获得其超

---

① 见朱光潜译本黑格尔《美学》第一卷第296页,商务印书馆1979年版。
② 按:朱光潜译本将"pathos"译作"情致","情致"一词在汉语中有"情趣"的意味,王元化先生曾指出其不妥,主张改译作古文论所用的"情志"一词以求近似(见王元化《读黑格尔》一书的序文),可见二者之间确存在某种对应性。

越具体形象的内涵。不过这方面的性能后来多为"韵味""兴趣""神韵"诸说所发展,"意境"的范畴则大体胶执于"意与境会",即诗歌形象中的情景相生和情景交融的关系上,它构成了传统"意境"说的主流。王国维是第一个对"意境"说予以近代意识改造的人。他谈"意境"(《人间词话》中多称"境界",兹不详加辨析),仍不离乎"情""景",但他把"景"扩大为文学描写对象的"自然及人生的事实",把"情"界说为"吾人对此种事实之精神的态度"①,实际上是用审美主客体的关系来转换了原来的情景关系。他还认为:"文学之所以有意境者,以其能观也。"②"观"就是审美观照或审美感受,正是通过人的审美观照和感受,审美主客体双方才互相结合而形成了文学的意境。由此看来,王国维是从审美意识活动建构艺术世界的高度上来把握"意境"的,这就摆脱了单纯从情景关系立论的拘限,也是他能够从自己的"境界"说里引申出"有我"与"无我"、"主观"与"客观"、"造境"与"写境"、"理想"与"写实"乃至"优美"与"宏壮"、"能入"与"能出"、"诗人之境"与"常人之境"等古文论中罕所涉及的新鲜话语的缘故。《人间词话》一书尽管采用旧有的词话形式,而已经容涵了不少西方文论的观念和话头,它应该看作中西文论走向综合的一个实绩。"五四"以后,现代文论兴起,但没有放弃对"意境"的吸收。朱光潜力图用克罗齐的"形相直觉"和立普司的"移情作用"来解说意境构成过程中"情趣的意象化"和"意象的情趣化"的双向交流③。宗白华关于意境不是"单层的平面的自然的再现",而是一种"层深创构"的艺术想象空间的阐述④,发展了古代诗论画论中"境生象外""虚实相生"的理念。直到五六十年代间,李泽厚等人还曾尝试将"意境"说纳入文艺反映论的理论体系,以求与"典型"说相会通⑤。"意境"说的不断溶入各派现代文论之中,不正说明了综合的可行和古文论参加现时代文化建构的广阔前景吗?

---

① 见《文学小言》,北岳文艺出版社 1987 年版《王国维文学美学论著集》第 25 页。
② 见托名樊志厚所作《人间词乙稿序》,同上书第 397 页。
③ 参见《诗论》第三章"诗的境界——情趣与意象"。
④ 见《中国艺术意境之诞生》,载上海人民出版社 1981 年版《美学散步》。
⑤ 见李泽厚《"意境"杂谈》,载上海文艺出版社 1980 年版《美学论集》。

四

比较、分解与综合，勾画出古文论由封闭走向开放、由完型走向新创、由民族走向世界的基本轨迹，这也就是古文论现代转换的轨迹。经过这样的转换，古文论消亡了没有呢？没有。我们看到的，是原有传统里的生机的勃发、潜能的实现和一切尚有活力的因素的能动发展，这是决不能用"消亡"二字来加以概括的。但是，经过转换后的理论，亦已不再是原来意义上的古文论，它已接受了现代人的阐释和应用，渗入了现代的社会意识及思维习惯，参与着现代文化生活与学术思想的运作，还能把它心安理得地称之为"古文论"吗？据此而言，"转换"确实是一种变革，是古文论传统的自我否定和更新，也是民族文论新形态在古今中外文化交流与汇通中的历史生成。

这种民族文论的新形态将会呈现出怎样的格局来呢？很难做出预言，但我想，它未必是单一的模子，而很可能显现为多样化的范式。可以设想，像王国维那样以传统文论中的某个观念（如"意境"）为核心，在此基础上生发出新的逻辑结构，不失为可行的路子。这样构筑起来的理念规范，将是一种具有浓烈的民族色彩的话语系统，或许更适用于中国古典文学及与之相近的文学现象的批评与阐发。也有另外的路子，就像朱光潜、李泽厚那样以西方理论（包括马列文论）为框架，更多地吸取中国传统文论中有用的成分，予以改造出新，丰富和充实其原有的话语系统，这样的理论形态当更适应于西方文学和一部分中国文学作品的研究。可能还有第三条路子，即立足于当代中国文艺运动的实践，侧重开发其独特的话题，总结其实际的经验教训，并以之与古代和外国类似的经验、问题相比照，逐步上升到原理高度，从而建立起一种有着较强的实践性而又不失其理论品格的新型话语。这方面的工作过去主要是政治家在做，落实于方针、政策的层面居多，理论的涵盖性和历史经验的概括尚嫌不足。若是作家、批评家、理论工作者都来从事此项建设，情况当会改观。19世纪俄罗斯文学中的别、车、杜等人，不就是在自己的文学批评实践中，发展出既切合民族传统而又富于时代新意的理论话语来的吗？我们为什么不可以仿效呢？

以上三条路子，只是就总的倾向而言，具体实行起来，各自又会有不同的方式；甚至还可以设想更加新型的路子，如中国文论传统与其他东方民族文化的结合，这大概是更为复杂的事。但不论取哪一条路，民族文论新形态的建构，都少不了古文论的参与，都需要以古文论的现代转换为凭借，而且这种转换工作并非一次能够完成。历史在持续演进之中，时代的需求日益更新，古文论作为独特而丰富的传统资源，其意义将不断得到新的阐发，并不断被重新整合到人类文明的最新形态和趋向里去，故而古文论的现代转换也是未有竟期的。

《易·系辞》云："穷则变，变则通，通则久。"古文论从眼下遭遇的危机，经"现代转换"，达到与现实世界的沟通，进而确立自己恒久的生命，这恰是一个"穷""变""通""久"的演化历程。中国文化传统的未来命运，也就寓于这"穷""变""通""久"之中了。

（原载《文学遗产》2000年第1期）

一个生命论诗学范例的解读
——中国诗学精神探源

　　古老的中国文明,就其精神生活的层面而言,经常焕发出一种诗性智慧的光辉,其突出的标志便在于对生命理念的强调和发扬。如以天地万物为一气化生,视大化流行为生生不息,在价值观念上"重生""厚生",乃至将天人及人际间的组合秩序归结为生命和谐等,虽处处带有古代中国宗法式农业社会的烙印,而透过其历史的外衣,仍可窥见内里深藏着的人性本真。这或许是华夏文明历经久远而迄未丧失其动人魅力的重要原因。

　　作为传统诗性智慧的结晶,中国诗学植根于民族文化土壤的深处,不仅积累丰厚,特色鲜明,亦且自成统系,足具精义。清除其历史的杂质,抉发其思想的精微,在现代语境下予以新的阐释,是完全有可能为人类诗学的未来发展做出其重大贡献的。然则,什么是中国诗学的主导精神呢?据我看来,也就在于它从民族文化母胎里吸取得来的生命本位意识。正是这种生命意识,贯串着它的整个机体,支撑起它的逻辑构架,渗透到它的方方面面,从而形成了它独特的民族风采和全人类意义,值得我们仔细探讨。近年来,一些学者已开始注意到这个问题,做了不少有益的工作,但还有深入的余地。本文尝试在此基础上作进一步开拓,这里先就一些基本范畴和命题中蕴含的核心理念稍加提挈。

一、"情志为本"

有悠久历史传统的中国诗学是以"诗言志"的命题为其"开山的纲领"的①,这一点经朱自清先生拈出后,学界几已达成共识,无庸赘言。由"诗言志"生发出六朝的"诗缘情","情""志"互补,共同构成传统诗学的内在根基。它们之间也存在一定的差异,比较而言,"志"侧重在与社会政教伦常相关联的怀抱,"情"则不限于这种关联,有时甚至偏离到一己的私情上去,所以"言志"和"缘情"常要发生龃龉。但从另一个角度来看,置身于古代宗法式社会政治关系下的中国人,其生活领域受政教伦常的覆盖面实在是很宽广的,加以"志"的内涵在历史演化中又不断得到扩展,于是"情""志"相混的状况愈来愈普遍,终于整合成了一个范畴。挚虞《文章流别论》中说到"夫诗虽以情志为本,而以成声为节",刘勰《文心雕龙·附会》述及"夫才量学文,宜正体制,必以情志为神明,事义为骨髓,辞采为肌肤,宫商为声气",表明"情志"这一复合概念已然确立。而孔颖达《左传正义·昭公二十五年》所云"在己为情,情动为志,情志一也",更从道理上揭示了两者的一体关系。后世尽管仍有分用与合用之别,较多的状况则是相互替置。

其实,"志"与"情"确有融通交会之处。无论是与社会政教伦常相关联的怀抱,或者仅属个人生活领域的私情、闲情、自适之情,它们都是人在其现实生命活动中所获得的感受和体验,是一种情感性(当然也包含理解的成分)的生命体验,而诗歌创作的首要任务便在于传达人的这种体验。"诗言志"说以"志"为诗的内核,"诗缘情"说以"情"为诗的根由,内核与根由都有本根的意味,这便是"情志为本"命题的来由。当然,若按中国传统心性之学,"情志"尚非人的精神本体,"心性"才是本体;心之未发曰"性",已发曰"情","心性"乃实体,而"情志"不过是它的活动功能。但未发的"心性"是虚静空明、寂然不动的,它不

---

① 见《诗言志辨》,上海古籍出版社1981年版《朱自清古典文学论文集》上册。

会产生诗;只有当它活动起来,转化为"情志",再用合适的语言意象表达出来,才有了诗。所以《毛诗序》论述诗歌源起,即以"情动于中而形于言"开宗明义,可见"情志"正是诗歌活动的实在的生命本根。立足于人的真实的生命活动和生命体验,便成了中国诗学的基本的出发点。

"情志为本"的观念,拿来同西方文论,尤其是长时期来在西方文论中占主流地位的"摹仿自然"说相比,其特色更为显著。"摹仿自然"一说发端于古希腊哲人赫拉克利特,而展开于亚里士多德的专著《诗学》,它奠定了西方理论观念中以"自然"为文学创作本原的思想传统,《诗学》因亦成为西方文论中的经典。要说明的是,"自然"一词并不等同于今人所谓的"自然界",在西方传统中,它一般用以指称独立于创作主体之外的客观世界,甚且常偏重在社会的人的行为与性格。《诗学》一书就把诗歌艺术摹仿的对象规定为"在行动中的人",并有"喜剧总是摹仿比我们今天的人坏的人,悲剧总是摹仿比我们今天的人好的人"之类说法①。不管怎样,艺术创作以客观世界为底本的观念是明确的,客体的"自然"而非主体的"情志"构成诗歌活动的本根,这是西方主流派诗学在出发点上大不同于中国传统诗学之处。"摹仿自然"说后来衍化为"再现生活""反映现实"诸说,其侧重写照社会人生的意向更为清晰,而以外在世界为底本的精神则终始不变。

"摹仿自然"与"情志为本"的分途异趋已如上述,那么,西方文论是否另有与"情志"说相当或相近的理论主张可供比照呢?国内一部分学者认为,后起的"表现论"就是这样的一种主张,进而断言"言志"与"缘情"之说即属于"表现论"的思想系统,这个问题不可不稍加辨析。

大家知道,表现论是随着近代欧洲浪漫主义文艺思潮而兴起的理论主张,作为对古典美学的反拨,它否认艺术创作应以客观世界为底

---

① 见亚里士多德《诗学》第二章,上海文艺出版社 1963 年版《西方文论选》上卷,第 52—53 页。

本,而崇尚"表现自我",于是作家的"自我"便成了艺术活动的本根,宣泄一己的情怀构成文学创作的最高使命。粗粗看来,这样一种主张似与我国传统的"情志"本位观有相通之处,它们都立足于作为创作主体的人,立足于人自身的生命体验,不妨归为一个类型。但是且慢,这里尚有实质性的区别,也就是构成本体的人的生命内涵上的歧异。前面讲到,由"志"与"情"两个概念复合而成的"情志"范畴,是对立统一的二元建构,其中包含着一系列复杂的矛盾关系。首先,"志"作为与社会政教伦常相关联的怀抱,其明确的界定应该是"发乎情,止乎礼义"①,换句话说,它出自情感性的生命体验,却又不能不受"礼义"规范的制约,也就是带上了理性的"镣铐",于是和"缘情"之"情"有了分歧,从而造成"情志"内部常见的情与理的冲突,此其一。其次,专就情感的层面而言,关联到政教伦常的"志",它指向群体的生活,渗透着群体的意愿,当属于一种社会性的情感生命体验,这同"缘情"的"情"可以无关乎政教伦常、囿于一己私情相比,则又有群体生命与个体生命间的差别。其三,我们说过,"情志"的本体是"心性","性"为体而"情"为用。依据传统的观念,"性"受命于天,人性与天理相合,"情"则不免牵于物欲,人情不能等同于天理;但另一方面,人间的"礼义"又是天理的体现,于是以"礼义"为规范的"志"也就成了人的本性的实现。这样一来,"志"与"情"的整合,某种意义上也就是"性"与"情"的统一(故"情志"亦作"情性"),推扩开来看更是"体用""理欲""天人"之间的结合,而就生命体验而言,则应视为宇宙生命与个体生命间的贯通流注,其涵义是很丰富的。综上所述,"情志"作为中国诗学的生命本根,内蕴着感性与理性、个体与群体、人欲与天道诸层矛盾,其理想境界是要达到天人合一、群己互渗、情理兼容,而仍不免要经常出现以理节情、扬情激志、举性遗情、任情越性以及"一时之性情"与"万古之性情"种种变奏,"志""情"离合因亦成为贯串整个诗学史的一根主轴线。不难看出,这样复杂而多层次的生命内核,确乎为中国诗学所特有,又岂是西

---

① 见《毛诗序》,《十三经注疏》本《毛诗正义》卷一。

方表现论的一味张扬"自我",视个体生命体验为唯一真实所能比拟?实际上,"表现"和"摹仿"两说,一重客体,一重主体,看来针锋相对,骨子里却有其一致性,便是都建基于西方传统的主客二分思维模式,故导致用一方来排斥另一方。而以"情志"为标志的生命体验,原本从民族文化天人合一、群己交渗的理念脱化而出,就不会极端地倾侧在某一头,倒是要以调谐、和合为自己的目标。研讨中国诗学,不可不对它的生命本根有一确切的把握。

二、"因物兴感"

中国诗学以"情志"为诗歌的生命本根,"情志"又是怎样发动起来的呢? 这就需要联系到"因物兴感"之说。

上节说过,"情志"根底于"心性",而"心性"本体是虚明静止的,"心性"的发动和"情志"的产生要靠外物(这一点上也甚不同于单纯由内而外的表现说)。《礼记·乐记》有言:"凡音之起,由人心生也。人心之动,物使之然也。"又言:"夫民有血气心知之性,而无哀乐喜怒之常;应感起物而动,然后心术形焉。"说的就是这个道理。东汉王延寿将此观念初步移用于诗学领域,提出"诗人之兴,感物而作"的命题①。刘勰《文心雕龙·明诗》则用"人禀七情,应物斯感,感物吟志,莫非自然"四句话,加以较完整的表述。刘勰所谓的"应物斯感",陆机叫作"感物兴哀"②,傅亮称之"感物兴思"③,萧统谓为"睹物兴情"④,萧纲则云"寓目写心"⑤,基本上一个意思,可见属当时人的共识。我们这里使用"因物兴感"一语,是从梅尧臣《答韩三子华韩五持国韩六玉汝见赠述诗》的开首几句:"圣人于诗言,曾不专其中,因事有所激,因物兴以通"里概括出来的,指诗人的心灵凭藉外物而引起感发的过程,其所感

---

① 王延寿《鲁灵光殿赋序》,中华书局影印本《全后汉文》卷五十八。
② 《赠弟士龙诗序》,见《四部丛刊》本《陆士龙文集》卷三所附《兄平原赠》。
③ 傅亮《感物赋序》,中华书局影印本《全宋文》卷二十六。
④ 萧统《答晋安王书》,中华书局影印本《全梁文》卷二十。
⑤ 萧纲《答张缵谢示集书》,中华书局本《艺文类聚》卷五十八。

发出来的便是"情志"。

"因物兴感"是一种什么性质的活动呢？这就牵涉到感发过程中的"心"与"物"的关系问题。过去，在反映论的影响下，人们只承认"心"对"物"的反映作用，以致将"兴感"说里的"感物""应物"都理解成了对外在事象的"反映"，这是不正确的。反映论的前身乃摹仿说，它们共同立足于以"自然"为本。既以客观世界为底本，艺术品便只能是摹本、映本，后者之于前者，称之为"摹仿"也好，"再现"也好，"反映"乃至"能动地反映"也好，总之须以忠实于原本为主要价值取向，创作的要义就在于显示对象世界的本来面目。西方文论中爱用"镜子"来比喻文艺反映现实的功能，大作家巴尔扎克慨然以充当19世纪法国社会的"书记"自命①，着眼点都在这里。这可以说是一种知识论的取向，文艺即被归结为认知的方式和途径。

"兴感"说则不然。在感发过程中，"心"是主体，"物"只是凭藉，虽"因"于物，实"源"于心（诗学中有"心源"之说），这跟传统观念视"心性"为人的精神本体分不开。"心"接受"物"的感发亦非单纯的影照，"应物"不同于"映物"，除感受外，还有应答的作用，是"心"与"物"的双向交流与沟通。这种心物交相为用的关系，不妨借古人用过的乐喻来加领略。苏轼有一首《琴诗》："若言琴上有琴声，放在匣中何不鸣？若言声在指头上，何不于君指上听？"寥寥四句，风趣而富于哲理。琴作为乐器，是音声之所从出，但它自身不会奏鸣，就好比寂然无动的"心性"；手指作为触击乐器的外物，它本来不是音声之源，而由于指与琴的交相为用，遂使美妙的乐声迸发出来。此处所揭示的心物关系，不是迥然不同于镜喻中的对象（底本）与映象（摹本）的关系吗？如果说，"摹仿"说侧重在对外在世界的观照，那么，"兴感"说突出的恰恰是人的生命的发动，前者视文艺为认知手段，后者将诗歌当作生命形态，分殊判然可见。

---

① 见巴尔扎克《人间喜剧前言》，《西方文论选》下卷，上海译文出版社1979年版，第168页。

西方文论中也有注意到人的生命体验的感发的,那便是由柏拉图开创并经浪漫派诗人发扬光大的"灵感"说,"灵感"与"兴感"或可作一比较。我们知道,按柏拉图的原意,"灵感"有神灵凭附和感应的意思,它能使诗人在特定的瞬间失去清醒的理智,进入迷狂状态,从而激发出异常的创作才能来①。后世谈"灵感"者不一定继承柏拉图有关神灵凭附的假说,却大多肯定其突发性和非自觉性,至晚近意志论、直觉论、生命哲学、精神分析诸家,又转向人的本能、直觉、无意识等非理性层面来探究其成因。与此相呼应,国内学界也开始有人从巫术、宗教、神话原型等关联上来追索"兴"的源起,这不失为一种有启发性的思路,但从"兴感"进入传统诗学的视野而言,则已经不带有什么神秘、超验的成分,也没有过多的非理性色彩。其藉以兴发之"物","春风春鸟,秋月秋蝉"等自然景物之外,还包括"嘉会寄诗以亲,离群托诗以怨",以及"楚臣去境,汉妾辞宫"、"塞客衣单,孀闺泪尽"诸种"感荡心灵"的社会事象②,都是很实际的人生境遇。其兴发的方式虽未必自觉,却不限于瞬间突发,可以有一个"流连万象之际,沈吟视听之区;写气图貌,既随物以宛转,属采附声,亦与心而徘徊"③的渐进加深的过程,当然也不排斥"兴会淋漓"式的巅峰状态的呈现。于此看来,"兴感"并不同于许多西方文论家心目中的"灵感",它是一种很现实的生命感发活动,是人与外在世界在情感体验上的交感共振,和那些超验的"神力"或先验的"本能"都是不相干的。

现在还有一个问题,就是这种交感共振的基础究竟是什么?在这个问题上,有人试图引用西方审美心理学里的"移情"说和"同构"说来作解释,应该说,这样的借鉴是有意义的,有助于将"兴感"的研究推向深入。但要看到,双方理论的哲学出发点各自不同,又不容混淆。比如"移情"说认为,物本无情,而人能够在审美活动中见出物的生命跃动,盖出自将自己的情感体验移注于物,所以人感受到的仍是自我的

---

① 见《伊安篇》,上海文艺联合出版社1954年版《柏拉图文艺对话集》。
② 见锺嵘《诗品序》,中华书局1981年版《历代诗话》第3页。
③ 《文心雕龙·物色》,范文澜《文心雕龙注》卷十。

生命情趣,这不仅在实际上否定了物我间的交流,亦且从根底上把主体的人与作为对象的物对立起来了,显然属于主客二分的思维态势。又如格式塔心理学标举"异质同构",考察心理场与物理场的共振,意图从人、物形体结构的对应性上来找根据,是能说明一部分问题的,但对应关系仅限于外在形式,形同而质异,则又不免有形质二元之嫌。与此相对照,"兴感"立足于天人合一、群己互渗的民族文化精神,视天地万物为一气化生,人的心灵也是精气所聚,在宇宙生命、人类生命、个体生命之间原本就有信息、能量的传递,无须借助于"移情"或"形体同构"。古代思想家宣扬"天地之大德曰生",叫人从大化流行中去"观生意"①,正是基于这种信念。至于社会生活中的人、事与创作者心灵上的沟通,当更不在话下。这样一种"泛生论"的理念是否合乎现代科学,或有无必要给予新的解说,自可探讨,但它构成"兴感"说乃至整个中国诗学的思想理论基础,是不可忽略的。

三、"立象尽意"

"情志"由"兴感"所发动,它是诗歌的生命本根,但自身还不是诗。"在心为志,发言为诗"②,"情志"要通过适切的话语表达出来,才能转化为诗。这里又出现了一个难题:语言作为概念的符号,它能不能恰切地传达蕴含着活生生的生命体验的"情志"呢?这个问题上一向有两派意见,即"言尽意"说和"言不尽意"说,各执一词。现在看来,两家都有合理成分。若从表达日常生活经验及科学认知中的事理而言,概念符号的语言应该是胜任的,这就叫"言尽意";而若从传达微妙深邃的诗性生命体验和形而上的哲思感悟来说,纯粹的概念逻辑又不够用了,于是称"言不尽意"。"尽"还是"不尽",关键在于所要尽之"意"。诗歌艺术活动领域,自然是以"言不尽意"说为主流了。"言"既然不能

---

① 见《河南程氏遗书》卷十一,《四部备要》本《二程全书》。
② 见《毛诗序》。

尽"意",诗还怎么写呢?于是需要找出一个中介——"象"。"言不尽意""立象以尽意"①,或者叫作"意以象尽,象以言著"②。这样一种"言—象—意"的层级结构,原本用于说"卦"解《易》,而由于合乎诗歌艺术的实际,很快为诗学所吸取,"立象尽意"也就成了中国诗学里的一个核心命题。

提起"象",人们便会联想到西方文论中常讲的"艺术形象",其实"象"在中国诗学里有多重涵义,可以是客观的物象、主观的心象或文字构成的语象、艺象。诗中之"象"自属艺术形象,但与西方文论中的"形象"仍有区别。"形象",一般解作"人生的图画",既突出其具象性,也提示着它的再现功能,而具象性正出自再现的需要。俄国批评家别林斯基关于"哲学家用三段论法,诗人则用形象和图画说话"那段名言曾被反复引用,早已耳熟能详,其根据也就在于他认"艺术是现实底复制,是被重复的、仿佛是再造的世界"③。这显然是沿袭"摹仿"说的思路下来的。在我国传统中,"象"固然有摹拟现实事物的一面(所谓"象其物宜"),但着眼点不在这里,"立象"是为了"尽意"。所以古人往往不拘泥在以"形"执"象",反倒倾向于对两者做出一定的界分。《易·系辞上》说:"在天成象,在地成形。"又说:"见乃谓之象,形乃谓之器。"王夫之用"形者质也""象者文也"加以解释④,意谓"形"属于事物实体,"象"却是一种显现,"形"实而"象"虚,两者不能等同。确乎如此,诗中之"象"更是一种虚拟的显现,不过不限于形体的显现,乃重在生命的显现,其功能是要在诗歌作品里展呈作为人的生命体验的"情志"。中国诗学不把诗中之"象"叫作"形象",习惯称之为"意象"(表意之象),便是这个缘故。诗歌创作中虽不废"尚形似",但又强调"以形写神",进而宣扬"离形得似",亦是出于这种考虑。"意以象尽","意象"遂构成了诗歌的生命实体。

---

① 《易·系辞上》,《十三经注疏》本《周易正义》卷七。
② 王弼《周易略例·明象》,《四部丛刊》影宋本《周易》。
③ 见《一八四七年俄国文学一瞥》第一篇,新文艺出版社1958年版《别林斯基论文学》第19页。
④ 王夫之《尚书引义·毕命》,中华书局1976年版《尚书引义》第175页。

无独有偶，西方诗学在传统的艺术形象理论外，晚近也兴起了一股标举"意象"的思潮，集中体现在现代主义各诗歌流派中，以意象派、象征派、超现实主义等为代表。意象派有惩于浪漫派诗人为表现自我而无节制地宣泄感情，故主张诗歌应以创造"意象"为主，不容情绪泛滥。他们所谓的"意象"，指"在一刹那时间里呈现理智和情感的复合物的东西"①，比较接近于我们所讲的"表意之象"，但过分重视瞬间的体验和直接的呈现，又容易停留在直觉式的印象阶段，不免限制其思想感情的深度。意象派运动仅昙花一现，不为无因。与之相对立，象征派却致力于用具体意象去表达诗人体悟中的抽象理念，而且往往是带有超验、神秘性质的形而上的理念，为了使理念表达得可被感知，不得不采用襞积层深的象喻手法，于是"意象"转化成为"象征"。象征派诗歌意象每每晦涩、含混，盖由于此。至于超现实主义诗歌则以侧重表现无意识心理为特征，其意象更为混杂、破碎，无庸细述。综括以上各派，可以看出，西方现代诗学中的重"意象"倾向，同我国古典诗学中的"意象"说确有相通之处，都把诗歌意象作为诗人生命体验的显现。比较而言，西方现代派诗人似更注重个体生命的独特性体验，或系于偶发，或指向超验，或归之无意识，而中国古典诗人却偏向于日常生活中的现实性体验，其独特性与普遍性、个体性与群体性、超越性与实在性经常是相交融的，这可能是我们接触现代派诗歌意象每觉新奇怪诞，而读古典诗歌常感平淡处有深味的一个重要原因吧。

于此可以谈到中国诗学所提倡的意象浑成。"象"既是表意之象，"意"又是现实生活中带有普遍性的情感体验，"意"与"象"的融会便是顺理成章的了（这也是西方现代派诗歌虽富于创新而难以达到意象浑融的缘由）。唐王昌龄所作的《诗格》，将"久用精思，未契意象"作为诗歌创作中的一道关隘，可见意象的契合是诗思用力之所在。由于我国古典诗歌多抒情写景之作，意象问题又常被简化、归约为情景关系问题，因而情景相生、情景交融也就成了诗学的一个热门课题，有所谓情

---

① 庞德《意象主义者的几"不"》，漓江出版社1986年版《意象派诗选》第152页。

中景、景中情、融情入景、即景生情诸般讨论，而大要归之于"意象俱足"①和"意象透莹"②。"意象俱足"即"外足于象，而内足于意"③，指物象和情意的表达都恰到好处，不会给人以欠缺感；"意象透莹"则意味着"意"和"象"的一体化，相互之间无有间隔。两个要求实际上是一致的，因为诗中意象本来就不能两分，"象"是诗的实体，"意"为蕴含于实体中的生命。从"立象尽意"的角度来看，"寻象"的目的就在于"观意"，如果出现了意象不能配合的现象，或"意"余于"象"，或"象"余于"意"，则必然会感到某一方面有所不足，而透过"象"来把握其中的诗性生命体验，就不免要大打折扣了。明王廷相云："言征实则寡余味也，情直致而难动物也，故示以意象，使人思而咀之，感而契之，邈然则深矣，此诗之大致也。"④这段话清楚地揭示了"意象"（表意之象）在中国古典诗歌"言—象—意"结构层次中的中枢位置，也表明了它实在是诗歌生命之所依托。

浑融是意象关系的一个方面，关系的另一方面便是"意"对于"象"的超越。这个说法看来似有矛盾：既云一体，何来超越？仔细想想，还是有道理的。"一体"，指"意"和"象"的相互依存，谁也少不了谁；"超越"，则是说"意"对于"象"占据主导地位，由"象"上升到"意"乃必然的趋势。最早对言、象、意三者关系做出系统论述的王弼就是这样看的，其《周易略例·明象》明确指出："言者所以明象，得象而忘言；象者所以存意，得意而忘象。"这正是发挥了《庄子·外物》中关于筌、蹄的喻义，而究明了"向上一路"的修习方法。或以为，王弼谈论的是哲理，而我们研究的是诗学，哲学思考尽可以"得意忘象"，诗歌艺术则必须"得意存象"，舍弃了"象"，便无有诗。此说甚辩，但不尽在理，因为它的着眼点局限在意、象相互依存的一面，而没有考虑到人的审美感受由"象"的层面向"意"的层面的升华。陶渊明《饮酒》诗（其五）后半

---

① 李东阳《麓堂诗话》，中华书局版《历代诗话续编》第1372页。
② 王廷相《与郭价夫学士论诗书》，明嘉靖刻本《王氏家藏集》卷二十八。
③ 王世贞《于大夫集序》，文渊阁《四库全书》本《弇州四部稿·文部》卷六十四。
④ 见《与郭价夫学士论诗书》。

篇云:"采菊东篱下,悠然见南山。山气日夕佳,飞鸟相与还。此中有真意,欲辨已忘言。"虽非论诗,确是一种审美的人生态度。你看他从东篱采菊、悠然远望,将南山、云气、日夕、飞鸟诸般景象尽收眼底,而恍然领略了此中"真意",但一旦进入"真意"层面,则已脱略忘怀所由来的途径,这不正是"得意忘象""得象忘言"的最好诠注吗?皎然《诗式》所云"但见性情,不睹文字"①,《二十四诗品》讲的"超以象外,得其环中"②,其实都是这个意思。"不睹文字""超以象外",不是不要文字形象,而是超越了外表的"言"和"象",直接面对其中蕴含着的情意空间,便再也感受不到文字和形象的存在了。"立象尽意"不等于"意尽象中",还要争取跨越"象外",这实际上已经接触到我们下一节所要讨论的问题。

四、"境生象外"

"意象"作为诗性生命体验载体的诞生,标志着诗的成形,但成形尚不等于完成,诗歌艺术的更高要求在于超越"意象",实现"意境"。

"意境",亦作"境界",或径称之曰"境",究应作何理解呢?关于"意境"说的来龙去脉,已经有了大量考释成果,暂不赘述。这里想要提请注意的,是前人对"意境"范畴的两个基本的界定:一是"意与境会",二是"境生象外",它们体现了"意境"的两大性能。

"意与境会"出自唐权德舆《左武卫胄曹许君集序》,后来司空图《与王驾评诗书》云"思与境偕",苏轼《题陶渊明〈饮酒〉诗后》作"境与意会",朱承爵《存余堂诗话》谓"意境融彻",署樊志厚《人间词乙稿序》称"意与境浑",说的都是一个意思。这里的"意",自然是指诗人的情意。"境"取自佛家用语"境界",原指人们感知中的世界,移用于诗歌美学,当指审美感受中的世界。"意"与"境"合,更突出情意的主导作用,"意境"也就成了为诗人情意所渗透的艺术世界。这是一个无所不

---

① 《诗式》卷一《重意诗例》,齐鲁书社1986年版《诗式校注》第32页。
② 《二十四诗品·雄浑》,人民文学出版社1963年版《诗品集解》第3页。

包的概念,几乎囊括了诗歌艺术的全部内容,而其特点正在于标示出诗歌艺术世界的整体性和全局性。如果说,"意象"作为诗的实体,重点表明了诗本身由"象"组合而成,"象"是诗性表达的基本单元,那么,"意境"的存在便意味着各个意象不是孤立分割的,它们会合成一个完整的机体,通体为诗中情意所贯注和照亮。据此,则"意境"和"意象"同为诗歌艺术的本体,它们之间仅有全局性与局部性的差异,故而古人经常"境""象"并提,不作严格划分。

"意境"的另一种界说见于刘禹锡《董氏武陵集纪》,文中将"义得而言丧""境生于象外"并列为诗的两层精义。同时代诗人戴叔伦也讲到"诗家之景,如蓝田日暖,良玉生烟,可望而不可置于眉睫之前",这里的"景"即同于象外之"境",后司空图曾加引述与阐发[①]。从"境生象外"这个命题看,"境"与"象"不再是一体,而有了明确的分化,"象"指诗歌作品中直接呈现出来的实体形象,"境"则是指隐藏在实体的"象"背后并由"象"延伸和引发出来的广阔的象外空间。这样一来,诗歌艺术世界便一分为二了,它的可被直接感知的实相的一面归属于"象",而它的不可被直接感知,却需要凭藉想象力和情意体验、感悟能力来把握的虚灵的一面,便称之为"境";前者属形而下的世界,后者具形而上的功能。这自然不意味着它们之间可以分离脱节,实际上,象外世界即由象内世界所生发,回过头来又充实、补足了象内世界。从这个意义上说,或可将"意境"界定为意象结构的象外延伸,或者叫意象艺术的层深建构。

"意境"的这两重内涵是互有矛盾的:依据前者,它应该包容整个诗歌世界,实相与虚灵均在内;而依据后者,它主要指向象外,突出了诗歌艺术的形而上的功能。后世学者往往各执一端加以引申、发挥,于是造成"意境"说的特殊复杂性与多面性,兹不具论。这里要强调的是,两种界说所分别揭示出来的"意境"的整体性和超越性,却有其内在的关联性与统一性,不可不加细察。前曾述及,意象实体是一种多

---

① 见司空图《与极浦书》,《四部丛刊》本《司空表圣文集》卷三。

元的组合,多元而要整合为一体,靠什么呢? 靠的便是诗中情意,正是情意的贯通使各单个意象凝结成了生气灌注的生命整体。因此,由局部性的"象"拓展为全局性的"境",同时意味着由"象"的层面向"意"的层面升华,而这一升华便是超越。当然,象外世界的开拓并不限于"意"对"象"的简单超越,其所包含的内容要丰富得多。司空图提过"象外之象,景外之景"①,另外又谈到"韵外之致"和"味外之旨"②,如果我们把前者理解为诗歌意象引发的想象空间,那么后者即可解作内蕴于意象深处的情意空间,包括诗学中常称引的气、韵、味、趣、神、理各种成分在内。这样,由象内世界的感知空间,经象外的想象空间,最终导向最虚灵而邃永的情意空间,便形成了一条逐步上升和超越的通道,"意境"设置的意义也就在于提示了这条通道。

中国诗学以"意境"的超越为追求目标,跟诗歌创作过程中"情志"与"意象"的对立统一分不开。"情志"作为诗的生命本根,需要在"意象"中得到自我显现,"意象化"使"情志"成了生命实体。但两者之间又有矛盾:"意象"是实相,"情志"是虚灵;"意象"多元,"情志"一体;"意象"固定,"情志"流动;"意象"有限,"情志"却可以向无限生发。因此,"意象化"的结果,亦可能导致对"情志"的限制乃至障蔽。所谓"性情渐隐,声色大开"③,固然是针对南朝片面重物色诗风的贬语,却也揭示出诗歌艺术活动中"情志"与"意象"间的起伏交替,后者对前者的掩抑与汩没。如何来防止和克服这一弊病呢? 那便是超越"意象",进入"意境"。"境生象外"的提出,正是为了突破"意象"世界的实体性和有限性,将人的审美感受引向那广阔无垠的想象空间和绵远不尽的情意空间,使得诗思、诗情、诗趣、诗韵、诗味一股脑儿呈现出来,诗的生命意义从而得到完全的释放。从这个角度来看,"意境"构成了"情志"和"意象"在更高层面上的综合,它既是诗歌意象艺术朝着"情志"这一生命本根的复归,而又是"情志"由生命体验形态向诗歌审美形态转化的告成。

---

① 见司空图《与极浦书》,《四部丛刊》本《司空表圣文集》卷三。
② 见司空图《与李生论诗书》,《司空表圣文集》卷二。
③ 沈德潜《说诗晬语》卷上,中华书局 1963 年版《清诗话》第 532 页。

不过要注意,这里所说的"复归",并非真的返回"情志"的本初状态。"情志"作为诗人的实际生活感受,属于现实生命活动的领域,是与创作者一己当下的生活遭际及情意体验紧密相联系的,它并不必然地具备感受的普遍性和生命内涵的深度。意象化的过程(包括象外世界的生发),正是诗人对自我生命体验进行对象化观照与审美加工的过程,经过这一转化,不仅生命体验获得了可感知的外在形态,其内涵的普遍性和历史深度也得以加强,由一己当下的情绪感受转向了对生命本真境界(即理想境界)的探求,于是生命体验实现了自我超越,转变、升华为审美体验。象外世界的想象空间和情意空间的建立,便是诗人审美体验充分展开的成功标志。到了这个阶段,实体意象世界的拘限固然已经打破,而原初的一己情怀也得到有力提升,个体生命与群体生命乃至宇宙生命发生交感共振,这才是诗歌生命活动的最后归宿。所以古人讲"意境",不限于艺境,亦且是心境(心灵境界)和道境("道"的体现),所谓"超以象外,得其环中"("环中"即"道枢")、"俱道适往,着手成春"①,都是指的这种境界。这是民族传统审美精神之所系,"意境"因亦成为传统诗学的最高理想和终极目标。

五、中国诗学的生命论特色

以上就中国诗学中的若干基本范畴和命题作了一点解析,目的在于揭示其生命论的真谛。我们看到,发端于"情志",成形于"意象",而完成于"意境",或者说,由"因物兴感"经"立象尽意"再到"境生象外",构成了一个完整的诗歌生命活动的流程。在这里,"情志"即诗歌的生命本根,"兴感"为生命的发动,"意象"乃生命的显现,"意境"则是生命经自我超越所达到的境界;扩大开来看,"气""韵""味""趣""神""理"皆生命的内在质素与机能,"骨""采""声""律""体""势"属生命的外在形态与姿容,乃至于心物、形神、动静、虚实诸关系的把握以及谐和、自

---

① 《二十四诗品·自然》,《诗品集解》第19页。

然、刚健、灵动等意趣的嗜求,亦莫不贯串着生命的爱尚与肯认,而综合各要素以形成的"意—象—言"诗学系统,实质上便呈现为一种生命机体的构建,这也便是中国诗学的逻辑结构了。由此观之,生命论作为中国诗学的基本取向,是可以成立的。

中国的生命论诗学究竟有什么特色呢?我们还是拿西方诗学来作一较测。

首先在于它的天人合一、群己互渗的生命本体观。前面说过,西方传统的摹仿说是一种以"自然"为本、具有知识论取向的文艺思想,它不强调生命本位的观念;而近代以来的表现论、意志论、直觉论、精神分析诸说,虽具生命意识,多偏重在个体特殊的感性生命甚至非理性生命活动方面,相对忽略群体普遍性的情感体验与共振,也达不到与对象世界的沟通融会。这样一种张扬主体、凸显自我的态势,固然是当前西方社会精神危机的反映,而亦根底于其一贯的主客二分的思维定式。与之相比照,作为中国诗学生命本根的"情志"或"情性",原本就是一个复合概念,它来自心物交感,经过意象浑融,最终到达"俱道适往"的超越境界,可以说自始至终不离乎天人、群己、情理诸方面的交会。整个中国诗学的逻辑构架便是在这独具一格的生命本体建构上展开的,当然也有其自身的传统文化为底基。这个问题谈论已多,姑且从略。

其次一点,可称之为实感与超越相结合的生命活动观,这从诗歌生命体验发端于"因物兴感"而归趋于"境生象外"即可见出。近人王国维据以概括为"出入"说:"诗人对宇宙人生,须入乎其内,又须出乎其外。入乎其内,故能写之;出乎其外,故能观之。入乎其内,故有生气;出乎其外,故有高致。"[①]说的也就是由实感到超越的过程。在此问题上,西方人的处理方式和我们大不一样。传统的摹仿说和表现论多重实感(一重客观经验,一重主观情绪),不甚强调超越性的体验;少数

---

① 王国维《人间词话》第六十则,人民文学出版社 1962 年版《蕙风词话·人间词话》第 220 页。

唯理论者（如柏拉图、黑格尔）以"理念"为世界的本源，要求艺术创作透过感性现象去把握理念，这可以说是一种理性的超越（仍属知识论取向），而非生命的超越。对生命活动的超越性追求，是晚近西方兴起的潮流，从叔本华、尼采、弗洛伊德、海德格尔下而及于意象派、象征派、超现实主义诸家，不同程度地显示出这一新的动向。但要看到，他们的超越观和我们有很大的不同。在多数西方思想家的心目中，精神的超越与日常生活的实感是相对立的，超越即在于扬弃现实生活的经验感受。叔本华以审美静观为生命意志的解脱，尼采认"酒神精神"为强力意志的释放，弗洛伊德视艺术创作为被压抑的"性本能"的升华，存在主义者大声呐喊从"此在"的沉沦状态下自我超拔等等，都有以超越性精神体验来否定现实生命活动的鲜明意向，这又是西方现代社会个群分立的征兆。反观我们的民族传统，"超世"与"在世"原本是统一的，前者即寓于后者之中，故而从生命的实感到审美的超越之间并没有一条界限分明的鸿沟，象外世界也只是象内世界的自然延伸与拓展。诗学的最高理想——"意境"指向超越，而又包容实体性"意象"和实生活感发的"情志"在内，不正体现了民族审美思维"即世而又超世"的基本路向吗？这恐怕也是"意境"这一范畴难以在西方诗学中找到其对应物的重要缘由①。

中国诗学的再一个特点，是文辞与质性一体同构的生命形态观。文辞问题本篇未多涉及，但毫无疑义它在诗歌作品"言—象—意"的层级结构中占有一席重要位置。有一种观点认为，中国诗学不重视语言的功能，根据就在"言不尽意""得意忘言"之说，恐未必妥当。"言不尽意"的命题重在揭露概念符号的词语与诗性生命体验之间的矛盾，并由此导引出"象"作为沟通"言""意"的中介，而由"言"及"象"、由"象"及"意"（亦即"得象忘言"、"得意忘象"）的逐层超越遂得以实现。这同时意味着"言"自身的性能也在起变化，由表达日常事理的概念符

---

① 附带说一句，国内学者常喜欢将"典型"说与"意境"说相比照，实属不伦。"典型"为艺术形象构造问题，和"意境"的超越性指向不在一个层面上。

号转形为足以传达内在生命体验的意象符号,文辞因亦构成了诗性生命实体的外在形态。我们可以看到,从《庄子》的"卮言""重言""寓言"和儒家诗说的"赋比兴"起,诗学中的文辞观便一直是朝着这个方向演进的。它衍生出多种形态,如"辞采"是情性的自然焕发(见"情采"说),"声律"是心气的流注与节律(见"气盛言宜"说),"骨力"作为文辞内在生命力度的表现(见"风骨"说),"体势"构成生命形体的风貌与动势(见刘勰"因情立体,即体成势"说),乃至于明清人爱讲的"格"和"调",亦无非是诗人品格、气格、情调、风调在作品文字音韵上的落实。文辞体式整个地显现为诗歌作品中的"有意味的形式",共同地指向诗的生命内涵。对比西方诗学,基于其"形式"与"质料"二分的观念,一方面有独立演进着的形式主义思潮,另一方面体验论者又容易忽略形式规范,诗学的进程常在重形式与重体验之间作钟摆式的运动,其情况自亦殊异。

总合而言,西方诗学的基本特征是多向发展,重客体、重主观、重形式、重生命、重实感、重超越各立门户,彼此分流,演化出一套又一套的理论观念。它们的探讨富于创新性,有助于打开人们的视野,而极端、片面在所难免,相互冲突更是家常便饭。相形之下,我国古典诗学在长时期渐进积累过程中形成了独具一格的生命本位意识,它把天人、群己、心物、体用、情理、意象、出入,形质众多不同的方面扭结在一起,构筑成一个较为圆融通贯的体系,恰足以对那种各执一端、片面引申的现象起弥合作用。应该承认,作为宗法式农业社会文化精神的产物,它的宗法伦理的人格导向、调和折中的思维方式以及空灵淡远的生命情趣,并不尽适合于现时代文明进步的需求,要下一番分解、剥离、转换与重组的改造出新工夫,而其蕴含的生命论的精髓,特别是那种将各对立因素融会贯通地合为生命活动整体的基本思路,仍值得我们建构当代诗学形态时用为参考。大力开展中西诗学的对话、交流,或许是达到这一目的的有效途径。

(原载《社会科学战线》2003年第5期)

释"诗言志"
——兼论中国诗学的"开山的纲领"

上个世纪的 40 年代里,朱自清先生出版了他论述中国诗学的经典性著作——《诗言志辨》,称"诗言志"为中国诗学的"开山的纲领"(见书序),并就这一命题及其相关范畴作了细致的考辨。半个世纪过去了,中国诗学的研究有了多方面的展开,出现了许多新的热门的话题,"诗言志"的讨论虽续有深化,并不占据视野的焦点。但据我看来,如要确切地把握中国诗学精神的原质,还须回归到这个"开山的纲领"上来。我将尽力在朱先生论述的基础上做一点补充阐发工作。

一、释"志"

"诗言志"命题的核心是"志","志"乃"诗"之生命本根,也便构成中国诗学精神的原核。所以我们的考察不能不从"志"的涵义入手,当然是指诗中之"志",而非一般词语辨析。

有关诗"志"的解说,现代学者中最有权威性的要数闻一多和朱自清,两家之说互有同异。闻先生的解说见于其《歌与诗》一文,是这样说的:"志与诗原来是一个字。志有三个意义:一记忆,二记录,三怀抱,这三个意义正代表诗的发展途径上三个主要阶段。"[①]这段话朱先生在《诗言志辨》里曾加引用(略去最后一句),但他所强调的是:"到了

---

① 《闻一多全集》第 1 集第 185 页,三联书店 1982 年版。

'诗言志'和'诗以言志'这两句话,'志'已经指'怀抱'了。"①这就是说,他只认可"怀抱"为诗"志"的确切内涵,而将"志"这一词语所兼有的"记忆"和"记录"的含义放到"诗言志"命题以外去了。另外,闻先生所讲的"怀抱"泛指诗人内心蕴藏着的各种情意,"言志"即等同于言情(周作人先持有这个看法,见其1932年在辅仁大学所作《中国新文学的源流》讲演稿),而朱先生却着重揭示"这种怀抱是与'礼'分不开的"②,也就是专指同古代社会的政教、人伦紧密相关联的特定的情意指向。两种解说实质上是有相当差别的。

我比较同意朱先生的说法。闻先生立说的前提是认上古歌诗为分途,歌的作用在于以声调抒情,诗的职能则在用韵语记事。最早的记事要靠口耳相传,所以"诗"或者"志"的早期功能便在保存记忆。自文字诞生后,记事可以凭借书写,于是"诗""志"的涵义遂由记忆转为记录。再往后,诗与歌产生合流,诗吸取了歌的抒情内容,歌也采纳了诗的韵语形式,这样一来,诗用韵语所表达的便不限于记事,而主要成了情意,这就是"诗言志"一语中的"志"解作"怀抱"的由来了(参见《歌与诗》)。应该说,闻先生对于"志"的涵义的演进分疏得相当明白,且有一定的合理性,但以上古歌诗由分途趋向合流的假设却是不能成立的。歌乃诗之母,人类早期的诗并非独立存在,它孕育于歌谣之中,并经常与音乐、舞蹈合为一体,这种诗、乐、舞同源的现象已为中外各原始民族的经验所证实。据此而言,则歌诗的发展自不会由分途趋于合流,反倒是由一体走向分化,也就是说,诗的因子曾长期隐伏于歌谣之中,而后才分离出来,最终取得自身独立的形态。这也正可用来解释"诗"之一词在我国历史上出现较晚的原因③。诗既然成立在歌之后并为歌所派生,诗的性质便不能不由歌所限定,而若歌的作用在于表情达意(即抒述怀抱),则诗中之"志"自当取"怀抱"之义乃为妥帖。这并

---

① 《朱自清古典文学论文集》第194页,上海古籍出版社1981年版。
② 同上。
③ 据《诗言志辨》考证,甲骨文、金文都不见"诗"字,《周书·金縢》始云"诗",其可靠性亦为人怀疑。《诗经》中十二次说到作诗,六次用"歌",三次用"诵",仅三次用"诗",可见到这时"诗"字的使用尚不普遍。

不排斥诗可用来记事，但主要职能在于抒述怀抱，记事也是为了"言志"。

我们还可以从"志"的文字训诂上来探讨这个问题。"志"字未见于甲骨文和金文，许慎《说文解字》据篆文将"志"分解为"心"和"之"两个部分，释作"从心，之声"，而段玉裁《说文解字注》则据大徐本录作"从心之，之亦声"。"之"在甲骨文里有"往"的意思，故"志"亦可解作"心之所往"或"心之所之"。闻一多先生则将"志"分解为"从止从心"，取"停止在心上"或"藏在心里"的含义，以证成其以"记忆"训"志"的用意，不过他又说这对于"怀抱"一解同样是适用的。两种诂训皆有一定的根据。取前者，则"志"相当于今天所谓的意向；取后者，则大体相当于所谓的意念。意向和意念都属于"意"，所以古人常径直用"意"来训"志"，"诗言志"有时也说成"诗言意"。而如果我们要将这两种解释结合起来，那只有用"怀抱"一词才能包容，因为"怀抱"既可表示心所蕴集，亦有志向或意向的指称，可见诗"志"的确切内涵非"怀抱"莫属了。

实际上，"诗言怀抱"在上古时期歌诗尚未分家之时即已开始了。众所周知，上古歌谣（包括乐舞）经常是同原始巫术与宗教活动相联系的，其歌词往往就是巫术行使时的咒语或宗教仪式中的祷辞，不仅表现意念，其意向作用也很鲜明。如常为人引用的《伊耆氏蜡辞》："土反其宅，水归其壑。昆虫勿作，草木归其泽！"[①]显然便是先民为祈求农作物丰收所作的祝祷或咒言。《山海经·大荒北经》所载驱逐旱魃之辞："神北行！先除水道，决通沟渎"，亦属明显的咒语。我甚至怀疑一向被视作劳动歌谣的《弹歌》："断竹，续竹，飞土，逐宍（肉）"[②]，其用意也并非在于记录原始人制作弓箭的过程，而实在是附加于弓弩之上的一种咒术，这在其他民族的早期歌谣中并不鲜见。原始歌谣用于巫术和宗教活动，必然要配合着一套仪式，那就是原始人的乐舞。从《吕氏春秋·古乐篇》所记述的"昔葛天氏之乐，三人操牛尾，投足以歌八阕"

---

① 见《礼记·郊特牲》。
② 载《吴越春秋》卷五。

中,当可依稀看出它的投影;而从八阕歌的题名曰"载民""玄鸟""遂草木""奋五谷""敬天常""达帝功""依地德""总禽兽之极"来看,更全是颂神祭祖、祝祷丰年的内容。这些都可以说是表达了先民的意向,不过并非后代诗歌里常见的个人抒情,而是具有切实的群体功利性能的情意指向,正代表着那个阶段人们的普遍的"怀抱"。

歌诗之"志"由远古时期与巫术、宗教活动相联系的人们的群体祝咒意向,演化为礼乐文明制度确立后与政教、人伦规范相关联的志向和怀抱,自是顺理成章的事,这也可以说是"志"进入礼乐文明后的定型。对这一点,当时的公卿士大夫阶层是有充分的自觉的。《诗言志辨》一书中列举《诗经》各篇说到作诗意图的十二例,指出其不外乎讽与颂二途,即都与政教相关。今人顾易生、蒋凡所著《先秦两汉文学批评史》将自陈作意的《诗经》篇章拓展到十七例,但也认为"归纳起来,主要是'讽刺'与'歌颂'",是"有意识运用诗歌来表示自己对人生、社会、政治的态度"①,看来确已构成那个时代的共识,体现着人们基本的诗学理念。当然,人的思想感情是多种多样的,诗的表达功能也决非单纯一律,即使在上古阶段亦仍有像"候人兮猗"②这样纯属个人抒情的歌谣存在,至于"诗三百"里表达男女情爱及其他个人情愫的篇章就更多了。但在强大的史官文化传统的制约下,通过采诗、编诗、教诗、用诗等一系列环节的加工改造,这些原属个人抒情的内容,无一例外地转化成了与政教、人伦相关联的怀抱,以"言志"的方式传递着其本身可能含有和逐渐生发出来的种种信息。诗中之"志"便是这样广泛地建立起来的(礼乐文明乃其社会基础),"诗言志"因亦成为中国诗学传统中经久不灭的信条。

不过要看到,"志"的具体内涵在长期的历史变迁中又是不断有伸缩变化的,特别是社会生活愈往后发展,人的思想感情愈益复杂化,个体表达情意的需求愈形突出,于是原来那种偏于简单化的颂美与讽刺

---

① 《先秦两汉文学批评史》第 29 页,上海古籍出版社 1990 年版。
② 《吴越春秋·越王无余外传》所载《候人歌》。

时政的功能，便不得不有所调整和转换。第一位以个人名义显扬于世的大诗人屈原，写下其不朽的篇章《离骚》，其中反复致意的是自身遭谗被逐的忧愤情怀，尽管不离乎君国之思，而侧重个体抒怀的表达方式，已同既有传统中比较直切的"讽"与"颂"拉开了距离。到宋玉作《九辩》，揭举"贫士失职兮志不平"的主旨，可通篇不正面关涉时政，仅着力摹绘秋意衰飒的景象与本人困顿失意的处境。这类作品班固曾称之为"贤人失志"之作①，朱自清先生谓其"以一己的穷通出处为主"②，都是拿来同《诗经》作者的直接讽、颂时政以"明乎得失之迹"③相区分的。但就古代社会的士大夫而言，其"穷通出处"虽属"一己"，而仍关系乎时政，所以写个人穷通出处的诗歌亦可归属于"言志"，而且这种"志"对于士大夫个人来说有更切身的关系，于是后世诗人的"言志"便大多走到这条路子上去了。

与此同时，古代所谓的"志"还有另一层涵义。《庄子·缮性》篇有这样一段话："古之所谓得志者，非轩冕之谓也，谓其无以益其乐而已矣。今之所谓得志者，轩冕之谓也；轩冕在身，非性命也。物之傥来，寄者也。寄之，其来不可圉，其去不可止。故不为轩冕肆志，不为穷约趋俗，其乐彼与此同，故无忧而已矣。"这里将"得志"分别为两种不同的类型，一指荣身（"轩冕"指代富贵荣华），一指适性。荣身之乐取决于外物，来去不自由；适性之乐决定在内心，穷达皆无所妨害。作者的主意当在以适性为"得志"，这样的"志"显然不同于儒家的济世怀抱，而属于道家的超世情趣。超世，是要超脱社会的礼教伦常，当然更不会以时政萦怀，这本来跟"诗言志"中的"志"不相一致。但超世也是一种人生姿态，在实践上又成为独特的人生修养，故不妨与儒家之"志"相提并论；而且后世儒道互补，士夫文人常以"兼济"与"独善"作为立身行事的两大坐标，两种不同内涵的"志"便也逐渐融会贯通了。超世之"志"渗透于文学作品，当以《楚辞》中的《远游》《卜居》《渔夫》诸章为

---

① 见《汉书·艺文志》。
② 《朱自清古典文学论文集》第220页。
③ 见《毛诗序》。

较早。东汉班固《幽通赋》的"致命遂志"和张衡《思玄赋》的"宣寄情志"中,亦能找到它的痕迹。诗歌作品言超世之志的,或可以汉末仲长统《见志诗二首》为发端,得魏末阮籍《咏怀》的发扬光大,到东晋玄言诗潮形成巨流,而绵延不绝于后来。

综上所述,"诗言志"中的"志",孕育于上古歌谣、乐舞及宗教、巫术等一体化活动中的祝咒意向,经礼乐文明的范铸、改造,转形并确立为与古代社会政教及人生规范相关联的怀抱,大体上是可以肯定的。这一怀抱的具体内涵,又由早期诗人的用讽、颂以"明乎得失之迹",发展、演变为后世作者的重在抒写"一己穷通出处"和"情寄八荒之表"①,其间分别打上了诗、骚、庄的不同思想烙印,从而使"诗言志"的命题变得更富于弹性,乃能适应后世人们丰富、复杂的生活感受的表达需要。尽管如此,"志"的容涵面仍不是漫无边际的,除了少数误读乃至刻意曲解的事例以外,它所标示的情意指向,依然同带有普遍性的人生理念密切相联系,甚至大多数情况下仍与社会政教息息相关(超世之"志"的产生往往由对时世的失望而导致,故可看作为现实社会政治的一种反拨),这就使"言志"和纯属私人化的情意表现有了分界。朱自清先生将"诗言志"与"诗缘情"定为古代诗学中前后兴起的新老两个传统,并谓"'言志'跟'缘情'到底两样,是不能混为一谈的"②,眼光毕竟犀利(两者之间亦有复杂的交渗关系,兹不具论)。也只有拿"志"同泛漫的"情"区划开来,才能确切地把握中国诗学的主导精神。

但要注意的是,不能因此将"志"与"情"简单地归入理性和感性这两个不同的范畴。"情"固然属于感性(广义的,包括人的全部感受性,不光指感性认知),"志"却不限于理性。作为"心之所之"的意向,且与社会政教、人伦相关联的怀抱,"志"的情意指向中必然含有理性的成分,并对其整个情意活动起着重要的指导与规范作用。但"志"又是"心之所止",是情意在内心的蕴积,其中自然包含大量的感性因素。

---

① 借用钟嵘评阮籍语,见陈延杰《诗品注》第23页,人民文学出版社1961年版。
② 《朱自清古典文学论文集》第271页。

内心蕴积的情意因素经外物的诱导，发而为有指向的情意活动，这便是"志"的发动，其指向虽不能不受理性规范的制约，而作为情意活动本身则仍具有感性的质素。《毛诗序》用"发乎情，止乎礼义"来概括诗"志"所必具的感性原质与理性规范间的关系，应该说是比较切合实际的。周作人以"言志"为言情，以之与"载道"的文学观相对立，显系误读（用意当在为他所倡导的性灵文学找寻传统支援）。当前学界则有一种片面张扬"言志"说的理性内涵的倾向，忽略了它的感性基质，亦不可取。正确地说，"志"是一种渗透着理性（主要是道德理性）或以理性为导向的情感心理。它本身属于情意体验，所以才能成为诗的生命本根；而因其不离乎群体理性规范的制约，于是又同纯属私人化的情愫区分开来。情与理的结合，这可以说是"志"的最大特点，也是"言志"说在世界诗坛上别树一帜的标志所在。当然，这种结合的具体形态不可避免是会起变化的，从原始歌谣的情意混沌，到早期诗人的情意并著，又经献诗、赋诗、引诗、解诗等活动中的"情"的淡化和理念的突出，再到骚辞、乐论中对"情"的重新发扬，终于在"发乎情，止乎礼义"的表述中取得了其初步的定性。"志"的政教与审美的二重性能构造，便是在这样曲折变化的过程中一步步地建立与巩固起来的。

二、释"言志"

"志"是诗的内核，但并不就是诗本身；"在心为志，发言为诗"[①]，"志"要通过"言"的表达才能构成诗。由于许慎《说文解字》中有"诗，志也"的说法，近代学者常以"诗"等同于"志"，于是对"诗言志"命题中的"言"以及"言"与"志"的关系便不很关注，其实是错误的。杨树达先生在1935年所著《释诗》一文里，曾据《韵会》所引《说文》文句，发现今本《说文解字》在"诗，志也"的下面脱漏了"志发于言"一句，为之补

---

① 见《毛诗序》。

人①,这就把诗所兼具的"志""言"两个方面说全了。先秦典籍里也常有以"志"称"诗"或"诗""志"互训的用法,这多半是取"志"所具有的"记载"的含义,并不同于"诗言志"中的"志";否则的话,"诗言志"便成了"诗言诗",文意也不顺了。所以"诗"还必须是"言"与"志"的配搭,用一个公式来表示,便是:

志≠诗;志＋言＝诗。

那么,"志"和"言"之间的关系是怎样的呢？简括地说,"志"是内容,"言"是形式;"志"是"言"所要表达的中心目标,"言"是为表达"志"所凭藉的手段,这大致上符合古代人们的一般观念。《左传》引孔子的话说:"《志》有之:'言以足志,文以足言。'不言,谁知其志？言之无文,行而不远。"②说明言语的功能确实在于助成志意的表达,这同《论语·卫灵公》中记述孔子"辞达而已矣"的说法相一致。

然则,"言"是否能恰切地表达"志"("意")呢？这个问题历来是有争议的。后世概括为"言尽意"和"言不尽意"两大派,前者强调"言""意"的统一性,后者着力揭示其矛盾性,两派论辩成为魏晋玄学的热门话题。其实这个分歧在先秦诸子的论说中即已肇始了。儒家如孔子主张"辞达",赞同"言以足志",应该是比较接近后来的"言尽意"派的。但他又说:"予欲无言",并引"天何言哉？四时行焉,百物生焉"为同调③,可见他心目中的至理精义实难以用言语表述,这或许正是子贡要感叹"夫子之言性与天道,不可得而闻"④的原因吧。另一方面,道家如老、庄,一般归属于"言不尽意"派。老子有"道可道,非常道"之说⑤,认为根本性的大道("常道")不可言说,但同时亦意味着日常生活中的普通道理("非常道")是"可道"的。庄子对"言""意"之间的矛盾有非

---

① 见杨树达《积微居小学金石论丛》(增订本)第25页,中华书局1983年版。
② 见《左传·襄公二十五年》。
③ 见《论语·阳货》。
④ 见《论语·公冶长》。
⑤ 见今本《老子》第一章。

常尖锐的揭露,而从"可以言论者,物之粗也;可以意致者,物之精也;言之所不能论,意之所不能致者,不期精粗焉"①,以及"六合之外,圣人存而不论;六合之内,圣人论而不议;春秋经世,先王之志,圣人议而不辩"②等说法来看,其实也未曾全然否定言说,只是把言说的作用局限于有形器物和有限时空的范围内,至于"六合之外"涉及形而上境界的玄思妙理,便是言之所不能及了。由上所述,以儒、道为代表的不同学派在"言""意"问题上存在着一定的共识,就是在日常生活经验的范围内讲辞能达意,而在形而上的哲性思维层面上讲"言不尽意",这一点上似乎并没有根本性的分歧(仍存在某种差异,说详后)。不过儒家所论以人伦日用为主,道家却偏爱形而上的思辨,以其取向各别,遂开出不同的门路,成了后世两派分化的前驱。

这一分化在诗学上的影响又是如何?诗所要表达的"志",当然不全是形而上的思致(亦或含有若干这类成分),但也不同于人们的日常生活经验。作为审美化了的生命体验,诗的情意来自人的生活实践,萌发于诗人的实际生活感受,而又在其审美观照之下得到升华,以进入自我超越的境界,成为一种带有普遍性的可供传达和接受的诗思。这样一种诗性生命体验,就其思理的微妙、机栝的圆活、内蕴的丰富和姿态的多变来说,跟形而上的哲性思维异曲同工,实在是概念化的词语表述所难以穷尽,因亦是一般名理思考所难以把握的。这就是为什么在中国诗学(扩大一点,包括整个古典美学)的领域内,"言不尽意"观念始终占据主导地位,影响远胜于"言尽意"说;而以诗"言志"的一个关键任务,便是要努力协调和解决"志"("意")和"言"之间的这一矛盾。

解决"言""意"矛盾的途径,有儒家的"立象"说和道家的"忘言"说。

"忘言"说提出在先,见于《庄子·外物》篇:"筌者所以在鱼,得鱼

---

① 《庄子·秋水》。
② 《庄子·齐物论》。

而忘筌;蹄者所以在兔,得兔而忘蹄;言者所以在意,得意而忘言。"用筌鱼、蹄兔的关系来比喻言意的关系,说明"言"不过是手段,"意"才是目的,达到目的后,手段尽可以弃舍,充分体现了道家重意轻言的品格。但"忘"之一词不仅意味着弃舍,实有超越的含意。捕鱼猎兔先须用筌、用蹄,得意也先须藉言,藉言才可以忘言,可见"忘"是使用后的弃舍,所以叫作超越。为什么要超越言说呢?当然是因为"言不尽意"的缘故了。言既然不能尽意,要怎样才能获致其意呢?庄子提出"心斋"和"坐忘"之说:"无听之以耳而听之以心,无听之以心而听之以气。耳止于听,心止于符;气也者,虚而待物者也。唯道集虚,虚者心斋也。"[①]"堕肢体,黜聪明,离形去知,同于大通,此谓坐忘。"[②]就是说,要排除一切名理思考,甚至要忘怀自身躯体(包括欲求)的存在,使心灵处于虚静空明的状态,始有可能让自己在精神上回归自然,而与"道"浑然一体。这其实是一种直觉式的体悟,跟日常生活中的名理言说判然二途,也正是道家区分形而上的智慧与形而下的认知的根本着眼点。然而,吊诡的是,人在自身致力于直觉体悟的时候,似乎可以排除名理言说,一旦要将自己所悟传达出来,或者企图进入别人悟到的境界时,仍不得不凭藉言说,此所以老、庄仍要著书立说,而后人亦还要反复读解其文本,也是"得意忘言"说仍须以藉言达意为前提的缘故。那么,言说如何能导入那种直觉式的体悟呢?当然不能光凭一般的名理判断。庄子自称其书的表达方法是"寓言十九,重言十七,卮言日出","寓言"即虚构假托之言,"重言"谓多角度地反复陈说,"卮言"可能指凭心随口、蔓衍而恣肆的表述风格,三者共同成就其"谬悠之说,荒唐之言,无端崖之辞",而与常见的"庄语"有别[③]。由此看来,《庄子》书实际上是将言说看作为启发、诱导读者进入体悟的一种手段(《老子》所谓"正言若反"也属同类),言说的意义不在于词语本身(往往"言在此而意在彼"),而在于悟性的激发(后来禅宗标榜"直指本心""不立

---

① 《庄子·人间世》。
② 《庄子·大宗师》。
③ 见《庄子·天下》。

文字"而又要借助机锋、棒喝等禅语、灯录,实为同一机杼),这样一种独特的言语表述方式自不同于普通的名理言说,而能起到筌、蹄之用。但也正因为言说的意义不在言说自身,而在启悟,于是一旦悟入,言说自可消解,这便是"忘言"说刻意强调要超越和弃舍言语的用意了,而"言""意"之间的矛盾也便在这凭藉和超越的过程中得到了某种程度的调协。

再来看儒家的"立象"说,见于《易·系辞上》:"子曰:'书不尽言,言不尽意。'然则圣人之意其不可见乎？子曰:'圣人立象以尽意,设卦以尽情伪,系辞焉以尽其言,变而通之以尽利,鼓之舞之以尽神。'"《易》是儒家的经典,《易传》中虽然吸收了道家思想的某些成分,基本上仍属儒家的立场。这段话里所引"子曰",虽未必真是孔子所说,但能代表儒家后学的观念。它所谈论的问题正是由老庄学派的"言不尽意"说引起的,而解决矛盾的途径则是"立象以尽意"以下的几句话。应该说明的是,这里所说的"意"专指卜卦时展呈的天意,天意精微难测,一般言说不易完整地把握,故需要借助"象"来传达;"象"又是通过卦的符号即"阴"(--)、"阳"(—)的交错重叠来表示的(如乾卦象征"天"象,巽卦象征"风"象等),而后再用卦辞和爻辞来说明这些符号的意义,并采取各种灵活变通的办法以竭尽其利用,以达到神妙的境界。我们不妨将这段话里所蕴含的释意系统归结为如下的公式:辞→卦→象→意。其中"卦"和"象"其实都属于"象"的层面,"卦"是表象的符号,"象"则是卦符所指称的意象,如把两者结合起来,则上述公式可简化为:言→象→意。这就是说,"言"如果不能尽"意",通过立"象"为中介,就有可能尽"意"。后来王弼用"尽意莫若象,尽象莫若言"来概括这三者之间的递进关系①,是切合"立象尽意"说的原意的。

如上所述,"立象尽意"原为占卦所用,但它对中国诗学影响极大。诗歌创作和欣赏(包括各种艺术创造与欣赏),原本是一种意象思维活动,诗意的感受与表达都离不开"象"的承载,于是"立象尽意"便成了

---

① 见王弼《周易略例·明象》,《王弼集校释》第609页,中华书局1980年版。

中国诗学乃至整个古典美学的一项基本原则,后来有关"形神""情景""意象""境象"诸问题的探讨均围绕着它而展开。与此同时,"象"的提出还涉及"言"的改造问题。在日常生活中,词语是概念的符号,言说从属于名理思考;但在"言—象—意"的结构中,"言"以尽"象",从属于意象的塑造,于是转变成了意象的符号,或者叫作意象语言。意象语言自不同于概念化的词语,需要建立起一套独特的表现形式,这又推动了中国诗学在文辞体式诸层面上的建构。其实这方面的考虑原已开始了。孔子主张"辞达""言文",是要借文辞的修饰以更好地发挥其达意的功能,而修饰之中便有意象化的要求。汉人说诗以"赋比兴"配合"言志",赋、比、兴正是将诗人志意意象化的三种基本的言说方法。再往后,有关风骨、情采、隐秀、虚实、骈偶、声律、体势、法式诸要素的揭示以及清新、俊逸、自然、雄浑、搜奇抉怪、余味曲包、外枯中膏、率然真趣等美学风格与规范的发扬中,也都关涉到意象语言的经营,可见"立象尽意"说笼罩之广。

儒家"立象"说和道家"忘言"说作为解决"言""意"矛盾的两条途径,并非互不相容,庄子的寓言、重言、卮言里便有许多意象化的成分,而《易传》有关"言—象—意"的递进构造中也体现出逐层超越的趋向,但两者毕竟有所差异。就"立象"说而言,"言"虽不能直接尽"意",借助"象"为中介,最终仍能尽"意",所以它的归属是在"言尽意"派。而"忘言"说尽管凭藉言说为筌、蹄,却不承认言说有自身的价值,一力予以超越和弃舍,应该属于道地的"言不尽意"派。两条路线之间是存在对立和冲突的。汉魏之际的荀粲就曾对《易传》的"立象尽意"说提出过质难,认为:"盖理之微者,非物象之所举也。今称'立象以尽意',此非通于象外者也;'系辞焉以尽言',此非言乎系表者也。斯则象外之意、系表之言,固蕴而不出矣。"①荀粲显系站在庄子的立足点上批判《易传》,他发挥了庄子的"言不尽意"说,指出"象"也不能尽意理之微,

---

① 《三国志·魏志·荀彧传》裴松之注引《晋阳秋》所载何邵《荀粲传》,见中华书局校点本《三国志》第319—320页。

还特别提出"象外之意"和"系表之言"(即"言外之言")这两个概念,要求人们到"言""象"之外去探求真谛,这就把问题导向了深入。不过究竟怎样超越"言""象",他并未加以说明,而且"象外""言外"同"象""言"之间是否还存在着某种联系,他也未加认可,所以"言""意"矛盾并未能获得解决。

如果说,荀粲是从相互对立的角度来看待"立象"说和"忘言"说,那么,王弼恰恰致力于两说的调和与融会。王弼之说集中反映于他的《周易略例·明象》,由于此说的特殊重要性,我们将相关内容逐段引录并解说如下:

> 夫象者,出意者也。言者,明象者也。尽意莫若象,尽象莫若言。言生于象,固可寻言以观象;象生于意,故可寻象以观意。意以象尽,象以言著。

这一段基本上复述《易传》的见解,无甚新义,只是"意以象尽,象以言著"的概括将"言—象—意"的递进关系表述得更为明确而已。

> 故言者所以明象,得象而忘言;象者所以存意,得意而忘象。犹蹄者所以在兔,得兔而忘蹄;筌者所以在鱼,得鱼而忘筌也。

这里开始转入庄子的立场,但将庄子的"得意忘言"拓展为"得象忘言""得意忘象",显然是接过了《易传》的话题,同时吸取了荀粲对"立象尽意"说的批评。

> 是故存言者,非得象也;存象者,非得意也。象生于意而存象焉,则所存者乃非其象也;言生于象而存言焉,则所存者乃非其言也。

这几句是全文的核心部分,着重说明"忘言""忘象"的理由,又分两层:

先说"言"的指向是"象","象"的指向是"意",而若执着于"存言""存象",就会因手段而忽视目的,于是达不到"得象""得意"的要求,这是一层意思。次说"象"原为与"意"相关联而成其为"象","言"原为与"象"相关联而成其为"言",现在隔断了这种联系,片面就"象"和"言"自身来考虑"存象""存言",则所存者不复是原来意义上的表意之"象"和表象之"言",最终连"象"和"言"也一并失去了。这是另一层申说。两层解说不仅进一步发展了庄子关于"得意"可以"忘言"的主张,更着力突出"得意"必须"忘言"(包括"忘象"),因为"言"和"象"无非是通向"意"的桥梁,而若一心徜徉于桥梁的此端,则必然要丢失目的地的彼端,甚至连桥梁自身的意义也不能保住。这又说明"言"对于"象"、"象"对于"意"各有其二重性的存在,既是媒介,又是蔽障。换言之,胶执于此,即成蔽障;唯不断超越,方能祛弊除障,而顺利实现其通向"意"的媒介作用。最后:

> 然则,忘象者,乃得意者也;忘言者,乃得象者也。得意在忘象,得象在忘言。故立象以尽意,而象可忘也;重画以尽情,而画可忘也。①

这是由上一层论述引出的结论。最值得注意的,是他将庄子的"得意而忘言"改为"得意在忘象,得象在忘言",一个"在"字非常关键。庄子以筌、蹄为喻,意在说明达到目的后手段可以弃舍,按逻辑关系说是"得意"在先,"忘言"在后。王弼强调"在忘象""在忘言",则"忘象""忘言"反倒成了"得意"的先决条件。这一改动正是由上文不滞执于"言""象"的主张而来的,唯不滞执于"言""象",始能超越"言""象",以进入"言外"和"象外"的境界。这样一来,王弼便将"立象尽意"同"超以象外"(包括"言外")统一起来了。就是说:"立象"是"尽意"的凭藉,而滞于"象"又不能"得意",故须由"立象"转为"忘象",以超越"象"自身

---

① 上引均见《王弼集校释》第 609 页。

的限界,即从有限的象内空间引发出无限的象外空间,同时便是从形而下的"象"世界跃升到形而上的"意"境界。王弼的这一归纳不单给予儒、道两家之说以新的综合,亦是对他以前的"言""意"矛盾问题探讨的一个总结;对于中国诗学和美学来说,则不仅重新肯定了"立象尽意"的原则,更进而开辟了由"立象尽意"向"境生象外"演变的通道,其影响是十分深远的。至于中国艺术的许多奥秘居然蕴含在"言"和"意"("志")这一对古老的矛盾之中,并随着矛盾的发展而逐渐演示出来,恐怕更是出乎人们的意料了。

三、释"诗言志"

既已释清"志"的内涵以及"志"与"言"之间的关系,现在可以就"诗言志"的命题作一整体把握。

"诗言志"的比较完整的表述,见于《尚书·尧典》的这段话:

> 帝曰:夔,命汝典乐教胄子。……诗言志,歌永言,声依永,律和声。八音克谐,无相夺伦,神人以和。夔曰:於!予击石拊石,百兽率舞。

《尧典》编入《虞书》,但这段话显然不可能出自虞舜时代,或以为是周代史官据传闻追记。而据顾颉刚先生等考证,今本《尧典》的写定约当战国至秦汉间[①],于是"诗言志"成了一个晚出的诗学命题。另外,学界也有人将这里的"诗言志"同《左传》上提及的"诗以言志"分作两回事,认为后者专指春秋列国外交场合下的赋诗言志,是借用他人的诗("诗三百"里的诗)来表达自己的"志",并没有自己作诗以抒述怀抱的含义,由此推断"诗言志"的传统起于用诗,而后才转到作诗,并引孔孟说

---

① 蒋善国《尚书综述》(上海古籍出版社1986年版)对各家考证有具体介绍与论析,可参看。

诗都未涉及"诗言志"命题为证。这些说法需要加以辨析。

由我看来，我们不当轻易否定既有的成说。《尚书》的不少篇章确系后人所写，但后代文本中可以含有早先的思想成分，这一点已成为学人的共识。即以上引《尧典》的一段话而言，其中所包含的诗、歌、乐、舞一体化的现象和诗乐表演以沟通神人的观念，应该渊源于上古巫官文化，至迟也是周初《雅》《颂》时期庙堂乐舞祷神祭祖活动的写照，而不会出自诗、乐早已分离的战国以后，更不可能是后人的凭空想象。因此，这段文字的写定固然在后，并不排斥其所表述的观念在先，也就是说，"诗言志"的观念完全有可能形成于周代，当然未必会有后来文本中那样完整的界说。我们再看前文讲到的《诗经》作者自陈作意的情形，正如朱自清先生等所归纳的，不外乎颂美与讽刺时政，尽管主题已从沟通神人转向政教、人伦，其观念仍属"诗言志"（抒述怀抱）的范围，而且是自觉地在"言志"，虽未使用这个词语。据此，则"诗言志"的传统实际上开创得很早，远在我们能从历史记载上见到这个命题之先。名实之间，当执实以定名，还是仅循名以责实呢？

再就"诗言志"和"诗以言志"两个命题之间的关系来考察。"诗以言志"见于《左传·襄公二十七年》有关晋、郑间君臣交会的一次记载：晋大夫赵孟请求与会的郑国诸臣赋诗言志，郑臣伯有与郑君有宿怨，故意赋《鹑之贲贲》一首，有"人之无良，我以为君"的句子，会后赵孟私下对人说："伯有将为戮矣。诗以言志，志诬其上而公怨之，以为宾荣，其能久乎？"这段话的主旨是讥评伯有，顺带提及"诗以言志"，从口气上看，赵孟不像是这个命题的创立者，无非引用当时流行的说法而已①。因此，"诗以言志"一语在这个特定的场合固然是指赋诗言志，并不等于它在社会流传中只能限于这层含意，绝不包括作诗言志在内。况且从情理上推断，总是作诗人言志在先，读者借诗言志在后，要说当时人们只承认借诗可以言志，却不懂得作诗也能言志，似乎很难叫人

---

① 无独有偶，与《左传》所记年代相当，《国语·鲁语》中亦载有师亥言及"诗所以合意，歌所以咏言"的话，"合意"就是"合志"，是"言志"的另一种提法，可见"诗以言志"或"诗以合志"是通行之说。

信服。

其实,有关的文献资料中已经透露出时人对作诗言志有明确的认识。《国语·周语上》载录召公谏厉王弭谤时,谈到"天子听政,使公卿至于列士献诗"的制度,献诗是为了"以陈其志"①,即补察时政,这应该属于作诗言志。朱自清《诗言志辨》里曾从《左传》中举出四个例子:一是《隐公三年》记卫庄公娶庄姜,美而无子,卫人为赋《硕人》;二是《闵公二年》记狄人灭卫,卫遗民拥立戴公于曹,许穆夫人赋《载驰》;三是同篇记载郑高克率师次于河上,师溃,高克奔陈,郑人为之赋《清人》;四是《文公六年》载秦穆公死,以三良为殉,国人哀之,为赋《黄鸟》。这几则记述的都是诗篇的写作缘由,所谓"赋"当指写成后自己歌诵或由乐工歌诵,所以朱先生认为属于"献诗陈志",至少属作者自陈其志是不会有误的。与此同时,古代另有"采诗观风"的说法②,"采诗"之说虽有人质疑,由诗、乐以观民风则确然不假,这从孔子所谓诗"可以观"③和《左传·襄公二十九年》所记季札观乐的事实皆足以证。观乐观诗,当然是要观诗中的情意(即作诗人之"志"),这才有可能由诗乐以了解民风,所以"观风"说中必然隐含着对作诗言志的认可。至于孔门说诗不涉及"诗言志"的论断,现已为新出土的郭店楚简所推翻,其中《孔子诗论》一篇赫然著录有孔子所说的"诗亡(无)离志,乐亡(无)离情,文亡(无)离言"的话,可以看作为"诗言志"的别称④,且能同《礼记·仲尼燕居》中所引孔子"志之所至,诗亦至焉;诗之所至,礼亦至焉;礼之所至,乐亦至焉;乐之所至,哀亦至焉,哀乐相生"的论述相参证。而孟子提出的"以意逆志"说⑤,主张"以己之意'迎受'诗人之志而加'钩考'"⑥,当亦是以承认诗人作诗言志为前提的。以上材料表

---

① 见《诗·卷阿》毛传。
② 见《汉书·艺文志》、《食货志》及何休《春秋公羊解诂》。
③ 《论语·阳货》。
④ 按:《竹书》整理者释读的"离"字,另有学者释读为"隐"字,但不管"诗无隐志"或"诗无离志",都是讲的"诗""志"合一,原则上同于"诗言志"。
⑤ 见《孟子·万章上》。
⑥ 《诗言志辨·比兴》,《朱自清古典文学论文集》第259页。

明,"诗以言志"之说流行于春秋前后当非偶然,它不仅同列国外交会盟中的赋诗言志相联系,还同周王室与各诸侯国朝政上的献诗陈志,官府的采诗观风以及士大夫的观乐观志,公私讲学如孔子、孟子的教诗明志,乃至诸子百家兴起后各家著述中的引诗证志等活动息息相关,具有极其广泛的社会基础,而其内涵并不限于外交辞令上的用诗,包括作诗、读诗、观诗(观乐)、引诗为证等多种含义在内,可说是对古代人们的歌诗观念的一个总结,这也正是"诗言志"命题产生的巨大意义。

综上所述,"诗言志"作为中国诗学的原发性传统,从萌生以至告成,有一个逐步演化、发展的过程。如果说,上古的巫歌巫舞中已经孕育着"诗言志"的性能;那么,到《雅》《颂》的庙堂乐章和早期诗人的讽颂时政,便意味着"诗言志"观念的初步形成;再经过春秋前后广泛开展的献诗、赋诗、观诗、教诗、引诗等活动,"诗言志"的命题得以正式建立和得到普遍认可,其内涵及功能得以充分展开;于是到今本《尚书·尧典》以至稍后的《礼记·乐记》和《毛诗序》中,终于获得了完整的归纳与表述,而取得其理论形态的定型。这样一个由性能的萌生到观念的形成再到命题建立和理论完成的过程,大体上符合人的认识规律,当可成立,而"诗言志"作为中国诗学的"开山的纲领"因亦得到确证。

还要看到,"诗言志"既称作"纲领",就不会局限于孤立的命题,而要同那个时代的一系列诗学观念达成有机的组合。"志"乃是情意的蕴集,当附着于心性,而其发动需凭藉外物的诱导,这就是《礼记·乐记》提出"物感"说或"心物交感"说的由来。但"志"作为与社会政教相关联的怀抱,其情意指向又须受群体理性的规范,这又是孔子以"思无邪"论诗[①]和《毛诗序》主张"发情止礼"的根据。"志"的思想规范落实在诗歌的美学风格以及由此美学风格所造就的人格风范上,便是孔子等人倡扬的"中和"之美(如《论语·八佾》中所谓"乐而不淫,哀而不

---

① 见《论语·为政》。

伤")与"温柔敦厚"的"诗教"说①。而有此思想规范和审美质素的诗歌所能起到的社会作用,除直接的颂美与讽刺时政外,更有"兴""观""群""怨"等多方面功能,可供士君子立身行事及秉政者教化天下之用②。此外,"志"所涉及的治政范围和等级有大小高低之分(所谓"一国之事""天下之事"乃至"盛德""成功,告于神明"),以"言"达志的手段有直接间接之别(或直书其事,或因物喻志,或托物起情),以及"志"的情意内涵因时代变化而不能不有所变异,构成《毛诗序》以至东汉郑玄《诗谱序》中着力阐发的"六义"(风、雅、颂、赋、比、兴)、"正变"("诗之正经"和"变风变雅")之说。至于从读者的角度考虑诗"志"的正确接受,则孟子"知人论世"和"以意逆志"说开了端绪③。由此看来,先秦两汉的主流诗学,确系以"诗言志"为纲领贯串起来的;而"诗言志"传统中的政教与审美二重性能结合,便也奠定了整个中国诗学的基本取向。

从后面这个断语,又可引出一个新的推导,即:"诗言志"构成中国诗学的逻辑起点。这不单指"诗言志"的观念在历史上起源最早,更其意味着后来的诗学观念大都是在"诗言志"的基础上合逻辑地展开的。比如说,由"志"所蕴含的"情"与"理"的结合,可以分化出"缘情""写意"(或称"主情""主意")的不同诗学潮流,成为后世唐宋诗学分野的主要依据。再比如,由"志"与"言"的矛盾而产生的"言不尽意"的思考④,促成"立象尽意"的美学原则的建立;而"立象"能否"尽意"的论辩,又激发了"境生象外"的新的追索;乃至由"立象""取境"拓展为心物、情景、形神、意象诸问题的探讨,超升为气、韵、味、趣、神、理等因素讲求,更落实为辞采、骨力、体势、声韵、法式、格调各种诗歌语言形式规范的设定。可以说,中国诗学的整个系统便是在这"言—象—意"的基本框架里发展起来的,而"言—象—意"的框架在某种意义上即发端

---

① 《礼记·经解》引孔子说。
② 参见《论语·阳货》"小子何莫学夫诗"的一段话与《毛诗序》里"经夫妇,成孝敬,厚人伦,美教化,移风俗"的论说。
③ 见《孟子·万章》上下篇,又《孟子·告子下》中亦有示例。
④ 按:"言""意"矛盾并不单出自诗学,但包含诗学,且在诗学领域里有充分的展开。

于"诗言志"的命题。据此,则"诗言志"作为原生细胞,逻辑地蕴含着中国诗学的整体建构,这或许是它被称作中国诗学的"开山的纲领"的更深一层含义吧!

(原载《文学遗产》2005年第3期)

唐人"诗境"说考释

历来治文学批评史者每致慨于唐代诗歌艺术发达而诗学理论不竞的局面,以为部分文人学士的诗评中虽偶有精义,多属片言只语,且常针对具体事象而发,罕能上升到理论概括的层面,至于流传于社会的诗格、诗式类著作,又拘限于声律、对仗、修辞、句法之类"形而下"的操作技巧,亦不具备真正的美学意义。这个说法有一定的事实依据,却并不全面。应该看到,唐人不光诗歌创作繁荣,在理论思想上也自有其重要的创获,它们及时地反映出当时代诗歌艺术实践中的新的审美经验,从而对后世诗歌美学传统的建设起了深远的影响,"诗境"说便是其中突出的一例。案"诗境"之说正式发端于王昌龄《诗格》[1],于皎然《诗式》、《诗议》中有进一步的变化拓展,且为中晚唐众多诗家所继承和发挥,它可以说是纵贯唐代诗歌美学的一大观念,但长时间来未得到理论批评界的应有重视。近年来对它的关注与探讨稍稍多了起来,惜仍散见于就某个角度(如与佛教关系)或某位论者(如王昌龄、皎然)身上,缺少通贯性的把握。本文试图就唐人"诗境"说作一综合性考察,藉以揭示其丰富的理论内涵与所包孕的时代精神。

一、"景"和"境"

唐人论"诗境"的首先一个创获,乃是在诗学史上初次确立了"景"

---

[1] 关于《诗格》的作者,历来有不同说法。当前学界多认为,王昌龄确曾讲授过诗学,现传《诗格》文本中虽或有笔录及传抄者添加的成分,其主要思想仍出自王昌龄本人,今从。

和"境"的概念,为"诗境"说的成立打下了基础。

这两个概念都是在盛唐诗人王昌龄的《诗格》中开始作为专门性术语而加以应用的。先说"景"。"景"指的是物象(不限于自然景物,亦包括一部分能构成实际景观的人生事象在内),可以是外在世界客观存在的景物,也可以指经由诗人心灵加工并体现于诗歌作品中的艺术图景(《诗格》常用"景语""景句"来标示这类图像)。这两类物象,尤其用作艺术图景之"象",在唐以前的六朝诗学中径称之为"物""物色"或"象""物象",罕有以"景"命名者①。王氏《诗格》里虽仍保留原有这些称呼,却更通常地名之曰"景"。细细品味之下,较之于"物"、"象"、"物色"诸概念,"景"充当风景、景观、图像、画面的总称,似更能给人以整体性观照的感觉,它的出现意味着唐人诗歌创作中已特别关注到物象构成的整体美学效果,而这正是唐诗意象艺术发展、成熟到形成诗歌意境阶段的一个显要标记。

再来看"境","境"与"景"相通而实有区别。"景"多限于指称物象(不管是外界物象还是诗中图像),"境"的包容量似更为广泛。《诗格》里有"诗有三境"之说,以"物境""情境""意境"分别代表诗歌所要表现的三种不同的对象范围,"景"只能相当于其中的"物境"。至于"情境",以"娱乐愁怨"诸种情感活动现象为表现对象者,一般不称之为"景",却仍得以构成"境"②。而"意境"作为与"物境""情境"对举的一类诗歌境界(不同于后世惯用的广义的"意境"),当指着重展示诗人内在的意向、意趣或意理的作品,尽管可能夹带若干情韵及物象,主旨在表达某种人生体悟,故亦不能归诸写"景"。据此,则"境"的容涵较"景"为宽,"物""情""意"诸种材料均可纳入"境"的范围,"境"的营构要比单纯写景复杂得多,这也便是《诗格》论诗不停留于"景",却要上

---

① 按:刘勰《文心雕龙·物色》篇有"窥情风景之上,钻貌草木之中"之句,其中"景"仍属外在自然景物。倒是东晋顾恺之《画云台山记》中讲到"下为涧,物景皆倒",又南齐谢赫《古画品录》评张则画云"动笔新奇"、"景多触目",这两个"景"皆指画中物象,看来"景"用作艺术术语,画论当在诗论之先。

② 参王国维《人间词话》所云:"境非独谓景物也。喜怒哀乐,亦人心中之一境界",见《蕙风词话·人间词话》第193页,人民文学出版社1962年版。

升到"诗境"的缘由。

正因为"景"的概念通常限于物象,而诗中除物象外,还必须有诗人的情意体验在,故情景关系遂成为后世诗学的一大论题,这一探讨亦由王昌龄《诗格》发其端绪①。我们知道,六朝诗论中也常触及诗人主体与客体间的关系,但主要从创作活动的角度着眼,谈的是心物交感以引发诗思的问题。唐人看情景,则不限于诗思的引发,还要立足于诗歌意象结构和意象语言的经营,关系到作品艺术本体的构成,这一问题域的转换变化值得注意。唐人诗论中涉及情景关系者,实以初唐诗人元兢的《古今诗人秀句序》最早,其所提出的"以情绪为先,直置为本,以物色留后,绮错为末"的批评标准,以及特别致赏于谢朓诗"落日飞鸟还,忧来不可极"一联为"结意惟人,而缘情寄鸟",以为高过其他单纯写景的名句②,从中不难看出其以"情"统帅"景"的用意所在。不过元氏之论情景仅点到为止,真正展开这个话题的,还当数王昌龄《诗格》。

《诗格》的基本观点是要求情景紧密结合。其云:"凡诗,物色兼意下为好。若有物色,无意兴,虽巧亦无处用之。"③又云:"诗贵销题目中意尽。然看所见景物与意惬者当相兼道。若一向言意,诗中不妙及无味。景语若多,与意相兼不紧,虽理通亦无味。"④他曾举"明月下山头"一诗为例,谓其八句"并是物色,无安身处",还说"空言物色,则虽好而无味,必须安立其身"⑤。这里所谓的"安身",便是指要有诗人的切身体验进入诗歌,不当一味摹写景物;而所谓景物与意"相兼"且"相惬",亦便是诗中情景两相结合了。《诗格》更就这一结合的具体形态作了

---

① 按:《诗格》一书尚无情景对举之说,多用"意"甚至"理"来指称诗人的主体情意,其论"景"与"意"或"景语"与"理语"的配合,实即后世所谓情景关系。
② 见《文镜秘府论》南卷《集论》所录,卢盛江《文镜秘府论汇校汇考》第三册第1555页,中华书局2006年版。
③ 见《诗格·论文意》,张伯伟《全唐五代诗格汇考》第165页,江苏古籍出版社2002年版。按:以下引见此书者,简称《汇考》。
④ 同上《论文意》,《汇考》第169页。按:此段引文中"然看所见景物与意惬者当相兼道"句,原本"当"在"看"字下,此据兴膳宏说改动,似宜改作"然当看所见景物与意惬者相兼道"为好。
⑤ 均见《诗格·论文意》,分别引自《汇考》第168、163页。

详细论述,在专题讨论篇章句法的"十七势"一节里,有所谓"直树一句,第二句入作势"(按指第一句写景,第二句始入题意)、"直树两句,第三句入作势"、"直树三句,第四句入作势"、"比兴入作势"、"含思落句势"、"心期落句势"、"理入景势"、"景入理势"等,实际上都关联到诗中情景安排,涉及诗歌开篇、结尾以及篇中"景语"与"理语"、"景句"与"意句"的配置方式,为后来宋元人大谈"四实""四虚""前虚后实""前实后虚"乃至"一景一情""化景为情"诸般构句法则开了风气。尤其是"含思落句势"一题,强调"每至落句,常须含思,不得令语尽思穷"①,不光总结了唐人诗作结尾处多融情入景的艺术经验,且突出好的诗篇当"语尽意不尽"、令人回味无穷的审美性能,体现了诗歌意境化的取向。如果说,以上讨论还属于情景关系中比较浅表的层次,那么,下面两段言论牵涉到的问题当更为深切。其云:"昏旦景色,四时气象,皆以意排之,令有次序,令兼意说之为妙。"又云:"取用之意,用之时,必须安神净虑。目睹其物,即入于心。心通其物,物通即言。言其状,须似其景。语须天海之内,皆纳于方寸。"②从这两处表白看来,诗中情景尚不限于两相搭配的关系,根本而言,当是诗人以其心意来含纳并统摄万景,按表达情意体验的需求来排列、组合物象,使之成为渗透着诗性生命体验的整体性景观画面。这不单已进入后人津津乐道的"情景交融"的领域,且清楚地表明了"景"作为整体性观照对象的形成,关键正在于诗人情意的统摄作用,从而为唐诗艺术意境的普遍生成提供了明晰的解答。

由此当可就"诗境"问题做出更深一步的体认。按"境"之一词,在古义中本是疆界的意思,显示一定的空间范围,属实体的性能,后亦引申来表记某种较为抽象的境界,但仍属外在事象的界定。佛教兴起,始以"境"来指称"心之所游履攀缘者"③,于是"境"成了"心识"之所变现,具有了主观性。这一"凭心造境"之说,某种程度上符合诗人由自

---

① 《诗格·十七势》,《汇考》第 156 页。
② 《诗格·论文意》,《汇考》第 169、170 页。
③ 见丁福保《佛教大辞典》释"境",文物出版社 1984 年版,第 1247 页。

己的情意体验出发来构造诗歌艺术境界的活动规律,故被引入诗论,成为唐以后诗歌美学的重要范畴,王昌龄《诗格》中的"诗境"说便是这样构建起来的。《诗格》对"境"的含义并无明确界说(有时甚且将古义的"境"与诗学范畴的"境"夹杂并用,这在后世诗论中亦常有此例,须精心分辨),但其"诗有三境"条对"物境"、"情境"、"意境"则分别作了说明,全文迻录于下:

> 诗有三境:一曰物境,二曰情境,三曰意境。
> 物境一。欲为山水诗,则张泉石云峰之境,极丽绝秀者,神之于心。处身于境,视境于心,莹然掌中,然后用思,了然境象,故得形似。
> 情境二。娱乐愁怨,皆张于意而处于身,然后驰思,深得其情。
> 意境三。亦张之于意,而思之于心,则得其真矣。①

三者相参校,可以看出,尽管它们所要把握的对象各各不同,或为"泉石云峰",或为"娱乐愁怨",或为"意"("意理""意趣""意向"之类),把握的结果亦甚有差别,或"得形似",或"深得其情",或"得其真"(当指"意"之本真),而把握的方式并无二致,都离不开"处于身""张于意""思于心",也就是要求诗人全身心地投入其所要表现的对象之中,让对象进入自己的内心世界,融入自己的情意体验。循此而打造出来的"诗境",必然渗透着诗人的内在情思,实可看成其心灵的结晶。换言之,"境"作为专门性的诗歌美学范畴,天然地即含带诗人自身的情意体验在,它和"景"的区别,不光在于表现范围较宽,能包摄物象以外的情感现象及意念材料,更在于这些事象材料均已经过诗人诗思的加工提炼,饱含并浸润着诗人主体的情意体验(这也正是论者标榜"情景相生"或"情景交融"所要追求实现的目标),据此,或可将"境"定名为由

---

① 引自《汇考》第172—173页。

诗人情意体验所生发并照亮的整个艺术世界。从这个意义上讲,诗学之"境"本属诗人"意中之境"(当亦可通过文本传递而转化为读者"意中之境"),而不管"物境"、"情境"或"意境"(按指王氏《诗格》中自成一类的狭义的"意境"),其实质皆为后世认可的"意境"(广义的),故唐人"诗境"说即可视以为古典诗学意境说的发端,尽管"意境"这一名词的合成要迟晚得多。

"景"与"境"的概念辨析已如上述,但要看到,古人在名词术语的使用上并非十分严格,常有混用的现象出现。如晚唐司空图引戴叔伦语,谓"诗家之景,如蓝田日暖,良玉生烟,可望而不可置于眉睫之前也",这里的"景"实应作"境",而司空图自己接下去所说的"象外之象"、"景外之景",其实也都是谈的诗境①。又晚唐五代人所著《文苑诗格》书中有"杼柝入境意"条,言及"或先境而入意,或入意而后境"②,讲的其实是情语与景语的先后配置问题,"境"当作"景"。这类混用情形后世多有,不一一辨明。

二、"取境"和"造境"

"诗境"说不仅创立了"境"之一词,其关键更在于解释"境"的成因,于是有"取境"与"造境"之说兴起,亦皆出自唐人。

按"取境"的说法未见于王昌龄《诗格》,乃皎然首倡,但王氏《诗格》中实含有取境的思想,且相当完整,自不应略过。《诗格》在"诗有三境"条下更立"诗有三思"之条,以"生思""感思""取思"为诗思发动的三种方式。"生思"指"心偶照境,率然而生",属自然兴发的路子;"感思"谓"吟讽古制,感而生思",是借取前人作品引发自身的联想;"取思"要求"搜求于象,心入于境,神会于物,因心而得",显然属于比

---

① 见司空图《与极浦书》,《司空表圣文集》卷三,《四部丛刊》本。
② 引自《汇考》第 365 页。按此书旧题白居易撰,实出晚唐以后人手所假托,《汇考》中有所辨正。

较自觉的取境活动(故题曰"取思")①,在《诗格》全书中也是论述之重点。然则,这一"取境"的活动该当如何进行呢?"论文意"条是这样讲的:"夫置意作诗,即须凝心,目击其物,便以心击之,深穿其境。如登高山绝顶,下临万象,如在掌中。以此见象,心中了见。当此即用。"②这段话对于解说诗境的生成,实具有纲领性的意义。按其所言,"置意作诗"的第一步在于"凝心",这"凝心"不光指专心致志,还应包含虚静其心的意思在内(后来的诗家如权德舆、刘禹锡诸人便常用"静""定""虚"来表述取境时的心理状态),即要求排除各种欲念的干扰,专一以审美的态度来观照对象(所谓"因定而得境"以及"能离欲则方寸地虚,虚则万景入"③,说的就是这个意思),这是进入艺术思维活动的前提。《诗格》中一再劝人要"放安神思""安神静虑",要"放情却宽之",甚至"须忘身",因为只有摆脱种种实际利害得失的考虑和羁绊,始有可能"凝心天海之外"而"令境生"④。"凝心"让我们树立起审美的态度,为取境提供了必要条件,下一步须倚重的便当是"用思"(艺术思维的运作)。"用思"亦称"用意",它是诗境生成的根本途径,所谓"用意于古人之上,则天地之境,洞焉可观"⑤,充分肯定了它的巨大功能。"用思"的主体在于一心。佛教教义特别看重"心"的作用,在佛家思想观念影响下形成的"诗境"说也具有这个特点,所以上引有关"置意作诗"的那段言论中,在讲到"目击其物"后,紧接着便强调要"以心击之",且要"深穿其境",以便最终达到"心中了见"、"如在掌中"。而"诗有三思"条的"取思"一则,也是把"搜求于象"同"心入于境"紧密相连,并归结为"因心而得",看来"凭心造境"确是"诗境"说从佛家思想承传下来的理念。

不过我们也不要将问题简单化了,"诗境"毕竟不同于"禅境"。禅

---

① 引文均见《诗格·诗有三思》条,《汇考》第 173 页。
② 见《汇考》第 162 页。
③ 见刘禹锡《秋日过鸿举法师寺院便送归江陵诗引》,《刘禹锡集》卷二九,上海人民出版社 1975 年版。
④ 均见《诗格·论文意》,引自《汇考》第 173、170、162、163 页。
⑤ 《诗格·论文意》,《汇考》第 160—161 页。

家从根底上不承认"境"的客观实在性,仅视之为"心"之所变造,而诗人对"诗境"的创造,则不仅须凭借外在物象,还需要有一个惨淡经营的过程。为此,我们不妨就《诗格》所提供的材料,对取境活动的具体进程再来作一番细密的检视。上一节里曾引述到"诗有三境"条的文字,其中"物境"一则叙述尤为详细(余二境在叙述中略有简省,大体相应)。它开宗明义指出,欲为山水诗者,须"张泉石云峰之境","神之于心"("情境"与"意境"表现对象各别,须"张之于意"则相同),乃是要求诗人将外在物象含摄并呈现于自己内心以构成"诗境",体现了运思的基本取向。接下来更就运思的具体方式做出解说,用"处身于境""视境于心""然后用思"这样三个环节加以概括。第一步,"处身于境"(或作"处于身"),指诗人将自己的整个身心投入所要表现的对象之中,以感受其生命的气息并领略其内在的神理。这既是对"感同身受"的审美觉知心理的发扬,也是诗人形成其诗性生命体验的重要凭借,故当构成整个取境活动的先在步骤。如果说,"处身于境"侧重在感受,则紧接下来的"视境于心"(或曰"思于心")便转向了观照,不单纯用感官观照,更强调要用心灵观照。这是一种审美的观照,通过这一审美心灵的注视与整合作用,原先感受中纷然杂陈的事象材料连同那流动不居的感受心理本身,始有可能转化为具有完整形态,足以让人"莹然掌中""心中了见"的"境象",实即诗人情意体验中粗具规模的"诗境"了。至于这"意中之境"初步生成后的继续"用思"(或称之为"驰思"),当指的是诗歌作品的构思结撰工作,所谓"巧运言词,精炼意魄"乃至"意紧""肚宽""纵横变转""底盖相承"之类①,多属文字技巧的工夫。当然,字句的提炼同时也便是诗境的提炼,是诗境最终实现的保证,故当归属于"取境"的大范围之内。于此看来,诗学上的"取境"确是一个相当复杂的过程,它发端于感兴,提升于观照,并最终落实于文本的构建。主体的心灵在取境活动的整个过程中都发挥着巨大的能动作用,但心灵不能凭空造境,不单情意的引发要凭借外物,诗境的落实要依

---

① 均见《诗格·论文意》,引自《汇考》第 162、163、165 页。

仗文字，就是审美观照的成功与否，很大程度上也要取决于诗人自身的生活阅历、学识素养和艺术思维的精心锤炼。"取境"说所包含的丰富内涵，是需要我们细心发掘并深加品味的。

上文介绍的是王昌龄《诗格》中的取境思想，接下来再看一看皎然的相关论述。皎然明确提出了"取境"说，而其《诗式》中直接谈"境"的文字并不多，述及"取境"的亦仅二处。一是在"辩体有一十九字"节里说到："夫诗人之思初发，取境偏高，则一首举体便高；取境偏逸，则一首举体便逸。"①这是讲"取境"的重要性，强调"境"的性能决定着诗歌的体格风貌，并未涉及取境活动本身的界定。另一处表述则更具有实质性，其云："夫不入虎穴，焉得虎子。取境之时，须至难至险，始见奇句。成篇之后，观其气貌，有似等闲不思而得，此高手也。有时意静神王，佳句纵横，若不可遏，宛如神助。不然，盖由先积精思，因神王而得乎？"②这段表白针对作诗是否需要"苦思"的讨论而发，皎然不赞成诗作纯任自然的意见，主张用"苦思"，但认为成篇之后当泯灭用思的痕迹，显露出自然而成的风貌，才算高手。这一重精思、尚奇险的见解，他曾反复谈到。《诗式》开宗明义即宣告："夫诗者，众妙之华实……彼天地日月，元化之渊奥，鬼神之微冥，精思一搜，万象不能藏其巧。其作用也，放意须险，定句须难，虽取由我衷，而得若神表。至如天真挺拔之句，与造化争衡，可以意冥，难以言状，非作者不能知也。"③其所撰《诗议》中也曾述及："或曰：诗不要苦思，苦思则丧于天真。此甚不然。固须绎虑于险中，采奇于象外，状飞动之句，写冥奥之思……但贵成章以后，有易其貌，若不思而得也。"④可见精思而复归自然，是他一贯的主张，也是他对诗歌艺术"取境"的基本规定。拿这一点来同王昌龄《诗格》作比较的话，则王氏论诗虽亦有"令左穿右穴，苦心竭智"以及"不能专心苦思，致见不成"之类提法⑤，而总体说来似更注重自然发

---

① 引自《汇考》第 241 页。
② 见《诗式·取境》，《汇考》第 232 页。
③ 皎然《诗式序》，《汇考》第 222 页。
④ 《诗议·论文意》，引自《汇考》第 208 页。
⑤ 均见《诗格·论文意》，《汇考》第 162、163—164 页。

兴。其所云"自古文章,起于无作,兴于自然,感激而成,都无饰练,发言以当,应物便是"①,正体现了诗思出于自然的见解。他还一再申说思若不来时不要勉强,要放宽情怀,甚至睡觉养神,待兴发意生时再来从事。前引"诗有三思"条中,"生思"与"感思"均立足于自然发兴,唯"取思"较偏向刻意搜求。总括起来看,可以认为王氏的"取境"观念建立在自然发兴的基础之上,由感兴引发诗思,再通过观照取境来完成诗思,这跟皎然鼓吹的精思而返归自然,在侧重点上显有差异。

皎然"取境"说的又一个特点,是他主张诗歌造象要"奇险",甚至由"奇险"走向"变怪",这与他重"苦思""精思"的见解自相一致,且由此可联系到他有关"取境"的另一种提法,曰"造境"。"造境"说的提出见于皎然《奉应颜尚书真卿观玄真子置酒张乐舞破阵画洞庭三山歌》,为把握其精神,全录于下:

> 道流迹异人共惊,寄向画中观道情。如何万象自心出,而心澹然无所营?手援毫,足蹈节,披缣洒墨称丽绝。石文乱点急管催,云态徐挥慢歌发。乐纵酒酣狂更好,攒峰若雨纵横扫。尺波潺漫意无涯,片岭崚嶒势将倒。盼睐方知造境难,象忘神遇非笔端。昨日幽奇湖上见,今朝舒卷手中看。兴余轻拂远天色,曾向峰东海边识。秋空暮景飒飒容,翻疑是真画不得。颜公素高山水意,常恨三山不可至。赏君狂画忘远游,不出轩墀坐苍翠。②

这是一首题咏张志和(别号玄真子)画艺的七言长歌,开篇交代事由,结末赞扬画家的高艺与主人的雅怀,当中大段则对绘事作铺陈描写,着力突出画家作画时手挥足蹈、乐纵酒酣的狂态和笔意纵横、墨点乱洒的艺能,其间插入诗人自己的两句感受:"盼睐方知造境难,象忘神遇非笔端",这就是"造境"一词在诗学上的源起了。"造境"与"取境"

---

① 《诗格·论文意》,《汇考》第160页。
② 《皎然集》卷七,《四部丛刊》本。

究竟有什么区别呢？应该说，作为构造诗歌形象的艺术思维活动，它们在原理上自应相通，都是指的诗人凭主体心意来感受和摄取外在事象以生成"诗境"的活动，实质并无二致。但细细考校下来，皎然的"造境"与王氏《诗格》里的"取境"观念确有歧异。王氏的"取"是名副其实的"取"，虽也要"搜求于象""深穿其境"，而"搜求"的结果仅限于"下临万象，如在掌中"或"了然境象，故得形似"，并无须改变事物的常态和实相，所谓"文章是景，物色是本，照之须了见其象"的说法①，显示了其尊重客观对象的用意。而皎然的"造境"恰恰以"狂"和"变"为其表征，上引长歌咏写绘事，突出的正是画家的狂态运作和由此造成作品风貌的轶出常规。他在《张伯高草书歌》中亦倡言："须臾变态皆自我，象形类物无不可"②，意指借助"象形类物"的手法，任凭己意来变造书体文字，可见"奇变"确是他从事"造境"的一大追求。掌握了这个要领，回过头再来看他的"取境"说，所谓"取境之时，须至难至险，始成奇句"，以及"放意须险，定句须难""绎虑于险中，采奇于象外"之类提法，其实皆偏向于"造境"。"造"（变造）还是"取"（摄取），实是他们两人在诗歌构境方法上的一大分野。

然则，"造境"说的依据究竟是什么？且这样做的目的意义又何在呢？按照佛家的观念，"境"由"心"造，只要开启了心源，就可以做到万象毕俱。这一见解对唐代艺术界产生了重大影响。张璪论绘画，有"外师造化，中得心源"的八字纲要③。张怀瓘《六体书论》谈书法艺术，也有"独照灵襟，超然物表，学乎造化，创开规矩"之说④。他们虽仍重视"造化"的示范价值（不像佛教将世界看空），而突出"心源"（灵襟）的主导作用则相当一致。皎然在《观玄真子画洞庭三山歌》里讲到："如何万象自心出，而心澹然无所营"，亦是将"心"认作万象毕出的源头，可见开启心源实乃艺术造境的根本前提。不过切莫将开启心源简单

---

① 《诗格·论文意》，《汇考》第162页。
② 见《皎然集》卷七。按《四部丛刊》本原题《张伯英草歌》，现据《全唐诗》所录及题注校改。
③ 见张彦远《历代名画记》卷一〇所引，《四库全书》本。
④ 载见《全唐文》卷四三二，上海古籍出版社1990年版。

地等同于开展艺术想象活动。按佛家的教义,心性本静、本空,且正由于其空、静的本性,始能生成并容纳万象①。而要保证心体的空且静,佛教修持中遂有"观心"之一说,且常须借助观照外物来反观心源,所谓"唯于万境观一心,万境虽殊,妙观理等"②,即是指通过体察万物的变幻无常,来体认本心的空寂妙用。这一由"观物"归返于"观心"的路向,恰足以昭示诗歌艺术关注"造境"的缘由。当然,诗家不同于禅家,他们未必都会将自己的本心归之于虚空,但那种由开启心源来变造物象,更由所变造的物象来展示并反观主体心性的思路,则可以有共通性。有如皎然所指出的,"造境"之难在于"象忘神遇",即摆脱事物外表粗露的形迹以求索其内在精微的神理。既然摆脱了外表形迹,"造境"便不能光凭笔墨技巧来实现(所以说"非笔端"),它的支撑点必须放置在"神遇"上,也就是要倚靠诗人和艺术家主体的"神"来会通天地万物之"神"。这一会通工作正是通过变造事物形相来进行的,在凭"心"裁制万象的"造境"过程中,充分显示了诗人和艺术家个体的心气、才性以至风神,故透过其所造之"境",即足以反映其主体心性。"造境"说之所以在唐中叶以后得到盛行,"造境"活动又经常与诗人、艺术家的狂态运作相联系,当与中唐文人注重主体心性的发扬分不开,而皎然便是一个开风气者。

  整个地看,"取境"和"造境"作为唐人艺术思维活动中两种极有特色的运作方式,其精义皆在一个"观"字上,且皆以"观物"为其发端。只不过"取境"说始终坚持"观物"的路线,从"以心照物""深穿其境"演进为"了然境象""故得形似"(或"深得其情""得其真"),而"造境"说则更要求由"观物"反观"心源",通过"开启心源""裁制"与"变造"万象,以进入"象忘神遇"的境界。"象忘神遇"实现了对物象自身形体的超越,更利于主体精神的发扬,于是"主情"的诗学便有可能向"主

---

  ① 苏轼《送参寥师》诗云"欲令诗语妙,无厌空且静。静故了群动,空故纳万境"(《四部丛刊》本《集注分类东坡先生诗》卷二五),可参。皎然所说的"而心澹然无所营",也是这个意思。

  ② 见唐释湛然所撰《止观义例》卷下,引自石峻等编《中国佛教思想资料选编》第二卷第一册第 255 页,中华书局 1983 年版。

意"的诗学倾斜了,这是唐人诗歌意象艺术的一大转关,不可不加注意。

三、"意与境会"和"境生象外"

"取境"与"造境"解说了诗境生成的方式,而由这"取"与"造"所形成的诗境本身,又具有什么样的特点和性能呢？借用唐人自身的提法,或可将其归结为"意与境会"和"境生象外"这样两个方面,让我们分别来考察一下。

"意与境会"出自权德舆《右武卫冑曹许君集序》,其评许生诗云:"凡所赋诗,皆意与境会,疏导情性,含写飞动,得之于静,故所趣皆远。"①又,唐末司空图亦尝以"五言所得,长于思与境偕,乃诗家之所尚者"来赞许王驾的诗②,这"思与境偕"跟"意与境会"当是一个意思。什么叫"意与境会"呢？"意"自是指诗人的情意体验,情意体验渗入其所构造的诗境之中,使整个诗境为情思所笼罩,所照亮,所灌注饱满,这就叫"意与境会"了。有如皎然所指出:"静,非如松风不动,林狖未鸣,乃谓意中之静。远,非如渺渺望水,杳杳看山,乃谓意中之远。"③这意中的静境和远境,并不同于现实世界里的静景或远景,关键在于"意"。能体现"意"之静的,便是静境;体现"意"之远的,便是远境。可见"意与境会"的主导方面实在于"意","境"乃是"意之境"。皎然还曾讲到:"境非心外,心非境中。两不相存,两不相废。"④虽属论禅,亦通于诗道。"境非心外",是说"境"并非心外之物,它作为心之所营造,本身即为心意自身的一种呈现。"心非境中",谓"心"亦非境中之一物,它笼罩全境,势力普及于境之整体。"两不相存",指"心"与"境"不是并列存在着的两个东西,它们实属一体。"两不相废",则又意味着"心"与

---

① 见《全唐文》卷四九〇,上海古籍出版社1990年版。
② 司空图《与王驾评诗书》,见《司空表圣文集》卷一。
③ 见《诗式·辩体有一十九字》,《汇考》第242页。
④ 见皎然所撰《唐苏州开元寺律和尚坟铭》,载《全唐文》卷九一八。

"境"不当彼此排斥或相互取代,要从互有联系、各自转化的作用功能上来加体认。皎然对"心""境"关系的这一梳理,当有助于我们理解"意与境会"命题的确切含义,从而对诗境的性能与特点有更深入的领会。

　　由此或可进以探讨"意与境会"与通常所说的"情景交融"之间的界限。按习惯的说法,诗歌意境成立的表记即在于"情景交融",能做到诗中情意与物象的紧密结合,就算是有意境,否则便是意境不足或不具备意境。这个说法对不对呢?应该承认,此说有一定的道理,因为就一般抒情写景的作品而言,诗中情景二要素若能密切关合甚至打成一片,情意体验得以渗透于诗作的全部景观画面,则意境自能得到彰显,这也便是"情景交融"通常被认同于诗歌意境的缘由。但根据我们上面所作的辨析,"景"与"境"实非一回事,"景"仅限于诗中物象,"境"则包括"物境""情境""意境"等不同类别,也就是说,诗里写到的各种物象景观、情事活动乃至情感、意念的多样化表现形态,都可成为构"境"的材料,"境"比"景"的容涵要大得多,此其一。另外,"意"与"境"的关系也并不全然相当于情景关系。情景关系主要是从诗歌意象构成的层面上提出来的(尤其明显地落在"情语"与"景语"的配置方式上),属诗歌艺术表现方法的范畴(虽亦可溯源于创作过程中的"心物交感"),而"意与境会"乃指诗人情意体验对整个诗境的把握,它首先关涉到的是诗人的艺术思维活动,即其对于所要表现对象的审美感受与审美观照方式,而后才落实到意象组合与诗境构成的层面上来。比较下来,"意与境会"的涵盖面大,它反映着诗歌创作在"取境""造境"上的某种规律性要求,就诗歌艺术而言具有更强的普适性;"情景交融"则似乎更多适用于单纯写景抒情(尤其是借景传情)的篇什,套用在诸如直接抒情(所谓"直抒胸臆"或"感事写意""观物入理"的篇章之上,往往见得有点扦格不入。故若我们不打算将诗歌意境艺术的成就独许给唐人甚至局限于盛唐诗人,而希望适当推扩于一部分汉魏古诗乃至宋型诗作的话,则"意与境会"一说当比"情景交融"有更大的包容性和可行性。

"意与境会"之外，加之于诗境的另一个特定的要求，便是"境生象外"。这个命题出诸刘禹锡之口，他在《董氏武陵集纪》一文中说道："诗者，文章之蕴耶！义得而言丧，故微而难能；境生于象外，故精而寡和。"①后来司空图《与极浦书》中引戴叔伦语云："诗家之景，如蓝田日暖，良玉生烟，可望而不可置于眉睫之前也"，并谓"象外之象，景外之景，岂容易可谭哉？"其实也都是讲的"境生象外"。

　　"境生象外"究竟包含哪些内容呢？在刘禹锡的文章里，它是同"义得而言丧"一并提出来的，实际上这两个命题之间确有着紧密的联系。"义得言丧"的提法当本之于《庄子》书里的"得意忘言"，而"得意忘言"又是从"言不尽意"之说派生出来的，既然言词不能充分表达其所要表达的意蕴，那就必须超越语言的层面去直接领会那深藏着的意蕴，这就叫做"得意忘言"了。对"言不尽意"说的另一种回应办法是"立象以尽意"，这是《易·系辞传》所主张的，但"立象"能否"尽意"，人们也有争议。后来王弼便尝试将两种解答的路子归并在一起，用"言者所以明象，得象而忘言；象者所以存意，得意而忘象"的思路作了系统整合，既不排除"言"、"象"在"达意"问题上的指示和引导的作用，更力求超越"言""象"的局限去面对"意"的真实内蕴②。不难看出，刘禹锡标榜的"义得言丧""境生象外"的命题，正是从王弼为代表的玄学思维中承传下来的，两个命题出自同一个机杼，乃是要超越有形迹的"言""象"，以进入诗歌内在极精极微的境界。

　　进一步考察，我们会发现，在中国诗学传统中，对"言""象"二者局限性的认知，并不是同步发展的。有关"言""意"之间的差距，诗学中谈论甚多。从早期"比兴"说的宣扬"言在此而意在彼"，经《文心雕龙·隐秀》篇揭示"隐也者，文外之重旨者也"③，直到皎然以下的诗格类著作大谈"两重意"和"多重意"④，表明诗歌作品"文约意广"的特点

---

① 见《刘禹锡集》卷一九。
② 王弼的阐说参看其所撰《周易略例·明象》，见楼宇烈《王弼集校释》第609页，中华书局1980年版。
③ 范文澜《文心雕龙注》卷八，人民文学出版社1958年版。
④ 皎然《诗式》有"重意诗例"条，可参。

早为人们熟知。锺嵘《诗品序》则采用"文已尽而意有余,兴也"的提法①,明确地将"有余意"认作诗歌的一种美质。王昌龄《诗格》论"含思落句势",讲求诗篇结句"须含思,不得令语尽思穷",皎然《诗式》推许乃祖谢灵运诗"情在言外"、"旨冥句中",肯定"一篇之中,虽词归一旨,而兴乃多端"②,均以"意余言外""含蓄不尽"作为诗美的表征,可见对言词的超越早已成了诗家共识。

相比之下,诗人对于"象"的经营却比较执着。六朝诗学鼓吹"穷形尽相",标榜"神用象通",崇尚"巧构形似之言"③,都还是在"象"的圈子里打转转。至唐王昌龄《诗格》,亦仍以"得形似""了然境象"视作构建诗境的最高目标。故"象外"世界的开创之功,自不能不归诸皎然(盛唐殷璠"兴象"说实发其端绪),其《诗议》中的"采奇于象外"和前引《观玄真子画洞庭三山歌》所标举的"象忘神遇",正是"境生象外"说的直接先导。值得注意的是,皎然的"象外"追求与其"造境"说实相表里。"造境"主张变造物象以宣示诗人内在的气性,其所造之境多属虚拟想象之境,是实境之外的另一重境界,跟他"象外"追求中一力崇扬"采奇"与"狂态"完全一致。这一借虚拟、变造以开拓"象外"境界的想法,在中唐诗人的诗学思想中表现相当明显。如孟郊《送草书献上人归庐山》诗描写草书艺术,就用了"手中飞黑电,象外泻玄泉。万物随指顾,三光为回旋"这样的句子,其《赠郑夫子鲂》诗中也有"天地入胸臆,吁嗟生风雷。文章得其微,物象由我裁"的表白④。而刘禹锡本人在《董氏武陵集纪》一文里,更明白阐说了"心源为炉,笔端为炭,锻炼元本,雕砻群形,纠纷舛错,逐意奔走,因故沿浊,协为新声"的造境原理。由此看来,造境说的提出直接开启了通往"象外"世界的门户,"象外"之"境"实即实境之上的虚拟想象之境。

不过我们也不要将"境生象外"的命题完全拘限在变造物象的范

---

① 引自曹旭《诗品笺注》第25页,人民文学出版社2009年版。
② 均见"池塘生春草、明月照积雪"条,《汇考》第261页。
③ 分别出自陆机《文赋》、刘勰《文心雕龙·神思》和锺嵘《诗品》评张协语。
④ 见《孟东野诗集》卷八与卷六,《四部丛刊》本。

围之内。"象外"追求原就有"得意忘象"的一面,即超越"象"的层面以探得其精意所在,这才是走向"象外"的根本目的。皎然在情意与境象的关系问题上亦有新的阐发,他一方面肯定"诗情缘境发"①,坚持了"意与境会"的观点,另一方面又宣称"缘景不尽曰情"②,意指情意虽需凭附境象才得以呈现,而其生发的空间却可以超越有限的景观,具有向着无尽开放的趋势,这就为"象外"之思添注了新的内容(殷璠"兴象"说亦含有此意)。我们看诗人刘禹锡谈"境生象外",要同"义得言丧"连在一起讲,显然承袭着魏晋玄学的话头,立足于超越"言""象"以求得真意。但他同时吸收了佛家"凭心造境"之说,把营造虚拟想象之境(不一定非取怪诞的形式不可)的要求也包罗进来。于是"象外"之"境"的容涵便进一步扩大了,既可用以指实境以外的想象空间,更可投注于那由实在感知空间和虚拟想象空间共同导向的诗人内在的情意空间(即诗歌作品所蕴含的整体情意氛围,其中又会有情感、意趣、韵味、理致等多种成分的交织)。这样一来,整个诗境便演化成一种层深的建构,由"象内"("象"本身)通向"象外",且"象外"尚可有多层叠合,足以让人反复求索玩味,这或许正是诗歌意境艺术的最大魅力之所在吧!

以上从"意与境会"和"境生象外"两个方面揭示了诗境所应具有的艺术特点,前者体现了诗境的整体性能,后者则形成其超越功能,这应是诗境之为"境"(区别于诗歌意象)的主要标记。当然,这是指诗歌艺术的成熟境界而言,至于具体创作中存在这样那样的缺陷,致使作品达不到完满的境界,自是难免。诗境的成熟与完满,意味着古典诗歌艺术跃上了一个新的台阶。

四、"诗境"说在诗学史上的地位

"诗境"说在唐代的产生,具有什么样的理论价值呢?今人谈这个

---

① 见《秋日遥和卢使君游何山寺宿扬上人房论涅槃经义》诗,《皎然集》卷一。
② 见《诗式·辩体有一十九字》,《汇考》第242页。按"景"当作"境"。

问题,常要追源于佛教思想的影响,自是有根据的。不光"境"之一词作为学理范畴来自佛学,且"境由心造"以及造境过程中须"观物"、"观心"以"开启心源"诸般说法,亦跟佛家思想有割不断的因缘关系,本文均有论述。但我们不当将"诗境"说看成佛教思想的简单移植。佛家谈"境"是为了"观心",诗家谈"境"则为了作诗,目的不一,"境"的性质与功能亦自有了区别。依佛家"缘起性空"的教义而言,心体之外的"外境"本就是虚妄不实的,由心识所呈现的"内境"亦只有相对的意义,其功能仅在于"返照心源",所以佛教的最终取向必然要归结到"唯识无境界"。但诗家取境决不能无视"外境",外在世界的各种事象与物象正是诗人构境的凭借,故"搜求于象,深穿其境"是诗歌创作的必要前提,需要花大力气。且经过一番努力之后,诗人的情意体验渗入其所摄取并改造过的物象,构成了诗境(相当于佛家的"内境"),这诗境虽亦可视以为诗人心意的呈现,而又有其自身独立的存在形态,更常以文本的形式流传于世,供千秋万代的读者们去吟讽品味。这些都是诗家之境与佛家之境的差异所在,不可不加甄辨。为此,谈论唐人"诗境"说,便不能单从佛教影响这一视角来观察,更当联系中国诗学(包括诗歌创作实践)的整体进程来加体认。

　　从诗学传统自身演变的进程看,"诗境"说的产生标志着古典诗歌意象艺术观念的一大提升,这又可从多个角度来作验证。

　　首先,就意象思维形态的演进而言,其活动方式已由单纯的感兴上升到了"感"与"观"的结合。众所周知,我们民族的艺术思维传统注重于一个"感"字,先秦两汉时期就有"物感"说行之于世,六朝文学的自觉亦仍以"缘情感物"为基本导向。"感"指的是"心物交感",是诗人内在的情意与外界事象、物象相碰撞而产生的激发作用,通常表现为自然兴发的过程,所谓"人禀七情,应物斯感,感物吟志,莫非自然"[①],讲的就是这一作用过程。自然兴发的阶段比较短促,有时候,诗人为要深化自己的感受,需要借助联想和想象来打开思路,这种联想与想

---

① 《文心雕龙·明诗》,范文澜《文心雕龙注》卷二。

象的心理过程古人称之为"神思"。"神思"也并不脱离"心物交感",所谓"思理为妙,神与物游"①,正是对"神思"过程中心物互动关系的具体写照,根底上仍离不开"感"的作用。为什么"感"有那么样的重要性呢?这跟中国传统的"元气"论自然观分不开。在我们的先辈看来,"气"乃是生命的本原,天地万物皆"一气化生",人的心灵亦无非精气所聚,故人心与外物的交感,实为生命与生命的碰撞和交流,而由这交感所生成的情意体验以及诗歌创作,亦便是生命活动的拓展和延伸了。所以"感"乃是艺术生命的动力源,无"感"不成其为诗。然而,在佛教思想影响下产生的"诗境"说,却更注重一个"观"字,而且是静观与空观。佛教主张"万法唯心",且将"心"的本性解作清净寂灭,于是"心"以应物的方式便绝不能是"神与物游",而只能是静以观物、空以纳物,更由观物、纳物进以返照本心,以开启心源,这正是"取境""造境"之说为诗人艺术思维所开示的新的途径。不过如前所述,作诗毕竟不同于修禅。修禅的目的最终是要消解万象,复归于一心;作诗则为要取纳万象,以构成诗境。故而王昌龄与皎然的诗论中都曾给予物象以突出位置,亦承认"心物交感"的重要意义(王氏《诗格》常讲"兴发"而后"意生",并将"处身于境"作为"取境"的先奏,皎然论诗也有"以情为地,以兴为经"之说②)。他们所能做的,只是在自然发兴的基础之上,添加"以心照物"(即所谓"视境于心",当亦包括随后的"返照心源")这一环节,让诗思由"感"提升到"观"的层面上来。"观"与"感"有什么差别呢?它们都属于心物之间的交互作用,比较而言,"感"更强调外物的激发功能,因为在感受过程中,通常是外在的对象主动来叩击心灵,"心"多半是被动地接受信息并做出回应。但在"以心照物""视境于心"的过程中,"心"成了名副其实的主体,它要以积极、主动的姿态去君临和谛视其所面临的对象,且常要依据自己的"意之所向",来规划与整理其所掌握的事象材料。于是通过这一凝心观照的方式,

---

① 《文心雕龙·神思》,《文心雕龙注》卷六。
② 见所撰《诗议》,引自《汇考》第209页。

原来感受所得的杂乱印象连同其感受心理活动本身,便可得到有机的整合,以构成整体性的景观(所谓"如登高山绝顶,下临万象,如在掌中",正是对这一观景方式的恰切形容),也就是我们这里所谈的"诗境"了。看来"诗境"生成的关键还不在于情、景之类要素的组合形态,它首先是个艺术思维变革的问题;也只有实现了艺术思维由"感"至"观"的飞跃以及"观""感"之间的有机结合,才有可能形成唐诗意境艺术高度成熟的局面。

其次,让我们转到意象结构方式演变的角度来看一看,因为"诗境"说里所讨论的情景、境意诸关系,皆要涉及诗歌意象结构问题。我们知道,唐以前的汉魏古诗是以直抒胸臆见长的,其情意表述的真率而时带曲致,固自有撼动人心的力量,一部分以比兴手法寄托情思的作品,亦常能透过联想以传送出诗人的深切体验,古诗被视为高风绝尘即在于此。但也要看到,正缘于侧重情意的直接表述和喻象寄意,诗中情意与物象之间的交会便显得不那么密合,物象多处在点缀或陪衬的位置上,而情意抒述自身亦难以形成层叠的结构和涵深的意蕴。至六朝山水、咏物诸诗潮兴起,则又将"体物"放到了首位,在物象经营上固然精细贴当,然过于密集、堆垛,且常缺乏饱满贯通的情思为统摄,容易产生"有句无篇"的弊病。可见纯任情思或单立物象,均有碍于整体诗境的生成①。如何突破历史的局限,通过协调情意与物象的关系,使二者达到相互交融、一体组合的境地,以打造相对完整且具有涵深意蕴的诗境,恰成为唐人发展诗歌艺术所面临的巨大挑战和机遇所在。而唐诗尤其是盛唐诗人所取得的重要成果,除了为时代精神作写照之外,突出的一点正在于诗歌意象构成方式的转变,即将直抒胸臆或单纯写景转换成情景相生且相互交融。这一新的艺术形态进入论者的视野,遂有王昌龄等人著作中有关情景关系的种种研讨以及"境""意"、"境""象"诸关系的

---

① 这当然不意味着汉魏古诗或六朝诗歌全然不具备诗境,只是说,由于其意象结构方式的较为单一化,在某种程度上限制了诗境的普遍走向成熟。

论析,其实便是诗歌意象结构艺术更新的反映。诚然,诗境的构成不限于情景交融,"境"有"物境""情境""意境"之别,"境"与"意"的结合也不等于两者相加,乃是诗人情意体验对于其所观照之"境"的渗透、灌注以至整合、统摄的全过程,这样构造起来的诗境才称得上"意与境会",才有其整体美学效应。且正由于诗境为诗人的情意体验灌注饱满,而情意体验又有自身不断生发的功能(所谓"诗情缘境发"和"缘景不尽曰情"),故"意与境会"的结果必然会导向"境生象外",亦便是从眼前的实境孕育并生发出虚拟想象之境和弥漫、充溢于其周遭的整个情意氛围空间来,于是诗歌意象结构由原先的平面组合转变为层深建构,作品也就有了含蓄不尽的风神韵味,这正是唐诗特别为后人称赏的原因。

复次,还要就"诗境"说与诗歌语言风貌创新的关系来说几句。总体上看,唐人"诗境"说偏向诗歌艺术的"形上"层面,直接落实于语言文字技巧的并不多,但不等于毫无关系。例如王昌龄《诗格》中的"十七势"专谈句法,其中涉及情景结合方式的不在少数,跟诗境的构成自有联系。又如皎然《诗式》中的"辩体有一十九字"讨论诗歌风格体貌问题,从其"取境偏高,则一首举体便高;取境偏逸,则一首举体便逸"的说法看来,他把诗境认作诗体、诗风的决定因素,则诗境的经营自亦须关联到诗歌语言风貌。尤当注意的是,王氏与皎然论诗,在诗歌风貌的锻造上,均有将自然与人工相结合的倾向。王氏更强调自然发兴,但也有叫人"专心苦思""苦心竭智"的话头,其讲调声、讲句法、讲用字、讲结构,无一不属于人工锻造的作用。皎然则明确宣告要用"苦思"、"精思",却又主张成篇后须泯灭苦思的痕迹,力求以自然风貌呈现。二者所共有的自然与人工相结合的思想,或可帮助我们进一步体认唐代诗人营构意象语言的策略及其诗歌清新风貌的成因。长期以来,我们多将唐诗尤其是盛唐诗歌的清新风貌归之于自然天成,其实是不全面的。唐人确有重视自然天成的一面,然亦十分关注人工锻造,广为流传的诗格类著作即是应传布做诗技巧之需而出现的。唐诗的语言看来出自自然,其实也经过人工提炼,它并不同于汉代古诗那样"若秀才对朋友说家常话"①,乃是一种精心加工打造的"诗家语",从其声律、对仗、句法、字眼的讲求上都能充分显现出来。唐人亦甚看重意象语言的创新出奇,其推崇自然与标榜新奇并行不悖,这在王氏与皎然的诗论中均有所反映。据此,则"诗境"说所体现的诗歌意象艺术的更新是全方位的,包括意象思维、意象结构和意象语言各个层面在内,对此当有足够的估计。

综上所述,唐人"诗境"说的出现虽有佛家思想的推动作用,根本还在于诗歌艺术和诗学传统自身的演化。它建基于唐代诗歌艺术经验的新发展,以理论形态总结了这一新的经验,从而使传统诗学有关诗歌意象思维、意象结构乃至意象语言的探讨都升腾到了一个新的立足点上,"诗境"说因亦成为古典诗歌意象艺术演进过程中的重要里程碑。同时要看到,"诗境"说本身也是处在不断流动与变化的进程中的。如果说,王昌龄《诗格》崇尚诗人的自然发兴,其"取境"的方式偏向"凝心照物",归结于"了然境象,故得形似",较多地体现了其所处盛唐时期的诗歌情趣,那么,皎然的"造境"说以"苦思"为必要途径,大力提倡"采奇""涉险""狂放"甚至"变怪",藉以张扬主体自我的心性和心力,则显然染有中唐诗变的风气,从诗歌"主情"开始转向了"主意"。当然,"主意"的新风尚与"主情"的老传统并不能截然割裂,在二者交会之下,以权德舆和刘禹锡为代表的中唐诗家,分别就"意与境会"和"境生象外"两个方面对"诗境"说作了原则性概括,使"诗境"的范畴有了更明确也更完整的界定。晚唐司空图则以"尽而不浮,远而不尽"二语对"诗境"的性能加以总体描述②,又通过"象外之象,景外之景""韵外之致""味外之旨"多重提示③,将"诗境"内蕴的各个层次与不同侧面具体展示出来,让其美感效应得到更充分的发扬。至此,唐人"诗境"说即已宣告完成。这一理论观念在后世有着深远的影响,不单宋元明清历代诗家继续就情景、境意诸关系进行深入辨析,且宋以后人谈

---

① 见谢榛《四溟诗话》卷三,人民文学出版社1961年版。
② 《与李生论诗书》,《司空表圣文集》卷二。
③ 分见《与极浦书》和《与李生论诗书》,《司空表圣文集》卷二、卷三。

"韵"、谈"味"、谈"趣"、谈"意象""兴象""兴趣"乃至"神韵",亦莫不在"诗境"说范围之内。明清人士营构出"意境"一词,用以指称诗歌艺术本体,"意境"实乃"诗境"的赓沿。近人王国维在吸收西方理念的情况下标举"境界"说,虽有将旧典翻新的意向,而亦脱不了原有学说思想的继承。于此看来,"诗境"说在中国诗学传统中确有其承前启后的中坚位置,它是古典诗歌意象艺术发展成熟的重要标志,亦是明清至近代诗家"意境"论诗的先声。"境"作为诗之本体,固然有一个渐形发育以走向成熟的过程,而一旦脱胎完形,则必然会产生笼罩全局的功能。唐人"诗境"说在后世的发扬光大,不正充分显示出问题意义之所在吗?

(原载《文学遗产》2013年第6期)

生命体验的审美超越
——《人间词话》"出入"说索解

研读《人间词话》的人,多关注其"境界"说,而相对忽略其"出入"说,偶有论及,也只是作为一个局部性问题来加以考虑,这是很不够的。"出入"说在王国维的诗歌美学理论中占有重要的位置。如果说,"境界"说构成其诗学的审美本体论,那么,"出入"说便是其诗学的审美活动论。诗歌的审美本体是在诗人的审美活动中建立起来的,从这个意义上说,不了解"出入"说,就不可能全面、透彻地把握王国维的"境界"说及其整个诗学理论体系,更难以充分、合理地估价他在中国诗学建设上的贡献。本文尝试就此作一点探索。

一

"出入"说正式见于《人间词话》,仅下面一则文字:"诗人对宇宙人生,须入乎其内,又须出乎其外。入乎其内,故能写之;出乎其外,故能观之。入乎其内,故有生气;出乎其外,故有高致。美成能入而不能出,白石以降,于此二事皆未梦见。"[①]为了理解这段话,人们常引《词话》中紧接的另一则用为参证:"诗人必有轻视外物之意,故能以奴仆命风月。又必有重视外物之意,故能与花鸟共忧乐。"[②]这两则文字谈

---

① 《人间词话》第60则,周锡山编《王国维文学美学论著集》第367页,北岳文艺出版社1987年版。
② 《人间词话》第61则,同上书同页。

的什么问题呢？有的论者认为是指创作者所当具之修养与态度①，自然并不错，尤其后一段话以"轻视外物"和"重视外物"对举，明显说的是诗人对所写事象的态度问题，这应该是"能入"和"能出"的前提所在。不过就"入"和"出"自身而言，则显然属于两种活动，而且是有先后联系的两种活动（从"美成能入而不能出，白石以降，于此二事皆未梦见"之语看来，当是"入"在先而"出"在后，故有"能入而不能出"者，却不会有未"入"而已"出"者）。我们把它看作为诗人面对宇宙人生从事审美和艺术创造的两个阶段（其间会有交叉互渗），大致是不离谱的。

"入"和"出"的具体内涵又是指的什么呢？依据上引两段文字的解说，"入乎其内"意味着"重视外物"，它要求诗人全身心地融入对象世界（"与花鸟共忧乐"），给予真切地表达（"能写之"），这才能使写出的作品具有活生生的情趣（"有生气"）；"出乎其外"则意味着"轻视外物"，即以超越的姿态对待所描写的事象（"以奴仆命风月"），通过凝神观照（"能观之"），以求得对宇宙人生更深一层的领会（"有高致"）。两者都是说的审美主体与审美客体之间的关系，不过一注重在生命的内在体验，一着眼于精神的超越性观照，于是有了"入"和"出"的分别，而又共同构成完整的审美活动所不可缺少的两个环节。

我们说过，作为审美活动的两个阶段，"入"与"出"相比，不能不具有领先的作用。未"入"何由得"出"？没有实在的生命体验，又哪来对这种体验的超越性反思？王国维深深懂得这个道理，这从他对诗歌"境界"的基本规定条件中即可反映出来。他说："境非独谓景物也，喜怒哀乐，亦人心中之一境界。故能写真景物、真感情者，谓之有境界。否则谓之无境界。"②诗歌的内容不离乎情与景，但有情景的诗歌不等于有"境界"，关键在于一个"真"字。"真"究竟指的什么？"真感情"，好理解，即不加伪饰的真切的感受。王氏提倡"感自己之感，言自己之

---

① 见叶嘉莹《王国维及其文学批评》第270—272页，广东人民出版社1982年版。
② 《人间词话》第6则，《王国维文学美学论著集》第350页。

言",不赞成一班模仿者"但袭其貌而无真情以济之"①。他特别反对"游词"和"儇薄语",主张"艳词可作,唯万不可作儇薄语"②,甚至认为一些被目为"淫词"、"鄙词"的作品,由于感情真挚,读来"但觉其精力弥满","亲切动人"③。这些都是说的"真感情"。至于"真景物",并非实存的景物,而亦是指诗人感受中的物象,所谓"感情真者,其观物亦真"④,重点还是落在感受的真切上。王氏曾举例说明:"'红杏枝头春意闹',著一'闹'字而境界全出。'云破月来花弄影',著一'弄'字而境界全出矣。"⑤为什么会这样?那便是因为红杏开在枝头仅是实存的景象,著一"闹"字才能写出春意盎然的感受;云月蔽映下花影的时浓时淡也只是眼前物象,著一"弄"字才能传达出潇洒自如的情韵。"闹"和"弄"都不是客观事物固有的,乃是诗人面对外物时的内心感受,亦即他自身的生命体验。称之为"真",称之为"有境界",不就说明了"境界"来自人的实在的生命体验吗?

景物与感情之"真",另有一个别名,叫作"不隔"⑥。《人间词话》里多处谈到"隔"与"不隔"的问题,认为"语语都在目前,便是不隔"⑦,这同另一则文字所说的"其言情也必沁人心脾,其写景也必豁人耳目,其辞脱口而出,无矫揉妆束之态。以其所见者真,所知者深也"⑧,是一个意思。有的论者将"隔"与"不隔"的区别说成是诗歌艺术表达上的"隐"与"显"的差异,并指摘王氏主张"不隔"为偏重"显"的方面,带有一定的片面性⑨,这个说法未必妥当。王氏论词自有其偏爱(如喜好自

---

① 见《文学小言》第 10 则,《王国维文学美学论著集》第 27 页。
② 《人间词话未刊稿》第 44 则,同上书第 382 页。
③ 见《人间词话》第 62 则,同上书第 367 页。
④ 《文学小言》第 8 则,同上书第 27 页。
⑤ 《人间词话》第 7 则,同上书第 350 页。
⑥ 《人间词话》第 40 则"问'隔'与'不隔'之别"一句,王氏手稿原作"问'真'与'隔'之别",可见"真"即"不隔"。引自佛雏校辑《新订〈人间词话〉·广〈人间词话〉》第 87 页,华东师范大学出版社 1990 年版。
⑦ 《人间词话》第 40 则,《王国维文学美学论著集》第 359 页。
⑧ 《人间词话》第 56 则,同上书第 365 页。
⑨ 见朱光潜《诗的隐与显》,姚柯夫编《〈人间词话〉及评论汇编》第 86 页,书目文献出版社 1983 年版。又施议对亦持此说,见所著《人间词话译注》第 70 页,广西教育出版社 1990 年版。

然的风格,对于用典故、成语、代字之类手法否定太极端),无庸讳言。但倡扬"不隔",却是从美学原则出发,不能与个人嗜好混为一谈。所谓"语语都在目前",显系由"状难写之景,如在目前"脱化而出,它同"含不尽之意,见于言外"原本属有机的结合①,而非必然导致片面性的。《人间词话》曾引严羽论唐诗"言有尽而意无穷"的话,以为同调②,其批评姜夔时也说到他"不于意境上用力,故觉无言外之味,弦外之响"③,可见"境界"说本来就包含余味曲包的一面,并不一味主张显豁。那为什么要将"不隔"给予特别强调呢?在我看来,这正是同审美活动以"入乎其内"为先导相一致的。"入"就是要打破诗人与对象世界之间的阻隔,"入乎其内"才能拥抱对象世界,才能形成真切的人生体验,也才能做到写情写景"语语都在目前",所以"不隔"便成了"入乎其内"得以实现的标志,亦即诗歌境界有无的表征。我们看《人间词话》所举"不隔"的例句,皆为诗人富于生命体验的作品;而作者一再表示对姜夔等人词作的"隔"的不满④,也正好同他关于"白石以降,于此二事(按指'入'与'出')皆未梦见"⑤的说法相印证。且无论他对白石诸人的评价是否过苛,他这种以"入乎其内"为创造"境界"的首要步骤的见解,应该是很分明的。

现在来看另一个方面,即"出乎其外"的问题。如何确切地来把握这一提法呢?前曾述及,王国维并不以诗歌表现情景"语语如在目前"为极限,他还要求"言有尽而意无穷",就是要在有限的画面中含藏更为丰富的意蕴,这便属于超越性的追求。但若将超越具体物象即当成王氏论诗的旨归,那未免使其"出入"说大大降低了特色。在王国维那里,"入"并非意味着简单地摄取外在事象,更重要的是要融入自己的心灵,形成自己的独特感受,以与对象世界在生命的律动上交感共振,

---

① 此二句为欧阳修《六一诗话》引梅尧臣语,见中华书局 1981 年版《历代诗话》第 267 页。
② 见《人间词话》第 9 则,《王国维文学美学论著集》第 350 页。
③ 《人间词话》第 42 则,同上书第 360 页。
④ 参看《人间词话》第 36、38、39 各则。
⑤ 见前引《人间词话》第 60 则。

因此,"出"也不仅仅意味着超越所描写的事象,同时还意味着超越自己的具体感受,让个人的生命体验转移、升华到一个新的层面上来。而要做到这一点,就需要对自己的实际感受进行观照和反思,所谓"出乎其外,故能观之",说的便是这个意思。

我们知道,在王国维的美学思想体系中,"观"之一字实具有很重要的意义,他常用"观"来指称人的审美思维活动。在托名樊志厚所写的《人间词乙稿叙》中①,有一段较完整的表述:"文学之事,其内足以摅己而外足以感人者,意与境二者而已。上焉者意与境浑,其次或以境胜,或以意胜,苟缺其一,不足以言文学。原夫文学之所以有意境者,以其能观也。出于观我者,意余于境;而出于观物者,境多于意。然非物无以见我,而观我之时,又自有我在。"②这里所说的"意"与"境",约略相当于古人常讲的情与景;两者结合而成的"意境",则大体接近于《人间词话》里标举的"境界"。按照王氏的解说,"意境"的生成在于"能观",而由于不同作品"或以境胜,或以意胜",其审美观照的侧重点也就有了"观物"与"观我"的差别。但正如"一切景语皆情语也"③,"观物"无非是"观我"的一种凭藉,即所谓"非物无以见我"。于是"我"成了审美观照的主要对象,而"观我之时,又自有我在"的命题便顺理成章地提了出来。这样一来,就有了两个"自我":一个是被观照的"我",也就是与对象世界融为一体,产生喜怒哀乐等情意活动的"我";另一个则是作为观照主体的"我",亦即站在对象世界之外,对各种事象及自身的情意活动进行审美静观的"我"。王氏以前者为"意志"的"我"(所谓"我之自身,意志也"),而称后者为"纯粹无欲之我"④。在诗人"入乎其内"地对宇宙人生作种种探索和体验时,前者(情意主体)起着活跃、能动的作用,后者(审美主体)则暂时隐伏不现。而当他"出乎

---

① 据今人推考,《人间词乙稿叙》实为王氏自作,借樊志厚名义发表之。参看《艺谭》1986 年第 1 期所载陈鸿祥《关于王国维的人间词序》一文以及佛雏《新订〈人间词话〉·广〈人间词话〉》第 256 页上的补充考订。
② 《人间词话附录》第 28 则,《王国维文学美学论著集》第 397 页。
③ 《人间词话删稿》第 3 则,同上书第 385 页。
④ 见《叔本华之哲学及其教育学说》,同上书第 77—79 页。

其外"地观照、反思自己的人生感受时,情意的"我"因与所感受的事象相结合,转化成被观照的客体,观照者遂由审美主体来担任了。两个"自我"的区分以及审美观照阶段审美主体对情意主体的超越,是我们把握王氏"出乎其外"一语的关键,也是《人间词话》"出入"说的精义所在。

审美主体对情意主体的超越,会带来什么样的后果呢?依据王国维的思想逻辑,情意主体既然是"意志"的"我",他在体验人生时必然离不开个人的种种利害关系与欲求,所以才会有喜怒哀乐等感受,如果停留在这个层面,那还只能算个人的生命体验,够不上真正的艺术创造。只有经过审美主体的观照,以"纯粹无欲之我"取代"意志"的"我",进而排除原有生活感受中那些纯然属于主观、个人因亦带有偶然性和浮表性的成分,使之上升到具有普遍性和持久性的人生理念层面上来,这才算实现了由生命体验向审美体验的飞跃。所谓"诗歌之所写者,人生之实念"(按"实念"今译作"理念")[1],以及真正之大诗人"不以发表自己之感情为满足,更进而欲发表人类全体之感情"[2],讲的便是这个道理。《人间词话》提供了一个典型的例子,其 18 则曰:"尼采谓:'一切文章,余爱以血书者。'后主之词,真所谓以血书者也。宋道君皇帝《燕山亭》词亦略似之。然道君不过自道身世之戚,后主则俨有释迦、基督担荷人类罪恶之意,其大小固不同矣。"[3]李后主和宋徽宗都曾以词来抒写自己亡国后作俘囚生活的悲苦,沉痛绝人,这大概就是"以血书"的含义。但徽宗局限于一己身世之感,无多生发,后主的词如《词话》所引"自是人生长恨水长东","流水落花春去也,天上人间"之类,却能够将个人命运推扩而为整体人生的观照和哲理性反思,虽未必如王氏所说"有释迦、基督担荷人类罪恶之意",而"眼界始大,感慨始深"[4],确是不刊之论。二者的区别即在于能否超越自我。《词

---

[1] 见《叔本华之哲学及其教育学说》,《王国维文学美学论著集》第 89 页。
[2] 《人间嗜好之研究》,同上书第 45 页。
[3] 同上书第 353 页。
[4] 《人间词话》第 15 则,同上书第 352 页。

话》还谈到南唐中主词"菡萏香销翠叶残,西风愁起绿波间","大有'众芳芜秽''美人迟暮'之感",以为胜过专写实情实景的"细雨梦回鸡塞远,小楼吹彻玉笙寒"一联①;又举晏殊"昨夜西风凋碧树,独上高楼,望尽天涯路"之句,谓近于"诗人之忧生",举冯延巳"百草千花寒食路,香车系在谁家树"之句,谓近于"诗人之忧世"②,未必尽当,而致赏于这类容涵较大、易于生发哲理性联想和人生品味的词章,则用心皎然。这也应该就是"出乎其外,故有高致"一语的最好注脚。

于此可以论及王氏有关"诗人境界"和"常人境界"的划分,此说不见于《人间词话》,仅见于其晚两年写成的《清真先生遗事》,但实在是《词话》"境界"说的理论补充。他是这样说的:"境界有二:有诗人之境界,有常人之境界。诗人之境界,惟诗人能感之,而能写之,故读其诗者,亦高举远慕,有遗世之意,而亦有得有不得,且得之者亦各有深浅焉。若夫悲欢离合,羁旅行役之感,常人皆能感之,而惟诗人能写之。故其入于人者至深,而行于世也尤广。"③王国维在艺术创作问题上持"天才论",所以要将"诗人之境界"与"常人之境界"严格区别开来,以前者只能为少数天才所窥及,后者才能得到大众认同。撇开这一点暂且不谈,只就两种境界的内涵而言,则后者中那些"悲欢离合,羁旅行役"等常人皆能有的感受,实即我们前面所说的一己情意活动的领域,属个人的生命体验;而前者中的"高举远慕""遗世独立"的意念,当为现实生活感受经审美观照与反思后所达到的境地,属自我超越的层面。后者主要靠"入乎其内"的工夫,前者还须有"出乎其外"的本领。王国维认定周清真词属于"常人境界"为多④,这固然同他评论周词"深远之致不及欧、秦,唯言情体物,穷极工巧"有关⑤,而若联系"美成能入而不能出"的断语来看⑥,则"出入"说与两种境界之间的内

---

① 《人间词话》第13则,《王国维文学美学论著集》第351页。
② 《人间词话》第25则,同上书第355页。
③ 《清真先生遗事·尚论三》,同上书第425页。
④ 同上。
⑤ 《人间词话》第33则,同上书第357页。
⑥ 见前引《人间词话》第60则。

在关联,不就昭然若揭了吗?

长期以来,人们对王氏"境界"说的诠解上有流于简单化、片面化的倾向。或仅抓住其"真景物"与"真感情"这一项指标,用"真切的感受"(至多加上表达)来概括其对诗歌境界的全部要求;或光突出其所引用的"言有尽而意无穷"一语,则"境界"说与严羽"兴趣"说、王士禛"神韵"说的差异便显示不出来;又或紧扣叔本华哲学、美学思想对王氏的影响,以超越实际利害关系和解脱人生欲求的宁静观照来设定"境界"的涵义。应该说,这些解说都有根据,但不全面。从构成王氏诗学重要理论基础的"出入"说来看,人的审美活动是一个由生命体验向自我超越不断发展和升华的过程,在这一活动中所建构起来的审美本体——"境界",便也有了多重复杂的规定性。它发端于"真景物"、"真感情",以饱含真切的人生体验为先决条件,但又不局限于一己身世之感,还要透过有限的生命时空以寻求更为丰富的人生意蕴,终于在审美的自我观照中实现了自我超越,而进入具有普遍性的人生理念的境域。这就是诗人感受中的艺术世界——"境界"的完整内涵。在其多层次的结构中,真切的生命体验乃是最基本的层面,故而王氏要以"真景物"、"真感情"作为境界有无的标志,且虽然批评周美成"能入而不能出",仍承认其"不失为第一流之作者"[①],"有意境也"[②]。不过王氏又将这种停留于个人"悲欢离合,羁旅行役之感"的境界称之为"常人境界",另设具有"高举远慕"之意趣的"诗人境界",尽管他未曾公开加以抑扬轩轾,但从"能入而不能出""深远之致不及欧、秦"等评语以及极力赞扬南唐二主、冯、晏、欧诸人有"忧生""忧世"情怀的作品来看,其以"诗人境界"为更高一级的境界(确切地说,当为诗歌审美境界之圆成),殆无疑义。可见对于"境界"说的较为全面的认识,是不能离开"出入"说的正确阐发的。

"出入"说还能够帮助我们加深对《词话》中其他一些论述的理解。

---

① 《人间词话》第33则,《王国维文学美学论著集》第357页。
② 《人间词话附录》第28则,同上书第398页。

比如说，王氏将"境界"区分为"有我之境"与"无我之境"两类，每易滋生后人疑窦，以为艺术创作不可无"我"，王氏之说嫌不科学。其实"有我之境"与"无我之境"中的"我"，都是指的情意的"我"，并不涉及审美观照和艺术创造的主体。换句话说，当诗人以即世的态度去介入生活时，其情意的"我"相对活跃，遂使"物皆著我之色彩"①，而再加以审美观照，便成了"有我之境"；但当诗人以超世的态度面对宇宙人生，其情意的"我"处在淡泊宁静的状态之中，遂与审美静观的"我"合而为一，而观照出来的境界便不见"我"之特别活动的痕迹，于是成了"无我之境"。看此则所举例句，属"无我之境"的"采菊东篱下，悠然见南山"、"寒波澹澹起，白鸟悠悠下"，以与属"有我之境"的"泪眼问花花不语，乱红飞过秋千去"、"可堪孤馆闭春寒，杜鹃声里斜阳暮"相比较，其主要差别不正在于诗人对外界事象所持的情意态度吗？再看紧接一则文字所说的："无我之境，人惟于静中得之；有我之境，于由动之静时得之。"②其"动"与"静"的提法，实际上相当于"入"与"出"，即情意的发动和超越性的静观。据王氏之言，则"有我"与"无我"的歧异仅限于情意发动状态之不同（一动一静），而两种境界的最终成立均须归之于审美静观，不也是说得很明白了吗？又比如，王氏在词史观上崇尚南唐、北宋，贬抑南宋，众所周知。什么原因呢？这并非复古心态在作怪，仍是同他以"出入"（亦即以"境界"）论词密切相关。在他看来，以温、韦为代表的"花间"词不逮南唐，"意境有深浅也"③，实在说来，便是因为"花间"词人专写一己之悲欢离合（属"常人境界"），"能入而不能出"，缺少了"深远之致"（借用评周美成语），而南唐冯、李诸人（尤其是李后主）"变伶工之词而为士大夫之词"（有"诗人境界"，"出""入"相兼），不仅感慨深，亦且"堂庑特大，开北宋一代风气"④，后来的晏、欧、秦诸大家正是沿着这条路子走下来的。至于北宋中叶的苏轼和南宋的辛弃疾，

---

① 见《人间词话》第3则，《王国维文学美学论著集》第348—349页。
② 《人间词话》第4则，同上书第349页。
③ 《人间词乙稿叙》，见《人间词话附录》第28则，同上书第398页。按《人间词话》第11、12、14、19各则皆有比较"花间"与南唐词人之语，可参看。
④ 见《人间词话》第15与19则，同上书第352、353页。

进一步发扬了词中的士大夫传统,故王氏也盛赞他们二人的"胸襟"和"雅量"①,甚至称稼轩为南宋词人中"唯一""有意境者"②(又《人间词话》第43则亦称许辛词"有性情、有境界")。而他之所以深表不满于姜夔以下的南宋词人,则当如其所说,乃此际之词作已转化为"羔雁之具"③,既欠性情之真,又乏高远之趣,于"出""入"二事"皆未梦见"。所以整个说来,在王氏的观念中,曲子词由唐五代以至两宋的演变,实质上便是由"伶工之词"向"士大夫之词"再向"词匠之词"的转变④,其由"能入"之"常人境界"到"能出"之"诗人境界"再到徒具形式而缺略境界,总体上的发展轨迹是很清晰的。这样一种词史观的建立,显然不能脱离"出入"说的理论支撑,而王氏之特重南唐、北宋词,亦可得到合理的解释。以上二例仅足以显示"出入"说关系到王氏诗学理论体系之一斑,更详尽的考察和分析不是本文所能担负得了的。

二

《人间词话》"出入"说的提出,在中国诗学由传统向现代的演化过程中,亦有其深远的意义。这需要从"出入"说的理论渊源说起。

"出入"一语,见于词论,在先有周济"非寄托不入,专寄托不出"之说⑤,但这是指学词的途径当以有"寄托"为入门,而以脱化"寄托"的痕迹为出手,与王氏之论整个审美活动不是一回事。龚自珍在《尊史》一文中也曾谈到"善入"与"善出"的问题。前者谓治史者当深入了解"天下山川形势,人心风气,土所宜,姓所贵"以及"国之祖宗之令,下逮吏胥之所守",做到"言礼、言兵、言政、言狱、言掌故、言文体、言人贤否,如其言家事",这才够得上"实录";后者则谓对以上各个领域不能专陷

---

① 见《人间词话》第44、45则,《王国维文学美学论著集》第361页。
② 见《人间词话附录》第28则,同上书第398页。
③ 见《人间词话未刊稿》第2则,同上书第369页。
④ 稍后胡适亦持此说,"词匠的词"乃其所用语。见胡适《〈词选〉自序》,上海古籍出版社1988年版《胡适古典文学研究论集》第552页。
⑤ 见周济《宋四家词选目录序论》,清光绪刻本《宋四家词选》卷首。

于其中,而要从全局考虑给予"眢睐而指点",才会有"高情至论"①。表面看来,龚氏之说与《词话》所言"对宇宙人生,须入乎其内,又须出乎其外"十分接近,而究其实质,一是就史家对实际世务的考察立论,一是就诗人对自然、人生的体验着眼,前者属认知活动,后者属审美活动,前者归结于具体事象的超越,后者更要求得自我生命体验的升华,它们之间称得上"貌同而心异"。这就提醒我们不要光就"出"和"入"的字面上来推考《人间词话》"出入"说的理论来源,还应该从多方面打开思路。

然则,作为审美活动过程概括的"出入"说,究竟是怎样形成的呢?

自"入"的方面而言,我以为,它起自中国诗学的一个古老的传统——"物感"说,或者叫"因物兴感"。这个说法发端于《礼记·乐记》,兴盛于六朝,它将人的种种情意活动说成是由外界事物的感发而引起,并能在活动过程中同外在事象达到交流而融会的境地。所谓"人禀七情,应物斯感。感物吟志,莫非自然"②,以及"气之动物,物之感人,故摇荡性情,形诸舞吟"③,说的正是这种由感物而兴情的现象。情既已兴,便又投向外物,叫作"神与物游",于是"观山则情满于山,观海则意溢于海"④,这样一种"心物交融"的境界,不就是王氏《词话》中讲到的"与花鸟共忧乐"吗?相比较而言,传统的"物感"说似乎偏重在情兴受外物感发的一面,到唐人"取境"之说提出,人的主体能动性便得到了强调。王昌龄《诗格》中"诗有三思"条谈"取思"的方法是:"搜求于象,心入于境,神会于物,因心而得。"⑤皎然《诗式》论"取境"也说:"夫不入虎穴,焉得虎子?取境之时,须至难至险,始见奇句。"⑥他们都把"入"归之于诗人情思的主动投入,虽然在宣扬"苦思""精思"这一点上与王氏论诗旨趣或有不合,而"心入于境"的提法已很接近于《词话》

---

① 见《龚自珍全集》第一辑第 80—81 页,上海人民出版社 1975 年版。
② 刘勰《文心雕龙·明诗》,范文澜《文心雕龙注》第 65 页,人民文学出版社 1958 年版。
③ 锺嵘《诗品·总论》,陈延杰《诗品注》第 1 页,人民文学出版社 1961 年版。
④ 刘勰《文心雕龙·神思》,范注本第 493—494 页。
⑤ 见《诗格》卷中,《全唐五代诗格校考》第 150 页,陕西人民教育出版社 1996 年版。
⑥ 《诗式》卷一,李壮鹰《诗式校注》第 30 页,齐鲁书社 1986 年版。

的"入乎其内"了。不过还要注意到关键性的一点,便是王氏的尚"真"。他以不加伪饰的真性情、真感受作为诗人直面宇宙人生的基本要求,也是其能否实现"入乎其内"的主要条件,这个主张尽管溯源甚久,而直接影响则来自晚明以降的个性思潮。诸如李贽倡扬的"童心"与"真心"①,徐渭鼓吹的"真我面目"和"出于己之所自得"②,汤显祖崇尚的"情之至""情之所必有"③,以及公安派标举的"独抒性灵,不拘格套"④,皆可以在王氏诗学理论中找到或深或浅的烙印,这正是后者的主情观念不同于传统伦理本位的"情性"说的缘由所在。要而言之,古代"物感"说的"心物交融"、唐人"取境"说的"心入于境"和晚明个性思潮中的重真情、贵自得,三者的交汇构成了《词话》"入乎其内"说的理论依据,也是王氏诗歌美学的重要的民族根基。

再就"出"的方面来看,在民族传统中亦自有其渊源。唐皎然所谓"采奇于象外"⑤、刘禹锡所谓"境生于象外"⑥,都已初步接触到诗歌创作中的超越性问题。后来司空图、严羽、王士禛循此方向前进,建构起他们各自的理论主张,在《人间词话》也得到了明确的反映。王国维虽然说"沧浪所谓兴趣,阮亭所谓神韵,犹不过道其面目,不若鄙人拈出'境界'二字为探其本也"⑦,但这种由枝叶上探根本的做法,不正好显示了他们之间一脉相承的关系吗?具体落实到"出乎其外"的提法上,则《二十四诗品·雄浑》中的"超以象外,得其环中"一语⑧,显系其脱胎所自。超脱于事物迹象之外,始能掌握"道"的枢机,这同王氏意图凭藉超越性观照以提升到人生理念的层面,其思路实在是很接近的⑨。

---

① 见李贽《童心说》,明万历刻本《李氏焚书》卷三。
② 见徐渭《书季子微所藏摹本兰亭》、《叶子肃诗序》,明万历刻本《徐文长集》卷二十。
③ 见汤显祖《牡丹亭记题词》,《汤显祖集·诗文集》卷三十三,上海人民出版社 1961 年版。
④ 袁宏道《序小修诗》,钟伯敬增定本《袁中郎全集》卷一。
⑤ 皎然《诗议》《评论》,《诗式校注》第 268 页。
⑥ 刘禹锡《董氏武陵集纪》,《刘梦得文集》卷二十三,《四部丛刊》本。
⑦ 《人间词话》第 9 则,《王国维文学美学论著集》第 350—351 页。
⑧ 郭绍虞《诗品集解》第 3 页,人民文学出版社 1981 年版。
⑨ 按"出乎其外,故有高致"后半句,王氏手稿原作"故元著超超",更可见出其继承关系。引自佛雏《新订〈人间词话〉·广〈人间词话〉》第 84 页。

这说明不论是"入"还是"出",《人间词话》的审美活动论与古代诗学传统皆有很深的血缘关系,不能轻易略过。

但是,王国维的诗歌美学亦有另一种成分的存在,即来自西方哲学、美学,主要是叔本华思想的有力影响,在其"出入"说中也表现得很鲜明。王氏最喜欢用的一个"观"字,即诗人以宁静无欲之心对外界事象起审美观照,便直承自叔本华的理论。按照这位德国哲学家的见解,"意志"构成宇宙万物的本源,一切外在事象无非是"意志"的表象;人生而有"意志",故有一系列摆脱不了的烦恼与痛苦,只有当他将"意志"对象化为显形于具体事象中的"理念"并加审美观照时,他才能暂时地突破自我意志的束缚,而超升为"纯粹的、无意志的、无痛苦的、无时间的主体"[①],这就是审美活动的"解脱"功能。不难看出,王氏"出入"说中的要义,即两个"自我"("意志"的"我"与"纯粹无欲之我")的划分以及在审美观照中后者对前者的超越,正是以叔本华上述观念为蓝本的。《人间词话》一书的理论价值之不同于传统的诗话、词话,主要因素也就在于这类西方学说的引进。

叔本华学说的引进,对王氏承受的民族诗学传统起了某种改造的作用。中国古典诗歌美学基本上属于一种体验美学,它以心物之间的感通为审美活动的基础,以抒写实生活的感受为文学表现的内核,以情、景的交会为诗歌意象的生成,而以感动和感化人心为艺术功能的极致。总体说来,它没有脱离生命活动的感性层面,相对地也就缺少了一点理性的反思。传统诗学中亦有注重超越性的一面,如前引"境生于象外"或"言有尽而意无穷"等说法,但那多半是一种情趣和意象上的超越,即所谓情感空间与想像空间的拓展,并不必然蕴含有理性的内涵。宋人爱讲"理趣",诗作中时有明心见性之语,那也仅属于道德层面的提升,其反思的意义终竟有限。而今王氏引入西方哲理,将审美的超越理解为对个人生命体验的重新观照和品味,并借助这一反思式的观照以实现其由一己身世之感向"人生之理念"或"人类全体之

---

① 见叔本华《作为意志和表象的世界》第 250 页,商务印书馆 1982 年版。

感情"的飞跃,这就有了传统诗学所不具备的近代人的意识,而"出入"说所概括的审美活动论因亦成为中国近代美学思想的肇端。不仅如此,更由于王氏审美活动论的终极指向是"人生的理念",他对这一活动的承担者——诗人感受之"真",也就产生了独特的要求,不但不同于传统以政教、伦理为本位的"情志"或"情性",亦且有别于一般"性灵"论者标举的那种带有随机触发性质的"性灵"。我们曾经引述过他有关"艳词可作,唯万不可作儇薄语"的说法,在这则文字内他举到龚自珍的诗句:"偶赋凌云偶倦飞,偶然闲慕遂初衣。偶逢锦瑟佳人问,便说寻春为汝归",以为"其人凉薄无行,跃然纸墨间",并谓读柳永、康与之词时"亦有此感"①。不管这一批评是否带有偏见,他之不以逢场作戏式的情意表达为"真感情",是可以断言的。这也是为什么他能够大胆肯定真切动人的"淫词""鄙词",而对于那种躲躲闪闪的偷情语,却斥之为"非淫与鄙之病,而游词之病也"②。据此看来,王氏标榜的"真感情",非仅限于诗人实有的情意活动,而当如他自己所说,是一种"朊挚之感情"③、"忠实之意"④,他以之与"高尚伟大之人格"相联系⑤,视以为诗人所必备的"内美"⑥。有时候,他又将这种性情之"真"称之为"赤子之心"⑦或"自然之眼"⑧,用以表明其具有人之本性的涵义,则由此本性出发,经"入乎其内"与"出乎其外"而上升到"人生理念"的层面,便是顺理成章的事了。《词话》"出入"说所蕴含的这一"人性论",显然属于近代意义上的人本观念,这也是王氏借鉴西方学理以改造传统"义理性命"之说的表现。

不过我们决不能无限制夸大叔本华思想对王氏诗歌美学的影响,

---

① 见《人间词话未刊稿》第44则,《王国维文学美学论著集》第382页。
② 见《人间词话》第62则,同上书第367页。
③ 见《屈子文学之精神》,同上书第33页。
④ 《人间词话未刊稿》第45则,同上书第382页。
⑤ 《文学小言》第6则,同上书第26页。按"高尚伟大之人格"与"朊挚之感情"均为评屈原语,有内在联系。
⑥ 见《人间词话未刊稿》第49则,同上书第383页。
⑦ 《人间词话》第16则,同上书第352页。
⑧ 《人间词话》第52则,同上书第363页。

后者毕竟还有承受民族传统这一面,并因此而构成了对叔本华理论的限制与反改造。

首先,叔本华的审美观是一种重知性的观念,他把审美观照看作将"自我"从情感、意欲等束缚下解脱出来的手段,因而属于纯知性的静观,是不夹杂任何情意成分的。而中国诗学传统恰恰属于重情意的体验美学,于是不能不和叔氏的知性观念发生直接冲突。王国维有见于此,欲加调和而时或陷入矛盾。试看他在《文学小言》中的一段表述:"文学中有二原质焉:曰景,曰情。前者以描写自然及人生的事实为主,后者则吾人对此事实之精神的态度也。故前者客观的,后者主观的也;前者知识的,后者感情的也。自一方面言之,则必吾人之胸中洞然无物,而后其观物也深,而其体物也切;即客观的知识,实与主观的感情为反比例。自他方面言之,则激烈之感情,亦得为直观之对象、文学之材料,而观物与其描写之也,亦有无限之快乐伴之。要之,文学者,不外知识与感情交代之结果而已。"①此段话里虽然"知识"与"感情"并提,而重知性观照是很显然的,感情活动仅作为"直观之对象"被纳入知性观照的框架内,至于观物有得所带来的快感更只是伴随因子而已。它常被人举以为王氏追随叔本华的明证,是有道理的。但同一个王国维,在《屈子文学之精神》一文的结末却这样说:"诗歌者,感情的产物也。虽其中之想象的原质(即知力的原质),亦须有肫挚之感情,为之素地,而后此原质乃显。"②这不又是以感情为诗歌创作的原动力,而倒向中国传统的体验美学了吗?《文学小言》与《屈子文学之精神》同作于1906年,其于文学活动性质的认定却有侧重点之歧异,而且就在同一篇《小言》中,作者还说过"感情真者,其观物亦真"之类话语③,与前引"客观的知识,实与主观的感情成反比例"的说法判然有别,可见王氏思想中确实存在着由两种不同渊源所引起的矛盾。到他写《人间词话》时,这一矛盾也未曾全然消解,而由于其论述的对象是

---

① 《文学小言》第4则,《王国维文学美学论著集》第25页。
② 同上书第33页。
③ 《文学小言》第8则,同上书第27页。

古典诗歌中最富于抒情性的词,论者的立足点便自然而然地转移到主情的方面来,于是叔本华式的纯知性观照的空间遂不免大为收缩。

其次,与上述主情或主知的矛盾相联系,王国维在审美活动的"入"与"出"的问题上也做出了自己的创造。我们知道,叔本华的美学观中并没有明确出现"出入"说的字样,但确实包含这方面的精神。在他看来,审美观照便是让主体"浸沉于直观,并使全部意识为宁静地观审恰在眼前的自然对象所充满",或者叫作"自失于对象之中"①,这不是很近似于"入乎其内"吗?而当人们这样做的时候,他便"忘记了他的个体,忘记了他的意志",从而"摆脱了对意志的一切关系"②,则又属于"出乎其外"了。看来王国维之提出"出入"说,是受到叔本华思想启发的。但有一个重大的区别,那便是叔本华所理解的审美观照是纯知性的活动,其所观照的对象"不再是如此这般的个别事物,而是理念"③。因此,所谓"入",是凭藉知性的直观进入"理念";而所谓"出",则是在这同时摆脱对于自我"意志"的隶属。"入"和"出"仅仅是一件事的两个方面,与王氏视以为审美活动的两个阶段(先"入"后"出")不同。这里面的根本性差异还在于是否承认人的生命体验是审美活动的起点。叔本华视"意志"为痛苦的根源,他的全部美学主张不能不是反情感的,人的生命体验不单构不成其审美活动的内容,反倒要在其倡导的审美静观中加以排除和消灭。王氏虽然在理论上接受了其"意志哲学",却又在审美的直感上倾向于传统的体验美学,这就促使他将生命的体验与审美的超越结合起来,以建构其独具一格的"出入"说。这既是对传统体验美学的拓展与革新,而亦是对叔本华纯知性审美观的修正和改造。

再一点,正由于王国维的审美超越是建筑在生命体验的基础上的,超越也就不趋向于生命体验的否定,而是转化为它的升华。换言之,在叔本华那里,超越起着"解脱"的作用,即驱除人的情意活动,泯

---

① 见叔本华《作为意志和表象的世界》第249—250页。
② 同上书第250页。
③ 同上。

灭人的生存意志,让人在宁静的观照中忘怀一切,以进入"涅槃"的境界。而王氏虽也承袭着叔本华的"解脱"话头,却又不由自主地对这一"解脱"方式表示怀疑①。站在肯定人的生命活动和生命体验的基点上,他表同情于古代"不平则鸣"之说,以为"诗词者,物之不得其平而鸣者也。故欢愉之辞难工,愁苦之言易巧"②。他还大力发扬屈原的人格精神,以"廉贞"二字加以概括,谓其充分体现了北方人士的"坚忍之志,强毅之气,持其改作之理想,以与当日之社会争",虽"一疏再放,而终不能易其志"③。这究竟是欣赏"解脱"呢,还是向往于"执着"?再看《人间词话》中举到的审美超越的境界,无论是"忧生""忧世",或"众芳芜秽""美人迟暮"之感,乃至"有释迦、基督担荷人类罪恶之意",都充满着一种"忧患意识",与其说是"遗世独立"的旨趣,毋宁说是"悲天悯人"的情怀,这又哪里谈得上"解脱"呢?所以,王氏的审美超越,充其量是超越"小我",以进入"大我",即由一己身世之戚放大为"人类全体之感情",是生命体验的升华而非其扬弃。这便构成了王氏"出入"说与叔本华审美观在归结点的重要分歧,也是前者对后者的另一重翻造变易。

  王国维和叔本华在美学思想上可资比较之处尚多,兹不具论。需要强调指出的是,时下学界多关注于王氏受叔本华影响的一面,而相对忽略其自身的创造性。其实,不仅王氏自幼耳濡目染的古典诗歌美学传统制约着他对外来思想文化的接受,即以他身处的民族危亡的大背景和自身执着的人生信念探求而言,也不容许他一味地超然物外,高举逸尘。他之所以要紧握住人的生命体验作为审美活动的出发点,以及叔本华式的"解脱"到他身上终于转化为饱含"忧患意识"的生命反思,其根子皆在于他内心深藏着的民族情结。如果说,他曾借助于叔本华等西方学说促成了传统诗学的近代化,那么,他同时便也发挥

---

  ① 参看其所著《红楼梦评论》第4章及《叔本华与尼采》一文篇首,《王国维文学美学论著集》第17—19、60—61页。
  ② 《人间词话未刊稿》第11则,同上书第372页。
  ③ 见《屈子文学之精神》,同上书第31—33页。

了自己身上的民族基因(包括民族诗歌美学传统)而实现了外来观念的本土化。尽管作为先驱者,王氏的理论还有许多不成熟之处,其以"入"和"出"两种活动来对应两种境界,亦嫌不够圆通①。但他所创立的"生命体验的自我超越"的命题,用以解说审美活动的过程,则不仅在中国近现代美学史上有开创意义,且至今仍值得我们深思与借鉴。由此看来,在讨论王国维的美学思想时,与其争议于他的哪些观点属于传统,哪些观点属于外来,倒不如更多地致力于研究他如何将两者相融通,用以转变传统,转变外来。对于从事新时代美学观念的建设来说,这样的历史经验恰恰是十分需要的。

(原载《文艺理论研究》2002年第1期)

---

① 确切地说,任何境界的实现都须经过"入"和"出"两重功夫,即使是"常人境界",也有一个将纯属个人的生活感受加以提炼和普泛化的问题。

从古代文论到中国文论
——21世纪古文论研究的断想

中国古代文论这门学科是由传统的诗文评发展而来的。20世纪以前没有"古文论"的称谓,有的只是"诗文评"(见《四库全书总目·集部》),顾名思义,它指的是存活于那个时代的一种文学批评。事实确乎如此,我们看到,不仅唐人评唐诗唐文、宋人评宋诗宋文属于当时代的批评,即便宋人评唐代诗文或明清人评唐宋诗文,亦皆是为自己时代的文学创作构建范型,亦属当代性文学批评。文学领域中的这一活生生的存在,自不能称之为"古文论"。20世纪以后,情况起了变化,中国文学批评史应运而兴,它拓展了传统诗文评的内涵(加进了小说、戏曲等评论),而又冠以"史"的名目,原本活生生的存在遂转形为历史的资料,成为今人钩考、清点与梳理的对象。这样一种由评入史的演变,当是与新旧文学之间的隔阂分不开的,故而在上个世纪的大部分时间内,"中国文学批评史"成了学科的定名。晚近一些年来,"古文论"之称又稍稍流行,较之"批评史",似乎更倾向于发扬传统诗文评的理论价值,但加上一个"古"字,终不免限定了其生存范围,很难摆脱历史学科的定位,以回复诗文评的活力。所以我想,面对新的世纪,我们这门学科在研究方向上还能不能有一个新的提升,即从古代文论朝向中国文论转变呢?也只有实现了这一转变,传统与当代方始能够接通,而民族与世界的交流融会亦才有了可能。

"古代文论"与"中国文论"的区别何在?打一个浅显的比方,有如中医,其植根于传统的中国医术是不言而喻的。但中医不称之谓"古医",因为它不单存活于古代,即在当前的医疗系统里,也仍处于作诊疗、开处方的活跃状态;它是现代医学中与西医并列的一个派别,而非已经过去了的历史陈迹。相比之下,古文论的命运便有所不同。尽管目前高校的有关专业多设有古文论的课程,学术领域里的古文论研究亦仿佛搞得火旺,而究其实质,基本未越出清理历史遗产的层面,也就是不被或很少应用于当前文学理论批评的实践。不仅当代文学和外国文学的评论中罕见古文论应用的痕迹,就是今人从事中国古典文学的研究,亦未必常沿袭古文论的学理,反倒要时时参用现代文论乃至西方文论的理念。奇怪吗?是的,但不足为怪。因为生活在现时代的人们必然具有现代意识,即使是审视本民族的古代文学传统,也很难回归到原初的心理状况和话语系统中去,于是参用现代理念便不可避免。这正是为什么传统的诗文评在它那个时代能成为活生生的存在,进入20世纪以后却只能以古文论面目出现的缘由。要改变这一被动的局面,必须增强理论自身的活力,以适应时代的需求,一条明显的出路便是变古文论为中国文论。

  古文论向着中国文论提升的根据,在于它不仅仅已成为过去,其中仍包含大量富于生命力的成分。诚然,特定的理论思维总是特定历史条件下人的实践经验的总结,所以会有其独一无二的个性,但任何一种思想形成了相当的规模,产生了足够的影响,又必然会具备某种普适性的功能,个性中因亦寓有共性。将传统诗文评里(小说、戏曲等批评同样)蕴藏着的普遍性意义发掘出来,给予合理的阐发,使之与现代人的文学活动、审美经验乃至生存智慧相连结,一句话,使传统面向现代而开放其自身,这便是古文论向着中国文论的转换生成,亦即众说纷纭的"古文论的现代转换"所要达成的中心目标。这样一种转变不光有理论构想上的可能性,且已成为直接的现实性。从整体上看,王国维便是近代史上第一个对古文论进行现代转换的学人,其以"境界"为核心的诗学观固然承自传统文论,却又吸收了大量西方近代哲学与美学的成分,单纯归之于古文论的范畴显然不妥,毋宁说,这恰是开了由古文论向中国文论转变之先声。王氏之后,这条路线续有衍申,如朱光潜所撰《诗论》,宗白华所倡"艺境",虽采取的文体形式不类《人间词话》,而力求在继承、发扬民族传统精神的基础上会通中西,推陈出新,其思路与王国维实相一致。据此,则中国文论的建设早已有了起步,只不过在"五四"以后大力移植西方文论、俄苏文论的形势下,它长期被排除在主流文坛之外,若沉若浮、若有若亡,一直不受人关注而已。将这个被冷落的统绪接续过来,予以光大,使之由边缘逐渐向中心推移,应该是当今古文论研究者义不容辞的职责。

实现古文论向中国文论的转变,关键在于改"照着讲"的研究方式为"接着讲",这原是冯友兰就中国哲学研究提出的命题,其实亦适用于其他理论学科的建设。"照着讲"与"接着讲"有什么不同呢?大致可以说,前者立足于还原,而后者着眼于创新;前者属"史"的清理,而后者属"论"的建构;前者偏重在学术的承传,而后者致力于学术的发展,各自取向有别。当然,这种差异只能是相对的,因为无论怎样严格的"照着讲",总杂有个人的阐释在内,不可能做到绝对的还原;而另一方面,真正的"接着讲"自不会脱离原有的传统,去作无中生有的面壁虚构。因此,"还原"与"重构"之间的张力,在两者内部都是存在着的,但既然取向各别,其侧重点当然有所不同。20世纪的古文论研究大体上是在"批评史"的旗号下开展的,其侧重在"史"的清理与还原固不待言,这样的还原很有必要,它能为中国学术的承传打下坚实的基础。可是一味在还原上下功夫,就不免要限制学术的创新发展。试想:如果没有孔门弟子(包括孟、荀诸家)对孔子学说的"接着讲",再没有汉儒、宋儒乃至清儒各各对前代儒学的"接着讲",我们今天所能看到的也许只有孔子一家的学说,又何来源远流长、门派分立的儒家学术思想史呢?事实上,存留至今的古文论传统,也是一代又一代的文论家"接着讲"的产物,那为什么到20世纪以后就只允许"照着讲",而不能像王国维、朱光潜、宗白华那样去尝试"接着讲"呢?建设中国文论,正是要改变单一的"照着讲"为"照着"和"接着"双管齐下地"讲"。其间"史"的清理与还原自亦是不可少的,且仍有相当广阔的空间去作新的开拓,不过针对以往的不足和适应时代的需要,似更应大力倡扬"接着讲",以走向"论"的重建,这或许可视为新世纪古文论研究的一项战略性任务。

那么,"接着讲"又该如何着手呢?我以为:一要阐释,二要应用,三要建构。为什么要将阐释放在头里?因为我们与王国维的距离已有将近一百年之久。在王国维写《人间词话》的时代,尽管社会生活起了重大变化,西方新名词、新学理也开始输入,但传统的话语环境依然存在,传统的言说方式仍为有效,王国维只需在原有的话语系统中引进某些新的理念,便自然收到推陈出新的效果。这个条件如今已不复存在。在经历了西方文论(包括俄苏文论)的长期熏陶后,我们对自己的民族传统变得陌生起来,不单是语词概念,尤其在语词概念背后蕴藏着义理精髓,当我们以惯用的西方文论框架加以整合时,不知不觉中便会将其丢失。要发扬原来的传统,必须通过阐释。但自另一方面而言,阐释总是现代人的阐释,不可能绝对地还原,而且阐释的目的是要抉发传统的精义,激活传统的生命力,使之与新的时代精神相贯通,乃至吸取新的思想成分以更新和发展传统自身,故亦不能以单纯的还原作限界。既要本乎传统,又要面向现代,这就是古文论现代阐释中"一身而二任焉"的艰难处境。处理好这个矛盾,以我个人的体会,是要在"不即不离"之间掌握一个合适的度。与此相关联,在引进现代文论或外国文论以与古文论作参照时,当运用"同异互渗"的原则,即不作简单的认同与别异,而要致力于辨析话语系统之间的同中之异和异中之同,以领会其内在精神上的相对相隔与互通互融。这些具体操作上的技巧,本文不拟展开。

阐释是由古文论向着中国文论转换生成的第一步,在阐释工作的同时要考虑应用,古文论能否在今天重新存活,或者说,它能否真正转变为中国文论,其标志亦在于应用。应用当然会有个逐步推广的过程,首先似可考虑其在中国古典文学研究领域内的作用。在这方面,古文论的影响一直是保持着的,现在的问题是要越出个别命题(如"情景交融""虚实相生"等)的作用范围,让民族的生存智慧、审美情趣和文学理念(连同其于现时代的变化出新)整个地在古典文学传统的阐发中重新得到充分而生动的呈现,这应该是古文论最有用武之地的场所。在应用于古典文学研究并取得成功的基础之上,或可考虑将经过现代阐释后的古文论进一步推扩于现当代文学以及外国文学的研究领域,特别是那些与中国古典文学性质相接近的文艺现象上,以求得传统理念与当代理念、民族经验与外来经验的会通。这是中国文论建设上的更具有决定性的一步,也是中国文论能否建成的重大考验,所以这一步必须走得大胆而谨慎,要有比较充足的理论准备和实践探索,而且不要期望我们的文论传统能有"放之四海而皆准"的效应,因为任何理论都立足于特定经验的概括,其存在局限性是无法免除的。

阐释和应用为建构中国文论作好了准备,实际上,中国文论的建构也就在阐释与应用的过程中逐步生成。阐释和应用必然是多元化的,建构中的中国文论也将是丰富多彩的。阐释和应用又是无止境的,故中国文论的建设亦未有竟期,哪怕达成粗具规模,恐怕也需要好几代学人的不懈努力,作为 21 世纪的战略性任务不算夸大。而且即使实现了这一任务,初步建成能贯通古今的中国文论,仍不能以此来一统天下,还须与马列文论、西方文论以及其他东方民族的文论共生共荣、互补互动,并可在它们之间的相互碰撞与交流中,为人类审美经验的总结和提升打开新的更为诱人的前景,我们企盼这一天早日来临。

(原载《文学遗产》2006 年第 1 期)

第二辑

唐诗意象艺术谭

- 为"意象"正名
- 唐前诗歌意象艺术的流变
- 唐诗与意象艺术的成熟
- "诗到元和体变新"
- "温李新声"与词体艺术先导
- 从唐诗学到唐诗学史
- 唐诗学建设的一点回顾与思考

为"意象"正名

中国古典诗歌艺术本质上是一种意象艺术,不从"意象"入手,实难以进入诗歌的艺术天地。长时期来,人们围绕诗歌"意象"开展了多方面探讨,取得一定的成效,但迄今为止,在一些基本概念的把握上仍存在模糊不清甚至比较混乱的状况,妨碍着研究的继续深入。本文尝试就相关问题略作辨析、厘清的工作,不指望一劳永逸式地解除疑难,至少能使存在或隐伏着的问题凸显出来,以引起关注和讨论,并推动问题趋向解决。

一、意象即"表意之象"

首先一点,是要对"意象"一词做出基本的界说,这才能形成共同的讨论对象。在这个问题上,主要存在两种对立的意见:一是认意象为"意中之象",即只有酝酿于作者心目中的图像方称得上"意象",一旦落实于艺术文本,离开了人的意识活动,便不成其为"意象"。当然,读者凭借文本的提示,从自己内心重新生发出图像来,也可唤作"意象",总之必须是"意中之象"。另一种意见则以为文本中用艺术符号构建起来的"象",亦可称之为"意象",它虽然脱离了艺术家的心理流程,而作为艺术符号的特定建构,其指向仍在于艺术家心意的传达,故当归属"意象"的范畴。通常所谓的"诗歌意象""文学意象"乃至各类"艺术意象"等,便是指的这类文本意象。两种意见各有各的理由,而若要尝试作一整合,我以为,莫若将"意象"界定为"表意之象"更为妥帖。

考"意象"的起源,不能不推本于《易传》里的"言不尽意""立象以尽意"之一说①。古人看到了"言""意"之间存在着一定的矛盾,企图以"象"为中介来沟通双方、协调矛盾,立"象"即为了达"意",所以,尽管当时还没有将"意象"组合成单独的词语,而这"象"里已然蕴含着"表意之象"的涵义,它就是"意象"的前身了。自然,这里的"象"也还不是什么"意中之象",乃是用卦、爻之类符号所构成的图像;它所要传达的"意",亦只是占卜时所需叩问的"天意",尚非诗歌艺术所要表达的诗意。

将"意象"组合成单词使用,首见于东汉王充所著《论衡》一书。其云:"天子射熊,诸侯射麋,卿大夫射虎豹,士射鹿豕,示服猛也。名布为侯,示射无道诸侯也。夫画布为熊麋之象,名布为侯,礼贵意象,示义取名也。"②这段话解说了古代贵族将熊、麋等野兽之像图形于布上用为箭靶子的习俗来由,以"意象"一词指称画布上的图像,因为这图像代表着不遵守礼义王道的乱臣贼子,用为箭靶即含有讨伐无道、伸张礼制的意义。据此,则"意象"一词初出现时,也还是指的借助符号之象来表意(在这里是礼俗之意,而非天意),并不同于后世流传的"意中之象"。

"意象"范畴进入文学创作领域,一般皆以齐梁间刘勰《文心雕龙》为标志,而实质上晋挚虞已开其先河。其《文章流别论》开宗明义说道:"文章者,所以宣上下之象,明人伦之叙,穷理尽性,以究万物之宜者也。"看来他很重视"象"的作用,将文章用以"宣象"视作"明人伦""穷性理""究物宜"的前提,这里的"象"已开始与文学创作挂上了钩。而说得尤为明白的,是该文中论赋的一段表述:"赋者,敷陈之称,古诗之流也。古之作诗者,发乎情,止乎礼义。情之发,因辞以形之,礼义之旨,须事以明之,故有赋焉,所以假象尽辞,敷陈其志。"③好一个"假

---

① 见《易·系辞上》,《十三经注疏》本《周易正义》卷上,中华书局1980年版。
② 王充《论衡·乱龙篇》,《四部丛刊》本。
③ 均见《全晋文》卷七七,载严可均编《全上古三代秦汉三国六朝文》,中华书局1965年影印本。

象尽辞,敷陈其志",不就是"立象尽意"说的翻版吗?不过这里所要表达的"意"(志),已不再是那玄妙莫测的"天意",却是赋家和诗人的文心,而达"意"所须凭借的"象"和"辞",亦只能是用语言符号构成的文本意象了,这其实便是文学意象说的发端。

下而及于刘勰,则正式将"意象"一词组合起来,应用于作家艺术思维活动的过程。如人们惯常引述的《文心雕龙·神思》篇里的那两句话:"玄解之宰,寻声律而定墨;独照之匠,窥意象而运斤"①,确系从"意匠经营"的角度来解释文学意象生成的原理,不仅大有助于意象艺术研究的推进,也初步确立了"意象"作为"意中之象"的概念,影响后世深远。即便如此,刘勰的"意象"观也并没有脱离"表意之象"的传统理解,因为艺术家心中的构象亦仍是其内在情意体验的表现,所谓"神用象通,情变所孕,物以貌求,心以理应"的说法②,不正揭示了艺术思维活动中由情意孕生出意象,并借助意象以沟通内在神理的奥秘吗?这样的"意中之象"也还属于"表意之象"的范畴。

刘勰之后,"意象"一词的使用在文学艺术领域里显得频繁起来,不过用法上仍有差异。唐王昌龄《诗格》所云"久用精思,未契意象"③,以及传为司空图所著《二十四诗品》中讲到的"意象欲出,造化已奇"④,均在"意中之象"的涵义上来加引用,是沿袭刘勰的思路。与此同时,"意象"进入书画界,却常被移用来标示字画的形象,如张怀瓘《文字论》言及"探彼意象,入此规模"⑤,杜本议书法主张"倘悟其变,则纵横皆有意象"⑥,便都是指的书体的艺术形象。后一种用法入宋后似成习见,如唐庚评谢朓诗"平楚正苍然"句,以为"平楚"原作"平野"解,而吕延济注《文选》却将"楚"解作树丛,"便觉意象殊窘"⑦,又如刘克庄指斥

---

① 见范文澜《文心雕龙注》卷六,人民文学出版社1960年版。
② 同上《神思》篇。
③ 《诗格》卷中"诗有三思"条,张伯伟编《全唐五代诗格汇考》第173页,江苏古籍出版社2002年版。
④ 《二十四诗品·缜密》,郭绍虞《诗品集解》第26页,人民文学出版社1963年版。
⑤ 见《法书要录》卷四,《四库全书》本。
⑥ 《书史会要》卷九所引,《四库全书》本。
⑦ 见强幼安《唐子西文录》,《历代诗话》第447页,中华书局1981年版。

江西诗派的末流"不善其学,往往音节聱牙,意象迫切"①,亦皆针对诗歌文本所呈现之象而立论。至于明清人就诗歌作品来谈论"意象",则更是不胜枚举。

　　从上面的论述可以得出结论,即:"意象"作为"意中之象"(心象)或艺术文本之象(以诗歌而言,便是语言符号所显示之象),在我们的传统中都找得到根据,不必非执定一种解说来排斥另一种不可。那种将"意象"拘囿于"意中之象"范围内的见解,实际上导源于西方人的"image"理念,并不合乎我们民族的思维习惯(细究之下,"image"和我们的先人对"意中之象"的体认,亦尚有相当差距,兹不具论)。当然,也不必用文本之象的涵义来排除"意中之象"的理解。两者应能统一,就统一在"表意之象"的定位上。这种"表意之象"首先在艺术家的心灵中生成,是艺术家的诗性生命体验的对象化显现,而后通过语言文字符号的媒介作用而落实于文本建构,形成文本的意象层面,更由接受者借助文本的提示在自己内心重新予以生发,以实现与艺术家诗性生命体验的相互沟通。可以说,没有这样一种"表意之象"的转化、运作的过程,人们各自的诗性生命体验便得不到传递交流,也决不会有任何诗歌作品产生。由此看来,"意象"实在是我们切入诗歌艺术并把握其性能的重要枢纽,离开"意象"谈诗,很容易丢失诗的精髓。

二、意象不能等同于诗中名物

　　讨论意象问题的另一个误区,是常见有人将诗歌意象混同于诗中名物,甚至拿一个名词来对应一个意象,其实是不妥当的。

　　名词有抽象与具体之分,用作名物之词的,大多是具体名词,它在形成概念的同时,亦常能在人们心目中引发某种表象,如提及河流、道路、树木、花朵以及牛、羊、鸽子、老鹰等词时,我们的脑海中往往会浮

---

① 《后村诗话》后集卷二,中华书局1983年版。

现出相应的图像来，虽带有类型化的倾向，亦还有一定的具象性存在。语词的这种具象性，正是它有可能从概念符号转变为意象符号的前提条件。不过这种具象性并不能等同于意象的性能，因为词语的具象性在人们心目中所能引发的只是表象，而非意象。表象和意象有什么区别呢？表象来自直观经验的积累，当我们将感知活动中所获得的印象储存于大脑，而又在某种境遇的刺激下让它重新浮现出来时，这就成了表象。一般说来，表象较之原初的印象，在鲜明、生动的程度上要略低一些，尤其是由概念化的语词所引发的表象，不可避免地要打上类型化的烙印。更为根本的是，表象充当感知印象的留影，通常只涉及事物的外观，未必能揭示其内在的意蕴。意象则不然。作为"表意之象"，它本身便是诗性生命体验的产物，内里包孕着诗人对生活的各种活生生的感受在。即使转形为诗歌文本，显现为语言文字符号，这些符号所提供的信息也都指向了诗人在诗中所要表达的情意。这正是意象之为意象，而不能等同于诗中名物之象（表象）的重要原因。

举个例子来说，我们都熟悉唐代诗人王维在其《使至塞上》诗中的这一名联："大漠孤烟直，长河落日圆。"试问：这里包含了几个意象？我想，恐怕不少人会回答是"大漠""孤烟""长河""落日"四个意象，这其实就是将名物（表象）混同于意象的结果。不妨推敲一下。诗句中的"漠"指沙漠，可以形成表象，加上"大"字构成"大漠"，其具象性当更见充分。但单独一个"大漠"，传达了什么样的意蕴呢？谁也说不清楚。"孤烟"也是一样，它能产生表象，甚至可以从多方面生发联想，而孤零零的"孤烟"亦是难以把握其内在情意体验的。只有将"大漠"与"孤烟直"联为一体，构成单一的画面——在广阔无垠的漠野上空直直地升起一缕狼烟，始能将诗人行经塞上时所感受到的那种空廓、荒凉、寂静、干燥无风以至带有边防示警意味的若干紧张气氛贴切地传达出来，这才称得上诗的意象。同样道理，"长河"与"落日圆"如果分拆开来，也只能算表象而非意象，必须组合在一起，呈现为远处地平线上一轮滚圆的太阳向着奔腾流去、一眼望不到边际的长河水面徐徐沉落，方足以构成宏伟、壮丽的景观,令人目醉神迷、心驰魄动。所以,依我之见,若是将"意象"理解为表达诗意(诗性生命体验)的基本单元,则这联诗句中虽然用了四个表名物的词语,能产生多重表象(不仅名词能产生表象,动词、形容词所提示的事物的动态与性状,亦能生成表象),而其所建构的诗歌意象至多只有两个。换言之,意象作为"表意之象",决不能将其降格为表象。表象所提供的具象性,只能用为构建意象的原材料,而众多具象性之间所形成的张力,也就是将它们组合在一起所生发出来的互补、互衬、互渗、互动的功效,始足以让诗人所要表达的情意体验藉此传送出来,这情意体验(哪怕是片段的)渗透并照亮了各具象性间的组合,于是这组表象便转化成独立的意象。这样看来,单一的表象通常是难以构成意象的,意象须由表象之间的张力而引发,这也是诗中名物之不能等同于意象的缘由。

　　从这里会引出一个问题,就是我们平时惯常用名物来标示诗歌意象,如谈论马的意象、鹰的意象、杨柳的意象、流水的意象,甚且将各类名物从具体诗作中抽取出来,以形成系列性的考察,如专题研究杨柳意象系列、桃花意象系列等,这究竟是否科学? 应该说,按照上面对"表意之象"的解说,意象只能是特定的"这一个",它在诗歌文本的特定语境中生成,承载着表达诗人特定情意体验的职能,一旦离开了文本的具体语境,孤立的名物便不复成其为意象了。即使排成系列,也只能算作名物的"类象"(同类名物之象),而不当称之为"意象"。清人施补华《岘佣说诗》中举了这么个例子:"同一咏蝉,虞世南'居高声自远,端不藉秋风',是清华人语;骆宾王'露重飞难进,风多响易沉',是患难人语;李商隐'本以高难饱,徒劳恨费声',是牢骚人语。比兴不同如此。"[①]他所着眼的,是同一个物象(蝉)上面可以寓托不同的比兴含义,而实际上表明了同类名物在不同诗人的不同情思驱策下,生成了意蕴各不相同的意象。《岘佣说诗》里还讲到:"少陵马诗,首首不同。

---

① 见《清诗话》下册第974页,中华书局1963年版。

各有寄托,各出议论,各见精彩;合读之,分观之,可悟作诗变化之法。"①可见即使是同一位诗人引用同类名物,在不同诗篇的不同语境作用之下,亦仍自意象各别。这不正证明了意象必须是特定的"这一个",不容许有任何假借吗?当然,作为习惯用语,笼统地说某首诗里的某个名物意象,只要不引起误解,自不必斤斤计较。至于将某类名物之象排成系列进行考察,若能不停留于表面的检索,真正触及其如何由类象转化为具体意象的内在机制与外在条件,则必定大有益于诗歌意象艺术研究的深入开展,亟需鼓励并大力提倡。

在给诗歌意象与名物之象作区划时,还会碰到一个疑案,便是怎样看待那些因历史承传而在自身内部积淀着某些特定意蕴的名物,有如人们常提及的"南浦"、"东篱"之类词语。众所周知,"南浦"本只是一个普通的地名,但由于大诗人屈原在《九歌·河伯》篇里写下"送美人兮南浦"的名句,被后人袭用来表现送别场景与惜别之意,这个词语便有了比较固定的情感色彩,不同于普通的地名了。同样,"东篱"原先也仅泛指屋东的篱笆,而在陶渊明"采菊东篱下,悠然见南山"(《饮酒》)的诗作后,遂亦取得了与清高的人格、翛然的情怀相联系的韵味,不再是普通的篱笆。这类名物就好比文章里常用的典故、成语,一般都有自身的特殊涵蕴,就它们而言,能不能撇开文本,直接归入"意象"的范畴呢?我以为还是不能。诚然,这类词语在其历史承传的过程中,确实积淀了某种意蕴,有其情感生命的痕迹在,但在抽离了具体作品的语境后,其情感色彩必然趋于固态化和定型化,并不能构成特定的"这一个"。只有当它们返回作品,再度与具体语境相结合,直接参与诗人情意体验的艺术创造,才有可能重新被激活而转化为诗歌意象的有机构成。不妨参看一下晚唐人假托贾岛名义编写的题作《二南密旨》的诗格,其中"论总例物象"一栏列举了大量有特殊意蕴的名物,如谓:"天地、日月、夫妇、君臣也,明暗以体判用。同志、知己、故人、乡友、友人,皆比贤人,亦比君臣也。馨香,此喻君子佳誉也。兰蕙,此喻

---

① 《清诗话》下册第 986 页。

有德才艺之士也。飘风、苦雨、霜雹、波涛,此比国令,又比佞臣也。水深、石磴、石迳、怪石,此喻小人当路也。烟浪、野烧、重雾,此喻兵革也。百草、苔、莎,此喻百姓众多也。……"①诸如此类,不胜枚举。看这些穿凿附会的解说,不免令人哑然失笑,其实也都有出处,在生成原理上与前举"南浦""东篱"并无二致。这类含带历史积淀的名物,有点近似于西方文论中所谓的"原型",但还构不成具体的意象。由固态化的原型向诗歌意象的转变,仍须经过"意匠经营"。前人总结出来的正典反用、死典活用、实典虚用、散典合用乃至"夺胎换骨""点铁成金"等一整套推陈出新的技法,正是为了将这类典故、成语、原型改造成为活生生的艺术意象,而其要义仍在于切合所要传达的诗性生命体验。

三、物象、事象、情象、理象

我们说诗歌意象不能等同于诗中名物,除了看到名物之象尚不足以承担意象表意的功能外,还有一层因素,便是不认为意象的构成材料仅限于名物之象。在我看来,名物之外的许多其他成分,也有可能实现诗歌意象构建的职能,故意象更不能与名物之象画等号了。

一首诗,哪怕是抒情诗,通常少不了物象的描绘,尤其是我们民族的古典诗歌,喜欢用寓情于景的手法来表现情怀,于是诗中物象更占据了重要的位置。但诗歌并不能一味摹写物态,写物之余,它还要抒述情怀,情感的直接表白有时是不可少的。情思的引发往往来自具体事件,所谓"感于哀乐,缘事而发"②,完全符合艺术的规律,这样一来,在抒情的同时必须适当结合其所引发的事件,诗篇也就有了叙事的成分。更有甚者,诗人的情思里不光有情感活动,亦有思想活动,思想活动若脱离情感而自行表露,又形成了诗中的理念(意念)。以此观之,情、理、物、事都应该算作诗歌作品构成的原材料,决不仅限于物象这

---

① 见《全唐五代诗格汇考》第 379—380 页。
② 见班固《汉书·艺文志》,中华书局 1962 年校点本。

一端。然而,在以往习见的观念中,一谈论起诗歌意象,人们的着眼点大多集中在物象上,事语、情语更不用说理语,都被简单归入诗歌作品里的非意象成分,轻轻地一笔带过。而实际上,这些成分并不能一例看待,有的确实停留于非意象状态,仅作为诗中意象的补充成分发挥作用,但也有直接进入意象组合甚至自身即构成意象的主体,这类事语、情语乃至理语,或可称之为与"物象"相对应的"事象""情象"以及"理象"。

且让我们从古代诗论中找寻一点支撑。大家都知道,唐王昌龄《诗格》曾提及"诗有三境"之说,"三境"包括"物境""情境"和"意境",代表诗歌构成的三种型态。按王昌龄的解说,"物境"的创造需要"张泉石云峰之境,极丽绝秀者,神之于心。处身于境,视境于心,莹然掌中,然后用思,了然境象,故得形似",这显然是指用物象描绘来构造诗歌意象。而"情境"的形成却要求"娱乐愁怨,皆张于意而处于身,然后驰思,深得其情",乃是指凭借情感心理的抒述来构造意象。至于"意境",则表现为"亦张之于意,而思之于心,则得其真矣"[①],当指由内心的意念活动直接产生意象。"三境"的区分,不正好说明了物、情、意都有独立成"象"以构成诗境的可能吗?王昌龄之后,诗歌意象问题的研讨较多地集中在情景关系的处理上,且多从情语与景语的搭配方式来展开话题(有所谓"四实""四虚""前虚后实""前实后虚"之类说法),不免是一种狭隘化的理解。但也有识见高迈者,如清初王夫之论情景关系,完全摆脱了那种平列对待的思考方式,着力从其互生、互渗的作用上来探讨诗歌意象的成因,就很有启发性。尤其是王夫之所讲的下面这段话:"于景得景易,于事得景难,于情得景尤难"[②],值得我们着意推敲。这里的第一个"景"字,当指景物,就是一般所谓的物象。余下三个"景"字,都是指经诗人"意匠经营"后所构建起来的"象",亦便是我们正在讨论中的诗歌意象了。依王氏之说,则不仅物料可用以结撰意

---

① 均见《全唐五代诗格汇考》第172—173页。
② 见《古诗评选》卷一曹植《当来日大难》评语,《船山全书》第十四册第511页,岳麓书社1996年版。

象,事态与情思亦可用以成"象"(只是比物象加工更难),这样构建起来的意象不就是"事象"与"情象"了吗? 我们来分别考察一下。

先看"事象"。"事"在不同的诗歌作品里,起的作用是很不相同的。以叙事诗而言,"事"是主干,贯串首尾,人物与场面都在叙事中展开,其所形成的"象"通常称作人物形象或场景之象,较少用"意象"作表记(因其不属于诗人情意的直接写照)。这类纯粹的叙事诗,在我们古典诗歌的传统中并不多见。我们盛行的是抒情诗,情感的抒发需要事由,抒情诗里的叙事往往就是为了交代事由。若只是抽象的交代,那只能算诗中的"事语",还构不成"事象";但有时交代得比较具体,叙述中夹杂描绘甚至含带情意,这就有可能构成"事象"。"故人西辞黄鹤楼,烟花三月下扬州"(李白《黄鹤楼送孟浩然之广陵》),本只是叙说送别的情由,而说得有情致,有气氛,于是产生了意象。"李白乘舟将欲行,忽闻岸上踏歌声"(李白《赠汪伦》),首句是单纯的交代,阑入第二句的场景描绘,"事语"便转化成为"事象"。更为特殊的,是那种将抒情与纪事交织起来加以表现的诗歌作品,它惯常以纪事为线索,串合情感的抒述,情与事打成了一片,叙事中的意象成分便大为增加。如杜甫的名作《羌村三首》之一,抒写诗人于安史乱中经飘零在外而返回家乡时的情景,严格按时间顺序展开,从初入家门时的"柴门鸟雀噪,归客千里至",始见亲人时的"妻孥怪我在,惊定还拭泪",反映周围场景的"邻人满墙头,感叹亦唏嘘",直到夜间夫妻对坐时的"夜阑更秉烛,相对如梦寐",用一系列感人至深的事象来组织诗篇,而情感的抒发便也自然地融合于其间了。这类"感事写意"式的诗作,杜甫以前亦有,经杜甫大力推行后,广为流传开来,它为抒情传统中"事象"的确立拓开了更大的空间。

再说"情象"。"情"是抒情诗的主宰,但"情"又是深藏于诗人内心、似乎叫人不可捉摸的东西,那么,该怎样来抒情呢? 情景关系的创立,便是为了解答这一难题,"景"以显"情",成为抒情的正道。不过我们过去又常将这个"景"看得太狭隘了,仅限于具体物象甚至自然景物,这样一来,那些直抒胸臆、罕举物象的诗篇,又当如何来解释呢?

实质上，情感活动不只限于借自然物象作表达，它自身便能构成意象，并通过这一"情象"的建构来作自我传递。且举两首古诗为证，其一是托名李陵与苏武的送别诗，其云：

> 良时不再至，离别在须臾。屏营衢路侧，执手野踟蹰。仰视浮云驰，奄忽互相逾。风波一失所，各在天一隅。长当从此别，且复立斯须。欲因晨风发，送子以贱躯。①

另一首从《古诗十九首》中摘录，谓为：

> 明月何皎皎，照我罗床帏。忧愁不能寐，揽衣起徘徊。客行虽云乐，不如早旋归。出户独彷徨，愁思当告谁？引领还入房，泪下沾裳衣。②

我们看到，前诗写别离，除中间四句借浮云失散的景观托意外，首尾八句都是直抒离情，而这惜别之情只在首联提了一句，其余均从人的一系列行为、动作如"屏营衢路"、"执手踟蹰"、欲别而"复立斯须"、临风而殷勤相送等传达出来，这就是情感自身的意象了。同样道理，后诗写游子思乡，除首联以月光起兴以及五、六句直言思归点题外，其余各联也都是通过"不寐"起床、"揽衣徘徊"、"出户彷徨"、"引领还归"以至"泪下沾裳"等一系列动作、神情的描绘来加表达。这些行为、动作、神情、姿态等，归总起来可统称作"情态"，是情感活动的外在显现；人的情感心理必然要流露于其外在情态上（除非其刻意掩饰，而掩饰也是一种姿态），我们平时也正是通过观察一个人的神情、姿态以了解其内在心理活动的。因此，"情象"的建立便有了根据，它不同于由状物或叙事所构建的"象"，而是自成一类的诗歌意象。

---

① 引自逯钦立编《先秦汉魏晋南北朝诗》第337页，中华书局1983年版。
② 同上书第334页。

谈论"情象"问题须注意到另一种情况,即人的情感的表露除外现于其动作、神情外,有时也可凭借直接的表白——用言辞以吐露心曲。古典诗歌里不乏这类直诉心曲的好诗,如"海内存知己,天涯若比邻"(王勃《送杜少府之任蜀州》)式的豁达,"亲朋无一字,老病有孤舟"(杜甫《登岳阳楼》)式的感慨,"天生我材必有用,千金散尽还复来"(李白《将进酒》)式的豪迈,"醉卧沙场君莫笑,古来征战几人回"(王翰《凉州词》)式的沉痛,以至于"换我心,为你心,始知相忆深"(顾敻《诉衷情》)式的儿女痴情,都已成为千古传颂的名句,不当排除在意象艺术之外。这里关系到学界既有的一场争议,就是像陈子昂《登幽州台歌》之类纯说白性的诗篇,究竟有没有意象可言。论者多以为此诗不具备意象,而这一判断又同诗学理论中历来以意象为诗歌(特别是抒情诗)本体(实体)的观念显相违背。该如何来评判这场争议呢?据我看来,这还是涉及怎样界定"意象"的问题。"意象"若仅限于物象及事态的描绘,则这首诗里确实缺少这方面的内容,它只是直接抒述了诗人登台览古时所引发的情怀,但情怀写得具体可感,足以让读者凭借这心声的表白来把握诗人内在的生命律动,进而激起自身的强烈共鸣,不就是意象艺术的功能所在吗?这"意象"自亦是区别于"物象"与"事象"的"情象",而且主要不是通过动作、神情的描绘(《登幽州台歌》里亦偶有神情描绘,如末句的"独怆然而涕下"),却是从语言表白中构建起来的。我们常说,"言为心声",可见言说是足以表达情感的。况且语言跟人的行为、动作、容颜、姿态一样是一种物质性的存在,因亦有了成"象"的资格。所以,作为"心声"的言辞,同作为"心画"的神情、动作相类,皆可视以为人的情感心理活动的表现形态(情态),在诗歌里就称之为"情象"了,它也应该属于诗歌意象的特定的样式。

有关这类直白式抒情诗的意象问题,还可从另一个角度上来加探讨。王夫之在其《姜斋诗话》里曾提出"情中景"和"景中情"这一对范畴,并举例说:"景中情者,如'长安一片月',自然是孤栖忆远之情;'影静千官里',自然是喜达行在之情。情中景尤难曲写,如'诗成珠玉在挥毫',写出才人翰墨淋漓、自心欣赏之景。凡此类,知者遇之,非然,亦鹘突看过,作等闲语耳。"①这里举到的"长安一片月",联系下文的"万户捣衣声"(见李白《子夜吴歌》),不难理解。"影静千官里",则取自杜甫《喜达行在所》一诗,写诗人由沦陷中的京城脱身,抵达凤翔肃宗驻跸之地并参与朝拜的景象,可以想见其当时的喜悦之情,故一个"静"字不单摹写出百官列队上朝时的肃穆场景,还贴切地反映了诗人自身的归属感与安宁感,这就是"景中情"。至于"诗成珠玉在挥毫"一语,亦采自杜甫《和贾至舍人早朝大明宫》诗,这句话是恭维对方诗才高妙,以表达自己的仰慕之情,但能让人见出才士运笔题诗时挥洒自如、欣然自得的状貌,所以称之为"情中景"。按后面这个例子,则读陈子昂《登幽州台歌》时,从他那抚今追昔、不获知音、瞻天瞩地、心乱神迷的深沉感喟与激切表白之中,不亦可鲜明地体认出诗人当年孑立于高台之上,苍茫四顾,无所适从,万念交集,涕泪俱下的孤独身影与悲慨神情吗?可见直白式的抒情不光能构建言辞之"象"(心声),也还有可能透过其情意的表白以折射出说话人的形影神态(心画)来,其"意象"的功能自无可置疑。

末了,还要稍稍提到王夫之未曾涉及的"理象"。诗中理念能不能构成意象,是个更为复杂的问题。在我国传统中,诗含"理趣",一般是为人赞许的,"理语"入诗,则每每受到诟病,实际上两者的界线不容易划清。一些富于理趣的诗章,时有可能掺杂理语;而若议论行之以情韵,也常显得生动有趣。这类含带情趣的意理表白,在早期诗歌中屡见不鲜。《诗经·伐檀》里再三痛斥那些"不稼不穑,胡取禾三百廛兮;不狩不猎,胡瞻尔庭有县貆兮"的"大人""君子",用的便是直接的议论,但议论出之于事实,且通过一连串反问以强调愤慨不平之情,就有了感染力。后汉桓、灵时民谣"举秀才,不知书;举孝廉,父别居;寒素清白浊如泥,高第良将怯如鸡",更是通体由说理构成,而采用强烈对比的手法,以鲜明的反差昭显一针见血的讽刺,不仅让人懂得亦且能感受到诗中所说的意理。这样的诗虽尚不能说形成了理趣,而已然含

---

① 见戴鸿森《姜斋诗话笺注》第 72 页,人民文学出版社 1981 年版。

带意象化的倾向,则可以断言。下而及于两晋之交,以玄言为诗成风。玄言诗确有"平典似《道德论》"的缺陷①,然亦时有于玄理中寄寓情怀甚或借山水景观表白玄思的佳句,视以为"理象"的生成和"理趣"的发端,洵属允当。迤逦至唐宋以后,诗中理象与理趣便已进入成熟境地。如常被人称引的王之涣《登鹳鹊楼》诗:"白日依山尽,黄河入海流。欲穷千里目,更上一层楼。"前联写景,没问题,后联究竟意在抒述个人情怀,还是要表明某种人生理念,难以判别,其实正是"情"与"理"相结合的好例子,更由于前联景句的烘托,其所蕴有的理思与情趣便提升到了相当高度,而为千古读者啧啧叹赏不已。除此之外,像苏轼的《题西林壁》、王安石的《登飞来峰》、朱熹的《观书有感》等,都因其富于理趣而受人推崇。李清照诗"生当为人杰,死亦作鬼雄。至今思项羽,不肯过江东"(《读史》),虽不属于哲理性的思考,而能将政治见解融于激情表白和历史反思,具有感人的气度与活力,亦应承认其意象艺术而归之于"理象"的范畴。至如刘禹锡"沉舟侧畔千帆过,病树前头万木春"(《酬乐天扬州初逢席上见赠》)、黄庭坚"落木千山天远大,澄江一道月分明"(《登快阁》),完全借自然物象展示意理,则又是"理象"的另一种类型。总之,诗可用来直接表达思想,只要这思想确属诗人诗性生命体验的有机组成,在表达上就有可能做到具体可感,而诗中理语也就自然转化为理象和理趣了②。这亦便是谈论意象艺术不应丢弃"理象"这一环,要将"理象"与"物象""事象""情象"相提并论、共加研讨的理由。

四、从意象到意境

讨论诗歌意象艺术,不可回避的一个课题,便是对意象与意境的

---

① 钟嵘《诗品序》评玄言诗语,曹旭《诗品笺注》第15页,人民文学出版社2009年版。
② 按:西方诗歌创作中素有较发达的哲理诗传统,其抒情诗含带哲理亦很通常,如英国大诗人雪莱的名篇《西风颂》,即以"冬天来了,春天还会远吗"的哲理性预言作结,传颂遐迩。又,法国象征派诗人保尔·瓦雷里也有"像感受玫瑰花香味那样去感受思想"的说法,皆可用为理语成象之佐证。

关系加以梳理,我们这里也只能从概念辨析的角度简略地说几句。

以通常的理解而言,这两个概念所标示的对象,多被处理成局部与整体的关系,即:"意象"用以指诗中所呈现的一个个的单"象",而"意境"则指其相互联结所整合成的全景。这样的理解并不错,但似乎不够周全。因为意象联结所直接产生的可以是意象链、意象群乃至意象系统,并不就等同于意境。意象群、意象系统和单个意象共处在一个层面上,都属于"象"的范畴;"意境"则更要超越"象"的层面,它由"象"所生发,却不能局限于"象"的范围。我们看有的诗里并不缺少意象,亦不缺少意象之间的联结,但始终停留于平面的铺开,未形成层深的建构,其所不足的往往就是意境。可见意境与意象并不能单纯归之于整体和局部的关系,还须作深入一步的考察。

按"意境"之说本系由佛学移入诗学,初名曰"境",后来才合成"意境"一词。"境"在佛学中原指"心之所游履攀援者"①,即人们的意识活动所凭附的对象,这跟诗歌意象作为人的诗性生命体验的对象化显现若合符契,故"境"之一词进入诗学,便同"象"有了紧密的联系。前举王昌龄"诗有三境"之说,其"物境""情境""意境"其实便是诗歌意象构成的三种型态。《诗格》"取思"一节里讲到"搜求于象,心入于境,神会于物,因心而得"②,也是将"象""境""物"并列为人的审美意识(心)所把握的对象,说明"境""象"本不可分离。而因为诗歌意象乃情意与"象"的结晶体,所以谈论诗境时也总是指向情景交融,所谓"意与境会"③、"思与境偕"④,正是意境在这个方面的规定性。今人多从情景交融的角度来解说"意境",亦自有其历史的依据。

不过"意境"又不能单纯归结为情景交融。"情"(意)与"景"(象)的结合,是意象艺术的普遍原理,"意境"的生成,则还有其特定的条件,那便是对意象的超越,用唐人刘禹锡的话来说,叫作"境生于象

---

① 参见丁福保《佛学大词典》释"境"。
② 《全唐五代诗格汇考》第 173 页。
③ 权德舆《左武卫胄曹许君集序》,见《全唐文》卷四九〇,中华书局 1990 年影印本。
④ 司空图《与王驾评诗书》,《司空表圣文集》卷一,《四部丛刊》本。

外"①。考"象外"之谈导源于三国时荀粲对《易传》"立象尽意"说的质疑,他认为"理之微者,非物象之所举",还须"通于象外",去求得"象外之意"②。这样一种超越物象以探求真意的倾向,被王弼归纳为"得意忘象"③,成为魏晋玄学的重要观念。东晋以后,佛教大盛。佛家以现象界为虚妄,主张破除妄念,返归真如,故有"穷微言之美,极象外之谈"之说④,其"象外"即指涅槃之道和般若之论。玄、佛的推崇"象外",对艺术创作产生了影响,刘宋宗炳《画山水序》里便讲到"旨微于言象之外"⑤,南齐谢赫《古画品录》亦主张"若取之象外,方厌膏腴"⑥。唐人开始将这个观念引入诗学领域,皎然《诗议》中有"绎虑于险中,采奇于象外"的提法⑦,而戴叔伦所谓"诗家之景,如蓝田日暖,良玉生烟,可望而不可置于眉睫之前也"⑧,其实也还是对诗歌象外境界的一种描述。不过诗画家的驰神"象外",并不同于佛门弟子那样一力破除现象界的虚妄,倒是要立足具象而又穿越具象的描绘,以打开通往象外世界的门户,以引发更丰富也更深刻的人生体验,这跟王弼宣扬的"寻言观象""寻象观意"而又"得象忘言""得意忘象"⑨的路子相近,值得我们细心领会。

　　为什么诗歌艺术由"立象尽意"发端,最终却要走向"境生象外"的道路呢?这又跟诗歌作品里"意"与"象"的对立统一关系分不开。在诗歌创作过程中,"意"与"象"构成了一对矛盾,"象"用以表达"意","意"必须透过"象"来传递,但"意""象"之间又不尽一致。"象"有限而"意"无穷,"象"凝固而"意"流动,"象"封闭而"意"开放,"象"实在而

---

① 刘禹锡《董氏武陵集纪》,《刘禹锡集》卷一九,上海人民出版社1975年版。
② 见《三国志·魏志·荀彧传》裴松之注引《晋阳秋》所载《荀粲传》,中华书局1959年校点本《三国志》第319—320页。
③ 见《周易略例·明象》,楼宇烈《王弼集校释》第609页,中华书局1980年版。
④ 僧肇《肇论·涅槃无名论》,引自《中国佛教思想资料选编》第一卷第157页,中华书局1981年版。
⑤ 见《历代论画名著汇编》第14页,文物出版社1982年版。
⑥ 同上书第18页。
⑦ 《诗议·论文意》,《全唐五代诗格汇考》第208页。
⑧ 司空图《与极浦书》所引,《司空表圣文集》卷三,《四部丛刊》本。
⑨ 参看《周易略例·明象》。

"意"空灵。所以,"象"对"意"的传达来说,既是一种凭借,亦是一种拘限,"立象"固然为了"尽意",而"意尽象中"又每常招惹不满。甚至有时候,"意"与"象"的主从关系被颠倒过来,"象"自立为主体,不但不去尽"表意"的职能,反而自我膨胀起来,蜕变成阻挡和遮蔽情意传递的障碍物,这就更违背了"立象尽意"的宗旨。我们看唐以前宋、齐、梁、陈这一段诗歌的演变,从山水、咏物到宫体,物象(宫体诗中的人体描写亦可归入物象范畴)的采择愈来愈受人重视,观察日益细微,刻画日益精工,编列也更加密集,所谓"自近代以来,文贵形似,窥情风景之上,钻貌草木之中。吟咏所发,志惟深远;体物为妙,功在密附"①,确系当时文学风气的写照。这一"体物为妙"的风尚,固然大大拓展了意象艺术的操作技巧,而亦带来诗中情意或多或少被物象所掩埋的负面效应。后人以"性情渐隐,声色大开"来形容并批评这个时期的诗风②,不能算无的放矢。然则,当如何来解决这一矛盾呢?废弃意象自不可能,只有走向超越意象,即从意象自身开发出一个"象外"世界来,让这个"象外"世界接续并深化意象表意的功能,而诗人的诗性生命体验也藉此得到了升华。这正是唐代诗学所致力的追求,亦便是"意境"之所由来了。

然则,意境作为超越性的"象外"世界,它又包含了哪些方面的具体内容呢?刘禹锡"境生象外"一语不免笼统,到晚唐司空图,便进一步提出"象外之象,景外之景"③以及"韵外之致""味外之旨"④诸般名目,把问题推向具体化了。司空图本人并没有对这些不同的名目加以解说,但从"象""景""致""旨"的不同提法看来,相互间还是可以作一点区别的。"象"和"景"比较实在,虽处身"象外",仍须有影像可供人把捉,或可将其界定为由诗歌意象所生发的想象空间;"致"(趣)与"旨"(味)更为虚灵,它不具备可供把捉的影像,却仍能让人有所感受,

---

① 《文心雕龙·物色》,范文澜《文心雕龙注》卷一〇。
② 见沈德潜《说诗晬语》卷上,丁福保编《清诗话》第 532 页,中华书局 1963 年版。
③ 司空图《与极浦书》。
④ 司空图《与李生论诗书》,《司空表圣文集》卷二。

那便是"象外"世界的情意空间了。据此,则"意境"说的提出,是要给诗歌意象建立起一套层深的建构,即:不光有文本中直接呈现的实象("象内之象"),亦且有引发想象所形成的虚象("象外之象"),甚且有凭附于想象和体验以达致的更为虚灵的情感氛围与意蕴积淀(所谓"韵外之致""味外之旨")。这一"象外"世界的开发,大大提升了古典诗歌意象艺术的视野,使意象的自我超越有了方向。而时下关注意境问题中所出现的用联想、想象乃至情感氛围来界说"意境"的尝试,不也可以归结到这一"象外"空间的构建上来吗?

且让我们举个实例来看一看"意境"的运作。上一节里提到李白的两首送别诗,不妨全文录引以资比较:

> 李白乘舟将欲行,忽闻岸上踏歌声。桃花潭水深千尺,不及汪伦送我情。(《赠汪伦》)
> 故人西辞黄鹤楼,烟花三月下扬州。孤帆远影碧空尽,惟见长江天际流。(《黄鹤楼送孟浩然之广陵》)

两首都是好诗,但哪一首更好一些?我个人更欣赏第二首。应该说,前首写得也不差,情真意切,话语天然,还用了个巧妙的比喻,以"桃花潭水"的美丽意象烘托友人惜别之意,相当动人。缺点是明说"深情",却未提供拓展情思的空间,难以引发读者进一步的想象和体验,不免见得"意尽象中",余味不足。相比之下,后一首的意境显得更深远些。其开首两句交代送别的时、地、人、事,且不论究,重点看下面的抒情。送别一位"故人",又是远去扬州,自应有千言万语可待抒述,而篇幅尚余两句十四个字,如何抒写得尽呢?索性不着一字,转过身来摹写眼前的实景:先是一个慢镜头,写舟船渐渐离去,从一片孤帆,变为一点远影,而远影也逐渐移至碧空尽头,终于淡出了视线;而后是一个空镜头,只剩长江流水滔滔不尽地向着天际流去。这意味着什么?仅仅是为了观景吗?当然不是。写景是为了写那观景的人。透过这渐行渐远的帆影和滔滔不尽的水流,当能想象出送行者久久伫立江边、神情凝滞地眺望船儿远去的孤独身影,亦可仿佛体认到他那难分难舍的惜别心意和潜藏在内、翻腾不已的各种情思。这些都没有写出来,需要我们从字里行间去发掘,去建构,亦便是诗歌意象为我们开拓的"象外"想象空间与情意空间了。

"象外"世界的开拓,不仅足以丰富我们对诗中情意的感受,有时还能即小见大,从具体情事中体悟到某种人生的理念,窥入生命的本真。如杜甫那首脍炙人口的小诗《江南逢李龟年》,短短四句,不过是淡淡叙述当年在京城的交往和眼下流落江南时的相逢,而"落花时节又逢君"这一结,就把巨大的人世沧桑都概括进去了。读者可从这大自然的"落花时节",联想到诗人自己及其题赠对象的晚年沦落生涯,还可联想到整个王朝历史的盛衰剧变,真可谓感慨万千,惊心动魄!又如王维《辋川集》里的五绝《辛夷坞》,写辛夷花在山谷中自开自落的景象,用了"涧户寂无人"一句旁衬,使得自然生命无须借助人的观赏而得以自由自在运行的意蕴凸显出来,不单显示了诗人自身的情怀,也提供了某种人生哲理的感悟。我们说诗的意境能突破意象的拘限,让人的诗性生命体验得到不断生发与提升的空间,道理就在这里。

当然,意境的重心虽指向"象外",而其所赖以建立的根基,却仍须立足于"象内"。没有"象"的支撑,决不会有"境生象外"的现象产生。宗白华先生当年曾倡扬艺术意境的"层深创构"说,并将他所领会的意境的创构区划为三个层面,即:"直观感相的模写""活跃生命的传达"和"最高灵境的启示"[①]。如果说,第一层面相当于意象的外观,第二层面揭示了其诗性生命的内涵,则最高层面便体现出由"象外"空间的开拓而最终进入生命的本真。从这个意义上说,"象内"与"象外"原本是一体的,故由意象的建构演进为意境的探求,实也是意象艺术的题中应有之义了。

(原载《江海学刊》2012年第2期)

---

① 宗白华《中国艺术意境之诞生》,《美学散步》第63页,上海人民出版社1981年版。

唐前诗歌意象艺术的流变

正如同唐诗被公认为我国传统艺术的一种典范样式,古典诗歌意象艺术的演变,也只有到达唐诗阶段,才算进入全面成熟的境地。这一"成熟"形态自非一蹴而就,它经历了漫长的演化历程,随着诗体文学的确立而得到萌生,又随着诗歌职能的转变而不断演进。可以说,唐前诗歌的整个进展都在为唐诗意象艺术的成熟创造条件,只有通盘地考察这一过程,切实地了解并把握住唐前意象艺术的丰富成果,才有可能对唐诗所面临的时代挑战及其所完成的历史任务,有一个比较清醒的认识。

一、《诗经》体式与意象艺术的萌生

中国早期诗歌形体,经历了由四言经骚体、杂言而定型于五七言的变化历程。诗歌体式的转换,与意象艺术的演进有密切关系,而体式的生成与变异又常有其复杂的内外动因,故讨论意象经营不能不从体式问题切入。如所周知,《诗经》自其编定之初,便同乐舞演奏结成天然的血缘纽带。"诗乐合一"的状况,内在地制约着《诗经》的文本体式和社会职能,且在其意象构成上打下深刻的烙印。

《诗经》里的篇章,绝大部分采用"二二"节奏的四言句式,这正是"诗乐合一"的表征。由于二音节天然地适合劳动与歌舞的节律,二言体成为原始歌谣的最古老的形态,而通过其自相重叠,扩充为"二二"组合的四言,便确立了《诗经》的基本体制。

四言诗具有规整的字数和分明的节律感,诗句容量较之古老的二言体扩大了一倍,在形式的规范化和表情达意的功能上均大有提升,《诗经》之能成为古典诗歌艺术的奠基之作,职是之故。不过要看到,四言句式仍有其重大的局限性,主要的一点在于它遵循的是音乐的节律,而非语言自身的节律。在古代汉语词汇已由单音节为主开始向大量使用双音节过渡的形势之下,要以一句四言来表达一个完整的意义单位,实有难处。故《诗经》里的四言诗大多是用两句来表述一个意思,如《关雎》开篇的"关关雎鸠,在河之洲;窈窕淑女,君子好逑"。这种两句一意的表达方式,似可视以为《诗经》文本句法的通则。更要看到,这里所讲的"意",仅单纯就语义表达的角度而言,若要从诗意表现的角度着眼,则"关关雎鸠"一联所提示的物象,自不应孤立看待,还须与下联"君子好逑"的情意指向相匹配(有所谓"兴辞"与"应辞"之说),方足以整合成完整的意象。由此当可明白,《诗经》的文本体式何以会在四言句式的基础之上,大体形成两句一联、四句一章、联章成篇的总体格局,这一结构模式对后世诗歌产生了深远的影响。

四言诗体尽管用两句一联的结构方式克服了它在表情达意上的困难,但一个意思要分拆在上下句之间表述,且还需要按"二二"节奏作协调处理,不免会引发音义之间新的矛盾。比如说,"参差荇菜,左右流之;窈窕淑女,寤寐求之"。这里的"荇菜""淑女"乃是"流"与"求"的宾语,为求语义突出而提置上联,于是下联动词之后,便不得不添加"之"以凑足音节。这样一来,便又造成《诗经》语句音多义寡、泛声迭起的现象[①],或有助于咏叹抒情,并不利于条贯叙事。这可能正是"三百篇"里的风谣短章大多情意真切动人,而叙事长篇往往见得板重凝滞的缘故。

两句一联、四句一章的格局,还影响到《诗经》章法上的回环与跳跃,甚至造成大量重章叠句的现象。重章叠句本是民间歌谣的常见形

---

① 按:钟嵘评论四言诗体,谓"每苦文烦而意少,故世罕习焉",当指此而言(见钟嵘《诗品序》,曹旭《诗品笺注》第 23 页,人民文学出版社 2009 年版)。

态,而《诗经》文本的分章格局,特别是各章自成首尾的叙述方法,也自然地拉开了章与章的距离,使语句的往返跳跃显得格外方便。在这种不断回环与转折的章法结构中,各章之间诗意的衍续通常不是靠句意的直接勾连,往往凭借章句内部一些关键性字眼的置换来实现。如《关雎》次章以下便不断交替出现"荇菜"和"淑女"这两个意象,以对"荇菜"的"流之""采之""芼之",来兴起对"淑女"的"寤寐求之""琴瑟友之"和"钟鼓乐之",由此展示出诗中主人公对所爱女子从追求、交往直至婚娶的整个过程。诗思在间隔中形成张力,而又在交替反复中得到贯通,其一唱三叹的风味固耐人咀嚼品味,自亦是利于抒情而不便于条贯叙事的。我国传统诗歌以抒情为主流,《诗经》实奠定了基础。

《诗经》文本的音多义寡和重章叠句,又要求它使用最经济的手段来打造更广阔的情意空间,这除了对语言自身的表述功能予以精心提炼外,开拓思维的联想作用也是不可忽略的途径,于是不能不触及人们常要讲到的"赋比兴"问题。在《诗经》里,"赋"与"比兴"是一体共生、参合为用的。所谓"叙物以言情谓之赋,情物尽也;索物以托情谓之比,情附物也;触物以起情谓之兴,物动情也"[1],可见"赋""比""兴"三者尽管在表现形态上各有差异,而将物象与情思联系起来加以表现,则是共同的原则,跟上古歌谣多采取直白式的叙述与呼告不尽相同。它们充分发挥了人的联想作用,使情思与物象获得多向联系,众多物象进入抒情的世界,这里实已触及意象艺术的特点,让我们试着做一点阐说。

首先,诗歌意象作为"表意之象",原是诗人的情意体验与其外在审美对象交流互动、融通为一的产物。这一凭借"心物交感"以生成意象的活动过程,通常称之为意象思维,是整个意象艺术赖以建立的依据。《诗经》文本中广泛采用的"赋比兴"方法,那种由物象引发情思并寄托情思,更由情思驱动物象、贯串物象的现象,其实便是指的意象思

---

[1] 胡寅《与李叔易书》引李仲蒙语,见《斐然集》卷一八,《四库全书》本。

维活动。而这样一种由"感兴""寄兴"以达致情思与物象的交感共振，以驱动并生成诗歌意象的途径，恰成为后世诗人群趋相奉的信条，为中国古代艺术思维确立了基本准则。

其次，诗歌意象要以具体构形的姿态反映出来，则离不开一定的组合关系，即意象结构。意象结构必须在诗歌文本结构的框架内实现，故又要受制于诗歌的文本体制。《诗经》的文本体制是以四言句为主干，大体按两句一联、四句一章、联章成篇的格局构建起来的，这就为诗歌意象的组合提供了基本的范型。后世诗歌的演进虽已突破原先的四言体式及其两句一意的句法结构，而偶句成联、集联成章的总体构架仍然沿袭下来。从这个意义上说，《诗经》在意象结构的层面上也为中国古典诗歌艺术打下了基础。

由意象思维与意象结构，必然要引向意象语言艺术的经营，因为诗歌意象最终是以语言符号为承载并落实为语言文本形态的。在这个问题上，《诗经》不仅在抒情、言志、叙事、状物各方面都有成功的表现，还大量使用了比喻、联想、拟人、况物、对比、映衬、呼应、穿插以及语句形式上的对偶、排比、回环、顶真和音节组织上的双声、叠韵、叠字、叠句诸般修辞手段，大大增强了诗歌意象的鲜明生动性和语言声律的音乐性能。

总之，作为中国抒情文学传统的正式发端，《诗经》以其独特的意象艺术，开创了民族古典诗歌宽广的发展道路，展示了特有的艺术魅力，其巨大贡献殆无可置疑。不过也要看到它的历史局限。《诗经》的作者多属无名人士，诗篇里也很少交代其背景和经历，于是诗中情思的展露容易缺少个性化色彩，相应地降低了艺术感染力。《诗经》作品中选取物象常出于"比兴"需要，多拘限在原型和象征的作用，即使取自当下的实景实物，亦往往着眼于引发情思或比况人事，本身少有独立的意义，这又会造成对物象自身描绘的不够重视。不过最大的弱点，还在于它伴随乐舞进入古代礼乐文明的有机构成，执行着规范礼教人伦的政治教化职能，致使诗中情意皆要打上宗法伦理的烙印，即或自然物象，在"比德"式思维的操控下，亦多转化为政教规范下的"喻象",有着明确的政治寓意。就这个角度来看,《诗经》在它那个时代尚不属于真正的文学作品,它虽已具备抒情诗意象艺术的某些核心职能,整体上还处在未全然脱化成形的境地,与后世更为成熟的意象艺术相比,或可暂称之为"喻象艺术"。

二、《楚辞》体式与意象艺术的丕变

楚辞正式成为特殊的诗体,是在诗与乐舞逐渐分离,诗开始以独立文本的姿态登上历史舞台之际。楚辞里除少量篇章基本承袭《诗经》的四言体式外,一般都采用骚体,故骚体即足以代表楚辞文体。骚体在句法上与《诗经》的区别主要有二:一是改四言为杂言(多数为五字、六字、七字句相杂),二是每句句腰嵌入"兮"字作间隔。杂言取代整齐的四言,当是诗脱离音乐后得以自由伸展以求充分达意的结果,但一味自由伸张,又将会导致语句的散文化,失却诗歌应有的节律感,于是需要在句腰添一"兮"字或其他虚字以调节音律。经过这一调节,绝大多数诗句呈现为"二兮二""三兮二"或"三兮三"的形态,这类前后对分的节律,实际上还是从《诗经》四言体脱化而来的。另外,楚辞句中的三字节大多可分解为"一二"组合,若是将打头单字视以为句中领字或衬字,则基本构架仍未脱出《诗经》"二二"分节的格局。于此看来,楚辞文体尽管在外观上与《诗经》相距甚远,实际的节律设置仍在追随《诗经》,表明诗乐虽开始分家,而作为独立文本的诗,一时尚难以找到与自身文学性能相适应的语言节律。

在脱离声乐束缚的过程中,楚辞体还形成了其他一些特点。一是因句子加长,不局束于四言,时或能在一句中表达一个相对完整的意思,如"帝子降兮北渚,目眇眇兮愁予",有时也能在一句中包容较为复杂的句法结构,如"青云衣兮白霓裳,举长矢兮射天狼",从而大大拓展了诗句的容涵并强化了其表述的功能。与此同时,楚辞并未废弃《诗经》四言体上下句关联呼应的格局,两句一联的组合形式被保留下来了,但各联上下句因常能各自包容独立的语法结构,其关联方式不像四言体那样前后交渗、自相密合,而较多地显现为独立结构间的各种复合关系,句与句多少拉开了距离。再一点,是楚辞取消了《诗经》体明确分章的编制,亦不采用复叠回环的章法构建,显然同诗乐分家的状况相适应。不过这样一来,《诗经》体式的环形结构便自然蜕变为楚辞体的线形意脉,或有助于事理情思的逐层推进,也难免会减损其一唱三叹的抒情韵味。为弥补这一缺憾,除了在作品文句里多采用排比、对偶、连绵、顶真之类修辞手法以保留某种回环咏叹的风神外,主要还是凭借抒情主人公反复抒述其内心感受来求得打动人心的效果。

在表现方法上,楚辞继承了《诗经》"赋比兴"兼用的传统而又有所创新。

从意象思维的角度看,《诗经》奠立了"因物兴感"或"心物交感"的审美观照方式,在人的情意体验与内外物象之间架起沟通的桥梁,为意象艺术的经营铺设了通道,但其运作形态还比较单一,多呈现为由物及情和情物间反复轮替的格局。楚辞则大大拓宽了这一通道,在心物交感的基础上,思想的进路可以是托物起情,亦可以融情入景,甚至可呈现为由物及情再返情于物的自由转换,其心物交感的力度当更为强劲。屈原曾用"发愤以抒情"一语来表述自己的创作心态①,其"愤怨"之情亦来自现实生活,而当其需要抒述时,却并不采取倾箱倒箧、一吐为快的简单发泄方式,乃是着意驰骋一己的想象,在上天下地、越古通今的周游求索之中,编织起一幅幅光怪陆离的图景,藉以寄托自身的想望并宣泄深心的不平,这就走向了"假象见意"。它将传统的意象思维引上曲折层深之路,为古典诗歌抒情艺术开了新的法门。

在意象结构方面,楚辞文本改变了《诗经》两句一意、四句一章、重章叠句、回环往复的格局,常能做到一句一意、前后相承、顺流而下、运转自如,从而使《诗经》的环形意脉构造转变成了线形意脉运行。线形意脉有助于诗中情事的自然推进,对情思与场景的展开都有好处,但

---

① 《楚辞·九章·惜诵》:"惜诵以致愍兮,发愤以抒情。"见洪兴祖《楚辞补注》卷四,《四部丛刊》本。

一味直线式地推进，容易流于平直而单调。为克服这一缺点，楚辞做了多方面的尝试。如：《九歌》各篇侧重于情思与物象的相互配合，努力通过情景相生来营造气氛；《离骚》致力于不同象喻系列之间的交替转换，用瑰丽多姿的画面来激活人们的想象力；《九章》各篇多采用激切而反复的情意表白，以求直接打动人心；《招魂》《大招》乃至《九辩》则又极力展开物象的铺陈，使景物描写开始成为表达情意的重要手段。整个说来，楚辞尚处在用线形意脉组合意象结构的初始阶段，如何探索出线形结构的各种有效程式与变化规律，是以后长时期诗歌发展的一大任务。与此同时，楚辞仍然继承了《诗经》二句一联、上下相合的句意结构，不过由于上下句多能相对独立，其贯通的方式不能单凭句法勾连，除采用一部分关联词语与呼应问答的句式外，还常借助排比、对偶、映衬、反照诸种修辞手段来作粘合，于是联对之间往往形成板块式的拼接状态，使得线形意脉的运行从一开始就同板面组合有了并存结合的关系，也对后世诗歌艺术产生了重要影响。

再就诗歌意象语言的构造而言，相比《诗经》，楚辞在述情、言志、叙事、状物各方面均有长足的发展，尤其是抒述的委婉尽情和摹状的细致入微，较之《诗经》大有进步，意味着古典诗歌的意象语言技巧有了显著提高。楚辞中广泛运用的隐喻、象征手法和借助历史故实与神话传说来构造诗歌意象的方式，使楚辞的意象语言具有明显的文人风采，迥然异乎《诗经》里的风谣。而以男女情爱来寄托君臣遇合关系，又染有楚地巫舞降神祭典中人神遇合的习俗，给华夏文化输入了新的意象元素。《诗经》的朴素作风与楚辞的瑰丽文采，形成了中国诗歌意象语言的两大门派。

末了，要着重谈一谈楚辞在古典诗歌意象艺术演进中的独特地位。楚辞兴起的时代，诗与乐舞已开始分离，但并未全然脱开。楚辞里的一部分诗章如《九歌》《招魂》《大招》等，作为庙堂或民间祭祀习俗所采用的乐歌，表达的仍是传统的群体意向，而非个人的情意体验。它可能较少含带周王官礼乐文明的规范，却更多体现楚地和楚民族巫官文化的观念，那种以人神遇合象征君臣关系、以珍禽恶兽指代善良与邪恶的表现方法，显然未摆脱"比德式"思维的大框架。从这个角度看来，屈原诗篇所刻意营造的四大象喻系列，恰恰标志着喻象艺术的充分发达和全面成熟，正是楚辞与《诗经》的内在关联性所在①。不过换一个角度而言，楚辞中的许多篇章，特别是打有屈原、宋玉个人鲜明印记的那些诗作，则显然包含诗人自身活生生的生命体验在，虽亦常假借象喻形式来传递情意，而所传递的只能是诗人个体的情意，其艺术表现方法也必然是高度个性化的。这又构成对传统喻象艺术的实质性突破，是意象艺术走向自立的初步表征。据此，楚辞艺术或当视以为古典诗歌意象艺术演进长河中的一个重要转折点，它从古老的喻象艺术里汲取养料，又由传统破土而出，虽尚带有既往的痕迹，却已树立了新的生命向度，为整个古典诗歌意象艺术的演进指明了方向。

三、两汉诗歌与意象艺术的完形

汉诗在诗歌发展史上有其极重要的地位，它体现着上古诗歌向中古诗歌的转型，具体表现为这样几个方面：一是诗乐关系上，经过"诗乐合一"（上古歌谣与《诗经》）、"歌诗渐离"（楚辞）、"采诗入乐"（汉乐府）几个演变阶段后，最终到汉文人古诗实现了"诗体独立"。二是诗的节律体制，经历了《诗经》的四言和楚辞的骚体，又由汉人于乐府歌诗中进行大力探索，创建出三言、五言、六言、七言、杂言等多种新形式，终于在文人古诗中得到定型，且由此开创了后世源远流长的五七言诗的传统格局。再一个重要变化，便是周代宗法礼教文明制约下形成的"比德式"思维，已不构成诗歌创作的主导范式，这就使原来束缚于"喻象"框架范围内的意象思维有了自由发展的空间，古典诗歌意象艺术亦由此而得到基本完形。

汉代诗歌可大致归为三个类别：诗骚遗响、乐府歌诗和文人古

---

① 按：后汉王逸所云《离骚》之文，依《诗》取兴，引类譬喻。故善鸟香草以配忠贞，恶禽臭物以比谗佞；灵修美人以媲于君，宓妃佚女以譬贤臣；虬龙鸾凤以托君子，飘风云霓以为小人，即指此而言。见王逸《离骚经序》，《楚辞补注》卷一，《四部丛刊》本。

诗，其中真有价值的，还要数乐府和古诗两大类。前者的多向探索，恰为后者的定格定型创造了前提。从这个意义上讲，乐府歌诗在两汉诗歌的整个转型过程中起着不可或缺的中介作用，而转型的结穴点则落到了古诗身上。

乐府歌诗在古典诗歌意象艺术演变史上的标志性意义，在于传统"比德式"思维模式的解体。"比德式"思维是宗法伦理制度的产物，秦汉以后，传统宗法社会解体，新兴官僚政治以"外儒内法"为指导方针，礼教人伦全面的控制能力有所减弱。尤其民间社会里普遍关注的是各种民生现象，所谓"饥者歌其食，劳者歌其事"①、"感于哀乐，缘事而发"②，恰切地显示了民间歌咏所由产生的动力机制。正是在这一心理机制的广泛作用下，"因物兴感"的意象思维活动才得以突破"比德式"的框架顺畅地运行，人的活生生的情意体验亦能自由地转化并结晶为诗歌意象，这便是意象艺术开始发达于两汉乐府歌诗的原因。

不过要看到，以乐府歌诗为代表的古典诗歌意象艺术，在形态上仍是不够完整的。最能体现乐府特色的叙事诗，通常以人物、故事、场面为表现重点，诗人的情感多隐藏在故事场景的背后而不直接表露，这类诗的写作主要倚靠"模仿"（叙述和描绘的艺术），而非"意象"。至于说理诗在乐府歌诗中亦自成一格，其打动读者的方法往往凭借比喻、夸张、对比、排偶等修辞手段及采用格言警句来阐说道理，有一定的形象性，也称不上真正的意象。乐府歌诗里较能体现意象艺术的，主要是抒情类作品，而其情意内涵似还缺少了生命意识的清醒反思。这便是为什么我们将乐府歌诗总体上看作意象艺术完形的准备阶段，而将其完形归诸稍晚兴起的文人古诗。

"古诗"的名目自是后人添加上去的，当时的作者没有想到给作品甚至给自己留下名字，他们只是想借诗歌来表达个人的人生体验，这也便是诗作为文学创作的真正自觉了。

---

① 见何休《春秋公羊经传解诂·宣公十五年解诂》，《春秋公羊传注疏》卷一六引，中华书局版《十三经注疏》本。

② 班固《汉书·艺文志》，见《汉书》卷三〇，中华书局1962年版。

文学形态的诗造就了诗的文学体式,那就是不同于传统四言句的五言诗体。五言与四言在性能上多有区别。就声律而言,四言便于合乐,而连续的诵读会给人带来平板、单调的感觉。五言则以"二二一"的音响组成节拍,化板重为灵动,变平实为流走,加以奇字句的结末一拍有半个音阶的休止符,正好便于间歇顿宕。这种在整齐中寓有变化错落之致的声律,与汉语以单音节为基干的语言文字性能恰相适应,故而五七言诗体终能发展壮大而成为古典诗歌的主导形式。再从语句表达上看,五言较之四言虽仅增添一字,而功能大有提升。"三字尾"作为意群的组合,天然地适应于单音节词与双音节词的自由搭配,进而将整个五言句明晰地划分为"二三"两个意义段,于是一句诗便能顺畅地表述一个完整的语意单位。五言体的出现,大大强化了诗的叙述功能,为连贯的叙事与抒情开了方便之门。锺嵘曾以五言诗与四言诗相比较,谓"五言居文词之要,是众作之有滋味者",原因即在于其"指事造形,穷情写物,最为详切"①。

　　文人古诗还促成诗歌意象艺术的完形。它率先得益于先秦"比德式"思维的解体。与此同时,东汉中叶以后社会危机的不断加深,更使具有敏感力的下层士子产生了深刻的忧患意识,普遍渗入文人古诗之中。这些作品多表现游子思妇的情愫,但不限于单纯思念亲人或感叹失意,常将个人命运提到"忧生"的层面上来思考,构成人的生命意识觉醒的重要表记。它让诗歌创作真正成为表达个体生命体验必不可少的艺术手段,而这也正是诗歌意象艺术得以明确树立的前提。

　　在以生命体验立"意"的前提下,古诗作者们进一步探索了"运意成象"的具体方法。他们一般多采取"因物兴感"的途径,将自己内心的感受与外在世界的物象糅合起来以构建诗歌意象,《诗经》传统里"赋比兴"参用的手法亦常为他们吸取,且使用得相当灵活。如《古诗十九首》中《冉冉孤生竹》的开篇四句:"冉冉孤生竹,结根泰山阿。与君为新婚,兔丝附女萝。"打头两句即以结根泰山的"孤竹"起兴,第三

---

① 锺嵘《诗品序》,见曹旭《诗品笺注》第23页。

句进入点题,用赋法,紧接着又是"兔丝"与"女萝"的比况。短短四句诗,赋比兴都用上了,且相互称贴而又转换自然,在反复申说中传达出一种缠绵的情致,格外动人。再如托名李陵送苏武的"良时不再至"一诗,全篇以送行为主线,首尾各四句皆实写送行情事,中间忽插入"仰视浮云驰,奄忽互相逾。风波一失所,各在天一隅"一段景物描写,既可理解为送行时的即目所见,亦可感受其以浮云欻忽飘驰来暗示人生的聚散无常。这一写法与传统借物象作兴喻自有差异,其浮云景观即含于送别情事之中,赋义与比兴义兼而有之,从而使情思与物象能够历落打成一片,以合成完整的场景。《诗经》(很大程度上包括楚辞)多以情思缀合物象,古诗则多以情思贯串场景。由片段的物象缀接演进为整块场景式的组合,亦体现了意象艺术的圆成。

四、魏晋南北朝诗与意象艺术的演进

诗歌意象艺术在汉文人古诗里得到初步完形后,于魏晋南北朝便进入其演进阶段。以"缘情体物"来概括这一时期诗歌的主导潮流,不妨将其大体划分为魏、晋、南北朝三个段落来察看。

通常所说的魏诗,是以汉末建安时期曹氏当政为发端的,其流衍直至魏末正始年间,建安诗坛与正始诗坛乃其两大重镇。建安与正始诗人的人生体验,主要是一种忧患意识,它承自汉文人古诗的"忧生"之叹。建安时期,动乱爆发,国家残破,民生凋敝,士子的"忧生"便转形为"忧世";尽管"忧世",有抱负的士人仍怀有理想,希图投入自己的力量以重整山河,忧世情怀与济世信念相结合,产生了建安诗歌中特有的慷慨不平之气。到正始年间,时局再度发生逆转,在门阀势族和司马氏政权的双重压抑之下,正直的文士们再次感受到没有出路,"忧世"便又转形为"忧生",而且是与"忧世"紧相结合的"忧生",于是忧患意识更显深沉,而生命活动的内在矛盾亦更形突出,超世的倾向开始凸显出来。

魏代诗人生命体验的深化,推动了其诗歌意象艺术的演进。建安诗坛上盛行的感事、咏怀、公宴三类诗作都比较注重情意笼罩下的情事与场景的组合，其抒述情怀时也常能将古诗的一气流注推衍为一波三折、委曲尽情。至正始诗人，虽减损了那种清刚不平之气，而在意象艺术的经营上仍有创获。如阮籍《咏怀》诸作常借助所写物象，刻意渲染某种情意氛围，让读者透过物象去感受其所要传达的情意体验，这种"寄言出意"的表达方式开了后世诗歌"境生象外"的先声。与此同时，魏代诗人还开始注意到诗歌语句的锻造。五言较之四言言简意赅，须尽量省略句子中的虚字与关联成分，让有表现力的实词（包括形象鲜明的动词与形容词）单独凸显出来，使语词间的张力有所加大。而精简了虚字，利于构筑对仗，其两两对应的句式和词语亦常能形成张力。这种凭借词句间的张力以构建意象语言的方法，汉文人古诗中时或见到，而在建安、正始时期已成为诗人们的自觉追求。如人们常举以为例的"惊风飘白日，光景驰西流"（曹植《野田黄雀行》），其中"飘"和"驰"两个动词下得特别醒目，将"风""日""光""影"的瞬息迁流揭示得惊心动魄。至如"朱华冒绿池，潜鱼跃清波"（曹植《公宴诗》），则不仅炼字生动，亦且对属工整，初步显示出五言句法的成熟。

　　魏代之后的两晋，诗歌创作风气又有了新变，大致可以西晋盛期出现的"太康体"及西晋末年至东晋时流行的"玄言诗"为代表。两晋诗风的特点是逐步消解了汉魏诗人群体普遍持有的忧患意识。文士们多沉溺于个人遭际得失及其悲欢离合情怀之中，忧患便转形为一己的感慨（所谓"儿女情多，风云气少"[①]），其文学观念亦由言志述怀移向了单纯的"缘情"。至西晋后期动乱再起，而执政的门阀士族不具备整合江山的能力与抱负，超然物外的人生观广被奉行，"体道"式玄言诗便兴盛起来。

　　太康诗坛总体来说，是以"诗缘情而绮靡"[②]为追求目标的。诗人们将"情"之发动归因于"感物"，故"触物兴情"实乃其意象思维活动的

[①] 钟嵘《诗品》卷中评张华语，曹旭《诗品笺注》第122页。
[②] 见陆机《文赋》，引自六臣注《文选》卷一七，《四部丛刊》本。

基本路径。六朝人的"感物"说不等同于传统的"物感"说，它更多着眼于文学创作的激发因素，指诗人带着其既有的情怀与外在的情感对应物相遭逢而引发实际的创作活动，可以是在原有实生活感受基础上的再度感兴。拿六朝的"感物"说来充实与深化传统的"物感"说，当可对古典诗歌艺术思维的性能产生更全面的认识。"太康体"在诗歌意象结构上也有突破，主要是将汉魏诗歌一气流注的抒述形态和选取单一的场景以寄托情思的表现方法，扩张为由一系列场景片段缀合连接、逐层展开的叙述方式，更适合于行旅、游览、赠答、送别等制作。与此同时，太康诗歌在意象语言的使用上大大增加了排偶、对比、隶事、藻饰之类修辞成分，营造出华彩绮靡的诗风，自是为适应其"缘情"和铺写场景的需要。但一味铺陈，不免走向繁缛浅直，丢失了汉魏古诗兴寄深微、婉而多讽的风味。

　　西晋末年至东晋百年间流行的玄言诗潮，在整个魏晋南北朝诗歌史上是个异数，而亦有其存在的合理性。玄言诗以"体道"为要，它以超然物外的态度来对待世界，必然要摒弃太康诗人那种"缘情""感物"的艺术思维方式，而代之以"观物入理"，即通过周览万物的兴歇来领悟人事变迁之至理。好的玄言诗作确能从自然物象的流转中提炼出某些具有启发意义且含带一定情致的哲理性思考，而就其具体的历史作用看来，则是一方面凭靠理思化解了过多的伤感情怀，另一方面又通过证悟的手段提升了物象在诗中的位置，从而构成整个魏晋南北朝期间文学潮流由"缘情"向"体物"转变的中介桥梁。在这期间，还不得不提到特立独行的大诗人陶渊明，他开辟了写田园风物的题材，用朴素的语言和白描的手法勾画出田园生活的真切而生动的场景，却又能透过那些极平凡的情事与物象，传达出一种高远的人生意趣来。可以说，他是将汉魏的言志述怀、晋人的缘情感物以及玄学思维的"寄言出意"熔为一炉，在意象的浑成与饱满上达到他那个时代的高峰，而于象外空间的开拓上则又超越了自己的时代，遥遥地指向了身后唐人与宋人的境界。

　　现在来谈南北朝（主要是南朝）诗，其总的特点可说是"体物"居先。从"体道"转向"体物"，跟政治形势的变化分不开。刘宋以后，政权更迭频繁,皇室常任用"寒人"掌机要以抑制门阀势力。士族文人失去了掌控大局的实权,便也不能那么一味超脱,于是从"超世"转为"玩世",即以赏玩物象的姿态来应付人生,"体物赏心"便也成为其以诗歌创作寄托"玩世"情怀的最佳手段,与魏晋时人的"感物兴情"及"观物入理"固自有别。

"体物赏心"的第一个标本便是元嘉诗坛上以谢灵运为代表的山水诗潮。大谢的山水诗多以行旅、游览的方式展示,按行踪先后与视点转移,将沿途摄取的一个个分散的镜头联接成全景式的画面,于是物象便构成了诗篇的主体。从意象构造的角度来看,如果说,汉魏晋诗遵循的是情思导引物象的原则,那么,以山水诗为发端的南朝"体物"之作,则往往走上物象掩抑情思的道路,所谓"诗至于宋,性情渐隐,声色大开,诗运一转关也"①,指的就是这一变化状况。这是古典诗歌意象艺术经营上的一大变局。元嘉山水诗潮还有力地推动了诗歌意象语言的变革。"体物赏心"的需求促使诗人们在精心摹写物态上狠下工夫,字法与句法的刻意讲求乃是题中应有之义,古汉语所允许的词性活用(尤其是动词活用)、词序倒置及成分省略诸法则至此已全面建立。汉魏晋诗歌为重视情思的主导作用,惯常将人的情意体验加诸物象,元嘉诗人改变了这一主观化的表现方法,注意从物象自身关系中去发掘其与人的情意体验相应合的形态,予以精细刻画,如"白云抱幽石,绿筱媚清涟"(谢灵运《过始宁墅》)之类,较之粗略的"悲风""哀蝉"自更能体现意象的魅力。谢诗还创设了紧缩句的句法,用五言的一句来包容两个主谓结构,像"野旷沙岸净,天高秋月明"(《初去郡》)等,这种在一句诗内让两个物象各自并置、相互映衬,以生成内涵丰富而又情意饱满的诗歌意象,也成为唐人句法的重要门道。不过"元嘉体"最显眼的标志,仍在于对偶的讲求。诗人们看重对偶不光为了铺陈,尤在于联句间张力的建构,故多借"反对"(异类物象的比较)来拉开句子间的距离,对属的精工亦特别考究。总之,山水诗潮的出现,改变了传统意象艺术的

---

① 沈德潜《说诗晬语》卷上,《清诗话》第 532 页,中华书局上海编辑所 1963 年版。

情景结合形态,让景物凸显为诗篇主体,相应地,其语言运作技巧亦皆围绕物象的塑造而展开,从而将五言诗的语句构造推进到相当成熟的地步。如果说,古典诗歌情意体验的个性化可暂以建安诗坛为树立的表征,则其物象构造的个性化或当以元嘉山水诗潮作为界标。

"元嘉体"的进一步发展,形成了"永明体"。永明诗歌接续元嘉山水诗潮,而又开启了咏物的新潮流。其山水题咏常与作者的宦游经历相结合,多寻常化的景物描写,少生新特异的景观开发。优秀的作者如谢朓、何逊等,常能于写景中烘托与暗示情怀,在情景交融上向唐人靠近了一步。咏物诗作则多出自文人学士间的宴饮酬唱,在构思新巧与刻画工细方面,对物象描写的个性化取向亦起到某种推进作用。而随着景观的狭窄化,永明诗人多将全景式的视野改为聚焦式的摄取,诗篇体制也日趋短小凝练,原先四句、六句分层的格局常被压缩到一联之内,实开了唐人近体诗"起承转合"的风气。至于意象语言的经营上,永明作者一方面充分吸取元嘉诗潮讲求字法、句法、对仗及隶事等经验,更加以诗句声律的探讨,另一方面又对元嘉诗风的典实厚重有所不满,不仅致力于用平易的文句来消除太康以来重藻采、尚铺陈以及元嘉诗坛崇学问、用僻典的风气,还采取适当的"化骈为散"的手段以保证句意的流贯通畅,其所开创的"圆美"之境[①],亦为唐人诗歌的"兴象玲珑"作了铺垫。

"永明体"之后的"宫体",以描写美女的体态、服饰为基本内容,观照点虽从山水景物转向了人自身,采取的同样是"体物赏心"的原则。宫体诗的风行,表明文人士夫的赏玩对象从自然物象移向了自己生活圈子内的女性。这一转移消解了残存于山水景物诗中的最后一点"超然"的气息,宣告着士族文人彻底放弃其精神追求以归宿于世俗享乐生活。宫体诗在表现技巧上亦有可取之处,特别是其代表人物庾信等移居北朝后,将北方豪健之气与南朝流丽文风相结合,用以抒述故国

---

① 谢朓有"好诗圆美流转如弹丸"之说,《南史·王筠传》载沈约语引,见《南史》卷二二,中华书局1975年版。

情怀和人生感慨,达到了相当高的艺术水平。在六朝诗风向唐诗的转折过渡中,如果说,谢朓诸人迈出由"体物赏心"向"感物兴情"回归的第一步,那么,庾信便走出了向"言志述怀"回归的更具关键性的一步。这既是宫体诗的自我扬弃,而又是对宫体及整个南朝诗风的批判继承。没有汉魏晋南北朝诗歌艺术的总体积累,是不会有唐诗意象艺术的圆成的。

五、小　　结

对唐前诗歌意象艺术的流变作了匆匆巡礼后,或可就其演化脉络加一简要提挈。我们试将这长达一千八百年的发展历史归结为两大段落:先秦两汉,作为诗歌意象艺术的形成期;而从汉文人古诗至整个魏晋南北朝,构成其演进期。

诗歌意象艺术的形成过程中,有一个基本的动因贯串其间,那就是诗乐关系的离合。早期诗歌是附属于乐舞演奏而存在的,它经历了由"诗乐合一"经"歌诗渐离""采诗入乐"以至"诗体独立"的演变历程,总体说来从依附音乐到得以自立。

诗从属于音乐,对其职能与体制两方面均产生了重要影响。从职能上讲,"乐"在先秦本属礼乐教化的必要支柱,诗从属于乐,也就意味着它必须具备政教的性能。从西周王官之学至汉儒皆坚持以经学眼光来解说和应用"诗三百",不惜将原初朴素的意象转化成负载着公共义理规范的"喻象",于是萌生中的诗歌意象艺术只能以"喻象艺术"的形态呈现,很大程度上失去其鲜活的情意体验,以致今人解读《诗经》常须致力于剥离其"喻象"外壳以激活其原初的生命内核。而从《诗经》经楚辞以至两汉诗歌的演变,伴随着诗对乐的依附关系的摆脱,诗自身的性能也起了重大变化。楚辞虽仍保留传统喻象思维的定势,屈原等人的个体生命体验亦已强劲地破土而出。汉乐府再度"采诗入乐",除少量庙堂乐章继续执行政治教化职能外,其余歌诗皆应娱乐需要设置,其"感于哀乐,缘事而发"的精神实已宣告了意象艺术的诞生。

而当汉文人古诗用生命意识烛照人生世相,将"忧生"情怀广泛引入篇章后,古典诗歌意象艺术即已得到完形和确立,这确是一个由萌生、丕变而最终形成的过程。

再从诗歌体制上看,《诗经》的四言体实乃依据音乐节律而建构的。随着诗乐的分离,诗人们经骚体、三六杂言等多向探索后,终于确立五七言诗体的基本模式,也就是找到了诗体文学自身的语言节律。四言与五言除音节组合上的区别外,就语意表达功能而言,前者常只能二句一意,而后者凭借其"三字尾",多能做到一句一意。二句一意的语句结构方式宜于回环咏叹而不便于连贯叙述,故《诗经》的叙事与抒情常以片段缀合的方式展示,物象作为触发情思或比况情事的手段,亦往往要同所叙情事交替出现,难以合成整体性场景。楚辞里渐有情景的双向交流,时或形成场景片断,似尚不够完整。至五言诗,因能一句一意、连贯叙说,诗中情事自可充分展露,连带的物象描绘亦能自然嵌入情事之中,于是结成了由情思贯串的整块场景。从情意驱遣零散的物象,到情思主导整个场景,这也应该说是意象艺术趋于完形的表现。

接着来谈意象艺术的演进。自汉文人古诗确立了诗歌意象艺术的基本发展方向后,魏晋南北朝诗一直沿着这个方向前进而又不断有所变化创新。首先,从诗人们的创作态度来看,汉魏诗人的侧重"感事言志",经太康诗人的"感物缘情"、玄言诗人的"观物入理"以至南朝诗人的"体物赏心",可以大致勾画出这一时期诗歌意象思维运作方式的变化轨迹。意象思维活动形态的变化,反映出诗人生命体验及其人生态度的变化,归根结底是社会生活方式以及士子文人与其所生存的社会环境之间关系变化的呈现。不同的思维运作方式为诗歌意象的构建提供了不同的经验教训,其中利弊得失自可权衡,但这多样化的形态恰能为诗歌艺术创造提供多方面的参照因素,大大丰富了古典诗歌的艺术思维传统。

其次,从诗歌意象的构成方式,特别是其中的情景关系来看,这期间的诗歌作品显示出由重情思到重物象的转移。汉魏古诗纯以情思来贯串场景,组合情事与物象,其抒情性显得相当突出。太康诗歌里景物的铺陈已明显加大分量,但仍以情事为组织枢纽,情思表达亦尚居于主导地位。至元嘉山水诗,一改既往的结撰方式,以物象描绘为主体,情事线索仅偶尔穿插其间,而诗人的情意体验更常潜隐于物象背后,体现出对传统意象构造艺术的一种颠覆。永明咏物与梁陈宫体大体沿袭了这一取向,且刻画更加精细而情思更见淡薄。这样的演化过程似乎轶出常规,其实合乎逻辑。诗歌意象既然是由"意"与"象"两个方面组合而成,则其意象艺术自亦需就不同方面作分别展开。在情思与物象的关系中,情意体验通常居于领先地位,所以汉魏晋诗人先须致力于情思表述的个性化以及如何在场景组合中发挥情思的主导作用,包括多场景结构中的情思贯串作用。一旦场景得以展开并渐趋复杂化后,如何经营物象使之摆脱对情思的依附关系以获得其自身个性化的表现,便自然提上议事日程,成为迫切需要解决的课题。元嘉以后诗歌创作由重情思到重物象的转移,正好实现了意象艺术构建上的一个周期,为唐诗艺术在更高基点上的重新出发创造了前提。

  与上述意象构建艺术的演进相适应,这个时期诗歌在结构形态上也不断有所更新。我们看到,汉魏古诗通常以单一的场景来展示情思,其叙述方式多显现为一气流注式贯通,时或伴以一波三折式的摇曳生姿。"太康体"则常要串合多个场景片段,需要有一定的铺陈,线形意脉见得稍有曲折变化,线与面亦交织并呈。元嘉山水诗改以景物描写为主体,其全景式画面实由众多独立的物象缀接而成,故其虽安装了"叙—写—结"三部式的线形套子,内涵的实是一网点式结构,这种新的结构样式成为唐人律诗联对组合的取法模子。后来的"永明体"与"宫体"又将全景式画面改装成聚焦式镜头,有时连"叙—写—结"的线形套式也弃去,让关注对象聚集到一点上,遂开了唐绝句体之先河。这里让我们捎带提及前节文字里故意遗漏的七言诗。按七言体虽在汉魏之际已然出现,其初步完形当以元嘉诗人鲍照为标志。鲍照参照五言体式改造了原有的七言句,又常参用杂言使句式更显灵活多变,七言始成为与五言具有同样强大生命力的抒情文体。但鲍照并未按元嘉五言新变的路子来写七言诗,相反,他的七言歌行发扬了汉魏古诗抒情为主的精神,且将情思表述得格外起伏跌宕、淋漓尽致。可以说,他是从另一个角度来改造古诗的传统,将原先较为平实的线形意脉锻造成多曲转与多折角的线形体式,为唐人七古的演进提示了方向。而后梁陈诗人也写下不少七言篇章,多宛转流畅的抒述与华彩明丽的铺排,亦流衍为唐代歌行之一体。

　　末了,还须言及诗歌意象语言的锻造。语言的意象化通常采取两个途径,一是加强描写与铺陈,再一是注意构建词句间的张力。早期诗歌多选择前一条路子,比较重视形容与摹状词语的应用,亦常采取铺排手法,《诗经》、楚辞、汉乐府都有过这类表现。五言诗体的确立,因其突出句中实词且易于构造对仗,对诗歌字法、句法的讲求遂风行开来。汉文人古诗里作用之迹尚不明显,被后人称作"若秀才对朋友说家常话"①。建安、正始诗中炼字与对仗的痕迹则已显然,太康诗人加以藻采、排比,元嘉时更喜欢搬弄学问典故,"家常话"遂演变成"雅言"。至永明诗人,一方面吸取"元嘉体"对字法、句法、对偶、隶事等锻造手段更配以声律,另一方面又努力将诗歌语言表达得平易顺畅,形成一种既区别于汉人的"家常话"而又不同于前代"雅言"的"诗家语",为梁陈以至唐代诗人普遍接受。"诗家语"立足于构建词句间的张力,通过精心设置的语句组合,让物象内含的生气与情趣得以贴切地传达出来。从"家常话"经"雅言"演进为"诗家语",正显示出诗歌意象语言走向成熟的印记。

　　以上从各个方面清理了唐前诗歌意象艺术流变的轨迹,足以说明唐诗艺术的成熟决非脱空而来;也只有切实地了解并把握住前人意象艺术的丰富成果,才有可能对唐诗所面临的时代挑战及其所完成的历史任务,有一个比较清醒的认识。

　　(原载《社会科学战线》2013 年第 7 期,全文 32000 字,此系摘编,载见《新华文摘》2013 年第 22 期,录入时略有增改)

---

①　见谢榛《四溟诗话》卷三,人民文学出版社 1961 年版。

唐诗与意象艺术的成熟

在中国诗歌史上,唐诗被公认为进入了成熟的艺术境地,其典型形态即存在于通常所谓的"盛唐气象"之中,呈现为那种风骨挺立、意象鲜明、体格整然而又兴味涵深的诗歌境界。唐诗意象艺术的成熟自离不开前人诗歌经验的丰富积累。既往一千多年诗歌发展中所形成的感事言志、感物缘情、观物入理、体物赏心等艺术思维方式,都曾给予唐人诗思以积极的启发,汉魏的风骨、晋宋的趣韵、齐梁陈隋的声律藻采乃至北朝的质直文风与豪迈气调,亦皆经唐人努力吸取熔铸,至于前代诗歌在题材、体式、意象、语言诸方面的开拓创新,更充分得到唐诗的合理继承与大力推进。没有诗歌自身传统中长久、精深的积累,唐诗艺术的空前繁荣与高度成熟,是不可想象的。但是,我们并不能将唐诗艺术的成熟单纯归之于前人的恩赐。唐以前诗歌的历史进程也曾给唐人留下亟待解决的重大疑难,突出的一个问题,是如何使诗歌意象艺术升华为具有整体性能和超越性能的艺术意境的创造。大家知道,诗歌抒情需要凭借意象的传递功能。汉魏古诗多直抒胸臆之作,其情意的表白固然真切可感且具有相当力度,而场景的单一化与物象烘托的不足,多少减弱了其韵味的深沉含蓄和思致的婉曲动人。南朝"体物"风气大盛,在景观物象的雕镂刻画上达到十分精细又生动的程度,但由于统摄全篇的情意体验不够丰满有力,各意象之间缺少通贯的联系与有机的整合(所谓"有句无篇"的弊病),亦难以构建起浑成、圆满的诗歌境界。由此看来,唐人在接受历史遗产的同时,便也面临历史的巨大挑战。他们依凭怎样的条件,经历怎样的摸索,最终形成怎样的思维格局与文本格局,方始达致诗歌意象艺术成熟的境地,自是值得认真探讨的问题。本文将考察的范围限制在初盛唐诗歌领域之内,不光缘于盛唐历来被视以为诗国的高峰,由初唐向盛唐的演进即足以显示诗歌艺术走向成熟的轨迹,同时因为盛唐之后的诗坛已明显揭开古典诗歌意象艺术转型的序幕,步入另一阶段的历史行程,须另立话题以发明之。

一、成熟的土壤

文学史家丹纳曾将艺术比喻为植物,谓其生长与发育均须依托于合适的土壤和气候条件,唐诗亦不能例外。什么是促成唐诗艺术繁荣的土壤或气候呢?从根底上讲,那就是唐代的社会生活(包括精神生活),特别是那些直接推动诗人之诗思勃发与诗情舒展的生活条件与思想氛围,这应该是造成唐诗繁荣兴盛及其诗艺得到空前提升的最强大的动力源泉。这个问题涉及面甚广,这里只能简略地提挈一下。

通观中国历史的发展道路,唐王朝实处在古代官僚集权社会(秦汉至明清)演变过程的特殊关节点上,成为这一社会形态由前期向后期转折过渡的中介环节。唐以前,由门阀世族统治所引发的一系列重大社会矛盾,如国家与豪强对土地资源的垄断性占有,劳动者人身依附关系的紧密强固,庄园式自然经济的封闭落后,以及由门阀制度派生出来的"士庶"悬隔对立等,至唐代随着门阀势力的衰落,得到某种程度的协调与缓解。而唐以后官僚社会所产生的众多突出的问题,如土地兼并的加剧和流民的扩散,商品经济畸形发展对自然经济的侵蚀,官僚队伍的膨胀和专制主义政治的强化,乃至多民族冲突所形成的"外患频仍"局面等,尚待逐渐展开。前结稍宽解而后结未扣死,正是这一"得天独厚"的有利形势,加以几任统治者大体得法的运作手段,打造出唐王朝开国一百多年来经济上升、社会稳定、政治开明、国力强盛、文教兴隆、思想活跃的"盛世"身姿,这也便是诗歌艺术走向繁荣的基本前提了。

在各种社会变动之中,需给予特别关注的,乃是唐代寒士文人的崛起,正是他们构成了诗歌创作的主体,承担起繁荣唐诗的使命。必须说明的是,唐代寒士并不等同于魏晋"九品中正"法施行时所谓"上品无寒门,下品无势族"①的寒门之士。在六朝门阀制度统治下,"世族"与"寒门"呈现为由家世、出身所限定的不同身份的人群,彼此之间不容混淆也不相移易。世族子弟天生高贵,不仅享有种种特权,在仕途功名上更可"平流进取,坐至公卿"②,他们自无须关心世务,也就失去了那种发扬蹈厉的精神气质。与之相对照,寒门人士难入流品,隔断了升腾之路,即使满怀才情,多无从施展,虽有牢骚不平,不免力屈气虚。两类人处境各异,却同样气势不振,这就是为什么"汉魏风骨"于后世顿然衰歇,也是南朝诗歌通常缺少浑厚的体气、易患"有句无篇"毛病的道理。这一情况至唐代发生了根本性变化。门阀势力经隋平江南和隋末大动乱两次打击后,明显地衰落下去。李渊父子的起家虽依靠部分关陇集团的支持,却同时向寒门士子开放政权,太宗即位后重修《氏族志》,正是着眼于打破传统的士庶之隔,以建立新的官僚体制。武后当政,为清除阻力,对原居高位的关陇人士进行严厉打击,相应地提拔了大量新进之士。玄宗厘平宫闱之乱,开放政权的态势却未作改变,且更通过完善进士科举为广大士人打开从政之路。在这样的形势之下,门阀作为制度已然消解,士庶之间合流初步形成,故唐人所称的"寒士",不复着意于其固有的门第姓氏,多泛指尚未显达而处身于社会中下层的士子文人(有如杜甫《茅屋为秋风所破歌》云"大庇天下寒士俱欢颜"中的"寒士"),他们构成士人中的绝大多数,当然也就是诗歌创作的主要力量了。这类"寒士"尽管地位不高,声望未著,但置身大有为的时代,面对有可能博取到手的功名事业,其意气风发、诗兴萦怀当可想见。再加科举试诗设为定制,以及朝堂应制、同僚宴集、友朋酬答都需要经常使用诗歌形式,"诗的唐朝"便也不折不扣地

---

① 见刘毅《论九品八损书》,《晋书》卷四五《刘毅传》引,中华书局1974年版。
② 见中华书局校点本《南齐书》卷二三《褚渊王俭传论》,中华书局1976年版。

得到了实现①。

　　不过在注意到诗艺普及的同时,我们更应看重的乃是诗情的昂扬奋发,这跟唐代士子高自位置下所树立的主体生命理念密切相关。这是一种什么样的生命理念呢？唐王朝长时期来奉行儒家思想教化的原则,士人的人生理想自不能脱离礼教人伦的大规范,但唐代社会又是侠、儒、释、道诸种思潮并行活跃、交互碰撞的场所,它激励着人们从各个方面去寻求安身立命之道,从而为主体精神的发扬拓开了广阔的空间。首先,有如我们前面所说,唐代寒士的人生态度迥不同于六朝文人,他们不单撄心世务,且对自己有所作为抱有强烈的期许和信念,"天生我材必有用"(李白《将进酒》),或者换个委婉一点的说法,叫"耻作明时失路人"(常建《落第长安》),正表明了他们这种以功业自许的追求。这里面不免夹杂个人利禄名位的企盼,但也不乏济世安民的构想。所谓"致君尧舜上,再使风俗淳"(杜甫《自京赴奉先县咏怀》),以及"奋其智能,愿为辅弼,使海内清宴,环区大定"(李白《代寿山答孟少府移文书》)等,都意味着这批寒士确有自己的政治抱负,其用世、济世的信念是真诚而严肃的。当然,现实地看,诗人的宏大抱负不等于其实际的政治才干,况且社会生活中阻碍个人理想实现的因素远超过能赞助他的力量,于是在一再碰壁、屡遭挫跌的情势之下,乐观的信念终会转形为深沉的愤懑,进以迸发出"大道如青天,我独不得出"(李白《行路难》之二)的激烈抗议。有别于六朝寒门之士在沉重压抑之下"吞声踯躅不敢言"的表白(见鲍照《拟行路难》之七),唐人的抗诉经常是强烈而明快的,体现出生命的巨大力度,且多与揭露人间之不平、世态之不正相结合,容涵着更丰富的社会意义,这也是唐诗特别受人重视并具有高度艺术感染力的原因。而有时候,诗人们也会对其所不满的污浊世道投射出鄙夷不屑的目光,甚至转过身去采取一种超然物外

----

　　① 按:"诗的唐朝"之说见于闻一多《说唐诗》,其云:"一般人爱说唐诗,我却要说'诗唐',诗唐者,诗的唐朝也,懂得了诗的唐朝,才能欣赏唐朝的诗。"引自郑临川记录、徐希平整理《笳吹弦诵传薪录——闻一多、罗庸论中国古典文学》第 74 页,上海古籍出版社 2002 年版。

的态度,以显示自己人格精神的不受污染。这种洁身自好的姿态不纯然是消极退让,其中常含有对个人生命本真及其自由意志的体认与坚持,亦当看作为唐人生命理念和主体精神的有机组成。归总而言,用世之信念、愤世之感慨与超世之情怀三者相结合,构成唐代寒士文人生命理念的复调变奏,这一带有强大冲击力的人生理念(包括相应的审美理念)撼动着整个唐代诗坛,散发出巨大的能量,恰成了唐人诗情焕发的原生点。

生命理念的高扬预示着诗歌格调的高昂,但诗要写得真切动人,还需有丰厚的生命体验为支撑。唐代诗人在这个方面也具有得天独厚的优势。不同于六朝子弟凭藉门第来跻身仕途,亦有别于宋世科举以一张卷子判定身份,唐代进士试卷采用不糊名的办法,举子要能获得考官的青眼,须得先为自己造就名声,以耸动听闻。这就促成唐人在入仕从政之前喜好漫游天下、遍历州府以结交豪俊、提升誉望的风气。长年漫游的经历有助于诗人了解风俗,体察民情,出入名山大川,寻访历代胜迹,乃至在侣伴、同好之间诗酒酬唱、切磋技艺,从而大大开阔了其心胸手眼,孕育和酝酿着他的诗情画意。有的文士未能由进士及吏部铨选入仕,则多投身幕府,甚至参军边塞,抑或栖隐山林,待时而动,多种取向皆有扩大其生活阅历、丰富其情意体验的作用。至于入仕从政后的遭遇政治风波与社会变乱,对诗人心灵的直接刺激就更不用说。总体上看,有唐一代文士的生活经历与人生体验可说是特别充实也特别丰厚的,拿这些活生生的经历与体验为素材,以高扬的生命理念贯串其间,再加以精巧熟练的诗艺表达和多种文化传统的滋养扶持,诗歌艺术的走向成熟自属顺理成章。

二、成熟的道路

唐诗意象艺术的成熟虽有赖于其适合的土壤,而如何走向成熟,仍须有一个逐步演进的过程,其间打探路径、明确方向起到了关键的作用。让我们就着这一探索的进程来作一点考察。

唐王朝开国近半个世纪的时间内，诗坛整个地处在宫廷诗风笼罩之下，虽有极少数在野人士（如王绩）独立于时风之外，并不能构成气候。唐初宫廷诗是由南朝宫体直接演变而来的，但已作了某种程度的调整变化。作为开国君臣，唐王朝统治者对梁陈宫体诗的浮艳轻薄抱有一定戒心，故当时的史臣们普遍持有"南北文风相融合"的论调，主张以北方的"气质"来调剂南方的"清绮"，以求达致"文质斌斌，尽善尽美"①。不过他们心目中的"气质"，主要指的"词义贞刚""理胜其词"和"便于时用"那一套，大体不越乎儒家教化的功能，于是南北文风的结合通常表现为南朝的"体物"技巧加上宫廷颂美与劝诫的旨意，这样的诗歌较之传统宫体诗虽显得风格雅正堂皇，而情意单薄、形式呆板自是难免。高宗朝新一代宫廷诗人代表如上官仪等，对"体物"的技巧作了改进，描写更细致熨帖，辞藻更精工流美，相应地去除了陈腐的说教，增进了诗中情趣，而"体物为妙，功在密附"②的基本原则并无改易，"尚形似"仍是其美学祈向所在。这个阶段里最值得注意的现象，乃是同属宫廷诗人群体中的元兢诗学主张的出现。元兢本人的诗歌作品现已不传，但他有两篇诗学文献存世。其《诗髓脑》讨论"调声""对属""文病"之类新体诗构建中的常见体式问题，从其所触及的"四声二元化"和"粘对相承"等观念看来，已明显反映出由齐梁体向唐人律体过渡的痕迹。更足以玩味的，是他在《古今诗人秀句序》一文中着力阐扬的"以情绪为先，直置为本，以物色留后，绮错为末"的诗歌创作原理。文中特别谈到他与王府诸学士共同评议谢朓《和宋记室省中》诗里的"秀句"，他不同意众人推举的"行树澄远阴，云霞成异色"一联，而致赏于开首的"落日飞鸟还，忧来不可极"二句，以为前者虽属"清调""绮词"，观景时尚不难觅得，后一联从落日低照、暮禽还集引发个人归属的忧思，称得上"结意惟人，而缘情寄鸟"，故自为高③。我们知道，谢朓

---

① 见魏徵《隋书·文学传序》，《隋书》卷七六，中华书局1973年版。
② 《文心雕龙·物色》评宋齐以后文风之语，范文澜《文心雕龙注》卷一〇，人民文学出版社1960年版。
③ 载见《文镜秘府论》南卷，卢盛江《文镜秘府论汇考》第3册第1555页，中华书局2006年版。

作为齐梁诗人的翘楚,原本就在于他能在"体物"的写景诗里适当渗入自己的情思,一定程度上达到情景交融的胜境,其被视为"唐音"的先兆亦缘于此。唐初宫廷诗人在写景状物上多以齐梁为圭臬,效学小谢而仅着眼于其诗风的清绮流美,元兢独具只眼地揭示出其以"感物缘情"为本位的可贵,可说是对于小谢诗歌艺术的重新发现,这在打破"尚形似"的宫廷诗风,引领唐诗在齐梁新变的路子上续有提升,实具有重要的导向作用。

如果说,元兢的主张还属于齐梁传统体制内的改良,那么,突破齐梁体调的"革命",便由稍后的"四杰"拉开了帷幕。号称"初唐四杰"的王、杨、卢、骆,是一群"年少而才高,官小而名大"的文人才士,尽管初起时与王府贵戚有那么一点瓜葛,不久多被贬逐外放,长期流离而不得志。但也正因为他们的活动范围"由宫廷走到市井","从台阁移至江山与塞漠"①,其创作实践也就突破了宫廷诗的狭隘眼界,掀起了寒士文学潮流的第一波。"四杰"革新的意义不仅在于开拓诗歌题材,更重要的是改变审美的理念,要以"刚健"的"骨气"来扫荡和廓清文坛上的"积年绮碎"。且无论他们攻击"上官体"有无迎合当时朝政的意图(上官仪因与高宗密谋废后而被武后诛杀),其所批判的"争构纤微,竞为雕刻"和"骨气都尽,刚健不闻"的萎弱习气,恰能切中唐初宫廷诗从齐梁传统承袭下来的弊病,而所鼓吹的"壮而不虚,刚而能润,雕而不碎,按而弥坚"的审美理念②,也确实给唐诗的今后发展指明了"向上的一路"。然则,究竟该怎样来发扬这种刚健的"骨气"以清除积弊呢?在这个问题上,他们似乎陷入某种矛盾的境况之中。一方面,受儒家复古思想的影响,加上自身矫枉过正心态的驱使,他们(尤以王勃、杨炯最为显然)将颓风的根子自齐梁一直上溯到两汉甚至屈宋,从而将六经、孔子以下的文学传统几乎一笔勾销了,这自然是很片面的看法。而另一方面,出于高度的自信心和主体自觉性,他们

---

① 上引均出自闻一多所撰《四杰》一文,见《唐诗杂论》第 23、28 页,古籍出版社 1956 年版。
② 均见杨炯《王勃集序》,《杨盈川集》卷三,《四部丛刊》本。

又要以"禀宇宙独用之心,受天地不平之气"自命①,于是刚健的"骨气"便与他们自身承受的"天地不平之气"打成了一片,诗中风骨也就成了诗人生命本真的投影。相对而言,"四杰"重视个体生命更甚于儒家教义,所以他们倡言的"骨气"实以诗人主体精神的高扬为依托;用高扬的人生理念来驱除诗坛萎靡之风,正是齐梁体调转变为"唐音"的关键所在。

"四杰"自身的创作实际与其理论口号之间尚存在一定的差距。他们毕竟是循着原有轨迹走过来的人,故诗歌作品里仍留有齐梁体调的浓重烙印,那种密集典故、修饰辞藻、铺排对仗、规整声韵的做法,都还没有脱出"采丽竞繁"的六朝格局,也就谈不上"积年绮碎,一朝清廓"了。不过"四杰"也确实在齐梁体调的外壳中添注了新的生命内核,突出地表现为他们的诗作多加强了诗人情意的抒述,能让人受到感动,一些优秀的诗篇甚且能将情意体验翻转和透进一层,由当下的具体感受提升到带有普遍性和超越性的人生理念的层面之上,从而产生出更为撼动人心的力量来。例如王勃那首经常为人称引的《送杜少府之任蜀州》诗,在第二联正面写出别情后,不就惜别心理作进一步铺染,却陡然翻出新意,以"海内存知己,天涯若比邻"的情谊永存来宽解眼下的伤别,用意自然高远。他的另一首送别诗《别薛华》,情调似更为低沉凄婉,而在充分展开彼此同病相怜的漂泊与苦辛生涯之后,用"无论去与住,俱是梦中人"一联作结,则又将悲慨升华到人生感悟的界面上来,亦给人留下深刻的印象。这类表达在"四杰"的作品里不算十分普及(按:卢、骆写都城生活的歌行长篇,在着意铺排各种事象之后结以清醒的反思嘲讽,也属同样功能),却显示出对生命本真的一种新的把握方式,值得高度重视。还要看到,"四杰"的抒述情意经常同诗中景物描写紧密配合,而为了与其情感生命的升格相适应,他们的作品中多喜欢选择宏大开阔的景观场面,如《送杜少府》诗中的"城阙辅三秦,风烟望五津",绝句《山中》的"况属高风晚,山山黄叶

---

① 见王勃《春思赋序》,《四部丛刊》本《王子安集》卷一。

飞",乃至《长安古意》和《帝京篇》里五光十色、波澜叠起的人事场景铺排。这类景象与他们自身的高远情怀相结合,自能形成一种劲强的生命力度,也便是其所一再标榜的刚健的"骨气"了。能用这种"骨气"来驱驾文辞,六朝诗风中的骈俪铿讦便有可能转化为流丽矫健,甚至在某种程度上接近自然浑成(他们一些最优秀的诗篇就达到了这一胜境)。后人以"词旨华靡,固沿陈隋之遗,翩翩意象,老境超然胜之"来评论其诗歌艺术成就①,正着眼于"四杰"之能胎息齐梁而开启"唐音",与元杨士弘《唐音》一书将他们定位为"唐诗始音",当出于同样的考虑。

接踵"四杰"而能进一步打破齐梁体调拘限的,当数武后朝诗人陈子昂。陈氏以倡扬"复古"驰名诗坛,不过他的"复古"并不像"四杰"或其他一些唐代文人那样漫然地上溯"风雅",而是锁定"汉魏风骨"(以建安和正始为代表)作为学习目标,这就为唐诗的改造出新提供了明确的方向。陈子昂所言的"风骨",实相当于"四杰"的"骨气",也多少接近于唐初史臣们所谓的"气质",都是指的六朝文风中相对缺少的那种健旺的生命力。史臣们将这种"气质"归本于儒家教义,自属偏颇;而"四杰"以之归源于个体生命本真,亦稍嫌朦胧。陈子昂则将"风骨"与"兴寄"结合起来谈论,个体生命体验中便注入了丰富的社会内涵,其生命的力度也更为坚实。按"兴寄"一词出自传统的"比兴寄托"说,原指以"比兴"手法来寓托美刺讽喻的政治功能。但我们看陈子昂的代表作《感遇》三十八首,虽亦不乏讽喻政治的意义,着眼点仍在于诗人自身的陈述怀抱,不仅将唐人共通的生命理念如济世之信念、愤世之感慨及超世之情怀表露无遗,且常能使个人生活感受与社会群体关怀乃至对自然兴衰变化的思考打成一片,切实地拓开了生命内在的意蕴。于此当可理解其何以要将汉魏古诗立为"风骨"的典范,正缘于建安与正始的诗人群体开创了用诗歌抒述怀抱的传统,方实现了主体精

---

① 见王世贞《艺苑卮言》卷四,引自丁福保《历代诗话续编》中册第 1003 页,中华书局 1983 年版。

神的高扬,而后世诗人往往忽略这一传统,遂不免"儿女情多,风云气少"①,甚或雕章绘句以掩饰情思的贫乏。故陈氏认定:要让唐诗复兴,仅从"体物"转向"缘情"还不够,更须上溯汉魏以确立言志述怀的路向,这也便是其复古诗学的宗旨所归。

　　陈子昂倡扬"汉魏风骨"的另一层用意,是要破除齐梁以来片面讲求辞采章句、一味崇尚骈偶声律的习气,而以汉魏古诗质朴、自然的作风取代之。在他看来,过度的修饰必然会遮盖诗人的本真,想让情怀畅达,须得直摅胸臆。他以五古形式叙写怀抱的诗篇,刻意打破六朝人纪行、游览、送别、酬赠诸篇什中常见的"叙—写—结"三部式的章法结构,根据情意表达的需要,灵活选取汉魏古诗咏怀传统中通用的直陈、寄托、对列等法式,更加以变化出新。在句法安排上,他努力消解骈偶与声律的束缚,坚持以散句形态和散叙意脉来贯串全诗,一气流注而又能曲折尽意,且常穿插物象、典故、议论、玄思来丰富其情意体验。在修辞风格上,他也能清除"四杰"诗中残存的"六朝锦色",用近于散文语言的质朴文句来抒述情思,虽不免稍欠风韵甚至偶带生涩。经过这样的精心实践,五言古诗作为古调的承传和复兴,方始与齐梁新变以至初唐期间逐渐定型的律绝近体有了判然界分,而古风、歌行、律诗也才能以鼎足之势并列于盛唐诗坛。陈氏还用五古形式写了不少山水览胜与交游赠答之作,其中一部分篇章吸取谢灵运山水诗的笔意,以移步换形的视角逐层展开场景,有的时候更融入自己的感受与思考,将纪行、写景、感事、述怀乃至议论相结合,形成一种有别于汉魏古诗的浑成含蓄而以敷陈充畅为特色的"唐古"体调②,为唐人五古在承传汉魏基础上的进一步拓展打开了前景。据此,陈子昂在唐诗演进

---

　　① 按:此系借用锺嵘《诗品》卷中评张华语,见曹旭《诗品笺注》第122页,人民文学出版社2009年版。另刘勰《文心雕龙·明诗》谓太康诗歌"采缛于正始,力柔于建安"的评说,亦可参看。

　　② 参看明许学夷《诗源辩体》卷五所云:"汉魏五言,深于兴寄,故其体简而委婉。唐人五言古,善于敷陈,故其体长而充畅。"又卷一五云:"汉魏五古,体多委婉,语多悠圆。唐人五言古变于六朝,则以调纯气畅为主。……或欲以含蓄蕴藉而少之,非所以论唐古也。"(《诗源辩体》第47、156页,人民文学出版社1987年版)

的道路上确实走出了一条以"复古"为革新的独特路线,其对唐诗艺术的建设作用绝不亚于其他诗人群体沿着固有的齐梁体调所作的改造出新①。至于他在"复古通变"的过程中存在着"复多而变少"的弊病②,部分篇什在章法、句法、用语以及意象模式上有着明显的因袭汉魏古诗的痕迹,固然显示出他个人的局限性,而亦属探索中不够成熟的表现,似不必过予深责。

与陈子昂同时并起而从不同方面来推进唐诗建设的,乃是武后、中宗朝以"沈宋"、"文章四友"为代表的宫廷诗人群体。他们的宫廷应制诗大体遵循前代宫廷诗人讲求"体物"技巧加以歌功颂德的写作规程,锤炼更为精纯,体制更为完善,且能注意到景物描写中渗入一定的情趣,语言风格亦较为明净流畅并略带个性色彩。还要看到,他们在宫廷应制之余另有相当数量的诗歌创作,或写自然风物,或抒怀古情愫,或题朋友交谊,或更诉说个人遭际命运升降时的复杂心态。这些诗篇里经常包含比较丰富的情意体验,可视以为"四杰"开创的个人抒情诗传统的自然延伸。而较之于"四杰"的作品,沈、宋等人已基本上洗脱了六朝的铅华。"四杰"时或存在藻饰过重、排比过密的弊病,沈、宋等人则大体能做到声律宛转、体制严整而又篇意通贯、文句清新,加以情意表达真切、情景结合自然,其意象艺术几乎达到了成熟的境地。但有一个重要的缺陷,便是诗中生命力度的相对贫弱,显现为情思的不够高远,胸怀的不够阔大,多围于一己得失之虑,不免贻人以"风骨"不振之讥,这自是他们长期自列于文学侍从位置、性情遭受严重扭曲的具体反映。总体上看,他们的成就体现着"体物"与"缘情"的美学原

---

① 按:今人论唐诗的演进,多只强调陈子昂"复古诗学"的批判、破坏功能,相对忽略其建设的意义,这自是限于从六朝诗歌新变(以七言歌行和五言近体为代表)的角度看问题的结果。实际上,陈氏的"复古诗学"不仅为唐诗树立其精神内核提供了明确导向(即后人所谓"宪章汉魏,而取材于六朝"),在五古形体的构建上亦具有重要的奠基作用。以盛唐人的眼光看来,尽管五言近体与七言歌行在应制、应试以及日常交往酬答、铺陈情事中多所应用,而五古仍属于最正格的诗体。殷璠《河岳英灵集》选盛唐人诗,太半取其五言古诗,王昌龄《诗格》和稍后皎然《诗式》致力于诗学论评,所举唐人诗例亦以五古居多,即此可见陈子昂"复古"的功绩所在,不当轻易略过。

② 参见皎然《诗式·复古通变体》一节对陈子昂的批评,引自张伯伟《全唐五代诗格汇考》第331页,江苏古籍出版社2002年版。

则的高度统一,正是元兢诗学主张所标榜的"小谢"风格的进一步发扬,因亦构成由齐梁体调转向"唐音"的重要通道。

　　以上分别展示了陈子昂的"复古"诗学和沈、宋等人的"新变"诗艺①,更联系唐初以来诗歌创作中经常出现的"风骨"与"藻采"之争,这两种倾向实代表着盛唐诗坛将要面对的两大传统——"汉魏"与"齐梁"的不同压力。如果只有这来自不同方面的压力,而不能形成合力,那就不会有"声律风骨始备"的盛唐诗坛,也就不成其为唐诗之"盛"了。但究竟如何才能使出自不同方面的压力拧成一股合力呢？关键在于找到相互结合的中介,这理想的中介便是"晋宋"。从历史演变的角度看,晋宋本来就是自汉魏至齐梁陈隋之间的转折过渡,它连结着这两个时段,当然兼带有双方各自的印记,便于相互沟通。专从审美的理念上看,晋人推崇自然清音,与他们的玄学人生观有着密切的联系,而刘宋时的文学趣味虽趋向多样化,山水自然之美仍是当时文士的一大追求(故有山水诗潮兴起),其代表诗人谢灵运的诗风被誉作"芙蓉出水",与颜延之的"错彩镂金"作风构成对照②,自亦是取其自然清新,堪加赏爱。因此,尚"自然"可说是晋宋时代审美观念的主要标志。这"自然"既不等同于汉魏古诗的质朴,又有别于齐梁以下诗歌的精工锻造,正可作为"雅"与"野"的一种中和境界;以"自然"的风标来协调汉魏与齐梁,"盛唐气象"便有了一定的准则。这并不意味着唐诗意象艺术的成熟全凭其风貌的自然,只是从一个方面举例来说明"晋宋"在整合传统以构建唐诗艺术上的重要作用,而这一点恰是以往研究唐诗历史发展时常不免有所忽略的。

　　应该承认,唐人自身对晋宋传统的体认,也经历了一个曲折的过程。唐初宫廷"雅体",整个地以齐梁藻饰体调为归依。宫廷以外的"野体",如诗人王绩景仰陶渊明,仿写田园诗,算是晋韵的嗣响,却只

---

　　① 按:两者对举只是就其主导倾向而言,实际情况互有交渗。陈子昂亦写近体律诗,沈、宋等人也有略具大谢风味的五古长篇传世,还在歌行与七律上颇有建树,而其主要功绩仍不能不分别归之于倡言复古和完成近体两个不同的方面。

　　② 锺嵘《诗品》卷中评颜延之诗引汤惠休语,曹旭《诗品笺注》第160页。

属个案,对诗坛并无影响。元兢推重小谢,主张"体物"与"缘情"相结合,"情绪为先"而"物色留后",对唐诗艺术的提高有重要指导意义,亦仍未越出齐梁的大范围。迤逦至陈子昂,高倡"复古"诗学,力破齐梁体调,其山水行览之作吸取了大谢的笔意,似乎晋宋传统开始受到关注,而"汉魏风骨,晋宋莫传"一语①,明白地宣示其归宗仅限于汉魏,晋宋充其量只有备员的资格。这一忽略晋宋传统的现象,于初盛唐之交逐渐发生变化,且从两个不同的方面呈现出来。一是以"吴中四士"为代表的吴越诗人群体,他们写江南山水风情,由小谢上溯南朝乐府民歌,将《子夜》《西洲》之类曲辞的绵密情思与宛转摇曳的风神引入诗篇,使诗中场景描写更富于动感也更具情韵,一定程度上达到了诗情画意相交汇,诗歌意象也就转化成时人艳称的"兴象"(即饱含情兴之"象")。杰出篇章如张若虚《春江花月夜》之作,不单气象宏大突过齐梁,所引发的有关人生理念的哲理性反思,更带有"唐音"的鲜明标记,而其取径仍不离乎晋人乐府,所谓"直用《西洲》格调","秾不伤纤,局调俱雅","缥缈悠逸"②,恰提示了齐梁体调经由晋宋而进入"唐音"的通道。与之相并列的另一条通向盛唐之路,乃是由陈子昂倡扬的"汉魏风骨"向着晋宋推移,代表者可举北方京城诗人群的领袖人物张说和张九龄③。二张的诗歌创作都受到陈子昂"复古"诗学的直接影响(如张说的《杂诗四首》以及张九龄的《杂诗》《感遇》诸篇,就有效学陈子昂《感遇》诗的痕迹),但观念与作风上均有变化。张说论诗推重"逸势标起,奇情新拔"式的"天然壮丽"④,亦主张"属词丰美,得中和之气"⑤,曾手书王湾《次北固山下》诗中"海日生残夜,新春入旧年"一联题于政

---

① 见陈子昂《与东方左史虬〈修竹篇〉序》,《陈伯玉文集》卷一,《四部丛刊》本。
② 见王闿运《湘绮楼论唐诗》评张若虚语,引自《中国近代文论选》第330页,人民文学出版社1959年版。
③ 按九龄籍贯属岭南,但当时并无岭南诗人群体,他的文学活动也主要在京城供职或外放之时,且受张说一手提携,当与张说同属早期京城诗人之首。
④ 见《洺州张司马集序》,《张燕公集》卷一六,《四库全书》本。
⑤ 《旧唐书·许景先传》引张说语,见《旧唐书》卷一九〇,中华书局1975年版。

事堂上①,显示出他所理解的浑成、开阔而不失自然流丽的"盛唐气象",已不尽同于直切而带有悲慨气息的"汉魏风骨"。张九龄所写的《感遇》诸作也不像陈子昂那样只图直抒胸臆,却是更多地考虑到情意表达的深婉不迫、蕴藉有味。二张对"汉魏风骨"的改造,是与他们对陶、谢的重新发现紧相关联的。他们的山水景物诗都有学大谢的一面,常以大谢的质实厚重来调剂小谢的清空灵脱,使诗风显得清壮有力。更为重要的是,他们及时地发扬了陶诗的传统。张说没有直接谈论过陶诗,但他《闻雨》一诗中有关"念我劳造化,从来五十年。误将心徇物,近得还自然"的叙说,简直就是陶渊明《归田园居》的翻版,其他诗篇也多有追慕自然的企想。他能理解陶氏将生命本真归诸自然的意趣,并以这种自然超脱的情怀与"汉魏风骨"相结合,这才会有"天然壮丽"与"得中和"的审美理想。张九龄则致力于学习陶氏将情、景打通的表现方法,其感怀诗多用物象寄意,山水景物诗里却常融入怀抱的宣泄,于是诗中风骨和意象始有可能合为一体,诗境的艺术构造亦易于得到完形。二张将"汉魏风骨"与晋宋人高情远意相结合的取向,在稍后的盛唐诗坛上获得直接反响(王孟诗派即其产物),有"盛得江左风,弥工建安体"之说(见王维《别綦毋潜》诗);也正缘于汉魏与晋宋的这一结合,通过晋宋的中介以沟通汉魏与齐梁的局面才得以实现,终于造就了"声律风骨始备"和"既多兴象,复备风骨""文质半取,风骚两挟"②的全面成熟的盛唐诗歌艺术。

三、成熟的表现

我们简要地勾画了唐诗由唐初宫廷诗人按程式制作的修辞技艺转变为盛唐诗坛真正成熟的诗歌艺术的演进轨迹,其间包含重新发现小谢、复兴"汉魏风骨"以及掌握晋宋诗歌传统用为中介几个关节点,

---

① 殷璠《河岳英灵集》卷下评王湾语所述,引自傅璇琮主编《唐人选唐诗新编》第193页,陕西人民教育出版社1996年版。
② 见殷璠《河岳英灵集叙》及其评语,引自《唐人选唐诗新编》第107、108、142页。

核心的一环乃是高扬人的生命理念,且能从肯定个体生命本真逐渐提升为既具有社会群体关怀而又能复归于自然本根的人生信念。这一具有强劲力度的生命理念,构成了唐诗艺术空前繁荣的根本出发点;不具备这样的人生态度,就不会产生有强大生命力的诗歌作品。不过生命理念本身并不能等同于艺术魅力,还需要将高扬的生命理念连同其活生生的情意体验转化为与之相适应的诗歌意象,才足以形成感动人心的艺术效果,这也便是唐人在继承传统并予以创新的基础上所建立起来的一整套较为成熟的意象艺术的规范。如何来把握这套规范呢?为便于阐说起见,我们姑且将其分解为三个层面,即:意象思维、意象结构和意象语言。意象思维活动的拓展给唐诗意境的生成开通了直接的渠道,意象结构方式的更新为诗境的构建与整合提供了切实的保证,而意象语言风貌的提炼完形则又造就诗境落实于诗歌文本所呈现出来的具体形态,三者相结合,始能对唐诗意象艺术的成熟有一较全面而深刻的理解。下面就按照这三个方面分别加以解析,所举诗例不局限于盛唐,因为诗歌艺术的成熟是一个逐步演进的过程,盛唐以前的诗人也会有一些相对成熟的创作经验和艺术作品。

先看意象思维活动的拓展。众所周知,我们民族的艺术思维传统是以"物感"说发其端绪的,无论先秦两汉时期的感事言志,还是魏晋文人一力突出的感物缘情,都将艺术创作(尤其是诗歌创作)的动因归源于由外界事物刺激以引发人的情思,而将所引发的情意体验用特定的手段宣之于作品,便成其为艺术,成其为诗。这一"感物兴情"的思维模式长久地贯串于中国诗坛,成为民族诗学传统的一大要义。魏晋玄学风行后,将老庄的"无情""忘情"和"不为情累"之说普及于世,相应地在人们应接外物的方式上提倡一种"静观"的态度,以为唯有用"虚静"的心地接纳万象,始能做到"玄览"而"周知"。在这种思维方式的影响下,东晋的玄言诗人喜欢用"观物入理"的方式来写诗,诗中多玄理之谈,往往缺少动人的意象与情致。而为了证成其所要表达的事理,他们也常在诗中引入若干自然物象,苞玄理于山水之中,从而促成了山水诗潮的兴起。刘宋山水诗人谢灵运亦承续了这一"观物入理"

的思维方式,喜欢在山水诗的写作中拖一条玄言的尾巴,不过其作品的主体构成自是山水景物,故"观物"不能限于"入理",必须重在"取景"。"取景"过程中,他更将"观物"与"体物"结合起来,在移步换形地进行观照、构图的同时,常对物象的细部细节有体察入微的刻画勾勒,能够做到形神毕具。但他终究是以游赏者的姿态来看待物象的,着重于"观"而澹然于"感",或者说,所感受的尚多停留在"体物赏心"的层面,缺少那种将生命整个投入表现对象之中的巨大作用力。后来的南朝诗人大多沿着他这条"体物赏心"的路子来写山水、咏物乃至宫体咏美诸作,重"物色"而轻情意,尚"形似"而略神采,"观物"与"感物"也就难能两相融和了。这期间有个特殊的例外,便是晋宋之交的大诗人陶渊明。陶渊明创立田园诗的传统,以田园为超脱世累、得以返璞归真的安身立命之地,故所写田园生活场景充溢着他个人的生命情趣,是"感物兴情"的艺术典范。但他同时也受到玄学思维的洗礼,常要对自然万象的流转变化和自己选择的人生道路进行观照与反思,并通过观照、反思来不断地体认自我,体认生命的本真。这样一来,"观"与"感"在他的艺术思维活动中便自然地得到了统一,"观"有了"感"的基础而更洋溢着生机,"感"亦因"观"的提升而形成整体感和超越感,"观""感"相结合铸造出陶诗的较为成熟的艺术意境,是此前和此后一段时期的诗歌创作所难以企及的,故成为唐人用以为范式以构造其诗歌意境的重要资源。

　　唐诗艺术思维的运作又是怎样展开的呢? 如果说,唐初宫廷诗人走的基本上仍是"体物赏心"(或加以颂美劝诫)的路子,而元兢的诗学主张里虽添加了"感物兴情"的因子,亦未能将"感"上升到"观"的层面,那么,待到被誉为唐诗"始音"的"四杰"出现,诗歌创作中的"感物"与"观物"便开始有了合流。"四杰"倡言用刚健的"骨气"来充实诗歌作品,并以"受天地不平之气"自命,这一"元气"论的自然观与生命观正是"物感"说得以建立的基础[①],他们的创作实践也显然遵循着"感物

[①] 可参看钟嵘《诗品序》中有关"气之动物,物之感人,故摇荡性情,形诸舞咏"的一段说明,见曹旭《诗品笺注》第 1 页。

兴情"的原则。不过恰如前文所述,"四杰"的情感抒述中还有翻转或透进一层的写法,常将具体的生活感受提升到带有普遍性人生理念的高度上加以表达,由此而体现出来的那种反观人生的姿态,便是"观物"说的实际应用了。至如他们题咏京城世相的长篇歌行,能将各类人物的活动场景铺写并连缀成五光十色的生活画面,结以清醒的反思和批判,则更明显属于"观物取景"乃至"观物入理"的思维方式。"四杰"这一"观""感"合流的倾向,到陈子昂手里得到更自觉的发扬。陈子昂将其写于不同时期的咏怀诗篇丛集并题名《感遇》三十八首,取"感"其所"遇"之义,当然是"感物兴情"的结晶,前人所云"感之于心,遇之于目,情发于中,而寄于言"的说法大致不差①。但《感遇》诗里还鲜明地打上了玄学思维的印记,特别且一再地突出一个"观"字,如"深居观玄化"(其十)、"闲卧观物化"(其十三)、"幽居观天运"(其十七)、"林卧观无始"(其七)、"吾观昆仑化"(其八)、"登山望宇宙"(其二十二),等等(按:这类"观"天地大化的表白在子昂其他诗作中亦常出现),表明诗人并不满足于当下遭遇中的随感所得,力图通过对世运的观照,从具体感受中提炼出理性的反思来,实际上,也恰是凭借这一"观""感"的结合,使《感遇》诗在抒述情怀上获得了更大的思维空间和更强的生命力度。于此当可理解,我们何以要如此重视初盛唐之交诗坛上对于晋宋传统(尤其是陶谢)的重新发现,因为正是陶渊明式的"观""感"融和(大谢亦有"观""感"结合的成分,但"感"的力度不及陶,融和的程度亦不及陶),加上谢灵运式的"观物取景",给予唐人诗思以强有力的催化作用,促成盛唐诗歌意象艺术的普遍成熟。其间王孟诗派之综合田园与山水两大系列,以田园的情趣领略山水,又以山水的眼光观赏田园,达致诗情与画意两相交汇的高超艺术境界,便可视以为盛唐人在陶、谢的直接感召下所造就的最成功的艺术样本。

除诗歌创作实践外,唐人对于自身在艺术思维活动方式上的革新经验,也及时地予以理论观念上的总结,具体表现为王昌龄《诗格》中

---

① 见清闻人倓《古诗笺·五言诗》卷一六评语,上海古籍出版社 2010 年版。

"取境"说的提出①。按"境"之一词,原为疆界之义,至佛教传入东土,用以指称"心"所凭附及变造显现的影像世界。王昌龄将其引入诗学,借指由诗人情意体验所生发并照亮的整个艺术世界(《诗格》中也常有按原义使用"境"字者,须细加辨析),较之于传统的"象","境"似有更大的整体包容性能。"境"是如何生成的呢?那就需要通过诗人"取境"的活动了。《诗格·论文意》一节里讲到:"夫置意作诗,即须凝心,目击其物,便以心击之,深穿其境。如登高山绝顶,下临万象,如在掌中。以此见象,心中了见,当此即用。"②这里首先突出了"凝心",不光指专心致志,还应包含虚静其心的用意在内,跟玄学思维的"静观"相当,均要求排除各种欲念的干扰,以超越的态度来观照对象,这是进入艺术思维的前提。而"凝心"下的观照,也不限于"目击其物",更要"以心击之",才有可能"深穿其境",以便最终达到"心中了见","如在掌中"。这一"观物取境"的思路,较之南朝山水诗人的"观物取景"有了重要的发展,由"目观"进入"心观",体现出佛教思想的影响,其所要达致的目标也不限于构景,乃是要"构境",即将诗人的情意体验渗入其所把握的艺术世界之中,以打造出生气饱满而又结体完整的诗歌意境来。然则,"观物取境"之说与旧有的"感物兴情"又是什么样的关系呢?王昌龄作为有经验的诗人,深知人的情意体验对于诗歌创作的不可或缺的意义,《诗格》一书反复强调"兴发意生",倡扬"兴于自然,感激而成"③,皆属对"感物兴情"路线的肯定。在他看来,"观物"并不能脱离"感物",必须有"感"在先,方能"观"以"取境"。其"诗有三境"条区分了诗境的三种类型——"物境"、"情境"和"意境",三者所要把握的对象互有差别(或"泉石云峰",或"娱乐愁怨",抑或属意理、意趣、意向之类),而把握的途径则基本一致,都要经过"处身于境""视境于心""然后用思"这样几个环节。"处身于境"(或曰"处于身"),指诗人将自

---

① 按:"取境"一词是由稍后皎然《诗式》书中提出来的,但王昌龄"诗境"说里已包含明显的取境思想,其所谈及的"取思"实即"取境",故可认定其为"取境"说的创始人。
② 引自张伯伟编校《全唐五代诗格汇考》第162页。
③ 均见《诗格·论文意》,引自《全唐五代诗格汇考》第164、160页。

己的整个身心投入所要表现的对象之中,以感受其生命的气息并激发自身的体验,这一"感同身受"的作用实即"感物兴情"的过程。"视境于心"(或曰"视于心"),意味着用审美的心灵来观照所感受到的内容,而经过这一心灵的提炼与整合,原先感受中纷然杂陈的事象材料连同那流动不居的感受心理本身,始有可能转化为具有完整形态,足以让人"莹然掌中"、"心中了见"的审美境界。至于这"意中之境"初步生成后的继续"用思"(亦作"驰思"),殆指诗歌作品的构思结撰工作,便是要将感受与观照之所得落实到文本,亦便是诗境的最终实现了[1]。经过王昌龄这一归纳,我们不单弄清了"感"与"观"的不可分割的关系,对于唐人意象思维运作的特点及其超胜前人之处,当亦不难明瞭[2]。

接着来谈诗歌意象结构方式的更新,这跟唐人意象思维活动的拓展实有密切联系。因为在单纯"感物兴情"活动的引导下,诗思的运行也显得较为单一,大体沿着情意发生及其传递的线索自然推进,所谓"发言以当,应物便是"[3],正表明不需要在意象结构方式上作过多的组织加工。而若在"感物"的基础上更加以"观物取境",要以审美心灵的观照来整合各种事象材料及心理要素,以构建具有整体性能和超越性能的审美境界,其意象结构方式则必然趋于复杂化,这便是为什么我们要特别给予关注的缘由。这个问题似又可按构景原则、情景关系和意脉贯串几个方面分别进行讨论。

诗篇构景是构造诗境的第一步,只有当零散的物象按一定结构缀合成景观,才有可能形成通体完整的诗歌意境。而依学界一般看法,"景"进入诗人心目以从事自觉的营构,主要是晋宋以后的事。早期诗歌如《诗经》,虽不乏引用物象,多借以直接表述情意,罕见有连缀成

---

[1] 上引"诗有三境"条的有关文字,见《全唐五代诗格汇考》第172—173页。
[2] 按:近人王国维有言:"诗人对宇宙人生须入乎其内,而又须出乎其外。入乎其内,故能写之;出乎其外,故能观之。入乎其内,故有生气;出乎其外,故有高致。"(《人间词话》)其所谓"入"与"出"的关系,实即我们这里讲到的"感"与"观"的关系,可借以了解唐人意象思维的运作方式。
[3] 见王昌龄《诗格·论文意》,《全唐五代诗格汇考》第160页。

"景"的现象。《楚辞》里物象铺陈更多,大体属想象之词,亦常在诗人情意驱遣下随意变幻。至汉魏古诗,物象始得与诗中情事相结合而构成某种情景或场景,但仍不免从属于情意抒述而未能自立。西晋太康以后,随着行旅、游览、赠答、招隐、咏史、游仙各类诗体的流行,物象在诗中地位大为提升,成段成块的景观普遍形成。到晋宋之交山水诗潮兴起,写"景"俨然成了诗篇的主要内容,构景的法则便也应运而起。山水诗人基本上是从游览的角度来观赏景物的,他们多按照谢灵运使用的移步换形的方法来摄取景观,将一路所见所闻中值得注意的物象采录下来,最终组织成一幅全景式的画面,其中自亦包含物象之间高下、远近、动静、明暗诸种配搭的原理,为唐人所吸取。但六朝人的写景亦有其重大缺憾,主要是重"形合"而不重"神合",表现为堆砌过密而气不畅,刻画过细而韵不远,主次不分明而整体感不强,加以单一、平面的自然物象罗列而相对缺少人的活动与情趣,这些都是唐人引以为病而力图予以改进的。唐人在构景问题上,一是注重选景,即根据情意表达的需求来选择最合适的物象,以组成有内在统一性的景观,避免了意象繁碎、结构松散的毛病。如王维的小诗《鹿柴》,仅以空山但闻人语而不见人踪,以及阳光透过密林而淡淡地洒影于青苔两个细节,便将山间寂静、清幽的氛围很好地传达出来。他的另一首绝句《鸟鸣涧》,在"人闲桂花落,夜静春山空"的背景烘托之下,抓住"月出惊山鸟,时鸣春涧中"一个意象,亦能将静中有动的生命情趣凸现出来。这都是极高明的选景技巧,即使长篇巨制也不例外。选景之余,便要讲求布景。除了南朝山水诗人惯用的远近明暗等搭配方法外,唐人特别重视大景与小景、一景与多景的结合。大景常用作浑沦的背景,小景属居于前端的特写镜头,两相配合,既不失整体感,也保有生动性,且时能传送出悠远深长的韵味。如王之涣《凉州词》以"黄河远上白云间,一片孤城万仞山"的无边的荒漠旷野作背景,于是那怨恨春意迟迟、杨柳待发的一声羌笛,便见得格外惆怅而扣人心弦。至于一景和多景的关系,是指唐人诗篇里常设置一个主导意象,用以统摄众多其他意象,以达成诗歌意象系统的有机整合。有如张若虚《春江花月夜》

之作,包含春花、江水、月光、汀沙、流霜、白云许多物象,还有游子、思妇的形象以至人生短暂、离别相思种种感慨,内容相当庞杂,而能统摄于春晚江上的一轮明月,借月从江面的升起与归落为主线,串联起各种物象情事,并处处关合着生命在流变中延续的思考与感怀,不愧唐人诗境的杰出样板。另外,许多诗篇在描写景物时,还善于将人的活动不露痕迹地融入景观之中,使物象更富于活跃的气氛情趣。如王维《观猎》诗以"风劲角弓鸣"开篇,写景也是写人。其颔联"草枯鹰眼疾,雪尽马蹄轻",明写物象,暗藏人的身姿与神情。颈联"忽过""还归",用流动的笔意概括整个出猎行程。由此折向尾联的"回看射雕处,千里暮云平",在以宏大的自然景观作收结时,意外地插入"射雕"这一动作,让人顿然产生精光四射、气象万千之感,而唐诗特有的魅力即寓于其中。上述有关唐人构景的诸般法则,总括一条经验,乃是以情统景,即按照情意表达的需要来选景、布景和融景,以保证景观的完整与活力,这就触及下面所要谈论的情景关系的问题了。

　　应该说,情景关系其实是诗歌意象艺术的一个核心问题。中国古典诗歌绝大多数属抒情诗,"情"与"景"恰成为诗歌抒情的两大要素,它们的结合关系直接影响到抒情的效果。这一点对唐人尤其重要,因为唐以前的汉魏古诗多直抒胸臆之作,物象仅缀接在情思流动之中,六朝山水、咏物诸诗又多走上"体物"的路子,重景观而略情思,唐人要综合这两大传统,就必须下气力来妥善处理"情""景"结合的问题。不过这个问题的涉及面甚广,上文有关构景的诸法则即含有情景关系在内,下面要讲的意脉贯串亦离不开这一关系,所以这里只能将论题收缩,单就诗中"情语"与"景语"的安排、组合方式来探讨一下,看看在构景之余如何来构建"情景"。在这个问题上,唐人也已做了一定的理论准备,王昌龄《诗格·十七势》一节专谈句法,其中不少法式均关联到诗中情景(王氏称之为"理语""景语"或"意句""景句")的安排,然尚拘泥于二者的先后搭配方式,远不足以穷尽唐诗情景艺术的妙用。这个问题需要作专题研究,我们这里也只能简要说几句。粗略地讲,唐人诗篇里的情景布局,可大致区分为情景合一、情景对待和情景交会三种形态。情景合一的常见方式是融情入景,即不出现直接的情意表述,让情思透过景观暗示出来,这是唐人用得相当多(尤其在律绝短制中)且亦相当灵巧的一种方式,常能让人在感受画面生动之时,更领略到其内在情味的悠远深长,前举王维的两首写景小诗即属于这一类型。情景对待则是指"情语"与"景语"分开表述,相互对列,而又能彼此贯通。这个关系不好处理,弄得不巧,不是因距离过远而走向脱节,就有可能因距离太近而缺乏张力,皆难以生成那种氤氲和合的作用。且举孟浩然《宿建德江》一诗为例:"移舟泊烟渚,日暮客愁新。野旷天低树,江清月近人。"此诗前二句以客游引发乡思,属情语,后二句本应承写乡思情怀,却宕开笔锋去转写周边景色,似乎与前文脱了节,其实不然。开旷的景观有助于稀释乡愁,亲近的月影仿佛能慰藉寂寥,但在这关注稀释与慰藉的同时,不也影影绰绰地映现出诗人心头那种既想抹去乡愁却又难以排除其印迹的微妙心态吗?这正是情景彼此对待而又相互生发的好例子,诗境的建构也就在这一相互对待与生发的张力作用之下得到了绵绵不绝的推动力。再来看情景交会,这是一种更为复杂也更难辨认的结合形式,本身又可呈现出不同的姿态。如前人所评"卷帘唯白水,隐几亦青山"(杜甫《闷》)、"岭猿同旦暮,江柳共风烟"(刘长卿《新年作》)诸联,其中"白水""青山""岭猿""江柳"等均属物象,诗中并未直接抒情,但点染了"唯""亦""同""共"几个虚字后,便将诗人整天面对白水青山,只能与岭猿、江柳作伴的寂寞心情表露无遗。论者将这种写法称作"化景物为情思"①,实际上是情思贯穿于景物之中,借虚字提挈而将"景语"翻成了"情语"。与之相应,亦有将"情语"翻成"景语"的。如杜诗"亲朋无一字,老病有孤舟"(《登岳阳楼》),自是写故交隔绝、长年漂泊的人生感慨,却借用"无一字""有孤舟"的物象作表达,这就不是"以情穿景",而是"以景托情"了。至如"感时花溅泪,恨别鸟惊心"(杜甫《春望》)之类,花、鸟与人交织成一体,同为"感时""恨别"而"溅泪""惊心",写景也就是写情,更无畛域可

---

① 见范晞文《对床夜语》卷二,引自《历代诗话续编》上册第 421 页。

划。总之,情景的安排在诗歌里没有固定程式,也无须用定式来加规范,根本要义在于相融且相生。相融才能给人以整体感,构成情意统摄下的完整诗境;相生也才能给人以纵深感,从有限的景观画面逐步导向更广阔的想象空间和情意空间,这就是人们常说的"境生象外",是诗歌艺术意境真正成熟的标志所在。

物象搭配与情景安排均属具体关系,跨越这些关系而着眼于意象结构总体性把握的,则在于诗篇的意脉贯串。意脉是联结诗歌内部各个意象并将其串合成一体的主干道,没有意脉的沟通,诗就成不了"篇"。意脉的运行姿态千变万化,视具体诗作所要表现的情事景物而定,这里不能详说。我想提请注意的是,意脉实有表里二层,其功能系由双方协调而成。所谓表层,一般称之为"意象链",即按照一定的组织原则(如时间、空间、事理、心理等联系方式)来链接诗中各个意象,将其构架成意象群或意象系统,以完成诗篇的总体布局。而所谓里层,则是指隐藏在意象链背后的"情意流",它随诗人情意体验的自然展开而起伏波动,是流淌与活跃在诗篇骨架下面的真正富于生机的血脉。大凡一首合格的诗,通常不会缺少意象链,但若内里血素贫弱或血脉不畅,就会显得情意单薄,神气不完。南朝一部分山水、咏物、宫体等篇什使人感觉不满,往往不在于其构架的缺陷,而在于内里血脉的不强劲和不畅达,它们也许能将诗中各个意象连缀成意象群甚至意象系统,却难以形成完美且具有撼动力量的艺术境界。唐人意象艺术的成熟使其目光超越了单纯的意象组合,特别致力于从"情意流"出发来打造"意象链",有时甚至不惜让表层"意象链"出现脱节或断裂的现象,而正是在这脱节、断裂之处,可以发现其内里"情意流"的异常涌动和浪花四溅。且以人们熟知的崔颢《黄鹤楼》七律为例:此诗开篇记黄鹤楼传说,中间跳到眼前江面景观,结末又转向一己的乡愁,其意脉运行究竟遵循什么原则?如果仅以三层次内容均与黄鹤楼相关作答,则岂非一拼凑之劣作,何足以享其盛名?实际上,开首四句(占全诗一半篇幅)决非漫然应景之题,它以昔人升仙、楼观空余作强烈对比,更衬以黄鹤不返、白云悠悠,那种世情盛衰、变化无常的感慨便跃然纸上，由此才能引发下文关于个人身世的感怀。后半接入眼前实景，从"晴川历历"、"芳草萋萋"中展现一派大好春光，但转眼之间，日影向晚，暮霭渐起，只剩江上烟波弥漫，于是那一缕乡关之思便蓦然笼上心头。这"日暮乡关何处是"的追询，既可实指乡愁，不也包含了诗人那种长年漂泊、岁月蹉跎、功业未就、归宿何在的切切之情吗？于此看来，诗中情意实是一脉贯注的，它有顿宕，有跳脱，而恰是在这顿宕、跳脱之处掀起波澜并引人注目，这也便是"意象链"与"情意流"之间的张力效应了。唐代大诗人李白与杜甫都善于营构这类张力效应。李白的歌行长篇如《将进酒》、《行路难》、《宣州谢朓楼饯别校书叔云》诸作，忽发豪兴，忽抒悲慨，忽言归隐，忽又欲乘风破浪，一篇之中感情时起时落，脉象也大开大合，造成其诗风于雄快豪放之中寓有跌宕飘逸的神采，叫人叹为绝唱。而杜诗风格历来被归结为"沉郁顿挫"，其意脉的深沉与激荡亦不难想见。所以，在构景与情景关系之外，进而关注意脉的运作，尤其是意脉自身的张力效应，自是我们探讨唐诗结构艺术所不当忽略的重要方面。

末了一个话题，准备就唐诗意象语言风貌的锻铸稍加审视。大体说来，我国古典诗歌语言形态的演进，经历了由生活语言经人工语言而提升为诗的语言的过程。汉乐府多民间创作，富于口语色彩自不待言。即便是文人古诗，亦较接近日常生活用语，如"生年不满百，常怀千岁忧，昼短苦夜长，何不秉烛游"之类，被称作"若秀才对朋友说家常话"[①]。魏晋以后，诗句中的藻饰与排比日渐加盛。至元嘉，不单精心琢炼字句、组织骈俪已成习气，还常要搬弄多方面的学问典故，时或有生涩艰奥之弊，于是诗歌语言完全演变为人工打造的"雅言"。永明诗人崇奉沈约的"三易"说（易见事，易识字，易读诵），一方面吸取前人在字法、句法、对偶、隶事上所获得的技巧并配以声律，另一方面努力将诗篇用语表述得较为平易顺畅，初步建立起一种既区别于晋宋"雅言"而又不同于汉人"家常话"的新的"诗家语"，经齐梁陈隋一路承传，到

---

① 见谢榛《四溟诗话》卷三，人民文学出版社1961年版。

唐人手里更得到发扬光大。唐诗语言艺术又具有什么样的特点呢？撇开其成熟阶段高度个性化的表现不谈，单就整体风貌而言，或可借用杜甫评论李白"清新庾开府，俊逸鲍参军"一联（见《春日怀李白》）中的"清新"与"俊逸"二语用为表征。"清新"有自然的意思，但并不流于质直朴野，而是富于文采的自然，是经过提炼后的归返自然，跟唐人讲求"得中和"与回归生命本真相一致。"俊逸"的"俊"自有明丽动人之意，而着重一个"逸"字，更强调了气势的流动奔放与格调的超轶常轨，显然也是唐诗重"风骨"、倡扬生命力度的反映。"清新"与"俊逸"所提示的那种自然流转、生气逸出的艺术风格，固然在李白诗歌创作中表现最为突出，而亦是唐诗意象语言成熟的普遍性标记，它使唐人在接受原有"诗家语"一整套规程的同时，避免了六朝诗歌常有的"采丽竞繁"、涂饰过重以致形式板滞、气局不畅的弊病，为"天然壮丽"的盛唐诗境的成立提供了合适的语言风貌。下面试着从几个方面对其语言艺术策略略作解说。

首先是炼字。诗要写得意象生动，不能不考究用字。早期诗歌多关注用形容词，以为愈形容便愈具体生动，结果形成类似汉赋的铺陈堆砌，呆板繁缛而了无生趣。后来懂得意象的生成有赖于词语之间的张力，故魏晋以后人多炼动词（包括用名词、形容词充当动词），倚靠动词在句子中的组合功能来营构张力，这类被精心提炼过的动词常被认作"诗眼"所在。唐人亦特别注重动词的提炼，不过他们不光着眼于得物象之"形似"，更究心于得其"神似"。有如常为人们称引的王维《使至塞上》诗中"大漠孤烟直，长河落日圆"一联，正是凭借"直"与"圆"的构景作用，始能传送出塞外旷原上的那种荒漠而又壮阔的景观。前引《观猎》诗中"草枯鹰眼疾，雪尽马蹄轻"，也是通过"疾"与"轻"二字写出猎鹰和骏马的矫健姿态，并暗示猎者的身手不凡。这些都是炼而丝毫不见其琢炼痕迹的用字方法，是炼字的最高境界，为唐人所擅长。唐诗里也有不少能见出锤炼功力的用字法，如岑参《客舍》诗中的"孤灯燃客梦，寒杵捣乡愁"，王维《过香积寺》里的"泉声咽危石，日色冷青松"，这些"燃""捣""咽""冷"的字样显然皆出自刻意锤炼，是试图用逻辑伴谬来构建物象之间的张力,以表达自身独特的心理感受,只要不流于僻涩费解,亦自有新奇不凡之趣,而无伤乎自然浑成之格。炼动词之外,唐人还开始讲究炼虚字,以杜甫用得最多最好。其《上兜率寺》诗中"江山有巴蜀,栋宇自齐梁"一联,深得宋人叶梦得赞赏,以为"远近数千里,上下数百年,只在'有'与'自'两字间,而吞纳山川之气,俯仰古今之怀,皆见于言外"①。其《蜀相》诗中"映阶碧草自春色,隔叶黄鹂空好音"二句,所炼"诗眼"亦在"自""空"两个虚字上,去掉这两个虚字,不过是写武侯祠的实景,添加上来,那种物是人非的深沉感慨和无限景仰的缅怀心意方得以呈现。据此而言,诗歌意象的构成并不全在于实词指称的物象材料上,虚字的关合呼应作用和传达语气神情的功能,亦常起到关键性的作用,这自是唐人意象语言艺术为我们提供的宝贵经验。

　　炼字之外,更要讲求句法,这也是唐人所重视的。六朝诗人所创建的"诗家语",本就有一套不同于散文语句的句法规则,如为紧凑句子结构而经常省略主语和不必要的介词、连词、语助词等,为凑合韵律或突出重点而变动语序,造成主谓倒置、动宾倒置、状语后置(常在句尾)、宾语修饰语前置(提于句首)等,亦得唐人继承。唐人炼句的目的,尤在于意象的鲜明生动,能让诗人感受中的原生状态活脱脱地呈现出来。为此,唐诗多采用紧缩句法,改变五言诗一句一意的惯例,常在一句诗里包含两个主谓结构,便于物象之间通过比照、衬托而生成某种情意氛围,以合成能表达诗人情意体验的意象。前引孟浩然诗"野旷天低树,江清月近人",以及王湾诗"潮平两岸阔,风正一帆悬"(《次北固山下》),都是这样的紧缩句。唐人还喜欢单用名词结构以构成独立的名词句,甚至让多个名词并列成句,以便消解语句内部人为建构起来的语法逻辑关系,使各个物象按直感心理的把握方式自行显露。像杜诗"细草微风岸,危樯独夜舟"(《旅夜书怀》),将舟船夜泊时

---

　　① 见《石林诗话》卷中,引自何文焕编《历代诗话》上册第 420 页。中华书局 1981 年版。

直观到的周边景物如细草、微风、暗夜、荒岸同孤舟、危樯搁置在一个镜头里，更以"星垂平野阔，月涌大江流"的空旷背景作一衬垫，那种清冷、孤独而弱小无依的情怀感受便自然而然地得到了展示。又如李白诗"浮云游子意，落日故人情"(《送友人》)，也是并置着"浮云"和"落日"两个物象，再将游子的漂泊无定与故人的脉脉温情注入其内，于是两者之间构成一含意丰富的情意空间。这一表现方法流传于后，遂有司空曙"雨中黄叶树，灯下白头人"(《喜外弟卢纶见宿》)乃至晚唐温庭筠"鸡声茅店月，人迹板桥霜"(《商山早行》)之类名句产生，其实都起源于那种直观心理的把握方式。同样的原理也常反映于语序调整的现象上。唐诗语句安排的打破常规，不限于一般的主谓倒置或动宾倒置，也不仅为了调节声韵以适应格律，主要还是出自表情达意的需要，为使情意体验见得更加真切。如王维的"竹喧归浣女，莲动下渔舟"(《山居秋暝》)，其逻辑关系应是"浣女归而竹喧，渔舟下而莲动"，但引起诗人鲜明印象的却是"竹喧"和"莲动"，故必须将这两个物象置于句首。余如"露气闻香杜，歌声识采莲"(孟浩然《夜渡湘水》)、"冲天羡鸿鹄，争食羞鸡鹜"(孟浩然《田家作》)，其语序倒置的原因类同。更叫人感觉别致的，有如杜诗"绿垂风折笋，红绽雨肥梅"(《陪郑广文游何将军山林》)，完全打乱了正常语序，可仔细想想，不无道理。因为人在游园观景时，首先触入眼帘的，当是这"绿""红"两大团影像，稍一辨认，有下垂与绽开的不同形状，再细细察看，原来是风吹折的笋叶和雨润肥的梅子，诗人不过是按照其感受的原生状态来组织语言罢了，而正是在这意脉与语序的矛盾张力之中，我们得以窥见意象生成的奥秘。

还须谈一谈对仗和声律的问题，这是唐人近体诗所不可缺少的两个要素，于古体诗写作也有一定的影响。对仗在诗歌里发源甚早，晋宋以后应用更为广泛，甚至有通首尾皆骈俪者，虽工整，亦难免板滞而欠生气流动。唐人使用对仗时，大体走的是先求工稳而后更求灵动变化之路。早期诗格类著作如上官仪《笔札华梁》之属，所列"八对"或"六对"说，拿"的名对""双拟对""同类对""异类对""双声对""叠韵对""隔句对""回文对"定名目，即可看出其以工整为规范的趣尚，正适应唐初宫廷应制的需要。稍后元兢撰《诗髓脑》，其"对属"一栏列有"奇对""侧对"诸名目，崔融《唐朝新定诗格》与李峤《评诗格》均谈到多种"侧对"，略见变通之迹。至王昌龄《诗格》，更列出"势对""疏对""意对""句对""偏对"五种类型①，多属变异出格的对仗形态，这一自工稳到通脱的转变过程，恰足以显示诗歌艺术由注重修辞技巧向发扬生命体验的演进。那么，怎样才能促成对仗的灵动变化而又不失其固有规范呢？唐人是从"言"和"意"两个方面作努力的，更着眼于"意与言会，言随意遣，浑然天成"②。就文句而言，他们力求对偶上下联之间能有直接的语意关联，有时甚至采取流水对的形式，将上下联组合在相互贯通的一个句子结构中，如"与君离别意，同是宦游人"（王勃《送杜少府之任蜀州》）、"那堪玄鬓影，来对白头吟"（骆宾王《在狱咏蝉》）之类。即使不取这种形式，亦常关注上下句意的自然勾连，如"国破山河在，城春草木深"属递进关系，"感时花溅泪，恨别鸟惊心"属并列关系，"烽火连三月，家书抵万金"属因果关系等（均见杜甫《春望》），决不让句意疏离而导致意象破碎。尤值得注意的是，他们善于拉大上下联之间的句意张力，以构筑起一种内蕴丰厚的情意空间，使诗句变得更耐人咀嚼。前引李白《送友人》诗首联云："青山横北郭，流水绕东城"，粗看不过是写景，细细品味下来，"横"有阻拦之义，"绕"有流走之义，两句合在一起，不正暗藏着那种"青山遮不住，毕竟东流去"的依恋、惋惜却又无可奈何之情意吗？这跟第三联所表白的"浮云游子意，落日故人情"属同一机杼，而表达方式更见含蓄浑成，自是唐人借物象烘染氛围、营造诗境的好例子。至如后人鼓吹的"远意相合""情景对举"之类新鲜对法，其实也都是为要拓开联句间的张力以构建想象空间和情意空间，属唐人诗艺的一脉相承。

再有声律。一般认为，唐人讲声律源于齐梁新体，这个问题亦须稍作辨析。不错，近体诗的格律确由齐梁新体演变而来，但"声律"的

---

① 见王昌龄《诗格》卷下"势对例五"节，《全唐五代诗格汇考》第184—185页。
② 按：此系借用《石林诗话》卷上评王安石诗语，引自《历代诗话》上册第406页。

观念则起源更早,西晋挚虞在所著《文章流别论》中即已指明:"诗虽以情志为本,而以成声为节。"①同时代的陆机、陆云在《文赋》及《与兄平原书》中亦皆正面探讨过文章韵律的问题,刘宋时范晔自称"性别宫商,识清浊"②,这都是新体诗创立之前的事。不过上述诸家仅谈到有关"音声迭代"的一些原理,未能建立起具体规则,所以他们的"声律"说尚多停留于自然声律的层面上,直到沈约等人倡"四声八病"之说,才有了一套便于人工操作的规范。但"四声八病"的应用范围有限(只在一联一句之内),规程又不免繁琐苛细,对诗思的束缚较大,倡立后即招来尖锐批评。唐人在此基础上予以改造出新,将"四声"简化为"平仄"二元,去除了"八病"中许多苛细的禁令,更设立"粘对"法则将联句内的声韵协调扩展至全篇,于是有了近体诗的格律。唐人近体诗在声调的通体和谐与自然流走上远胜于齐梁新体,某种意义上可看作由人工声律朝向自然的复归。更须注意的是,唐人心目中的"声律"并不局限于近体诗的格律。殷璠《河岳英灵集叙》以"声律风骨始备"作为唐诗成熟的标志,但其《集论》中明确反对"四声八病"之说,进以为"纵不拈二,未为深缺",虽十字皆平而"雅调仍在"(其选诗亦以古体居多),且表露出溯源声律于太康的意向③,可见其崇奉的实乃广义的声律观,即以诗歌音声之自然优美动人为旨趣,而并不拘泥于某种特定的格律规范。这一倾向在诗歌创作实践中亦有所表现。唐人为应试固然要掌握格律,但总体说来,他们重视古体甚于律体,其古体虽无细密的规程,而讲求音声之美仍是普遍的好尚。另一方面,初盛唐人的律诗在格律限制上也不那么严格,常有出韵(通押韵部)、失粘以至少量平仄不协的现象,时人并不深以为病;其绝句更常采用不协声律的古绝和齐梁调(据统计,现存盛唐绝句以不协声律者居多数),要让音声的设计从属于情意表达的需要。由此看来,我们在谈论唐诗声律

---

① 载见中华书局影印本《全晋文》卷七七。
② 见《狱中与诸甥侄书》,中华书局版《宋书》卷六七《范晔传》引。
③ 参看殷璠《河岳英灵集·集论》中有关"言气骨则建安为传,论宫商则太康不逮"之说,似以建安风骨与太康音律作为选诗所要达致和赶超的榜样,载见傅璇琮《唐人选唐诗新编》第 108 页,陕西人民教育出版社 1996 年版。

时,也不能光从格律着眼,须有一个较为宽阔的视野,才能理解唐人的声律追求与其整个生命追求、审美追求之间的关联。

　　以上所谈意象语言的方方面面,实皆离不开唐人对生命本真的执着追求。归总言之,唐诗其实是生命的诗,是高扬生命理念连同其丰厚的情意体验的产物,而这一活生生的体验,更通过诗人的意象思维、意象结构、和意象语言的协力作用,转化为风骨挺立、兴象玲珑的诗境,于是有了成熟状态的唐诗,并生成无尽的艺术魅力。这自是古典诗歌艺术漫长演进道路的经验结晶,也是唐人留给我们的珍贵遗产,值得引为骄傲。然则,意象艺术成熟之后,诗歌又将何去何从呢?是长期滞留于这一成熟状态,还是渐趋老化以至衰退?事实上,唐诗既没有滞留于其盛唐高峰之上,也没有迅速老化与衰退,它走向了新的探索——意象艺术的转型,且正是在其成熟光辉照耀之下即已开始新的行程。玄宗天宝十一载(公元752年)秋,盛唐诗坛上有一件轶事,便是相聚在京城长安的高适、岑参、储光羲、薛据和杜甫五位诗人同登上慈恩寺塔,各题诗一首以为纪念。高、岑诸家的诗作大体遵循盛唐的共同风范,表现雄伟的景观与开阔的气象,独有杜甫在诗中感念危机、忧虑时局,并以带有印象派作风的写意笔法,绘出"秦山忽破碎,泾渭不可求,俯视但一气,焉能辨皇州"(《同诸公登慈恩寺塔》)这样的图景,以传达自身特殊的心理感受,这不正预示着盛唐"情景交融"的意象艺术开始向"感事写意"的方向转变吗?我们且拭目以待。

(原载《江海学刊》2013年第2期)

"诗到元和体变新"
——古典诗歌艺术转型之枢纽谈

"制从长庆辞高古,诗到元和体变新",这是中唐大诗人白居易在其《余思未尽加为六韵重寄微之》诗中的一联,上联涉及朝堂制诰文字从骈体改为古体且莫论,下联对元和时期诗歌创作的追新逐变给予明白提示,多被后世史家奉作圭臬,用以为元和诗风的定评。诚然,据白氏诗下小注,所谓"体变新"似专指元白创格的千字律诗,不过其他人的理解未必如此狭隘,往往取更广阔的视野。同时代人李肇在所作笔记《国史补》里就有这么一段陈述:"元和已后,为文笔则学奇诡于韩愈,学苦涩于樊宗师;歌行则学流荡于张籍;诗章则学矫激于孟郊,学浅切于白居易,学淫靡于元稹,俱名为'元和体'。大抵天宝之风尚党,大历之风尚浮,贞元之风尚荡,元和之风尚怪也。"①这里分明以"元和体"来包容元和时期各个作家追求新变的文风,并不限于元白一派或其某种体式;而将元和之风概括成"尚怪",恐怕也不能单纯着眼于韩孟诸家的"怪奇诗","怪"若作"新奇"解,则白氏之刻意"浅切"与元氏之好尚"淫靡"自亦纳于其中。故"新变"一词即可视作元和诗坛的主要取向,爱奇趋新实属元和诗人的共同追求。

需要说明的是,通常所谓的"元和诗坛",并不局限于唐宪宗元和一朝的诗歌创作,乃是泛指中唐后期以韩孟和元白为代表的两大诗派活跃的那个阶段,大抵肇自德宗贞元后期,经顺宗永贞、宪宗元和以延

---

① 见《唐国史补》卷下第57页,上海古籍出版社1979年新一版。

至穆宗长庆年间①,前后历时近三十载,其间宪宗朝占一半以上,故借以命名。还要看到,被后人竭力推重的"元和诗变",也并不等同于一般的诗歌出新,而有其特定的历史涵义需加体认。元人袁桷《书汤西楼诗后》一文中有"诗至于中唐,变之始也"之说②,这"中唐"主要指元和诗坛,而将"元和诗变"说成是"变之始",可见在其心目中的重要地位。清人叶燮讲得更为具体,他在《百家唐诗序》里明确宣告,唐贞元、元和之间为古今文运、诗运演变的"一大关键",文运之变在于韩愈力倡古文以"起八代之衰",诗运之变则在于韩、柳、刘、钱、白、元"群才竞起而变八代之盛,自是而诗之调之格之声之情,凿险出奇,无不以是为前后之关键",故其得出的结论是:"号之曰中唐","今知此'中'也者,乃古今百代之'中',而非有唐之所独得而称'中'者也"③。照这个说法,"元和诗变"的意义当不光局限于唐诗风格之变化出新,更其关涉到整个古典诗歌艺术型态之转折更新,换言之,作为"古今百代之'中'","元和诗变"恰处在诗歌艺术传统转型的关节点上,其枢纽位置值得我们细心品味。

一、时代精神的三重变奏

"元和诗变"是怎样形成的呢? 根本上还当溯源于时代的驱动,尤其是社会生活变革在时代精神上的投影,它直接影响到诗人们的审美心理,进而促使其诗歌创作发生相应的变化。为完整地把握这一脉动,我们姑且将变革的内容分解为三个方面,亦或称之为时代精神的三重变奏,分别叙说如下。

---

① 按:据考订,德宗贞元十三年(797)间,韩愈与孟郊在汴州初次相会并订交,是为韩孟诗派之发端,而白居易、元稹等跟随李绅试作乐府讽谕诗则稍迟于贞元、元和之交。后孟郊病逝于元和九年(814),韩愈病逝于穆宗长庆四年(824),意味着韩孟诗派已告解体,而元白《长庆集》亦于是年分别编定。其后他们的文学活动虽还有所延续,但元稹于文宗大和五年(831)旋即弃世,且宝历、大和年间晚唐代表性诗人李商隐、杜牧等即已在诗坛崭露头角,故当以贞元十三年至长庆四年(797—824)为"元和诗坛"时限的大致界定。

② 见《清容居士集》卷四八,清道光二十年(1840)上海郁氏刻《宜稼堂丛书》本。

③ 见《已畦文集》卷八,清梦篆楼刻本。

第一重变奏可归结为危机与自救形势下的儒学复兴。如所周知,玄宗天宝末年爆发的"安史之乱",结束了唐王朝的盛世,挑开了原来潜伏着的众多社会矛盾,唐王朝从此进入忧患频仍的危机时期。这一军事叛乱虽于八年后因史思明的败亡暂告一段落,但国力大损、财政拮据、藩镇自立、宦官擅权的局面已然形成,内有民变、兵变迭起,外有吐蕃、回纥入侵,代宗广德年间吐蕃一度攻陷长安大肆劫掠,以及德宗建中之时泾原兵变、朱泚称帝,都是引起朝野震动的大事。可以说,自代宗即位至德宗贞元初的二十多年间,唐王朝一直处于安史乱后的"余震"阶段,表面上的苟安掩饰不了内在的虚弱和焦虑。不过从另一方面看,大乱的平定毕竟给唐王朝以休养生息的机会,特别是代、德二朝用刘晏、杨炎等管理财政,多少扭转了财用匮乏的现象,为国家积聚了一定的经济实力。在这个前提之下,致力于军令政令的统一,进以整顿社会秩序,以求得王朝"中兴",成为贞元、元和之交有志之士的共同目标,而"永贞革新"和"元和削藩"便是为体现这一目标所采取的有战略意义的"自救"措施。总体上说,"危机"与"自救"构成了贞元后期直至元和、长庆年间的时代主旋律,这也就是"元和诗变"得以发生的大背景了。

危机与自救形势在促成时代精神变革上的一个显要标志,是推动了儒学的复兴。崇儒原本是唐王朝的指导思想,但在四海宴然、天下太平之际,儒教的功能多在于润饰鸿业,所谓兴礼乐、读经书皆为点缀升平之用。安史乱起后,朝廷奔亡扶救之不暇,难以坐而论道,其选用人才亦偏重吏能,"时艰方用武,儒者任浮沉"(刘长卿《寄万州崔使君》),正是当时儒风不振的切实写照。然而,随着最紧迫时刻的过去,当士大夫群有可能静下心来面对危机形势以思考"自救"时,一种深层次的反思必将在他们中间产生,复兴儒学于是成了当务之急。这个时期人们眼中的儒学也不限于润饰鸿业那一套,在有志之士看来,儒学的"大一统"思想、"外夷狄而内华夏"的观念,尤其是"纲常伦纪"的树立,均有着十分鲜明的现实指向,是唐王朝救亡图存的不二良药。韩愈在其《原道》篇里大力张扬儒道,目的就是要理顺君、臣、民三者之间的关系,以辟除自居于"四民"之外的佛老势力。柳宗元更是明白揭示"以辅时及物为道"的宗旨①,表达了对兴复儒道以纾忧解困的热切期望。还要看到,时人之推崇儒学,除利用其政治理念之外,另有一个着眼点,即重视其以道德教化维系人心的独特功能,其中也包含士大夫层的自我人格修养在内。早在德宗初年遭逢朱泚之变时,名臣陆贽在应对中即已提出"理乱之本,系乎人心"之说②,希望统治者能用自己的诚信来博取臣民的真诚拥戴。贞元中权德舆主考,特地以"《大学》有明德之道,《中庸》有尽性之术,阙里弘教,微言在兹"命题策问③,亦显示出对儒家心性之学的着意发扬。至韩愈倡言"道统",以禹、汤、文、武、周公、孔、孟的继承人自命,其意不仅是要理出一个儒学承传的历史统系,尤重在士人自身的道义担当。他公然宣称"无贵无贱,无长无少,道之所存,师之所存"④,表白自己"得其道,不敢独善其身,而必以兼济天下"⑤,都是一种责任感和使命感的表现。以这样的态度来对待人生,其立身处世便有了内在的准则,迥乎不同于初盛唐文士以功业自许的外在追求,这可以说是中唐儒学复兴给士人们所带来的最深刻的反思,对后世士大夫阶层的人格自律有着深远的影响。

那么,儒学复兴对文学创作又具有什么样的作用呢?反映在两个方面,便是"文以明道"和"诗以见性"。在中国古代文学传统中,"诗"是包罗在广义的"文"的范围之内的,刘勰《文心雕龙》一书中即设有《明诗》之篇。不过自六朝后期起,诗歌之类美文渐有与实用文体分流的趋向,唐人更进一步以"诗""笔"对举,其于不同文体之间的辨识也就更清晰了。诗文既有所区别,其与儒家之"道"的承载方式当亦有所差异。一般说来,散体文字长于叙说,可直接用来宣示义理,故"明道"便成为古文家对文章功能的共同规定。诗的情况则比较复杂,它往往

---

① 参见柳宗元《守道论》《答吴武陵论非国语书》诸文,《柳宗元集》卷三、卷三四,中华书局1979年版。
② 见《资治通鉴》卷二二九载记,中华书局1956年版。
③ 见《明经策问七道·礼记第二道》,引自《文苑英华》卷四七六,中华书局1966年版。
④ 韩愈《师说》,廖莹中校注《昌黎先生集》卷一二,1937年蟫隐庐影印宋世綵堂本。
⑤ 韩愈《争臣论》,同上书卷一四。

与抒述诗人的主观情怀紧相联系,儒家之"道"不宜于在诗中直接宣说,必须让其渗入诗人内在的情意体验来加传达。白居易有"诗者,根情、苗言、花声、实义"之说,认为诗的本根虽属情感,且须通过辞采与声律的讲求方成其为诗,而其结出的果实则必须是"义",也就是需要合乎儒家义理规范①,这跟他在另一处所标榜的"为诗意如何?六义互铺陈。风雅比兴外,未尝著空文"②,自是一个意思。当然,一味着眼于用义理作规范,诗中情感的表现不免受到限制,难能普遍施行。诗人孟郊则从另一个角度切入问题,他以为:"文章者,贤人之心气也。心气乐则文章正,心气非则文章不正。当正而不正者,心气之伪也,贤与伪见于文章。"③这里使用"文章"一词,谈的主要是诗歌创作,所谓文章所由生发的"心气",即指诗人内在的精神气质,大体相当于后人常用的"情性"。在他看来,"心气"和乐与否,直接关联到作品风貌的"正"与"不正";当"正"而不能"正",实出于情性上的作伪。"心气"的"贤"与"伪"皆能表见于作品,可见情性修养对于创作的至关重要性。像这样以人的精神修养为核心,透过"心气"的中介来把握"道"与"文"之间的一体化关系,遂使诗歌表情达意的功能得以发挥,诗人的主体性也有了继续发扬的天地。相对于直接宣说义理的"文以明道",我们姑且将诗歌表现"心气"的提法概括成"诗以见性",这一新的观念在元和诗坛上的传播尚不普遍,却开启了宋人以"情性"论诗之先声,也应看作"元和诗变"的一个重要贡献。

现在来谈时代精神的第二重变奏,或可名为士子的迷茫自失心态与佛禅思想的广为流行,这个提法跟前面讲到的自救努力与儒学复兴似有矛盾,其实是相反相成的。如上所述,贞元、元和之交,在唐王朝及其士大夫群体中出现了一个"自救"的热潮,集中表现为"永贞革新"和"元和削藩",结果都失败了。以"二王八司马"为代表的"永贞革新"本有一个战略性的筹划,短时期内也曾掀起一阵波涛,但因顺宗的突

---

① 参看白居易《与元九书》所述,顾学颉校点《白居易集》卷四五,中华书局1979年版。
② 白居易《读张籍古乐府》,同上书卷一。
③ 孟郊《送任齐二秀才自洞庭游宣城》诗序,《孟东野诗集》卷七,《四部丛刊》本。

然夭逝和宦官集团、保守势力的强力反扑,很快被扼杀于摇篮之中。"元和削藩"虽断断续续地延续了相当时间,且取得一定成果,而由于朝廷的注意力只在于消除割据,缺少相应的改革配套措施,便不可能长期坚持下去。至穆宗继位,河北三镇乱事再起,朝中又出现朋党相争、南北司对立的局面,衰象频生,"中兴"终于成了南柯一梦。"中兴"的举步维艰,也给有志之士带来个人经历上的坎坷遭遇。中唐著名文人中很少有仕途上致身显达的。以当时影响甚广的韩孟诗派而言,除韩愈本人至晚年稍稍跻于高位,其余如孟郊、贾岛、卢仝、李贺等都长期沉沦下僚,终身不得其用。即使韩愈本人,亦曾两次因上疏进谏而被窜逐远方,精神上受到巨大打击。另一诗派的领袖人物白居易、元稹原本都有强烈的济世之心,敢于用诗歌触及时事和在朝论事,也都由此获罪,贬职外放,后虽蒙召回并逐步升迁,却泯灭了抗争的意志。至于不列入两派的知名诗人如刘禹锡、柳宗元,因参与"永贞革新"而毕生遭受贬抑,甚至客死他乡,其境遇之困顿更令人扼腕兴叹。就这样,坎坷的命运加以"中兴"幻梦的破灭,给广大士子造成一种局促不安、无所适从的精神氛围,这在号称"穷者"的韩派诗人中间表现格外突出。如孟郊于羁居京城时写下的"万物皆及时,独余不觉春"(《长安羁旅行》)、"出门即有碍,谁谓天地宽"(《赠别崔纯亮》),贾岛因生活艰难而呼告"我要见白日,雪来塞青天"、"饥莫诣他门,古人有拙言"(《朝饥》),以及卢仝致慨于"贤名圣行甚苦辛,周公孔子徒自欺"(《叹昨日三首》之一),李贺沉吟于"我有迷魂招不得,雄鸡一声天下白"(《致酒行》),在在都显示出他们那种茫然自失的心理状态。即便是以坚定捍卫"道统"自任的韩愈,有时亦会不自觉地流露这类心境,且看其《感春四首》之一所云:

> 我所思兮在何所?情多地迥兮遍处处。东西南北皆欲往,千江隔兮万山阻。春风吹园杂花开,朝日照屋百鸟语。三杯取醉不复论,一生长恨奈何许!①

---

① 引自《昌黎先生集》卷三,1937年蟫隐庐影印本。

这样一种思而不得的莫名惆怅,不也隐隐然浮现出时代精神的深深烙痕吗?

迷茫自失的心态,促使士子们努力调整其原先确立的人生态度。儒家教义是以"修身"为本的,希望通过修身、齐家以达到治国、平天下的目的。但对于士子个人来说,不在其位,就难谋其政,所以孟子又有"穷则独善其身,达则兼善天下"的教言①,元和诗人们便沿着这条思路来考虑其出处取舍。在这个问题上,两大诗人集团也有着不同的选择。韩派诗人的"穷者"身份,决定着他们只能以"道义"自许,即无论怎样穷愁潦倒,都不能丢失节操,持守操行乃"独善"的不二表征,孟郊就是典型的例子。他早年曾写有组诗《吊元鲁山十首》来悼念元德秀这样一位"穷者精神"的先行者,诗中不仅对元氏的蹇困不遇寄予极大同情,还着力突出其"万物饱为饱,万人怀为怀"(其四)的"民胞物与"精神,可说是为自己的人生选择树立了样板。谈到个人志行时,他也有"松柏死不变,千年色青青。志士贫更坚,守道无异营"(《答郭郎中》)的执着誓言,且以"一生自组织,千首大雅言"(《出东门》)、"自悲风雅老,恐被巴竹嗔"(《自惜》)来表白己身守正不阿的文学趣尚,韩愈所云"孟生江海上,古貌又古心。尝读古人书,谓言古犹今。作诗三百首,窅默咸池音"(《孟生诗》),说的自是实情。但是,当坚守操行而仍然没有出路,甚至一再遭受冷眼打压时,诗人的内心也不免要升腾起愤懑不平的意气,并藉以宣泄于诗歌作品。韩派诗人创作中特多这类愤怨愁苦之音,韩愈更从中提炼出"不平则鸣"的艺术规律,实是"穷者精神"及其文学理想的合逻辑发展,不过同时也就偏离了儒学中庸之道,迹近于狂狷之流亚了。再看另一类调整方式,可举白派诗人首领白居易作典型。白氏早年热衷于裨补时政,也曾有过"丈夫贵兼济,岂独善一身"的豪言(见《新制布裘》诗),但那是年轻气盛的表现,不能太当真。他对人生道路的比较切实的思考,还当以《与元九书》中的那段话为依据,即:

---

① 《孟子·尽心上》,赵氏注《孟子》卷一三,《四部丛刊》本。

> 大丈夫所守者道,所待者时。时之来也,为云龙,为风鹏,勃然突然,陈力以出;时之不来也,为雾豹,为冥鸿,寂兮寥兮,奉身而退。进退出处,何往而不自得哉?故仆志在兼济,行在独善。①

表面看来,这里讲的"兼济"与"独善"承接着孟子的话头,实际上很有差别。孟子的"独善"指道德修身,属儒者操行;白氏的落脚点却在于保全自我,所谓"进退出处,何往而不自得",分明打有老庄委运任化、逍遥自适的思想印记,这也便是白氏在触怒权贵、招致政治打击之后,迅速转向"知足保和"以求取个人身心安乐的原因。从儒家的道义担当蜕变为道家的全生养性,固然反映出士大夫阶层里小有地位者的软弱、趋俗的一面,自亦是政治气候恶劣条件下人生追求的调整策略,其根子仍在于那种迷茫自失的心态。

由此当可涉及佛禅思想在当时社会的流行状况。佛教在唐代本占相当势力,武后之佞佛更抬高了它的地位,不过禅宗的勃然兴起,尤其是禅宗教义广泛渗入士大夫群体,则属大历、贞元以后的态势,显然与动乱时局下人心之寻求慰藉密切相关,所谓"自从苦学空门法,销尽平生种种心"(白居易《闲吟》),确切地表明了它的解脱功能。在这里,我们不能详细讨论佛禅思想流布的具体情节,只打算就其与士人生活情趣及其诗歌创作的关系略加提挈,可以举出这样两点给予特别关注。其一是南宗禅开派大师六祖慧能所宣扬的"自明本心"乃"悟"。慧能弘法重视"顿悟",他以为人人皆有佛性,佛性即在于人的"本心",故修禅不当外求,只需发明"本心","若识自性,一悟即至佛地"②。这个观念被后人归结为"即心即佛",有"自心是佛,此心即是佛心",以及"万法皆从心生,心为万法之本"③之说。此说进入士人的视野后,便同贞元、元和之际重视心性修养乃至"心气"纾放的倾向相结合,成为诗

---

① 引自顾学颉校点《白居易集》卷四五。
② 见《六祖大师法宝坛经·般若品第二》,引自石峻等辑《中国佛教思想资料选编》第二卷第四册第 39 页,中华书局 1983 年版。
③ 按:均为马祖道一语,载《景德传灯录》卷六,《四部丛刊三编》本。

歌创作中张扬主体精神的思想资源。另一个重要观念是洪州禅创立者马祖道一鼓吹的"平常心是道"。传统佛教主张本心清净,而要经常保持清净的心地不受污染,必须远离尘嚣以行清修。道一则认为解脱的关键在于顺随自然,只要放松心地,不计较各种利害得失,日常生活也便是修道。其弟子慧海将这个意思演绎为"解道者,行住坐卧,无非是道;悟法者,纵横自在,无非是法",宣称"饥来吃饭,困来即眠"、不另加"须索""计较"就是修行用功处①。这样一种将庄玄的自然主义与佛禅"万法唯心"的理念相结合的做法,恰好为白居易式的知足保和、逍遥自适的人生态度提供了精神支柱,也是白派诗人表现其日常生活情趣的平易诗风得以建立的理论依据。以此观之,则佛禅思想的流行与儒学的复兴并非势同水火,它们以一种奇妙的方式糅合在一起,共同构成元和诗人的精神财富,为"元和诗变"开辟着道路。

　　末了还要稍稍提及时代精神的又一重变奏,那就是市民文化的兴起及其向士大夫群的渗透。城市商品经济在唐代的发展是人所共知的,中唐以后更进入其繁盛的阶段。城市的繁荣造就了一个市民阶层,在其经济生活的基础之上也形成了相应的文化形态,展现于饮食、服饰、居室、市容、婚嫁、节庆、劳作、娱乐众多方面,而其独特的文艺样式更有变文、俗唱、说话、杂耍、参军戏、曲子词等,连同寺庙里演绎佛教故事的雕塑与壁画,亦多为迎合市民群众的心理爱好所设。市民文化的特点为炫富庶、好新奇,史家文人们常讲到中唐社会风气的侈游宴、恣绮靡、求新变、尚怪异,以及服饰妖艳、梳妆入时、歌舞胡风、字画颠狂、故事传奇、神佛趋俗乃至一些人物言论行事的特异乖张等,多少均染有市民生活与文化的习气。至所谓"街东街西讲佛经,撞钟吹螺闹宫廷"(韩愈《华山女》),恰足以见出其对于整个城市社会生活的广泛影响。这里还须提请注意的是,唐代士子并不像后世士大夫阶层那样"严雅俗之辨"。他们遍历州府的游宦生涯,使其得以广泛接触城市社会及其文化形态,而中晚唐时大量不得应举入仕的才子文人,更常

---

① 见普济所编《五灯会元》卷三第 157 页"大珠慧海禅师"条,中华书局 1984 年版。

混迹于市井酒肆妓坊之间。这样的生活方式有助于他们采取一种开放的心态,来大胆接纳与吸收市民文化中的新鲜血液,用以拓展自身的艺术修养。王定保《唐摭言》一书记载诗人张祜与白居易订交时,引《目连变》的故事来比拟和打趣《长恨歌》里"上穷碧落下黄泉,两处茫茫皆不见"的叙述①,可见变文在当时文士之间广为流传。元稹《酬翰林白学士代书一百韵》中则有"光阴听话移"之句,自注与白氏"尝于新昌宅说'一枝花话',自寅及巳,犹未毕词也"②,表明说话艺术业已进入文人的日常生活。他还写有"艳诗百余首",用为"近世妇人,晕淡眉目,绾约头鬟,衣服修广之度及匹配色泽,尤剧怪艳"的题照③,虽意义不大,亦足显示城市风情的一个侧影。至若另一集团的领袖人物韩愈,在其高文广论之外,另有不少杂戏文字,反映其心理上趋俗的一面;而其诗中表现突出的许多怪奇的想象,据今人考证,有不少取自寺庙壁画形象,也跟城市文化有着不可分割的血缘关系。这些都构成士大夫传统中的异色变调,值得我们予以高度重视。

　　以上从三个方面概括了贞元、元和之际时代生活及其精神氛围的变革状况,三重变奏又有其交会叠合之处,一是对人的主体心性的发扬,再就是好奇近俗。我们看到,无论儒学复兴中有关士人人格修养与道义担当的强调,抑或佛禅思想所宣称的"自心即佛"和"平常心是道",都将主体放到了非常突出的位置之上,以主体心性为本位,张扬主体成了必然的趋势,自会给艺术创作带来重要的影响。而张扬主体又往往联系到创新意识,中唐儒学与佛学自身即处在创新潮流之中,它们也要求诗文创作变化出新,加以市民文化爱奇趋新色调的浸染,"元和之风尚怪"于是成为时代审美心理的切实写照。至于涉俗,则除了元白诗派有意识地扩大其诗歌的接受面以外,当亦与市民文化的影响有关,且"务俗"即属好尚新奇的一方面表现。总之,"元和诗变"在这样的时代氛围里生成,它将发扬心性与好奇近俗相结合,用为自身的基本导向,自

---

① 见《唐摭言》卷一三,上海古籍出版社1978年版。
② 见冀勤点校《元稹集》第116—117页,中华书局1982年版。
③ 元稹《叙事寄乐天书》中自述,《元稹集》第353页。

二、从"直觉的表现"到"反省的创造"

上一节里考察了"元和诗变"的社会动因,下面进而论述其变化出新的具体内容,先从艺术思维活动着眼,在我看来,一种艺术传统的演变往往要以其内在思维方式的变革为前提,是思维方式的更新推动了作品意象结构及其体性风貌的新变。按这个观点来谈问题,或可将"元和诗变"的首要标志界定为由"直觉的表现"转向"反省的创造",它牵涉到诗歌艺术思维的总体进程,让我们就此作一点简略的回顾。

古典诗歌艺术思维活动的把握,是以"物感"说发其端绪的。《礼记·乐记》有云:"人生而静,天之性也;感于物而动,性之欲也。物之知知,然后好恶形焉。"又云:"凡音者,生人心者也。情动于中,故形于声;声成文,谓之音,……其本在人心之感于物也。"[①] 将乐歌的起因归源于人心受外物的感发,正是"物感"说最基本的理念,这个观念在后世诗歌创作中一直占据支配性的地位。不过严格说来,"物感"的这一初始样本还显得比较粗糙,它只讲明了人的实际生活感受由外界事物引发,并未交代既有的感受如何再次投射于物象,以转化为诗歌审美意象的问题。这进一步的工作是由魏晋之交的文士们来实现的,尤其太康诗人陆机、潘岳等皆发表了很值得注意的见解。陆机在东吴败亡、己身被征召至洛阳后所作《怀土赋序》中写道:

> 余去家渐久,怀土弥笃。方思之殷,何物不感?曲街委巷,罔不兴咏。水泉草木,咸足悲焉。[②]

这段话分明告诉我们,离乡怀土是造成他心头郁结哀感的根本原因,

---

① 均见《礼记·乐记·乐本》,引自《十三经注疏》本《礼记注疏》卷三七,中华书局1980年版。

② 见《陆士衡文集》卷二,《四部丛刊》本。

带着这种心情去接触曲街委巷、水泉草木，则无一不成其为投射内心郁结的物化意象，而这些物化意象又构成其再体验的对象，并引起他"何物不感""咸足悲焉"的新的情意体验，用以"兴咏"于篇章。像这样一种在心物往返交流中形成的再度感兴（有别于原初的实际生活感受），实乃诗歌艺术思维活动得以展开的条件，亦便是诗歌意象生成的关键了。陆机文集里谈到这类心物交感的例子不少，如"悲缘情而自诱，忧触物而生端"（《思归赋》）、"矧余情之含瘁，恒睹物而增酸"（《感时赋》），以及诗中反复言及的"载离多悲心，感物情凄恻"（《赴洛二首》之二）、"悲情触物感，沉思郁缠绵"（《赴洛道中二首》其一）、"感物百忧生，缠绵自相寻"（《赠尚书郎顾彦先二首》之二）、"踟蹰感节物，我行永已久"（《拟明月何皎皎》）等，都是情物对举、交流互应，恰好视作审美感兴发动的表征。后来刘勰在《文心雕龙》中用"人禀七情，应物斯感，感物吟志，莫非自然"一段话加以理论总结①，遂成为"感物兴情"的经典性表述。这一由心物交感以酿发诗思的过程，从根底上说，自是一种直觉心理的活动，刘勰谓其"莫非自然"，也正肯定了其不假思维造作的性能。

"感物"说盛行既久，又有"观物"说出来与之抗衡。"观物"的思想出自先秦道家，《老子》书中有"致虚极，守静笃，万物并作，吾以观复"的说法②，便是"观物"说之滥觞。其后《庄子》一书也多有"观道""观物""观化"之类话头，影响及于魏晋玄学。"观物"与"感物"的区别，要害在于它以"虚静"为出发点，要求人们用虚空宁静的心地来观照和容纳万象，以便对事物整体能有一较为全面而深入的把握，所谓"涤除玄览"指的就是这样一种境界③，这跟"感物"说着眼于心物交感互动的理念显然异趣。"观物"之说应用于诗歌创作，可举晋宋之交的玄言、山水诗潮为典型。玄言诗走的是"观物入理"的路子，通过体察万象来领悟宇宙和人生的变化道理，并将其宣示于诗中。以大谢为代表的山水

---

① 《文心雕龙·明诗》，范文澜《文心雕龙注》卷二，人民文学出版社1958年版。
② 《老子道德经》第十六章，《四部丛刊》本。
③ 同上书第十章。

诗,则采取"观物取景"的方式,通过"移步换形"的散点透视,将游览途中留下印象的各种物象,综合成一幅全景式的画面。由于二者皆出于"观",自有相互交会之处,如玄言诗可以"苞玄理于山水之中",而山水诗亦常用玄理语寄以感慨。与此同时,它们与单纯的"感物兴情",则拉开了一定的距离。"感物"之作重在表现诗人的感兴,其直感性能十分突出;"观物"不管是要"人理"还是要"取景",因其取的是静观的态度,必然会留下理性思考的某种影迹。即便如大谢山水诗这类以摹写物象为主体的诗歌作品,在其打造配置匀称的全景式画面时,也少不了有关经营布局的一番考虑,更不用说如何用物象来传递其内在的情愫和意理了。不过从另一方面来看,老庄玄学所重视的"观",基本上仍是一种直观的思维方式,其理性思考也属于整体式把握中的那种"体悟",并不同于日常经验和科学思维里的知性分析与逻辑推理。所以"观物"与"感物"并峙,虽给诗歌艺术思维活动增添了若干理性的成分,却没有从根本上改变其直觉表现的性能,这一点自不当忽略。

"观物"与"感物"的分流,丰富着艺术思维的活动方式,却也产生了某些弊病。所谓"采丽竞繁,而兴寄都绝"[1],或"性情渐隐,声色大开"[2],都是针对六朝后期诗歌创作着力堆砌物象却缺少丰厚的情意体验而发的。如何将"感"与"观"结合起来,在"感物兴情"的前提之下进以"观物取境",成为唐代诗人面临的一大课题。唐诗演进的轨迹,恰显示了诗人们在这方面的业绩。从"初唐四杰"开始,即已出现将个人的具体生活感受提升到带有普遍性人生理念的高度上加以观照和表现的动向。陈子昂进一步推进了这个趋势。至初盛唐之交,时人对于晋宋间陶、谢诗歌传统的重新发现与大力发扬,更加速了"观""感"结合的进程。盛唐诗坛上最早形成的以王、孟为代表的田园山水诗派,其以田园生活的情趣来领略山水,又以山水审美的眼光来观赏田园,达致诗情与画意两相交汇,即可视为"感物"与"观物"联成一体的成功

---

[1] 见陈子昂《与东方左史虬〈修竹篇〉序》,《陈伯玉文集》卷一,《四部丛刊》本。
[2] 见沈德潜《说诗晬语》卷上,丁福保辑《清诗话》第532页,中华书局上海编辑所1963年版。

范例①。与此同时,唐代诗论家也不失时机地就这个问题展开理论探讨。流传至今的王昌龄《诗格》中,着重提出"诗境"之说,且对"诗境"的生成做出具体解说,其云:

> 诗有三境:一曰物境,二曰情境,三曰意境。
> 物境一。欲为山水诗,则张泉石云峰之境,极丽绝秀者,神之于心。处身于境,视境于心,莹然掌中,然后用思,了然境象,故得形似。
> 情境二。娱乐愁怨,皆张于意而处于身,然后驰思,深得其情。
> 意境三。亦张之于意,而思之于心,则得其真矣。②

这里所说的"三境",是就诗歌作品表现的不同对象(或写物象,或抒情思,或表意理、意向、意趣等)而言的,其所追求达到的境界亦有所差别,或"得形似",或"深得其情",或"得其真"(当指"意"之本真),但从诗人运思的途径来看则基本一致,都要经过"处身于境"(亦曰"处于身")、"视境于心"(亦曰"思于心")和"然后用思"(亦曰"驰思")这样几步。所谓"处身于境",当指诗人将自己的整个身心投入所要表现的对象之中,以感受其生命的气息并激发自身的体验,这一"感同身受"的作用实即"感物兴情"的过程,把它放在艺术活动的首位,跟《诗格》里一再宣扬"专任情兴""兴发意生",且以"起于无作,兴于自然,感激而成"为诗歌本原的观念实相一致③。其次"视境于心",是指诗人的感受被激活后,并不立即付诸宣泄,还当以审美的心灵来观照所感受到的内容,而经过心灵的提炼与整合,原初感受中纷然杂陈的事象材料连同那流动不居的感受心理本身,才有可能转化为具有完整形态,足以

---

① 按:有关初盛唐间诗歌艺术思维演进的具体历程,参看本书《唐诗与意象艺术的成熟》一文中的论述。
② 见《诗格》卷下"诗有三境"条,张伯伟《全唐五代诗格汇考》第172—173页,江苏古籍出版社2002年版。
③ 均见《诗格》卷上"论文意"条,引自上书第170、164、160诸页。

达到让人"莹然掌中""心中了见"的审美境界。就这样,"感物"加以"观物",在此基础之上"然后用思"或"驰思",即通过切实的艺术构思安排及技巧运用,遂使观感所得落实为具体的诗歌文本。《诗格》为我们揭示的这一"诗境"生成的过程,不正体现了盛唐诗人艺术思维活动方式的奥秘所在吗?

由盛唐诗歌艺术所具有"感物"与"观物"相结合的特点,决定着它在性能上有别于早期诗歌作品。人们常将唐诗(实指盛唐)与宋诗作比较,以为唐诗"主情"、宋诗"主意",自是有根据的。但若以汉魏尤其是汉人古诗作比,则后者的"主情"当更为明显。汉魏诗人纯以"感物兴情"的方式发动诗思,又多取直抒胸臆式的表现,其作品动人处即在于"情真,景真,事真,意真",所谓"澄至清,发至情"①,洵为定评。唐人则不全然如此。唐诗的胜长似更在于借物象抒述情思,物象与情思打成一片,通过"情景交融""意与境会",以实现"境生象外",以生成悠远深长、咀嚼不尽的韵味。因此,如果说汉魏古诗"以情胜",则唐诗更宜说是"以境胜",这浑然一体、兴味涵深的"诗境"的营构,亦便是"感物"加以"观物"的功效了。宋严羽论诗,以"不假悟"和"透彻之悟"来界分汉魏与盛唐,当亦看到了这个区别②。不过说到底,唐人的"观物取境"仍牢固地建立在"感物兴情"的立足点上,尽管运思过程比较复杂,总体上并未脱离古典诗歌艺术的直觉表现的传统,或者说,它把直觉表现的艺术思维推向了发达的高峰。而高峰之后便当是转折,这一"峰回路转"的取向也就在"元和诗变"中露出了端倪。

"元和诗变"对古典诗歌艺术思维方式的更新,主要体现在将原有的"直觉表现"传统导向了"反省创造",这跟哲学思维的重心由"观物"转向"观心"紧相关联。我们说过,"观物"的传统起于道家,道家以"道"为本,主张"天道自然",故要求人们从观察事物变化中去领略"天

---

① 陈绎曾《诗谱》评《古诗十九首》语,引自丁福保辑《历代诗话续编》第267页,中华书局1983年版。

② 参见严羽《沧浪诗话·诗辨》所言,郭绍虞《沧浪诗话校释》第12页,人民文学出版社1983年版。又,《沧浪诗话·诗评》中还讲到,"诗有词理意兴","唐人尚意兴而理在其中,汉魏之诗,词理意兴,无迹可求",亦可参考同上书第148页。

道"。与此相应,"观心"的提法则出自佛教,佛教以"心"为本,强调"万法唯心",当然要鼓励人们去反观自己的心性,以求识得本心。所谓"一切万法,尽在自身中,何不从于自心顿现真如本性",以及"自性心地,以智惠观照,内外明彻,识自本心。若识本心,即是解脱"①,说的便是这个道理。当然,佛教也并不一味排斥"观物",照他们说来,外界事物皆为"心识"之所变造,"凡所见色,皆是见心"②,且正因为人的本心常为物象所陷溺,更须看破世相,方得清净,所以又有"无明痴惑,本是法性。以痴迷故,法性变作无明","今当体诸颠倒,即是法性"之说③。要言之,"观物"还是为了"观心",这是佛教行世后为人们指出的一条修炼路径。更须注意的是,"观心"本属释子的修养方法,但所起的号召力却远远超过佛教信从者的范围,不少士子文人均接受了它的影响,这自是出于其所提示的反观心性的思路,恰与时代危机条件下士大夫层的反思心态相合拍的缘故。作为一种带有普遍性的反思,士人们不仅要反思时局、反思国运、反思历史兴亡的经验教训,同时也要反思其自身,包括反思个人应有的人生选择和道义担当,这同样属于"观心"。一个特别令人感兴趣的信号是,在当时儒学复兴的浪潮中,诞生了李翱《复性书》这样一篇构建儒家心性之学的专论。据所见,传统儒者谈心性的不多,所谈亦常限于性善、性恶之类话题,着眼点还在于为礼治或刑治找根据。《大学》《中庸》里有一些相关资源,历来并不受重视。李翱《复性书》则具有明确的构建儒家心性之学的意图,其所要发扬的自是儒家义理,但他把义理说成人的本性,主张去除各种私虑情欲的遮蔽,以至诚而明的态度来"尽其性"或"复其性"④,这跟佛教"观心"之说走的是一个路子。这一"明心见性"的理路至宋人理学中得到更充分也更精微的阐发,"观心"的取向遂不断延

---

① 敦煌写本《坛经》录慧能语,引自石峻等辑《中国佛教思想资料选编》第二卷第四册第15、16页。
② 见普济所编《五灯会元》卷三第128页"江西马祖道一禅师"条。
③ 见唐释智𫖮所撰《摩诃止观》卷五,引自石峻等辑《中国佛教思想资料选编》第二卷第一册第41页。
④ 见《李文公集》卷二,《四部丛刊》本。

续下去。

"观心"的理念对唐人的艺术思维活动产生了很大的作用。唐张璪论绘画,有"外师造化,中得心源"的八字纲领①;张怀瓘谈书法,也有"独照灵襟,超然物表,学乎造化,创开规矩"之说②。他们都以"心"(灵襟)为艺术创造之本源,以"得心源"和"照灵襟"为开展艺术活动的关键,分明见出"观心"说的痕记。其中对诗歌创作关系最为直接的,当数活动于大历、贞元之交的诗僧皎然,其《诗式》《诗议》等著述发展了王昌龄《诗格》中有关"诗境"的理论。皎然有"取境"之说,认为"取境之时,须至难至险,始见奇句"③,又谓"精思一搜,万象不能藏其巧,其作用也,放意须险,定句须难"④,这种以"精思""奇险"为好尚的倾向,与王昌龄论诗偏重自然兴发显有差别。与此同时,皎然还提出"造境"之说,其"造境"的凭借纯在于一心,所谓"如何万象自心出,而心淡然无所营"⑤,即指明"心"为"境"之本源;而其所要达到的境界则是"象忘神遇"⑥,也就是超越物象的自然形态,以求实现主体精神的寄托与宣泄。且正因为重在主体心性的发扬,"造境"之时自可轶出常规,不拘格套,如所云"须臾变态皆自我,象形类物无不可"(《张伯高草书歌》)、"苟能下笔合神造,误点一点亦为道"(《周长史昉画毗沙门天王歌》),与上引《观玄真子画洞庭三山歌》一样,都是用以形容诗人艺师"造境"时的狂态运作与变相处理,充分显示了皎然的艺术活动观。设若我们将皎然的"诗境"说与王昌龄进行比较,不妨用这样两个图式作归纳,即,王昌龄"诗境"的生成路线为:

处身于境→视境于心→了然境象

---

① 张彦远《历代名画记》卷一〇所引,《四库全书》本。
② 张怀瓘《六体书论》,引自《全唐文》卷四三二,上海古籍出版社1990年版。
③ 皎然《诗式》"取境"条,引自《全唐五代诗格汇考》第232页。
④ 见《诗式序》,同上书第222页。
⑤ 皎然《奉应颜尚书真卿观玄真子置酒张乐舞破阵画洞庭三山歌》,《皎然集》卷七,《四部丛刊》本。
⑥ 见上引诗中"盼睐方知造境难,象忘神遇非笔端"之句。

而皎然"造境"的思路则为：

开启心源→凭心造境→象忘神遇

两相对照，前者立足于"感物"与"观物"，以求境象之真切把握，而后者着眼于"观心"，从"心"为本源的理念出发，借助"凭心造境"来发扬主体精神，终以达到体认自我心性的目的，不正是一条由观物以反观心性的路线吗？

这里须加考虑的是，艺术创作毕竟不同于佛教修炼，佛家可以将纷变的世道一切看破，以求归返空明的本心，艺术家若真的排除了世间森罗万象，他又能用什么材料来构建其艺象和艺境呢？这就是为什么张璪在标举"心源"的同时，还要讲"外师造化"，而张怀瓘于"独照灵襟"之余，亦需"学乎造化，创开规矩"的原因。皎然论诗，固然有"万象自心出"的话头，但他照样关注"精思一搜，万象不能藏其巧"，表明"凭心造境"仍当以"感物"和"观物"为前提，这跟他承认诗歌创作要"以情为地，以兴为经"的说法相合拍①。不过"凭心造境"的提出在艺术思维形态上自有其独特创新之处。传统的"感物兴情"以心物交感为诗思的直接发动，交感中获得情意体验，即宣之于诗歌，整个地属于"直觉表现"的过程。"凭心造境"亦要以"感物兴情"为基础，而其情感生命体验往往不即时宣泄，却任其积淀下来，郁结于诗人心头，更经理智的反省予以提炼、澄汰，以融入主体内在心性，构成特定的情意指向，到需要宣示之时，再来寻找或拟构出相应的物象作表达，这就是所谓的"反省创造"了。"反省创造"开启前夕，诗人的心灵未必处在感发状态，一旦开启，则原先积存于内心的种种体验与印象，连同当下所得一并涌现，无怪乎皎然要致慨于"如何万象自心出，而心淡然无所营"，这一以静制动的机制正是过去长时间里由动而静的凝定、积淀功夫所养成的。由此看来，"凭心造境"与"感物兴情"之间区别之由来，并不纯

---

① 皎然《诗议·论文意》，引自《全唐五代诗格汇考》第209页。

在于"物"为本原或"心"为本原，艺术作品本就是心物同构的结晶，由"物感"至"心造"是一个自然发展的过程。两种思维方式分歧的产生，更在于"物感"至"心造"之间的距离。两相联系紧密，由"物感"直接进入"心造"，便形成"直觉的表现"；中间有了悬隔，"物感"经凝定、提炼而转为心性、心气，更由心性、心气出发以构造意象及艺象，则成为"反省的创造"。"反省创造"的要害乃是"物感"与"心造"之间插入理性的思考，正是这一理智的反思淬炼，使原初鲜活的生命体验得以转化、提升为内心相对稳固的生命体悟，而由此出发来重新启动诗思，驱遣万象，自会起到"明心见性"即体证自我心性的作用，谓之"反省创造"固当。

"反省创造"的思维方式由皎然初步揭示，而其广泛流行则在元和诗坛。元和诗人群在人生道路选择与艺术风貌锻造上极富于个人色彩，但重视心性建设，多从既定情意指向出发来启动诗思，构筑诗境，借以为自我心性的写照，则相对一致，这自是重反思的时代精神氛围习染所成。诚然，反思的取向人各有别，可以归之于"宣明道统""辅时及物"或"贤人之心气""穷者之节操"，以明示某种政治和道德的责任担当，而亦可转化为磊砢不平的意气、愤怨愁苦的情怀乃至知足保和、逍遥自适的心态，以兴发相应的歌咏诗章，这在元和诗坛上皆有其突出的表现。另外，反思之后的表达方法亦甚有差异。韩派诗人多喜欢张扬主体心性以变造物象，如孟郊所云"天地入胸臆，吁嗟生风雷，文章得其微，物象由我裁"（《赠郑夫子鲂》），韩愈吹嘘"精神忽交通，百怪入我肠，刺手拔鲸牙，举瓢酌天浆"（《调张籍》），卢仝曰"化物自一心""搜索通鬼神"（《寄赠含曦上人》），李贺要"笔补造化天无功"（《高轩过》），以及孟郊称许贾岛诗才为"燕僧摆造化，万有随手奔"（《戏赠无本》）和韩、孟《城南联句》中倡言"肠胃绕万象，精神驱五兵"，均足以体现他们那种怪诞的想象和波谲的情思。相比之下，元、白的大部分篇章在作风上要平实得多，无论讽喻时政还是叙写日常生活情事，多从实际出发，少有虚拟造作，如果以韩、孟诸人的"怪奇诗"为"造境"，则元白诗派的多数篇什便当归入"写境"。"写境"若是直写观感所得，自属兴发意生的"直觉表现"，而若情意指向在先，预设"补察时政，泄导人情"的功能或"知足保和,吟玩情性"的目的①,诗歌作品只是成为实现这类功能或目的的手段,亦还当视作"反省创造"的产物。这样说,并不意味着将元和诗坛"一锅煮",元和时期仍有前代遗风的承传。即以白居易而言,其志在"兼济"和义在"独善"的讽谕、闲适诸诗,固然有"反省创造"的印迹,而其感遇诗章,所谓"事物牵于外,情理动于内,随感遇而形于叹咏者",以及"或诱于一时一物,发于一笑一吟,率然成章"的杂律诗②,则大多属于传统的"直觉表现"。我们谈"元和诗变",重在诗风的革新,却不能将其"一刀切"。

三、"反省创造"与"假象见意"

艺术思维的更新,必然带来作品艺术结构及其整体风貌的变革,这在"元和诗变"中主要表现为"假象见意"和"以文为诗"两大特点,前者反映着诗歌艺术构成中意象关系的演化,后者则显示出作品整体性能与风貌的变异。我们先来谈"假象见意"。

"假象见意"一语出自皎然《诗式》中"'团扇'二篇"条,与"貌题直书"相对应,原指诗作题文关系上的两种不同的表达形式。皎然举班昭与江淹同咏"团扇"的二诗为例:班作紧扣团扇直接叙写,故曰"貌题直书";江诗则转借扇面上的图画以生发新意,遂谓之"假象见意"③。我们套用这个术语,不拘囿于原意,乃是要扩大其内涵,藉以标示一种与"反省创造"思维方式相适应的艺术表现方法,而与其相对应的直觉式的表现,当亦不限于"貌题直书",或可暂取"寓目辄书"为称④。"寓目辄书"的兴感式的表现起源甚早,"三百篇"里的风

---

① 参见白居易《与元九书》中自述,顾学颉点校《白居易集》卷四五。
② 均见白居易《与元九书》中自述。
③ 见皎然《诗式》卷一"'团扇'二篇"条,引自《全唐五代诗格汇考》第244—245页。
④ 按:"寓目辄书"一语借取自钟嵘《诗品》卷上谢灵运诗评语,引自曹旭《诗品笺注》第91页,人民文学出版社2009年版。又,《诗品·中序》有云:"'思君如流水',既是即目;'高台多悲风'亦唯所见","观古今胜语,多非补假,皆由直寻",可见"寓目辄书"确能代表其对诗歌表现方法的理解,见曹旭《诗品笺注》第98页。

谣大抵属于这个类型,影响绵延不绝于后世。与之相并比,"假象见意"亦有其悠久的历史传统。大诗人屈原"发愤以抒情",其孤怀幽旨常出之以"美人香草"式的寓意手段,不正是"假象见意"的具体写照吗?汉魏以下古诗虽多以直抒胸臆见长,而比兴寄托的格局亦代有承传,其中自脱不了"假象见意"的成分。不过总的说来,"假象见意"的运用在唐中叶之前,多还处于比较单纯粗浅的状态,只是当"反省创造"的思维活动方式得到确立,"假象见意"作为与之相配合的艺术表现方法,发展出具有明确性能和丰富多样形态的一整套艺术操作的规程,始臻于相对成熟的境地。我们的考察自是针对这个阶段而言。

"假象见意"在诗歌意象艺术的构成关系上,究竟形成了什么样的新的原则呢?

其一为"意在象先",这是就诗歌意象的生成关系来说的。我们当能明白,在"感物兴情"式的自然兴发过程之中,诗人对物象的感受与其引发的情思必然是同步进行的,所感之物与所兴之情并时呈现,不会有先后迟速的区别,而将这种感受以"寓目辄书"的方式表达出来时,物象与情思也就自然地交会在一起,难分畛域,这正是"直觉表现"的特点所在。而若转为"反省创造",则感受与表现之间有了脱节,感受到的东西须经理智淬炼后融入心性,构成特定的情意指向,再通过"假象见意"予以传达,那就成了"意在象先"。皎然用"开启心源""凭心造境"来取代王昌龄的"专任情兴""兴发意生",正体现出意象生成关系把握上的这一转变,到五代时人徐寅明确主张"凡为诗须搜觅,未得句,先须令意在象前,象生意后,斯为上手"①,则公然打出"意在象先"的旗号,意味着"假象见意"已成为时行的表现方法。然则,这先行的"意"又当作何理解呢?诗人当"感物兴情"之时,其"兴发意生"所形成的"意",自是一种活生生的情感体验,予以直接的表现,尽管要经受艺术的加工,而在"寓目辄书"原则之下,亦不会丢失其直感的性能。但若加以理性反思的澄汰与提炼工夫,使其转化为某种既定的意向心理(如笃守"古道"、胸怀"不平"、志在

---

① 徐寅《雅道机要》"叙搜觅意"条,《全唐五代诗格汇考》第445页。

"兼济"、义归"独善"等),成为人的心性的有机构成,则必已渗入理智的成分,在用"假象见意"作表现时,也不免含带意理的指向在内。这也正是通常所谓诗歌"主情"或"主意"分判之所由来。换言之,"主情"与"主意"之别,并不单纯取决于作品所表现的内容,根底上还在于创造活动中思维方式的歧异。直觉的表现促使"兴象凑泊",故名曰"主情";反省的创造导致"意在象先",便成了"主意"。于是有不同类型的诗歌艺术,其情味风貌亦自有差别。不过也不要将"意在象先"等同于概念化的"主题先行"。经淬炼、凝定后的情意指向,确实不同于当下兴发的活生生的情感体验,它已由"体验"升华为"体悟",不过这"悟"系从实感而来,又往往并未剥离原有感性生命的纽带,故其意理指向亦常与情感体验相交织而生成特定的意气或意趣(感情激切时多显现为特定的意气,和缓时又常呈现为某种心境或情趣),在表达时自有其动人的力量,这是我们看待"主意"诗歌时所不当忽略的。

"假象见意"的第二个特点或可称之为"以意役象",是就意象之间的功能关系而言的。按"立象尽意"之说,"立象"的目的即在于"尽意",故"意""象"之间的主从关系本就是确定了的。但在"感物兴情"的情势下,情思与物象同时生成,且自然融为一体,主从关系似不那么凸出;而在"假象见意"的过程中,要从既定的情意指向出发去寻求或构建其对应物象,"意"的主宰地位便见得格外显眼,"象"往往成了"意"的载体。这正是为什么在讨论"假象见意"的表现方法时,要特别强调"以意役象"的原因。

"以意役象"也自有多种形态,前一节里提到的"造境"与"写境"乃其两大类别。"造境"重在变造物象,即不拘守事物的实际状貌,按主观情意表达的需求来拟构形象,所谓"万类困陵暴""象外逐幽好"[①],正表露出诗人情意凌驾于物象之上的强力态势。这一变造工作又可采取不同的路径。或是凭诗人的想象与幻想来虚构全然非现实的怪诞荒忽的图景,如韩愈《陆浑山火和皇甫湜用其韵》一诗咏山林野火,不

---

① 见韩愈《荐士》诗,《昌黎先生集》卷二,1937年蝉隐庐影印本。

仅说得"天跳地踔""神焦鬼烂",还有水神上天控告火神的情节,实属"无端作怪,特借此发泄一番"而已[①]。又如卢仝《月蚀诗》借月蚀景象和有关神话传说,写心中狂怪的想象,其作意也颇费猜测。这类非现实的"造境"以李贺用得最多,也最能逗人遐想。另一条路子是以实在事物为对象,却通过联想和想象的作用将物象予以变形,以制造新奇感。如孟郊《游终南山》一诗,以"南山塞天地,日月石上生"来表现山势宏伟,气象万千,读之精神一振。又如韩愈《南山诗》描写山石,连用五十多个"或"字句来铺陈其状貌,从"若相从""若相斗""若瓦解""若辐辏",以至"翻若船游""决若马骤""覆若曝鳖""颓若寝兽""俨若峨冠""翻若舞袖"等,亦可谓形容尽致,令人称奇叫绝。这类写法常要借助于夸张或铺排的修辞手段,以拓开感知境界,生成浮想联翩的格局,方能化平实为奇异,实现其"造境"的功能。还有一种做法乃是将人自身的感觉与情绪心理投射于物象,使所表达的物象染有人的主观心理色彩,也可算作一种变造的方式。孟郊有《秋怀》组诗十五首,其二开篇云:"秋月颜色冰,老客志气单。冷露滴梦破,峭风梳骨寒。"这里将梦醒谓之"梦破",并归咎于"冷露滴破",又将身寒转作"骨寒",归因于"峭风梳骨",当非事实,而是借助心理联想把自己的感受投影于风、露等物象的结果。此诗首句为"秋月颜色冰",联系到组诗其三所云"一尺月透户,仡栗如剑飞",其六云"老骨惧秋月,秋月刀剑棱",以及其九云"秋深月清苦",看来诗人在"秋月"的形象上寄托着自己深深的情怀,但他对月光的具体描绘,如用"冰"写其寒冷,用"刀剑"写其锋利,用"清苦"写其味感等,均不属于"秋月"本身的属性,乃是通感心理活动给物象带来的畸变,显示的也是人的主观感受。这一"造境"方式到李贺手里得到广泛应用,影响及于晚唐温李一派诗风。

转过头来看"写境",它指的是不改变物象的实际状貌,只是藉以充当表达诗人情意指向的特定手段,其典型例子便是元、白为代表的讽谕和闲适诗篇。"写境"为什么也要作为"以意役象"的一种表现呢?

---

① 见黄周星《唐诗快》评语,清康熙三十二年刻本。

因为它在元和诸诗家手里通常非来自单一的自然兴发,乃是有意为之的产物。试比较白居易和杜甫的新题乐府诗章:杜甫写"三吏三别"、《悲陈陶》、《塞芦子》之类,纯然出于战乱形势下的生活实感,是道道地地的"感事"而又"感时",归入"直觉表现"洵属允当。至元白诸家仿杜诗"即事名篇,无复依傍"体例来题写"新乐府"时,则先有一"存炯戒,通讽喻"以供采诗之用的观念横亘于心①,而后再去寻找适当事例以制成篇章,至所谓"首句标其目,卒章显其志",以及"辞质而径""言直而切""事核而实""体顺而肆"诸规定②,亦无不见出其以既定理则为预设指向的功能,实际上已偏离"感事"的传统而转向"主意"了,故尽管所写内容迹近事实,仍当归之于"假象见意"。与此同理,白氏的闲适诗写日常生活情事,较之讽谕诗篇更接近生活实感,一些题咏具体场景的短章亦常见得清新动人,但也因为有那种"省分知足""逍遥自适"的意念设定在先③,不少作品仍不免让人产生借诗以明心曲之嫌。像"有兴或饮酒,无事多掩关。寂静夜深坐,安稳日高眠"(《赠杓直》),以及"老去慵转极,寒来起尤迟。厚薄被适性,高低枕相宜"(《晏起》)之类话头,说多了,便见得落套,远不如杜诗写日常生活情事之真切自然。这里当然不是要贬低元白诸家,应该承认,他们用"写境"的方式传达意蕴,在拓宽诗歌题材,加深情事曲折,注重细节刻画,乃至用语平易通畅上,皆有重要贡献,亦属"元和诗变"的不可分割的一方面成就,不容任情贬损。

以上从"写境"与"造境"的不同角度展示了诗人"以意役象"的多种形态,还要看到不同形态之间的互有联系。"写境"之作如元、白新题乐府等,虽以实事为其根底,而为求情事表现之完整和细节描写之动人,往往少不了艺术虚拟与加工的成分,这也就是"造"了。另一方面,"造境"之作尽管可以驰骋想象,写得光怪陆离,而为求读者接受,

---

① 参见白居易《策林六十八议文章》、《策林六十九采诗》诸篇,顾学颉点校《白居易集》卷六五。
② 白居易《新乐府序》,同上书卷三。
③ 白居易《序洛诗》,同上书卷七〇。

也不免要让人看起来合乎情理。如李贺以"银浦流云学水声"(《天上谣》)来描绘天宫所见云彩似水漂流而发出音响,以"羲和敲日玻璃声"(《秦王饮酒》)来形容神使于空中驱驾日轮有如敲打闪光的玻璃球,其幻觉中均带有合理成分,亦可算是一种"写"法,可见"造"与"写"又是经常交相为用的。此外,似还有一种介乎"写境"与"造境"之间的表现方式,乃是运用比喻、象征、寓言等形式来表达诗人内心的旨意,如刘禹锡以"沉舟侧畔千帆过,病树前头万木春"(《酬乐天扬州初逢席上见赠》)喻指己身废置后的世情变化,以"芳林新叶催陈叶,流水前波让后波"(《伤微之、敦诗、晦叔》)表白人事代谢的感慨,用的都是实在的物象,却又非当下实景,究属"写境"或是"造境"便难以剖分。元和诗坛上盛行寓言诗,如柳宗元《笼鹰词》《跂乌词》《放鹧鸪词》、刘禹锡《聚蚊谣》《飞鸢操》《百舌吟》《昏镜词》《调瑟词》以及韩愈《驽骥》《龙移》《双鸟诗》、孟郊《蜘蛛讽》《烛蛾》等,也都是假借现成的事象物象来表达某种意理。这类比喻、象征式的写意技巧,后来在宋人诗作中得到广泛应用,构成宋诗"假象见意"的重要特色。

　　由"意在象先"和"以意役象"打造出来的艺术境界,给人带来的印象是"意余于象",或可视以为"假象见意"的又一个明显表征。前已述及,"感物兴情"作为直觉的表现,其所兴之情与所感之物不仅同时生成,且自相交会,情思渗入物象,物象寄寓情思,故常能达致情景交融、浑然一体的状态。"假象见意"则不然。其以"意"为主宰,以"象"为载体,从既定的情意指向出发来拟构形象,而经过它的一番更易变造或喻托假借,原来的"物象"实已转化成诗人的"心象"及含带其意理思考的"理象";即便像元、白那样从实际生活出发来搜采社会见闻和以个人日常情事入诗,其诗料也偏重在"事象"而非普通的"物象"。"事象""心象""理象"中都包含着"物象",但不同于"感物兴情"的物象出自直接感发,往往要经过刻意的组织加工以构建成"事象""心象"和"理象",于是诗人之"意"连同其构思运作功能便显得格外复杂,其联想、想象以至判断、推理的痕迹不是深藏于诗歌意象结构的底里,便有可能径露于其表面,从而造成"意""象"之间难以密合无间的状况,"意"

多少游离于"象"之外,这就成了"意余于象"。"意余于象"和"情景交融"分属于两种不同类型的诗歌境界。"情景交融"的艺术效果是意象浑成、思致含蓄、情韵悠长,这正是汉魏以至盛唐诗歌"以情动人"的力量所在。"意余于象"则不纯然依托情感的魅力,它更关注立意的精警深峭和命意的委曲详尽,以求得"以思悟人"功能的发挥,中唐以至宋人所致力的诗歌"主意"的目标即在于此。表面看来,"以思悟人"似不及"以情动人"那样易于给人以直接的兴发感染,它要求读者多一分思索考量,须透过作品的意象外观以领略诗人用意之曲折深刻,而经过这番对诗中之"意"的寻味,读者所领悟到的已不限于诗人的当下感受,更常能窥入其内在心性,以体认其整个人格精神和"意"之所向。好的"主意"诗作之能别具一种艺术魅力,原因就在这里。设若简单从事意理的表达,只顾一味宣示"意"之所向,亦容易出现"意太切而理太周"以至事象过实过繁的弊病①,甚或导致神气脱落、淡乎寡味,所以"主意"诗也常要讲情趣、讲气骨、讲韵致、讲风味,不过就整体倾向而言,其意指相对凸显、意脉运行刻意经营的状况实难改变,"意余于象"自是其不可移易的显要标志。

四、"反省创造"与"以文为诗"

现在来谈"以文为诗"。有关这个话题的论说已见得很多,但大都着眼于诗歌作品在词句篇章上的散文化倾向,较少涉及其体性问题。实际上,"以文为诗"的要害在于"破体",即突破诗歌的传统体性,使其具备或包容其他文体所应有的性能,这才叫"以文为诗"。且也正因为其体性上发生了显著变化,所容涵的内容与表现的形式自须有相应的变革,始导致词句篇章上的散文化倾向,这一主从本末关系似不当忽略。所以我们讨论"元和诗变"中的"以文为诗",亦需要从"破体"讲起。

究竟什么是传统所认可的诗的体性呢?晋人陆机在其《文赋》中

---

① 参见白居易《和答诗十首序》中所论,顾学颉点校《白居易集》卷二。

列举了十类文体,各以一句话概括其特性,"诗缘情而绮靡"即其对诗体性能所作的界定①。这个提法与"诗言志"的古训虽稍有差距,却未必构成尖锐矛盾,只要我们不把这"情"限制在私情、闲情、男女之情的狭小范围之内,则尊重和发扬人的情感生命,以活生生的情意体验作为诗歌创作的本原,自是天经地义,故"缘情绮靡"之说便长久流传下来,成为诗歌"主情"的重要依据。然而,当中唐以下的诗人们普遍采取"反省创造"的思维方式来经营其艺术构想,且又受好奇近俗的时代风气所驱动之后,他们对于诗歌性能之局限于"缘情"开始感到不满,企求在诗中直接表达自己内心积淀着的种种意理、意向和意趣,以张扬主体心性并宣泄其心气,这就促成诗的体性由"主情"向"主意"的转变,也正是我们所说的"破体"了。"破体"为诗,让诗歌担负起"缘情"之外的许多职能,自必要扩大其表现的范围,改变其构成成分,将原先不轻易入诗的材料阑入诗中。比如说意理入诗,这在古代诗歌中偶或有之,但除东晋盛行的玄言诗一波外,很少有在诗中大量阑入理语的。元和诗人却普遍喜好意理入诗,韩愈、孟郊等人诗中固多说理成分,就是元、白诸家在其讽谕、闲适之作中亦常插入直接的议论,以显示其"补察时政"或"知足保和"的用心,这自是跟诗歌"主意"的观念分不开的。又比如故事入诗,也是元和诗坛的重要特色。我国诗歌传统以抒情为主流,叙事理念相对不发达,除民间略有叙事诗作外,文人感事诗多截取某个事由或场景以生发感慨,并不注重事件过程的叙述。元和诗人们却似乎对讲故事有天然爱好,不单写出《长恨歌》《琵琶行》《莺莺曲》《泰娘歌》以及《梦游春》《连昌宫词》之类传奇小说式的长诗,其他类型诗作中也常含带故事成分,如白居易新题乐府里的《卖炭翁》《新丰折臂翁》《缚戎人》《井底引银瓶》诸章,均极富于故事色彩,韩派诗人的怪奇诗和刘、柳诸家的寓言诗里也多有故事因素,这显然是由市民文化及其说唱艺术濡染所致,亦与诗人之张扬心性、好尚新奇有关。除此之外,像时事入诗、日常情事入诗、风土习俗入诗、灵怪传说

---

① 见《陆士衡文集》卷一,《四部丛刊》本。

入诗以至才学入诗、谐谑入诗等,虽非必元和首倡,亦自构成"元和诗变"的特色所在,不可轻易看过。其中风土习俗入诗不仅包含韩愈两次遭贬以及元、白连章唱和的有关南国特异风情之采录,就是张、王乐府中时有涉及的对下层社会的民俗观照,以及元稹名为"艳诗"以摹写京城妇女之服饰打扮,乃至王建题作《宫词》而实写宫中女性生活情事诸篇,实亦风俗诗的有机组成。元方回以为:"大抵中唐以后人多善言风土,如西北风沙,酪浆氍毹之区,东南水国,蛮岛夷洞之外,亦无不曲尽其妙。"①元和诗人们开了这个风气,他们之力倡风俗入诗,也跟当时文士生活阅历丰富、眼界开阔而形成的爱奇趋俗的心理趣味分不开。而上述诗歌内容的拓展,又必然带来其表现手段的更新。"元和诗变"打破了传统诗歌艺术以"缘情""体物"为本,力求诗中情思与物象自然融会的格局,不光大量引进叙事与说理的成分,甚且常以之主导诗思的发展,以"意向"压倒了"情思"。其具体意象形态上也多有变创,如虚拟想象的活跃,奇险怪诞的偏嗜,夸张与铺排的盛行,寓言与象征手法的增强,以及逞才斗智的种种表现和随意挥洒的自由做派等,皆属传统诗歌创作中较为罕见。就这样,内容加以形式的变革,终于开创出"破体"为诗的新局面,金人赵秉文赞之为"不诗之为诗"②,恰切地点明了其"破体"的性能。诚然,"破体"也并不能全然不顾及其原有体性,诗毕竟是诗,可以适当扩大或改变其容涵,却不可斫断其情感生命的本根。韩愈的某些篇章如《谢自然诗》《丰陵行》等纯以议论行之,被目为"有韵之文也,可置不读"③,即其显例。而一些较成功的作品则注意到将议论与抒情、叙事穿插使用,让议论起画龙点睛的作用,或干脆使理念化入情景,构成诗中理趣以至理境,这些成功的经验当有助于我们了解"破体"为诗的界限所在,对元和以及后世诗人"以文为诗"的功过是非能有一比较客观的把握标准。

---

① 方回《瀛奎律髓》卷四"风土类"评韩愈《百花亭》诗语,引自李庆甲《瀛奎律髓汇评》上册第 158 页,上海古籍出版社 1986 年版。

② 赵秉文《答李天英书》,《闲闲老人滏水文集》卷一九,《四部丛刊》本。按:赵氏此说原单指韩愈,实可通用于元和一代诗家。

③ 见程学洢《韩诗臆说》中评语,1934 年上海商务印书馆铅印本。

"以文为诗"对诗歌体性的改造，必然要落实到诗篇的章法结构与词句音律上来。前曾述及，相对于传统"主情"诗歌多凭借单纯的物象来烘托情思，"主意"诗作的"假象见意"则常将物象转化成事象、心象乃至理象，其意象之间的串联组合关系也有所变更。在盛唐人的作品里，各个单独的物象多以空间并置的方式相排列，便于组成完整的画面，即便情思相对跃动的诗章，其物象之间或有时空上的转折跳跃，亦未必明加标示，一任读者按诗思的自然流动去把握和体认。这样一种意脉运行的方式多出之于直感，它以诗人情感心理的活动流程为依据，也要求读者以自己的情感心理做出反馈。"以文为诗"则不然，它既然突出了"意"的主导作用，便不能纯任感性来支配诗思，而必须将各种物象、事象、心象和理象纳入意理的规范，也便是要按事理的逻辑来组合意象、结构篇章，以取代情感心理流程式的意脉。人们常以"用古文章法行诗"来表明这类诗歌的特点，实质上正指其采用事理逻辑作意脉勾连。事理逻辑式的意脉又当怎样运行呢？不外乎两条路径，一是按"事"的发展过程来串合意象，再就是按"理"的逻辑关系来组织篇章，两者亦常相交会。元和诗坛上流行的记事类诗作和一些说理性强的篇章，自是遵循这样的思路。不过也不要将事理逻辑看得简单化了，韩愈就有不少以记事为主线的作品，却写得各具特色，姿态横生。如其《山石》一诗纪游览，从黄昏投寺、夜晚歇宿写到天明出游，按时间顺序平实道来，似乎波澜不惊，但细细品读之下，其写空山古寺之景、粗茶淡饭之供以及夜深虫息之感，都为了营造一种荒野的气氛，在这一背景下突出天明出游独自躅足于"山红涧碧纷烂漫"景观中的自在乐趣，始令人有心会神交之感。而其《南山诗》虽亦是题纪观山，却换了一个路子，先总叙终南山的形胜，次述远望所见春夏秋冬四时景观而未尝身历，又写曾探路进山、废于半途，再接言前年遭贬途经山侧而无心观赏，然后讲到此次登山纵情游览之所观所感，经过这一再顿挫后的高潮涌起，自给人留下深刻难忘的印象。还可举其咏写射猎场景的短诗《雉带箭》作比照。此诗开首四句写原头火烧，野雉出没无常，猎者则"盘马弯弓"、伺机待发，场面静悄悄，却为射猎活动蓄足了势头。续四句用地窄人众、雉惊弓满逼向决战,紧接雉鸟冲人决起,将军一发中的,结束了射猎活动。但令人惊异的更在末联:"将军仰笑军吏贺,五色离披马前堕。"这本是射猎的余波,而在"将军仰笑"这一细节中分明显示出主人公对所怀绝技的得意自负神情,于是猎物以斑斓夺目的姿态从高空坠落这一特写镜头,便构成了整个戏剧场面的"华丽谢幕",将全诗推向了其情思发展上的高峰。如果说,《山石》的意脉运行近于"行云流水",《南山诗》显得"波澜顿挫",则本诗当可以"盘马弯弓"作形容,它从初始时的盘旋作势,经步步进逼,到最终的传神点睛,完全像诗中主人公那样技艺高超。这些皆属由事理逻辑演化而成的"古文章法",用于诗歌创作,亦自有别样的风味。还要看到,事理逻辑的应用并不限于记事或说理性的篇章,对于抒述情怀之作也大有用武之地。有学者指出,孟郊诗在表述上常采用统分结合与核心意象裂变这两种方式,并举其《偶作》与《劝学》诗为例来反映其由总到分或由分而合的叙述策略,更以《征妇怨》《游子》《结爱》诸篇为例来说明其诗思如何围绕某个核心意象而展开①,其实便是演绎、归纳等逻辑思维在展示情思与组织意象上的功能发挥。平心而论,事理逻辑构建的意脉确有其精微细到之处,但也容易让诗歌作意显露蛛丝马迹,可供人按而寻索,亦属"意余于象"的必然结果。

  末了,不能不提及"以文为诗"在诗歌语言运用上的反映,这是造成作品风貌变异的最直接的表记。语句的散文化通常表现为改变诗歌惯用的词语、句调、声律和对仗,不仅要化骈为散,多用单行散句组织诗篇以强化句子之间的连贯与呼应,且句中亦当保留散文化的句法(包括不任意颠倒词序、省略成分及使用虚字斡旋)和词汇(包括采用口语和方言俗语),必要时甚且可更改诗句的固有节律(如五言的上二下三改作上三下二,七言的上四下三改作上三下四等),使诗歌在体式上打破熟套常规,以生成新异的风貌。这方面的论述和举证都已相当

---

① 参见吴相洲《论孟郊诗的表述方式》一文,刊于《首都师范大学学报》(社会科学版)2009年第5期。

充分,不必再加重复。需要关注的有这样两点:一是诗歌语言散文化的主要作用本在于疏通文脉,以保证文意的明达和文气的顺畅,故能成为诗歌"写意"的必不可少的辅助手段而通行于后世,但一味散文化,也容易导致诗情的平直化和诗境的浅表化,削弱其艺术的魅力,不可不加防止。再一点要看到,改变诗歌惯用句法、声调和对仗规则的做法,也常会带来作品语感上的拗峭不平与矫激不顺,更配以用奇字硬语、押险韵等手段,确能造成一种生新奇特的语言风格,适足以表现诗人内心的傲兀不群之气,而若使用过当,一味乖张险怪,务求逞博弄才,也会走向反面,导致诗意的减损流失。总之,语句和章法结构上的散文化,都是为适应诗歌体性的突破而设置的,而"破体"为诗的成功与否,又要取决于"破体"之后的诗歌作品能否适当保留其本色。站在文学随时代生活演进的立足点上,我们对古典诗歌意象艺术的转型自应持一种开放的态度,就"以文为诗"而言亦当如是,但也不能不分青红皂白地一力讴歌变化出新,还需要对"破体"之"度"有一个合情合理的分寸掌握,以便对诗歌艺术转型实践中的利弊得失能做出实事求是的评估。

五、怎样理解"古今百代之'中'"

我们已经就"元和诗变"的具体内容作了概括介绍,从艺术思维方式的更新联系到诗歌意象关系的变换和作品体性风貌的演化,它构成了古典诗歌意象艺术的重要转型。古典诗歌艺术的发展,自汉魏至盛唐,走的是一条在"主情"原则下不断演进和逐步趋于成熟的道路,盛唐体现了其艺术成熟的高峰,而今却要面对自身的转变。这一转变并非突如其来。早在"安史之乱"前后,大诗人杜甫即已开创了"感事写意"的诗歌作风,对既往情景交融的诗歌艺术有了突破。诚然,其"感事"之作常立足于生活实感,并未背离"直觉表现"的传统,而在"感事"之余更要"写意",便多少流露出"主意"的动向来。与杜甫约略同时的元结,"主意"倾向尤为明显,其《二风诗》《系乐府》诸作实开启元白《新乐府》之先声,另一些带有生硬奇兀格调的诗歌则又导向了韩孟一派。

稍后大历一代诗风,除顾况、皎然等少数作者继续发扬写意的作风外,大多数人又回复到"诗缘情"的路子上去,但也有明显变化,突出的一点乃是感受与表现之间拉开了距离。换言之,大历诗人群因身处动荡不宁的苟安时代,失却盛唐文士们那种高扬外拓的生命活力,常要将个人逼窄的生活感受内敛于心田,细加咀嚼品味,到需要宣泄时再通过相应物象作表达。这其实很接近"反省创造"的思维方式,缺少的一环是未经过理性反思的淬炼与澄汰,故仍属"缘情"而非"主意"。待到贞元、元和之际,各种条件均告成熟,诗歌"主意"的风气遂蔚然而兴,意象艺术的转型终于得到了初步实现。

　　这一转型究竟通向何处呢?历史告诉我们,它通向了以欧、梅、王、苏、黄为代表的宋诗。"宋调"承续"唐音"而又转变"唐音",其差别不正是"主意"与"主情"的分流吗?据此,则宋人所直接承受的唐诗传统,恰为"元和诗变"所开辟的变革路向,首先是那种"反省创造"的思维方式,连带也包括其"假象见意"的表现方法和"以文为诗"的体性风貌,只是宋人做得比唐人更为精纯。与身当古代皇权社会青春鼎盛期的大唐盛世相比,宋王朝已开始步入其成熟和老成的阶段。宋代社会生活更为复杂,内忧外患众多,宋人在制度与文化建设方面下了力气,其中也包括哲理的思考和士大夫心性修养的研究。元和时期的文士们虽已树立起道义担当的意识,并多以"达则兼济"、"穷则独善"自勉,但究其竟,在二者关系上仍存在模糊意识,一有挫跌,便难以自全。至宋人,倡言"居庙堂之高,则忧其民;处江海之远,则忧其君"①,高下进退皆不失其宜,于是士子的立身处世方有了明确的准则。宋代士大夫自亦有穷愁失意乃至备受打压的遭遇,也常需要建立某种自我心理调适的机制,而他们所奉行的旷达、超脱的人生态度多以忘怀得失为根底,并不一味作"不平"宣泄或流于"知足保和"的俗气。这里所显示的人格修养目标,实乃中唐士人群体反思意识的进一步深化,对前驱者的精神有所继承亦有所扬弃。同样道理,宋人对"元和诗变"所提示的

---

① 见范仲淹《岳阳楼记》,《范文正公集》卷七,《四部丛刊》本。

诗风革新之路，也是有所辨别与取择的。从"主意"的大方向看，宋人承接了元和新风，欧阳修发扬其平畅，苏轼进以求豪放，而黄庭坚更加以精思锻造，一步一步地构筑起宋诗的纯熟境界，但对于"元和诗变"中过于险怪荒忽的造意及流于平浅近俗的格调，他们都有意给以摒弃，体现出走自己道路的决心。宋诗之所以能完成"主意"诗风的建设，最终实现诗歌意象艺术的转型，跟这一抉择是分不开的。当然，这并不意味着贬损"元和诗变"的重大意义，它对"宋调"的先导作用谁也不能否认。清末"同光体"诗家陈衍曾提出以开元、元和、元祐为一脉相承的"三元"说，后沈曾植改之以元嘉、元和、元祐一线相传的"三关"说，前者着眼于唐宋诗风之间的承传关系，后者更意图构建"学人之诗"的完整统系。不管怎样，他们选择"元和"作为唐以前诗歌传统转入宋型诗歌的中介枢纽，确有眼光，以"元和"为代表的中唐，在整个古典诗歌流程中居于"古今百代之'中'"的地位，是牢固不易的。

不过问题似还有另一个方面，或者说，我们是否还能从更宽泛的意义上来解读这"古今百代之'中'"，从而对"元和诗变"的意义予以更多的考量呢？前面所讲由"主情"的"唐音"经"元和诗变"而转向"主意"的"宋调"，是就古典诗歌发展的史实而言的，设若我们不计较这实现了的后果，单纯从元和诗坛的现状出发看问题，则或许会发现："元和诗变"实际上具有多向演进的可能性，并不决然地落入"宋调"这单一的路径。比如说，元和诗坛盛行叙事，不光有《长恨歌》《琵琶行》之类传奇故事式的叙事长篇，也有《新乐府》之类专题写照社会民生的报告文学式诗章，更有触及时事的政治纪事、影射人事的寓言喻事、山水陶情的游记体诗、日常琐事的日记体诗，乃至充满奇思怪想、谐谑逗趣的杂体纪事诗等，各类叙事诗体若能得到发扬光大，打破古典诗歌抒情"一枝独秀"的局面，其改造传统的作用当更为不同凡响。又比如，元和诗人爱写风土习俗，不仅热衷于搜采遐方异地的特殊景观，也常随手掇拾近边乡土与市井的各种风情，以至悉心探求宫闱禁中的秘闻琐事记录于诗，其中一些奇闻异谈甚且可与灵神巫鬼之信仰相交通，而民俗风情的白描写实又常会逗露出某种人情化的风味，这类风土诗后世虽代有承传,毕竟未蔚为大观。其余像神话传说入诗、历史怀古入诗、政治评论入诗、哲理思考入诗、夸诞幻觉入诗、艳情绮思入诗等,元和以至晚唐的诗歌创作中均有延续,而入宋后的衍流亦不算广,令人惋惜。为什么"元和诗变"能开拓出如此丰富多样的新机遇来呢?我以为,一则跟时代生活中交织着的多样化矛盾有关,不同的精神变奏从不同角度来撞击诗人的心灵,就会开放出不同色调的艺术花朵。二则我感到,跟当时代文人亲近城市生活与市民文化的开放心态分不开,正是这一开放心态使他们产生出好奇近俗的审美心理,进而在他们自己的诗歌创作中吸收新的文化因子(如故事、风俗、灵怪、艳情等),以造成诗风的新变。进入宋代以后,政治局面的相对稳定减弱了各种社会思潮的撞击力量,士大夫阶层由"豪杰人格"向"圣贤人格"的转型,固然保证了"反省创造"式的"主意"诗歌的发扬光大,而亦使他们疏离了新兴市民阶层及其文化精神(传奇小说的衰落和曲子词的雅化皆为明证),"元和诗变"中的怪奇倾向与浅俗格调之受排斥,唯独以"达意"为目标的散文化作风得到推进,职是此故。不过这样一来,"宋调"对"唐音"的改造,也就只限于原有抒情诗传统的适当开拓,而未能别开生面、另起炉灶了。"元和诗变"预示的多向演进是通过别样途径来实现的,其艳情一路交给曲子词去发展,讲故事的职能给了鼓子词、诸宫调以至杂剧、传奇,风俗入诗在一些民歌小调如竹枝词、杨柳青词里有所体现,而嬉笑怒骂、谐谑逗趣则通过部分元明散曲的作者得到其淋漓尽致的表现。这些自非出于"元和诗变"的直接影响,但社会心理的自然承传与审美意识潜在流变的作用仍不容抹煞。从这样一个更为开阔的角度来看待"元和诗变",其作为"古今百代之'中'"的地位,是否能有新一层的体认呢?

(原载《社会科学战线》2014 年第 10 期)

"温李新声"与词体艺术先导
——唐诗意象艺术转型之另面观

"温李新声"是金人元好问对于晚唐诗坛上以温庭筠和李商隐为代表的绮艳诗风的一种标示①。温、李二人均活动于晚唐前期的文、武、宣三朝,官品低微而才名卓著,其诗篇多好表现男女之间的绮思艳情,作风精美细巧,为时人追随仿效,故有"温李"并称行世。须加说明的是,他们作品的内容并不限于单写男女情事,诗风也并不一味精工绮靡。拿李商隐来说,其《行次西郊作一百韵》有意学杜甫的以诗纪史,《韩碑》一诗仿韩愈的雄健古奥,《海上谣》、《无愁果有愁北齐歌》发挥李贺式的奇思幻想,而《偶成转韵七十二句赠四同舍》又多少沾带高适七言歌行的整齐酣畅的格调,这些都不是"绮艳"二字概括得了的。不过就整体而言,他们诗作中最具有个人创造性且最能体现其所处时代情趣的,还要数那种深深染有"绮艳"风味的言情篇什(不一定拘限于实写男女风情,也包括一部分借言情以寄意的自述情怀、友朋赠答、题咏景物乃至咏史刺政之作),恰是这一共同的"绮艳"色彩,构成了"温李"并称乃至"温李诗派"的来由,亦便是"温李新声"一说所包容的具体内涵了。

有关"温李新声"的评价,历来褒贬不一,暂莫论说。我这里感兴

---

① 按:元好问《论诗三十首》(其三)有云:"邺下风流在晋多,壮怀犹见缺壶歌。风云若恨张华少,温李新声奈尔何?"诗下原注:"钟嵘评张华诗,恨其儿女情多,风云气少。"(《四部丛刊》本《遗山先生文集》卷一一)可见"温李新声"一说本就是从晋张华诗"儿女情多"引申出来的,其以指晚唐温、李为代表的着重表现男女情爱的绮艳诗风,殆无疑义。

趣的,是它在古典诗歌意象艺术发展史上所提供的新鲜经验和所占有的独特地位,这也正是它作为唐宋之交兴起的词体抒情艺术先导的意义所在。众所周知,我国古典诗歌抒情艺术的演进于盛唐达到其成熟的高峰,之后不久,即进入转型变化的阶段。这一转型的路线同时向两个方面展开:一是由"唐音"转向"宋调",再一条路径便是由诗体演变为词体。如果说,"元和诗变"构成了由主情的"唐音"朝主意的"宋调"转折过渡的枢纽,那么,晚唐的"温李新声"恰恰成为由传统的诗体艺术导向新兴词体艺术的必要中介。这不光指晚唐诗人温庭筠同时肩负着"花间鼻祖"的称号,更重要的,乃在于以"温李新声"为标志的那种新的抒情风格,在探索如何借助固有的意象艺术来曲曲传写人的内在情思,以揭示心灵世界种种微妙难言的奥秘上,取得了重要的进展,为后世词体艺术的变化出新和独创一格开辟了起始的航道。本文就是要从这一点上着眼来探讨温李诗风的创新意义及其对于诗歌意象艺术的新的开拓。

一、晚唐时代氛围下的"秋花"与"夕照"

"温李新声"每被人称作唐诗百花苑里的"秋花"与"夕照",不单意味着它出现的迟晚,还给它的"绮艳"添加上一层凄清与感伤的韵味,这跟它所由生成的社会土壤和精神氛围分不开。不了解这一时代条件,便难以说清楚温李诗风的由来及其艺术特点。

晚唐社会究竟呈现为什么样的一种生态环境呢?从客观方面讲,有两个因素应予强调。一是自贞元、元和之交,以"永贞革新"和"元和削藩"为代表的王朝自救运动终归失败之后,唐帝国走向衰亡的基本前景即已明白呈露,藩镇割据、宦官专权、朋党倾轧、变乱迭起,统一国家渐趋分崩离析的形势已然出现,而王朝统治者却一无应对良策(文宗"甘露之变"与武宗"平讨昭义镇"只能算垂死挣扎与回光返照,力度和影响均不能跟此前的自救努力相提并论),不免给整个社会政局带来死气沉沉的观感,成为广大士子积压心头的一层抹不去的阴影,这自是主要的方面。而另一方面,晚唐社会的城市商品经济在中唐基础之上又有了更进一步的繁荣发展,尤其是温、李诸人所活动的晚唐前期,尽管政治气压低沉,社会大动乱的局面尚未形成,恰好为城市经济的畸形发达与官僚贵族游宴侈靡的享乐风尚提供了合适的土壤。韦庄有诗追记当时的社会风气云:"咸通时代物情奢,欢杀金张许史家。破产竞留天上乐,铸山争买洞中花。诸郎宴罢银灯合,仙子游回璧月斜。人意似知今日事,急催弦管送年华。"(《咸通》)这样一种醉生梦死的时代风情,与士人们难能有所作为的生活状况相结合,正足以将那种迷惘自失、无所适从的末世心态,引导到"刻意伤春复伤别"(李商隐《赠杜司勋》)的自我心灵慰藉的方向上去,这应该是温李绮艳诗风生成的一个根本的原因。

转到文人才士主体条件的一头再来看一看,似亦有两方面的因素值得注意。其一是相对于初盛唐乃至中唐期间的才学之士,晚唐文人与朝廷的关系要疏远得多。初盛唐之间的著名文学人士多跻身宫廷与朝堂的圈子之内,有的还担任台阁领袖人物,他们与朝政之间的紧相关联自不待言。唐中叶以后,变乱迭起,文士难得重用,尽管如此,仍有不少优秀士子曾有机会接近政治中枢,得以向执政者进言献策(如杜甫、白居易在谏官任上激切上书谏言)或受任委用(如刘禹锡、柳宗元参与"永贞革新",韩愈以兵部侍郎身份出使处理镇州兵变等),故即使遭受贬逐,也常存关切之心。晚唐以下则大不然。一方面是寒门子弟读书应举的人数不断增加,另一方面则豪门权贵请托垄断科试的现象日益严重,致使大量才学之士屡试不第,沦落终身[①],或偶得一荐,

---

[①] 按:宋人王谠所撰《唐语林》卷二云:"大中、咸通之后,每岁试礼部者千余人。其间有名声,如何植、李玫、皇甫松、李孺犀、梁望、毛浔、具麻、来鹄、贾随,以文章称;温庭筠、郑滂、何涓、周铃、宋耒、沈驾、周系,以词翰显;贾岛、平曾、李洞、刘得仁、喻坦之、张乔、剧燕、许琳、陈觉,以律诗传;张维、皇甫川、郭郛、刘庭辉,以古风著;虽然,皆不中科。"又,唐末孙棨《北里志序》里亦讲到,"自大中皇帝好儒术,特重科第","故进士至此尤盛,旷古无俦。然率多膏粱子弟,平进岁不及三数人"。至如权要请托、科场弊端等现象,《唐摭言》《北梦琐言》等书中多有记载,并可参看。

亦只能在朝堂以外县府卑职的位置上不断流转,甚或托身幕府代掌书记。这样的遭遇大大加剧了晚唐文人对于朝廷政事的疏离感,使他们淡冷了传统士大夫许身报国的热切情怀。与此同时,一部分士子长年寓身州府和漂泊都会,又促成他们与城市商品经济及其文化娱乐生活发生了较亲密的接触,从而养成他们沉溺于世俗生活圈子并细加品味与赏玩的爱好。这些人不再以贤圣忠良自许,亦不追求做逸士高人,而开始以"浪子文人"自命(温庭筠就是一个典型),这样一种新型士人群体及其生活方式的产生,也必然要给社会心理带来一定的变数。

以上由客观和主观两方面所合成的社会生态环境,对晚唐文人心态的构建究竟起了什么样的影响呢?突出的一点,便是盛行于贞元、元和之交士大夫群体中的反思意识与担当精神的退潮。唐王朝内部的"自救"努力,本就是跟士大夫阶层面对危机形势下反思意识的抬头互为表里的。为了寻求"自救"之路,他们反思时政,反思国运,反思历史兴亡的经验,也反思自身的道德责任担当,由此便有儒学复古的倡导以及韩、孟、元、白诸家有关穷达之际士君子立身处世原则的诸种探讨。这一切都显示出理性思考的痕迹,在元和诗歌创作上打下了鲜明的印记。进入晚唐以后,"中兴"幻梦的破灭给士子们普遍带来深深的失望,众多诗人不约而同地将自己的诗兴投向平凡琐屑的日常生活领域,即或有少量触及时事的篇章,也常是冷嘲大于热讽,观望盖过激情,而在更多的咏史怀古的篇什之中,则明显流露出"无可奈何花落去"的不胜唏嘘之叹,这都意味着此前兴起的反思意识与担当精神的衰减。而一旦解除了自我担当的责任,整个人生态度将要有重大的转变,士大夫传统的功业自许的"济世"怀抱和卓然自立的"超世"境界均会自然趋于消解,代之而起的,是那种与世浮沉、俯仰自如的"即世"式品味人生的情趣,所谓"今朝有酒今朝醉,明日愁来明日愁"(罗隐《自遣》),便是这一人生态度的真切写照。晚唐士子中一部分以才名自负而又流落不偶者,正是在相当程度上怀着这种"即世"式态度来面对自己的生活道路的。

"即世"式人生态度支配下的心理状态,实际上是迷惘不定且矛盾丛结着的。它既含带"世纪末"的深沉苦闷心绪，又常趋向脱略不羁的"及时行乐"情怀，故当前的欢娱很可能变为日后的苦涩，一时的享受也许会留下终身的遗憾，这种"哀乐循环无端"[①]的状况经常萦绕心头，令人恍若自失，莫知所从，却又引人悉心把玩，回味无穷。而具有此类心态的人，更往往情绪官能细腻，感受能力锐敏，尤好采取主观化的姿态，来摄取和储存外界事象给予个人心灵的各种刺激，以供细细咀嚼与消化。用这样的方式建立起来的心灵世界，自然是极其轻灵细巧的。它富于体验而不免纤弱，擅长表达而偏向婉曲，五味杂陈而多愁善感，意象纷披而形制精美。这种种心理素质落实于诗歌创作，便生成以"温李新声"为标志的晚唐绮艳诗风。作为唐诗百花园地里迟晚开放而又余彩夺目的"秋花"与"夕照"，"温李新声"的出现自有其深刻的历史与心理上的根据，不单能供人流连赏玩，亦且为我们提出许多值得思考和研究的问题，让我们进以细加讨论。

二、从"触景生情"到"因情造景"

"温李新声"对唐诗艺术发展的独特贡献，乃在于它深入发掘并大大提升了诗歌"缘情体物"的功能。中国古典诗歌传统本就是以抒情见长的，尤其是汉魏以至盛唐的文人诗，一直行驶在"缘情体物"的主航道内，很少有过偏离，而盛唐诗人更将这一情景交融的艺术推向高度成熟的境界，达到了"主情"诗的高峰。唐中叶以后，乱事爆发，危机凸显，单纯的"主情"似不足以应对变化了的局面。杜甫首倡"感事写意"之风，经元结、顾况等人的呼应与赓续，至元和诗坛，初步形成"主意"诗的大潮。"主意"的诗歌一般并不否弃诗以抒情的功能，但它更看重意理对情感的制约作用，常将诗人当下的感受经过理智的淬炼和澄汰，使之转化为包容理性成分在内的某种情意指向，再凭借"假象见

[①] 近人张采田《李义山诗辨正》评李商隐《无题》诗语，此借以形容晚唐一部分文人才士之特殊心态。

意"的方式给予表述。这样一种思维方式的产生,显然跟那个时期士大夫阶层中反思意识和担当精神的高扬密切相关,为后来宋诗的演进提示了方向。然而"元和诗变"并没有立即接上宋诗的统绪,却是转向了晚唐。晚唐的时代氛围促使反思意识淡化和担当精神消减,相应地,也就使诗歌"主意"的倾向受到遏制,"缘情体物"重又成为创作的主流,这在"温李"为代表的绮艳诗风上有着最鲜明的体现。从这个意义上讲,"温李新声"恰恰构成"元和诗变"的直接否定,而呈现为盛唐"主情"诗潮的复归,亦便是诗歌"主情"传统的"否定之否定"了。

不过我们决不能将这"否定之否定"简单理解为"还原"和"重现",实际上,晚唐人的"缘情体物"与盛唐有很大的差异,它所承接的是大历诗人的创作路线,而又有了重要的变化出新。大历诗人与盛唐名家在抒情方法上区别何在呢?我们知道,"主情"的诗歌最重视的便是情思的表达,而情思表达通常又离不开物象的烘托与联想,所以情思与物象之间的关系,或曰诗中情景的构建方式,往往决定着诗歌意象艺术的整体风貌。在这个问题上,诗人的运思活动一般可采取这样两种不同的途径,或则是"触景生情",抑或是"缘情构景",古代诗论家常用的"景生情"和"情生景"之说①,就是指的这两种基本的方式。当然,情景之间的构建关系决不可能仅依靠单向直线式的运作,其发展趋势必然走向情景相生与情景交融,这才有可能构成浑融的意境,但就诗人运思的出发点而言,确有"即景而生情"和"缘情以构景"的歧异,不可不加注意。大体上说,盛唐时代的诗人多意气风发,情感外向,常以自身接触外界事象时所引发的情思直接宣诸篇翰,这一"感物兴情"的心理过程表见于诗歌情景关系的构建,那就是"触景生情"了。相对而言,大历以下的众多文士由于已开始产生对现实政治的疏离感,容易走向心灵闭锁,情思内敛,即便由外界事象引发了情意体验,也往往收

---

① 按:南宋范晞文所著《对床夜语》中有"景无情不发,情无景不生"之说,可视以为情景互生观念之发端,至清初王夫之《姜斋诗话》卷一中则明确提出"景生情""情生景"的概念,同时也强调二者之间的相互结合,可参看。

诸内心,细加品味,待需要发抒时,再借助其情感对应物予以宣示传达,于是成了"缘情构景"。"缘情构景"与"触景生情"分歧的由来,不在于诗人原初的生命体验是否出自生活实践(这一点上没有区别),乃在于其感受与表现的方式有所不同。注重生活的实感,将"观物"时得来的感受直接付诸表现,便成为"触景生情";而若将感受储存下来,凝定为某种情愫,更以"观我"的姿态把它外射到相应的物象之上,则意味着"缘情构景",二者在艺术思维活动的运行方式上显有差距。不同的思维方式,又会产生不同的艺术效果。从"观物"入手,自然地引发情思,则物象与情思浑然天成,自相融和,"故不知何者为我,何者为物",这样的艺术境界或可称之为"无我之境"。至如中间有了转折,重心已由原初的"观物"移向"观我",更试图用"以我观物"的方式来营造意象,则不免要让物象俯就情思表达的需求,而导致"物皆著我之色彩"的"有我之境"了①。盛唐以前诗歌多"无我之境",中晚唐以后的诗词作品多"有我之境",其间重要的转折点便在大历。大历诗人创作中广泛采用的"缘情构景"的艺术方法,实开了晚唐"温李新声"讲求主观化、心灵化抒情风格之先声,这个关系不当轻易忽略过去。

  与此同时,我们更要关注温李诗风对于大历诗歌创作路线的推进和提升。大历诗坛虽已开启了诗歌艺术"缘情构景"的新航道,其应用范围与表现手段都还是很有限的。大历诗人们在需要宣示自己内心积淀的情意体验时,通常选取眼前所遇和联想所及的实在景物(时或借助前人作品中的套语)作为对象,努力将个人内在的情绪感受移注其上,使之构成表露自身情感心理的物象载体。这一"移情入景"的表现手法,几乎成为他们"缘情构景"的不二法门,虽也给诗歌艺术带来某种新意,而视野不免狭窄,使用频繁也易于落套。如何打开"缘情构

---

  ① 两种境界的提法,出自王国维《人间词话》第3、4两则,人民文学出版社1962年版《蕙风词话·人间词话》第191页。又,有关情景构建方式的解说,拙文《从"无我之境"到"有我之境"——兼探大历诗风演进的一个侧面》有具体辨析,见《社会科学》2013年第11期。

景"的广阔天地,不仅让诗歌意象及其境界的生成姿态更为丰富多彩,且能在凭借意象艺术以传递人的心灵脉息方面做得更为深入细致,是摆在后世诗人面前的严重挑战。有趣的是,首先接过这项应战任务的,不是"主情"的晚唐诗人,而是"主意"诗潮中起后劲作用的李贺,恰是在这一点上,他成了晚唐"温李诗派"的必不可少的前驱。

适才讲到,大历之后的元和诗坛是以"主意"诗风为其主调的。"主意"的诗歌重视理性思考,这是讲反思的时代风气的直接反映。但"主意"的诗歌也注重张扬主体,既体现出传统儒家所提倡的自我担当责任,又跟佛教禅宗鼓吹的"即心即佛"乃至"凭心造境"的思想息息相关。元和诗坛的诗人们多富于主体意识,尤其韩孟诗派中以孟郊为代表的一批困塞不遇之士,惯于将其"穷者"精神转化为强烈的"不平"之气,并借文学作品以自鸣其不平。而为了使这一欹崟磊砢的意气表现得具有撼动力,他们在诗歌创作中着意发扬了"凭心造境"的功能,用虚拟想象的手段来构建意象,甚至不惜以各种夸张、怪诞的形式来显示个人心态,形成当时诗坛上一道特殊的风景线。其中稍稍晚出的天才诗人李贺,更是以其卓异的天赋和神奇的想象力,将历史记载和民间信仰里的故事传闻乃至神仙鬼怪世界,均纳入自己的创作天地,拟构出一系列虚荒诞幻而又形象鲜明生动的艺术境界来,将诗歌"凭心造境"的功能发挥到了极致。李贺所造之"境"与元和诗坛其他作者相比,还有一个特异之点,便是它不重在传达某些确定的意向或意理,而常是为了表现诗人当下的一种意态心绪,甚至只是为了创造出特定的情感氛围来打动读者的心灵,从而导致其创作倾向由"主意"通向了"主情"。可以说,正是凭借李贺的中介作用,元和"主意"诗潮中最具特色的"凭心造境"活动,始有可能转化为晚唐诗人的"因情造景",且由此将大历诗人奠定的"缘情构景"路线引向更深入发展的境地。

必须指出,作为"缘情构景"的具体方法,"因情造景"与"移情入景"原是并行不悖的,晚唐温李诸家也多将两种方法结合起来使用。不过较之于单纯的"移情入景","因情造景"自有更为广阔的用武之地,表现为取象之际,它不必受现成物象条件所拘限,却可以按心灵表达的需求来自由地拟构物象、营造心境,且只要拟构得合情合理,生成的意象不但不见造作的痕迹,反能更真切也更细致深入地传达作者内在的情愫,以照亮其心灵世界里最隐秘的角落。而为了实现这一目标,温李诸家对于李贺的诗歌创作经验又作了进一步的改造工作。李贺毕竟是元和时期的诗人,其内心郁结的也还是那种人生苦短、壮志难酬的不平意气,尽管大量使用虚荒诞幻的意象以埋没意绪,所折射出来的依然是常存于胸中的块垒,故而其"凭心造境"的立足点终偏于达"意"而尚非传"情"。晚唐诗人的"即世"式人生态度,则常令他们"气短"而"情长",少致力于宣示个人的怀抱,更沉浸于曲曲传写内心的情感波纹,除了使用直接的抒情对心态作细腻表白之外,即须借助带有象征意味的物象从多方面来烘托与铺染情思,便于让不可触摸的心灵活动转化为可感可知的心理图像,以取得传"情"的最佳效果。因此,他们的"因情造景"在采用虚拟手段的同时,还常要结合象征(象征本身也是一种虚拟),或者说,象征与虚拟并用,成了晚唐诗家最富于创造性的抒情标识。以李商隐而言,其最具特色的抒述个人情思之作中,这类虚拟与象征并用的状况即表现得非常突出。如脍炙人口的"春蚕到死丝方尽,蜡炬成灰泪始干"一联(《无题》),正是缘于选取尽人皆知的物象翻出新意,用为至死不渝的绵绵深情的表征,贴切生动而又精当不易,方得以流传千古,弦诵不绝。余如"刘郎已恨蓬山远,更隔蓬山一万重"(《无题四首》其一),采用故实(用典亦属象征)并加揣拟以推出新意;"玉盘迸泪伤心数,锦瑟惊弦破梦频"(《回中牡丹为雨所败》),咏题物色却借隐喻表达情思;"五更疏欲断,一树碧无情"(《咏蝉》),更纯以象征性的想象比照来寄托身世之痛;甚至像"向晚意不适,驱车登古原。夕阳无限好,只是近黄昏"(《乐游原》)这样实写即目所见的景观,也因为注入及暗示了某种足以生发丰富联想的意蕴情趣,而见得耐人咀嚼寻味,足证其象征手法运用的熟练成功和灵动多变。至若与李商隐齐名的温庭筠,在他那些广泛流行的绮艳诗作中,一般认为重白描铺陈而少用虚拟象征,亦不尽然。如其"捣麝成尘香不灭,拗莲作寸丝难绝"(《达摩支曲》)的名句,所表白的内容与方式,不就跟上引李商隐的"春蚕""蜡炬"一联如出一辙吗？即便其常用的白描与铺陈，所铺陈的各种精美物象也未必皆属实景，而经常表现为带有景观性的装饰，藉以衬托诗中主人公（多为女性）的美丽姿容并烘染其相思期待之情。这类布景式安排，实际上也还带有虚拟、象征的意味，更不用说他和李商隐在叙写男女遇合情事中或多或少地寄寓并折射出个人身世浮沉的感慨了。这些都构成晚唐诗家独有心得的"因情造景"技巧，明显地拓宽了"缘情构景"的天地。

我们对于"主情"诗歌情景构建方式的演变作了一番梳理，从原初的"触景生情"经"缘情构景""移情入景"，迤逦而至晚唐人的"因情造景"和"拟情布景"，是其大致的历程。就意象艺术的发展而言，它显示出诗人情思与物象关系的变化，更确切地说，是诗中物象受心灵熔铸程度的不断加深。在"触景生情"的思维方式运作之下，物象和情思各以其自然本真的状态展现于诗歌作品之中，相互生发，却互不干碍，物象固然要从属于情思的表达，仍常能保持自身独立的性能。到诗人因"缘情构景"的需要，采用"移情入景"的表现方法时，物象多被涂染上人的主观情意色彩，虽还取资于现实世界，而已打有心灵化的明晰印记。进入"凭心造境"阶段后，诗人惯于用虚拟悬想的手段来构建物象，这其实已不能算自然物象，乃是心所营造的"心象"，不过时或保有物象的外观而已。待得晚唐温李诸诗家以象征与虚拟并用来"因情造景"并藉以传写内在情思，则所创造的诗歌意象不单源发自内心，且直接映照出心灵世界种种活生生的姿态，其心灵化的程度更为精粹，而作为"心象"的功能也愈益提升了。总之，由"物象"向"心象"的推移过渡，构成唐中叶以后诗歌意象艺术转型的一大特点，不单"主情"向"主意"诗潮的演变中多显露这一迹象，就是"主情"诗潮内部在其情景构建的方式上也形成了这样的趋势，出现了明显的主观化、心灵化的动向。主观化、心灵化的取向容易将诗歌抒情的作风导致细巧纤弱，或多或少地丢失其在自然天成状态下的浑全厚实的气韵，但它也大有助于深入开发诗人的心灵感受，以超越传统抒情艺术时或为现实事象所拘的空间视野，以利于大大加强和提升诗歌作品"缘情体物"的表达功能。晚唐"温李新声"作为这一新驱动状态下结成的鲜丽果实,尽管还存在这样那样的缺陷,而其所体现的诗歌抒情的发展方向和所取得的各种新鲜的艺术经验,自当给予足够的评价。

三、绵密深曲的体性与朦胧隐晦的旨趣

上一节里我们着重研讨了"温李新声"在情景构建方式上的创新,本节要转而探究其抒情表达上的特点,二者之间本自有密切的关联。是什么形成了"温李新声"的抒情特点呢?前曾述及,以温、李为代表的晚唐诗人常取"即世"式态度对待人生,喜欢将现实生活中得来的感受储存于内心世界细加消化品味,到需要宣泄时再借助相应的物象曲曲传写,由此便养成他们"婉曲见意"的表达方式,迥异于前代诗人的直抒胸臆。而他们作品中惯见的虚拟与象征并用的手法,也进一步加深了其传情达意的婉曲程度。"婉曲见意"的作风体现于诗歌作品,反映到诗歌意象艺术的构成上来,便生成其作品特有的性能,那就是绵密深曲的体性和由此而带来的朦胧隐晦的旨趣。这一独特的性能可以从三个不同的层次上进行解析,即:(一)意象的密实化,(二)意脉的跳脱化,以及(三)意境的空灵化。以下即按此顺序展开叙述。

先谈意象的密实化,又可大致区分为意象内在构造之密实化及其外在群集之繁密化这样两个方面来加考索。依我之见,诗歌意象作为能传达诗人内在情意体验的"表意之象",它决不能由单独词语在人们头脑中唤起的光秃秃的表象所构成,表象至多能显"象",而意象更须能见"意"。故诗人情意体验的传达,一般需要两个以上的物象或物象所具多种性相的相互配合与相互生发始能达成,换言之,"意象"出自表象之间的张力,缺乏这种张力效应,常只能徒具形貌而难显性灵。于是便有了意象的内在构造问题,连带也产生出构造之密实与虚疏的问题。必须说明,诗歌意象艺术的成功与否,并不单纯取决于意象内

部构造的紧密程度,但温李诗风确以意象内在构造的密实化为其特点(前人称许李商隐诗"包蕴密致"即指此①),且其密实化作风确也能增进其诗歌艺术内涵的丰富与情意的婉曲,自值得重视。他们是怎样做到诗歌意象内在结构密实化的呢?常见的办法是对所取物象作密集的排列整合,最典型的例子便是温庭筠的名句"鸡声茅店月,人迹板桥霜"(《商山早行》),上下联各以三个物象并置构筑成独立的意象,省却其间的关联交代和一切有关性相动态的具体描绘,单凭物象自身的组合,自然地传达出那种破晓起身登上旅途时的所见情景和感受到的氛围,技法是很高超的。这样的例子在温诗中绝非罕见,如其"灯影秋江寺,蓬声夜雨船"(《送僧东游》)、"晚风杨叶社,寒食杏花村"(《与友人别》),以及七言句"林间禅室春深雪,潭上龙堂夜半云"(《登松门寺》)、"绿昏晴气春风岸,红漾轻轮野水天"(《敬答李先生》)等,均属于这个类型。当然,意象的密实化并不限此一格,像李商隐诗就更喜爱将物象与人事穿插并用,在事态与物情的交渗中形成更为繁复的构建关系。如其"扇裁月魄羞难掩"之句(《无题二首》其一),特写女主人公邂逅心上人时以扇掩容遮羞的神情,但不单讲"扇",却要讲"扇裁月魄",将圆月的光辉形象叠合到扇面上,遂见其精美绝伦;又不单讲"羞",却要讲"羞难掩",意味着"掩"而更见其"羞",也更觉其羞容之动人,表情十分细腻体贴,且这里的"掩"字还起到将物象(扇)与人情(羞)绾合起来的作用,人之美与物之美交相辉映,其针线之细密与构筑之精工实令人叹为观止。除此之外,将人的感受渗入物象,用感觉的复合或情思的复杂来顶替物象之繁密,也是诗歌意象内在构造密实化的重要表现。这样一种重感官官能作用的倾向,在中唐期间即已萌生,李贺的歌诗就表现得十分突出,例如他写花不说"花",而用"冷红""愁红""堕红""啼红"之类字眼作借代,不但写了物象,同时写出人的各种感受,于是也见得内蕴丰厚。这个特点得到晚唐温、李诸人的大力发扬,像

---

① 葛立方《韵语阳秋》卷二引杨亿语,引自何文焕辑《历代诗话》下册第499页,中华书局1981年版。

温庭筠的"悠悠楚水流如马,恨紫愁红满平野"(《懊恼曲》),以及李商隐的"幽兰泣露新香死"(《河阳诗》)、"蜡烛啼红怨天曙"(《燕台四首》之"冬")之类,实在都是"长吉体"的流衍。李商隐另有"一春梦雨常飘瓦,尽日灵风不满旗"之句联(《重过圣女祠》),其以"梦雨"(给人梦幻般感觉的濛濛细雨)、"灵风"(带有神灵飘忽气息的微风)组合成词,将自身微妙的情思织入物象,与周遭景物相配搭,藉以渲染圣女祠的特殊环境氛围,在把握物象与感受的复合上是更具创意的。

意象的密实化还表现于其外部关系上,即意象群集之繁密化。诗歌抒情可以直接抒述,亦常借物象作表达。直接抒述时,其意象见得相对虚疏;若是借物象作表达,则往往铺陈开来且形容尽致,意象的群集也更加繁密了。温李诗风多婉曲见意,重视借物象作表达,其意象群集之趋于繁密当可想见。这一点上尤以温庭筠特甚,其乐府歌诗常凭刻意铺排与集结各种物象而成,姑举《春愁曲》以示一斑:

红丝穿露珠帘冷,百尺哑哑下纤绠。远翠愁山入卧屏,两重云母空烘影。凉簪坠发春眠重,玉兔煴香柳如梦。锦叠空床委堕红,飔飔扫尾双金凤。蜂喧蝶驻俱悠扬,柳拂赤阑纤草长。觉后梨花委平绿,春风和雨吹池塘。

你看:从窗帘移至卧屏,再从枕席写到头饰,最后更由室内转向外景,句句不离物象,即便触及人,也只是写其饰物和用具,稍稍点到其眠梦姿态,却把人物的情思全掩盖起来了。这样繁复的布景程式,在其《照影曲》《舞衣曲》《夜宴谣》《兰塘词》等乐府乃至《偶游》《寒食日作》诸诗篇中均有明显反映,足见其诗风的一个重要方面。与之相比,李商隐诗作自亦以意象繁密著称,但除了在少数咏物篇章(如《牡丹》《泪》)里有堆砌物象、事象(包括典故)之痕迹外,一般均能以情思来贯串物象,故虽意象密集而仍见疏通之气。例如《无题四首》(其二)云:

    飒飒东风细雨来，芙蓉塘外有轻雷。金蟾啮锁烧香入，玉虎
    牵丝汲井回。贾氏窥帘韩掾少，宓妃留枕魏王才。春心莫共花争
    发，一寸相思一寸灰。

  尾联直接抒情，其余六句也是一句一个单独的意象，紧相排列，似乎未留下情思运作的空间，其实不然。细心梳理其内在脉络，则首联写外景而寄寓候人之意（"轻雷"喻指车声，用典），颔联写主人公在等待中的随意性活动或准备工作，其"烧香"与"牵丝汲井"中以谐音方法暗藏"相思"二字，颈联连用两个典故以形容心上人的才貌双全，但久候终未得见，结末遂有"相思成灰"之决绝叹息。整首诗由期待、守候、念想以至绝望，其情感流程贯通一气。这可以说是李与温在布景原则上的一个重大的差别，尽管他们都以意象密集取胜。

  其次来看意脉的跳脱化。繁密的意象群集容易导致意绪埋没，也很难用平铺直叙式的意象链接加以缀合，于是走向了诗篇意脉的跳脱化。在唐代诗歌史上，意脉跌宕跳脱最明显的，要数号称"三李"的李白、李贺和李商隐三位诗人，但情况各异，不妨拿来比较一下。我们发现，李白诗情的顿宕起伏，多源于其情怀的激烈和想象力的丰富。即如《行路难》一篇，由美酒珍馐当前而投箸不食起兴，着力铺陈自己奋发欲起却茫无所从的心态，故忽而渡河遇冰塞，登山遭雪封，闲来垂钓碧溪，又忽复乘舟日边，最终归结到"乘风破浪""直济沧海"的信念上来。这里写的皆非实景，纯出自诗人想象，可谓天马行空、波卷澜翻，但只要我们破解了其被迫离京的失意情怀，凭借直觉联想的功能，自不难追踪其跌宕的思路，并不觉有什么费解。李贺的歌诗则不一样，它建立在诗人对外界事物感知印象的基础之上，由感知印象制作出一个个片段的镜头，再用"蒙太奇"的手法将其剪辑成篇，所以看起来像断了索的珍珠[①]，颗颗晶莹夺目，却难以串成适用的项链。且以其《雁

[①] 按：闻一多《说唐诗》中也曾提及"至李长吉（贺）则变得全无线索，那是另一新的境界"，见郑临川记录、徐希平整理《笳吹弦诵传薪录——闻一多、罗庸论中国古典文学》第118页，上海古籍出版社2002年版。

门太守行》为例:

> 黑云压城城欲摧,甲光向日金鳞开。角声满天秋色里,塞上胭脂凝夜紫。半卷红旗临易水,霜重鼓寒声不起。报君黄金台上意,提携玉龙为君死。

每句诗都是一个断片式的印象,鲜明夺目,染有情绪色彩,但合起来看,如何既是"黑云"又是"向日","角声满天"忽而"胭脂凝夜",突起突接,似叫人摸不着头脑。幸好结末一联直抒胸臆,让人捉摸出写的是一场失利的战事,由两军对垒领起,进入激烈战斗和流血牺牲的场景,终至败困绝地而誓志捐躯。整首诗没有事件过程的叙述,只有一个个印象式镜头的叠加,读者若是缺乏这类印象感知的能力,要把握清楚就比较费力。再来看李商隐的诗思跌宕,又是一番光景:

> 来是空言去绝踪,月斜楼上五更钟。梦为远别啼难唤,书被催成墨未浓。蜡照半笼金翡翠,麝熏微度绣芙蓉。刘郎已恨蓬山远,更隔蓬山一万重。(《无题四首》其一)

这首诗的思路也相当别致。既得与心上人相会,何谓其"空言""绝踪"?若是虚言爽约,又何必梦啼急书以报相思?且在经历一系列念想活动之后,怎么忽地转入室内景物的静态观照,而结尾又突然跳出身被阻隔之叹恨,其间逻辑关联更是何在?真叫人迷离恍惚,不知所云!不过细心寻绎之下,抓住诗中一个"梦"字,以"梦"统贯上下,将诗篇所叙作为主人公幽梦醒来的心理历程,似尚能得其要领[①]。据此,则首句当属追记梦中相会情事,因系梦见,故云"空言""绝踪",并接以醒后独处月斜、钟声之中的孤寂场景。梦境生自"远别",梦遇催发了诗

[①] 清人姜炳璋选释、郝世峰辑《选玉溪生诗补说》(南开大学出版社1985年版)选录此诗,在"梦为"联下有批语曰:"梦中之景。点出梦,统贯上下,以清意旨,针线极细。"可参。

人强烈的思念之情，于是有急疾书信的活动。写毕转过身来，面对室内的"蜡照""麝熏"，在微光与暗香之中或能回味梦中的温情暖意，但精美的饰物终只能带来空虚之感，故诗人不由得迸发出万重阻隔之恨以进入其抒述情怀的高潮。这样看来，玉溪诗的意脉跳脱系由其凭心理流程组织诗篇所造成，心理时空不像物理时空那样历历分明，经常回旋转折，潜沉跃现，不掌握其情感活动的内在逻辑，就不免读来迷茫一片而不得其解了。至于这种凭心理流程组合诗篇的构结方式的形成，当亦是诗歌意象艺术趋于主观化、心灵化的表现，或者说，经心灵熔铸的物象，需要借心灵打造的意脉来加展现，自是合情合理。

我们还不能忘掉温庭筠。温诗以白描铺陈见长，繁密的意象群常在平面的空间里展开，跳脱似不明显，但仔细看来，其空间设置时有转移，物象画面的暗中置换亦偶有发生，似可略加考察。由于温氏有代表性的绮艳诗风多见于其乐府长篇，意象过繁，意脉勾勒不清，这里姑举其同样作风的一首小词为例解，其云：

柳丝长，春雨细，花外漏声迢递。惊塞雁，起城乌，画屏金鹧鸪。　香雾薄，透重幕，惆怅谢家池阁。红烛背，绣帘垂，梦长君不知。（《更漏子》）

词虽短小，也是用大片物象构成全幅画面，与前引《春愁曲》如出一辙，而更便于探索其意脉的勾连。首三句从外景入手，制造气氛，不必多言。跟写三句比较费解，尤其是写户外的飞鸟，如何一下子转落到室内的"画屏金鹧鸪"上来，则众说纷纭，莫得一解。其实这三句仍是从上文"花外漏声迢递"引接过来的。宵夜打更的声响惊动了眠宿处的塞雁和城乌，促使它们起飞，同时也惊动了睡寐里的闺中少妇，让她睁开眼睛，于是出现了眼前的"画屏金鹧鸪"。这里跳脱了人物形象的刻画，是温庭筠作品的惯技，何况这"画屏金鹧鸪"不同时可看作为诗中主人公的绝妙象征吗？她深藏闺中，多情却又孤寂,就像那画面上的"金鹧鸪"一样,虽美妙绝伦,却钉死屏间,不能像塞雁、城乌般自由飞翔,两相比照,意味是十分深长的。下片承写室内景物:香雾稀薄,重幕难透,红烛微光,绣帘垂挡,池阁空设,惆怅无人赏玩,这精致而又虚空的幽闭处境,迫使主人公最终喊出"梦长君不知"的急切呼告,词情也就戛然而止了。就这首词的艺术构造而言,温庭筠的诗思或多或少也是以人的内在心理活动为依据的(虽还欠缺李商隐诗写心理流程的灵动跳脱),同时又吸收了李贺歌诗以感知印象摄取和组接镜头的技法(与其注重物象铺陈有关),其意象艺术的发展状况与风格特点介乎"二李"之间,或亦可算作对他的一种历史定位吧!

末了还要讲一讲诗歌意境空灵化的问题。意境的空灵化跟意象的密实化以及意脉的跳脱化是相反相成的,正缘于密实的意象埋没意绪,跳脱的意脉扭曲诗思,方导致诗中意蕴的复杂多义,易引起丰富多面的联想、说解而难以坐实,这就造成了诗歌意境的空灵化。空灵化不是空洞无物,恰恰来自内容的丰富复杂,愈是复杂,愈难言说明白,表达上往往愈见其空灵含蓄,甚至流于隐晦朦胧。再从根底上讲,诗歌意境的空灵化实又体现了晚唐诗人情思的复杂化。晚唐一部分才士以"即世"态度看待人生,致力品尝所经历的各种世相,遂有"五味俱全"的诸般领受,而他们面对逐渐沦亡的国运,既不甘心又无可施手,不免产生"百感交集"的复杂心绪。所谓"百感中来不自由""芳草何年恨即休"(杜牧《登池州九峰楼寄张祜》)、"十年一觉扬州梦,赢得青楼薄幸名"(杜牧《遣怀》),乃或曰"春心莫共花争发,一寸相思一寸灰"(《无题四首》其二)、"天荒地变心虽折,若比伤春意未多"(李商隐《曲江》),甚至是"光景旋消惆怅在,一生赢得是凄凉"(韩偓《五更》)、"月不长圆花易落,一生惆怅为伊多"(吴融《情》)等等,尽管引发叹息的具体情事各各有别,而所发出的这种带有浓重怅惘和感伤意味的情思,实已打上那个"世纪末"时代的深深烙印,显示出诗人们敏感的心地和迷茫的意绪。这类复杂多面而又微妙难言的心理感受,不可能用普通的直抒情怀的方式予以表达,常须借助襞积层深的意象画面与屈伸变化的意脉运行来加透露，遂生成了温李诗风的独特体性。我们试举李商隐的名篇《锦瑟》用为佐证。这首被人议论最多的诗篇，在总体结构上并不复杂。开首"锦瑟无端五十弦，一弦一柱思华年"，以"锦瑟"起兴，由乐器的繁弦促柱之声引发"华年"之"思"，实已点出全篇的题旨。紧接二联展开其思绪，拿四组物象合成四个独立的意象，藉以象征其具体情思，是诗中最令人迷离恍惚的表现，所谓晦涩费解即在于此。至末尾"此情可待成追忆，只是当时已惘然"，以回味中的"惘然"心态来收结其"思"，结意也是很明白的。现在让我们转过身来体认一下其朦胧隐晦的方面。突出的部位当然就是中二联四个并置的意象，它们借用"庄生梦蝶""杜鹃啼春""沧海月明""蓝田日暖"四个典故作为华年之"思"的象征，这些故实本身就可以从不同角度进行解释，作者使用时还作了一定的艺术加工，显得格外扑朔迷离。比如"庄生晓梦迷蝴蝶"之句，"梦蝶"可喻指世事变幻无常，而在"梦"之前着一"晓"字，特见梦之短暂，更在"梦"之后着一"迷"字，显示梦幻人生中的迷惘心理，这些都是添加于原典之上的新的修饰，值得关注。又如"沧海月明珠有泪"，原是将《大戴礼记》中"蚌蛤龟珠，与月盛虚"之说与《述异记》里"鲛人滴泪成珠"的传闻乃至常言"沧海遗珠"的成语糅合成句，其所要表达的绝不限于哪一家的故事，却是借组合成的画面以展现那种孤洁、晶莹而含带凄清色彩的韵调，特富于感染力。由此看来，其华年之"思"当非着眼于某个事件，乃在于回味人生经历中随时兴发的各种情愫或情趣，明乎此，自不必再费力将诗句与作者的生平事迹对号入座，而要换取默然欣赏的态度来细细把玩其意象与情趣，于是不嫌其晦涩，唯觉其空灵，这也就是诗歌朦胧美之所在了。

毋庸讳言，诗歌境界的空灵化确有可能导致其旨趣在一定程度上的隐晦难明，这在温、李二人的作品中均有所反映，不过又存在差异。比较而言，温诗所要表达的内容并不特别复杂，尤其那些为女性作写照和代言的绮艳之作（其曲子词基本都是这个题材），所写大抵不离乎"绮怨"二字，其心理程式亦可归结为"相思""怨望"以至"再期待"这样的"三部曲"，虽富于意态而稍嫌单薄。有人以为其中寓有作者自身流落不偶的身世之慨①,似可参考,却也不难理解。温诗的隐晦主要还在于其以繁密的意象群集压倒和掩盖了内在情思,而意象之间又常用"蒙太奇"式的镜头剪辑手法予以组接,乍看之下,锦绣辉煌,琳琅满目,细细寻绎起来,则诗思流动的线索时或不够分明,这就走向了晦涩。前人有谓:"温飞卿有词无情,如飞絮飘扬,莫知指适。"②虽属苛评,不为无因。相形之下,李商隐诗在意象繁密的程度上尚不及温庭筠,但他更倾向于物象的心灵化熔铸,多采用虚拟、象征的手法来营造意象,并常以心理流程为意脉组合意象、传达情思,于是也形成朦胧隐晦之风。尤值得注意的是,李诗的朦胧往往与其情思的复杂丰厚有关。即如上引《锦瑟》篇,开首以"无端"提挈,末尾以"惘然"收结,这两个色彩暧昧的字眼中传递出来的那种百感交集而又茫然自失的情态,作为他自己华年往事之"思"的心理写照,不正是晚唐时代精神的一个真切缩影吗?以这样的心态来抒情,所抒之情怀自令人感觉朦胧甚至隐晦费解了。故若以温李相较,则李诗的朦胧中似更显空灵之趣,而温诗则或见晦涩之弊,自亦不能截然划开。至温李诗风的后学者如吴融、韩偓之辈,虽仍继承温李"绮艳"的作风和"婉曲见意"的表达方法,而情思的丰厚复杂有所减退,虚拟、象征的意味明显削弱,隐晦的弊病得到克服,朦胧之美却大为流失了。

四、向着词体艺术的延伸

现在可以述及温李诗风与词体艺术的关系了,这是确立"温李新声"的历史地位时所不容脱略的环节。应该看到,温李诗风对后世的影响是多方面的,不光晚唐五代有不少诗人追随、仿效其绮艳作风,从而在这期间形成一个有相当声势的"温李诗派"或"温李诗人群",即便

---

① 按:清人张惠言曾以"感士不遇"来解说温词(见其《词选》卷一选温庭筠《菩萨蛮》词下评语),固多比附,而亦有根影在。
② 见陆时雍《诗镜总论》,引自丁福保《历代诗话续编》下册第1422页,中华书局1983年版。

入宋以后,也有"西昆体"诗人的推尊和摹习李商隐,有王安石主张由李商隐入手以学杜诗①,有黄庭坚"独用昆体工夫而造老杜浑成之地"②,甚至有清初"二冯"等人乃至清末"晚唐诗派"的衍续与扬挹其余波绮丽。不过从总体上看,"温李新声"的最广泛和最深远的传布,还在于它给词体艺术作了先导,特别是它在诗歌意象艺术经营上的重要创获,大体都由历代词人接受下来,引入词体艺术的领域而得到发扬光大。可以说,唐诗传统经由"温李新声"以哺养后来的曲子词,其意义决不亚于其借取"元和诗变"的渠道以开创宋人的"主意"诗潮。

为什么温李诗风会对词体艺术发生这么大的作用呢?当然跟词体自身的性能分不开,是词体的性能决定了它会循着"温李新声"所开辟的艺术道路继续前进,从而将温、李的创作经验给予不断延伸和新的发展。让我们就这个角度来作一点探讨。

词,在唐五代时称作"曲子"(或云"曲子词"),表明其原初的性能为合乐可歌的曲词。这类曲词的创作起自民间,从现有敦煌词集录存的作品看来,题材比较多样,格调也类同民歌。中唐文人开始有染指作词的,如韦应物、白居易、刘禹锡等所题《调笑令》《忆江南》《杨柳枝》诸篇,写景抒情,风味近于普通绝句。至晚唐,城市娱乐活动大盛,曲子词广泛应用于妓乐传唱,由此形成其以表现男女风情为主的写作特点,"词为艳科"之说便是针对这样的形势提出来的③。不难看出,作为"艳科"的词体与"温李新声"所代表的"绮艳"诗风,不单体性相近,所由生成的社会土壤也基本一致,这正是"温李诗派"开创者与"花间鼻祖"两重身份汇聚于温庭筠一人身上的缘由。为此,也很难判定究竟是诗风波及词风,还是词风感染了诗风,说相互影响较为辩证。但从

---

① 宋人叶梦得有谓:"王荆公亦尝为蔡天启言:学诗者未可遽学老杜,当先学商隐。未有不能为商隐而能为老杜者。"见马端临《文献通考》卷二三三"李商隐《樊南集》"条下所引,《四库全书》本。
② 朱弁《风月堂诗话》引黄庭坚语,见蒋述卓等编《宋代文艺理论集成》第 574 页,中国社会科学出版社 2000 年版。
③ 按:《旧唐书·温庭筠传》谓温氏"逐弦吹之音,为侧艳之词",孙光宪《北梦琐言》卷六中也将晋相和凝少年时所作曲子词称作"艳词",可见晚唐五代词作的一般风气,日后流传广泛的"词为艳科"之说即其概括。

发展总趋势上看,诗艺至晚唐的积累已相当厚实,词艺才刚起步,故认为唐诗传统经"温李新声"而注入词体艺术的演化观念,大致仍可成立。即以温庭筠而言,其流传下来的曲子词与其书写艳情的乐府诗在风格上可谓一个套子,只不过乐府篇幅较长,铺叙景物繁密,所带有李贺歌诗的痕迹也稍见明显,而曲子词体制短小,打磨特地精到,不仅情思委婉轻细,物象与情思的配合也更为贴切,两相并比,岂非恰足以显示唐诗艺术进入词体后的延伸变化吗?当然,温李诗风尽管以"绮艳"为标志,其所涉及的题材范围仍远较花间词广阔,所表达的情思也更有深度,与那段期间尚局限于"艳科"领域内的曲子词,亦还不可同日而语。

不过词体性能的演进很快就突破了艳歌小曲的天地。宋代文士习用"诗余"作为词的指称,固然起源于其编排文集时常将词作附缀于诗卷之后,或亦跟他们标榜自己以作诗之余兴填词有关,但同时意味着人们已不把词看作单纯的流行小曲,而有了与诗并比的眼光,自是词体经南唐词人特别李煜之手后,"眼界始大,感慨遂深,遂变伶工之词而为士大夫之词"的一种反映[①]。诚然,"诗余"之称表明词的地位仍较诗为低下,因为诗历来讲"言志"的功能,担负着士子文人用以指陈怀抱、为政教伦理服务的职责,而词仅作为个人寄情遣兴的手段,重要性上大不一样。宋人也有意识地将诗词两种文体区分开来使用,诗多显示其道德担当的"自律"的一面,词则用以满足其自娱娱人的"自适"需求,所以词作中很少见到其正襟危坐、侃侃言说的风姿,却更多表现出各种隐微曲折的意绪心态[②]。由此生成其作为特定抒情文学样式的一系列特点,如专力发扬诗歌缘情体物的传统,重视词人心理感受的真切与细腻,多采用婉曲见意的表达方法使情思回荡盘旋、含蓄不尽,选用精美细巧的物象来烘染、寄托其微妙难言之思,等等。这样一来,

---

① 见王国维《人间词话》第 15 则,引自《蕙风词话·人间词话》第 197 页,人民文学出版社 1962 年版。

② 按:宋人也有致力于打通诗词界限的,如苏轼等人"以诗为词",开创豪放词风,却被批评为"虽极天下之工,要非本色"(见陈师道《后山诗话》)。历来词家以婉约为正宗,豪放为别调,确系着眼于词的体性,并非偶然。

新兴的词体艺术便恰恰与晚唐"温李新声"接上了茬,而温、李诗歌创作中惯见的"缘情构景"、"移情入景"、"因情造境"、虚拟与象征并用诸手段乃至意象密集、意脉跳脱和意境空灵等现象,也就顺理成章地被吸收到词艺及词境的构建中去了。近人王国维论词,强调"词之为体,要眇宜修。能言诗之所不能言,而不能尽言诗之所能言。诗之境阔,词之言长"①,确切地阐明了词体艺术的特点;又指出"古人为词,写有我之境者为多"②,则启示我们懂得词体抒情基本上接续的是中晚唐以来的"缘情体物"路线,而"温李新声"对词艺的先导作用遂亦获得了又一层肯定。

讨论词的体性,似还不能丢开其体式,二者均归之于"体",实乃一个问题的两个方面。词一向被呼为"长短句",这一体式上的标记与其体性有何关联,特别是跟词体艺术之继承与发扬温李诗风,又会有什么样的因果关系存在?这个问题需要认真研究。在我看来,长短句相间的词体与五七齐言的诗体相比较,其最大的优点在于表情达意更为自由灵活。单就语句组织的功能来说,五七言诗由于句调整齐,相互对称(这在联内用对仗时看得分外清楚),往往各句自成单位,彼此分立,五言通常一句一意,七言或可一句两意,不管怎样,句内关系紧密而句间拉开距离,于是造成诗歌语感上的逐句顿断和意象组合上的分立并置。词则因为长短句自相搭配,不光转折舒卷自如,其分立与衔接也比较自然,加以领字的应用起到串合若干短句的作用,其达意的方式就不限于以单独的句子为单位,常能做到用一组相连的句子来表达一串相关的意念,这是词体与诗体在功能上大不相同之处。如北宋柳永《八声甘州》词,在"对潇潇暮雨洒江天,一番洗清秋"的总提之后,紧接"渐霜风凄紧,关河冷落,残照当楼"一列铺排,因用了一个"渐"字领起,下面三个短句就显得十分紧凑,以其意义互补、色调一致,共同组成一幅凄清惨淡的深秋图景,其意象间的勾连互渗较之各各分立的

---

① 《人间词话删稿》第 12 则,上引《蕙风词话·人间词话》第 226 页。
② 《人间词话》第 3 则,同上书第 191 页。

诗句自要密合得多，且又打破了诗句上下联的固定对称格式，见得较为灵动。又如周邦彦词"愁一箭风快，半篙波暖，回头迢递便数驿，望人在天北"（《兰陵王·柳》），其"愁"字领起的一连串长短句式，除前两个四言句以对仗形式并立外，紧跟的七言与五言句则以连贯呼应的形式将诗意不断往前推进，而整个组句仍在领字"愁"的笼罩之下一意贯通、一气流注，其情思的表达与意象的构建自更为活脱。至如女词人李清照在晚年流落江南时写下的"如今憔悴，风鬟雾鬓，怕见夜间出去。不如向帘儿底下，听人笑语"（《永遇乐》），自陈心曲，真切动人，类同口语，却极有风致，不拿声腔，而又暗合韵调，这样的传神白描，既显示出词人炉火纯青的艺术境界，也只有凭靠长短错落、自由灵活的词体句法构造才能达成，从这里可以体认到曲子词较之五七言诗更为绵密宛转的性能。另外，词的"长短句"体式还包含其分阕过片的章法结构。五七言诗也讲章法，律诗有"起承转合"，古诗长篇则常以四句、六句或八句成一段落，逐层展开。但词的"分阕"另有乐曲曲调上的回环作用在内，而"过片"又常意味着重叠时的适当变化转换，这一声乐上的特点影响于词人情思，会加深其抒述上的缠绵往复、屈伸转折，造成词作的意脉更向绵密深曲的方向发展。柳永的慢词中已不时出现由当下情景回溯往事或悬想未来的叙述策略，周邦彦则更自由灵活地实现其时空变置，这都是借鉴温李诗歌以心理流程为贯串线索的创作方法来实现的。至南宋吴文英诸家，着力隐没其思绪转换的痕迹，放任意象在跳脱中自行组接，其朦胧隐晦的程度较之温李诗风有过之而无不及，终于招来"如七宝楼台，眩人眼目，碎拆下来，不成片段"之讥评[①]，连带也累及人们对温、李的看法。不管怎样，上面的论述足以表明，正是词的"长短句"体式有助于加深其绵密的体性和深曲的艺术构造，使温李诗风易于得到词人的喜爱与承传，甚至不妨倒过来说，"温李新声"的整个经验及其一系列创获，也只有进入词的天地，方能充分

---

① 见张炎《词源》卷下"清空"条，引自唐圭璋《词话丛编》第一册第259页，中华书局1986年版。

展开其艺术潜能并不断推陈出新,它们之间的内在联系值得我们深入思考。

最后,或可试就温、李二人在诗体艺术向词体艺术转型中所起的作用稍加比照,他们在这一新兴艺术样式的发展过程中是有着不同地位的。大体上说,温庭筠对于以"花间"为代表的早期词风影响较大,不光他以诗人的身份领起了作词的新潮流,也不光词的体式到他手里初步臻于成熟,更重要的是,其绮艳诗风为当时归属"艳科"的曲子词奠定了基本的风貌。可以说,整个花间词人群(或有少数例外)几乎都是在他的诗风和词风笼罩之下从事创作的,那种精丽的辞藻、繁密的意象、宛转的情思乃至借景传情的布局,都离不开温氏的艺术熏陶,而"温李诗派"的后进如韩偓等人重感官官能的白描手法的传播,则使后来的花间词稍稍淡化了温氏的隐晦作风,更直白地登入艳情表演的舞台,而这个阶段李商隐的作用并不显著。李氏对词体艺术真正发生影响要待到南唐与北宋,以冯、李、晏、欧、小晏、秦观为代表,他们词里那种感伤的情怀、凄迷的韵调、带有浓重象征意味的物象以及空灵含蓄的境界,极神似其"无题"类诗篇,至于其跳脱的意脉和绵密深曲的艺术结构,则多半反映于柳永、周邦彦以下的慢词创作之中。从温、李二人对词体艺术的不同作用来看,能否得出这样的结论,即:温庭筠的艺术世界和情感世界,最集中地体现了晚唐五代的时代氛围,而李商隐的生命体验与审美情趣,虽也酿生于晚唐社会土壤之中,却又超越了时代的限界,上升到更具普遍意义的层面上来呢? 一偏之见,姑妄陈之。

(原载《江海学刊》2014 年第 1 期)

从唐诗学到唐诗学史

唐诗·唐诗学·唐诗学史

唐诗作为中华民族艺术文化宝库中的瑰宝，可谓尽人皆知，但"唐诗学"名称的出现，却是晚近的事；由"唐诗学"进而为"唐诗学史"，更有一个发展和建构的过程。

顾名思义，唐诗学乃是有关唐诗的学问，它来自人们对唐诗的研究。不过天下事物可研究者甚众，并非每一种研究都能成"学"。要够得上称"学"，一要看所研究的对象是否有特殊重要的价值，二要看研究工作自身的积累是否丰厚，这两个条件又互有联系。

唐诗的价值自无可置疑，这不仅指有唐一代诗人诗作流传至今的尚有二千五百余人五万五千余首之多，更其重要的，是唐诗在演变中产生了自己鲜明、独特的美学质性，在历史上形成了不可取代的美学传统，甚至被世人奉以为中国古典诗歌的美学典范。中国诗歌史上从宋元以迄明清的学唐、崇唐的风气，以及长时期来纷争不休的有关宗唐宗宋、宗盛唐宗晚唐、宗李杜宗王孟等取向，正充分显示了唐诗的巨大魅力。唐诗还为研究者提供了广泛的研究领域，包括唐诗的创作、传播、特点、功能、背景、渊源、流变、影响，下而及于各个时期、流派和各种体式、风格的诗歌，都足以构成研究的专题。这些便是唐诗学得以建立的内在根据。

再来看研究工作的开展方面，其成果的积累也很值得称道。可以说,从唐代起,人们即已开始了对唐诗的阅读、欣赏和批评,至今一千三百余年从未中辍。世代相沿的研习活动,汇聚了大量的学术成果,储存了丰富的审美经验,传递着方方面面的文化信息,深刻地影响到整个民族传统的推陈出新,这是任何其他诗歌类型和文学样式所无可比拟的。由研究而引起的许多争议性话题,如唐宋诗异同、李杜优劣、"四唐"分野、盛唐气象、元和新变、晚唐风调乃至"郊寒岛瘦""元轻白俗""唐无五言古诗""唐人七律第一"等,皆成了学界长期探讨的热点,大大拓宽了中国诗歌美学的视野。唐诗学之为显学,是离不开其自身历史的支撑的。

由以上的论述,不仅表明唐诗确有其"学",同时意味着"唐诗学"必有其"史",于是从唐诗学的倡扬转入唐诗学史的建构,也就是顺理成章的事了。所谓唐诗学史,无非是唐诗的学术研究史,亦即按历史的进程来考察和记录唐诗研究的成果,梳理其发展脉络,总结其经验教训,以为新形势下推进唐诗学建设的借鉴。有了这样的凭借,今后的唐诗研究便可以少走弯路,唐诗学的发展自然会顺畅得多。还要看到,由于唐诗在民族文化传统中的独特地位,人们对唐诗的爱好涉及其诗学趣味、审美观念、精神状态、思维方式、生活阅历和文化修养众多方面,因而对唐诗学史的考察,不光能增进我们对唐诗以及唐诗研究的了解,还可以此为切入点,从一个侧面揭示出社会心理和文化思想变迁的轨迹。这或许是研究唐诗学史的更深一层用意,也是我们要给予这门新兴学科以特殊关注的兴味点所在。

唐诗学史的取材范围

既已明瞭唐诗学史的意义,便可进而讨论怎样撰写的问题,我们将从取材范围、理论建构和历史分期三方面展开论述。

取材,就是史料选择的问题。任何一种历史的叙述,都必须建筑在掌握特定史料的基础之上。什么是唐诗学史的史料范围呢?这个问题其实不难回答。如果说,编写一部唐诗史,要以唐代诗人的诗歌创作活动及其作品为史料依据,那么,撰写作为唐诗研究史的唐诗学史,当然要以历代有关唐诗的研究活动及其成果为依据。这里须提请注意的,是顾及研究方式及其成果的多样性,不能光限于论诗、评诗之类理论活动的形态。明末胡震亨编撰《唐音癸签》,集录他以前的唐诗学成果,其中"体凡""法微"各卷通论唐诗及各体作法,"评汇"部分逐一评论具体诗人诗作,可算是理论形态的唐诗研究;但书中另设有"乐通"诸卷载录唐代乐曲,"集录"诸篇介绍唐诗选本与编集,甚至有"诂笺"记文字注解,有"谈丛"写文人轶事,都不属于理论性探讨。后人或有病其流于琐屑的,但从原则上讲,胡氏的眼光并不错,他能够认识到唐诗学的建构是一座立体的大厦,选本、编集、注释、考订皆其有机组成部分,应该与论说、批评一视同仁。这种眼光难道不值得我们学习吗?

让我们来具体考察一下唐诗学史的取材范围。

先谈选本,这可以说是人们接触和研习唐诗的一种最切近的方式。大家知道,选诗在我国有着久远的传统。《诗经》三百篇是否由孔子删定虽难以断言,而其经过整理、加工殆无疑义,所以习惯上被认作现存最早的诗歌选集。汉代王逸编《楚辞》,六朝萧统辑《文选》,也都是影响深远的文学读本。但总体而言,选唐诗仍然是古代"选学"中最为发达的分支,不仅"唐人选唐诗"成了当时文坛上一道亮丽的风景线,就是此后宋元明清历朝选诗,亦皆以选唐诗为大宗。据今人统计,目前可以考知的唐诗选本共达六百种之多(见孙琴安《唐诗选本六百种提要》),尚未计入诗文合选以及唐诗与其他朝代诗歌合选的本子。选诗的品种也很繁富,有通选唐诗的,有专选某一时期、某一地区、某一流派或某一体类诗歌的,甚至有为了某种实用目的如应制、应试、唱酬、启蒙等需要而特加编选的,五光十色、琳琅满目。这些选本或附以序跋,或添加评点,以显示编选者的用心,而即使纯然白文,单凭所选作品流传,也能产生一定的社会效应,真所谓"不着一字,尽得风流"了。选诗作为唐诗学史首要考察的对象,是当之无愧的。

次说编集。唐诗的编集起于唐代,有作者自编,也有他人代编。

自编当然是为了保存资料，代编则除保存外，另带有供研习的用意，张说在上官婉儿死后拾掇其遗篇，代宗命王缙录进其兄王维的文集，即为显例。五代战乱之余，宋人重新搜辑、整理唐人诗集，要做大量钩沉、补正和辨伪的工作，就更属于唐诗研究的范围了。以后各代直至当今，辑佚、编校唐诗总集、别集的工程一直在进行，其成果为世所公认。唐诗编集同时代风气也有一定的联系。如宋人崇杜，杜甫的集子在宋代便得到精心校理，经过几代人不懈的努力，终于从唐末仅存的若干残集，增扩为流行于今的二十卷定本。又如明人宗唐，唐诗在明代风行，有不少大型的合集编刊问世，但明中叶以前，在"诗必盛唐"的观念支配下，印行的唐集多限于大历以前人所作，待到晚明风气转换，中晚唐人作品才开始引起重视，而从汲古阁所刻唐人诗集中得到集中体现。编集之中，还有一个编排体例的问题。人们常说，宋人好归类，明人爱分体，清人喜编年，确乎如此。宋代规模最大的唐诗总集《分门纂类唐歌诗》，就是以天地山川、朝会宫阙、城郭园庐、兵师边塞、草木虫鱼等类别组合的，对于李白、杜甫等唐人别集，宋人也曾重加类编，因为按题材归类最便于从借鉴中脱化出新，种种"夺胎换骨""点铁成金"的手段便由此而形成。相比之下，明人似更熟悉按体分编，五、七、杂言，古、律、绝句，有条不紊，又是基于他们以"格"（体格）、"调"（声调）论诗的习性，只有从辨体入手，才易于揣摩格调，以上窥古人的兴象风神。至于清代，则特别关注诗文的系年，李、杜、韩、柳以及王维、李贺、杜牧、李商隐诸大家的集子都以编年方式整理出版，这是"知人论世"的传统批评模式在新条件下的运用，也是求实证、重考据的时代风气在诗学领域的投影。编集里大有学问，于此可见一斑。

再来看注释。唐诗之有注，大概以张庭芳撰《李峤杂咏注》为起始（尚存敦煌残卷），这算是唐人注唐诗，属于特例。进入宋代后，随着唐诗典范意义的确立，唐诗的注释便日益增多，尤其那些被奉为大家的集子，更成为注家的热门，一时号称"千家注杜""五百家注韩"的现象，遂由此而产生。明清时期，注释唐诗愈形发达，不仅唐人别集有注，一些通俗的唐诗选本亦添上注文，注释已经成了阅读和研究唐诗的必要组成。为什么注释工作会如此受人重视呢？这跟它自身功能的不断发展分不开。注文最简单的自然是名物训诂，而一字一句的诠说时有关联到整体文意之处。"注"和"解"相联系，"解"在古代有分解的意思，即段落结构的分析，这已经进入了章法的范畴。"注"和"释"相配合，"释"是释意，是在文字训诂的基础上阐发诗篇内含的意蕴，集中体现了说诗者的诗学观念。"注"又常要用"笺"来作补充，"笺"着重在引证诗句中词语和典故的出处，其作用不单在疏通文意，更重要的是提供了文本之间的互文关系，使读者有可能将所读诗句放置到整个文学传统的统摄下来加以领会，从相关词语与意象的互动中生发出新的感悟。就这样，注、解、笺、释结为一体，形成了我国固有的解释学系统。这个系统的应用当然是多方面的，而用于解读唐诗仍是其一大宗。"獭祭曾惊博奥殚，一篇《锦瑟》解人难。"（王士禛《戏仿元遗山论诗绝句三十二首》之十一）像李商隐《锦瑟》这样的诗篇，吸引过多少注家为其笺释，提供出多少种答案供人揣摩，在其迷宫似的符码建构中又蕴含着多大的诗意空间，至今令人流连玩索不已，它构成唐诗学史上的一道奇观，不值得今天的学者给予关注吗？

　　接着讲考证，这里主要指诗歌创作背景材料的发掘与认定。在我国古代，"诗"和"事"的联系是看得十分紧要的，传统"知人论世"的批评原则中就包含考索诗歌发生的本事（包括诗人生平事迹乃至整个社会、国家相关事变）的要求。唐人笔记里录载了不少有关诗人生活及其创作活动的轶事，虽不尽可靠，对于了解社会习尚与文坛风气，仍有重要参考价值。唐末孟棨撰《本事诗》，正是给这类材料作一结集。宋以后，除诗话、笔记、纪事之类著作中延续本事诗的路子外，更开辟了诗人年谱和诗作系年的专门性研究（年谱由吕大防撰杜甫、韩愈年谱发端，诗作系年当以黄伯思《校定杜工部集》为肇始），并注意同社会时政挂起钩来，以诗证史，以史证诗，相互发明，于是作者"歌时伤世、幽忧切叹之意，粲然可观"（吕大防《杜少陵年谱后记》）。这个做法到清人手里达到大成的境地，以考据治诗成为清代诗学最突出的贡献之一，它帮助我们弄清了许多诗篇的产生背景，得以窥见作者的用心所在及其诗歌演进道路。而由于过分热衷于"诗史"观念,在征引时事以证诗时不免有流于牵强附会处,则又是我们在接受这笔遗产时不可不加小心的。

还要述及圈点,它可以说是我们民族特有的赏析形态,是一种别具一格的文学批评方法,其兴起和发展可能跟我们使用的方块汉字有关。圈点的形式起源于文旁加点,原来的意思表示涂灭,属删改文句的标记。唐宋间,开始用点、划起提示作用,成为辅助阅读的手段。南宋以还,圈点广为流行,由应用于时文、古文拓展到诗歌领域。目前所能见到的最早的圈点唐诗本子,为宋末刘辰翁评点的《李长吉歌诗》和《王右丞集》,不过这两个本子都是元刻本,是否经过元人改动不得而知。另外,元方回编《瀛奎律髓》,选录唐宋两代律诗,亦详加圈点,标明句眼,引导欣赏,可见这种独特的诗学形态当时已然成熟。明清而降,圈点作为批评手段更为普及,一般通俗性的唐诗读物差不多都附有,其符号标记也演化出点、圈、钩、抹多种形态(细加区分,点尚有单点、双点、尖点、圆点之别,圈有单圈、连圈、套圈、三角圈,抹有长抹、短抹、撇抹、捺抹,甚至还有用朱笔、墨笔以及黄、蓝、绿各种彩色笔之分,不一一缕述)。大致说来,点标示紧要的文句字眼,抹提示关键的语言段落,钩起着分章分节的作用,而圈的用途最广,可施于一字一句,亦可施于通篇。我们看到有的作品行间圈甚多,而通篇无圈;有的篇章行间寥寥甚或无圈,而通篇双圈、连圈。这里就寓有致赏于字句还是致赏于完篇的差别。总之,用圈点加诸文本,既导引阅读的门径,又寄寓批评的态度,而且用的乃是提示以至暗示的方法,较之明白讲解,反更耐人寻味,这或许是它在古代社会长期盛行不衰的奥秘所在。

现在说到诗评和诗论,这是人们熟知的两种研究方式。评即批评,指对具体诗人诗作的分析评论;论即论述,是对诗歌流变及其原理、方法的概括说明。大体看来,诗评发展在先,论述兴起于后,但两者常有交渗。评,也有两种基本的形态:一是附着于诗歌文本的评语或批语,若与圈点相结合,便统称之为评点或批点。这是一种比较纯粹的本文批评,所评大抵不离乎词句篇章,时亦涉及意境与风格,集中反映了评论者对诗作的理解和欣赏。另一种独立于文本之外的批评，更多地指向诗人，在评定其成就时往往举示代表性章句以为例证，而在论析其艺术风貌时也喜欢采用形象化的语词来作概括，生动、精要而不免浑沦。在唐诗学史上，独立的批评出现较早，像杨炯的抨击"上官体"，陈子昂的称扬东方虬，皆其著名事例。到张说主持文坛，一口气评说了当世十来位作家的文风(见《大唐新语·文章》)，充分体现了批评意识的成熟。结合文本的批评，目前所见当以殷璠《河岳英灵集》和高仲武《中兴间气集》所附评语为最早，但只限于评论所选作家，不及篇章。宋时少章有《唐百家诗选评》(录存于《吴礼部诗话》)，亦仅评作者。南宋末年谢枋得《注解选唐诗》一书给赵蕃、韩淲二人所选唐人绝句作注，其注文实际上多为评语，算是开了结合文本评诗的端绪。同时而稍后的刘辰翁则是评点文章的大家，有《刘会孟七家诗评》行世，给唐诗评点奠立了牢靠的基础。明代唐诗学大盛，评点唐诗也由附庸蔚为大国，并开始从画龙点睛式的点评向成段成篇的解析过渡。至清人金圣叹创"分解法"，以"起承转合"说诗，更将唐诗文本的解析提到了原理和方法的高度，而其迂执处自亦难逃非议。

至于唐诗的论述，则有一个从诗评中逐渐脱化并得到升华的过程。早期的论说如唐初史官有关"南北文风融合"的主张，陈子昂对汉魏"风骨"和"兴寄"的倡扬，虽都着眼于唐诗总体建设，表现形态仍不离乎针对具体现象的批评。到殷璠撰《河岳英灵集序》，回顾一百来年唐诗演进的过程，所谓"武德初，微波尚在；贞观末，标格渐高；景云中，颇通远调；开元十五年后，声律风骨始备矣"，方始跳出具体批评的框限，为唐诗的前期发展作一总结性概括。晚唐以后，这类论述增多，不仅关涉唐诗的流变，还初步触及其体派和体式的分野。宋元之交，围绕着唐宋诗异同的争议，有关唐诗特点、性能以及"初盛中晚"四唐分期之说成为讨论中心。明清时期，探讨继续深入，辨析更加细致，"格调""性灵""神韵""肌理"各家诗说都有它们自己的唐诗观，而古典唐诗学的各项议题也差不多发掘殆尽。唐诗学的理论大厦，就是这样经一代又一代人的努力而建立起来的。不过要看到，整个古代并没有出现过一本系统阐发唐诗学原理的论著,我们的先辈习惯于将他们的理论观念结合于具体现象的评议来加表达,所以诗论和诗评终究未能明晰划分。

末了谈一谈习作,也就是人们在唐诗影响下的诗歌写作。按照今人一般看法,诗歌写作属艺术思维活动,跟理性形态的学术研究不是一码事。但我们既然将唐诗学的范围扩展到理论形态以外,承认阅读和欣赏中亦有诗的学问,那么,写作之不能离开对诗的研究,便是不言而喻的了。事实上,任何一位诗人在从事写作之际,必然要细心研读、揣摩前人的诗,他的模拟性习作中便带有明显的诗学研究的痕迹,而即使他能够脱化出新,形成自己的风貌,也仍然摆脱不了对传统的自觉或不自觉的承袭。每一代诗风都是在继承以往成果的基础上推陈出新的,这种创新与承传的辩证法,不正说明了诗歌写作和研究的不可分割吗?唐诗对后世的影响更是巨大,后来历代诗人的创作都不可避免地处在唐风笼罩之下,所谓宗唐宗宋、宗盛唐宗晚唐、宗李杜宗王孟之争,争来争去,争的不光是学理,更其是当前创作的方向,是活生生的诗歌范型。据此而言,唐诗研究确然已经进入诗歌创作领域,编写唐诗学史又怎能将其断然排除在外呢?这样说,并不等于要在唐诗学史里塞进一部后世诗歌发展史,只是表明唐诗学史的考察范围应包括后世诗歌创作中的唐诗接受情况,尤其是要联系后世诗歌对唐诗的接受来估量那个时代的唐诗研究,我们才会对其有较深切的理解。

综上所述,历史上的唐诗研究形态是非常多样化的,选、编、注、考、点、评、论、作中皆有有关唐诗的学问,均应成为唐诗学史的反映对象;也只有将这多种形态的唐诗研究活动尽情收罗于眼底,方有可能写出具有全景视野式的比较完整而客观的唐诗学史来。

唐诗学史的理论建构

撰写历史,不仅需要有史料的依据,还须建立起某种统摄的观念,才能将纷繁的材料整合到一定的叙事模式里去,这就叫历史叙述中的理论建构。唐诗学史应取什么样的理论建构呢？我们的回答是："接受"，要把历代有关唐诗的研究活动看作为对唐诗传统的一种接受。

前面说过，唐诗研究的形态是多种多样的。这众多的形态又可大体上归结为阅读（包括欣赏）、批评和写作三个方面：选、编、注、考皆关乎读，圈点兼有读和评的功能，评与论属广义的批评范围，而论述中涉及体派、作法、宗主等问题，则已通向了写作领域。从阅读到批评再到写作，正好构成诗歌接受活动的三个基本环节，总合起来便是一个完整的接受过程（同时也是由旧文本向新文本嬗递和转化的过程）。从这个意义上讲，研究活动本身就是接受活动（当然不同于公众的接受，而是专指专家学人的接受），因而唐诗学无非是有关唐诗接受的学问，而一部唐诗学史实质上便可归结为历代诗家对唐诗传统的接受史。

作为接受史的唐诗学史，又该按什么样的原则来确立其逻辑构架呢？

依据接受学的理论，任何一种接受活动都是由接受主体、接受对象以及接受关系三要素组成的，其中主体为接受活动的发动者，对象乃主体指向的目标，而由两者互动形成的联系纽带便是接受关系。在唐诗学的接受过程中，从事研究唐诗的历代诗家（选家、注家、编集家、考证家、评论家、创作家等）构成接受主体，他们所面对的唐代诗歌遗产成为接受对象，而通过其研究活动（选、编、注、考、点、评、论、作），他们自身与所研读的唐诗文本之间在审美经验上达成某种沟通与撞击，便产生出接受关系，通常称之为视界交渗。视界交渗不一定意味着双方在目标取向上高度一致，主体对于所研究的对象可以持赞赏或同情的态度，也可以持批判乃至拒斥的态度，但总要以能激起一定的审美反应（包括否定性反应）为前提；如果是完全冷淡，漠然置之，就谈不上有任何接受关系，于是接受活动便也不能成立。

接受关系的生成，以接受范式的建立为标志。所谓接受范式，是指接受主体对于接受对象的特定的把握方式，它既取决于对象的性能，而亦受制于主体的需求，是主客双方对立统一在接受活动中的具体实现。就唐诗学领域而言,接受范式关涉到观念体系、审美情趣、文化修养、资料积累、学术规范、研究方法乃至于阅读习惯、表达形式众多因素,而其核心内容为人们心目中有关唐诗的观念(即对唐诗的性质、功能、体式、流变、门派、宗主诸问题的认识与取向)及其方法(即实践其唐诗观的途径与方式),尤以观念居主导地位。一定的唐诗观和相应的方法既然集中体现了唐诗研究者对诗歌作品的把握方式,就必然会贯串于他们的阅读、批评和写作的过程之中,渗入其选、编、注、考、点、评、论、作各个方面,从而构成其整个研究活动的主导机制。因此,我们考察唐诗研究的成果,也必须注目于各种形态内里含藏着的唐诗观,以此为基点来观照唐诗学史的整体走向。

  唐诗观并非一成不变。作为诗歌接受关系得以建立的主导性标志,它不能不依存于接受主体和接受对象的双向互动,也就是取决于历代诗家和唐诗传统之间的交互作用关系。

  首先是唐诗传统对于形成唐诗观的意义,这里的关键问题是不要把唐诗传统看成凝固而僵化的东西。唐诗,作为有唐一代诗人的群体创造,经历了长时期的演化,它的各个阶段、各种流派、各类体制和风格的结晶,逐一融入其诗歌大传统之中,日益充实着它的有机构成,是人所共知的。唐王朝灭亡后,这个进程是否就此结束了呢?不错,唐诗的创作是告一段落了,但唐诗的传播、保存、整理和加工,却始终没有停止。由于古代文物保存手段的限制,加以天灾人祸频仍,唐人诗作曾大量散佚,而又屡经拾掇,唐诗的总量是在不断变化之中的。更从积极方面来看,后人因为喜好唐诗,在整理、加工唐诗文本上付出了大量劳力。如通过辑佚、校订,推出了新的校本;通过注释、考证,提供了各种注本;为观其全,编成大型总集与合集;为导其读,出版许多选本、评本、解读本。这一代又一代人的努力,给唐诗文献增添了极其丰富的新资料,同时也就扩大和深化了唐诗的既有传统。后世学者接受唐诗,决不仅限于唐人留下的文字,而是把这一切新的成果都纳入其视野,当作整个唐诗传统的组成部分来加以领会和思考,这不正表明唐诗传统是处在永恒的承传与变异过程之中吗?

唐诗传统的变异性，还表现在其对于不同主体所呈现的不同姿态上。我们知道，传统是一个浑笼的大概念，在同一个传统的名目下，隐藏着许多不同的内涵与层面，而当不同的主体共同进入这一传统时，他们完全有可能各从自己的切入点面对传统，从而把握到传统的各个不同侧面。比如说，宋初诗人都是从学习唐人入手来开始他们的诗歌创作道路的，然而有"白体""晚唐体""西昆体"之分。"白体"主要学白居易闲适而通俗的诗风，"晚唐体"学贾岛诗的炼字和炼意，"西昆体"则致力于模仿李商隐诗的精丽辞藻和巧用典故。他们主观上都要走唐人的路子，但取径各异，说明各自心目中的唐诗传统与典范是大相径庭的。又比如，同样崇尚盛唐，殷璠鼓吹"风骨"与"声律"兼备（见《河岳英灵集叙》和《集论》），尤推重"风骨"；严羽却认为"盛唐诸公唯在兴趣"，"言有尽而意无穷"（《沧浪诗话·诗辨》）；高棅《唐诗品汇》将辨"格调"、别"正变"奉为要旨（参此书《总叙》）；而王士禛选《唐贤三昧集》，又不满于人们徒学盛唐诗的高腔大调，一意要从王、孟一路清淡诗风中"剔出盛唐真面目与世人看"（见《然镫记闻》所述）。至于究竟什么是"盛唐真面目"，则人各殊言，这里也显示出由传统变异所产生的理解上的差别。

于此可以联系到问题的另一个侧面，即主体的选择作用。历代诗家对于唐诗传统的接受，并非纯然消极而被动的，他会有自己能动的选择，甚至会对传统加以改造和发展，不断赋予传统以新的意义。这是因为人并不单纯生存在既有传统的封闭空间里，人的生活实践是一个开放的系统，各种经济与政治的动向、社会的思潮、文化的氛围、审美的趣尚乃至个人的经历、教养、才性、习俗等，都不可避免地要投影于他的意识心理，反映于他的诗学观，从而造成他对传统的独特的把握方式。就拿刚才所举有关盛唐诗的例子来看：殷璠代表的是盛唐人的观念，其追求目标是要创建有唐一代新风，扭转六朝柔靡习气，所以重新树立刚健的"风骨"成了他的首选。严羽生当以"江西派"为代表的宋诗弊病充分暴露之际，突出盛唐诗的"兴趣"以针砭宋诗的情韵不足，当然会提到"第一义"的高度上来。明初高棅处身于学术文化复古风气笼罩之下,诗拟盛唐,就必须从辨析盛唐诗的"体格""声调"入手。而王士禛为要排除经"明七子"提倡并业已流于套式的诗风,又不能不另辟蹊径,将"王孟"别派转化为盛唐正宗。同一个盛唐诗的传统,在不同接受主体的不同观照之下,会有如许斑驳陆离的不同形象和色彩呈露出来,除了传统自身内涵的丰富与复杂外,主体的能动选择岂非在其间起着关键性的作用吗?

由此看来,一方面是唐诗传统的不断积累更新,另一方面是从事研究活动的人在各种因素作用下的心态变化,这两股力量的交汇,便促成了唐诗观的流变。反过来看,唐诗观作为唐诗接受范式的核心,它的流变则又标示着主体与对象之间接受关系的变动,甚且意味着整个接受活动的推陈出新。因此,如果我们把唐诗学史理解为唐诗的接受史,唐诗观的流变(连同其所代表的诗歌接受范式的变迁),无疑将构成其内在的中轴线;也只有紧紧抓住这根轴线,才能循此以追踪并梳理出唐诗学史发展和演化的基本轨迹。

现在可以来回答本节开首提出的有关唐诗学史逻辑构架的问题了。初步设想是:一部唐诗学史当以在历史上起过较大影响并具有一定代表性的唐诗观为其枢纽,在横向和纵向两个方面展开。横向上,应探究作为接受范式的唐诗观与接受主体、接受对象之间的互动关系,以及这种互动作用在阅读、批评、写作各个环节(选、编、注、考、点、评、论、作诸种形态)上的显现;纵向上,则应着重考察唐诗观自身的流衍变化,包括不同观念、范式间的对立、交渗、转换和兴替的过程。这样一纵一横、一经一纬,便可交织出一幅生动活泼而又脉理分明的图景来。这也是我们对撰写唐诗学史的期望所在。

唐诗学史的历史分期

还要讨论一下唐诗学史的分期问题,以便对其发展脉络作一简要提挈。

依据前一节所讲的以唐诗观的演变为标志的原则,自古及今的唐诗学史可以粗略地区划为两大阶段,即古典唐诗学阶段和现代唐诗学阶段。古典与现代的区分不是从史料依据上讲的,因为史料多积累而少兴替,现代人研究唐诗还得要凭借古代资料。古典与现代之别主要在于观念,今人有今人的唐诗观,古人有古人的唐诗观,不容混淆。比方讲,古代不少学者研究唐诗,是把它当作一种理想的诗歌范型来把握的,研究就是为了学习,学习就是要用以规范自己时代的诗歌创作;虽也有一些人不赞成这么做,但不赞成的理由往往在于唐诗的规范性尚有不足,而其寻求诗歌范型的着眼点并无二致。今天的情况就大不相同。现代学者同样要研究唐诗,同样重视唐诗的价值,但只是把它当作宝贵的文化遗产来加以继承和发扬,不会要求它成为当前诗歌创作的仿效对象。这可以说是古今对待唐诗态度上的一个最重要的变化。围绕着这个基本态度上的差异,便又引发出一系列不同的看法。如以唐诗为榜样,就有"风教"论、"性情"论、"风骨"论、"比兴"论、"格调"论、"神韵"论诸种解说唐诗的理念出现,体现了古代士大夫对诗歌传统的道德要求和审美要求;而若从文化遗产的角度看待唐诗,则又会形成历史的观念、人本的观念、科学实证的观念之类渗透着现代人文意识的学术观点和方法应用于研究工作。古典唐诗学与现代唐诗学确实是存在着质的区别的两个不同的学术系统,尽管它们之间又有着不可分割的内在联系。

在唐诗学史的两大阶段中,古典唐诗学占据着从唐初直至清末民初的漫长历史时期,现代唐诗学的产生还不到百年;古典唐诗学基本上是已经完成了的形态,现代唐诗学则方兴未艾。我们这里着重考察的是唐诗学史的古典阶段,为了更具体地了解其运行轨迹,有必要将它再划分为如下几个较小的段落,即:(1)唐五代——唐诗学的萌生期;(2)宋辽金元——唐诗学的成长期;(3)明代——唐诗学的盛兴期;(4)清代——古典唐诗学的总结期。下面尝试就其发展轮廓作一简要勾画。

唐五代作为唐诗学的萌生期,是因为唐诗学自身的建构在这段期间经历着一个从无到有、从胚胎到成形的发育过程。唐五代是唐诗的产生时期，也是唐诗开始被接受的时期。唐人对唐诗的研究（阅读、欣赏、批评）与其诗歌创作几乎是同步进行的，这从当时发达的唐诗选本、活跃的诗歌评论、丰富的纪事材料以至众多有关诗歌格法的论著中都可得到反映。那种认为唐诗学直到宋代才有的看法，不免失之偏颇。但也要承认，唐诗学在这个阶段确实尚未演化成熟。整个唐五代是唐诗风貌不断变化出新的时期，完整的唐诗传统还在建立之中。唐诗接受在那个时期也必然是一种当代文学接受（当代诗选、当代评论、当代纪事等），生动活泼，多姿多态，而随流宛转，未有定格。接受者的眼光容易停留在触目显眼的一枝一叶上，无暇把握通盘大局，他们的成果为后人留下有关唐诗的最直接、最鲜活的审美经验，但作为一门学问的唐诗研究仍显得零散而片段，形不成系统。当然，事物又总是在演变、发展过程中的。如果说，唐前期的唐诗研究经历了由不自立到自立的转变（如诗歌选本由唐诗与前朝诗的合选演进为唐诗专选，文学批评由评论前朝文学得失以为借鉴转入直接评论唐人作品，诗格、诗式之类著作由大量举证六朝诗例到多引唐人诗句，皆是），唐中期更多地显示出唐诗研究在自立后的多向展开（如主题的拓展、诗学观念的分流、诗学形态的多样化等），那么，进入晚唐五代后，随着唐诗历史进程的渐告完成，开始出现了对有唐一代诗歌的总体性回顾与反思（包括唐诗流变的粗略概括及其体制、风格、门派、作法等方面的大致归纳，而通选唐诗的选本出现亦是一个标志），算是初步宣告了唐诗学的诞育成形。

宋代在唐诗学史上占据着重要的位置。宋人一开始便把唐诗当作自己时代的最切近的文学典范来加以接受与仿效，唐诗的大规模收辑汇总和许多唐人别集的整理、刊刻，都由他们肇其端绪。宋人在唐诗的读解上下了功夫，选录、编年、注释、评点，为后世研究唐诗打下良好的基础。宋人自身的诗歌创作亦皆从学习唐人入手，学白居易，学贾岛，学李商隐，学李白、韩愈、孟郊，直至宗尚杜甫，走出了一条诗歌革新的道路；而在这广泛学习唐人的过程中，他们对唐诗内涵的各个侧面多有所揭示，丰富了人们对唐诗传统的体认。南渡以后，由于江西诗派渐为人所不满,一部分诗家起而标举"唐音"与之相抗,激发了唐宋诗异同的争议,而唐诗的独特性能亦因此而得到彰明。自叶梦得、张戒、朱熹、杨万里、"永嘉四灵"以至刘克庄,有关唐诗的气象、韵味、体制、音节、流变、分期、门派、宗主诸问题愈益受人关注而展开讨论。到宋末严羽撰《沧浪诗话》,从诗辨、诗体、诗法、诗评、考证多方面立说,唐诗学的理论建构终趋成熟,更经元杨士弘、明高棅的推衍阐发而成为古典唐诗学史上的正宗思想体系。

与宋代并峙的辽、金二朝以及后来混一南北的元代,在唐诗学的发展史上也做出了各自的贡献。辽诗绍述唐风,与宋诗的变革唐音分途异趋。金人兼承辽与北宋,故倾向于祧宋祖唐,对构成宋诗主流的江西诗风尤加贬抑;不过金源一代盛行"苏学",文学主张上看重抒写性灵,对于唐诗盛、中、晚各期皆有所取,又不像南宋主唐音的诗家那样一味崇尚盛唐或晚唐。到金元之交的元好问,论诗上溯风雅,尊唐贬宋,已开了元人"宗唐得古"的先声。元代唐诗学初起时亦分承南北,既有续江西诗学余绪、倡"一祖三宗"之说的方回,而亦有高扬"宏壮""震厉"之音、欲与江南诗学对垒(见姚燧《注唐诗鼓吹诗集序》所述)的北方诗人;但元人的基本趋势是弃宋归唐,所以在唐诗研讨上颇有建树,杨士弘《唐音》、辛文房《唐才子传》加以南宋计有功《唐诗纪事》三本有代表性的唐诗研究专著的联翩问世,足以显示这个期间的业绩。总的来说,辽、金、元三朝在唐诗学史上起着特殊的转折过渡的作用,它是由宋返唐的通道,也是自唐入明的门户。

进入明代,文坛上复古思潮和主情思潮大盛,两者都指向了唐人的审美理想,于是唐诗的传统得到全力发扬。明人对唐诗学的贡献是多方面的,除唐人诗集的整理与刊布达到新的高潮,出现了像《唐百家诗》《唐五十家诗集》这样的大型汇刻以及《唐诗纪》《唐诗类苑》《唐音统签》之类集成性总集外,唐诗的选读与评论也相当发达,各种选本广为流行,评点蔚然成风,甚至有汇选、汇评的本子供人比较参考。在向社会普及的基础上,明代诗家就唐诗的理论问题进行了较前人更为深入细致的研究,特别是唐诗各个时期、各种流派、各类体式与风格的辨析及其流衍变化过程的把握,几乎到了十分精微的地步,而唐诗学的话题亦因此而大有开拓。但明人对唐诗传统的发扬,又是同他们自己模拟唐人的诗风紧密联系的,所以辨"格调"、别"正变"成了其注目的焦点,"诗必盛唐"为其诗歌取向,这不可避免地造成唐诗传统理解上的狭隘化与单一化,大大限制了他们的理论视野和学术建树。明中叶以后,对拟古诗风的质疑愈来愈强烈,"性灵"说崛起,"格调"派内部也产生自我修正的动向,长期遭受冷落的中晚唐诗歌才重新拾得其在诗坛上的位置。明末胡应麟《诗薮》、许学夷《诗源辩体》等撰著,虽仍未彻底摆脱"伸正绌变"的观念,而已能较为客观、全面地反映唐诗的历史演变,是明代唐诗批评的重要结晶;胡震亨《唐音癸签》辑录历代有关唐诗研究的代表性资料,归类编排,自成系统,更为唐诗学的既有成果做出了初步的小结清理工作。

　　清代作为中国传统学术的总结阶段,也是古典唐诗学的总结期。清人的总结是从反思明人的经验教训开始的,在对明代诗坛"师古""师心"两大流派的批判与继承过程中,通过激烈的思想碰撞与反复辩难,逐渐形成包容、折衷、崇尚实际的作风,成为有清一代的典型学风,亦为唐诗学的总结创造了有利条件。经历了清初这段反思,到康、乾之交的王朝盛世,唐诗学集成的局面已然呈现。规模巨大的《全唐诗》的编纂,分体、分类、分期、分派等多样化选本的风行,诗歌文本的评点与解析形态的推进,尤其是实学风气驱动下对诗人生平事迹和诗作编年笺校的精审考订,在在显示出盛世学术的昌明气象。这个时期的诗学理论批评也很活跃,不仅诗话、诗论中多所涉及唐诗,几大诗学流派如"神韵""格调""性灵""肌理"诸家乃至桐城文派,皆有自成体系的唐诗观,崇李杜、扬王孟、取大历、嗜晚唐、伸唐绌宋、移唐就宋、调和唐宋、会通诗文,各有一套,议论蜂起。不过各家观念中均能考虑到不同方面的意见,不像明人好走偏锋,故其理论系统有较大的容涵度,这或许亦可看作总结阶段唐诗学的一大标记。

　　从某种意义上讲,总结也就是终结。经过明清两代的大发展之后,古典唐诗学终于完成了它的资料积累和理论建构的使命。清中叶以降,动乱频仍,国运沦替,诗坛主流风尚转而趋宋,唐诗的阅读和欣赏虽仍流布于社会,而学理性探讨已渐衰微。一些诗学论著中述及唐诗,局部偶见精义,但罕有重大发明。"同光体"作者倡为"三元""三关"之说(见陈衍《石遗室诗话》卷一和沈曾植《与金甸丞太守论诗书》),力主会通唐宋,实质上是用宋诗的眼光来解读唐诗,恰足以显示古典唐诗学审美理想的蜕变。少数杰出诗人如龚自珍,借评论唐诗,吐胸中垒块,寓叛逆精神。而晚清倡"诗界革命"诸子,则已将诗歌创新的追求指向了域外,并由此反观我国诗歌(包括唐诗)传统之缺陷与不足(参看梁启超《饮冰室诗话》所论)。至于民初柳亚子等在南社重新挑起唐宋诗之争,鼓吹振兴唐音以发扬民族精神,亦只是"旧瓶新酒",昙花一现而已。这一切都表明唐诗学史的传统路径已走到尽头,新的变局正在来临。新的变局亦即唐诗学自身的蜕变,是其由古典向近代诗学转变的发端。清末王国维等人初步引进西方美学理念来阐说我国古代诗歌,实已预示着这一变革的方向;而随着"五四"新文化运动的兴起并席卷中国大地,唐诗学的更新便也同整个中国学术文化的更新一样,正式揭开了它的帷幕。

本书编写说明

通过上面的简要陈述,应能反映我们的基本想法,即:唐诗自有其"学",而唐诗学亦有其"史"。但正如"导言"开头部分所说,唐诗研究虽有久远的传统,"唐诗学"名称的行世还是比较晚近的事,至于唐诗学史的建构则更要迟晚。不过在这之前,有关专题的研讨实已提上议事日程。1981年齐治平于《北京师院学报》上连续发表《中国文学批评史上唐宋诗之争》一文(后拓展为专书《唐宋诗之争概述》,岳麓书社1983年版),抓住唐诗学史上的一个核心问题进行系统考察,为撰写唐诗学史打下了基础。程千帆《张若虚〈春江花月夜〉的被理解与被误解》、周勋初《从"唐人七律第一"之争看文学观念的演变》,作为成功的个案剖析,亦为总结历史积累了经验。到80年代中叶的唐代文学学会年会上，始有傅璇琮向学界倡议开展唐代文学学术史的研究，随即在学会会刊《唐代文学研究》第一辑上刊发了陈伯海《唐诗学史之一瞥》的长文（该文后略加补充，写入知识出版社1988年版《唐诗学引论》一书），算是给此项工程的"上马"引发了信号。

90年代以后，这方面的成果逐渐多了起来，仅专著就有黄炳辉《唐诗学史述稿》（鹭江出版社1996年版）、蔡瑜《唐诗学探索》（台北里仁书局1997年版）、朱易安《唐诗学史论稿》（广西师范大学出版社2000年版）、傅明善《宋代唐诗学》（研究出版社2001年版）数种，论文更是大量，且出现了其分支形态的研究著述如许总《杜诗学发微》、简恩定《清初杜诗学》等，表明当作一种专门性学问的唐诗学和唐诗学史已得到了广泛重视。这些成果自然各有其不可埋没的价值，而或局限于断代，或偏重在专题，或尚嫌缺略不齐，作为唐诗学史的通观式的把握，似仍有开拓余地。本书的编写即应此需求而产生，希望能在既有成果的基础上获得一点新意。

关于编写的原则，前面几节已做了阐释，不再费辞。要说明的是，这只是我们的理想设置，限于自身的知识水平和理论眼光，未必贯彻如意，只能说朝此方向前进而已。完整的唐诗学史本应包括现代部分，限于时间、篇幅，亦只能先将这一千多年的古典史整理成编，至于这门学科步入现代社会后的更新趋向，拟于书末"余论"中稍加提挈。好在有关唐诗研究的当代概观，已有张忠纲等《中国新时期唐诗研究述评》（安徽大学出版社2000年版）和陈友冰《海峡两岸唐代文学研究史》（台北"中研院"文哲所《中国文哲专刊》第22辑，2001年版）二书作了颇为详细的梳理，其余综述性文章更不在少数；而深入探究其转化和演进的脉络，揭示其历史经验教训，尚待共同努力。

（本文系我为《唐诗学史稿》一书所写的"导言"，未单独刊出，该书有河北人民出版社2004年版）

唐诗学建设的一点回顾与思考①

参加这次盛会,未提交论文,只能就个人从事唐诗学建设的一点做法和想法,作个简要的汇报。

在我的印象中,"唐诗学"这个名称是于20世纪80年代中叶初始提出来的,我也算积极倡导者之一。为什么那个时候要提出建设"唐诗学"的任务呢?因为自改革、开放以来,学术文化的复苏在唐诗研究上率先得到比较明显的反映,一时间空气相对活跃,便产生了大力推进此项研究的意愿,而建设"唐诗学"正是这种意愿的集中表现。"唐诗学"得以成立的依据不外乎这样两个。

首先,我把"唐诗"理解为一种整体性存在,它具有自身独特而不容取代的总体性能,并不仅仅归结为唐代诗人们所写的各篇诗歌的总和。我们知道,"唐诗"一词经常代表着一种诗歌传统,甚至是一种诗歌典范,提高一步讲,它还可视以为我们民族审美心理的结晶和民族文化精神的体现。唐以后的文人士子谈论唐诗,常有"宗唐得古"之说,明清两代在诗歌创作方向上更出现过"宗唐"与"宗宋"的反复争议。而所谓"宗唐得古"或"唐宋之争",不都是以唐诗为一种传统、一种学习典范来看待的吗?只有承认唐诗的总体质性,才谈得上对这一传统有整体性的把握。故唐诗研究如同古典文学领域内的诗经学、楚辞学、乐府学一样,也是有自己特定的研究对象和研究课题的,值得作

---

① 本文原系作者在南开大学举办的唐代文学学会第十五届年会上的发言录音稿,经整理加工成文。

为专门的学问加以倡扬。

其次一方面的理由,就是唐诗研究有着丰厚的历史积累,自唐迄今一千多年来从未间断。不仅很多人在从事唐诗研究,还形成了众多的门户、派别,如所谓宗唐、宗宋、宗盛唐、宗晚唐、宗李杜、宗王孟等各种诗学观念并起纷争,在分期、分派、体式、流变等问题上亦有深入的探讨。研究的形态则日趋多样化,不光限于理论性概括,选诗、编诗、注释、考证、圈点、评议、论说乃至习作,都成其为对唐诗的特定的研究方式,是唐诗学建设中所当关注的内容。可以说,唐诗学的历史积累决不亚于古典文学领域内的任何一门分支学科,其涉及方面之广和探究之深,更常居于上游,这也是它有资格成为专门性学问的根据所在。

既已参与唐诗学的倡导,就必须做点实事。从 80 年代中叶到新世纪初的二十年间,我和我的合作者们共同编撰、出版了六种专书。我们的路子主要是选择唐诗研究的历史进程为切入点,从收集历史资料、总结前人经验入手以进入唐诗学建设。已出的六种书大致可归属为三个类型。

一是目录学著作,有我和朱易安女士合作编写的《唐诗书录》(齐鲁书社 1988 年版),搜采现存有关唐诗的总集、合集、别集和评论资料的书目两千七百余种,一一注明书名、作者(编者)、朝代、卷数、简要内容及各种版本(稀有版本注明馆藏),且以"备考"形式将历代有关此书的著录文字摘要、汇编于后,以便追溯其版本、卷数的沿革并了解前人对它的评述。此书的作用在于探一探唐诗学的家底,可用为研究工作的入门向导。

二是史料学编纂,涉及历代评论唐诗的资料,共编三种,两种偏于宏观性论说,又一种则属微观性评议。偏于宏观的,一本叫《唐诗论评类编》(山东教育出版社 1992 年版),是把历代有关唐诗的论评资料收辑起来,按类分编,这是取法明胡震亨的《唐音癸签》。我觉得《唐音癸签》很有价值,不单因为它汇集了许多资料,还在于它把资料按类编排,这一编排之后,唐诗研究中方方面面的问题得以凸显,唐诗学这门学科的理论构架也就自然地浮现出来了,我们学的便是这个路子。

《唐音癸签》是明末编就的,仅30万字,资料限于明以前,采集亦不甚完备,我们扩大了搜采范围,下延至清末民初,分类也更见细密,共编了120万字。另一本宏观性史料书名为《历代唐诗论评选》(河北大学出版社2003年版),是按历史线索编成的,共分唐、宋、金元、明、清五个时段,计164个单元。每单元突出一个主题,选录一篇代表性文章为正文,若干篇相关文章作附录,再加一则说明文字。这是仿效郭绍虞先生主编《历代文论选》的体例,以历史上相继出现的话题为贯穿线索,足以使唐诗学的历史演变过程大致显现出来。以上两本资料书,一纵一横,一经一纬,构成了唐诗学基本史料的宏观构架。至于微观方面,主要是浙江教育出版社1995年出版的三卷本《唐诗汇评》,选录498位唐代诗人的5000余首诗作(占《全唐诗》总量十分之一,希望能显示它的一个雏形),各缀以历代评论,少的每首几则,多的可达数十乃至上百条,全书共460余万字。这些都属于史料学方面。

第三种类型为理论性总结,出了两本书。一本是我个人撰写的《唐诗学引论》(东方出版中心1988年初版,后多次重印,并于2007年修订再版),就"正本""清源""别流""辨体"和"学术史"五个方面阐说了我对唐诗的基本理念,属唐诗学原理的构建。另一本则是我与上师大博士生合作编写的《唐诗学史稿》(河北人民出版社2004年版),按历史时段分别勾画出这门学科自唐及清的发展轨迹,而将近百年来的新变放在"余论"部分略作提挈。

以上简略介绍了我和我的同伴们在唐诗学建设上所做的工作,下面还想结合个人的体会,就这门学科的未来前景稍稍作一点展望。新世纪已经来临,在新的形势之下,可以指望唐诗学向着什么样的方向继续前进呢?我想,前进的路子很多,套一句古人的成说,那就是义理、考据、辞章不可偏废,它们都是学问,当力求并举互通。

先讲考据。我把考据理解得宽泛一些,凡是从历史和文物的实证角度从事文学研究的,我都称之为考据。应该说,考据之学是建设唐诗学的基础学问,因亦成为当代唐诗研究领域里的显学。新时期以来唐诗研究取得的重大成果多在这个方面,包括诗篇的辑佚与注释,作家生平和作品背景的求索，文人集团及其相互关系的认定，唐代社会各项制度、各种机构与唐诗关系的辨析，经济、政治、宗教、文化的消长变迁对文人生活方式及其创作的影响，以及各种相关史料的汇集、编纂等，这些方面都有研究者做了大量的考订工作，卓有成效，有目共睹。考据之学仍大有拓展余地，新世纪里要坚持做下去，做扎实，做深入，一步一个脚印，这都不成问题，用不着我多讲。

　　我要着重谈的是第二种学问，即辞章之学，这可能是当前唐诗学建设中相对薄弱的环节，亟应提倡。所谓辞章之学，乃指诗歌艺术文本的解析，其实也就是对唐诗意象艺术的领略。我们常说，中国古典诗歌是用意象为中心来构成其艺术系统的。"意象"并不是一个单纯的概念，在诗歌文本里，它可以分解为"意""象""言"三个层面。写诗的过程是"立象以尽意""立言以尽象"，读诗的过程则是"寻言以观象""寻象以观意"，三个层面环环相扣，组成以"象"为核心的文本结构，要深入了解诗歌艺术，就必须掌握其结构法则。古人论诗，倾向直观式的体验，对诗歌意象及其风韵、神采虽时有敏锐的感受，却不擅长于就文本意象结构作逻辑分析，其感受便多停留于印象阶段。比如宋人严羽曾用"飘逸"二字来形容李白的诗风，我以为用得非常妥帖，比我们常讲的"豪放"为好。豪放的诗人很多，陆游也是豪放，但朱熹批评其诗"一气滚将下去，全无文法"，评论稍嫌苛刻，不能说未中要害。李白的诗则不一样，它也豪放，而豪放中又能跌宕往复、摇曳生姿，给人以灵动飘忽的感觉，故非"飘逸"二字莫能传其神理。不过"飘逸"只是在表述我们读李白诗时的感受，究竟怎样形成这种"飘逸"的感受，用传统的印象批评方法是说不清楚的。而若建立起现代辞章之学，从解析"意—象—言"的文本结构入手，看李白如何选用言词以构造诗歌意象，意象与意象之间又如何进行链接、组合，进而考察其意脉运行的方式、体势构建的原理以及诗人自身的情趣、风神如何在其意象艺术经营中得到落实与开显，这样一来，"飘逸"的诗风也许就不那么难以捉摸，而李白的诗歌艺术或可获得某种程度的揭示和理解。像这类有关文本构造法则的探讨，西方形式主义学派、新批评派、结构主义学派等都很热衷,海外汉学家也有拿来应用于中国古典文学研究的,但往往不能完全切合我们的实际。我们应该从自身的文学实践经验入手,提炼出切合古典诗歌意象艺术的原理法则,以促使传统批评向现代辞章之学转化。研究唐诗的目的毕竟是要落脚于领会其诗歌艺术,而历史考证也只有与文本赏析相结合,才能取得相得益彰的效果。这后一方面的建树目前还相对欠缺,希望新世纪里能有一个较大的开拓。

最后来讲义理之学,亦即通常所谓的理论研究。"义理"要在考据和辞章之学的基础之上归纳总结出来,不同于发空论、泛泛而谈。义理研究的根本指向是要确立我们的唐诗观,即对唐诗的总体性能有一基本的把握,而其核心问题亦有两个。

其一可定名为"唐诗何以是",就是要讲清楚唐诗为什么能成其为唐诗,这是建立唐诗观的前提。关于这个问题,前辈学者闻一多先生做了很好的提示。他在《说唐诗》一文中谈到:"一般人爱说唐诗,我却要讲'诗唐',诗唐者,诗的唐朝也,懂得了诗的唐朝,才能欣赏唐朝的诗。"这话说得十分精辟,读后便一直印记在我的脑子里,但直到现在并没能彻底解开谜底。唐朝何以能成为"诗的唐朝"?唐代社会制度和唐人的生活方式何以能帮助激发诗情并造就众多卓越的诗人?又为什么只有唐朝成其为"诗唐",而诗歌也很发达的宋朝却不能称之为"诗宋"?尽管我们今天就唐代社会生活的方方面面作了大量考证,在其对诗歌创作的影响上也有了不少发明,而这些考证和发明如何落实到"诗唐"的总体概念以及"诗唐"与"唐诗"的内在关联上,则仍似乎解得不太透彻和说得不太分明,这应该是一个需要进一步解决的重大理论问题。

唐诗观里的第二个核心问题,可以表述为"唐诗如何是",即唐诗是怎样形成并发展起来的。我不打算追问什么是唐诗,这是个很难回答的问题,因为唐诗作为整体存在,它具有多侧面性,从不同角度来看它,会看出不同的性能来,要坐实它是"什么",极容易流于片面。况且唐诗又总是处在不断演变之中,初、盛、中、晚各有区别,后世人心目中的唐诗理念则差异更大,想要给它下一个实体性判断,必然会感觉力不从心。但"如何是"却是可以追问的。唐诗并非自李渊立国之始就已完形确立,早期的唐诗多还处在"六朝余风"的笼罩之下,尚不具备其成熟时的质态与质性。究竟通过什么样的作用、什么样的途径,它演变成了名副其实的唐诗?而在粗具规模以至彬彬大盛之后,它又为何以及如何发生了型态上的转化乃至质性上的蜕变,终于成了非唐之诗?这些问题学界虽素有研讨,多还停留于历史过程的一般叙述上,若能将历史考证与文本解析结合起来,使历史的演进透过文本意象结构的变异折射出来,让一部诗史真正成为诗体艺术流变史,则我们对唐诗性能的把握必将更为深入也更为确切。"唐诗如何是"还有另一个含义,便是唐诗在后人心目中如何呈现。唐王朝结束后,唐诗的直接生产是终止了,但其流衍、传播、接受从未停止。而接受的过程实际上是一个再生产的过程,每一个接受者的观念里,都孕有他对唐诗传统的重新理解和重新解释。这些新的理解和解释,往往反映出人们在新历史条件下的不同艺术理念与艺术趣味,但仍然关联着唐诗自身的固有质性。所以考察唐诗在后人心目中"如何是"的演变过程,亦可更进一步了解唐诗意义的历史生成。

总之,我以为,只有把唐诗"何以是"和"如何是"这两个题目,放在考据学和辞章学的基础上进行具体研究,再从义理学的角度做出概括,我们对唐诗的整体性存在才会有比较确切的领悟,而唐诗学的建设也才算具备了雏形。当然,雏形仍只是雏形,完善决无止境,期待一代又一代的唐诗爱好者将这项建设工程不断推向前进。

(原载《文学与文化》2011 年第 3 期)

第三辑

文学史与文学史学

- 宏观的世界与宏观的研究
- 论中国文学的民族性格
- 中国文学史之鸟瞰
- 自传统至现代
- 寻求宏观与微观的会通
- 《中国文学史学史》编写导言
- 文学史的哲学思考
- 《文学史与文学史学》编后记

宏观的世界与宏观的研究

长时期来,我们的古典文学研究侧重于微观,而比较忽视宏观,这种情况应有所改变。打开现有的文学史著作看,除了每一断代开头照例有一节社会背景和文学概况的介绍外,几乎尽是有关单个作家和作品的论述,论述中又大多分割成生平、思想、艺术几大块,相互之间很少贯通。读着这样的文学史,我们仿佛走进了长长的画廊,一眼望不到头的廊壁上挂满一幅幅人物肖像,有的尺寸大些,有的尺寸小些,有的工笔细描,有的粗线勾勒,虽然各有姿态,看多了也难免感觉雷同。我有时不禁心里要发问:难道这就是古典文学和文学史研究的全部内容吗?

我决无意于否定作家、作品的研究,一部文学史就是由众多的作家和作品组成的,离开了这些个体,也就无所谓整体。但是,正如同整个社会发展史不能还原为每个个人的活动史一样,文学的历史也不仅仅是作家、作品的累积。透过这一个个单独的文学分子,还应进一步探索分子间的组合关系,如作家群的构成、流派的演变、思潮的起伏、体式的变迁以至文学与社会生活各方面的交互作用等,由小范围的组合逐渐上升到大范围的组合,由局部组合逐渐上升到全局性组合,最终把握文学史的总体。这就是通常所谓"历史的基本联系",而失去了这种联系,文学现象就好比断了线的珍珠,再也构不成美丽的图案。大家知道,黑格尔曾主张"将哲学史认作一个有机的进展的全体,一个理性的联系,唯有这样,哲学史才会达到科学的尊严"(《哲学史讲演录·导言》),这也应该是我们对待文学史研究的基本态度。

去年年底我参加了上海社会科学院召开的东西方比较文化讨论会,一位青年哲学工作者的发言触动了我。他说:"我们的哲学史不能老停留在判断某个哲学家的理论体系是唯物还是唯心上面,哲学史的研究归总要回答这么一个问题,即:中国人的思想观念和思维方式何以成为现在这个样子,今后又将怎样发展?"的确,这是一个极富于现实意义的问题,回答这个问题,需要有宏通古今的思索。文学史的研究中,是否也存在着类似问题呢? 如果说,哲学是民族的头脑,文学便是民族的心灵。一部中国文学发展史,正是中华民族的心灵动荡变化过程的一个重要侧面,它记录着我们民族的喜怒哀乐、欲恶爱憎,昭示着我们民族对生活、对美的理想和感受生活、创造美的才能。研究中国文学史,如果毫不着眼于民族心理素质的发掘、民族审美经验的总结以及在这种审美心灵支配下的民族文学传统发展规律的探讨,而只是停留在一人一事的考订、一字一句的解析上,那是远远不能满足时代对我们的要求的。总之,在古典文学领域,我们面临的是一个宏观的世界,迫切需要我们去从事宏观的研究。

宏观的研究可以有不同的层次。以作家群和文学流派作为研究单位,如高岑、王孟、江西诗派,这是一个层次。以特定的文艺思潮作为研究单位,如唐宋古文运动、晚明"性灵"文学思潮,另是一个层次。以一个阶段、一个时期的文学现象作为研究单位,如唐诗、宋词、元杂剧,是更高的层次。而将整个中国古代文学作通观的审察,如中国文学史之鸟瞰、传统文学之民族特质、古典文学对新文学的影响、中国文学的世界地位等等,则是最高的层次。层次的划分自然不是绝对的,如"盛唐气象"这一范畴,既可以看作特定的文艺思潮,也不妨当成整个盛唐时期文学风貌的总括,因为这一思潮就体现了当时代文学的基本精神。目前的情况是,在较低层次上的研究虽有所展开,还不普遍,而愈往高处发展,则研究得愈是薄弱。

宏观的研究也可以有不同的角度。以某种文学体裁为研究对象的,如诗、词、曲、赋;以一定的创作题材为对象的,如边塞诗、山水文学、清官戏、侠义小说;以特殊的表现方法为对象的,如通感、博喻、情景交融；以独立的美学范畴为对象的，如风骨、兴象、理趣、神韵；以基本风格类型为对象的，如《文心雕龙·体性》所列举的"八体"、司空图论诗的"二十四品"。这里面当然也会有相互交叉与渗透。大致说来，现今对这些课题的研究，多限于事物表层可触摸的地方，如文学体裁的分析就比风格类型的概括更易于把握，也更常为人论及，而在体裁之中，对具体的体式、格律的讨论，也要比对它的美学结构、艺术功能、历史源流的探究充分得多。

宏观的研究又有不同的方法。比较研究，把两种或多种文学现象联系起来，别异辨同，如唐诗与宋诗的比较，汤显祖与莎士比亚的比较。综合研究，或者是横向综合，把一种文学现象放在同时代其他文学以至文化、社会现象的交互影响中来考察，如论述唐诗与唐代科举制度的关系；或者是纵向综合，把一种文学现象放在前后历史的遭递因革中来考察，如追溯"诗言志"观念的演变。总体研究，着眼于事物发展全过程的研究，如从中国传统社会与文化的总背景下来理解古典文学的民族特点，从整个古代诗歌的流变上来阐明某一代诗作和某一位诗人的历史地位。不同的方法还可以结合起来使用。单纯的比较只能显示异同，有了横向或纵向的综合，就可以进一步抉发现象间的因果链索，而进入总体研究，始足以从局部的、线性的因果关系，上升到多向的、全方位的系统组合，从而体现事物的普遍法则。这将是一个逐步深化、逐步提高的过程。

文学的宏观研究近年来已引起广泛的兴趣，希望有更多的同志致力于这方面的实践和理论探讨，以便在不久的将来，能有一门新的——宏观的中国文学史问世。

（原载《文学遗产》1985年第3期）

论中国文学的民族性格

如果说，一个民族的哲学构成了它的头脑，那么，民族的文艺便构成它的心灵。每个民族都有它在特定生活条件下形成和发展着的心理基质，集中反映到这一民族的文艺创作和理论批评中，便产生了文艺的民族性格。中国文学（特指已完成其历史行程的传统文学）是民族性格十分鲜明的文学，就其特点进行探讨，不仅有助于从整体上把握我国文学的传统，亦可借此略窥我们民族的精神生活以至社会生活的传统，不妨大胆一试。

杂文学的体制

文学的民族性，首先表现在民族对文学的观念上，亦即它们是怎样来看待文学这一现象，如何判定它的内涵与外延，区分文学与非文学的界限，并由此形成怎样的文学体制。在这一点上，我们跟西方人是很有差别的。

西方的传统观念以纯文学为正宗，诗歌、小说、戏剧再加上文艺性散文，便是所认可的文学范围。西方文艺思想的奠基人亚里士多德将诗（即文学，因为当时的文学都是诗）分作史诗、悲剧和喜剧、酒神颂和日神颂以及箫乐和竖琴乐三大类，并说它们之间的区别在于"摹拟各种对象时采取的方式不同"，"既可以像荷马那样，时而用叙述手法，时而叫人物出场（或化身为人物）；也可以始终不变，用自己的口吻来叙述；还可以使摹仿者用动作来摹仿"①。这实际上是确立了史诗、抒情诗和戏剧文学三分法的传统,在西方一直沿用下来,至别林斯基还宣称:"这便是诗歌的一切体裁。诗歌只有三类,再多就没有,也不可能有。"②

文艺复兴至启蒙运动期间,散文这一文体在西方逐渐兴起,出现了像英国的培根、弥尔顿,法国的蒙田、伏尔泰、卢梭等重要的散文作家,至19世纪以后更形发展。这样一来,人们传统的文学观念有所变化,文艺性散文也被纳入文学的范畴,于是诗歌、小说、戏剧、散文的四分法便流行起来。尽管如此,西方人的主导观念仍然以纯文学为正宗,并不把一切实用文体都包罗进来(少数人有此主张,未得到公认)。他们评论文学时,也总是强调作品中的情趣和想象的因子(如批评家亨特以思想、感情、想象、趣味为文学四要素,一度流传较广),这也体现了纯文学的内涵。

再来看我们的情况。我们民族的文学观念,是在历史的发展中逐渐形成的。一般说来,先秦时期尚未有独立的文学观念,"文学"一词指的是整个学术文化。《论语·先进》述及孔门四科,其中提到:"文学,子游、子夏。"这是说子游、子夏承传了孔子研习文化典籍方面的成果,并非专指文学创作。邢昺《论语疏》解说这句话的意思是:"文章博学则有子游、子夏二人。"扬雄《法言·吾子》也说:"子游、子夏得其书矣。"都比较符合实情。先秦典籍中还谈到"文",也是指整个学术文化。《论语·述而》:"子以四教,文、行、忠、信。"《学而》:"行有余力,则以学文。"《雍也》:"君子博学于文。"这里的"文"和上述"文学"一样,都兼有博学之义,非专指文学创作。先秦时期没有产生单独的文学观念,跟当时文学创作本身大体混同于一般学术文化的情况,是相适应的。

两汉时期,随着辞赋盛行,文学与学术方始分化。前者称"文章"

---

① 《诗学》第三章,见《〈诗学〉〈诗艺〉》第9页,人民文学出版社1962年版。
② 《诗歌的分类和分科》,见《别林斯基选集》第3卷第84页,上海译文出版社1980年版。

"文辞",或简称"文";后者称"文学""儒学",或简称"学"。《史记·孝武本纪》:"上乡儒术,招贤良,赵绾、王臧等以文学为公卿。"所谓"文学",应该就是指儒术。《汉书·张汤传》:"是时,上方乡文学,汤决大狱,欲傅古义,乃请博士弟子治《尚书》《春秋》,补廷尉史。"《尚书》《春秋》都属于"文学"的范围。另外,《汉书·公孙弘传赞》云:"文章则司马迁、相如。"又云:"刘向、王褒以文章显。"这里举到"文章"的代表人物,司马迁是史学家,但也有散文、辞赋的创作,其余三人则都是辞赋家。可见"文章"与"文学"的区别。《后汉书》于《儒林传》之外,特设《文苑传》,也可以看出当时知识分子专业的分途。所以说,我们民族的文学观念初步形成于两汉,是有根据的①。

但是,我认为,重要的不仅在于说明文学是从一般学术文化中逐渐分离出来的事实,更要看到,在我们的民族传统中,这种分化并不彻底。换句话说,已经独立出来的文学观念,在汉魏以下人们的心目中,仍然是一个杂文学的范畴,其中包含着许多非文学的成分(当然是以纯文学眼光来看)。两汉姑置勿论,号称"文学自觉"时代的魏晋,又是怎样看问题的呢?曹丕《典论·论文》是第一篇全面论述文学的纲领性文献,"文章,经国之大业,不朽之盛事",地位抬得何等之高!但涉及具体文学现象时,则说:"夫文,本同而末异,盖奏议宜雅,书论宜理,铭诔尚实,诗赋欲丽。"除了诗赋一类属纯文学外,奏议、书论、铭诔都是应用文字,至多只能归入杂文学的范畴。稍后,陆机《文赋》专门讨论文学创作的过程,举出十种文体——诗、赋、碑、诔、铭、箴、颂、论、奏、说,也只有诗、赋两类属于纯文学。循此而下,昭明《文选》分文章为三十八类,《文心雕龙》列三十三体,一直发展到清姚鼐《古文辞类纂》划定十三大类,其中都包括大量应用文体。可以说,在传统文学的整个发展过程中,文学与非文学的因素一直是交织着的,从来也没有断然剖分。

---

① 上述问题郭绍虞《文学观念与其含义之变迁》一文有详细考辨,载《照隅室古典文学论集》上编,上海古籍出版社 1983 年出版,可参。

那么,我们的杂文学体制,究竟还有没有一个确定的范围呢?当然是有的。晋人定"四部书目",经、史、子、集的分编,正好界定了杂文学的外延。凡是不入经、史、子的各类文章,都可以编入文集,也都属于传统认可的文学范畴。李白、杜甫的诗歌,陆贽的奏议,苏洵的策论以至于元人杂剧,在前人看来皆是文章,没有质的歧异。与此同时,《文选序》标举"事出于沉思,义归乎翰藻"的选录标准,则清楚地揭示了杂文学的内涵。杂文学要够得上称作"文","沉思""翰藻"是必不可少的,否则就跟一般的史书、子书无区别了。但"沉思""翰藻"毕竟不同于今天所讲的"形象思维",也跟西方历来重视的文学情趣、艺术想象大不一样,所以又只能构成杂文学的标准,进不了纯文学的领域。

应该指出,在我们民族文学观念长时期演变的过程中,偶尔也会有触及纯文学与杂文学分界的讨论,那便是六朝"文笔之辨"。这个问题上说得比较明确的,是梁元帝萧绎写在《金楼子·立言篇》中的一段话:"古人之学者有二,今人之学者有四。夫子门徒,转相师受,通圣人之经,谓之儒。屈原、宋玉、枚乘、长卿之徒,止于辞赋,则谓之文。今之儒,博通子史,但能识其事,不能通其理者,泛谓之学。至如不便为诗如阎纂,善为章奏如伯松,若此之流,泛谓之笔。吟咏风谣,流连哀思者,谓之文。"这里先将古代的学问分作"儒"与"文"两途,大致和汉人关于"文学"与"文章"的区别相当。然后根据后来的发展情况,从"儒"中判别出"儒"(狭义的,指能通经达道)和"学"(但能博闻强记,不能通达大道)两类,又从"文"中分化出"笔"和"文"(狭义的)。"笔"指的是章奏之类应用文字,"文"则需要情思宛转,并能上口咏叹。《金楼子·立言篇》在另一处还谈到:"文者,唯须绮縠纷披,宫徵靡曼,唇吻遒合,情灵摇荡。"把藻采、声韵、情思几个方面都提到了,说得更为全面。由此看来,"文"和"笔"的区分,确实接触到纯文学与杂文学的分界问题,在传统文学观念的演进上值得给予注意。

然则,这是否意味着我们的先人已正式确立了纯文学的观念呢?不然。我们知道,"文笔之辨"在六朝本有一个发展过程,其中包含着一些不那么一致的提法。最早给"文""笔"下界说的如刘宋时范晔,他在《狱中与诸甥侄书》中谈到,为文须"别宫商,识清浊",又说:"手笔差易,文不拘韵故也。"这是专从文章是否讲求声韵来辨析"文""笔",跟纯文学与杂文学的分界是不相干的。《文心雕龙·总术》中也提到:"今之常言,有文有笔,以为无韵者笔也,有韵者文也。"意思相同,可见是当时一般人的见解。萧绎的说法较晚出,他在声韵之外,又加上了情思和藻采的要求,特别强调"情灵摇荡""流连哀思",于是"文"的纯文学的意味便加重了,但这恐怕是他的"一家之言",未必得到公认。此其一。其次,即便取萧绎之说,由于他主张情采、声韵并重,他所理解的"文",看来也仅指诗、赋和一部分骈文,不但不能概括当时新兴的志人、志怪小说,甚且不包括像《桃花源记》那样的文艺性散文。这样的"文",较之通常所谓纯文学的概念,又要显得狭窄得多。其三,还要看到,六朝人对"文""笔"的划分也只是相对的,因为在他们的观念中,"笔"亦须有文采(据《文心雕龙·总术》,颜延之以为:"笔之为体,言之文也")。所以"文""笔"又可总纳入"文"的范畴(《文选》与《文心雕龙》都取广义的"文"),仍然合成一个杂文学的体制。最后,从历史上看,"文笔之辨"并未得到巩固和发展。唐宋时期的文学复古运动,为要打破骈文正宗的观念,便也抹煞了"文笔之辨"。后世所谓的"文",始终是一个包罗万象的概念①。只有清代阮元试图重弹旧调,那不过是清中叶以后骈文回潮的余波而已。总之,"文笔之辨"是在六朝骈俪文学盛行的基础上产生的文学分类要求,它或许在某些方面接近了西方的纯文学范畴,但实质并不相同;作为某个历史阶段的特殊现象,它也并不代表传统文学发展的主流。那种以为我国古代文学观念是由杂文学逐渐演进到纯文学的看法,其实并不符合我们的国情。

---

① 一部分人甚至要把经、史、子也包括到文学范畴里来,如曾国藩编《经史百家杂钞》为扩大姚鼐《古文辞类纂》的选文范围,章炳麟《国故论衡·文学总略》更有"以有文字著于竹帛,故谓之文"的说法,可见传统观念中文学与一般学术文化始终未彻底划清界线,这也是杂文学体制得以巩固的重要因素。

美善相兼的本质

特定的文学观念,总是和特定文学现象的本质相联系的。什么是我们民族文学的本质呢?我们认为,真、善、美的统一,应该是对一切文艺创作的基本要求,古今中外概莫能外。但比较而言,西方的传统似乎侧重在美与真的结合,我们的传统则更为注意美与善的统一。

众所周知,西方人对美的本质的解释,主要起自两大源头:一是毕达哥拉斯学派鼓吹美是和谐的理论,再一是苏格拉底至亚里士多德倡导"艺术模仿自然"的学说。前者把美归结为事物形体上的比例、均衡、黄金分割、多样统一之类形式要素,确立了美在形式的观点;后者则以"自然"作为文艺创作的蓝本,要求文艺作品中展现的事物关系必须忠实于客观世界的原貌。由前者,生发出后来美学史上形形色色的形式主义学派;由后者,孕育了文艺园地里源远流长的写实主义思潮。形式主义者注目于事物形式的美,写实主义者强调作品内容的真,彼此的归趋虽呈歧异,而亦有沟通。因为按照西方人的思路,形体和谐本身反映着宇宙秩序的整一性,建构和谐的形式,也便是对于整一的自然法则的一种"模仿"和体现。所以追根究底,模仿自然(再现生活),或者叫美从属于真,可以说是西方美学思想里占支配地位的观念(至少到19世纪),"写真实"成了指导文艺创作的纲领性口号。与此同时,西方艺术家们通常也不忽略对善的追求,但他们一般是将善放置在真的基础上,通过真实地描写现实,自然而然地引导读者对生活做出合理的评判。所谓"艺术家不该在他的作品里面露面,就像上帝不该在自然里面露面一样"[①]的提法,确切地显示了西方文艺,尤其是西方写实主义文艺的传统。而由于将艺术的真实性加以绝对化的理解,又往往导致一部分作家在观照生活时持消极、静观的态度,排斥主

---

① 弗洛贝尔1875年12月致乔治·桑的信,载伍蠡甫主编《西方文论选》下卷第210页,人民文学出版社1964年版。

观倾向性,甚至抛弃为人生服务的目的,走上唯真实论和唯艺术论的道路。这种自然主义、唯美主义的思潮,在西方文艺运动中有相当的势力,不能说没有其文化、心理的根源。

和上述情况相对照,我们民族的传统则把追求美善相兼、美从属于善放到了第一位。推究"美"这个词的涵义,原本就与"善"相通。许慎《说文解字》云:"美,甘也,从羊从大。羊在六畜主给膳也。美与善同意。"要说美的字源是否从羊从大以及其原始意义是否作甘食解,后世看法自有出入,但许慎指出美的概念早期与善相当,却是有根据的。春秋时楚国大夫伍举曾对楚灵王说:"夫美也者,上下内外大小远近皆无害焉,故曰美。若于目观则美,缩于财用则匮,是聚民利以自封而瘠民也,胡美之为?"①伍举在这里给美所下的定义,是文献录存最早的有关美的解说,其内涵恰恰渗透着功利性的原则。像这样将美和善作为同义词使用的例子,见于古代典籍者比比皆是,甚至到今天还保留在诸如"美德""美意""价廉物美""美不胜收"等用语之中。

不过随着社会生活的变化发展,美的观念也逐渐分化与独立。从上引伍举的言谈中可以看出,他那个时代已经出现"于目观则美"的想法,也就是把能打动视觉器官的美丽的形体当作美,这样一来,美和善开始脱了节。伍举仍然站在传统的立场上坚持美善一体,但区分美善又是人类社会进化发达的需求,于是作为原先的美善合一和后起的美善相分的进一步综合,便产生了孔子的美善相兼的思想。这个观点见诸《论语·八佾》所载孔子论乐的一段评述:"子谓《韶》,尽美矣,又尽善也。谓《武》,尽美矣,未尽善也。"据郑玄的注释,《韶》是颂美大舜的乐曲,舜从尧的禅让取得天下,以文德致太平,所以得到孔子高度赞许;《武》则是讴歌周武王的乐章,武王以武功平定天下,孔子认为不及文德之值得推崇,因而说它虽美而未能尽善②。关于文德与武功的比较,且不去管它;值得注意的,是这段话里所涉及的"美"和"善"这一对

---

① 见《国语·楚语上》,《四部丛刊》本《国语》卷十七。
② 见刘宝楠《论语正义》卷四引郑玄注,《四部备要·经部·清十三经注疏》本。

范畴的辨析。在孔子看来,"美"跟"善"是有区别的,尽美不一定能达到尽善;但另一方面,他又不赞成两者的分割,而竭力要求美和善的统一,在尽美的基础上还要力求尽善。总之,以美善相兼、尽善尽美作为艺术评价的最高准则,便构成我们民族对文艺本质的概括。后来荀子在《乐论》中标举"美善相乐",并以"乐者,乐也……治人之盛也"的提法,将文艺的愉悦性和功利性结合起来考察,是孔子思想的进一步发挥。

儒家如此,其他各家又怎样呢?道家如老、庄,在许多问题上是作为儒家的对手而出现的。《老子》说:"信言不美,美言不信;善者不辩,辩者不善。"似乎是将美与善对立起来了。又说:"大音希声,大象无形。"含有取消美的意味。但如果我们真的得出这样的结论,那未免是皮相之谈。实质上,老、庄反对的是礼教制度下人为虚饰的美,而崇尚自然之美。"大音希声"这一命题所揭示的返朴归真的思想,正代表着他们向往中的美的最高境界,这跟他们在人生理想上追求"自然无为",是完全一致的。因此,道家与儒家尽管各善其善,各美其美,而在美善相兼这一点上,却并无二致。先秦诸子中,只有墨家和法家确实存在尚用而不尚文的倾向。墨子非乐,韩非抨击"以文害用",都是从功利角度来贬斥文艺,余波及于宋明理学家"学文害道""玩物丧志"的论调。这一派观点是把美从属于善的主张推到了极端,以致由崇善发展到贬美,陷入片面性;不过他们在崇善这个出发点上仍与儒、道相通,而与西方"为艺术而艺术"的路线迥然异趣。

强调美善结合,并不意味着我们的文艺不重视写真,事实上,传统文学观里也很有讲求反映事物真实性的一面。它起源于先秦史家的"实录"精神①,后来扩展到文学批评的领域。汉代王充就以"疾虚妄""求实诚"作为《论衡》一书的中心思想,大力鼓吹"铨轻重之言,立真伪之平","极笔墨之力,定善恶之实"②,为古代文论中的求实传统奠定了

---

① 《左传·宣公二年》载晋国史官坚持书赵盾弑君事,并录孔子语:"董狐,古之良史也,书法不隐。"后来班固即以"实录"二字评《史记》。
② 《论衡·对作篇》、《佚文篇》,《四部丛刊》本《论衡》卷二十九、卷二十。

基础。以后,三国时曹丕提出"铭诔尚实"①;晋代左思论赋反对"虚而无征",主张"美物者,贵依其本;赞事者,宜本其实"②;南朝刘勰指责"采滥忽真"的流行文风,把"事信而不诞"作为评论文学的重要准则③;初唐史学家刘知幾倡导"不虚美,不隐恶"的良史作风,要求史传文章真正成为客观历史的"实录"④;以至中唐白居易在《新乐府序》里标举"其事核而实,使采之者传信也"的创作原则。注重"写真实"的言论,可谓代不绝书。但要看到,上述见解不仅多停留于"实事实录"的经验论阶段,尚未提升到理性的高度(如亚里士多德《诗学》中说到,诗的价值高于历史,历史只表现事物的实然性,诗则要表现事物的必然性),尤为重要的是,这种"实录"精神总是和"美刺"的观念紧密联系在一起的,"不虚美,不隐恶"便是它的基本内涵。因此,写真还是为了褒善贬恶,归根结底从属于对善的追求。这也是我们用美善相兼来概括民族审美取向的重要依据。

美善相兼、尽善尽美既然是民族艺术文化传统中的主导趋向,它必然要深刻影响于文艺创作和理论批评的各个方面。我们的先辈一贯注重文艺作品的社会功能,特别是它的政治和教化的功能,正是这一文化取向的具体表现。早在两千多年前的孔子,就曾以"兴于诗,立于礼,成于乐"⑤的教育程序,指明了文艺在人格修养上的巨大效应。他所说的"诵诗三百,授之以政,不达;使于四方,不能专对;虽多,亦奚以为"⑥,则明确提示了文艺的政治目的。而最能完整体现其文艺观的"兴观群怨"之说,虽然从多方面触及诗歌的社会作用,结穴点仍在于"事父事君"⑦,突出了礼制政教的约束。循此而下及于汉儒,更把诗歌

---

① 《典论·论文》,《四部丛刊》本六臣注《文选》卷五十二。
② 《三都赋序》,《四部丛刊》本六臣注《文选》卷四。
③ 见《文心雕龙》一书《情采》《宗经》诸篇,范文澜《文心雕龙注》卷一、卷七。
④ 见《史通·载文》,《四部丛刊》本《史通》卷五。
⑤ 《论语·泰伯》,《十三经注疏》本《论语注疏》卷八。
⑥ 《论语·子路》,同上书卷十三。
⑦ 见《论语·阳货》:"子曰:小子何莫学夫诗?诗可以兴,可以观,可以群,可以怨。迩之事父,远之事君,多识于鸟兽草木之名。"(同上书卷十七)

功能衍化为"经夫妇,成孝敬,厚人伦,美教化,移风俗"这样一整套纲领①,赋予教化说以完备的形态。此后两千年间的文学创作,基本上处在它的阴影笼罩之下。无论是保守的或进步的文艺家,大多不免要打起"风教"这面大旗来捍卫自己的文艺事业,争取合法生存的权利。即便有少数人背离这条路线,慑于"不关风化体,纵好也枉然"②的诘难,也往往不敢明目张胆地树起反抗的旗帜。这跟西方文坛上公开标榜为艺术而艺术的宗旨,是大相径庭的。

与此相适应,我国传统文学在内容上也形成了自己的特色。其所展示的天地,通常不脱现实的政教伦理,不仅那些直接反映社会政治的篇什,即便是个人情怀的抒述、亲朋或异性间的交往乃至大自然风光的讴唱,也多和"出处进退"的人生道路、"发情止礼"的道德规范紧密相连,比起西方文学不拘守人伦日用,力图向宗教、哲学、心理、历史等领域作多方面的开拓,显然有别。例如"希腊悲剧之父"埃斯库罗斯的名著《俄瑞斯忒斯》三部曲,写俄瑞斯忒斯为报父仇而手刃生母,致被复仇女神紧追不舍的故事,从虚幻的神话传说里,曲折地反映了旧氏族血缘关系下的复仇观念与新兴公民社会法律精神之间的撞击,在我国传统文学中就很难找到类似题材。又如莎士比亚的戏剧,人们常拿来同我国古典名剧相提并论,其实莎剧中那种鲜明的历史感,那种高度抽象的哲理意识,那种对人性内在矛盾的深入发掘,甚至那五光十色的"福斯塔夫式"的背景,都是中国古典戏曲所欠缺的。相比之下,我们的文学主题则比较单纯,长篇小说如《三国演义》《水浒传》《西游记》,一旦剥去其历史的、传奇的、神魔的外壳,呈露的内核仍不脱忠奸、邪正、善恶之间的争斗,显示出对社会伦常的执着关注。即使被人认为打破了一切传统模式的《红楼梦》,它所昭示的具有真正深刻意义的历史悲剧,也还是通过一个家族的伦理关系的解体和礼教压制下的人的毁灭而展现出来的。可见无论是肯定还是否定固有的社会规范,

---

① 见《毛诗大序》,《十三经注疏》本《毛诗正义》卷一。
② 高明《琵琶记·开场》,《琵琶记》第一齣,中华书局1958年版。

文学的思考总离不开现实的政教伦理,这固然利于促进我们的文艺创作与社会人生息息相关,亦不免多少限制了艺术观照的视野。

主题的纯一性,又会在作品的艺术形式上留下痕迹。我国古代戏曲、小说中的人物形象多趋于类型化,正面和反面角色对比的反差度过于强烈,情节发展套式化以及语言表白说教化等毛病,皆与过分执着于道德的垂诫分不开。而另一方面,也正由于我们的文学家和艺术家坚持在这个人伦日用的世界里进行了不懈的探索,他们对于现实生活中人情世故了解得非常透彻,对于各类人物的感情心理及其外现活动有着精深的体会和细致的把握,得以创造出从诗歌赋比兴到小说白描、戏曲程式等一整套艺术手段来传达这种微妙的心态,其表现的人神和技艺的精湛在世界艺术史上亦堪称独步。于此看来,每个民族的艺术文化传统互有短长,而长处与短处又往往连结在一起,从属于一个中心目标——在我们来说,那就是美与善的统一。

言志抒情的内核

美善相兼的价值导向,给中国传统文学带来另一个重大的特点,即"言志抒情"的诗歌(或许可包括一部分散文)成为文学的主要样式,叙事作品相应地不发达,这也跟西方构成了鲜明的对比。西方叙事文学的渊源,可以一直追溯到上古神话传说。由神话衍生出史诗,转形为悲剧、喜剧、寓言、故事,加上中世纪的骑士传奇和近代市民社会盛行的小说、戏剧,叙事文学的统绪称得上源远流长,表现充分。相形之下,我国古神话传说只存残骸,民族史诗付诸阙如,戏曲、小说兴起迟晚,且长期被摈斥于正宗文学的大门之外,于是抒情诗成了一枝独秀。造成这样的差别,从根底上说,当与我国古代城市商品经济的相对薄弱有关,而其肇端则在于民族文化源起时史官文化覆盖巫官文化,导致古神话的变形。换句话说,我们的原始神话由于受到崇善立德的史官文化精神的改造,走上了一条古史化而非史诗化的发展道路,不仅未能通过史诗的创作与编集,得到系统的整理加工,反而在古史化的过程中破坏了自身原有的体系,湮没了艺术想象的光辉,这是民族艺术文化的大不幸。

神话的湮没,造成叙事文学的衰落(很长一段时间里,记事似乎成了史家的专职,以致后来小说的勃兴还要借助史家笔意),"诗三百"便成了民族传统的奠基。作为古代诗歌的总集,《诗经》在表现风格上尽管较为多样化,而"言志抒情"自是它的核心。我们看它那些短小的篇什,大多凭藉反复的咏歌来传达简单的情事,内容平实,情意真挚,描写赅略,语言素朴,跟神话式的瑰奇幻想与大力夸张不可同日而语。就是那组以《生民》为首、号称"周民族史诗"的章翰,除始祖诞生一节带有几分灵异色彩外,其余也只是朴朴实实地记叙祖先的功业,讴歌其化育万民的德行,这跟其他民族史诗着意渲染英雄人物的神奇武功,也完全是两码事。《诗经》开辟了我们民族文学的航向,"诗言志"自然成了文艺美学"开山的纲领"①;后世创作大多沿着这条主航道前行,"言志抒情"的矩矱便也深入人心。不过对于它的确切内涵,还需要作一点说明。

"言志"说在先秦典籍里的出现非止一处,表达最为完整的,见于《尚书·尧典》:"诗言志,歌永言,声依永,律和声。八音克谐,无相夺伦,神人以和。"由于《尧典》属晚出的篇章②,关于这段话写定的时间也颇有争议,以我看来,其中所反映的诗、乐、舞三位一体以及用歌舞祀神、求得"神人以和"的观念,应该产生较早,至迟不过西周前期的"雅颂"时代。据此推断,"诗言志"的"志",始初当与颂神敬祖的内容有关,这是那个时代文学艺术的重大主题。到西周后期,社会危机日益加重,"变风""变雅"中讽喻时政的诗多了起来,诗人也常在诗篇结尾自陈作意。这当然也是一种"言志",不过所言的内容已从沟通天人之际,转为专注于人伦政事。春秋时期列国公卿大夫在外交政治场合"献诗陈志""赋诗言志",就是以"断章取义"的方式来扩大诗歌的这一

---

① 见《诗言志辨》,《朱自清古典文学论文集》第 190 页,上海古籍出版社 1981 年版。
② 一般认为《尧典》出于战国,但其中可能包含上古社会的思想资料。

社会功能。进入战国,"贤人失志之赋作"①,像屈、宋的作品多抒述个人的感慨与命运,"志"的侧重点便又转移到一己之穷通出处,但仍关乎社会治政。由此看来,整个先秦时期,"诗言志"的涵义虽然不断变化与扩大,而密切联系政教伦理的基本原则是一贯的。"言志"并不同于一般的抒情,乃是着重在抒写与政教伦理相关的思想感情,即通常所谓陈述怀抱,这成了我们民族抒情诗的重要传统。

与"言志"相比照,"抒情"的概念较为后起。《楚辞·惜诵》中说:"惜诵以致愍兮,发愤以抒情。"这是最早提到诗歌抒情的话。"抒情"说产生于楚辞的时代,不是偶然的,它跟诗歌表现的内容由宗教、政治而日益转入人的主观心灵有关,对于传统"言志"说是一个突破。但是,又要看到,"抒情"与"言志"之间有着直接的承传关系。所谓"发愤以抒情",所抒的愤怨之情仍然同社会政治息息相通,"抒情"也还是"言志"。两汉文论中"情"字用得更多,但也是"志""情"并用,沟通一气。直到六朝"缘情"说出来,文学创作沿着"情灵摇荡"的路子愈走愈远,抒情诗才逐渐摆脱政教伦理的拘限,"情"与"志"有了分离。不过这种局面并不持久。六朝后期起,就不断有人批评过分偏离"言志"传统的倾向。唐宋诗文复古运动标举"风雅比兴",更是将诗歌潮流重又引回到"言志"与"抒情"相结合的传统上去。纵观整个古典诗歌的发展,"言志抒情"尽管不能范围一切,而社会政教伦理生活以及在政教伦理关系下的人的感情生活,确实构成民族抒情诗的中心课题。有人认为,传统的文艺思潮是一种"表现论"的美学,有别于西方古代盛行的"再现论"美学,固然不无道理。不过"表现论"的提法并不十分确切,因为"言志抒情"不同于一般的"表现",尤其区别于西方近代浪漫主义和现代派思潮所鼓吹的纯主观心理的表现,而有其特定的人伦政教的内涵,这是由传统文艺的美善相兼的本质所决定了的。

那么,"言志抒情"的内核,对于我们民族的其他文学样式如散文、小说、戏曲,又会有什么样的影响呢?

---

① 《汉书·艺文志》,《汉书》卷三十,中华书局1962年版。

中国文学传统中能与诗并峙的，便是散文。散文的源头是史书。"左史记言，右史记事"①的传说虽未必可靠，而古代史书有记言与记事之分，是确实的。记言为主的如《尚书》《国语》《战国策》，记事为主的如《春秋》《左传》。大抵记言发展在先，记事发展在后。记言的"言"，主要包含政治说教和道德训诫的内容（《尚书》的典、谟、训、诰开其端），与"诗言志"的传统如出一辙，后来便衍生、扩展为战国诸子散文及汉以后的政论哲理文章。记事的"事"，据闻一多先生的考证，起初是作为"言"的背景出现的②，后虽形成独立的史传体，而记言垂训的宗旨却保存了下来。请看：一部《春秋》记述了东周列国二百四十余年间的大事，可它的精神却被归结为"一字褒贬"式的"微言大义"。《左传》记事的详博更有所发展，而它的作用始终被视作"解经"。延及后来的"二十四史"以至《资治通鉴》，没有一部严肃的史书不以道德、政治上的鉴戒作为编写宗旨。这还是记言的传统，或者说"言志"的传统，构成我国古代史传文学的基本原则。至于六朝以后兴起的抒情散文和骈文，则又跟诗歌由"言志"转向"抒情"一样，大体经历了与社会政教伦常分而又合的过程。可见古代散文与诗歌在内容成分上虽有重理和重情的差别，而所取的途径并无二致。

　　诗歌和散文的性质既已弄清，小说、戏曲就好理解了。简言之，戏曲可看作诗的延续，小说则作为史的旁枝。古典戏曲不仅以韵语充当曲词，它那种抓住心理矛盾以设置戏剧冲突的结构原则，那种注重人物自我情感抒发的表现手法，都是极富于诗的情趣的。小说则在起源上本来就是"史"的一部分（古小说被认作纪实，常列入史部或子部），以后发展中也大量吸取了史传的材料和叙述方法（如情节交代有头有尾）。而戏曲、小说两者又都具有褒善贬恶的垂诫宗旨，体现了诗、史"言志"的共同精神。

---

　　① 见《汉书·艺文志》。
　　② 见《闻一多论古典文学·记言与记事》，郑临川述评，重庆出版社1984年版。闻先生举了《论语·先进》里的"侍坐"章为证，我们也可以从《国语》"召公谏弭谤"、《战国策》"触詟说赵太后"等材料中找到大量例子，显示记言发展为记事的痕迹。

物我同一的感受方式

"言志抒情"的内核,要求艺术家在面对自然、从事创作的时候,不能以追随自然、复制自然为满足,而要注意发扬主观的情志,让情志渗透于自然物象之中,实现审美主体能动制约下的主客体交融一致。这种"物我同一"的境界,正标示着我们民族特有的审美感受方式,也是"天人合一"的哲学观在美学上的反映。

前面说过,西方的传统是对文艺的本质持"模仿"说,把客观事象当作文艺摹仿的对象,所以西方人喜爱用镜子来比喻文学和文学家,认为文学的功能就在于镜子式地映现大千世界。这一说法的好处是坚持了唯物论的反映论原则,缺点在于忽视主体的能动作用,流弊至于自然主义。晚近一部分文艺思潮,又往往将文艺创作归结为艺术家心灵的自由活动,根本抹煞了现实生活的基础,陷入另一个极端。而不论前者或后者,其共同点是未能从相互能动而交渗的角度来看待主客体之间的关系,也就未能达到"物我同一"。

我们的传统则不然。由于对文艺的内核取"言志抒情"之说,审美主体的能动作用是一贯受到重视的。但正如前一节里所述,"情志"并不等于个人纯主观的心理表现,它主要指作家有关政教、人伦的志趣与感受,具有丰富的社会内容,所以"言志抒情"也不会凭空发生,往往要由外界事象的刺激、触动而引起,这就是文艺创作中的"兴感"说。《礼记·乐记》有云:"凡音之起,由人心生也。人心之动,物使之然也。感于物而动,故形于声;声相应,故生变;变成方,谓之音;比音而乐之,及干戚羽旄,谓之乐。乐者,音之所由生也,其本在人心之感于物也。"这段话语是"兴感"说迄今见于文献的最初表述,它虽然只限于谈音乐的起因,而能将其中心物交感的原理讲得相当透彻,对于整个审美活动亦具有普遍意义。后来刘勰谓"人禀七情,应物斯感;感物吟志,莫非自然"[①],锺

---

① 《文心雕龙·明诗》,范文澜《文心雕龙注》卷二。

嵘谓"气之动物,物之感人,故摇荡性情,形诸舞咏"①,皆是把"兴感"的原理用于文学创作,并以之与"言志抒情"相沟通,这样一来,物象、情志、诗歌便融成了一体。

"兴感"说与"模仿"说有何实质性的区别呢？"模仿"说以客观世界为本体,以人的心灵为受体,文艺创作则被视为受体对于本体的复现,心与物是不相对待的。"兴感"说虽亦将创作的缘起归诸外物,但外物的作用仅在于触发内心的情志活动,再由情志宣泄而为诗歌、音乐,在这里,情志是真正的主体,创作的目的被归结为"言志""吟志",而物象也只有经由情志的加工重铸,才得以进入作品,于是心与物达成了交感共振。与此相适应,我们的艺术家很少将文艺比作镜子,他们喜欢用乐器来喻指创作主体,它本身具有发出美妙音响的性能,而又须凭藉外界的触动以实现自己的性能。正如苏轼《琴诗》所云:"若言琴上有琴声,放在匣中何不鸣？若言声在指头上,何不于君指上听？"用如此风趣而富于启示性的语言,将"指"（外物）与"琴"（内心）在共同创造音乐时的辩证关系揭示出来,充分显示了我们民族对审美艺术活动的独特体验。

诗歌、音乐是这样,其他门类艺术亦复如此。古代画论中有"外师造化,中得心源"②的说法,"造化"（客体）与"心源"（主体）也是并列对举的,可见即便是造型艺术,我们的传统仍然不以模仿和逼肖自然为能事。至如我们的艺术批评注重"神气""风骨""兴象""韵味"之类概念,有别于西方文论中的"形象"（人生图画）、"典型"、"典型环境"、"典型性格"诸问题,虽与西方叙事文学发达而我们抒情诗独盛的局面有关,也可以看出审美着眼点的差异,这里同样贯串着"物我同一"或"物我相分"的美学原则。

传神写意的表现方法

在艺术创作过程中,感受和表现不可分割,独特的感受方式必然

---

① 《诗品序》,《历代诗话》本《诗品》卷首,中华书局1981年版。
② 张彦远《历代名画记》引张璪语,见《四库全书》本《历代名画记》卷十。

要求相应的表现方法作配合。如果说,民族审美感受的特点在于"物我同一",那么,其表现上的独到之处,便可归结为"传神写意",这同西方文学的重视摹形与写实,也很不一样。

"传神""写意"的概念,原本出于绘画。它要求画家在描摹物象时,不要停留在形似的阶段,要能透过事物外形,摄取并传达其内在的精神,同时便也反映出绘画者本人的意趣。这一美学好尚,很快在文学上得到反响。古代文论讲"神韵"、讲"意境",就是画家"传神""写意"说的翻版。但若以为文学创作的传神写意方法只是从绘画移植过来的,那就大错特错了,它实际上体现着"物我同一"原则下人们对艺术形象的"神"与"形"、"意"与"象"诸方面关系的把握,归根结底取决于文学"言志抒情"的本性。

不妨粗略回顾一下我国古典诗歌的演进过程,它在处理诗中情意与物象的关系上,大致经历了三个阶段。先秦两汉,诗歌以直抒胸臆为主,物象在诗中仅作为比兴材料或背景气氛的渲染,刻画极简,且不占有独立地位。这可以说是以我为主、物为我用的阶段,即直接的"言志抒情"。建安以后,诗中写景成分逐渐增多,在一部分田园、山水、咏物的题材里,甚至构成作品的主体,刻画也日趋繁密,于是情与景、神与形、意与象的关系问题,便提上了议事日程。陆机《文赋》所谓"体有万殊,物无一量,纷纭挥霍,形难如状……虽离方而遁圆,期穷形而尽相",是在古代文学批评史上第一次肯定了摹写物象的重要性。晋、宋以还,山水诗大盛,"文贵形似"的风气流行一时,乃至造成"声色大开"而"性情渐隐"①的严重后果。有识之士如刘勰,则对这种倾向加以批评,主张将状物与抒情结合起来,做到"物色尽而情有余",才算通晓文学创作参伍因革的道理②。经过这样长时期的实践与探索,终于在唐人(尤其是盛唐人)的诗歌里达到了情景交融、物我相涵的境界。唐人称之为"兴象",或者叫"兴在象外",也就是我们所说的透过事物外形

---

① 沈德潜《说诗晬语》卷上,《清诗话》第532页,中华书局1963年版。
② 见《文心雕龙·物色》,范文澜《文心雕龙注》卷十。

而传神写意。这是古典诗歌艺术成长的第二阶段。宋、元以后,诗歌创作追求情景交融的传统基本未变,而总的趋势则由"无我之境"趋向于"有我之境"(在词、曲尤为显著),也就是说,从意境浑成、情意深藏于物象之中,转变为"意余于境"、情意凌驾于物象之上,致使诗中景物皆染有鲜明的"我"的色彩。这在美学思想上称之为"离形得似"[①],即摆脱表面形似而求得神似,是传神写意方法的新发展。总起来说,由直抒胸臆到情景相生以至"意余于境",诗歌艺术的演变中始终贯串着"言志抒情"的要求,也始终反映出"物我同一"的意识;而由此归纳出来作为古典诗歌美学理想的情景交融,则正是传神写意在抒情诗领域的表现。

传神写意的方法同样应用于古典小说、戏曲的创作中。我国小说有白描传统,即指用最简练的笔墨,不加任何烘托,勾画出物象栩栩如生的情貌来。这就是传神写意的笔法。如果说,西方小说擅长于作细致的环境景物描写和人物心理分析,能够把人物的外貌、服饰、习性、行为以至于整个场面关系交代得十分详尽而精确,给人以置身实地的感觉,那么,我们的长处恰恰在于避免孤立、静止地摹写物态,而总是强调从行动与冲突中表现人物,通过有典型意义的细节,"画龙点睛"式地传达出对象的神采。这样的写法在实感上也许不及西方小说,但克服了行文的拖沓烦琐,能帮助读者较快地进入故事的情境和人物的精神世界,因而也更富于诗的意趣。戏曲更是这样。它不像西方话剧那样注重写实,按照"第四堵墙"的要求来设计舞台活动,也不受时间空间、分幕分场的限制,不强求布景、道具和音响效果的逼真。古典戏曲充分发挥了虚拟写意的表现性能。象征性的景物器具,脸谱化的人物扮相,程式化与自由创造相结合的动作,背白、旁白、自报家门等"不合情理"的台词,以至于"行云流水"式的结构方式,都显示出这并非实生活的复制,而不过是虚演一场戏。但是,正因为它打破了那种人为的真实感,拆除了演员与观众之间的"第四堵墙",反而有助于观众摆

---

① 见《二十四诗品·形容》,《历代诗话》本。

脱自己的静观地位,自由地参加到剧情流动的节奏中去。戏曲虚拟形式所造成的"物我同一"的境界,与中国画的散点透视法、古典诗歌的情景交融,有异曲同工之妙。

中和的美学风格

我们民族的文化思想,很讲究"中庸"之道,跟西方人的容易冲动、好走极端不大一样。"中庸"的思想反映在文艺观上,便是提倡文艺作品的"中和"之美。孔子论诗乐,赞美《关雎》乐而不淫,哀而不伤"[1],又批评"郑声淫",主张"放郑声"[2],即是这种"中和"的美学准则的具体体现。影响于后世文学批评,所谓"直而不野"[3]、"夸而有节"[4]、"近而不浮,远而不尽"[5]、"发纤秾于简古,寄至味于淡泊"[6]种种提法,都与此一脉相承。古代文论在探讨艺术创造的法则时,常喜欢将对立的范畴作综合的把握,如虚与实、曲与直、奇与正、幻与真、出与入、一与多等等,也都是这一传统的引申。在这众多的矛盾关系中,我觉得有两对矛盾占据支配地位,最值得我们注意,那就是"情"与"理"的中和、"文"与"质"的中和。

情理中和的思想产生得最早。上述孔子关于"乐而不淫,哀而不伤"的赞语,就包含着这一思想。更早的材料,如《左传·襄公二十九年》记载吴公子季札在鲁国观乐时一段评论,他用"勤而不怨"称许《周南》《召南》,用"忧而不困"称许《邶》《鄘》《卫风》,用"思而不惧"赞《王风》,用"乐而不淫"赞《豳风》,用"大而婉,险而易行"赞《魏风》,用"思而不贰,怨而不言"论《小雅》,用"曲而有直体"评《大雅》,以至一口气用了"直而不倨,曲而不屈,迩而不偪,远面不携,迁而不淫,复而不厌,

---

[1] 《论语·八佾》,《论语注疏》卷三。
[2] 《论语·卫灵公》,同上书卷十五。
[3] 《文心雕龙·明诗》,范文澜《文心雕龙注》卷二。
[4] 《文心雕龙·夸饰》,同上书卷八。
[5] 司空图《与李生论诗书》,《四部丛刊》本《司空表圣文集》卷二。
[6] 苏轼《书黄子思诗集后》,《苏轼文集》卷六十七,中华书局1986年版。

哀而不愁,乐而不荒,用而不匮,广而不宣,施而不费,取而不贪,处而不底,行而不流"等十四组短语赞美《颂》诗,都显示了情理中和的趣尚。稍后,《礼记·经解》提出"温柔敦厚"的"诗教",从理论范畴上作了初步概括。而《毛诗序》中关于"发乎情,止乎礼义"的一段教言,则是对情理中和的最扼要的阐发。

情理中和的原则,规范着整个古代的文学创作与批评。汉人对于我国文学史上第一位大作家屈原的争论,是个明显的例证。西汉刘安作《离骚传》,认为"《国风》好色而不淫,《小雅》怨悱而不乱,若《离骚》者,可谓兼之矣",这是从情理得其中和的角度作了肯定性评价。东汉班固却在《离骚序》中批评屈原"露才扬己,竞乎危国群小之间","忿怼不容,沉江而死,亦贬絜狂狷景行之士",则又从情理不得其中的角度给予某种程度的否定。以后王逸为屈原辩护,他在《楚辞章句序》里高度赞扬诗人的"忠贞之质",并引《大雅》的诗句作比较,以为"屈原之词,优游婉顺","《离骚》之文,依托五经以立义",反过来指责班固的批评"殆失厥中",同样是根据情理中和的原则。可见人们尽管对这一原则的理解和掌握互有出入,而奉此为金科玉律,则并无二致。后世种种评论,也大致不出这一范围。直到晚明"性灵"文学的兴起,"情""理"合一的观念才发生某种程度的动摇。大戏曲家汤显祖明确谈到"情"与"理"的对立,他说:"事固有理至而势违,势合而情反,情在而理亡,故虽自古名世建立,常有精微要眇不可告语人者。"① 甚且以"第云理之所必无,安知情之所必有"来嘲讽"以理格情"的传统观念②,反映了资本主义萌芽时期个性解放的思潮。不过要看到,在传统中国社会条件下,这一新倾向的发展仍有限度。汤显祖不满意于扼杀"人情"的"天理",却企图探寻合乎"人情"的理性。据程允昌《南九宫十三调曲谱序》记载,有人劝汤显祖把自己的才情用于讲学,汤显祖回答道:"此(指写戏)正是讲学!公所讲者是性,我所讲者是情。盖离情而言性,

---

① 《沈氏弋说序》,徐朔方笺校《汤显祖诗文集》卷五十,上海古籍出版社1982年版。
② 见《牡丹亭记题词》,同上书卷三十三。

一家之私言也；合情而言性，天下之公言也。"主张"合情言性"，也就是要求理性与情感得到统一，仍不离乎情理中和。这同西方文学思潮中古典主义偏执于理性，浪漫主义偏执于情感，各趋一端，平行展开，情况还有所不同。当然，汤显祖的"合情言性"是以"情"为本，跟传统文论"发乎情，止乎礼义"的"以理节情"，不能等量齐观。

再说文质中和，这个思想也有久远的历史渊源。孔子说："质胜文则野，文胜质则史，文质彬彬，然后君子。"①虽然讲的是修身之道，对传统文艺观却有深远的影响。汉代扬雄稍加改造，即用于文学批评，他说："君子事之为尚。事胜辞则伉，辞胜事则赋，事辞称则经，足言足容，德之藻矣。"②事辞相称，以事为尚，这就规定了我们的文学质文结合、质本文末的创作路线，长期为人遵奉。六朝以后，文学的形式美受到重视，以至一部分作品出现了文浮于质的现象。但在人们观念里，文质中和依然是不可动摇的原则。曹丕强调"诗赋欲丽"，其前提是"文本同而末异"。陆机《文赋》谈了许多修辞谋篇的技巧，着眼点却在"恒患意不称物，文不逮意"。沈约论诗创"四声八病"之说，甚至把问题提到"妙达此旨，始可言文"的高度，而同时仍主张"以情纬文，以文被质"③。像西方文论中那种完全割裂文学内容与形式的联系，把形式法则和形式美看得高于一切乃至独一无二的思想流派，我们的传统文艺中是不曾有过的。

情理中和与文质中和，或者说，以理节情，以情纬文，构成传统文学观的完整的美学标准。刘勰所谓"夫才量学文，宜正体制，必以情志为神明，事义为骨髓，辞采为肌肤，宫商为声气，然后品藻玄黄，摛振金玉，献可替否，以裁厥中，斯缀思之恒数也"④，就是对于这一美学法则的概括表述。锺嵘《诗品》高度推崇曹植诗歌的成就，比之于"人伦之有周、孔"，也是着眼于其诗"情兼雅怨，体被文质"。所以

---

① 《论语·雍也》，《论语注疏》卷六。
② 《法言·吾子》，《四部丛刊》本《扬子法言》卷二。
③ 见《宋书·谢灵运传论》，《宋书》卷六十七，中华书局1972年版。
④ 《文心雕龙·附会》，范文澜《文心雕龙注》卷九。

说，情理、文质的关系，是"中和"之美的核心问题。有人认为，"中和"并非我国特有的美学范畴，西方古代也讲"和谐"，毕达哥拉斯学派就认和谐为美。确实如此。但前曾提到，西方所谓和谐，偏重在比例、调和、均衡、对称以至"黄金分割"等事物形体关系，不同于我们归结为情理、文质的中和。按照西方人的思路，形体的和谐反映着宇宙秩序的整一性，所以追求和谐可以通向"模仿自然"；而根据我们的逻辑，情理、文质的结合，关乎内在人性的协调，所以"中和"之美只能导源于人的"美善相兼"的品格。这里分明也昭示了不同民族的不同特性。

以复古为通变的发展道路

末了，让我们来追索一下传统中国文学的发展途径。文学和任何事物一样，总是要不断发展变化的。但由于传统的中国社会显示出极大的承传性，中国人的历史观念中又有着牢固的"法先王"的思想，于是文学观上的复古倾向便占据重要势力。然而，一味复古，也就取消了变化，这当然是行不通的。因此，在复古的外衣下悄悄更新，或者说，以复古为通变，就成为传统文学发展变化的特殊途径。而找到这条途径，也还经历了一段摸索的过程，值得总结思考。

我国文学史上最早触及文学发展观念的，是"风雅正变"说。汉代的《毛诗序》首次提出"变风""变雅"的概念："至于王道衰，礼义废，政教失，国异政，家殊俗，而变风变雅作矣。国史明乎得失之迹，伤人伦之废，哀刑政之苛，吟咏情性，以风其上，达于事变而怀其旧俗者也。"这就是说，由于社会的变化，反映这一社会生活的文学作品也不得不随之而起变化，《诗经》里以批评时政为主要内容的"变风""变雅"，便是这样产生的。《毛诗序》尚未以"正""变"对举，到郑玄《诗谱序》就明确划分了"诗之正经"和"变风变雅"，以颂美周王朝盛世的诗歌为"正"，反映衰世的为"变"。正变之分，起源于时代的差别，而亦推绎于文学本身。在评价上，《毛诗序》和郑玄似尚未在"正"诗与"变"诗间强分轩轾,但"达于事变而怀其旧俗"的提法,分明是希望诗歌创作即使从"变"的现状出发,仍能积极引导社会治政返回到"正"的状态去,这里就包含着"伸正诎变"的思想。《毛诗序》还谈到:"故变风发乎情,止乎礼义。发乎情,民之性也;止乎礼义,先王之泽也。"要求诗歌作品在不得不变的情况下,仍能拘守"先王"的礼义规范,这就是后来朱熹所说的"变而不失其正"①,也属于"伸正诎变"。总之,"正变"说承认文学的变化,而又不拥护这一变化,从而为后世盲目复古的文艺思潮开启了大门。以后,从"风雅正变"引申出"诗体正变"的观念,对每一类文学样式都要讲求"第一义",发展到明七子的"文必秦汉,诗必盛唐",以生吞活剥地模拟古人为能事,扼杀了创作的生机。

和"正变"说相对立的是"新变"说。"新变"说形成于六朝,而亦有一个演进过程。汉代王充在《论衡》中极力反对文学上的模拟风气,主张文章的价值今胜于古,可说是"新变"说的前驱。后来,东晋葛洪在《抱朴子·钧世》篇谈到:"古者事事醇素,今则莫不雕饰,时移世改,理自然也。"梁萧统《文选序》也说:"踵其事而增华,变其本而加厉,物既有之,文亦宜然。"他们都表述了文章应该与时更新的思想。至萧子显《南齐书·文学传论》提出,"在乎文章,弥患凡旧,若无新变,不能代雄",则正式喊出"新变"的口号。下而及于明代公安三袁和清中叶的袁枚、赵翼,公开宣扬文学变化创新的合理性,也是和"新变"说一脉相通的。"新变"说肯定文学的发展变化,力主创新,从理论原则看来似无可非议,而实践的效果并不圆满。六朝文学的"新变",在文学形式和表现技巧上固多创获,却也出现了理不胜词、文浮于质的毛病。晚明和清中叶的"性灵"派诗文,亦未能产生有重大影响的作品。原因何在?依我看来,这是因为中国的传统文学长期处在相对稳定的社会结构形态中,变化缓慢,质素一贯,形成了巨大的承传性。过分强调"新变",一切方面都追新逐奇,不是容易和传统精神脱节,就是流于浅薄地抒述"性灵"。文学上的创新,归根结底取决于社会生活的更新。当

---

① 《跋病翁先生诗》,《四库全书》本《晦庵集》卷八十四。

生活本身的"新质"尚不具备或不明显具备的时候,一味求新变,反而会丢掉传统中本该承继的东西,偏离了文学发展的康庄大道。"新变"说之所以未能取得圆满的效果,在整个古代文学史上也不占主导地位,道理怕在于此。

"伸正诎变"既行不通,"新变"又有偏颇,于是折衷到了"通变"。"通变"说是刘勰明确提出来的。《文心雕龙·通变》指出:"夫设文之体有常,变文之数无方。……凡诗赋书记,名理相因,此有常之体也;文辞气力,通变则久,此无方之数也。名理有常,体必资于故实;通变无方,数必酌于新声。故能骋无穷之路,饮不竭之源。"又云:"文律运周,日新其业。变则其久,通则不乏。趋时必果,乘机无怯。望今制奇,参古定法。""通变"与"新变"有什么不同呢?就在于"新变"只强调"变",强调出新,把旧的抛掉;而"通变"在"变"之外还强调"通",要把"变"和"通"统一起来,在继承的基础上变化出新。继承的是什么?是文之"体",不仅指"诗赋书记"等体裁样式,也包括各类文学的体性法则(所谓"参古定法"),这是不能随便推翻或改易的。变化的是什么?是文之"数"(术),就是"文辞气力"之类语言技巧的因素,这是需要作者跟随时代而不断创新的("望今制奇")。把"有常之体"和"无方之数"结合起来,继承传统的精神(如"兴寄""风骨"),创造新的技巧(如藻采、声律),才能使文学的发展有远大的前途。表面看来,"通变"说要维护旧有的"体",似不如"新变"说激进,实际上正足以纠正"新变"说的偏颇,适合我国传统文学的运行规律。而由于"通变"之中必然包含"复古"的一面,甚至可以说它在精神实质(文之"体")上是"复古"的,所以唐宋以后反对"新变"、实行"通变"的文学家,就往往径直打起"复古"的旗号来,"以复古为通变"。唐宋诗文革新运动以及明归有光为代表的"唐宋文派"和清"桐城派"等,尽管革新的步子大小不等,成绩高低悬殊,却同是取的这一途径。以复古为通变,成了我国古代文学(尤其是士大夫正宗文学)的基本演进形式,这和西方文学更多地趋于"新变",也判若两途。

余　　论

　　以上从七个方面探讨了中国传统文学的民族特质。七个方面里，最根本之点是什么呢？在我看来，是"美善相兼"。由于主张美与善的结合，美从属于善，文学与社会政教伦理的关系就十分紧密，文、史、哲、政、经、教各种学术文化也就相互渗透，难分畛域，从而造成杂文学的体制。强调美善结合，崇善敬德，促使上古神话传说走向古史化的道路，叙事文学传统中衰，抒情诗与散文特别发达，产生了"言志抒情"的内核。"言志抒情"，相应地推演出物我同一的感受方式和传神写意的表现方法。而"志"与"情"、"神"与"形"、"意"与"象"诸对范畴的统一，构成情理中和、文质中和的美学风格。这一切又都是在长期持续、相对稳定的社会生活与文化的传统中渐进地展开的，于是出现"以复古为通变"的演化形式。所以说，民族文学的质性集中到一点上来，那还是"美善相兼"，它标志着整个文学系统的价值导向和总体功能所在。

　　"美善相兼"的文学质性也不是凭空而来的，它根源于传统的中国社会与文化精神。如所周知，传统的中国社会是一个宗法式的农业社会。置身于这一社会土壤中的人，不仅要受小农业单一的生产方式和生活方式的局限，还要遭到严密的宗法组织和宗法关系的束缚。在这一组织、关系之下，家庭成为社会结构的细胞和国家统治的基础，家族伦理规范推广于国家和社会生活的各个领域，个人只不过是整个宗法网络中的一个眼点，并不具有自身独立的地位和人格。他可以是宗主或臣仆、父亲或儿子、兄长或弟弟、丈夫或妻子，但不能是纯粹属于自己的人。他的一言一行都应该执守宗法社会的义务，遵循宗法伦理的信条，而不允许自由伸张个人的权利和意志。这样一种社会条件，自然把人际关系的协调推到了稳定社会的大前提上来，于是重视礼教伦常便成了传统文化的核心。我们的宗教致力于沟通天命与人德，我们的哲学把探讨"人生至道"作为理论结穴，我们的教育制度以礼乐教化为重心,我们的社会秩序以"三纲五常"为基石,一切都表现出我们民族以人伦为本位的崇善敬德的文化精神。而在这整个精神氛围的浸润和鼓动之下,人们的审美追求走向美善结合、美从属于善的基本目标,便也是顺理成章的事。文学的民族性,归根到底反映着整个民族文化以至民族社会生活的特质。

正由于此,文学的民族传统也就不可能是凝固不变的。随着近代商品经济的发展和宗法农业社会的解体,民族文学的各方面质性正在起相应的变化。"五四"以后的新文学较之传统文学有了崭新的风貌,今天的中国文学又在酝酿更重大的突破。突破不等于抛弃传统,还是要有所继承,有所革新;但继承又并非要背上因袭的重担,匍匐在传统面前不敢跨越行进。从建设现代化的民族新精神、新文化、新文学的需要出发,对历史传统进行清理、择别、改造和发展,将传统提高到科学化的水平上来,这才是我们从事研究的正确途径。

(原载《文学遗产》1986 年第 3 期,录入中国社科出版社 1995 年版《中国文学史之宏观》一书时略有增补)

中国文学史之鸟瞰

我们看一件事物,由于观察点的不同,常会得出不同的结果。坐在屋子里或漫步街头,看周围景象,变化缓慢,房屋、树木、车辆、行人皆能看得一清二楚,但视野狭窄而凝固。乘上快速汽车或火车,奔驰在田野上,眼界开阔得多,而两旁景物倏闪而过,细部细节往往见不分明。如果登上喷气式飞机,翱翔于一万公尺以上的高空俯瞰地面,则房屋、街道、村庄之类较小的物象都不免在视线里消失,而平野高岗、丘峦湖泊、黄土绿原、河曲海湾,整个地貌的变化却可以一目了然,较之步行、乘车于其间,在宏观印象上反倒更为清晰。文学史研究亦有类似情形,可以注目于单个作家作品的细部探索,也可就特定思潮、流派作综合反映,甚至可以对一整个历史阶段的文学现象加以总体性概括。本文取的是"鸟瞰",只能着眼于文学运行的整体轨迹及其贯串脉络,而必须舍弃大量具体的事象;也只有略去这些具体材料,一些平时微观研究中注意不到的情况和问题,才会浮现到眼前。不过我们考察的范围亦仅限于"五四"之前的传统文学,因为它已基本结束了自身的历史行程,便于作为一个整体来加以把握。

分 期 概 说

给中国文学史的进程作一番爬罗梳理,首先碰到的是分期问题,因为如何划分文学发展的历史阶段,往往涉及人们对文学史内在脉络的把握。

从中国文学研究的历程来看,早期的文学史著作大多是按朝代更迭来作叙述的,如清光绪年间翻译过来的日本笹川种郎所撰《支那历朝文学史》和国人最先出版的林传甲《中国文学史》皆如此。这种分期体例自是一种最简便的叙述方法,因王朝兴替本是历史变革的最显见的标志,用以划分段落,不仅清晰无误,且可免去不少无谓的纠葛,所以后来许多文学史著述也沿用这个体例。但它的缺陷亦很分明,且不说其所承袭的以王朝统治为正统的陈腐观念,至少就反映文学自身演进的历史轨迹和逻辑联系而言,王朝标志并无实质性意义。机械地套用这个框架来介绍文学史,只能做到事实的排比罗列,难以揭露其内在的本质。

有鉴于此,一部分史家便考虑从新的视角来作分期研究。常见的办法是从日本学者那里借取上古、中古(或中世)、近古(或近代)诸概念,用来设定文学史的大框架,如黄人、曾毅的《中国文学史》和谢无量《中国大文学史》都有这类标题,不过在他们那里,这类概念的历史内涵相当含混,不足以显示文学变迁的大势,而且落实到具体章节,仍是按朝代叙述,没有什么显著的特色。较有新意的,是像胡适《国语文学史》依据文学语言的变迁,将中国文学的历史进程大别为古文学(汉武帝以前)、第一期白话文学(两汉至北宋)、第二期白话文学(南宋至民初)和国语文学运动("五四"以后)等阶段,从一个侧面提示了文学演进的轮廓,但又存在单一从语言形式看问题的偏颇。郑振铎《插图本中国文学史》则转向中外文学交流和新旧文学衔接的着眼点,以未受外来影响的本土文学(西晋以前)、印度文学影响下本土文学的新变(东晋至明正德)、创造了活的文学样式从而构成新文学的前驱(明嘉靖至"五四"前),作为区分古代、中世、近代三时期文学发展的主要标志,所论较胡适全面,而亦不免有偏重文学形体进化的趋势。其实,重视文学形式的考察,是旧进化论者的普遍观念,正不必苛责胡、郑二人。

新中国成立后,自50年代中叶到60年代初,又出现过一次较为集中的有关中国文学史分期的讨论。就发表的意见来看,其最大的特点是达成了如下共识,即文学史分期应该同社会历史的分期相结合,特别是要从社会生活发展演变的角度来把握文学运行的轨迹,由此克服了单纯注目于文学形体演化的偏向。但在具体掌握上,仍有不同的看法。有的侧重在按社会历史的变革划阶段,如把整个中国文学史分为原始社会和奴隶社会文学、封建社会文学(其中再分前期与后期,或上升期与下降期)、半封建半殖民地社会文学(也有旧民主主义阶段与新民主主义阶段之分)、社会主义社会文学等,各段内部再根据文学发展的特点分出若干小的时期。也有的倾向于突出文学自身演进的线索,如以文学起源期、成长期、初步成熟期、第一个丰收期(诗、词、曲的高峰)、第二个丰收期(小说、戏剧的繁荣)以及旧文学向新文学过渡期作为各段标志,再进而探讨它们与社会历史沿革的关系。不同见解的争鸣,活跃了学术研讨的空气,对60年代出版的两部中国文学史(由中科院文学所和游国恩等分头撰写)的编写工作,起了积极的推动作用,而未能持续深入下去,则又是美中不足之处。

综上所述,分期问题长期来成为文学史工作中的一个重点,是因为它关涉到人们对中国文学历史发展的基本观念;从这个意义上讲,没有合理的分期,就显示不出文学的历史运动,更看不出其内在的逻辑。但另一方面,分期又只是一种手段,是为了揭示文学史的内在逻辑才使用的,自身并没有独立的意义;而由于人们探求文学史内在逻辑的立足点不同,分期也会有不同的标准。前面举到的一些分期方法,除单纯按年代作事实排比外,无论是着眼于社会历史的变革还是文学自身的演进,是注重文学精神的建构还是文学形体的演化,是以一民族文学的发展还是以各民族之间的交流为依据,都有其相对的价值和存在理由。所以,不能期望用统一的分期方法来解决一切问题,而要视所需解决问题的性质来选择和确定合理的分期方法。我们这里的论题,是要通过中国文学史的观照来把握民族文学的基本质性,这就要求我们围绕民族文学的质的展开和演化来追踪文学史的轨迹。从这一构想出发,我们不采用社会史或一般文学进化史的分期方法,打算将中国传统文学放置在其质性的形成、演进以至蜕变的历史进程中加以考察,而以先秦两汉、汉魏至隋唐、宋元以下为相应的阶段划分,作一个简略的叙述。当然,前后相承的文学现象不能一刀切开,各种潮流的起伏兴替难免交叉重叠,这又是叙述时所不能不顾及的。

民族文学的形成

先来看形成期。所谓中国文学的形成,是指文学的质性与形体由非独立逐渐走向独立的过程,这在我国文学史上经历了由上古至殷周秦汉这样一个漫长的历史时期,其间又有先后不同的发展阶段。

早期的文学创作,往往同原始巫术、宗教乃至音乐、舞蹈、绘画、工艺诸种文化形态混合在一起,尚未形成独立的文学样式。原始神话与歌谣,大汶口时期的彩陶文字,殷商甲骨卜辞,《周易》中的卦爻辞,下及《诗》三百篇,大抵属于这类作品。当时的文学创作,并非如我们今天习见的那样形成了整齐的书面文体,而大多是说出来、唱出来、演出来、画出来的。从严格意义上讲,这还不是文学,不过是早期文化混合体中的文学成分而已。而在这多种意识成分的交融汇合之中,巫术-宗教经常地起着主导的作用,各类神话传说、诗歌乐舞、图腾形象、彩绘文饰,有相当数量和宗教内容有关。那是因为上古社会生产力和知识水平低下,人们对自然现象的解释以及自身战胜大自然的愿望,常要采取超自然的虚幻形式加以表达,从而产生了将原始的哲学、科学、道德、艺术、文学诸文化成分包摄于内的原始宗教信仰,构成人们的世界观总体。进入阶级社会以后,统治阶级为要巩固自己的威权,更把原始宗教发展为天命神权的信仰,对人们的整个精神生活起着强力钳制的作用。这就是早期文学创作中巫术、宗教痕迹特重的缘由。我们可以把这一阶段的文学,姑且称之为"巫官文学"。当然,巫官文学也有它自身的演变历程。倘若以原始神话与歌谣作为它的起源,《诗经》"雅""颂"里颂神、祭祖的乐章代表它的鼎盛,那么,西周后期至东周初年的"变风""变雅",尽管在形态上仍保留着诗乐合一或诗乐舞合一的传统①，而诗篇内容已由宗教转为人事，显示了巫官文学的解体②。以后，巫官文学在历代王朝的宗庙祭祀乐章和民间赛神歌舞中，还拖下一条长长的尾巴，那只能算是历史的遗迹、古生物的化石。

继巫官文学代兴的，是"史官文学"。不同于巫官文学导源于原始宗教文化，史官文学则是古代宗法农业社会精神文明的产物。宗法农业社会注重政教伦常，王公贵族的一言一行都有垂训鉴戒的作用，于是记言、记事的史籍便应运而生。甲骨文、金文和《周易》中，已有史官文学的萌芽；《尚书》和各国《春秋》，标志着它的成形；到春秋战国之交，诸子散文和历史散文蓬勃兴起，更把它推向繁荣的高峰③。在史官文学阶段，文学创作已从巫术、宗教、音乐、舞蹈等混合的文化形态中分离出来，取得了独立的书面文体形式，但内容上仍然与历史、政治、哲学、伦理诸种学术思想相牵连，未能划定自己的疆域。如果说，前一阶段的神话与诗歌，是在非文学的形体中蕴藏着文学的灵魂，那么，这一阶段的散文作品，恰恰是在文学的形式中包含了非文学的内容。由巫官文学到史官文学再到独立的作家文学，构成一个"正、反、合"的辩证发展过程。而战国中后期散文著作中作者个性日益鲜明、文学色彩逐步增浓、篇章体制渐臻完密的趋向，也正体现了由史官文学向作家专业文学的过渡。

真正的作家文学，发端于楚辞。屈原是我国历史上第一位大诗人，他的作品为古代作家文学奠定了基础，也是传统文学摆脱对其他文化形态的依附而走向独立的最初标志。楚辞作为文学史上的重要里程碑，与《诗经》共同构成古典诗歌的两大源头，绝非偶然。但是，楚辞的出现，在文学史上却又是一种非常特异的现象。"《诗》亡然后《春

---

① 过去一般认为，《诗经》里的作品，只有"颂"诗才配合舞蹈，"风""雅"部分仅仅合乐。但《墨子·公孟》篇有"诵诗三百，歌诗三百，弦诗三百，舞诗三百"的话，可见诗乐舞合一是整个《诗经》的传统。

② "变风""变雅"只是在外形上残留着巫官文学的躯壳，而其精神实质已属于下一阶段的史官文学。

③ 先秦诸子虽非史官，而表述政教伦常的宗旨，与史官文学一脉相承。

秋》作。"①整个战国期间,诗歌不竞,散文横流,独有南楚一隅开出了这么一株抒情文学的花朵,原因何在?此其一。大凡一种文学样式由酝酿以至成熟,总需有数十、上百甚或更长的年限,汉以后五七言诗、唐代律体、唐宋曲子词、金元散曲乃至古典戏剧、小说等无不如此。而楚辞的兴起却是突如其来的②。它由屈原奠定基础,即在屈原手里登峰造极,而后虽有宋玉、景差、唐勒几位辞人,总的成就都比不上屈原,辞作亦罕有流传。至秦王朝统一,楚辞的发展便告终止,后世骚赋大都不脱模拟痕迹。因此,这一文学样式的兴起、繁盛和衰歇,总共不过数十年时间,几乎由屈原独力完成,这又是一个难解之"谜"。让我们就上述问题稍稍作一点探讨。

普列汉诺夫曾经说过:"偶然性是一种相对的东西,它只会是在诸必然过程交叉点上出现。"③楚辞这一文学"奇迹"的产生,也是多种因素交汇作用的结果。

首先,楚辞承受了南楚文化的传统。这不仅指楚辞的体制来源于带"兮"字句的楚地歌词,还包括整个南楚文化如"楚语""楚声""楚歌""楚舞""楚风""楚物"等,都对楚辞发生了重要的影响。尤其是楚国由于进入文明世界较晚,作为原始社会遗习的巫风盛行,更给楚辞创作打上深刻的烙印。楚辞里的《九歌》《招魂》《大招》诸篇章,就是楚地祭祀仪式与风习的直接反映。楚辞的浪漫想象,包含着大量上古神话传说的材料。楚辞浓郁的抒情气息和华彩缤纷的辞藻,跟祀神典礼中载歌载舞、服采华饰的场面有关。甚至屈原作品中独步一时的以男女私情寄托君臣关系(所谓"美人香草")的艺术方法,似亦可能导源于祭神歌舞中借男女相悦相慕来比拟"神人以和"的表演传统。总之,丰厚悠久的南楚文化孕育了楚辞这朵特色鲜明的奇葩,这是决然无疑的。

---

① 《孟子·离娄下》,《四部丛刊》本《孟子》卷八。
② 带"兮"字句的楚地歌谣当然是楚辞体制的前驱,但这些歌谣始终停留在十分简短而质朴的阶段,发展为楚辞,仍不能不说是巨大的突变和飞跃。
③ 《论个人在历史上的作用问题》,《普列汉诺夫哲学著作选集》第2卷第361页,三联书店1961年版。

然而，楚辞形成为屈、宋等人作品那样具有广博的内容、宏伟的体制、多样化表现手法的文学样式，却是南楚文化与中原文化交流融会的产物。楚辞里丰富的政治史料和道德故事，来自《诗》《书》等古代典籍。楚辞作家屈原等人的思想，带有儒家、道家、法家、阴阳家以至神仙家各种先秦学派的成分。楚辞作品中铺陈排比的手法，和当时纵横游说的风气相联系。比兴体式的发展除渊源于《诗经》外，还可能跟春秋以来"赋诗言志"和"隐语"讽谏的习俗有关。至于文句的长短不齐、音节的参差错落，则又分明呈现出战国时期文辞散文化的倾向。可以说，没有中原地区思想文化的多方面影响，简短、质朴的楚地歌谣是不可能发展为楚辞这样划时代的文学巨制的。

还要看到，楚辞在战国中后期的崛起，又是当时楚国社会矛盾变化的集中反映。我们知道，南楚地区历史上开发较迟，长时期来被人视为蛮荒之地。春秋以来，楚国势力扩张北上，与齐、晋争霸中原，在这过程中广泛接触并吸收了中原文化，迅速成长为文明大国。战国以后，中原各国先后发生社会改革性质的"变法"运动，并程度不等地取得了成功。楚国也曾出现悼王时的吴起变法，而由于宗室重臣的强烈反对，一年以后即告夭折，从此国势渐趋衰落。到屈原生活的怀王、顷襄王时代，外有强秦步步进逼，内有"庄𫏋暴郢"这样的社会动乱，以屈原为首的革新派人士又受到保守势力的严重压制与排斥，多方面矛盾交织在一起，形成深刻的社会危机，从而引起人们心灵上巨大的激荡不安，并产生出藉诗歌抒情以表达这种内心忧愤的迫切需要。这就是为什么当中原各国正处在"处士横议"下的散文勃兴阶段，独有楚国却发展出深刻抒写心灵悲剧的楚辞体文学，而这一文学潮流的突如其来和戛然而止（秦统一后，南楚地区独特的社会危机即告结束），也可由此得到解释。

于此看来，楚地文化的传统、中原文化的影响和楚国当时社会政治形势的变化，三种力量的交互作用，创造了蔚为一代奇观的楚辞。楚辞之成为巫官文学的遗响，史官文学的旁流，同时又是作家文学的前驱，这一独特的历史地位，也是基于上述情况而形成的。假使没有楚国的特殊社会形势和文化发展道路，很可能整个战国时期都是诸子散文和历史散文的一统天下，而作家文学的诞生也许要推迟一个世纪。

楚辞开创了作家文学的新纪元，但这还只是南楚一隅的现象。作家文学的普遍展开，要等进入两汉。汉代文学的首要标志是辞赋的兴盛，那种"铺采摛文，体物写志"的宫廷大赋，不仅在"曲终奏雅"式的讽喻形态上符合儒家教义，更其是那些侈陈繁华、夸饰豪富的场面景物描绘，尤能适应大一统帝国张扬国威的需要。于是，以追求文采本身为目标的文学创作，受到了统治者的鼓励和提倡，独立的文学样式便在汉赋的形体中实现了最早的普及。当然，汉人的文学创作决不限于辞赋一体。五七言古诗和乐府的产生，论、策、书、疏、序、说、记、传、碑、志、铭、诔等各种文体的形成，叙事记人、抒情状物、说理辩难多种写作方法的运用以及文学语言的进化，在在显示出我国古典文学已经奠定了自己的基础，取得了独立的发展。与此同时，专业作家大批涌现，经书、子书、史书以外的各家文集也初步纂结。在这种形势下，人们头脑中开始有了独立的文学观念，当时称之为"文章"或"辞章"，有别于用来标示一般学术文化的"文学"或"儒学"。延及汉末，曹丕《典论·论文》以"经国之大业，不朽之盛事"，将文学创作的重要性提到前所未有的高度，正好宣告了文学独立过程的最终完成，文学的巨大价值终于得到了社会的确认。

综观先秦两汉文学史的发展，我国文学由非独立趋向独立的进程，是通过巫官文学、史官文学和作家文学等一系列环节来实现的，这跟西方早期由神话、传说、歌谣衍生出史诗、悲剧、喜剧、抒情诗的情况有所不同。西方文学的道路是从巫官文化的母胎里直接孕育出作家文学来，我们则多经受了史官文化洗礼的中介。这一点差别十分重要。由于我国古代长时期处在宗法式农业经济的社会形态里，史官文化的影响便极其深远。史官文化是以社会政教人伦为本位的，于是造成了我国文学注重政治教化功能的倾向，美从属于善，或者说"美善相兼"，构成古代文学的恒定的本质。史官文化将文、史、哲、政、经、教多种学术成分紧密结合在一起,难分畛域,致使汉以后形成的独立的文学范畴,依然是一个杂文学的体制,有别于西方以诗歌、戏剧、小说为模式的纯文学。史官文化还把上古神话传说导向了古史化的道路,未能像西方那样发展出鸿篇巨幅的史诗,戏剧、小说更难以得到充分的养料,因而抒情诗与散文便成了正宗的文学样式。这一切变化,都对我国文学传统的确立发生了深刻的作用,规定了整个民族文学的未来行程。

民族传统的演进

中国传统文学在汉魏以后进入它的演进发展时期。所谓演进,不外乎内容和形式两个方面,因此,"文"与"质"的关系便构成这一时期文学史上的主要矛盾。大致说来,由始初的文质合一,到中间的文质分离,以至后来的文质兼备,正体现了文学演进的基本轮廓。而汉魏、晋南北朝、唐代,则划分了各个阶段的相对年限。

文质合一的文学创作,当以汉代乐府民歌和古诗为出发点。乐府民歌的编集与流传,约略与汉赋的盛行同步。但有别于汉赋以"铺采摛文"为能事,乐府民歌大多用清新自然的语言,直朴地抒述普通人民的实际生活感受,所谓"感于哀乐,缘事而发"①,反映出与辞赋作者迥乎不同的美学趣味。东汉中叶以后,侈陈繁华的大赋日趋衰退,抒情小赋代之而兴,它预示着辞赋的高潮已经过去,抒情诗的时代即将来临,而无名氏古诗的出现,就成了诗国报春的第一只燕子。古诗与乐府在作风上稍有差异,而以不加雕饰的语言叙写内心情事,"若秀才对朋友说家常话"②,则又和乐府民歌同样真切动人。乐府和古诗,它们共同构成汉代辞赋为代表的作家文学以外的一种文学思潮,在当时是旁流,于后世则为先导。魏晋南北朝隋唐整个中古文学,就是在它们

---

① 班固《汉书·艺文志》,《汉书》卷三十,中华书局 1962 年版。
② 谢榛《四溟诗话》评《古诗十九首》语,《历代诗话续编》本《四溟诗话》卷三。

的基础上发展起来的。

文质合一的传统,到建安文学中得到重要的推进。建安时代的作品,以内容而言,感时、刺政、述怀、酬赠、边塞、山水、咏史、游仙、言情、赋物,各类题材都有新的开掘。以方法而言,抒情、写景、叙事、说理、对偶、典故、起结、谋篇、选句、炼字,各种技巧也获得了长足的进步。以风格而言,清峻、通脱、华丽、壮大,不专主一格,而有多样化的表现。以体制而言,五言诗兴盛,七言诗成形,乐府旧题翻新,散文、辞赋(主要是抒情状物的小赋)也各有相应的发展。相比于汉代乐府、古诗那种内容与形式都比较单纯而自然趋于文质合一的状态,建安文学的"质"与"文"无疑大大复杂化了,出现了文学思维空间多向拓展和审美意识心理深层突进的动向,但这并不妨碍文质的继续保持统一。钟嵘《诗品》以"骨气奇高,词采华茂,情兼雅怨,体被文质"来评论建安的代表作家曹植,也正显示了一代文学的风尚。下及正始,阮籍、嵇康的诗文里,文质相副的传统仍未丢弃,而由于政治形势的逆转,《咏怀》八十二首"虽志在刺讥,而文多隐避"①,"兴寄无端"、"莫求归趣"②,呈现出"质"隐于"文"的特点,这就预示了下一阶段创作中文质的转向分离。

文质分离是从晋代正式开始的。西晋太康文学,"采缛于正始,力柔于建安"③,表现出"文胜质"的倾向;东晋玄言诗赋,"理过其辞,淡乎寡味"④,又可看作"质胜文"的典型。其间虽有左思、刘琨、郭璞、陶渊明几位诗家,坚持文质合一的路线,而彼众我寡,并不能扭转时代风气。流行到南朝,"文浮于质"成为主导趋势。玄言、山水、宫体,标志着文学的内容日益远离社会人伦政事;骈偶、隶事、声律,显示了语言形式美的极端发展与追求。文质间的距离愈来愈扩大,对立愈来愈尖锐,于是也招来一些人的批评责难。有的主张在"原道""宗经"的前提下端正文学发展的大方向,有的倡言"风骨"与"丹采"在创作实践中的

---

① 《文选》李善注,《四部丛刊》本六臣注《文选》卷二十三。
② 沈德潜《古诗源》评语,《古诗源》卷六,中华书局1963年版。
③ 《文心雕龙·明诗》,范文澜《文心雕龙注》卷二。
④ 钟嵘《诗品序》,《历代诗话》本《诗品》卷首。

恰当配合,总之是企图使文质复归为一。他们这些言论在当时虽未能引起普遍反响,却为唐代诗文复古运动提供了理论的准备。与此同时,北朝文学走着一条与南朝稍有差异的道路。北朝民歌本来就有着不同于南朝《子夜》《读曲》的刚健粗犷的气质。北朝文人创作尽管学步南朝,而仍保有某种程度的重质实的本色。周、齐以后,一批南方作家如庾信、王褒流落北方,他们原有高度的文化素养,又身历家国的巨变,于是一改往日流连光景的吟唱,以精工流丽的词调发而为哀痛沉郁的咏叹。这种南北文风融合的新趋向,到隋代更得到有意识的提倡,也为唐代文学文质兼备局面的形成,打下了实践的基础。

六朝文学由文质合一到文质分离的演变已如上述,究竟应该怎样看待这一变化呢?过去有人用"形式主义""唯美主义"来抹煞整个六朝文学,而今又有人以"文学自觉""文学解放"来给予全盘肯定。千秋功罪,谁与评说?在我看来,这个问题只有放到历史的基本联系中,才能找到正确的答案。六朝文学是在两汉封建大一统王朝解体的形势下发展起来的。相对于汉人受儒家教义的束缚,六朝文学重视作家个性的表现和情感的抒发,强调文学的独立地位与价值,以追求"美"为目标,在题材、意境、语言、技巧、风格诸方面都有新的开拓,从这个意义上讲,它确实称得上"文学自觉"与"文学解放"。可以说,没有六朝文学的"新变",就不会有后来唐代文学的高涨。"齐梁及陈隋,众作等蝉噪"①,无疑是一种偏激之词。但又要看到,在两汉帝国废墟上建立起来的六朝社会(西晋开始),基本是一个门阀士族腐朽统治下的危机动荡的社会。没有出路的前景,限制了人们的生活实践和心灵活动,致使人的思想解放走上畸形发展的道路,在很大程度上流于消极颓废。晋、宋以后的文学创作中出现了逃避社会人生的倾向和片面追求形式美的风气,把"美"和"善"严重对立起来,正是这种危机心理的反映。"汉魏风骨,晋宋莫传"②的批评,虽不免说得绝对化一些,而大体

---

① 韩愈《荐士》,蟬隐庐影宋世綵堂本《昌黎先生集》卷二。
② 陈子昂《与东方左史虬〈修竹篇〉序》,《四部丛刊》本《陈伯玉文集》卷一。

切中病痛。唐代诗文名家在一个很长时期内坚持与"六朝余习"作斗争,不能说是无的放矢。因此,六朝文学的评价上,就有其特殊的复杂性。它的文质分离的路线,可以认为是对原有形态的文质合一的突破,是"文学自觉"与"解放"的表现,而文质分离所带来的片面性,又有待于下一阶段文学用文质兼备来加以扬弃和克服。这也是一个"正、反、合"的辩证发展过程。

历史进入唐代,文质兼备的条件便已成熟。唐代是我国封建社会的鼎盛时期。随着门阀士族统治的垮台,封建前期的一系列矛盾(如奴隶制在生产领域中的严重残余,农民和工匠的强固人身束缚,门阀制度下"士""庶"的悬隔),得到了基本的解决;而封建后期的许多重要矛盾(如均田制崩溃后土地兼并的加剧,商品经济的发展加速社会分化,专制主义中央集权的加强,国内各民族的扩大联系和民族矛盾的尖锐化),则尚未充分展开。正是这样一种得天独厚的时代条件,促成唐代社会经济繁荣、政治稳定和国力强盛,同时也促成人们精神状态的昂扬奋发、蓬勃向上,从而为文学艺术的茁壮成长提供了丰厚的土壤。在这样的社会基础上发展起来的唐代文学,充分吸取了前人创作的成果。《诗经》的写实精神、楚骚的浪漫想象、汉魏的风骨、齐梁的声律、陶谢的田园山水、北朝的边塞豪情、《史》《汉》的叙事、诸子的议论,以至于赋体的铺排、乐府的白描、古小说的志怪、参军戏的插科打诨,无不收罗于唐人笔底,熔铸于唐人文心。而唐代作家又不是把各方面材料机械拼凑,乃是博采众长,推陈出新,开创了文质彬彬、蔚为大观的一代新风。就内容与形式相统一这一点上看,唐代文学可以说是对汉魏文质合一传统的复归,但它绝不是简单的回复,而是经过六朝文质分离大发展后的复归,是在空前拓开、空前自觉的基础上的复归。所谓"既闲新声,复晓古调,文质半取,风骚两挟,言气骨则建安为传,论宫商则太康不逮"[1],正反映了唐人的这种自觉意识。

---

[1] 殷璠《河岳英灵集·集论》,傅璇琮《唐人选唐诗新编》第108页,陕西人民教育出版社1996年版。

唐代文质兼备的文学,也有它自身演进的轨迹。一般说来,安史乱前是文质兼备的形成阶段,齐梁与汉魏两个传统的长期斗争和相互融合,是这一时期文学发展的主线。诗歌起自唐初宫廷(齐梁余风),中经"四杰"、陈子昂等人的改革(复兴汉魏),到开元、天宝年间,终于达到了"声律风骨始备"①、齐梁与汉魏得到综合的大成境界,出现了万紫千红的艳阳天。散文革新的成果不及诗歌显著,而趋向、步伐则与之同调。

安史之乱的爆发,下及元和、长庆之交,是唐代社会经历巨大变动的时期。社会政治的动乱,民生的凋敝,统治阶级"自救"的努力,城市工商业和市民阶层的崛起,交织成一幅五光十色的生活画面,给予文学创作以多方面的推动。有别于唐前期诗歌一枝独秀,这个阶段的特点是各类文学全面开花:诗歌创作的再盛,古文运动的进入高潮,传奇小说的繁荣,变文的流行,曲子词由民间步入文坛,以至于戏剧的初步成形,整个地显示了我国古典文学全面成熟的风貌。如果说,在这之前,我国文学的发展主要限于诗、文二途,那么,从此以后,就开启了千门万户、四通八达的渠道。还要看到,即使是在传统的文学样式里,中唐文人也有很大的创造②。以诗歌而言,杜甫"三吏三别"以至元、白、张、王的新题古题乐府,往往选取和描述典型的事件、场面以揭示时弊的某一方面,可以称之为报告文学式的诗;白居易《长恨歌》《琵琶行》、元稹《连昌宫词》,以委婉生动的笔触抒写人间悲欢离合的情事,称得上传奇小说式的诗;柳宗元《笼鹰词》《跂乌词》、刘禹锡《聚蚊谣》《百舌吟》,借禽言兽语影射人事、针砭时世,属于寓言、杂文式的诗;韩愈《山石》《谒衡岳庙》、白居易《游悟真寺诗》,按照时间顺序历历不爽地记述游览经过,属于游记式的诗;《自京赴奉先县咏怀》及《北征》中的大段议论,可算政论式的诗;《戏为六绝句》对诗艺的阐发,则为文评

---

① 殷璠《河岳英灵集叙》,《唐人选唐诗新编》第 107 页。
② 我所谓的"中唐",即指安史之乱爆发至元和、长庆之交,与传统"四唐"说的划分略有差别。依我看来,安史之乱实在是唐代历史和文学发展中的重要分水岭,从杜甫(他的代表作大多产生于安史动乱中)到韩、白,有着一脉相承的关系。

式的诗；刘禹锡"沉舟侧畔千帆过,病树前头万木春""芳林新叶催陈叶,流水前波让后波"①,在抒情写景中融入人生哲理,成为宋人讲理趣的滥觞；韩愈《南山诗》《陆浑山火》以及韩、孟的《城南联句》《斗鸡联句》,铺张扬厉,奇字奥义,又分明留下汉赋的痕迹。这些作品从不同方面突破了盛唐以前诗作囿于抒情写景的藩篱,为诗歌的进一步发展打开了广阔的天地。过去人们每常称颂诗至盛唐始"臻其盛",而往往忽略了它到中唐才"极其变"。中唐实在是我国文学史上最值得注意的一个时期。清人叶燮倡论"古今文运、诗运至此时为一大关键",进而指明所谓中唐"乃古今百代之'中',而非有唐之所独得而称'中'者也"②,可谓独具慧眼。

唐代文学经盛唐、中唐两度繁荣,至晚唐五代呈现出衰敝的趋势。诗歌创作片面讲求形式美的倾向重又抬头,古文运动衰歇和骈文复炽,传奇小说中脱离现实的风气滋长,都是这一趋势的反映。这时期文学里只有文人词得到了畸形发展,数量空前,形式精美,而表现的内容大多不离酒边尊前、倚红偎翠,显示了同一种颓废的色调。这一切表明,文质兼备的局面已经解体,文学演进的高潮正在消逝,中国文学的历史进程又将折入新的蜕变时期③。

传统文学的蜕变

宋元明清,我称之为传统文学的蜕变期。蜕变,并不等于单纯的停滞或衰落,不等于思想艺术价值的普遍下降,而是指传统文学的质素起了变化,一些原有的质素开始解体,一些新的质素逐渐萌生,两者在很长时间内处在相互敌对、相互排斥的关系下,未能形成统一的整体。在蜕变过程中,事物依然发展着,但跟前一时期那种演进式的发

---

① 见《酬乐天扬州初逢席上见赠》《伤微之、敦诗、晦叔》,《四部丛刊》本《刘梦得文集》外集卷一、卷二。
② 见《百家唐诗序》,1917年长沙叶氏梦篆楼刊本《已畦集》卷八。
③ 晚唐文学亦自有其独特的艺术成就,这里只能就文学总体的演进趋势来谈论,难以面面俱到。

展不同，它是向着异己的方向、对立的方向变化，或者叫作"异质转化"。而由于我国社会历史运动的特点，这一转化过程特别漫长，行进缓慢，充满曲折与反复。

蜕变的迹象在宋元以后的文学中处处能够看见。前面说过，我国文学以"美善相兼"为本质特征，美从属于善，更明确地说，从属于宗法社会的政教伦理，构成古代文学的强大传统。"理"与"情"、"质"与"文"、"神"与"形"、"正"与"变"诸方面要素的协调统一，正是这种"美善相兼"本质的具体体现。可是，宋元以后，情况逐渐起了变化。宋诗与宋词的分流，显示了文学创作中"主理"与"主情"倾向的暌离，演变为明清文艺思潮中"理"和"情"、"天理"和"人欲"的尖锐冲突。宋代理学家与古文家在文学价值观念上的歧异，标志着传统诗文中文质合一关系的破裂，由此衍生出道统与文统的长期对立。苏轼及其门人关于"神似"与"形似"问题的讨论，开了"重神"和"重形"的不同风气，经王若虚、李贽、王士禛、赵执信等人的反复辩难而愈形僵持。严羽对江西诗派的诘难，揭示了"诗体正变"的论旨，为明七子与公安、竟陵之间拟古与反拟古的斗争埋下伏笔。此外，同是论述"文道"关系，而有"载道""贯道""求道""致道"的差别。同是探讨诗歌艺术，而有"格调""性灵""神韵""肌理"的区分。甚至同是效法古人，还有"宗唐""宗宋""宗盛唐""宗晚唐""宗李杜""宗王孟"各各不同的门户与家法。宋元以后的文坛，显现出各种思潮、流派的起伏消长、矛盾冲突，花色翻新与品种繁多前所未有，而隐伏在这番热闹景象背后的，恰恰是传统文学固有质素的各自分离与解体。

然而，作为蜕变、解体的最明显的标志，则是"雅文学"（士大夫正宗文学）和"俗文学"（不被士大夫认作正宗的文学）之间的对峙。我们知道，文学创作中的"雅""俗"之分，原是古已有之的，这跟创作者的身份不同有关，更和欣赏对象的层次划分直接相联系。只要社会依然划分为文化质素高低悬殊的人群，雅俗之分也就会永远存在下去。可是，就唐以前的情况而论，雅文学和俗文学的对立并不那么凝固，界限也不那么森严。通常情形是：民间创造了一种俗文学形式，只要它有活泼泼的生命力,不久便会被文人学士所注意、模仿、提炼、改造,最终加入雅文学的行列。《诗经》里的十五国"风"是这样,后来的楚歌、乐府民歌、五七言诗以至曲子词,无不经历了这样的过程。而宋元以后的情况就不一样。白话小说的兴起,南戏、杂剧、传奇的繁荣,鼓子词、诸宫调、宝卷、弹词各类讲唱文学的风行,俗文学园地一派兴旺景象,却始终未能挤进雅文学的壁垒。文人学士里间或也有人染指于这些新鲜的形式,可他们的作品仍被视作俗学小道,不能登上大雅之堂,无法与诗、词、文、赋之类正宗文学并列。于是,我们的文学传统自此一分为二:一方面是固有的高雅文学,它在发展中日益走向衰颓、凝固、僵化,而仍然霸持文坛,不肯退让;另一方面是新兴的通俗文学,它以蓬勃的生机不断向上,却受尽歧视与压制,难见天日。雅文学之无力吸收、消化俗文学,正表明这种新起的俗文学有着与传统雅文学不尽相同的质素,成为传统文学中的异质结构,它的发展、壮大终将促使传统文学趋向解体。

让我们循着"雅""俗"对立这条线索,考察一下宋元以后文学的演化。

演化的第一个阶段,可以称之为雅文学与俗文学平行发展的阶段,大体相当于宋元时期。在这个阶段里,一方面,雅文学还有前进发展的余地(宋诗、宋词、北宋古文运动、元散曲),另一方面,俗文学正在蓬勃兴起(宋元话本讲史、宋金杂剧南戏、金诸宫调、元杂剧),两者平行发展,不相干扰,形成了"和平竞赛"的局面。而竞赛的结果是,雅文学由强大渐趋萎缩,俗文学由幼嫩走向茁壮,双方的优势各自在转化。如果说,北宋时期几乎还是诗、词、文的一统天下,话本、讲史刚处在萌生状态,那么,南宋及金代杂剧、南戏、话本、诸宫调的遍地开花,则骎骎乎已能与雅文学分庭抗礼,而元人杂剧独步一时,更明显超过和压倒了诗、文、词以至散曲的成就。

还要看到,这个时期的雅文学虽仍保留前进的势头,但前进中已显露衰退的苗子。宋诗(以欧、梅、苏、黄为代表)可说是古典诗歌继唐以后最注重创造性的一段诗歌,而有心与唐人立异,"避熟就生",不免舍康庄大道而步入羊肠小径。宋诗人追随并发展了中唐诗歌好奇尚怪、穷新极变的倾向,却抛弃了它的博大深厚的气象和坦荡平易的作风,终宋之世,并未能产生出如《自京赴奉先县咏怀》《北征》《新乐府》《秦中吟》以至《长恨歌》《琵琶行》这样概括深广、富于历史容量或叙写人世沧桑娓娓动人、情事一贯的鸿篇巨制。人们批评宋诗精于"小结裹"而略于"大判断"①,是切中肯綮的。至于宋词(以婉约派为正宗),又似乎有心与宋诗立异。宋诗"以文为诗",虽不免泥沙相杂,反映面还比较宽阔,风格也比较多样;词"别是一体",尽管在感受的细腻和表现的精美上几乎无与伦比,而天地更为狭窄,形态也更趋纤细。少数豪杰之士企图打破这个限界,却被认作"以诗为词","要非本色"②。宋代正宗文学中能与唐人相并比的,只有散文,而且从发展的普遍性和风格的成熟程度来讲,甚至超过了唐人。但唐文深,宋文浅;唐文博厚,宋文精巧;唐文多"有物之言",宋文多"有序之言";唐文尚实,长于大块议论(如《原道》《封建论》)和整幅叙事(如《段太尉逸事状》《张中丞传后叙》),宋文尚虚,长于抒情写景、随笔杂记(如《醉翁亭记》《石钟山记》):各有千秋,又不能一概例以优劣。于此看来,宋代正宗文学的发展,尽管在某些方面开拓了新的境界,提供了新的技巧,造成诗、词、文各体并盛的阵势,而从"美善相兼""文质合一"的总体高度来看,似未能比唐人更上一层楼,这就是我所谓的前进中的颓势。当然,这并非出于宋代文人才力的不足。传统文学"美善相兼"的本质,在唐人抒情诗里殆已发挥到"尽善尽美"的地步,再也不能沿着这条路线继续前进了。中唐文学开始出现了向叙事、说理、戏剧等方面的转化(包括诗歌本身也在转化),这是与社会历史向封建后期过渡、各种矛盾逐渐展开的形势相适应的。可是,由于宋以后雅、俗文学的分离,新的形态只是在俗文学领域里得到发展③,而雅文学或则故步自封地闭锁在抒

---

① 参见钱锺书《宋诗选注》的序言,人民文学出版社1958年版。
② 《后山诗话》评东坡词,载《历代诗话》第309页,中华书局1981年版。
③ 这里不光指小说、戏剧,也包括唐代变文以下的诸宫调、宝卷、弹词等,它们其实就是古代的大型叙事诗,而由于雅、俗文学的分流,长期被排斥在传统诗歌之外,没有得到士大夫文人的精心培育,也是我国文学的一大损失。

情写景的狭小天地里（如宋词），或则在传统的抒情体制内硬插入某些非抒情的成分而弄得桠枒突兀（如宋诗），总之是未能实现圆满的新变。这是文人的不幸，更其是时代的不幸。下及于元，诗、文、词更形衰退。号称"一代新制"的散曲，其实是一种半雅半俗的文体。就其承受俗文学影响（如反映市井生活、多用白描、用俗语）的方面而言，确实较富于生活情趣；而就其仍拘束于雅文学传统（如表现士大夫思想意识、重抒情写景、用雅语）的方面而言，又显得气格局促，情境琐屑，远逊于同时代杂剧的成就。

与此同时，这一阶段的俗文学在迅速成长之中，也已萌生了新的质素，那就是市民生活与情趣的反映。宋话本如《碾玉观音》《错斩崔宁》《快嘴李翠莲》等开其端，到元杂剧得到进一步发展。杂剧的作者跟话本小说略有不同，往往是专业文人，但由于他们在元代社会地位低下，长年混迹于市井勾栏，能够了解市民的生活和思想感情。如关汉卿的名作《窦娥冤》《救风尘》，都是以市民阶层中受压迫最深的妇女为主人公，将她们的遭遇与不幸、痛苦与反抗、性格与愿望，表现得淋漓尽致，真切动人。话本和杂剧中的这些主人公，不同于《石壕吏》中的老妪、《无家别》里的老兵、终南山下的卖炭翁、新丰市上的折臂人。他们不是任人摆布的可怜虫、被人哀叹的"小人物"，而是有自己的品格和理想，敢于为生存和幸福进行抗争的"人"。这是市民自我形象的塑造，而不是士大夫文人悲天悯人精神烛照下的劳动者苍白的投影。真实地表现市民的形象，表现市民与封建势力的冲突和他们反封建的精神，这就是宋元小说、戏曲所提供的新的质素，是宗法社会的政教伦常所难以认可的。不仅如此，这种新的质素也曲折地反映到非市民题材的作品里去。《西厢记》里的张生和莺莺并非市民，可他们的自由恋爱与结合却带有市民争取个性解放的色彩。过去卓文君私奔司马相如，也曾传为趣谈，那不过是文人的风流韵事，并不奉为正格。而《西厢记》的作者则把张生与莺莺突破礼教堤防的自由结合，表现得那么合情合理、严肃认真，不能不说是对"发乎情，止乎礼义"的训条的大胆挑战。这也是传统的礼教文化所难以接受的。宋元以后的俗文学之不能为雅文学所吸收和消化，恐怕道理就在于此。当然，俗文学形态的作品并不都是市民思想意识的反映，其中有不少士大夫文人的自我写照（马致远的杂剧就显示了这种倾向），而表现市民生活、情趣的内容中也杂有许多封建糟粕，这是尽人皆知而毋庸赘述的。

从明初至清中叶（鸦片战争前），进入蜕变的第二阶段，可以称之为雅文学与俗文学尖锐对立的阶段。早一时期"和平竞赛"的局面结束了，俗文学的突飞猛进，威胁到雅文学的生存，于是公开的敌对和冲突不可避免。不过这种对立冲突，也是一步步展开和深化的。

明王朝前期（嘉靖以前），诗文创作中拟古风气盛行，表明士大夫正宗文学在拒绝接受俗文学影响下的日趋凝固和僵化。在这同时，封建统治者对戏曲、小说的政治压制趋于严厉，多次以禁令的形式企图扼杀这一新兴文学形态。压制不行，就改用渗透，力图将封建正统思想灌输到俗文学的体制中去。以戏曲而论，《琵琶记》是成功的例子，《伍伦全备》是拙劣的表演，但都体现了封建思想的渗透。以小说而论，《水浒传》里的招安路线，《三国演义》里的正统史观，也都显现了封建糟粕的烙痕。两种文化势力间的战幕拉开了，对立的形势正式形成。

到了明代后期（万历以后），对立进一步展开，俗文学来了一个大反攻。随着明中叶以后资本主义萌芽的出现和市民反封建政治斗争的开展，小说、戏曲中的市民影响和批判精神有了显著增强。"三言二拍"、《金瓶梅》、《牡丹亭》之类作品的产生，就是市民生活土壤与文化氛围中结出的硕果。还有一些作品如《西游记》《鸣凤记》《清忠谱》，虽未必直接反映市民意识，而敢于对封建政治、思想、文化加以激烈的批判和辛辣的嘲讽，实际上也是封建社会走向没落和资本主义开始萌芽的一个折光。俗文学的强大潮流，还渗入雅文学的领域。诗文创作中的反复古思潮，对作家个性与才能的强调，以至用"人情"对抗"天理"的号召，都或多或少感染到市民思想与文化的影响。李贽就是在这种影响的感召下，从正统营垒中杀出来的典型。公安三袁也在不同程度上受到这种感染，虽然他们的呼声要胆怯得多。

然而，历史进入清代，社会与文学的发展却又出现了曲折与反复。明清之际的社会动乱，在很大程度上摧毁了新兴的资本主义萌芽。清朝入主中原，一度带来落后的人身依附关系和严重的民族压迫。清王朝前期，封建统治强化了，意识形态的控制也特别严酷。反映到文学领域，便是诗文创作中的拟古风气重又抬头[1]，以及戏曲、小说表现市民生活与情趣不及前一阶段直接而鲜明，市民文学的发展受到了挫折。但这并不意味着历史的简单倒退。资本主义的萌芽仍在封建压制下曲折地生长，封建制度的腐朽性日益充分暴露，不能不在文学上有所显影。这一时期文学的主要特征，便是对封建礼教、政治及其文化思想的全面批判和叛逆者形象的深化，具体落实在《聊斋志异》《儒林外史》《红楼梦》三部伟大的小说中。《聊斋志异》广泛揭示了封建科举、吏治、司法等所造成的弊害，对社会黑暗作了有力的控诉，其反映的广度和深度已经超越了过去的小说、戏曲作品。如果说，《聊斋》还较多地停留于揭示科举之类的弊端，那么，《儒林外史》则进一步否定了科举制度本身，连同与它有关的礼教文化。书中正面人物如王冕、杜少卿等，绝意仕途经济，不受世俗礼制的束缚，显示了对现存社会秩序的鲜明的叛离。而这种叛逆者的典型，到《红楼梦》里的贾宝玉身上，更得到完美的体现。贾宝玉式的叛逆者，不再像传统文学中有叛逆精神的阮籍、嵇康、陶渊明那样，仅仅针对特定政权或社会现状进行反抗，而是对整个封建伦常及其人生道路采取不妥协的疏离态度。尽管这种背离还不能为人们指示现实的出路，但它确切无疑地昭示了旧时代的终结，其历史意义无论如何也不能低估。三部小说，一部接一部，构成封建社会罪恶与死亡的公证书。它们虽然没有直接描写市民的生活与情趣，而在把握时代的本质冲突与历史的基本动向上，较之前一时期的市民文学似更深入一步。且正由于它们把两种社会力量的冲突集中到杜少卿、贾宝玉这样的叛逆者身上，新旧两种文化思潮

---

[1] 清人有鉴于明七子食古不化的流弊和公安派的批评，在学古中取径较宽，力求拟议以形成变化，所以诗、词、文的成绩较明人为高，但根本立足点仍在于学古，与明人并无二致。

和文学传统的对立与渗透,也就发展到了十分尖锐的程度。

  物极必反,矛盾到了顶点,解决的前景便也在眼前了。鸦片战争以后,随着中国封建社会向半封建半殖民地社会的转化以及资产阶级改良主义运动和革命运动的兴起,雅文学和俗文学互相对峙的局面开始打破,出现了两种文学变化接近的新趋向,这可以算是传统文学蜕变的最后一个阶段。所谓变化与接近,一方面指传统诗文中产生出新题材、新思想、新意境、新风格,逐渐摆脱凝固、僵化的格局;另一方面各种俗文学样式则开始受到文人作家的高度重视与大力提倡,甚至被夸张到对更新国民的心理、道德、学术、政治起决定作用的地步[①]。于是,文学创作中"正宗"与"非正宗"的界限渐趋模糊,雅、俗两种文学都在新变,并通过变化而互相接近,走向融合。这自然也有一个发展过程。大体上看,从19世纪40年代前后到80年代,是渐变的阶段。龚自珍、魏源开了诗文新变的风气,张际亮、姚燮、贝青乔、林昌彝、冯桂芬、王韬等一批作家,各自从不同角度反映时代的巨变,体现了文学风格的初步创新。与此同时,小说、戏曲等俗文学样式逐渐受人重视,甚至像俞樾这样的经学大师也来为之鼓吹[②]。19世纪90年代至20世纪初,围绕着戊戌变法与辛亥革命,文学革新进入高潮。"诗界革命""文界革命""小说界革命"以及白话文的倡导,以黄遵宪、梁启超为代表的新体诗文的创作,南社革命诗歌活动的开展,谴责小说与革命小说的盛行,戏曲的改良和话剧的萌芽,翻译文学的流行,以至于西方文学理论的输入和吸收,构成一幅幅色彩斑驳、炫人眼目的文学发展图景。尽管由于历史条件的限制,新的倾向远未能达到成熟境地,而中国文学正面临总体性的蜕变,则已成定局。当然,旧的文学思潮也不会自动退出生活领域。与上述新潮流相并列,"同光体"诗、"常州派"词、"桐城"古文与六朝骈体,仍然流衍于文坛,要跟前者一争高下。特别因为中国资产阶级的软弱,到辛亥革命失败后,政治和文学形势竟

---

  ① 参见梁启超《论小说与群治之关系》、陶曾佑《论小说之势力及其影响》诸文,均收入郭绍虞主编《中国历代文论选》第四册,上海古籍出版社1979年版。
  ② 见俞氏所撰《七侠五义序》《余莲村劝善杂剧序》诸文。

又出现逆转。南社的解体和"同光体"的复炽,黑幕、言情、武侠及侦探小说的泛滥,京剧改良的变质和"文明戏"的流行,都反映出文学创新潮流的相对停滞和局部倒退。传统文学的蜕变,在"五四"以前始终未能完成。直到"五四"政治运动和新文化运动期间,伴随新民主主义革命的发动,才又给予文学新变以强有力的推进,正式宣告传统文学的结束和中国新文学的诞生,不过那已属于现代文学史的范围了。

几 点 体 会

用火箭般的速度浏览了"五四"之前整个中国文学史的进程,能够有什么样的发现呢?

首先可以看见文学史上的三个大的周期。即:由上古以至西周的巫官文学(非文学的形态中蕴藏着文学的灵魂),到周秦间的史官文学(文学的形式中包含非文学的内容),再到楚汉间的作家文学(内容与形式都得到独立),构成发展的第一个周期。由汉魏的文质合一,到晋南北朝的文质分离,又到唐代的文质兼备,作为发展的第二个周期。然后由宋元雅、俗两种文学的平行发展,到明清(鸦片战争前)两种文学的尖锐对立,以至近代两者的变化接近,又是一个发展的周期。三大周期,还可以分解为若干小的周期。而三者总合起来,又构成一个更大的周期,那就是中国传统文学的形成、演进以及蜕变的周期。每个周期都是一个"正、反、合"的辩证发展过程,传统文学就在这一环又一环的辩证运动进程中逐步展现自己。当然,发展变化的不仅是一些具体的文学现象,更其是传统文学的基本质性和体制。如上所述,"美善相兼"成为传统文学的本质特征,这一基本质性就是在我国文学由巫官经史官而到作家文学的独特历史途径中形成的,并通过文质合一、分离以至兼备的演进过程而得到高度发展,再随着整个文学传统的蜕变而逐渐蜕变。在最后这个历史阶段里,一方面是士大夫正宗文学中情理、文质、神形、正变诸种因素由统一走向分裂,另一方面是新的质素在俗文学里萌生①而又得不到封建正统势力的承认,这都体现了传统文学"美善相兼"本质的趋于解体。文学体制的变化也是如此。先秦两汉初步形成了我们的杂文学体制。经魏晋南北朝至隋唐五代,诗词文赋、骈散古今各体俱备,杂文学的形式得到了最充分的发展。宋元以后,一方面是雅文学仍然坚持杂文学的体制而缺少新变,另一方面则是俗文学逐渐萌生以小说、戏曲、歌谣、故事、讲唱文学为代表的纯文学体制,两者互相排斥而又长期共存,造成缓慢而难产的蜕变过程。总之,三个周期概括了我国文学史的基本进程,这是我们的第一点结论。

其次,与上述三个周期相适应,我们看见了三种社会力量在文学史上的交替代兴,那便是贵族、寒士和市民。我国古代是一个贵族统治下的宗法社会,实行"学在官府"的制度,只有贵族才能享有文化,因而这个阶层在早期文学创作中承担了比较重要的责任(原始神话、歌谣除外)。《诗经》多半是贵族的乐章(包括那些批评时政的诗歌,实也出于下层贵族之手),《尚书》全部是官方的文告,孔、孟是旧贵族中的开明人士,老、庄是其没落的代表,荀、韩反映新兴显贵集团的愿望,屈原体现贵族革新势力的理想,下而及于两汉辞赋,虽然作者的身份不一定是贵族官僚,而夸饰豪富、张扬国威,恰足以成为一代宫廷文学的楷模。从总体上看,先秦两汉的文坛上,贵族是占据统治地位的②。寒士在文学上的表现,似可溯源于宋玉,而形成一股潮流,则要迟至东汉中叶以后的无名氏古诗。建安时期,诗文特盛,"慷慨以任气"③显现为时代精神,这跟汉王朝瓦解后豪门世族受到打击、寒门庶族思想解放不无关系。西晋以后,门阀制度定型化了,寒士阶层重又受到压抑,而它的文学传统仍在左思、郭璞、陶渊明、鲍照等作家身上得到有力的继承与发扬。至唐代,随着庶族地主地位的上升,他们的文学创作也进

---

① 新质素也包括人们的文学观念,如小说、戏曲长时期被认作娱乐的手段,这就同传统的"美善相兼"的价值观有了矛盾。
② 这只是就主要文学成分的阶级属性而言,并不排斥其中有民主性精华,也不是否认贵族以外的文学存在。
③ 《文心雕龙·明诗》,范文澜《文心雕龙注》卷二。

入繁荣的高峰,李、杜、韩、柳便是其光辉的典范。所以说,寒士阶层在汉魏以至唐代的文学发展中,起着重要的推动作用;寒士文学在曲折中前进,正成了这一时期文学的主流。宋元以后,士大夫正宗文学转向衰退,市民在文学上的影响日渐增强。市民的影响,不仅存在于直接表现市民生活题材的作品(如"三言二拍")中,也反映于描写士大夫文人的情事而表露出市民感情色彩的作品(如《西厢记》《牡丹亭》),甚至出现在并不表现市民的生活与情趣、只是尖锐地否定封建制度及其思想文化传统的作品(如《聊斋志异》《儒林外史》)上[①],因为这种否定揭示了封建社会的腐朽没落,也就从一个侧面间接地显示了资本主义萌芽对传统制度与文化的瓦解作用。因此,市民的影响决不能简单归结为市民文学的创作。我国封建社会里的市民阶层,其经济和政治力量远未发展到与欧洲中世纪晚期的市民相并比的程度,我国的市民文学也远未发展到薄伽丘、拉伯雷、莎士比亚的高度。作为封建后期文学瑰宝的,主要还是体现士大夫文人思想体系的一些作品,如《牡丹亭》《红楼梦》等,都不能算作严格意义下的市民文学。但它们并不能脱离市民的影响而独立存在,有如它们所赖以生存的社会基础,离不开市民经济、政治以及文化心理的多方面渗透。由此看来,贵族、寒士与市民,正好构成推动我国传统文学前进运动的三代力量,他们的交替出现,标志着不同历史时期文学潮流的转变,这是第二点结论。当然,除了这三种力量外,其他的社会阶层如奴隶、农民等,也对我国文学事业做出重要的贡献。他们不仅为社会精神文明的创造提供了物质生产的前提,还以其直接的创作哺养了历代作家文学,但由于这些作品大量湮没,无法追索其演变的线索,也就难以用作划时期的界标了。

最后,作为三个周期和三种力量的纽结点,我们还可以注意到文学史上先后出现的三次高潮,它们都发生在历史的转折关头。第一次高潮在周秦之交(春秋末到战国,以战国中期为顶点),正是古代社会

[①] 以上区别也只是相对的,例如《红楼梦》于后两种情况就兼而有之。

由奴隶制向封建制的转变时期①,史官文学达到鼎盛,作家文学正式诞生,为整个古典文学的形成奠定了坚实的基础。第二次高潮在唐宋之交(唐中叶以至北宋中期,尤以开元、元和、元祐所谓"三元"为标志),是封建社会由前期向后期的过渡时期,士大夫正宗文学(诗、词、文)发展到了高峰,各种文学式样也有相应的展开,古典文学呈现了全面成熟的风貌。第三次高潮则在明清之交(晚明至清前期,以万历和乾隆为制高点而形成马鞍形结构),是封建社会内部孕育出资本主义萌芽的时期,雅、俗两种文学的对立与渗透十分激烈,小说、戏曲进入繁荣的高峰,整个古典文学到了总结的阶段。三次高潮,各有各的特色,而都离不开社会历史的大变革。可以说,正是大变革的时代,促成文学创作的重大突破,而没有这种突破,也就不会有文学的高度繁荣,这又是我们的一点认识。三次大高潮以外,也还有些小高潮,如汉魏之交、清末民初之交,大多也和社会变革有关,不过由于变革时限较短暂、发展不充分或出现了曲折倒退等原因,致使文学上的新变也不能不受到局限。

总之,三个周期、三种力量、三次高潮,这是我们从宏观角度考察中国文学史的一些体会。所论未必恰当,但提出这些问题,也许会引起人们对研究与把握文学发展的历史脉络的兴趣,进以思考民族文学的特质及其相关诸规律性问题。

(原载《文学遗产》1986 年第 5 期,录入《中国文学史之宏观》时略有增补)

---

① 本书有关中国奴隶制与封建制的社会分期,暂取史学界较流行的郭沫若氏之说,不加论辩。

自传统至现代
——近四百年中国文学思潮变迁论

一、四百年作为统一的流程

我们这里所说的"四百年",并非严格意义上的四个世纪,而是泛指自 16 世纪晚期(大致相当于明万历年间)至 20 世纪末叶这个时段里中国文学思潮的发展演变。这四百年光景的文学进程,在一般文学史著录中,是把它分别切割为中国古代文学、近代文学、现代文学和当代文学几个不同的历史阶段来处理的,为什么要合并在一个题目下加以论述呢?因为据我们看来,近四百年文学思潮的演进,尽管头绪纷繁,事象庞杂,总体上却构成了统一的流程,其实质便是中国文学由传统向现代的转变。这样一个特定的观照视角,自然需要打破原有的分界,对历史作出新的概括。

众所周知,中国现代文学正式诞生于 20 世纪中国革命运动中的"五四"时期。由"五四"文学革命所倡导和促成的中国新文学,无论在观念情趣和文学体貌上,都和传统文学存在着重大差异。新文学反对旧文学,新思想否定旧思想,形成"五四"文学革命乃至整个文化革命的主题;而引进西方的观念、方法以至文学样式,则成为新文学自身建设的重要凭借。基于此,在相当长时间内,人们习惯于用"外来影响"来解释新文学的产生,甚至断言中国现代文学只不过是西方文学的移植,它和传统割断了联系,这个看法值得商榷。

诚然，由于历史条件的特殊复杂性，"五四"文学革命确实是在反传统的旗帜下进行的，而其倡导者们的激烈言辞（有时不免过激），更加深了人们的这一印象。但只要不拘泥于辞句外表，能够深入一步剖视其实际的思想动向，当可发现，其所谓"反传统"，在思想文化层面上集矢于封建礼教（以"孔教"为代表），在文学层面上亦着重在封建正统文学（如所谓"桐城谬种""选学妖孽"），并不含有全盘否定传统的意思。不仅如此，我们还可以看到，新文学乃至新文化的领袖人物，在大力推进"反传统"路线时，仍很注意从传统中识别和寻求养料，用以为构建、发展新文学和新文化的依据。如鲁迅的倡扬民间文艺和民俗风情，周作人以晚明公安、竟陵派的"性灵"文学为新文学源头，胡适到清人顾炎武以至戴震的学说、理论中去发掘科学实证精神（梁启超开其端绪），又认白话文学的种子早已潜伏在唐宋诗词和宋元小说、戏曲创作里①，以及稍后的马克思主义史学家如侯外庐等称明清之际一批进步思想家为"早期启蒙主义者"，开启了近代启蒙思想文化的先河。这些事例表明，新文学和新文化运动并不曾"数典忘祖"，在敞开胸怀吸收和借鉴外来思想文化的同时，仍坚持将目光指向自己的传统。换句话说，传统与现代之间的血肉联系，是自觉地被意识到和把握到的（尽管由于立场不同，各人所指亦有偏侧）。这一点在讨论"五四"文学"反传统"时，似不应忽略。

再从文学史演变的事实来看，"五四"文学革命也并非单凭少数人登高一呼，或输入几个外国的新名词、新观念，就能鼓动起来的，它有一个渐进积累的过程。早在20世纪前，约当戊戌变法前后，传统的文学观念就已经发生变化。当时文坛上"诗界革命""文界革命""小说界革命"的提出，戏曲改良的风行，"新民体"和晚清白话文运动的兴起，都在为文学的大变革创造条件，从而构成"五四"文学革命的直接的前驱，虽然其力度和亮色不可同日而语。更往上溯，我们还能发现，晚清

---

① 胡适《历史的文学观念论》，见《胡适古典文学研究论集》，上海古籍出版社1988年版。

时期的文学变局实肇始于清中叶鸦片战争前后社会和文学思潮的蜕变,而蜕变的根子则又远远埋藏于明清之际社会格局和文化精神的变动之中。就这样,以"五四"新文学为出发点,通过一步步追根溯源,当能具体揭示出传统与现代之间的内在联系,理出一条由传统向现代转化的贯串线索来。

还要看到,"五四"新文学虽然是中国现代文学的发端,却并非它的完成。"五四"以后,新文学运动经历了长期而又曲折的发展过程,在此行程中,"五四"文学革命所奠定的人文精神和文学作风有所变异,有所分化,有所高扬,有所坠失。这种种变化固然同社会历史变革的大形势紧密相关,而亦和新文学自身所承受的传统思想文化的制约分不开。也就是说,传统和现代之间的交替纠葛,不仅存在于新文学孕生之前,即便在其诞生后的相当时间内,仍是不容回避的事实。因此,回顾和总结新文学自身的演变历程,并将其置放在整个中国文学由传统至现代演进的轨迹中加以考察,应该是很有意义的。我们之所以把晚明以迄当今近四百年的文学思潮作为整体的流程进行探讨,根据就在这里。

当然,四百年的思潮变迁不能"一锅煮",还须分出段落层次来。依照我们的构想,可以大致区别为四个阶段:

1. 明万历初至清康熙前期(1573—1683),是从传统思想文化体系内部孕育出近代意识萌芽的阶段;

2. 康熙中后期至乾隆末(1684—1795),是复古思潮卷土重来和新思想萌芽在重重禁锢下潜滋暗长的阶段;

3. 嘉庆初叶至"五四"前夕(1796—1915),是在古今更迭和中西交汇双向撞击之下,新倾向开始突破旧传统,旧文学逐渐向新文学过渡的阶段;

4. "五四"新文化运动至当前(1915—),则是在中国社会革命形势导引下,新文学得到初步确立,并通过不断分化与组合曲折前进的阶段。

四个段落,每段历时百年左右,大体相当于 17、18、19、20 这四个世纪,各有自身的特色和在文学思潮演变中的独特位置,总合起来,便构成中国文学由传统向现代演进的全过程,而其演进的趋向至今仍在继续之中。这样的划分不能不是十分粗略的(实际上,每一大段还可按内部思潮的起伏划出若干小段),用作划段的界标更只有极其相对的意义,因为思潮的前后推移和相互渗透决不能拿时间坐标或其他刚性标记加以截然分割。尽管如此,我们仍不得不倚仗眼前的这副脚手架,来测断历史新陈代谢的形迹,以进入其内在运行的机制。

二、新人文核心从传统中孕生

一种特定的文学思潮,必然有其特定的文学观念、创作方法、文本结构、文体风貌乃至批评范式和理论构架,以示区别于之前或之外的其他文学思潮,并把从属于自身的众多文学现象联结成一个整体。在这诸方面特征中,文学观念尤为重要,它决定着创作和批评的路向,规范着文学潮流的渠道,从而呈现为整个思潮的主导性标志。从这个意义上说,一种思潮无非就是一种文学观念的显现。但是,所谓"观念",实际上还包含两层意思。"文学是人学",人作为文学的主体,构成文本的深层结构;任何文学创作和批评,在显示其文学观念时,都不能不涉及对作为主体的人的认识及其价值判断,这是一个方面。另外,文学又是文学,它有自身独特的体性和职能,有其在人生大系统中相对独立的地位和存在价值,不能混同于普通的社会现象与文化形态,这也是谈论文学观念的题中应有之义。由此,"人"的观念和"文"的观念,合组成文学的人文核心,它是特定文学思潮既联系而又区别于一般社会思潮、文化思潮的主要表征。中国文学由传统向现代的演变,也必须从探索其人文核心的变动入手。

具有近代意义的人文核心,是从什么时候开始有所萌动的呢?比较有把握的回答,应该是在16世纪后期至17世纪末叶,亦即晚明以迄清初的这段期间。这是一个社会生活充满动荡、变革的时代。明中叶以来城市商品经济的繁荣和社会新质素萌芽的出现,市民阶层的壮大及其生活情趣的普泛化,政治斗争的尖锐和王朝鼎革间的社会大动乱,理学的危机和异端思想的抬头,雅俗文化的对流与中西学术的初次碰撞,以及处在如此复杂多变环境里的士人心态的狂放与抑郁,这些经济、政治、社会、文化、心理诸方面条件的结合,正好为新的人文核心的萌生提供了温床,使明清之际的学术、文化、艺术、文学放射出异彩。近世学者如梁启超、胡适、周作人、侯外庐等,在探究近代思想文化的渊源和新文学的源头时,不约而同地将目光投射到这段时空上来,并非出于偶然。但梁、胡、周诸人或着眼于古典复兴,或注重在科学实证,或一味崇尚文学抒写性灵,皆不免偏于一隅之见;比较而言,侯外庐等马克思主义史学家能从思想史的总体演进上立论,说法自然要圆到得多。不过"早期启蒙主义"的提法仍有缺陷,不仅容易与18世纪西方启蒙主义思想相混同,还存在着将明清之际一大批趋向进步而情趣互异的人物阑入一堆的毛病。实际上,认真辨析一下,列于"启蒙"名下的至少有两股不同的社会思潮,一是晚明个性思潮,再一是明末清初的实学(经世致用)思潮,它们各自在文学领域中留下独特的印记,虽有交汇而又不容混淆。

  先来看个性思潮。必须指出,张扬个性人格或追求个人精神自立,并非晚明特有的现象。传统儒家如孔子便说过:"三军可夺帅也,匹夫不可夺志也。"[①]孟子也有"富贵不能淫,贫贱不能移,威武不能屈"[②]的教言,而其人格精神的内涵乃是恪守宗法伦理规范,谈不上什么个性自由。倾向于蔑视礼法、纯任个性的庄子和一部分玄学之士,则又将"自由"局限在逍遥自适、自然无为的境界里,分明染有遁世乃至玩世的色彩,亦不属近代意义上的个性要求。与之不同,晚明个性思潮是从传统社会后期思想文化战线上的"理欲之辨"发展而来的。针对宋明理学家"存天理,灭人欲"的训条,晚明一些具有叛逆精神的人士如李贽、何心隐等,大胆提出以"欲"为人的自然本性,让"天下之

[①] 《论语·子罕》,《十三经注疏》本《论语注疏》卷九。
[②] 《孟子·滕文公下》,《十三经注疏》本《孟子注疏》卷六。

民,各遂其生,各获其所愿"①的主张,引起一定的社会反响。他们所说的"欲",主要指人的基本物质需求(即所谓"百姓日用"),而亦包含某些精神需求的成分(如情爱、好尚)在内。肯定这些需求的合理性,并不等于全面实现个性自由,但用自然人性("人欲")来打破义理人性("天理")的束缚,减轻宗法社会纲常伦理对人的才性的严重压制,在当时无疑具有思想解放的作用。而且,从肯定人的物质需求出发,将会逻辑地导引出对其他社会需求、政治需求、精神需求的多方面追求,最终导致独立自主的个体人格和个人权利意识的建立,这就走向了近代。当然,在晚明思潮中仅只微露端倪,远未达到近代启蒙思想的高度。

个性思潮在明中叶以后的文学中有着鲜明的表现。早在弘治、正德年间,以祝允明、唐寅为代表的吴中才子,即以其疏狂脱略的文风,显示出对传统礼教与审美规范的冲击。隆庆前后,徐渭持作诗必"出于己之所自得,而不窃于人之所尝言"②的论调,开了晚明"性灵"文学反"前后七子"的先声。但作为一股有广泛社会影响的文学潮流,则要到李贽、汤显祖、冯梦龙和公安"三袁"等联袂登上万历历史舞台方始告成。李贽倡"童心"说,认为"天下之至文,未有不出于童心焉者",而"童心"即是不杂后天习染的"道德闻见""绝假纯真"的自然人性③。公安"三袁"主"性灵",求新变,宣扬"独抒性灵,不拘格套"④、"信腕信口,皆成律度"⑤,对于笼罩明初以来文坛的拟古作风给予迎头痛击。汤显祖重才情,有"尊情抑理"的倾向,他反对理学家"离情而言性"⑥,自述从事戏曲创作的指导思想是"为情作使,劬于伎剧"⑦,甚且用"第云理之所必无,安知情之所必有"来嘲讽那种"以理格情"的冬烘头脑⑧,冯梦龙

---

① 李贽《李氏文集》卷十八,《明灯道古录》上。
② 徐渭《叶子肃诗序》,《徐渭集·徐文长三集》卷十九,中华书局1983年版。
③ 李贽《童心说》,明万历刻本《李氏焚书》卷三。
④ 《序小修诗》,钱伯城《袁宏道集笺校》卷四,上海古籍出版社1981年版。
⑤ 《雪涛阁集序》,同上书,卷十八。
⑥ 程允昌《南九宫十三调曲谱序》记汤显祖语。
⑦ 《续栖贤莲社求友文》,徐朔方笺校《汤显祖诗文集》卷三十六。
⑧ 见《牡丹亭记题词》,同上书,卷三十三。

亦曾鼓吹树立"情教"以代替礼教①,尤其关切市井小民的情感生活,所撰拟话本小说集"三言"中,有不少篇章真切摹写世故人情的曲折悲欢,热诚歌颂情意和谐的人生理想,成为市民文学里脍炙人口的艺术精品。在他们共同努力之下,以肯定人的"利""欲"、发扬人的"才""情"为核心的个性意识和师心、求变、尊情、向俗的文学潮流,便在晚明文学界乃至思想文化界弥漫开来,一时几有燎原之势。

然而,晚明个性思潮的势头并没有长久保持下去。社会新质素萌芽的幼弱,市民阶层发育的不成熟,专制主义政治及文化势力的反攻倒算,明清之交的社会大动乱,使得这一点点新的苗子很快遭受摧残。万历三十年(1602)李贽被迫害致死后,争取个性自由的锋芒便逐步减弱。万历后期继公安派而起的竟陵派作家,在接过"性灵"文学口号的同时,却将公安的"率性而行"改变为"保此灵心"②,而所谓"灵心"又特指诗人超越尘俗的"孤怀""孤诣"③或"幽情单绪"④,这一来,伸张个性的取向,便由狂者式的进取转成了狷者式的退避。明末天启、崇祯年间,社会危机加剧,实学思潮炽盛,个性的呼唤更形低沉。只有在经历时代巨变的清初,那种家国沧桑、韶华痛失、理想破灭的感受,才会凝聚人们心头,酿成文学中浓重的感伤情味,算是晚明个性思潮的余波荡漾。而待到事过境迁,感伤逐渐淡化,便只剩下王士禛以"神韵"论诗和浙派词人以"清空"解词那一点空灵的气息。就这样,从积极地发扬才性,到消极地保持"灵心",再到个性追求幻灭后的感伤和感伤消解所余下的空灵,作为建构新人文精神第一波的晚明个性思潮,走完了它自身由兴起到衰亡的整个行程。

现在来看实学思潮。"实学"一词,创始于两宋理学家,用以批评佛老的虚空出世,标榜儒门认天理人伦为实体并加践履躬行的宗旨。但理学家好谈性理,不切实用,不免遭受讲求事功者的讥弹,于是明清

---

① 《情史叙》,见《冯梦龙全集》第 20 种《情史上》卷首,上海古籍出版社 1993 年版。
② 钟惺《与高孩之观察》,明天启刻本《隐秀轩集·文往集》。
③ 见谭元春《诗归序》,明末刻本《唐诗归》卷首。
④ 钟惺《诗归序》,《隐秀轩集·文昃集》。

人多用"实学"来反对理学的空疏,倡扬实事实功、实证实行。明清实学思潮在起源上颇为庞杂。大致说来,明中叶以来理学界倡导"气本"说的非主流派人士如王廷相、罗钦顺,"左派王学"中对"百姓日用"的关注如王艮、李贽,一部分重视实证的考据家如杨慎、陈第、焦竑,接触和从事自然科学技术研究的学者如徐光启、宋应星、李时珍,以及某些主张"明体适用""义利双行"的政治改革家和思想家如丘浚、张居正、吕坤,都对实学思潮的兴起发生过影响。但这一思潮的成形则要以明末东林党、复社、幾社诸君子(顾宪成、张溥、陈子龙等)为标志,而以清初诸大家(顾炎武、黄宗羲、王夫之、颜元等)为高峰,并衍其余波于后学唐甄、李塨等学说中。到康熙中叶,清王朝统治趋于稳定,实学便蜕变为考据之学,失落了其反思、批判的品格和经世致用的功能。

明清之际的实学思潮,就其主导倾向而言,可以用博学、审思、致用三句话加以概括。由于博学,便注重实证,不尚空谈,开了有清一代的治学风气;而且所学不限于书本知识,举凡天文地理的勘测、民情风俗的调查、生产经验的总结、社会沿革的考察,皆包括在内,从而为近代科学思维的产生提供了种子。由于审思,着眼于历史兴亡的探讨,必然会触及社会制度的某些本质方面(如君主专制、贫富分化、土地兼并),尽管其哲学观和政治观尚未能越出传统思想文化体系的大框架(甚至带有宗经复古的味道),而就其揭示问题的尖锐和批判现实的深度来说,都有超轶前人、启发后来之处,致使近世革命者们常引为同调。又由于致用,则博学、审思均须紧密结合实际人生,更加强了其实践的性能。应该说,经世致用并非什么新鲜的口号,传统儒家标举"内圣外王",即含有经世致用成分在内。但儒家以"内圣"为"体",以"外王"为"用",不免崇道德而略事功。到宋明理学一以性理为尚,更容易看轻实事实功。明清实学思潮不仅恢复和发扬了长期遭受冷落的事功之学,还将反思、批判、实证、实行的时代精神注入其间,使经世致用的内涵起了深刻的变化,其历史意义不容低估。

实学思潮在文学中的反映,主要在于促进文学面向人生。首先是强调为现实人生服务,所谓"文须有益于天下""有益于将来"①,"不关于六经之指、当世之务者,一切不为"②,即其文学主张的根本立足点。其次是重视文学抒述愤懑、批评时政的作用,如黄宗羲一再称道《诗经》"变风""变雅"的"怨刺"精神,谓其"疾恶思古,指事陈情","怒则掣电流虹,哀则凄楚蕴结",方足以"感天地而动鬼神"③。而要做到以上两点,又需要作家熟悉社会,了解世相,凡"生平耳目所见闻,身所经历","虽市侩优倡大猾逆贼之情状,灶婢丐夫米盐凌杂鄙亵之故,必皆深思而谨识之,酝酿蓄积",发而为文④。另外,对于时代环境与文学创作的关系,也有比较独到的认识,特别是提出"厄运危时生至文"的观点,将文学的兴盛归因于社会矛盾的冲突尖锐、动荡激烈⑤,不能不说是对传统风教说的重要突破。与上述理论见解相适应,这一时期诗文创作中关注民瘼、体察世情、揭示阶级矛盾与民族斗争的篇章大量出现,戏曲小说搬演时事、指斥权奸、综述历史兴亡和治政得失成为新的动向,它们不仅在题材的开拓、立意的精警、写照人生和批判现实的广泛与直切上,上了一个台阶,即就体验的深沉、摹写的精细、表达手段与形式的多样化而言,亦有不少显著的进步。这些都应看作明清实学思潮对文学事业的推动。

尤须注意的是,实学思潮和个性思潮原本是两股不同质性的潮流,后者倡导"师心",更多地带有新兴市民要求思想解放的色彩,前者注重"习学",基本上属于末世士大夫挽救危亡心态的显影,但两者在交互激荡中也有汇通。个性思潮从肯定"人欲"的合理性出发,涉及"百姓日用"的关注,就有了实事实功的倾向;实学思潮曾严厉批评李贽等人放纵情欲,祸殃天下,而亦承认"天理"不离乎"人欲"。王夫之说,"天理人欲,同行异情"⑥,"故终不离人而别有天,终不离欲而别有

---

① 顾炎武《日知录》卷十九"文须有益于天下"条,上海古籍出版社1985年版。
② 顾炎武《顾亭林诗文集·亭林文集》卷四《与人书三》,中华书局1983年版。
③ 见《万贞一诗序》及《陈苇庵年伯诗序》,《黄梨洲文集·序类》,中华书局1959年版。
④ 魏禧《宗子发文集序》,易堂刻本《魏叔子文集》卷八。
⑤ 见黄宗羲《谢皋羽年谱游录著序》,《黄梨洲文集·序类》。
⑥ 王夫之《周易外传》卷一《屯》,中华书局1977年版。

理也"①。还说:"害人欲者,则终非天理之极至。"②这跟理学家"存天理,灭人欲"的论调是很有差别的。但他不赞成放纵个人情欲,而提出"天下之公欲即理"③的命题,认为"私欲净尽,天理流行,则公矣;天下之理得,则可以给天下之欲矣"④,实质上是要协调各个个人分散的利益、需求,以实现社会公众共同的利益、需求。顾炎武所说的"合天下之私,以成天下之公"⑤、黄宗羲宣扬的"不在一姓之兴亡,而在万民之忧乐"⑥,尽管立论角度重在治政,也含有重新界定群己关系、力图将个体价值与整体规范相结合的意味。黄宗羲更将这一思考贯彻于文学批评,他吁请诗人不要局限在"私为一人之怨愤,深一情以拒众情",而要让自己的感慨不平"出于穷饿愁思一身之外",以体现"悲天悯人之怀",这才能从"一时之性情"提升为"万古之性情"⑦。这类主张已经接近于近代意义上的群体意识,它同晚明个性思潮中萌发的个体意识相并列,分别构成近现代文化人文核心的两个基本的生长点。

三、复古势力打压下的潜滋暗长

历史行进至17世纪末叶,时代条件发生了重要的变化。康熙二十年(1681)清政府平定延续已久的"三藩之乱",解除了内部的隐患;二十二年(1683)攻克台湾,消灭郑氏政权,实现了全国统一。至此,明清易代最终宣告完成,其后一百年间,中国社会进入最后一个专制王朝的全盛时期——康乾盛世。在这个阶段里,全国经济逐步发展,国力强盛,社会稳定,文化事业也有相应的发达。与此同时,清王朝全面推行文化统制政策,倡理学;禁结社,开"博学宏词"科,修《四库全书》,

---

① 《读四书大全说》卷八第519页,中华书局1975年版。
② 同上书第576页。
③ 《张子正蒙注》卷四《中正篇》第165页,中华书局1975年版。
④ 《思问录·内篇》,《船山全书》第十二册,岳麓书社1988年版。
⑤ 《日知录》卷三"言私其豵"条。
⑥ 《明夷待访录·原臣》,中华书局1985年版。
⑦ 见《南雷文约》卷二《朱人远墓志铭》,《南雷文定四集》卷一《马雪航诗序》,《粤雅堂丛书》本。

兴"文字狱",交替使用高压与笼络二手,使专制主义政治得到空前强化。这样的文化氛围,自然不利于人们的思想解放和关注现实,于是前一阶段风行的个性思潮和实学思潮便只能萎缩下去,规随传统、复兴传统的复古倾向重又成了时代主流,充分表露出中国社会及其文化精神的巨大惰性和变革过程的艰难曲折。

18世纪的复古思潮,从总体上说有两大支脉,即"宋学"与"汉学"。前者直承宋明理学(以程朱一派为正宗),是传统思想文化的回光返照,以其正好适应清王朝巩固和加强专制政治的需要,得到统治者的大力提倡,成为有清一代的官方学术。后者打出振兴古文经学的招牌,实际由清初实学思潮转型,却阉割了其经世致用的主旨,也缩小了实证的范围(脱离社会实践,专一在古书堆里讨生活),带有盲目崇古的趋向(吴派较皖派尤甚)。它们都是对17世纪新思潮的反动,但在整理古代文献、总结传统思想文化方面,仍作出一定的贡献。而由于学术门径的不同(一主义理,一主考据)和政治职能的区别(重在"帮忙"或重在"帮闲"),相互间也常发生矛盾,酿成所谓"汉宋门户之争",其势力亦有消长起伏。大致说来,宋学在18世纪前期(康、雍、乾之交)占据主导地位,汉学则鼎盛于18世纪中叶以后(乾、嘉之间);由宋向汉的推移,预示着清王朝统治的由盛转衰。

宋学与汉学虽起源于学术文化领域,而作为特定的社会思潮,又曾给予文学以直接影响。康乾之交,沈德潜继王士禛后领袖诗坛,倡导"温柔敦厚"的诗教,崇尚体正声雄的盛唐"格调",即是为了与宋学思潮相呼应,以开启清代诗学的"盛世之音"。散文界则有方苞创立桐城派古文,以"义法"说为理论核心,标榜"学行继程、朱之后,文章介韩、欧之间"①,亦可见其祈向之所在。"格调"论诗学和桐城派古文是清代正统文学的代表,它们在渊源上分别上承"明七子"和归、唐诸家复古思想的余绪,但不像其前辈那样偏于诗文形体的模拟,却更重在文学精神的复古,尽管其宗奉封建道统、桎梏才人性灵的痼疾依然存

---

① 见王兆符《望溪文集序》,《四部丛刊》本《方望溪先生全集》卷首。

在，而学习传统的门径较宽，方法较为多样，拟议以成变化的作风也比较明显。像沈德潜教人作诗要"先审宗旨，继论体裁，继论音节，继论神韵，而一归于中正和平"①，并不仅限于"格调"一端；其所选诗在推尊盛唐的前提下，亦能兼顾各类风格的变异。桐城派到刘大櫆时，已觉"义法"不足以概括文章之能事，进而讲求"神气""音节"②；到姚鼐手中更发展为"神、理、气、味、格、律、声、色"八个要素，形成一整套论文纲领③。这表明清代文学的复古思潮有别于明人的机械学步，能注意到从多方面摄取养料，以建立自身"集大成"的风貌，清代文学因而成为中国传统文学的总结，同时便也意味着它的终结。

再来看汉学思潮在文学创作和理论批评中的投影。如果说，清代诗歌里以"宗唐"为旗号的"格调"派在精神上接近于宋学，那么，以"宗宋"为基调的"肌理"派则分明打上汉学的烙印。宗宋倾向在 18 世纪前期诗人厉鹗身上已肇风会，到乾、嘉间翁方纲"肌理"说出来更加盛行。翁氏嗜好宋黄庭坚一派的诗作，重视诗人的真才实学，他不满足于"神韵""格调"诸说的空灵，倡言"诗必研诸肌理，而文必求诸实际"④，举凡经术、史传、文字、考古等学问都融入诗中，形成一种尚质实的"学人诗"，对清中叶以后诗风的转变起了推动作用。文论中，注重实学者如程廷祚揭示"崇实黜浮"、有补"实用"的标准⑤，考据家如段玉裁宣扬"义理、文章未有不由考核而得者"⑥，他们都向桐城"义法"之说提出质难。此外，像当时骈文创作里讲求征实的风气，一部分小说、戏曲卖弄才学的表现，乃至文学研究和古籍整理中重考订、求实证、言必有据、解说详审的作风，亦皆受汉学思潮之波及。汉学的堆垛学问本无助于作家才情的发扬，其盲目崇古亦有碍于实事求是地观察和分析

---

① 《唐诗别裁》卷首，中华书局 1964 年版。
② 见《论文偶记》，与《初月楼古文绪论》《春觉斋论文》合刊，人民文学出版社 1961 年版。
③ 见《古文辞类纂序目》，《四部备要》本《古文辞类纂》卷首。
④ 《延辉阁集序》，清光绪刻本《复初斋文集》卷四。
⑤ 见《复家鱼门论古文书》，《金陵丛书》本《青溪集》卷十。
⑥ 《戴东原集序》，清经韵楼本《戴东原集》卷首。

事理。但它提炼出一套比较科学的实证归纳方法，对文献整理和文学研究自有其不可磨灭的功绩；它那尚质崇实的学风文风，也为文学创作开辟了新的路向。从这个意义上讲，汉学不仅实现了古代思想文化的总结，还提示了其初步蜕变的迹象。

不过话说回来，汉宋之学毕竟是以复古为依归的，它们的盛极一时，只能构成历史新陈代谢中的暂时逆转。应该看到，即使是18世纪的中国文坛，也并非复古思潮的一统天下，在它的重重压制之下，前一时期萌生的个性意识和实学批判精神，仍在顽强地挣扎着，为自己开拓生存和发展的余地。早在雍、乾之交，约略于沈德潜同时，画家兼诗人郑燮（板桥）便发出"自写性情，不拘一格，有何古人，何况今人"[①]的响亮呼告，不啻是对于席卷海内的复古势力的正面挑战。他的诗文创作不单摆脱陈规，自具面目，不少篇章还直接反映了社会矛盾和民生疾苦，对清初诗文中抨击时政的传统作了可贵的继承，惜乎其文名为画名所掩，未能引起时人关注。乾隆年间，以"性灵"诗相号召的袁枚步入文坛，他对宗唐学宋的"格调"说和"肌理"说都加针砭，认为"性情遭遇，人人有我在焉，不可貌古人而袭之，畏古人而拘之也"[②]，他还反对"填书塞典，满纸死气，自矜淹博"的学人习气[③]，甚至对"温柔敦厚"的诗教亦表示怀疑[④]，其理论批评的锋芒是很突出的。当时在他周围聚集了一群作家如赵翼、蒋士铨、张问陶、孙原湘以及直接间接受他影响的如黄景仁、舒位、王昙等，共同组合成一股"性灵"文学的潮流，形成与"格调""肌理"两派三分天下之势。不过袁枚本人的诗歌作品大多以风趣见长，缺乏深刻的社会内容；到年代稍迟的黄景仁、张问陶、舒位、王昙诸人，则开始渗入一种忧患意识，成为向19世纪龚自珍过渡的桥梁。当然，这一时期里最能体现新的人文精神的，还不属上述诗文理论与创作，而要数问世于18世纪中叶的伟大古典小说《儒林外

---

① 见《随猎诗草花间堂诗草跋》，《郑板桥集》第六辑"补遗"，上海古籍出版社1962年版。
② 《答沈大宗伯论诗书》，清乾隆刻本《小仓山房文集》卷十七。
③ 见《随园诗话补遗》卷三，人民文学出版社1960年版。
④ 《答沈大宗伯论诗书》。

史》和《红楼梦》。这两部巨著,以其特有的栩栩如生的笔触,为我们展现了末世宗法专制社会生活的广阔画卷,揭露了礼教文明的虚伪、堕落和趋于衰败的前景,塑造出绝意"仕途经济"、追求个性自由的新型叛逆者形象,从而将现实人生的观照与人文理想的探索结合起来,达到前所未有的思想深度和艺术高度。它们的出现,昭告着传统社会及其思想文化形态已濒临裂变的边缘,这也许便是其美学风格的构成充满悲剧紧张感,有别于晚明小说、戏曲富于写实或浪漫的喜剧色彩的根由。

复古与新变的对立,构成 18 世纪中国社会的主要矛盾,它们之间的冲突和斗争,决定着历史的未来行程。但也不要过分夸大其对立的严重性,因为从总体上说,传统的社会与文化结构尚未进入解体阶段,新陈纠葛仍是基本的态势,所以各种思潮在冲突之中依然会有互补。像桐城派姚鼐在坚持"义理"为本的原则下吸取考据的成分①,作为桐城余脉的阳湖派主张范古而须济以"性灵"②,袁枚诸人经常鼓吹才性与学力不可偏废③,连《儒林外史》《红楼梦》里也还有振兴古礼、炼石补天的一面。复古与新变、盛世与末世奇妙地交织在一起,这正是 18 世纪中国社会的独特景观。

四、危机与蜕变来临

如果说,中国古代社会在 18 世纪的大部分时间内,尚处于其最后的稳定阶段,那么,至迟于世纪之交,这一相对稳定的局面便已不复存在。整个 19 世纪以至 20 世纪初叶,社会生活经历着急速的变动,固有的社会结构由衰朽、动摇发展到解体、转型,中国文学也在这总体历史进程中逐步实现其由传统向现代的过渡。但过渡并不能一蹴而就。

---

① 见《与陈硕士》所云:"以考证助文之境,正有佳处。"(《惜抱轩尺牍》卷六)
② 见恽敬《与来卿》:"古文之诀,欧阳文忠公已言之,曰:多读书多作文耳。然必有性灵、有气魄之人方能。"(光绪刻本《大云山房文稿·言事》卷二)
③ 如《续诗品·著我》所云:"不学古人,法无一可。竟似古人,何处著我?"(《袁枚续诗品诗注》第 177 页,上海书店出版社 1993 年版。)

大致说来,嘉庆初至鸦片战争前夕,是清王朝由盛转衰,危机局面开始出现,文学思潮与创作中酝酿新变的时期;鸦片战争至甲午海战,是西方势力入侵下危机加剧,中国社会逐渐向近代转型,文学题材与风格发生变异的阶段;戊戌变法前后至"五四"前,则是政治变革高潮及其失败,近代半殖民地社会正式形成,文学改良运动广泛开展和文学观念蜕变接近完成之际。让我们按照这一顺序略加考察。

18世纪末至19世纪前期,以白莲教、天理教、广东天地会等乱事的相继爆发为信号,清王朝的统治陷入危机与动荡之中。在这种形势下,面临补亡与自救的需要,空谈性理的宋学和专事考据的汉学便都丧失了生命力,长期遭受冷落的经世致用之学(实学),重又得到抬头的机会。它先是把自己包裹在以阐发"微言大义"为宗旨的今文经学(常州学派)外衣之下,而后更以独立的姿态进入思想文化界,在包世臣、林则徐、龚自珍、魏源等人身上得到鲜明的反映。这一时期实学思潮的特点,是更注重探讨各种实际的社会问题(这对后一阶段的洋务派和早期改良主义者产生了直接影响),诸如田制、赋税、农事、边防、海运、河工、吏治、科举皆所涉及,揭示时弊较为具体;同时也明确提出更改法制的要求(这要到戊戌变法前后才获得普遍响应),有一种统筹全局的思路。较之于明清之际的实学思潮,它在切合时务上更进了一步,但似乎较多地停留于现实人事的层面,缺少那种深沉的历史反思和探索眼光,也很少考虑到人文精神的建构。反映于文学,则如包世臣的反对空陈"义法",主张"道附于事"[①],魏源的编选《皇朝经世文编》,标举文章的实用功能,陈沆、龚自珍、张际亮等人诗文创作中批判现实成分的增强,以至于桐城后学如梅曾亮承认文章"随时而变"[②],姚莹的重视"经济世务"[③],都可以看做这一思潮带来的变化,不过变化仅限于文学与现实间的联系,未能触及其人文核心,亦可断言。

在这个阶段里,也有人对人文精神的更新作出有力的推动,其显

---

① 见《与杨季子论文书》,清光绪刻本《艺舟双楫》卷一。
② 见《答朱丹木书》,清咸丰刻本《柏枧山房文集》卷二。
③ 见《与陈恭甫书》,清同治刻本《中复堂全集·东溟外集》卷二。

著的代表便是龚自珍。龚自珍不单继承、发扬了晚明以来重情、求变、师心、抒愤的文学传统,还特别突出作为文学主体的自我意识建立问题。他在《壬癸之际胎观第一》文中公开宣布,世界是"众人自造,非圣人所造",进而指出:"众人之宰,非道非极,自命曰我。我光造日月,我力造山川,我变造毛羽肖翘,我理造文字言语,我气造天地,我天地又造人,我分别造伦纪。"①这里所说的"我",自然不限于龚氏个人的自我,而是指众人的自我;且依据其所受佛教思想的影响,更其指那包摄了众多的"小我"并与之合为一体的宇宙精神的"大我"——"梵"②,所以才能化生天地万物。但龚氏没有因袭佛家虚空、寂灭的观念,也不承认"天道""圣人"的主宰作用,却是将创造的本源归诸世间万物内在生命的鼓动(似带有泛神论色彩),具体落实于每个个人的自我身上,这种对主体价值和主体能动性的强烈的肯定,因而构成近代历史上个性觉醒的第一声号角,即使同晚明倡扬"人欲"的思潮相比,其建设个体人格的自觉性与完整性亦大有提高。由此派生出龚氏在历史观、社会观、哲学观、文学观上尚心力、贵才性、尊情感、主逆变等一列议论,便都具有了近代的气息,虽然其形态还相当朦胧。此外,龚氏对现实社会的揭露和鞭挞,也充分显示了他个人的特色。这倒不在于他提出或解决了多少社会问题,而在于他十分贴切地把握住处在危机四伏的"衰世"下的那种惨淡气氛与苦闷心态,并融注于他所特有的俶诡玮烨的文词而给予集中的表现。与其说这是理智地分析客观社会状况的产物,毋宁说出于主观心灵的直感,而这种直感也正来源于他的浪漫化了的个性意识。据此看来,龚氏的出现于当时文坛,确能体现出一种"狂飙突进"式崛起,尽管力量孤单且不成熟,仍足以昭示社会心态的某种变异,标志着中国文学和文化走出传统的可贵的一步。

中国文学走出传统的动向,在鸦片战争之后变得日益明显起来,这是同它走出自我、面向世界的趋势分不开的。西方列强的军舰、大

---

① 《龚自珍全集》第 12—13 页,上海人民出版社 1975 年版。
② 参见龚自珍《五重证义》:"心、佛、众生,三无差别。"《龚自珍全集》第 374 页。

炮轰开了古老中华帝国的大门,外部世界以如此粗暴而急迫的步伐闯进中国,便也不能不迫使中国社会最终摆脱孤立状态而卷入世界,从而造成传统文化与外来文化的全面冲突和交汇。在各种思潮相互涌动的情况下,前一阶段兴起的经世实学,由于配合救亡图存的需要,更加蓬勃地发展起来,并应时适宜地吸取了不少西方的养料,实学于是转化为"新学"。"新学"一词,作为"旧学"的对立物,意味着它已越出传统文化的范畴。确乎如此,从魏源提出"师夷之长技以制夷"[①],经洋务运动的兴实业、办学堂、习技艺、通商务,再到改良主义者各种更改法制的建言,其中容纳了愈来愈多的近代思想文化成分,是难以归结为传统的衍续的。但要看到,在半个多世纪的时间内,"新学"仅只停留于学习西方近代文化的皮毛(主要属器用层面,略涉及制度),并以之与中国传统的纲常伦理相结合,形成"中体西用"式的架构,故而其内在体性尚未有质的更新,也算不得真正的近代文化。这类新旧杂糅,在历史转折时期是不足为奇的。值得注意的倒是另一方面的问题,即由龚自珍开启的个性自觉意识,在新的历史阶段并未得到重视和发扬,甚且由于救亡任务的紧迫,人们的注意力全都吸引到实际事务上来,人文精神的建构反倒被忽略了。这种实用层面掩抑其人文核心的现象,到"五四"新文化运动后又反复出现,成为中国近代文化生长过程的一大特点,不能不叫人深思。

  文化背景的转移,促成文学风貌的变革。鸦片战争以后的文学创新,不同于龚自珍的诗文那样呈现为独特的心态变异,而是重点转向题材的开拓和文风的改革。自前者而言,民族的危亡、人民的抗争、洋务的得失、变法的利弊,乃至异国政治与民情风俗的考察、域外山川和文物历史的介绍,莫不络绎奔赴于文士笔底,灿陈于读者眼前,组合成五光十色的中国走向世界的新奇图景,是以往文学创作中所未曾见的。自后者而言,正是为了适应这种时代纪实与社会宣传的需求(其中包括读者面有所扩大的因素),文学的表现形式也必然要打破正统

---

  ① 魏源《海国图志叙》,《魏源集》第207页,中华书局1976年版。

派诗文对于法度程式的讲求,改变龚自珍式的恢谲隐晦作风,趋向于更为质朴实在,更为明白流畅,更为社会化与通俗化,其结果便导致新体诗文(如报章体)的产生。这是一个潮流的两个方面,它们最终会聚于黄遵宪身上而获得自己的典型范式。黄遵宪作为一个长期周游海外而又心系国事的先进中国人,他把传统诗歌的题材内容扩展到几乎是最大可能的限度,不仅写下《悲平壤》《哀旅顺》《台湾行》《感事》等记述民族抗争与变法运动的诗史,还将出洋所见的种种新鲜事物,如伦敦的大雾、日本的樱花、美国的总统选举、南洋华侨的婚嫁习俗以及天文地理、轮船火车、声光化电之类现代科学技术,一古脑儿收进他的篇章,确实达到"古人未有之物,未辟之境,耳目所历,皆笔而书之"[①]的境地。在语言风格上,他早年就有"我手写吾口,古岂能拘牵"[②]的告白,后又在总结中外历史经验的基础上,提出"明白晓畅,务期达意""适用于今,通行于俗"的改革文体的目标[③],并从事解放诗体的多样化实践。后人誉之为"中国诗界之哥伦布"[④],确切道出了他在开辟诗世界方面的巨大业绩。

  与文学题材、形式的变化相比较,文学观念的蜕变则要迟缓得多。鸦片战争以来的文学作品中录下大量新的生活素材,而作家据以观察、分析这些材料的思想观念和审美眼光,并没有随即更新。比如从"尊王攘夷"的立场上来歌颂反侵略斗争,用"西学中源"这把尺子衡量异域风物,以及单凭"经世致用"的原则判别文学作品的价值等,都是屡见不鲜的。这一"观念滞后"的局面,到 19 世纪末叶以降方有所改变。戊戌变法和辛亥革命这两场政治变革,虽未能达到预期目的,而推翻专制王朝、建立民主共和的理想,则已深入人心,新思想、新文化的传播明显越出了"中体西用"的界限。另一方面,正由于政治变革的

---

  ① 见黄遵宪《人境庐诗草自序》,钱仲联《人境庐草笺注》卷首,古典文学出版社 1957 年版。
  ② 见黄遵宪《杂感》,同上书卷一。
  ③ 见《日本国志·学术志二·文学》,清光绪刻本《日本国志》卷三十三。
  ④ 见高旭《愿无尽庐诗话》,录自《民国诗话丛编》第五册第 197 页,上海书店出版社 2002 年版。

失败,又促使人们回过头来对文化的深层结构加以反思,着重从国民精神素质上来找寻失败的原因,于是把人文精神的建设再次推上前台。诸如"欲维新我国,当先维新我民"的号召①,尽管带有改良主义的倾向,在当时社会上却能够形成有力的思潮,引起广泛的回应,连矢志革命的青年鲁迅等亦深受其影响,可见出于时代的需要。而文学观念的蜕变,便是在这样的社会思想环境里展开的。

观念更新的最初表征,可以举白话文倡导和"新小说"理论为代表。裘廷梁《论白话为维新之本》一文作于1898年,从"开通民智"的角度公然提出"崇白话而废文言"的主张②,它不仅涉及文学语言的变革,在更深层次上关系到文学服务对象及其自身性质的转换。同年,梁启超发表《译印政治小说序》,四年后又写下《论小说与群治之关系》诸文,从更新"国民之魂"的要求出发,竭力宣扬小说的社会功能,甚至作出"欲新一国之民,不可不先新一国之小说"的论断③,表达了文学启蒙的基本信念。他们的观念变更还多停留于文学的社会对象、社会作用等外部关系,尚未进入其内在审美性能,待得1905年前后王国维的美学思想出来,以"可爱玩而不可利用"来解说美的性质④,标榜文学不依附于利禄功名而具有独立的审美价值,这才从根底上破除了"政教工具"论的束缚,建立起新的文学本体观。而由于王氏本人的特殊经历与教养,又使得这一新的理论形态偏向了"超功利"的一头,不免与时代主潮相游离。有鉴于此,青年鲁迅特别强调"文章能事"在于"启人生之闷机",其中虽也包含"兴感怡悦""涵养神思"等非实利的成分,却更注重在其"自与人生会,历历见其优胜缺陷之所存,更力自就于圆满"的"斯益人生"的一面⑤,从而将审美活动与社会功利初步统一起

---

① 见梁启超《新民说》,载《新民丛报》1902年1月第1号。
② 见《清议报全编》卷二十六,转录自《中国近代文论选》上册,人民文学出版社1959年版。
③ 梁启超《饮冰室合集·文集之十》第6页,中华书局1989年版。
④ 见《古雅之在美学上之位置》,《王国维遗书》第五册第23页,上海古籍书店1983年影印本。
⑤ 见《摩罗诗力说》,《鲁迅全集》第1卷,人民文学出版社1981年版。

来,有了比较健全的新文学观的雏形。但鲁迅当年的思想尚不够明晰,更没有引起时人重视,连王国维的呼声也显得单薄,而从流行的谴责小说和宣传变法、革命的文学作品来看,其文学观念大多处在(甚或达不到)梁启超、裘廷梁所立足的层面上。这说明观念滞后的现象在普遍范围内仍然严重地存在着,历史把这个课题留给了"五四"。

观念更新并非这一时期文学变革的全部内涵。与之相适应,文学作品中反映社会矛盾、鼓吹民族民主革命思想的增强,小说、戏曲等俗文学样式受到高度重视及其内容与形式的出新,"新民体""新派诗"等新体诗文的广泛流行,地方戏的繁荣与话剧的萌芽,白话文的倡导,翻译文学的崛起,在在显示着中国文学已进入其总体性蜕变的阶段,一个新的局面即将来临。在这同时,一些以复古为归依的文学潮流如桐城派古文、骈体文派、由宋诗运动衍生的"同光体"诗、常州派词以及新起的晚唐诗派和汉魏六朝诗派,仍然流布于文坛,与文学的新变相抗衡。但旧文学并不能全然的旧,它不得不跟随时代生活变迁而作相应的调整(如曾国藩以"经济"要旨和雄奇风格来弥补桐城古文的空疏、雅淡,薛福成和黎庶昌更向务实、畅达方面加以发展,林纾甚且建议借鉴西方小说的笔意来帮助行文,皆是);新思潮也并不十分的新,其中依然保有不少传统的积淀(如梁启超等人的文学启蒙思想仍未脱出视文学为"政教工具"的框架,其所倡导的诗文革新也只达到文体形式的改良)。新旧杂糅贯串于整个19世纪文学的行程;由传统向现代的全面性过渡,尚有待于"五四"的飞跃来实现。

五、在建设新文学的道路上

"五四"文学革命是一次地地道道的革命,它不仅划出旧文学与新文学的明确分界,还初步确立了作为新文学主体的"新人"的本体精神。换句话说,现代意义上的"人"的自觉和"文"的自觉,构成"五四"文学革命对20世纪中国文学发展的主要贡献,而这自然是要联系新文化运动的总体动向来看的。

什么是"五四"新文化所确立的人本精神呢？大家知道，传统的中国社会是一个宗法式的农业社会，处身在这个社会里的人，不能不被束缚于那种封闭型的小农经济和家国一体化的宗法关系，缺乏独立自主性。传统的思想文化如儒家宣扬"克己复礼"，道家倡导"顺应自然"，佛教鼓吹"色即是空"，宋明理学标举"存天理，灭人欲"，亦皆以个人自主精神的消解及其认同于"天道""伦常"为最高境界，它是古代中国社会长期稳固不变的重要机制。明清之际以"人欲"颉颃"天理"的思潮，在传统思想体系的壁垒上打开了缺口；演进为龚自珍式的张扬自我，遂粗具近代意义上的个性意识。但这一人文精神的内核，在鸦片战争以后的历史事变中覆盖不彰了。晚清政治变革要求伸张民权，相应地主张开通民智和更新民德，于是又有了建设人文的需要，而其重心则由"人"转向"国民"，由个体转向群体，甚且有抑制个人以成全群体的显明趋势。像"屈己以就群，群己两发达；屈群以利己，群败己亦拔"①、"国非强种不能立，种非合群不能生"②、"欲从大地拯危局，先向同胞说爱群"③之类表白，在当时是很通行的。从学理上加以阐述，如梁启超所说："自由云者，团体之自由，非个人之自由也。"④孙中山所说："在今天，自由这个名词，究竟要怎么样应用呢？如果用到个人，就成一片散沙，万不可再用到个人上去，要用到国家上去。"⑤连严复这样深刻地理解到中西文化差异在于有无自由精神的人，也认为"小己自由，尚非所急"，"所急者乃国群自由"⑥；他把穆勒的《自由论》书名改译为《群己权界论》，不会没有用意。总之，晚清思想文化界树立起一种不同于晚明及龚自珍式推重个性的人文精神，它以"屈己就群"为价值取向（或许可追溯其渊源于清初诸大家的民本思想），而已将群体的内

---

① 高旭《忧群》，《天梅遗集》。
② 《黄绣球》第十六回，中州古籍出版社1987年版。
③ 秋瑾《赠悟溪女士徐寄尘和原韵》之二，《秋瑾集》第87—88页，上海古籍出版社1979年版。
④ 《新民说·论自由》，《饮冰室合集·专集之四》第44页。
⑤ 《三民主义·民权主义》第二讲，《孙中山全集》第九卷第282页，中华书局1986年版。
⑥ 严译《孟德斯鸠法意》第十七卷第三章按语，商务印书馆1981年版。

涵由传统的家族社会转变为新兴的民族国家；作为近代中国社会及其政治变革的独特产物，它的出现和流布自有其合理性。

然而，"五四"新文化恰恰是以发扬独立自主的人格为标准的。针对传统文化压制人的自主精神，"五四"思想启蒙的第一要义便是"自主的而非奴隶的"原则①，个性的自由与解放成了时代的响亮呼声。这种不局限于眼前政治斗争的需要，能够从思想文化传统更新的大背景来考虑问题的思路，无疑更具有高屋建瓴的气势。不过，"五四"也并不一味地张扬个性，它那"改造国民性"的口号中，即隐含着从国家、民族的命运上来看待人的自我建设问题，或者说，由个人的觉醒以求得民族的自救、国家的自强、社会的解放，这才是"五四"文化革命的宗旨。在这里，"五四"思想家们显然吸取了晚清启蒙思潮所倡导的群体意识，以之与西方近代文化中的崇尚个性（包括龚自珍式的张扬自我）相结合，形成现代中国社会特有的人本范型，从而与传统文化的压制个人自由或西方文化的坚持个性至上都有了区别。"五四"新文化所开创的这一"人"的自觉的路向，对20世纪中国文学的进程有着深远的意义。

由"人"的自觉必然引起"文"的自觉，它首先表现在重新审定文学的价值规范上。传统的文学观是以"载道"、"言志"、有益于"教化"为根本取向的，在那里，"道"（即天理、伦常）是目的，"文"是手段，文学作品完全成了宣明政教的工具。一部分俗文学力图摆脱政教功能的束缚，以满足市民娱乐、消遣的需要，但亦仅仅成为消闲媚俗的手段，并不具备独立的品格。晚清的政治家们提倡文学为社会改革和革命事业服务，而其工具地位未变。王国维看到了文学自身的价值，又不免把它弄得过于狭隘。"五四"文学革命要建构新的文学本体观，关键在于如何确立文学的主体性，这又跟"五四"思想家们的"人学"本体观紧密相关联。从面向大众的群体意识出发，势必要求作家关注人生，写照现实，以至疗救病态的社会，这就产生了"为人生而艺术"的观念，趋

---

① 陈独秀《敬告青年》，见1915年《青年杂志》发刊辞。

向于文学的功利性；而从张扬自我的个体意识着眼，又会促使文学抒写性灵，表达情趣，讲求审美品位，从而引发"为艺术而艺术"的观念，导致文学的超功利性。两种倾向往后演变为尖锐的对立，而在"五四"时期却自然地交织在一起，统一于当时的人本精神。如陈独秀倡"文学革命"，高揭"国民文学""写实文学""社会文学"三面大旗，侧重在文学与群体生活的联系，但也有"平易""抒情""新鲜""立诚"之类表现个性与风格的考虑①。周作人谈"人的文学"，以"个人主义的人间本位主义"为思想基础，主张"自爱""从个人做起"，而亦归结到"对于人生诸问题，加以记录研究"②。李大钊回答"什么是新文学"一问，更连续作出"是为社会写实的文学，不是为个人造名的文学；是以博爱心为基础的文学，不是以好名心为基础的文学；是为文学而创作的文学，不是为文学本身以外的什么东西而创作的文学"这样三个断语③，把"为人生"和"为艺术"相联并置，并不见其有矛盾。这是因为他们共同立足于"五四"的人本精神，并且拿这种精神作为文学的主体，于是有了基本的价值导向，迥然不同于传统的工具论了。当然，"五四"文学革命的成就决不仅限于建构新的文学本体观，余如变传统的杂文学体制为纯文学体制，改古老的文言文为白话文，打破已有的程式、大胆吸纳新的材料和新的表现方法，从单一的民族承传到面向世界的全方位开放等等，均属现代意义上的"文"的自觉，难以缕述。

"五四"文学精神既然包含着群体意识和个体意识、"为人生"和"为艺术"两个不同的侧面，在其演进过程之中便难免不出现分化。20世纪 20 年代初期文学研究会与创造社之间的论争，正是分化的初步迹象。文学研究会宣称"将文艺当作高兴时的游戏或失意时的消遣的时候，现在已经过去了。我们相信文学是一种工作，而且又是与人生很切要的一种工作"④，进而倡言"表现社会生活的文学是真文学，是于

---

① 见《文学革命论》，《陈独秀著作选》第一卷第 260—261 页，上海人民出版社 1993 年版。
② 《人的文学》，录自《中国现代文论选》第三册第 205 页，贵州人民出版社 1984 年版。
③ 见《什么是新文学》，《李大钊文集》下册第 164 页，人民文学出版社 1984 年版。
④ 《文学研究会宣言》，《文学研究会资料》第 1 页，河南人民出版社 1995 年版。

人类有关系的文学,在被迫害的国家里更应该注意这社会背景"①,这显然属于人生派的观念。创造社同人们却强调文艺是艺术家"感情的自然流露;如一阵春风吹过池面所生的微波,应该说没有所谓目的"②,或者认为"除去一切功利的打算,专求文学的全与美,有值得我们终身从事的价值之可能性"③,又分明打上艺术派的印记。两者趋向不同,自不免起争议,但矛盾尚不很尖锐,因为他们共同对社会现实取反抗态度,各自也都承认文学另一面价值的存在,只是侧重点有所差别罢了。到大革命前后,在急遽变革、动荡的政治形势推动之下,文学思潮的分化更有了进一步展开。一方面,由"为人生"转向"为革命",构成强大的革命文学潮流,以讲求"革命功利主义"为根本原则;另一方面,谨守纯艺术立场的如新月派人士,拉开了他们与现实生活的距离,强烈反对文学的社会功利性,冲撞于是不可避免。

革命文学,作为现时代中国社会革命运动的有机组成部分,它的发生、成长与壮大是有着丰厚的土壤的。它肇始于早期革命家的思想言论,成形于大革命期间,流衍于20世纪30年代左翼文坛,更将其基本精神贯注于后来的抗战文学、解放区文学以至社会主义文学之中,成为纵贯20世纪中国文学的大动脉,无论在扩大新文学的对象、加强其战斗功能、升华主题、开拓题材、改革语言和表现方法以造成民族化、大众化新文风方面,都做出重要的贡献,决不能予以低估。但在承认其巨大历史功绩的前提下,也要看到它的失误,那就是片面地突出了政治功利性原则,不适当地把文学降格为政治的附庸。本来,在人生派那里,文艺与人生是一体的,艺术审美活动即是整个人生的一部分,所以"为人生"也可以包含"为艺术"的成分在内,"人"的主体地位和艺术自身的价值容许并行不悖。由"为人生"转向"为革命",这"革命"如果指革命的人生,也还说得通,而实际上往往是指革命的政治,

---

① 茅盾《社会背景与创作》,《茅盾文集》第十八卷第117页,人民文学出版社1989年版。

② 郭沫若《文艺之社会的使命》,《沫若文集》第十卷第84页,人民文学出版社1959年版。

③ 成仿吾《新文学之使命》,《成仿吾文集》第94页,山东大学出版社1985年版。

甚至是具体的政治斗争及其方针政策,于是,艺术与人生这种部分与全体间的关系,就演变成文艺与政治这一手段与目的的关系,文学失去了自身的主体性,蜕变为政治斗争的工具。工具亦自有它的价值,从特定时代需要来看尤其如此,但一味强调工具的性能,势必削弱文学的人本精神和审美职能,由此带来的恶果也是很清楚的。与此相联系,革命的政治斗争必须依靠群众,便也要求作为斗争武器的文学向群众认同,不但语言风格要大众化,思想感情更要大众化,那些和大众情趣稍有间距的个性化表现,经常有意无意地遭受压制乃至打击,群体意识掩抑了个体意识,遂使新文学的人本精神有所偏离。这些都是革命文学在长期发展中显示出来的弱点,尽管有其客观的产生原因。

和革命文学的重视政治功利原则正相敌对,以新月派为代表的另一股思潮则坚决反对任何功利性。据他们所说,"拿功利和效用的眼光去看艺术品,那是对艺术没有相当的品味的表征。艺术的可贵,正是因为它能够超越功利和效用之上"①。所以他们不赞成"鼓吹阶级斗争的作品",认定"文艺的价值不在做某项的工具,文艺本身就是目的"②。这个观点好像很接近于前期创造社的理论,但有重要区别。创造社诸人大多从表现自我的立足点上来肯定文学无需有外在目的,他们的自我又多带有现实的反抗性,故而有可能从前期的"为艺术"一跃而为后期的"为革命",实质皆导源于以自我为中心的叛逆精神。新月派固然也强调作家"要忠实于自己",不要"受感情以外的事物的指示"③,但又认为"伟大的文学亦不在表现自我,而在表现一个普遍的人性"④,或者说"文学发于人性,基于人性,亦止于人性","文学的目的是在藉宇宙自然人生之种种现象来表现出普遍固定的人性"⑤。乍一看来,他们并不否认文学与人生的关联,实质上乃是要借人生事象来表现人性,而且是那种超现实的"普遍固定的人性",这就必然会将他们

---

① 余上沅《易卜生的艺术》,载《新月》第 1 卷第 3 期。
② 梁实秋《论思想统一》,载《新月》第 2 卷第 2 期。
③ 陈梦家《新月诗选序言》,新月书店 1931 年版《新月诗选》卷首。
④ 梁实秋《现代中国文学之浪漫的趋势》,载 1926 年 2 月 15 日《晨报副镌》。
⑤ 梁实秋《文学的纪律》,载《新月》第 1 卷第 1 期。

的眼光引导到现实社会诸问题之外,从而与实在的人生拉开距离。所谓艺术的"功用"在于"帮助人摆脱实在的世界的缰锁,跳出到可能的世界中去避风息凉"①,倒是很贴切地反映出这部分人的心理。因此,虽然他们对"政治工具论"的批评在今天看来不无借鉴,对艺术审美形式(诸如诗的音韵与格律、戏剧的情节节奏、一般文学作品的章法等)的探讨亦足资参考,而那种逃避现实、漠视时代紧迫课题的作风,仍不能不说是严重的缺陷。这股思潮的声势在当时就难以同革命文学抗衡,而后愈益趋于消沉。

革命文学和纯艺术论思潮构成20世纪30年代文坛的两翼,介乎两者之间,是一个广阔的中间地带。其中有坚持"为人生"的路向,而加重批判现实的力度的,如巴金、老舍、曹禺;有不以社会批判见长,而注重民情风俗的文化观照的,如沈从文和一部分乡土文学作家;有从参与人生的前沿阵地退却到边缘地带,一力提倡幽默和闲适小品的,如林语堂、周作人;也有沿着表现自我的路线前进,但散发着更多苦闷、颓唐气息的,如象征派、现代派诗歌和新感觉派小说。此外,还有同样从政治功利性出发,却倒向极右翼的,如民族主义文学。林林总总,蔚为大观。它们各有各的思想立场,也各有各的艺术成就,不过从思潮的角度来看,仍以前两派旗帜较为鲜明,影响也较为广泛。

30年代文艺运动中众水分流的景象,到抗日战争爆发开始有了改观。抗战文学尽管具有统一战线的性质,其所贯彻的"为抗战服务"的宗旨,却是革命功利性原则的延伸,只是内涵从阶级斗争转向了民族斗争。在那样一种全民族奋起的时代氛围中,"与抗战无关"之类自由主义论调②,自然是难成气候的。于是,进入40年代,革命的和倾向于革命的文学,便已占据文坛的主流地位,虽亦有其他思潮时或掀起一阵波澜。不过就在这期间,革命文学潮流内部出现了分化。在革命根

---

① 朱光潜《谈美》·"大人者不失其赤子之心"》,《朱光潜全集》第二卷第57页,安徽教育出版社1987年版。按朱氏不属于新月派,但思想情趣相一致,故并加论列。

② 梁实秋于1938年12月1日《中央日报》副刊《编者的话》里首提此说,后沈从文等亦有类似论调。

据地的解放区,由于中国共产党的组织领导,初步实现了文学与工农群众的直接结合,产生出以表现工农兵生活与思想感情、歌颂工农兵新人形象为主调的工农兵文学,它采用的基本还是革命现实主义的创作方法,而已增添了浪漫主义激情,语言形式方面更趋于民族化、大众化、通俗化。这一新的文学形态在动员和组织广大群众投身革命事业上发挥了良好的政治功效,也创造出一种比较适合群众(主要是农民)口味的生动活泼的美学风格,确能以自身的实践来体现革命文学运动所长期追求的目标,而其工具性能和群体意识自亦得到相应的增强。与此同时,生活在国统区的进步作家们,即使抱有革命的或同情革命的意向,以其感受的深切在于社会现状的不合理,他们的作品仍然以暴露、批判现实黑暗为基调,创作方法接近于严格的现实主义。同样在国统区而文学思想上另树一帜的,有以胡风为代表的七月派,他们那种高扬"主观战斗精神"的现实主义文学,特别重视作家用自己的体验去把握人生,实质上乃是出于对文学主体性失落和个性意识淡化的忧虑。他们构成革命文学阵营中保留"五四"人本精神较多的一派,但亦因此同革命文学所要树立的功利原则和群体意识有了差距。国统区进步文学界与七月派之间的论争,以及延安整风期间对王实味、丁玲、萧军诸人的批判,正预兆着三个流派日后的分裂。

新中国成立以后,革命文学潮流的三个派别汇聚到了一起,一大群中间状态的作家也都接受了革命思想的指导,而作为整个文学运动方针被确立下来的,则是工农兵文学的方向和路线,自然是因为这条路线最切合文学创作表现新的时代生活、以社会主义精神教育人民的需要,而且实践证明,它也确实推动新生的社会主义文学在较短时期内取得一批可喜的成果。但在这样做的时候,不免忽略了文学与现实人生的复杂联系,容易导向表现内容与方法的单一化。50年代中叶起,这一"左"的倾向逐渐抬头,先是以"反胡风集团"的名义消灭了七月派,随即于"反右派"运动中打击了"干预现实"的文艺思潮,而后又凭借"革命两结合"的口号着力宣扬把生活理想化的做法,于是文学作品里脱离现实的假、大、空的作风便日益严重地发展起来,最终导致

"三突出"那一整套反现实主义的模式,完全扼杀了创作自由。对此有所不满、希望为文学开拓生存空间的,先后有"现实主义广阔道路论""现实主义深化论""中间人物论""反题材决定论"等所谓"黑八论"的提出,它们遵循的仍然是革命文学潮流中的现实主义路线,而亦遭受严厉镇压,文学的生机是岌岌可危了。

新时期文学的"拨乱反正",是以批判文化专制主义、复兴文学的现实主义传统为发端的,初起时尚带有明显的干预政治生活的印记,但已致力于恢复和发扬新文学的人本核心,加强对人的命运的关怀与人的价值的肯定。这股人本思潮在后来的演进中,因其价值取向的不同而趋于多元化:其中以继承、拓展"五四"启蒙思想为归依的一派,可称作"新启蒙"文学;侧重从文化心理传统上去寻求民族文学生长凭借的一派,构成"寻根"文学;而意图认同于西方现代主义思潮、关心和反映人的异化主题的一派,则成为"新潮"文学。每一流派内部又有种种不同的趋向,各个流派之间也常交互混杂,充分显示出新人本思潮的复杂性和不成熟性,但它对人生意义的探究和文学审美功能的开拓,始终是 80 年代文坛上最活跃、最惹人注目的现象。与此同时,以宣传、教育广大群众为基本职能的文学传统也在延续之中,它以表现时代生活的"主旋律"为标记,更多地关切于现实的和历史的革命斗争生活的写照,在努力贴近现实人生、实事求是地展示历史风貌上取得了一定的进展,而如何将特定的政治需要同深层次的人生体验和追求相结合,仍是其进一步发展和提高的关键。80 年代后期起,从"新潮"文学中更衍生出一种"后新潮"文学,它接受了西方后现代主义的影响,由破除世界的真实感、消解主体的生存意义入手,进而导致文学形式的游戏操作和文本规范的整体解构。它不同于"新潮"文学,亦有别于二三十年代的唯艺术论,因为它并不着眼于张扬自我、表现人性或思考人生价值之有无,却干脆走上以文学自身为目的、围绕文本的建构与解构开展探索的道路。作为既有人本思潮的否定和新型文本思潮的肇始,它是"文学自觉"观念的极端引申,对它的历史动向和动因还需作深入观察。

除此之外,20世纪中国文学中原本存在着流传广泛的、以娱乐市民为主要功能的通俗文学潮流,它长期被排斥于新文学阵营之外,故不为文学史家注目,而实际上是社会生活中一支不可忽视的力量。通俗文学导源于宋元说唱、戏曲,在明清时期达到相当繁荣的程度,民国以后不曾断流。与新文学相比较,20世纪的通俗文学在心态和形体上还保存较多的传统格局,所以被视作旧文学的余脉,但它并不同于已经失去基本对象的古典诗文,却仍然活生生地存在于市民社会中间,便也不能不随着社会生活的变迁而不断吸取新的养料,使自己从思想内容到艺术形式都起着相应的变化。前者如言情小说里加重社会批判的成分,历史演义渗入民族意识,武侠小说添进人生哲理的反思;后者如小说语言的逐步现代化,章法结构的突破程式,以及"说话体""章回体"的渐趋淡化乃至被消解,皆是。通俗文学的"雅化"和新文学的大众化,是这两股思潮对立而又交汇的表征。新中国成立以来,由于强调文学的政治功能,以娱乐为好尚的通俗文学一度趋于衰退,而在当前市场商品经济大潮的强力推动下,重新获得高涨的势头。通俗文学潮流的泛滥及其趣味标准之覆盖"雅文学"阵地,使不少文化人为之担忧,但从长远来看,这一新的崛起连同其在美学原则上的挑战,终将促成文学的雅俗合流向着更高层次展开,固然也要做合理的引导工作。

　　要言之,以政治教育为导向的"主旋律"文学,以探索人生、探索艺术为目标的各种人本思潮和文本思潮,以及以娱乐、消遣为首要职能的通俗文学,共同组合成我国当前文学发展的多维结构。形形色色的文学潮流之间会有矛盾冲突,也会有起伏震荡,而更为重要的是取得协调和互补。接受过去文化专制主义的教训,切勿轻易使用行政干预手段来改变结构,要让不同的思潮在和平竞赛与竞争中进行对话交流、取长补短,方足以为下一世纪文学的现代化走向奠定坚实的基础。

六、反思与前瞻

　　简略地回顾近四百年文学思潮变迁的历史,可以谈一点什么样的体会呢？

我们感到，从传统与现代之间的联系和转化着眼，把四百年思潮作为整体流程来看待，是确有根据的。其整体性主要体现在文学的人文精神及其文体风貌两个层次上。首先是人文精神的演变。如上所述，现代中国的人文精神由两个基本的方面构成：一是伸张自我的个体意识，二是面向大众的群体意识。前者萌芽于晚明，成长于清中叶，高扬于"五四"个性解放浪潮，是对传统宗法伦理规范的根本性突破；后者胚胎于清初，完形于清末，极盛于二三十年代后的社会革命运动，亦是对原有专制主义权力机制的直接否定。两相结合，便确立了新文学的人本核心，而它们之间的分裂、冲撞、此消彼长，不免造成中国文学由传统向现代演进中的种种曲折与偏离。由人文精神的变化，又引起文体风貌的变异，那便是文学运行中雅俗对流新局面的开创。在我国传统里，雅文学代表士大夫的审美情趣，俗文学反映市民社会的文化心态，宋元以来是壁垒分明、不相交融的。自晚明以迄近代，由于文学表现个性和面向大众的需要，不仅俗化的戏曲、小说开始为一部分文人雅士所关注，连高雅的诗文中也出现了"向俗"的趋势，于是雅俗对流得以实现。因这种对流所产生的文学样式，包括俗化的诗文（从晚明公安体到晚清报章体、新民体、新派诗）和文人化的戏曲、小说（从《牡丹亭》《桃花扇》《儒林外史》《红楼梦》以至《老残游记》《新罗马传奇》），已经不完全是原来意义上的雅文学和俗文学，而逐步具备了向新文学过渡的质素，再同吸取外来养分、由"西化"促成的中西对流相结合，便酿集成中国现代文学的文体风貌；至于雅俗、中西对流中雅化与俗化、个性化与大众化、西化与民族化种种争执，亦因此而长期存在于新文学的发展过程中。这是第一点认识。

我们还看到，在中国文学由传统向现代演化的进程中，贯串始终并交相为用的，有古与今、中与西、雅与俗三对矛盾。其中占据主导地位的，自然是复古与新变的对立，它们分别指向传统和现代两极，经常表现为激烈的斗争、冲突，而亦时有交互渗透以至转化。复古旗号下隐伏着革新的思想（如晚清实学思潮多以复古为号召），或则新的文学潮流中积淀着旧的情结（如晚清文学改良及现代革命文学运动中盛行的工具论），于新旧交替之际是屡见不鲜的。中西、雅俗的撞击与交汇，在不同时期有着不同的意义和功效，却又共同构成古今嬗递的一个侧面。一般说来，向西方学习，对于促进中国文学的新变起了积极作用，但如20年代的"学衡"派及梁实秋诸人借助白璧德的新人文主义攻击"五四"文学革命，以及一些倾心"欧化"的人士盲目移植西方观念、文风造成种种弊端，亦属有目共睹。至若雅俗文学间的关系，虽如前面所说，出现了对流的趋势，而悬隔依然存在。如果说，明清以前的雅俗分流，往往意味着俗文学在创新地位上的领先，"俗化"即含有新变；那么，20世纪里新文学与通俗文学的隔阂，恰恰表明俗化的大众赶不上文学的新变，反过来也证实了新文学自身影响的局限。于此看来，新陈纠葛、中西错位、雅俗脱节，是近四百年思潮流变中矛盾症结之所在，它们的难以被消除，确切地显示出中国文学现代化进程的复杂性与艰巨性。这算是我们的第二点想法。

再往深一层看，中国文学新陈代谢的复杂与艰巨，又同中国社会走向现代化的独特途径分不开。近现代意义上的人文精神需要有自己的物质载体，即建筑在稍形发达的城市商品经济基础上的发育周全的市民社会。中国古代尽管很早就有商品生产，明中叶以后更出现了社会新质素的萌芽，而在东方专制主义政治体制控制下，城市经济和市民社会的发展都很有限度，远未达到足以培养出比较成熟的新人文精神的地步。晚明个性思潮昙花一现，清前期复古势力炽盛一时，包括龚自珍式的"狂飙突起"在当时罕见回应，说明直到鸦片战争前夕，这个物质载体尚未正式形成。西方入侵后，传统社会结构的解体和中国走向现代的行程加速了，但它不同于先行民族的现代化是一个内部自然生长的过程，而呈现为内因（传统母胎里孕育出近代因素）和外因（西方列强挑战）相互作用的结果。这就决定着中国的现代化负有改造内部传统和抵御外部压力的双重任务，而且后者的急迫性常常凌驾于前者之上，不能不给近现代中国社会及其文化形态（文学即其一部分）的运行带来严重的不平衡。在西方，一般是社会发达于前，而文化成熟于后，于是新的文化形态能够得到足够的社会支持；但在中国，由于积习更改的迟缓和外来挑战的峻切，现代化的突破通常集中在非常局部的地区和部门，新文化的需求便也失却广泛的群众基础，成为少数人的专利，这必然要影响其自身的巩固与完善。在西方，一种文化形态的生长线路，大体展现为由人本核心的建立（文艺复兴时期的人文主义），到社会、政治、经济各项实际问题的探讨、试验（启蒙运动前后"社会契约""天赋人权""国民财富"诸说的倡导与实践），再到哲学世界观的总结（以德国古典哲学为代表）这样一个合逻辑的顺序，文化的各个层面皆能有较充分的展开；但在中国，由于外部环境的紧迫，往往等不及新的人本核心趋于成熟，便匆忙转入实际课题的设计开发，造成实用层面掩抑其人本核心、观念变革滞后于体貌更新的畸形状态。（有如我们所见，近世人文精神的发扬，从龚自珍、"五四"到新时期，每次酝酿未足，即被实际社会变革的行程打断，可谓"三起三落"。眼下商品经济大潮汹涌而来，不是又听到"人文精神失落"的呼告吗？）抑有甚者，西方近现代人文精神的进化，随着社会主要矛盾的转移和思潮的变迁，经历了由神本至人本、再由个人本位至群体本位两次重大的转折，其间相隔三四百年，界限比较分明；但在中国，由于革新传统和挽救危亡的双重任务，促使新型的个体意识和群体意识并时兴起，相互摩戛，交错前行，更增添了新文化人本核心建构的复杂性。

  人本发育的不健全，实用层面的超前拓展，社会载体的褊狭脆弱，使得新文化的成长在精神、体制、物质诸方面都缺乏有力的支柱。中国文学由传统向现代演进的缓慢，近四百年文学思潮之充满波折与旋流，正可以从中得到解说。现代人文精神的建成，看来还需要一段时间努力。不过困难之所在，亦即希望之所在。经受着如此复杂、艰苦的锻炼并面对多维新格局的中国文学，是会有广阔、辉煌的前景的，我们深信。

  （本文原为我所主编的《近四百年中国文学思潮史》的导言，单独刊见《社会科学战线》1996年第4、5期，各节小标题属新近添加）

寻求宏观与微观的会通

80年代中叶,我国古典文学学术领域掀起了一阵波澜,这便是宏观研究的倡导。一时间,大会小会开展讨论,学者专家撰写文稿,报章杂志组织专栏,颇有点热气腾腾的景象。而后,话题逐渐告罄,热潮开始退却,但它的影响并未消歇。试看这几年来发表的成果,除沿袭原有考据和鉴赏的路子外,理论研究方面则明显拓宽了视野,常能结合大文化的背景和社会审美心态来把握文学现象,观照便有了深度。一些文学史论著也比较重视探索各种思潮、流派之间的内在联系,试图勾画出文学演进过程中的历史轨迹,这对过去长时期来占据主导地位的"作家传记加作品述评式"的撰史方法,无疑是个突破。据此而言,宏观研究的倡导是取得了实绩的,尽管还显得不够成熟。

与此同时,我们也应该注意到近年来古典文学界另一种倾向的抬头,不妨称之为微观研究的深入。这里所说的微观,并非传统意义上对某个作家作品的思想和艺术风貌所作的概括性论断,而是指再向前一步,进入文学作品的内在机制,就其具体构成要素及相互关系加以分解辨析,逐项研究,如方刚兴起的关于古典诗歌意象的探讨便是一例。大家知道,一部文学史是许许多多个作家作品的总和,就好比物质由分子、原子组成,生物体由细胞组成一样。撰写文学史通常从考察作家作品入手,自是顺理成章的事。但是,正如同生物体并不能还原为各个细胞的堆积,而要由细胞形成器官,器官形成系统,作为有机建构的文学史,也不能归结为单个作家作品的叠加,尚须努力探求隐藏于作家背后的贯串线索,着眼于文学流派、思潮、时代精神以至民族传统的发掘,这就产生了宏观的研究。另一方面,又如细胞还可以分解为细胞核、细胞质、细胞膜,原子可分解为各种基本粒子的运动,文学作品(哪怕是短小的抒情诗)也并非单一的结构。如果我们不满足于用诸如情景交融、比兴寄托、白描传神之类名词术语来作浑囵的批评,那就必须深入作品的腠理,在更微观的层面上进行解剖。意象探讨之所以引起广泛的兴趣,正因为它据有这一微观世界的核心地位,是作品(尤其是诗歌作品)内部具有文学性的最小单元。从单个意象扩展为意象群,再扩展到整个意象系统,这便是一首诗的建构过程,小说、戏剧作品则更为复杂而已。因此,抓住意象,就好比掌握了进入微观世界的通道,其深远意义自不待言。当然,意象不是唯一的通道,他如文学作品的主题、结构、语言、体式等,均可作专题展开,亦皆属于微观层面的剖析,各有其相对独立的价值。目前这类课题也正被提上议事日程,且多和意象分析相呼应。

一边是宏观的倡扬,一边是微观的深入,它们构成新时期古典文学研究的两大动向,在传统学术路子之外开出了新的局面。但迄今为止,两股潮流基本上是各自平行发展着的,互不干碍,也互不沟通。这个局面延续下去,有朝一日二者会不会相互靠拢,乃至发生碰撞和交会呢?我以为,这种前景不仅仅是一种设想,乃是必将实现的趋向。也就是说,寻求宏观与微观的会通,将成为两股学术潮流的自然归趋,是它们各自进一步发展与提高的共同需要,值得我们认真对待。

为什么这样说呢?因为宏观与微观的界分,本来不过是对于同一对象在不同层次上的把握,对象既为一体,各个层次间的上下交通、相互渗透便不可避免。拿宏观研究来说,它的着眼点原在于超越单个作家作品的层面,对更广阔的文学现象做出概括,而这种概括显然是不能脱离其微观的基础的。这不仅表明宏观的综合需要以一定数量的微观分析为前提(这个道理容易理解),同时意味着宏观综合的初步结果仍须进一步落实、转化于微观结构分析以取得定型(后一层关系似尚未有人论及)。

比如我们常说"汉魏风骨"或"盛唐气象",这应该是前人在大量接触具体作品基础上对于汉魏之际和盛唐时期文学风貌的一种总体性概括,而且是得到历史承认的。然而,这样的概括是否已完成宏观研究的使命了呢?怕未必。在接受这一概括的时候,我们大概都会有这样的体验:既惊叹于它的言简意赅,切中肯綮,而亦不免嫌它在提法上过于笼统,不好捉摸。确实如此!所谓"风骨""气象"云云,本来是审美意义上的抽象,在具体作品里是看不见也摸不到的。阅读作品,首先能见到的是字句;透过字句,可以感受其所表达的意象;总合这些意象,理清它们之间的关系,方能进而领略其中包含的意蕴(观念、情趣等)。至于"风骨"和"气象",则更是深藏于作品"言—象—意"总体架构间的一种质素,跟语言、意象、意蕴三方面都有关系,但又不能归结为其中任何一方面。它是人们从总体上把握作品风貌特征后所作的综合概括,其高度抽象性是不足为奇的。待到人们从某一特定时期的文学创作中普遍发现这类质素,并拿来作为整个时代文学风貌的表述,形成"汉魏风骨""盛唐气象"的概念时,于是便走向了宏观的综合。这中间当然又要舍弃许多个别性特征,保留普遍性内涵,其抽象程度也就愈高了。

尽管如此,"风骨""气象"云云毕竟不是神秘莫测的东西,它既然从具体作品的语言、意象、意蕴诸方面概括出来,也就有可能借助于这些方面的剖析而得到说明,甚至有可能通过某种"言—象—意"的结构范型来加以显现。换言之,宏观研究要落到实处,就不能停留在"汉魏风骨"、"盛唐气象"这类抽象概念(或者再加上某些抽象的解说)之上,而要转入微观领域,凭借大量的实证调查和文本解析,潜心探究思想感情的表达、语言意象的选择、结构关系的组合、抒述方式的运用,以及众多因素是怎样结合为一个整体规范的,从而产生出"汉魏风骨"或"盛唐气象"的美学效果。只有这样做了,宏观的综合才算取得其自身明确的形态,而具备可以被检验的条件,宏观研究也才算真正达到了科学的水平。所以说,走向与微观的会通,是进一步发展、深化宏观研究的必由途径。

再从另一方面来看,微观研究是否也需要以追求宏观的视野为导向呢？答案应该是肯定的，尽管不同情况会有不同的要求。一般说来，就那些单纯从事于资料考订、文字训诂、版本校勘之类工作而言，由于工作目的在于弄清事实，追求宏观视野也许不那么迫切（并非绝对无用）；而对于着重从理论角度从事微观世界探索的人来说，引进宏观机制则难以回避。

且以前面谈到的诗歌意象分析为例。如上所述，一首诗是一个完整的意象系统，剖析诗歌作品从意象入手，是再好也不过的。我们诚然可以孤立地、就诗论诗地来谈论意象，看看这首诗选择了哪些意象，用什么样的词语来加以表现，又如何把它们组合起来以揭示诗歌的内在意蕴，这样的探讨大致不越出微观研究的范围。但是，如果我们不局限于这种一般性的解读，企图深入追究一下诗中意象生成的前因后果，那就不能不跨进新的领域。每一个意象的产生都有它的背景，或是诗人直接从现实生活中提炼出来，或是根据前人作品已有的意象予以改造、变换，但无论哪一种情况，都离不开社会生活、时代潮流、文学传统、审美心态等，总之是作品以外的世界的综合作用，我们把这类作用的总和称之为意象生成的文化氛围。要真正了解一个意象的渊源和影响，必须考察它的文化氛围。意象固然是诗歌作品的最小单元，文化氛围却是十分宏观的现象。从宏观的事物中孕育、结晶出微观的元素来，于是微观研究便也不能不导向宏观的视野。

这还只是就某个作品的意象来立论，实际上，文学史上的意象是互有联系、前后贯通的；意象及意象系统的发展演变过程，更离不开总体文化氛围的制约。比如说，马的意象在早期诗歌里常以天马、骏马、千里马的姿态出现，到中唐之后却逐渐转换成老马、病马、瘦马、驽马，当与时代精神的变迁有关。梅花的意象，唐以前多跟傲雪、迎春相辉映，宋以后始衍化出高人逸士的象喻，这也不能不溯源于现实世界的投影。单个意象如此，意象组合关系的演变亦复如此。从外延关系上看，古诗的意象组合，往往用一两个中心意象贯串全篇，点缀以若干辅助意象，形成较为疏散自然的线式结构；近体诗兴起，则以繁复意象的并置和叠加为其特色，中心意象的位置反倒不显眼甚至隐入幕后，形成密集、跳荡的点式结构;晚唐温、李的一部分诗篇,下而及于两宋婉约派词,更在密集意象的基础上加以时空错综,藉以展示诗人心理意识的流程,意象组合益形灵动多姿。再从内涵关系上看,唐以前的诗歌往往"意尽象中",意与象的组合多为平面的结构;唐代诗人一力标榜"兴在象外",意象世界便有了层深的构造;宋人讲"理趣"而少讲"兴象",这一层深结构的内涵又有新的变化。不同的意象组合方式,固然跟诗歌体式、语言等方面的变革密切相关,但亦不能割裂整个社会生活、思想潮流、审美情趣迁移和发展的影响。意象研究之不能脱离宏观的观照,或者说,它只有借助于这一飞跃,才能使自己超越琐屑、浅表的形式分析,从而获得巨大的历史深度,即此可见。

从上面的叙述可以得出结论:寻求宏观与微观的会通,这不是什么故作惊人之谈,而是学术进化的自然趋势,它反映着客观世界自身的内在联系和交互渗透。我们通常说,微观是基础,宏观是升华,固然不错,但并不全面。更准确的说法是,它们互为基础,互为补充提高,你中有我,我中有你,统一而不可分割,回环作势而往复交流。正像眼前这条河流,人们平时见到的只是流淌于河床的那个部分,却往往忽略它的水源来自天降的雨雪和山间的涧泉,也并未注意到从它的水流中时时分解出极微细的分子,散入太空,重新作云作雨。把这整个过程联系起来考虑,河流便不单是平铺于地面的一条水道,而是自天上到地下再返回天上的循环系列。文学史的构成亦复如此:从宏观的文化氛围,凝结为微观的意象,组合成作品,积聚为作家,衍申出思潮、流派、时代风格、民族传统,再融入总体文化氛围之中,同样呈现为由宏而微、由微而宏的大循环,历史的演进便是在这不断循环的过程中实现的。传统的研究方法是从这循环的系列里截取一两个层面(如作家作品)加以推究,好比找水的人只考察河道而不顾及源流。当前宏观与微观研讨的分途并进,拓开了上下两头,而尚未达到全局的贯通。沿此方向继续前进,必然要求寻找、确立新的交会点,以进入历史的整体把握。这或许是下一阶段文学史研究工作中的热点所在,有待共同努力。当然,所谓整体把握,也并不是要面面俱到,包罗万象,那样的文学史是不可能写成的。学术研究贵在独创,尽可分头构撰思潮史、流派史、作家史、作品史、主题史、意象史乃至文化氛围史和历史哲学,各鸣其所善鸣,不拘一格。但不论从哪个角度去开掘,总不宜将自身封闭起来,要有历史的整体感,才能防止和减少片面性。

(本文系据作者在"中国诗歌史论研讨会"上的发言整理加工而成,初刊于《古典文学知识》1993年第1期)

《中国文学史学史》编写导言

一、文学史·文学史学·文学史学史

本书题名"中国文学史学史",显系由"中国史学史"的称谓套用过来。不过"史学史"一语已为人们熟习,而"文学史学史"之名目尚显得很陌生,有必要稍加界说,这还得从"文学史"和"文学史学"的概念说起。

通常所谓的"文学史"有这样两重涵义:一是指文学自身的客观历史进程;二是指研究者主体对这一进程的理解和把握,亦即客观历史进程的主观反映,这便是以撰著形态出现的文学史。跟"文学史学史"关系密切的,应该是后一种,也就是我们常说的文学史研究或文学史学科。

"文学史学"一词,亦可有两种理解。有时即用以指文学史学科及其研究,于是同上面所说的"文学史"的第二层涵义相重合。不过眼下正在议论的关于创建中国文学史学的构想,则不限于早已成形的中国文学史学科,而是指以这门学科为对象,就它的实践和理论问题进行反思和总结。换句话说,它将是对文学史研究的再研究,本书取的便是这个涵义。

作为文学史研究的研究,文学史学包括两大方面:一是对文学史研究的进程加以历史的梳理,这就是我们这里所说的文学史学史;二是对文学史学科的原理、方法作出理论的概括,可以称之为文学史学理论或文学史学原理。史学原理和史学史构成了文学史学的基本范围，它们都是建立在对文学史研究进行综合考察的基础上的。除此之外，也可以就个别史家或文学史著作加以评论，这就叫史学批评，不过史学批评的着眼点不是倾向于史，便是倾向于论，归根结底仍从属于史学史或史学原理。以上两大板块的划分自然极其粗略，进一步考虑，似可再细分为若干层面。比如就文学史研究的结构成分而言，有史料、史观、史纂之分；就其历史演进而言，有传统史学与近现代史学之分；再就其研究范围而言，有通史、断代史、分体史、专题史、民族史、地域史等区别；而若就其撰写角度和体例而言，又会有编年史、作家评传史、主题史、意象流变史、思潮史、流派史、传播史、接受史种种差异。对这些具体方面的研究，都可能构成史学史和史学原理下面的分支部类，目前还难以做全面设定。总之，文学史学是为总结文学史研究而创设的一门新型学科，关于它的构想当通过实践来给予充实和完善。

弄清了"文学史学"的概念，也就界定了"文学史学史"的质性，它是对文学史研究的历史进程所做的系统清理和总结。如上所述，作为一门学术的中国文学史是以中国文学的客观历史进程为研究对象的，其研究的成果便是各种形式的文学史撰著。但是，这一研究工作本身亦有其发展演变的过程，而这个过程又能成为另一门学科的研究对象，这便是中国文学史学史的由来。于此看来，中国文学史学史是建立在中国文学史这门学科的基础上的，它要对中国文学史学科的起源与发展、历史与现状、分期与分派、动因与动向等问题作出自己的考察、梳理、排比、阐说，实际上便成了中国文学史的学术研究史和学科发展史，这可以算是文学史学史的基本定性。

中国文学史学史同中国文学理论史、中国文学批评史、中国文学思想史、中国文学研究史等学科有一定的交叉关系。理论史、批评史研究历代有关中国文学的理论批评，思想史研究文学创作和理论批评中所包含的文学思想，它们都有可能涉及文学史的观念和方法问题，这就进入了文学史学史的领域。至于文学研究史要求对中国文学研究状况作全面概括，则必然包括文学史的研究状况在内，于是文学史学史的内容便成了它的有机组成部分。但是这些学科都不能代替中国文学史学史的建构。且莫说理论史、批评史、思想史各有其特定的视角，并非以中国文学史的有关问题为瞩目对象，即使像文学研究史那样包罗广泛，而其中文学史的研究也只是一个局部，未必会成为其关注的焦点，更难以形成整体脉络。中国文学史学史则恰恰立足于文学史学科自身的历史进展，它要对这一进程的源流本末作出系统的归纳，就其方方面面加以独特的综合，这是任何别的学科所无法取代的。质言之，以历代有关文学史的研究（不限于理论形态）为其专门领域，以文学研究中的"史"的意识为其把握的核心，这可以说是中国文学史学史作为一门独立学科的个性所在，也便是文学史学史区别于文学理论史、批评史、思想史、研究史等相关学科的主要表征，当然不排斥它们之间的相互影响与相互渗透。

还需要说一说中国文学史学史和中国文学史学原理的关系。就某种意义而言，它们有着共同的出发点，即都是以中国文学史的研究实践作为自己的研究对象，力图在总结文学史经验的基础上建立自己的架构，并由此共同成为从原有中国文学史学科衍生出来的新学科，犹如一母孕育的双胎。但两者在性质上又很有差异。史学史作为中国文学史的学术史，侧重在历史进程的梳理；史学原理作为文学史本体方法论的探讨，着眼于理论原则的概括。前者属历史科学，后者属理论科学，其学科体系和研究方法并不相侔。比较而言，历史的梳理较贴近于文学史研究的实践，理论的概括更需要高度的抽象，所以又可以将编写中国文学史学史当作建构史学原理的准备，前者因亦构成向后者过渡的桥梁。据此，从中国文学史到中国文学史学史，再到中国文学史学原理，便形成了广义的文学史学科的层级结构，而史学史在这一学科集合群里的中介位置和承上启下的作用也就昭然若揭了。

二、建立中国文学史学史的可能性和必要性

文学史学史的性质既已明了，接下来的问题便是：建立中国文学

史学史究竟有无可能和必要？

先说可能性的问题，也就是中国文学史学史成立的根据，这可以用三句话来概括，叫作：两千年的传统渊源，一百年的学科演进和晚近二十来年的创新与突破。

大家知道，作为一门独立学科的中国文学史发端于19世纪与20世纪之交，在这之前，不仅没有这门学科的完整形态，甚且连它的名称也未曾出现。但这不等于说以前就不存在文学史的研究。中国古代有历史悠久的文学传统，有大量作家和作品留传，相关资料分别收辑于历代总集、别集、史志、书目、诗话、笔记以及文人传记、年谱之中，是一笔积累丰厚的史料资源。历朝文人在其创作实践和批评活动中，为了借鉴传统的需要，都不免溯及文学流衍变化的过程，从而形成各种关于"源流正变"的看法，这就是他们的文学史观。而他们依据一定的观念，对当代或前朝的文学流变所做的评述，尽管散见于各类序跋、题词、传论、奏议乃至杂著、书信之中，实即当时的文学史纂，不过尚不具备完整的史纂形式罢了。正因为尚不具备完整的史纂形态，加以古人和今人在观念上的差异，所以我们认定作为独立学科的文学史彼时未告正式成立，但其间积聚的史料、建立的史观和已然出现的各种形式有关文学流变的评述，则仍属于文学史研究的范畴，今人撰写文学史专著也少不了倚仗这些成果。因此，决不能将这两千多年的传统渊源一笔勾销，要看到它们在文学史研究中的开创作用和至今仍然保持的现实意义，是我们今天建立中国文学史学史的必不可少的根基。

尽管如此，中国文学史形成为一门独立发展的学科，则要迟至19世纪与20世纪之交。最早的撰著，据已知材料，为日本古城贞吉1897年出版的《支那文学史》(1913年有中译本，由开智公司印行，题名《中国五千年文学史》)，随后有笹川种郎1898年出版的《支那历朝文学史》(1903年即有中译本，由上海中西书局印行，题《历朝文学史》)、英国翟理斯1901年出版于伦敦的《中国文学史》和德国顾路柏1902年出版于莱比锡的同名著作。以国人自己的编撰而言，窦警凡《历朝文学史》脱稿于1897年，至1906年始出版；林传甲《中国文学史》编于

1904年京师大学堂设置中国文学史课程时，当年印成讲义，1907年正式出版；黄人《中国文学史》约编于1904至1909年任教苏州东吴大学期间，亦作为教材由国学扶轮社陆续刊行，时间皆当19世纪末至20世纪初。从那时起至现今又一个世纪之交，短短一百年间，中国文学史学科不仅经历了从"无"到"有"、由"潜"至"显"的飞跃，还由单一性的科目迅速繁衍、生息为庞大、密集的学科群落，有了通史、断代史、分体史、专题史各形态的分化和古代史、近代史、现代史、当代史诸领域的拓展，无论在史料的自觉积累、观念的变化出新、研究方法的科学化、撰写体例的多样化以及向外来思想和其他学科的开放、吸取方面，均与前人有重大差异，其成绩的显著有目共睹。在这过程中，研究工作亦走过不少弯路，特别是因社会政治的变动而波及学术，造成大起大落、忽东忽西的局面，其惨痛的教训也值得深思。

改革开放以来，文学史的研究出现了空前未有的繁盛局面。据粗略统计，这期间出版的各类文学史著作不下一百余部，品种也特别繁多，不光有古代、近代、现代、当代的分野，而且有贯串近、现、当代的20世纪文学史，把握由传统向现代转化的近四百年文学思潮史，以及会通古今的中国文学通史。此外，断代如先秦、两汉、魏晋、南北朝、唐、宋、辽金、元、明、清，分体如诗、词、曲、赋、散文、骈文、小说、戏剧，民族如蒙、藏、侗、羌，地域如上海、福建、东北、湖南，思潮如古文运动、"诗界革命"、浪漫主义、现代主义，流派如江西诗派、桐城文派、学衡派、现代评论派，专题如山水诗、边塞诗、市民文学、女性文学，乃至各种主题史、意象流变史、文人心态史、传播接受史、中外交流史、文学与其他学术文化关系史等，皆有专门性著述问世，称得上琳琅满目。其研究视角也从单一的社会学、政治学立场转向文化心理、审美形态、逻辑结构与历史机制的多向开掘和相互补充，并有神话学批评、语言学批评、原型批评、意象批评、范式批评、文体批评、心理分析、结构分析、计量分析、系统分析等多种方法的倡导与试验，加以史料的系统收辑和撰著体例的推陈出新，整个研究工作呈现出一派勃勃的生机。及时地总结这些新的经验，促使现有的大好形势更健康地向前发展，是所有文学史工作者的共同心愿。

　　以上简略地说明了中国文学史学史成立的根据（可能性），同时也触及建立这门新学科的意义（必要性）。历史的经验可以被总结，历史的经验更值得总结。面对眼下正在经历的世纪交替，处处都可以听到有关"百年反思"的议论，所谓"百年反思"，不就意味着对已经逝去的这整个世纪来一个历史性的总结吗？中国文学史学史肩负的任务正是要在文学史研究领域进行这样的总结，不过不限于从当前回溯百年，还要从百年上溯往古，其反思的幅度更大大超越了这个世纪。当然，反思自身不是目的，目的是要开辟未来。通过反思，人们对已经走过的路有了比较清醒的认识，对正反两面的经验有了比较正确的把握，对正在趋向的目标有了自觉的追求，其将要从事的实践便会进行得更积极、更稳妥、也更有效。

　　其实，这样的一种反思在文学史研究领域业已开始，它是以理论探讨的形式出现的，且历经了几度起伏。早在1983年间，《光明日报》曾就文学史编写问题发起讨论，组织过几版专栏，实即这场"世纪末反思"的肇端，惜未引起学界足够的重视，规模和影响都比较有限。80年代中叶，中国文学史的宏观研究得到倡扬，并产生了较大的社会反响，它是针对一段时期以来古典文学研究多局限于作家作品层面的事象罗列，缺少宏观整体性的把握和内在逻辑性的揭示而提出的，在研讨中引发了一系列的理论思考，从而导向文学史观念与方法的探究。这场争鸣兴起于八九十年代之交，断断续续地延伸了好几年，有过四五次专题性集会与报道，其中涉及文学史的性质、任务、内涵、方法、结构、形态各方面，诸如文学史的客观性与主观性、历史性与当代性，其构成方式中的人本与文本、道德与审美，以及其发展过程中的他律与自律、逻辑与随机等问题，无不关系到文学史学的理论建构。于是，至90年代中期，创立中国文学史学的建言便正式提上议事日程，它表明自"拨乱反正"以来的历史性反思终于找到了一个具体落脚点，也预示着中国文学史的研究将有可能迈开新的步伐。

　　据此而言，当前关于文学史学的企望决非出自一时的心血来潮，倒是有较长时间的酝酿和准备过程。它起于改革开放形势下对历史清理和反思的需要,中经一系列理论探讨的催化与推动,最终到了呼之欲出的成熟境地。在这里,历史的反思是它的起点,理论的建设则是它的终局,这也是为什么我们将编写中国文学史学史视为过渡到史学原理的中介的缘由。不过两者并不能截然分开,建构史学原理固然要以总结历史经验为基础,而历史的反思仍离不开理论的指导。史学史和史学原理作为文学史学的两大部类,是在同一个时代精神的鼓动下得以诞生和成长的。

三、中国文学史学史的有机建构

现在可以进而讨论怎样来研究和编写中国文学史学史。这里要谈的不是一些操作技术上的问题,而是重在如何把握文学史学史的内在结构,亦即其各个构成部分之间的组合关系,这是建立一门学科的知识系统的先决条件。在这个问题上,又有两个方面需要顾及:一是横向的关系,即文学史学史这门学科由哪些层面合成;二是纵向的关系,即文学史学的历史发展该如何分期分段。一纵一横,一经一纬,两条线索贯串起文学史学史的内在结构,共同交织成它的学科体系。这是学科赖以建立的支撑点,也是我们研究和解析这门学科的切入点。本节先讨论其横向关系,姑且称之为文学史学史的有机建构。

中国文学史学史是由哪些方面内容组合而成的呢?前曾述及,文学史的撰写离不开史料、史观、史纂三个方面。依据一定的史料,运用一定的史观,整合并落实为某种史纂的形式,这就有了文学史的著述;而要考察和评价一部文学史,也越不出对其中史料、史观和史纂的分析批评。扩大开来看,要对一个时期文学史研究的总貌作出判断,必须全面把握这个时期文学史学在史料积累、史观创新以及史纂编结上所达到的程度;而若要对整个文学史学科的历史进程加以概括,则又需要从史料的拓展、史观的演进和史纂体例的沿革因创等方面加以系统的追踪和梳理。于此看来,一部中国文学史学史实际上是由史料史、史观史和史纂史三个层面有机合成的,三者的分流并驰和交相为用,奠立了文学史学史的基本架构。

那么,三者各自的内涵与相互间的关系,应作如何理解呢?

首先,史料史,指的是文学史料变化积累的过程,特别是它的不断得到丰富和拓展的趋向,这是整个文学史学史赖以发展的基础。文学史作为历史科学,不能没有史实的依据;史料愈充足,史实愈精密,文学史的撰写便愈能得心应手,精确而全面。所以我们考察文学史学科的成长,必须以史料的拓展为重要尺度。需要说明的是,文学史料的变化积累不只有拓展一种趋向,也还有订正、辨伪即清除废料的方面,"拓"与"收"是同时并举的。但从总体上看,史料的积累日趋丰富,"拓"应该是基本倾向,史料史毕竟要以拓展为其主线。

文学史料的拓展又有多种形态。其一是由当代文学资料转化为文学史料。任何时代的现实的文学活动其实都是历史的延伸,它和文学史的进程是一脉相承的。但处在现时代环境下的人们并不把它当作历史,即使留存各种资料,也很少从"史"的角度来观照、整理,往往要等资料积聚到相当程度,时间上也形成一定的跨度,当下这一页已然填满和即将翻过,这些资料才会被人从眼前的记忆中撤除下来,整理并串合到历史进程中去加以有系统的阐释。中国历朝以至近、现、当代文学资料都经历过这样一个由现实向历史转化的过程,这可以说是史料拓展的最普遍的形态。

其次是文学史新分支的成立,也会带来史料范围的扩大。比如说,在我国传统的文学观念中,小说、戏曲、说唱、谣谚等俗文学或民间文学长时期以来"不登大雅之堂",即不被认可为文学创作,有关资料也往往不作为文学史料来收集和珍藏,只是在这些文学样式发展到一定的高度,它们的生命力的焕发受到一部分文人雅士的关注和赏爱,文学史家开始将它们纳入自己的视野时,新的史料学分支才有可能建立起来。同样道理,今天的文学史研究中提出了主题史、意象史、心态史、范式史、传播史、接受史、民族关系史、中外交流史诸种新概念,也必然会带来文学史视野的展开和文学史料学的拓新。

第三种形态是非文学史料向文学史料转变,可以举"红学"的演进作为典型例子。在"旧红学"阶段,索隐派风行一时,《红楼梦》的作者曹雪芹则鲜为人知,他的生平和家世也得不到文学史家的垂顾。"五四"以后"新红学"起来,考定曹氏为《红楼梦》的撰人,断言小说所写的故事里有作者自身经历的影子,于是其生平事迹、亲朋交游、家世渊源乃至旧居遗物,一一被勤心发掘钩稽,都进入了文学史料的行列,《红楼梦》的研究便也出现了崭新的局面。在这过程之中,原来被视为小说底本的材料,如顺治帝与董鄂妃的情事、纳兰的家世等,则被剔出"红学"研究的范围,说明文学史料的拓展与清除确实是并存的。

还有一种情况,便是失落或遗忘了的史料的重新发现。20世纪初甲骨文的出土和敦煌文献的重见天日,提供大量新发现的文学史料,有力地推动了文学史的建设,是人所共知的。至于那种有意识的"遗忘",造成某些方面的史料长期湮没不彰,待到机运转换再加发掘并认可,这在文学史研究的进程中亦非罕见。总之,文学史学史要把史料的拓展过程和演变规律作为总结学科发展史的一项重要课题,自是义不容辞。

如果说,史料的拓展构成文学史学发展的基础,那么,史观的演进则对它起着主导作用。文学史研究不仅要凭借史料,亦须立足于某种观点,因为历史从来就不是什么纯客观的写照,而是同观照着它的主体紧密相联系的,在不同历史观念的烛照之下,史料的组合会呈现出不同的结构与风貌。比如说,同样是中国文学的历史进程,在传统文学史家心目中多显现为一正一变、一盛一衰的交替循环,到"五四"以后新史家眼光里却隐隐现现地看出一条向前行进的线索来,马克思主义者又把它分解为两个阶级、两条道路的斗争,至于时下用辩证论、系统论、信息论、突变论以及结构主义、形式主义、接受美学、原型批评等各种新的观念加以阐释,更将汇聚成五光十色、奇姿异彩的景观。历史永远是当代人的历史,文学史不能不一再重写,原因即在于此。故而我们讨论文学史学的进展,亦不可光着眼于史料的拓展,更须注意其整合史料、建构历史的思想方法和理论范式的演变,也就是文学史观的演变。从某种意义上讲，这个演变较之于文学史料的拓展，更足以标示文学史学的总体取向。刚才讲的从循环论到进化论，到阶级论，再到当前多元化文学史观的演进，不正体现出中国文学史学自身性质的转换，提示了这门学科由传统向近现代过渡的轨迹吗？

史观的演变既然在文学史学的建构上占据主导位置，它和史料的拓展便不能不交互影响，后者为前者提供材料的依据，前者反过来对后者起着引导和规范的作用。我们看到，正是中国古代文学传统的相对稳定，为循环论文学史观的产生奠定基础，而循环论模式的确立，又使文学现象间正变盛衰交替的秩序得以巩固。同理，中国近世文学的新变和"五四"以后新旧文学的尖锐对立，给予进化论乃至阶级论文学史观的出台以有力支持，而在这种新的历史观念支配下，原有史料中的文学进化和阶级对立的迹象则被逐一发掘出来甚或予以放大。延及前段所举小说、戏曲等俗文学史的开拓和新旧"红学"的嬗递，其实也都有一个由史料发现引起史观转换，再由史观变革回过头来推动史料拓展的过程，史观史与史料史这两个层面总是这样相互渗透又相互推移的。

史料与史观构成文学史研究的两极，史纂则是它们的结合点与中介；换句话说，一定的文学史观念和一定的文学史材料，正是通过某种历史编纂形式而联结在一起，成为具体的文学史著述的。这一史纂形式也有它自身历史演化的过程，包括其体制从不独立到独立，从不完形到完形；包括其格局范围的分化与组合，如既有通史，也有断代史、分体史、区域史、民族史和各种专题史；亦包括其撰写体例的多样化，如发展出编年体、传记体、类别体、流派体、纪事本末体以及其他各种及综合性体例。对文学史纂的历史进程进行溯源别流，也属于中国文学史学史建构的题中应有之义。

还要看到，史纂既然是联结史观与史料的中介，便不能不反映两者之间的关系，且必然要受双方的制约。比如说，20世纪初期以"中国文学史"命名的著作，一般只限于古代文学史的范围，即使偶尔涉及近世文学变迁的内容，大多仅附在古代文学史的末尾，并不作为独立的时期划分出来,这显然跟近代文学史料尚处于初步积累的阶段,没有形成单独的史料学分支有关。尔后,随着这方面史料的渐趋丰厚和整理工作的逐步加强,近现代文学的研究也逐渐由附庸蔚为大国,不单形成独立的题目,还有了专门的著述,标志着文学史新分支学科的建立。这应该是史料制约史纂的明证。自另一方面而言,文学史观点的演变亦给予史纂编结以重要影响。例如我国传统文学史学一向以诗文论评为大宗,戏曲、小说的研究相对薄弱,跟古代史家观念里崇雅贬俗的偏见分不开。但20世纪以来,率先问世的分体文学史撰著恰恰是积累较新的戏曲史和小说史,诗、词、文、赋各传统体式的史纂居后,自然又是文学观念变革、民俗文学受到重视的结果。此外,像妇女文学史、劳动文艺史、抗战文学史在二三十年代相继出现,亦明显打上民族民主革命形势下社会思潮变迁的烙印;至于各民族文学史乃至区域文学史在晚近的兴起,更是改革浪潮下民族和地区经济文化发展在文学观念和文学史编纂上的投影。因此,我们的研究不能局限在就史纂谈史纂,应当力求透过史纂形式的演变,来全面把握史料史、史观史和史纂史三者的相互关系及其演进线索。

必须指出,上述文学史学三个层面之间的内在联系,同时也体现了这门学科与其他方面的关联。所谓文学史料无非是历代文学创作、传播与接受活动的遗留印记,文学史观与各种文学观、历史观、哲学观、美学观息息相通,文学史纂的体例、方法、文风也经常要受时代学术风气的制约,而这一切又都离不开特定社会环境与文化思潮的土壤和氛围。所以,把握文学史学史的内在的有机建构,便同时意味着关注其复杂的外在联系,这是我们面对任何一个这样的开放系统从事研究时所不可忽略的。

四、中国文学史学史的发展脉络(上)

作为学科体系的中国文学史学史,其横向组合为史料史、史观史、史纂史的有机建构,其纵向组合便是它的整体发展脉络。表面看来,前者属逻辑关系,后者属历史关系,但实际上,逻辑的联系只有在历史的运动中才得以实现,而历史的运动也仍然包含内在的逻辑。故而我们在把握中国文学史学史的发展脉络时,必须遵循历史与逻辑相统一的原则,力求通过历史事象的梳理以揭示其自身的逻辑联系,使得中国文学史这门学科成长和演变的内在秩序能充分显露出来。

按照上述原则,我们考虑将整个文学史学史的流程划分为时间跨度上很不均匀的两个段落,即两千多年的传统渊源和近一个世纪的学科发展,其界标便在于中国文学史学科形态的成立。在这之前,中国文学史的研究尚未形成自己明确的专业范围,因而也不具备完整的学科形态;在这之后,学科体制及知识系统得以建立,并有了自身独立的演化轨迹。前者可称作传统文学史学,它是中国文学史研究的前学科时期;后者则为现代意义上的文学史学,是中国文学史作为独立学科发展的时期。由前学科向独立学科的演进,便构成中国文学史学史的基本脉络。不过这个提法有可能造成误解,即以为两千多年的传统史学仅是中国文学史研究的"史前期",对这门学科的成长无足轻重,甚至可略而不计,这就大谬而不然了。称之为"前学科",只是意谓它还不具备成熟的学科形态,并不应导致否认其丰富的学术内涵,更不能由此抹煞其重要的历史地位。考虑到这层因素,我们或许可以换个提法,将传统文学史学叫作"潜学科",而将20世纪的文学史研究称为"显学科"。当前自然科学研究中有所谓"潜科学"一说,特指那些暂时还不具备成熟的科学形态,却有向科学形态转化潜能的研究。套用这个称谓,将具有丰富历史积累却尚未形成完整学科的传统文学史学定性为"潜学科",应该是说得过去的;而由潜在性相向显在学科形态的升华,遂成了文学史学由传统进入现代的标志。

为什么有两千多年历史的传统文学史学会长期停留在潜学科状态里呢?原因众多,而首要的一点,因为古人心目中并没有今天所谓的"纯文学"概念,也就不会有现代意义上的"文学史"观念。古代所讲的"文",包括文采、文化、文字、文章等多方面涵义,比较接近今人所谓文学作品的是"文章"一义,但那是指成篇章的文字,并不专指文学作品。"文章"里也包括诗、词、歌、赋之类纯文学样式,却又把它们同论、赞、启、奏等说理性乃至应用性文字并列一起,不再给予特定的概括,于是文学与非文学的界限便显得模糊不清起来。加以古代文人雅士崇雅贬俗的心态作怪,往往将后起的通俗小说以及一部分戏曲作品排除在文章之外,这样一来,"文章"就更不能代替今人眼里的"文学"了。正因为如此,显示文章流衍变化观念的"文章流别"一说,自亦不能等同于今天的"文学史"。"文章流别"里包含了许多文学史的现象,而又同非文学文章体类的流变混杂在一起,且由于此说是从文章学的角度立论,更注重在文体分类和各种体类、体式的演变上,和今天的文学史研究视角亦有差异。这大概就是古代虽有悠久的文学史研究传统,却始终未能产生专门的文学史学科形态的主要原因。除此以外,古代社会盛行的复古思想容易导致人们将历史的典范与现实的追求混为一谈,于是文学史与文学批评、文学理论经常结合在一起。古人的思维重直观、重经验,多作印象式点评,少有系统的论述与逻辑严明的论证,也不利于现代意义上的文学史形态的展开。由此看来,文学史学上的传统与现代的区分似不能单纯着眼于"文学史"名目的有无及其学科专业是否确立,更要注意到因古今文学观念、文学体制的不同而造成文学史内涵与外延上的歧异,和因古今历史、哲学观念的不同而产生文学史范式的对立,乃至因古今思维方式的不同而出现研究方法、论述方法与纂写体例上的差别,这些才是从深层次上制约着其学科或前学科形态的质的规定性之所在。

  传统与现代两大块的划分,界定了文学史学中的最基本的轮廓,但不免粗略。为此,还需要从各块内部再区划出若干个较小的段落,以期更具体地展示这门学科由胚胎、完形以至成长、壮大的历史逻辑性。由于传统文学史学阶段独立的学科形态尚未形成,我们不能不主要参照文学史观的演进来把握其发展线索,兼顾史料的拓展和史纂形式的变化。到20世纪中国文学史学科正式成立,学科整体的演化轨迹便成为我们注目的中心,然亦不能忽视文学史观在其中的主导地位。

先来看一看传统文学史学的历史进程。在本书古代卷里,我们以王朝为界标,将这段历史区分为六个段落,即:(一)先秦两汉,为传统文学史学的萌生期;(二)魏晋南北朝,为它的演进期;(三)隋唐五代,是它由演进走向初步综合的时期;(四)宋金元,作为它的转型期;(五)明代,是它转型后的进一步拓展期;(六)清代,为它的总结期,同时也是它经由蜕变而趋于终结的时期。六个阶段其实又可以归并为两个周期:从先秦两汉的发轫,经魏晋南北朝的演进,到隋唐五代的初步综合,是为第一周期;再从宋金元的转型,明代的进一步演变,以至清人的总结(蜕变),则为第二周期。两个周期和六个段落的界分,大体勾画出传统文学史学上下两千年间的运行路径,当然其间会有种种交叉互渗。关于这六个阶段的情况进展,古代卷绪论部分将有总体性叙说,不必重复。在这里,拟就传统文学史学进程中的四个关节点稍加提挈,便于扼要地掌握这段历史。

首先是传统文学史学的生成,它同古代文学流变中"史"的意识的确立分不开。大致说来,先秦时期由于文学传统的积累刚开始,流变现象不显著,"史"的意识亦不明朗,只是在有关乐论和辞说中稍稍涉及一点古今雅俗的区别问题,算是给文学史观的发生种下了胚芽。到两汉,诗歌、散文、辞赋的创作都有了一定的规模,文学现象的流衍变化开始进入人们的视野,于是出现了"风雅正变""诗赋源流""文学古今"诸说,表明"史"的意识已经在各个具体的文学领域分别生成。再到六朝,"文章流别"之说提出,各类文章的源流正变便有了一个总体性的概括。可见文学史观念的生成也有一个发展的过程,既是"史"的意识由隐而显,由局部而全局的升华、拓展,而亦是其范围由泛文化史观向文学史观的演进。文章流别论的产生,标志着这一进程的告成。与此相适应,原始的文学史料学也在经传、史志、诸子以及最早的文学总集与书目文献中渐见滥觞,传统文学史学粗具雏形。然而,这里所说的"文学",尚非现代意义上的文学,它是美文与实用性文章的总汇(或可称之为"杂文学"),甚至往往同一般学术文化的内涵相搅和,这又是传统文学史学不同于现代文学史学科的一个重要表征。

其次要看传统文学史学的演进。从观念层面上讲,这是围绕着文学史上的"源流正变"这一核心问题而展开的。在两汉,就有"风雅正变"的区划和"文学古今"的辨析;至魏晋,正式展现为崇古与尚今两种趋向的对立;经南北朝,更演化为复古、新变、通变三大派别的论争;而终于在唐人对六朝文学新变的反思和自身新的创作实践(唐代"诗文复古")的基础上得到整合,形成"以复古为通变"的文学发展路线,并相应地构成以"正—变—复"为基本环节的文学史演进模式,给予传统文学史学固有的"源流正变"观及其内在的循环论思维方式以较完整的表达形态。唐人的这一初步总结,不仅直接规范了北宋"诗文复古",还影响到以后明清各代的"诗文复古",使得"以复古为通变"成为中国古代文学史运行的最典型的范式。在这期间,由于文学自觉意识的抬头和学术分科趋势的发展,文学史料的积累走向专门化,多种史纂形式陆续产生,文学批评中的"原始表末""溯源及流"等历史研究方法明确建立,均反映出这个阶段文学史建设上的巨大进步。

接下来谈一谈传统文学史学的转型,这主要指传统"源流正变"观的内涵由前期着眼于"质文代变"转向后期的考究"诗体正变"。"质文代变"说流行于六朝至隋唐间(两汉已有肇端,北宋仍承余波),它把古今文学的流变视为由"质胜"(重内容)向"文胜"(重形式)的推移过程,而黜"文"返"质"就成了"诗文复古"所要追求的目标。"诗体正变"说则起源于宋,大盛于明清,它注重从文学体貌的变迁上来辨析古今异同,从而将学习、摹拟古人的风貌当作从事创作的不二法门。由"质文代变"说向"诗体正变"说的转换,意味着人们对文学的关注点有了变化,从政教功能的强调转向了艺术品位的讲求,但"伸正诎变"的思路并没有改变,也就未能越出"源流正变"的固有框架,只能算作传统文学史学内部的转型。在转型过程中,中唐以至北宋的复古思潮,特别是伴随这一思潮而兴起的"道统"和"文统"之说,起了重要的中介作用;唐宋以来风行的诗文"体派"论和"宗派"论,亦为"诗体正变"观的建立提供了助力。此外,像宋以后因雕版印刷的普及而推动文献整理工作的全面展开，由"诗体正变"观念的应用而促成"辨源别流"方法的日趋精密，以及在都市经济与文化生活繁荣背景下小说、戏曲等俗文学样式的蓬勃发展并开始受人注目，亦皆构成转型期的独特景观，须加留意。

最后一个关节点乃是传统文学史学的蜕变，也就是由传统史学向近现代史学的逐渐演化与过渡。在这个问题上，有必要多说两句，因为长期以来存在着一种偏见，认为近现代意义上的文学史学科完全是从国外移植过来，与传统史学没有任何直接渊源，不能不稍加辩白。诚然，现有的学科体制和名目确系仿照国外成规而设置（林传甲所编《中国文学史》即声称仿日本笹川种郎书意），作为这一学科基础理论观念的"纯文学"观和"进化论"思想也是从西方引进的，所以近现代文学史学与传统史学之间的确显现出很大差异，由传统至现代构成了一个飞跃。但这不应该导致割断它们之间的内在关联，尤其不能抹煞传统文学史学进程中所孕育并经历着的自身蜕变。造成这一蜕变的因素很多，给予决定性影响的，则是宋元以后俗文学的崛起。我们说过，在古代崇雅贬俗心态的支配下，小说、戏曲之类俗文学是不登大雅之堂的，文人偶有染指，也不会以之与传世的文章等而视之。这种情况后来逐渐起了变化。宋元之际的文人笔记里已有不少有关小说、戏曲创作和表演活动的记载，明清两代文士更大力搜辑、出版这方面的资料，俗文学样式广泛进入史家的视野，遂使传统"文章"的内涵发生了一定程度的变异，渐有向"纯文学"靠拢的趋向。延而及于晚清，一方面由于译介小说的风行，另一方面又因政治改革的需要，小说、戏曲之类俗文学的身价大大提高，小说甚至被誉为"实文学之最上乘"[①]。在这样情势下，现代意义上的"文学"观念得到突出，用"文学史"来取代传统的"文章流别"，便成了势之必行。俗文学的蓬勃发展，还冲击、打破了传统文学史学"源流正变"观念的一统天下。早在金元之交，便不断有人将唐诗、宋词、元曲相提并论，并据以作出"一代之

---

① 楚卿（狄葆贤）《论文学上小说之位置》，载《新小说》第 1 卷（1903 年）第 7 期。

兴,必有一代之绝艺足称于后世者"①之判断。这个说法流衍于后世,遂有"体以代变"②、"法不相沿"③、"各求其至"④诸种议论,到清中叶焦循更推演出以"一代有一代之所胜"⑤为标目的一整套系统论述文学流变的见解。这种"文体代胜"的主张,以变化出新为宗旨,同传统史学的"伸正诎变"大异其趣,因而跳出了其循环论的思维套式。而从主变化过渡到近世史学的主进化,亦仅一步之遥而已,我们知道,这个过渡是由王国维"一代有一代之文学"⑥命题的提出而完成的。

除俗文学的崛起推动文学和文学史观念的变革外,明清两代在史料积累与史纂形式的演变上也做了不少准备。受复古思潮的影响,明清学者对传统诗文的大规模结集和精心订补,其成绩是有目共睹的;他们还对各类俗文学作品加以辑、整理,这些都为近现代文学史学科的成立打下了基础。在"诗体正变"观念的指导下,明人致力于各体文学源流正变的辨析,功夫下得细,范围拓得宽,逐渐趋向系统的考察和全面的概括,一些专著开始具备了文学史的规模。清人承接明人的路向,而在重实学的时代风气笼罩下,加强了考证的功力和逻辑的成分。晚清西学的译介更促成史纂文体向析理精密、表述完整的方向发展。到世纪之初的教育改革,废八股,兴学校,带来专业设置与教材教法的重大变化,中国文学史这门学科连同其讲义著述的形态,便乘机破土而出。从上面的叙述可以看出,由传统文学史学到近现代文学史学科的建立,确有一个漫长的演化过程,各种社会条件(包括外来学术思想的影响)参与了这场变革,而传统史学自身的蜕变仍为其内在动因。研究文学史学史的总体进程,是不能割弃它的传统基因的。

---

① 孔齐《至正直记》卷三引虞集语,见《四库全书存目丛书·子部·小说家类》。
② 胡应麟《诗薮》内编卷一,中华书局1959年版。
③ 袁宏道《序小修诗》,钟伯敬增定本《袁中郎全集》卷一。
④ 屠隆《论诗文》,明万历本《鸿苞》卷十七。
⑤ 焦循《易馀籥录》卷十五,《木犀轩丛书》本。
⑥ 王国维《宋元戏曲史自序》,见《宋元戏曲史》第1页,上海古籍出版社1998年版。

五、中国文学史学史的发展脉络(下)

尽管如此,现代意义上的文学史学科的诞生,毕竟是一件划时代的大事,它开启了中国文学史研究的新行程。对这一百年来学科发展的脉络,又该怎样来把握呢?依据我们的考察,可以大致分为四个段落,即学科的草创期、成长期、转变期和更新期。让我们依次作一下回顾。

草创期自20世纪的开首延续到20年代中叶,确切地说,当断于1923年至1925年间。从某种意义上讲,这仍是传统文学史学向近现代文学史学的转变与过渡阶段。一方面,独立的文学史学科已经建立;而另一方面,它还带有由传统学术因袭来的痕迹,尚不能给人以面貌焕然一新的感觉。即以被誉为国人自著之"最早的一部"[①]——林传甲《中国文学史》而言,尽管其分篇分章追溯历史流变的叙述体例不同于旧编,而所述内容泛然包括群经、诸子、史传、诗文以及文字、音韵、训诂、文章作法等,独独没有小说、戏曲之类俗文学样式,可见作者的文学史观依然囿于传统的文章流别乃至国学源流的框架之中,同现代人的理解相距甚远。这样的例子在早期文学史撰著中并非罕见(如窦警凡《历朝文学史》干脆设"文学原始""经""史""子""集"五章分编)。后来一些著述虽陆续补入诗文以外的文学品种,而原有的杂文学体制并未得到清算,以致1918年出版并在当时引起较大反响的谢无量《中国大文学史》,仍不得不采取广、狭二义的文学界说来协调新旧两种观念的矛盾。直到1923年前后凌独见、胡怀琛、谭正璧的几种文学史相继问世[②],着意破除文学作品与非文学性文章之间的纠葛,明确标举"纯文学"的概念,我们才有了从内容到形式都符合现代人准则的中国

---

① 郑振铎《插图本中国文学史·绪论》第2页,作家出版社1957年版。
② 凌独见1922年在浙江编有《国语文学史纲》讲义,次年2月改名《新著国语文学史》,由商务印书馆正式出版;胡怀琛《中国文学史略》1924年3月梁溪图书馆初版;谭正璧《中国文学史大纲》1925年9月光明书局初版。

文学史,这正可以作为学科草创期告一段落的界标。

当然,草创期的过渡性特点并不仅仅体现于文学史内涵与外延的把握上,诸如文学进化观念与传统"源流正变"说的并存,史纂论述体例与大量抄撮作品及文献资料的杂陈,王朝断代与历史分期的多种尝试(如谢无量《中国大文学史》即以"上古文学史""中古文学史""近古文学史"和"近世文学史"分编),在在显示出新旧转折过程中二重性变奏的迹象,足以引发今天的史家去做进一步考论。与此同时,我们也要充分肯定这个阶段在创建文学史学科上的业绩。正是由于它的草创,我们才有了若干成形的文学通史著述,有了分体文学史、断代文学史乃至专题文学史的滥觞①,更有了各类大专学校文学史课程的普遍开设。而这些成果的取得,又离不开观念的更新和史料的拓展。比如说,分体史的编写不是从富于传统积累的诗、词、古文入手,偏偏由过去不为人重视的戏曲和小说发端,这个现象颇足玩味。再比如断代史之首重六朝,专题史之突出妇女文学,似亦含有某种深意在。草创期的过渡本质上属于推陈出新的过程,其创造性功能不容忽视。

草创期过后的成长期,大约从 20 年代中叶下延至 40 年代末,以 1949 年中华人民共和国建立为断限。这是文学史学科蓬勃发展的阶段,形成了现代文学史学建设中的第一个高潮。高潮的首要标志在于新型的文学观念和进化观念已然深入人心,经由多方面的鼓吹和应用,演进为本阶段文学史研究的主导范式,甚至产生像刘经庵《中国纯文学史纲》、金受申《中国纯文学史》、谭正璧《中国文学进化史》、刘大杰《中国文学发展史》这样一些标题醒目的著述,意味着具有现代内涵的文学史学的告成。观念的彻底更新,带来视野的开拓和思想的活跃,不仅在前一阶段有所萌芽的断代文学史和分体文学史得到推广,出现了诗史、词史、韵文史、散文史、骈文史、赋史、戏曲史、小说史以及

---

① 分体史如王国维《宋元戏曲史》出版于 1915 年,张静庐《中国小说史大纲》(仅总论两万字)出版于 1920 年,鲁迅《中国小说史略》出版于 1923 年至 1924 年;断代史如刘师培《中国中古文学史讲义》出版于 1920 年;专题史如谢无量《中国妇女文学史》出版于 1916 年,皆开风气之作。

从先秦到明清各朝文学史全面开花的态势，还特别增强了专题性研究，开辟出诸如白话文学史、民间文学史、通俗文学史、劳动文艺史、宗教文学史、音乐文学史、战争文学史、民族文学史乃至中国文学批评史和中外文学交流史这样一些崭新的领域，大大丰富了人们对民族文学传统的认识，反过来为文学通史的编纂打下了坚实的基础。鸦片战争以来的近代文学和"五四"以后新文学运动的史料亦开始有意识地收辑、整理，对史料的概括和研究正着手进行，原来附载于古代文学史末尾的中国近、现代文学渐渐分流而独立，成为新的分支门类。就这样，中国文学史由初期单一性的学科体制演化为多部类综合性的学科群，这也应该是进入高潮的重要表征。还要看到，文学史研究的实践又推动了理论的建树，有关文学史方法论的探讨在 30 年代前后逐渐展开，一些新的思想命题如"白话文学正宗"论、"民间文学本源"论、"外来文化促变"论多创立于这期间，国外文学史家如泰纳、勃兰兑斯、朗宋等人的著述、见解被介绍和引用，无疑均有助于提高我国文学史学的理论水平。而在撰写形式上，本阶段相当一部分著作已逐渐摆脱前一时期那种说明加例证式的单调、刻板的教科书体，有了较为多样化和个性化的表现。这些都可当作文学史学科走向成熟的衡量尺度。

不过话说回来，这个阶段的研究工作中也并非没有弱点。不光是选题还不够宽，钻研还不够深，史料掌握不够全面，人员之间缺少有机配合，致使一部分著述流于浮浅、粗率乃至雷同因袭，更严重的，是它用"纯文学"和"进化论"的模子来整合我们的文学传统时所暴露出来的形而上学的线性思维和庸俗社会学的倾向。这在片面地用"纯文学"来排斥"非纯文学"，用"白话文学"来否定"文言文学"，用"民间文学""平民文学"来贬抑"士夫文学""贵族文学"，用"写实文学""社会文学"来批判"唯美文学""山林文学"，以及过分抬高外来文化的作用，夸大民族传统的落后保守性，认进步为绝对的进步、衰退为全面的衰退等方面，皆有充足的表现。这个缺失还直接遗留到下一阶段的文学史研究中，对 20 世纪中国文学史学的基本走向影响甚大，不可不加注意。

从40年代末到70年代中期,大致以"文革"结束和"新时期"肇始为分界,是文学史学科的转变期。所谓"转变",也有多重涵义。一方面,社会的安定、政治的支持、文化的积累、教育的普及,促使中国文学史的教学与研究得以广泛开展,并由以往偏重私人的讲学与著述转向规范化的公共活动,包括史料整理、史籍出版、教材与专著的编写、选题和研究的分工以及人员组合、梯队建构等,都逐渐纳入有计划运行的轨道,既保证了成品的一定质量,也便于整个工作有条不紊地进行。新中国成立以来的一批学术成果,都是在这样的基础上获得的。但是,这种大一统的模式也会造成限制视野、束缚思想的弊病,尤其当政治局面发生动荡,波及于文化教育方针之时,每常要引起文学史建设上的大起大落,这方面的教训并不在少数。转变的另一表现为马克思主义指导思想的确立。马克思主义在中国学术界的传播早在20年代即已开始,三四十年代间逐渐扩展到文学史领域,但用为普遍的指导思想以取代进化论史学观,则是50年代以后的事。运用马克思主义的阶级观点和阶级分析方法于文学史研究,便于揭示文学流变与社会经济、政治变动的内在联系,肯定文学传统中的人民性及现实主义精神,克服庸俗进化论者只看形体演化、不问政治倾向的偏颇,但若加以狭隘的理解和直线式推导,也会引起两极对立的思想模式,将复杂多变的文学现象单一化。新中国成立以来广为流行的"现实主义与反现实主义相斗争"的公式以及"民间文学主流"论、反"中间作品"论、唯"政治标准"论、"愈是精华愈要批判"论,直至"文革"期间的"横扫一切"和用"儒法斗争"来贯穿全部文学史,实际上都是这种简单、机械的思维方式的投影。

这样说来,并不是要否定本阶段文学史建设的成就。应该承认,在有计划、有组织的安排下,加以文学史工作者的群策群力,无论是史料整理、教材编写、专题研究或队伍建设,从总体水平看,较之以往是有所前进的。60年代初期由中国科学院文学研究所和部分高校人士集体编纂的两部《中国文学史》之获得普遍接受,成为一定时期内有关专业的稳定性教材和带有权威性的社会读物,正可作为本阶段文学史研究达到新的质量高度的明证。在此期间,学者们自觉地学习和应用马克思主义理论,更有广大青年学生的热情投入,先后引发了好几场激烈的论辩,尽管那种流于"大批判"式的做法极不可取,而论辩中提出的问题,诸如文学史的分期和演进脉络、文学盛衰的社会条件与内在根据、文学发展中的规律性、文学评价的标准、文学传统的批判与继承等等,却是每一个严肃的史家所难以回避的,它将促使人们去做深一层的理论思考。另外,大力从事现代文学史的学科建设,也是本时期的一大建树。在相继出版的大批研究著作中,"五四"以来的文学史料得到重点发掘与整理,新文学运动的进程有了系统阐说,革命文学的传统获得充分发扬,而由于现代文坛上新旧对立的尖锐和党派纷争的剧烈,这方面的论述自不免带有泾渭分明的色调,从而对两极对立的思维定势起了推波助澜的作用。再将这一定势延伸到新中国成立以后文艺思潮的批评上来,处处设置对立面,事事上纲上线,便成了"文化大革命"的舆论先导。

"文革"结束,万象更新。从 70 年代后期起,文学史研究也步入更新期,出现了学科发展中的又一个高潮,于今方兴未艾。新时期文学史工作的"拨乱反正",是从打破僵化的两极对立模式入手的,它力图恢复科学论断的实事求是的作风,把理论概括建筑在可靠的实证材料的基础上。为此,文学史料的建设受到普遍重视,诸如《全唐五代诗》和《全唐五代文》的重新校理,《全宋诗》《全明诗》《全清词》《中国近代文学大系》的编集,《中国新文学大系》的续纂乃至一些重要的或过去被忽略的作家文集和传记资料的收辑订补,都迅速推上议事日程,一派百废俱兴的气象,在文学史学科的演进中可谓空前。随着史料的全面拓展,文学史研究的领域得到新的开拓,视角在不断更新,像政治、经济、学术、宗教、音乐、绘画、习俗、心理诸因素与文学流变的关系,以及文学自身在主题、意象、结构、范式、文体、风格、思潮、流派等方面的演化,都有了专门论述,分体史、断代史、专题史愈加发达,当代文学史成立,现代文学史重构,近代文学史复苏,区域、台港、少数民族和中外比较文学史兴起,文学通史建构,加以海峡两岸的学术交流和域外史学的输入与借鉴,文学史学科的推陈出新十分引人注目。在此基础上，理论探讨也日趋活跃，不光停留于具体问题的争鸣，还常提升为文学史学一般原理原则的探究，涉及中国文学的民族特质、文学史的运行轨迹、文学发展的动因和动向、文学演化的形态与逻辑，以及文学史研究的目的任务、学科的内在体性和层次结构众多方面，而各种学说思想如社会学、心理学、语言学、文化人类学、结构主义、存在主义、女性主义、接受美学乃至系统论、控制论、信息论、耗散结构理论等，亦尝试应用于文学史研究，给学科建设带来多元互补、分流并驱的繁荣先兆。总的说来，这一更化创新的趋势尚处在起步阶段，无论实践形态或理论总结均未成熟，亦不免有种种偏差谬误，而其前景无疑是广阔的。

　　追踪文学史学科由传统向现代演化的历程，我们可以清楚地看出它自"潜"而"显"、自"小"而"大"、自单一而多样、自幼稚而渐趋成熟的发展轨迹，这也就是中国文学史学史的内在逻辑。把握这一逻辑，不单为了回顾历史，更其重要的是面对现实，开辟未来。当前文学史研究的现状是从历史演变而来的，今后所面临的新局面要靠眼下的努力去开创。因此，回顾和反思它所走过的路程，包括其间的种种经验教训，都应该成为今天从事这门学科建设并为之创造美好未来的出发点。如果割断了历史，只看到循环论史观为进化论所取代，进化论史观为阶级论所否定，而那种单一、片面的两极对立模式又被当前多元互补、分流并进的趋势和格局所扬弃，那我们在理论路线上就会无所适从，我们将两手空空地进入21世纪，这对文学史学的建构是非常不利的。而若我们不鄙弃向历史学习，能够细心地考察文学史学演进中诸种内部与外部关系的交互作用，实事求是地估量各种理论观念、史料工作和史纂形式的历史成因及其利弊得失，认真地探索与总结其发展规律，我们就有可能获得不少宝贵的经验与教益，就会在理论和实践上得到武装，从而更自信也更有准备地迎接未来。

　　（本文原系为《中国文学史学史》一书所写的导言，曾以"中国文学史学史的建构及其发展"为题，单独刊见于《中国文学研究》2001年第3、4期）

文学史的哲学思考

对文学史现象进行思考而冠以"哲学"一词,意在指明文学史研究与哲学思维的内在联系,以引起人们关注。为什么要这样做呢?

就我个人的体会来说,从事文学史上某个课题的钻研时,若不打算就事论事地下个断语,却要一路追问它的根由,最后总会碰到文学史观的问题,而文学史观又必然关联到历史观、文学观、美学观诸方面,归根结底会触及哲学观。任何带有理论色彩的研究,问到底都包含着哲学问题;好些问题问不到底,解决不透,往往因为观念上出现障碍,缺乏明确的哲学理念所致。这是我要强调从哲学上来思考的一个重要缘由。

另外,从文学史学科的发展趋势来看,加强哲学思考亦是其内在的要求。中国文学史作为一门独立学科已有一百多年历史,出版的文学史著作不下两千余种,论文及专题研究更是多如牛毛。正因为积累了丰富的经验,到 20 世纪 90 年代便开始出现"建设文学史学"的呼声,要在已有成果的基础上对文学史研究本身进行一番学理性总结,其中也包括对文学史的存在方式、价值观念、方法论原则等根本性问题的理论反思。提倡哲学思考,正是为了让文学史学的建设能有一个巩固的理论基础,进而推动文学史研究实践的深入发展。

文学史哲学思考的范围很广,姑且用四个"何"来概括,即:文学史何谓?文学史何为?文学史何以?文学史如何?四者各有丰富的内涵,只能就每个问题选一个焦点来谈谈。

一、文学史何谓

什么叫文学史,涉及文学史研究的对象和性质,这里着重谈一个"人本"与"文本"的关系问题。

我们平时讲文学史,总离不开文学作品,作品是文学史研究的中心对象。历史上有过许许多多的文学作品,作品之间互有联系,前后相承,形成动态的系列,这就有了文学史。但文学作品从哪里来呢?是由作家创作的,创作是一种文学活动,故而研究文学史又不能不研究作家的创作活动。还不光是创作,设想一下,如果作家写成了作品,只是放在自己兜里,再也不拿给任何人看,那么这个作品就等于不存在,它不会为社会所关注,更不会进入文学史的叙述。创作出来的作品必须给以流传,为人们所接受,它的价值才得以实现,因此文学的传播与接受活动也是文学史所要关注的。总之,文学作品的生成、演化与实现均离不开人的文学活动,文学史研究不能孤立地谈论作品,必须联系其背后的人的活动来加观照。把这两个方面综合起来,是不是可以这样说:文学史就是围绕着文学作品的生成、演化与实现所开展的人的文学活动史。我想,下这么一个界定大致不会很离谱。

从上述有关文学史对象的界定来推断文学史的性能,可以说它具有"人本"与"文本"的二重性,且由此形成文学史研究的两大类型,即:主要着眼于人的活动来考察文学史,构成以人为本的文学史观;而若更多着眼于文学作品的自身演变来考察文学史,便成了以文为本的文学史观。前者最常见的如以作家传记为文学史的主干,历叙各个作家的生平、交游和创作活动等,还有以文学传播活动为中心或以文学接受过程为研究对象的传播史和接受史,亦是围绕人的活动而展开的。从"人本"的角度来撰写文学史,好处是突出人的主导作用,避免就文论文的弊病,但若一味凸显人的活动而不顾及文学作品的艺术构成,甚且以各种社会事象的罗列来掩蔽文学自身审美价值的体认,这样写出来的就往往是以文学为载体的社会史、政治史、思想史、文化史,而不成其为真正的文学史。另一类文学史即"文本"的文学史,如英美新批评、俄国形式主义以及结构主义诸流派,他们研究的兴趣只限于文本本身,毫不顾及人的相关活动,于是文学史完全成了文学作品内在诸因子的交替变化史。但只看到文学要素的演化,看不到它背后的宏观背景,是什么促使这些文学因子嬗变,文学史也就成了无源之水、无本之木,这显然也有片面性。

如何才能使"人本"与"文本"的二重性在文学史研究中达到统一呢?我国古代传统有"因物兴感"和"因情立体"之说,是将诗歌等文学艺术看作人心在外物感召下进行活动的产物,人的情感心理由其所处的生存环境所发动,而这种内在生命情趣投影于文学作品,又必然显现于作品整体风貌,构成其形体的主要标记。拿这个观念来看待文学史,就会特别注重从文学风貌的变异中来观照人心和人生的变化。如刘勰《文心雕龙·通变》篇里讲到"黄唐淳而质,虞夏质而辨,商周丽而雅,楚汉侈而艳,魏晋浅而绮,宋初讹而新",正是从文体风格的演变着眼来讨论各时代文学的演变,但又不限于单纯的文学本位,因为在"淳而质"、"丽而雅"、"侈而艳"之类概括中同时反映着人自身的审美情趣的变化,甚至映照出整个社会文化心理与时代风尚的变迁,从而将"文本"与"人本"打成了一片。这类经验很值得我们细心提炼并加发扬。当然,具体操作过程中,不同内容、不同体例的文学史必然会有不同写法,其侧重于人的活动或作品本身是不可避免的,只是任何时候都不要忘记研究对象应包括文学作品和文学活动两个方面,要着力争取将"人本"与"文本"统一起来。

二、文学史何为?

文学史研究究竟干什么,其目的任务何在,牵连到历史的还原与重构关系问题,也是当前学界争议的一个焦点。

一段时间以来,常听得有人标榜要写"原生态"的文学史,我去参加一些博士论文的答辩,答辩者也总是强调自己是在力求"原生态"地显现所研究的对象,好像离开了"原生态"便不足以成为够格的历史。自然也有公开反对的,说根本不存在什么"原生态",文学史本就是见仁见智,没有固定的标准。我的看法介于这两者之间。我承认文学史作为历史进程是客观存在的,既然客观存在,就有其原生状态。但我认为,历史的原生态不可能复现,"人不能两次进入同一条河流"。那么,原生的东西有没有可能遗留下来呢?当然有可能。例如前人写下的文学作品,经过搜辑、辨伪、整理、编排,确有一部分能大体保持原貌,构成比较可靠的文学史料,可算具有一定的原生性。但这些资料远不齐全,常只有一鳞半爪残存,要从中去追索历史的原生态,实在是"戛戛乎其难哉"!更重要的是,文学史的对象还包括人的活动在内,这就更难复原了。一个作家哪年到过哪些地方,同哪些人交往,写了哪些作品,或许可以做出考证,至于写作时的动机、心态、灵感、想象乃至连作者自己尚不清楚的下意识心理,你能考出来吗?有什么办法复原呢?而这些内在的心灵活动恰恰对他的创作起到直接的影响,脱漏了这个环节,还算得上什么原生态?可见文学史的原生态是不可复现的,虽然它确曾存在过。

　　这样说,并不就否定了还原。我的看法是:研究文学史在事象层面上当力求还原,而在意义层面上则要不断生发。历史研究不光是科学,它还包含着人文关怀。科学要求弄清事实,人文则着眼于提供意义,意义是在历史的多向联系中不断生成的,如何能以还原为限?还原论的历史观是建立在这样一种哲学思考的基础之上的,它把历史看成为封闭的、凝固的、一次完成了的事实,现成地摆在那里,等待人们去发现。文学史研究就是要去找这个东西,一旦找到,把它录写下来,任务就完成了。但实际上,历史并不是封闭、凝固的,它是开放的,向着未来永远开放;历史也并不限于过去发生的事,它还流动到了当前,并通过当前流向未来。一部"诗三百",经学家读出了礼教伦常,"五四"新青年领略到自由恋爱,社会学、民俗学工作者发见许多上古的礼仪习俗,马克思主义者又从中找到阶级斗争与各种社会矛盾的影迹。这表明,历史的通道永远打开着,历史对于人的意义永无穷尽,绝对还原不仅不可能,亦无必要。

　　必须说明,承认历史需要重构,并不意味着把它看成是一种虚构,乃或是"神话"。学界有这类说法,我不赞同。我不单认可文学史自身有它的原生态存在,还认为,即使就文学史的阐释而言,也有比较真实与否之分,不能一例看作神话与虚构。而所谓历史研究的真实性,不单指所依据的史料的可靠性,更重要的,是指我们把握历史内在联系的广泛性与深刻性。历史从过去流向未来,其通道是无穷地展开着的,其形态是纷繁多变的,其间有主流,有支流,有回流,甚至有断流。文学史家在建构历史时,对事象的组合愈是能体现历史运动的基本流向,它存活的时空度就愈大,也便是其作为历史阐释的可信性愈强;而若选取的通道是一条小路、回旋路乃至断路、死路,流不长也流不畅,那它的真实可靠性就显得很低甚至会很快化为乌有。所以,我主张从历史的内在联系和发展趋势上来考察文学史的叙述功能,看它在把握历史现象与时代生活演变的关系上是否具有一定的可信性与合理性,这其实是将实践检验真理的理念应用于历史研究,与还原论者的符合论真理观有区别。至于理想的文学史,我认为应该是在还原与重构之间保持适度的张力,只有这样做了,才算是较好地实现了文学史研究的目的任务。

三、文学史何以?

　　文学史凭什么而生成而变化,关涉到它的动因,归总起来不外乎从文学外部或从文学自身找原因两大类,便是通常所谓的他律与自律的关系。我们以往谈论文学现象,也常用这样两句话来表述:一是社会生活作为文学艺术的源泉,二是文学发展基于传统的继承与革新,实际上正体现了他律与自律两方面,但两者之间究竟是什么关系,它们如何相互推移、相互转化,特别是转化之中有无中介以及以何者为中介等问题,则还需要作进一步探讨。

　　我个人曾经提过一个方案,在以上两个条件之外增添一个因素,即主体自身感受与表现的互动关系用为中介,由此构成文学史动因的三对矛盾。三对矛盾中,首先是文艺与生活的对立统一,社会生活的源泉地位不能动摇,这是文学发展变化的根本动因。但生活并不能自动转形为文艺,它必须通过人的因素起作用,就是说,社会生活的新变所直接引起的只能是人的生活感受的新变,而要将这种新的感受落实于艺术创作,必须去找寻和创造适合于表现这种感受的新的艺术方法与艺术形式,于是有了感受与表现之间的互动,这成了第二对矛盾。新的表现方法与形式又从哪里来呢?不可能凭空构造,还需到既有的文学资源里去搜采与翻新,而搜采中又必须有所选择,有所否弃,更有所加工改造,使之适合于所要表现的内容,这里就有一个对传统承传与变异的关系存在,也就是我所设想的第三对矛盾了。三对矛盾构成一个系列,社会生活的外在推动力就能通过主体内在的调节作用而落实到文学传统的推陈出新上来,他律与自律也就联成了一体。由此看来,中介就在于主体自身,在于感受与表现的互动,而感受与表现均属于审美心理。研究文学史的动因,在肯定社会生活源泉作用的大前提下,要着重揭示生活的变化如何引起人的审美心理感受和表现方式的变异,这才有可能对相关问题有一个较为全面的把握。

举个例子:我们常讲汉末建安时期的文学创作有一个小高潮,出了"三曹""七子"等一批作家,形成了一代新风,原因是什么呢?或说是社会变乱造成,但变乱直接反映于文学作品的,数量实在很少。也有人认为,变乱促使原有社会关系进行重组,从而解放了士人的思想,并激发起他们重整山河的豪情壮志。这个说法进了一层,但仍不足以概括全局。建安诗歌里亦有许多并不关涉到政治怀抱,尤其是曹丕为首的邺下文人集团经常在一起宴饮酬唱,写下大量"怜风月,狎池苑,述恩荣,叙酣宴"(《文心雕龙·明诗》)的篇章,亦属建安文学的有机组成,又该当如何对待?还是刘勰的说法最值得参考,他指出:"良由世积乱离,风俗衰怨,并志深而笔长,故梗概而多气。"(《文心雕龙·时序》)在这里,"世积乱离,风俗衰怨"固然是建安文学兴盛的根本动因,但这一社会变乱只有落实到文人精神风貌和文学趣味的变异上来,形成"志深而笔长"、"梗概而多气"的审美心理,才会有整体文学新变的局面出现。曹丕当年曾以"文以气为主"来表述他的美学原则,其实就代表了建安时期共同的审美范式,无论是写变乱,写豪情,写宴游交际,写池苑风月,都可以贯彻这一原则,做到"以气为主"。而"以气为主"的审美范式作为由他律转向自律的中介,自然又会落实到文学作品的语言、结构、意象、修辞等各个层面,并推动建安文人按照他们的需要去选择与革新其所拥有的文学资源,一代文学新变亦可由此得到较为合理的解释。

四、文学史如何?

文学现象怎样演进,构成了文学史的动向,在这个问题上,着重讲一讲逻辑与随机的关系。

文学史作为历史,历史性是它的本性,如何从纷繁复杂的历史事象中提炼出切实可行的逻辑,做到历史与逻辑相统一,是史家的基本功所在。至于具体的逻辑形态,古代占主导地位的有"一代不如一代"的退化论文学史观,也有由"正—变—复"理念构成的循环论思路;"五四"以后的新史家则多持进化论的观念,此外还有用两极对立模式或螺旋式演进(否定之否定)来概括历史运动周期的。各种模式或多或少均能适应于一定范围的文学现象的梳理,但总的说来,没有一种模式是万能的,这表明历史远比逻辑来得丰富,唯逻辑论注定要走向破产。

逻辑的"失足"促成随机论兴起,它强调文学史研究不要迷恋逻辑,却要重视随机。问题在于当随机与逻辑共存时,应如何把握两者之间的关系。简单地用随机来消解逻辑,既不足取;而让二者杂陈并用,又不免有随心所欲之弊。有没有第三种可能,便是用随机来拓展与深化逻辑,不把逻辑看成某种固定的模子(如进化、退化、循环、两极对立之类),而要尝试将随机引入逻辑,从逻辑与随机的互联互动中来构建起一种更宽泛也更具包容性的"逻辑"呢?这是我正在考虑的问题。

一般说来,当文学现象处在常态的演化过程中,逻辑的一面往往更起支配作用,随机因素尽管存在,未必影响大局。比如说,"建安七子"少了一个,只剩"六子",或则"初唐四杰"多出一位,成为"五杰",我想对整个时代文学风貌的形成不会有太大差别。但若是处在社会与文学变革的非常时期,情况就大不一样。像楚辞,产生于战国后期的南楚地区,自有其特殊的历史原因,姑且不去追究。楚辞的代表作家是屈原,他创立了楚辞,且一手将其推上高峰。可以设想一下,如果没有屈原,或屈原不从事文学活动,将会怎样?我相信,只要历史条件具备,楚辞还会出现,因为另有一批作家如"宋玉、唐勒、景差之徒"在。但没有了屈原,楚辞将失去其与诗经中和美相对应的独特的崇高美,而中国诗歌以诗骚并称两大源头的传统可能会有所改易,这里正显示出随机因素在文学转折变革关头的巨大作用。再说一说杜甫,尽管其诗歌创作于天宝年间已初步形成个人风格,而在当时诗坛上并不显眼,恰恰是安史乱中遭逢的颠沛流离的生活经历,大大发展了他的诗歌艺术,奠定其作为"一代诗史"和"千古宗匠"的地位。不妨也设想一下,如果没有杜甫,或者他未能碰上安史之乱,又将怎样?我想,还会有人用文学形式来反映这场变乱,如元结,但元结作为"诗史",与杜甫显然不可同日而语。而若少掉杜甫这面旗帜,整个后期中国诗坛的地貌或许会大大改观。这些例子说明,尽管文学运行过程中逻辑与随机的因子无时不共在,其相互间的作用关系仍很有差异。一种情况之下,逻辑为主,文学史的航道大致设定,各种随机因素围绕在周围形成一系列波动,但不会造成重大偏离。另一种情况下,随机因子特别活跃,虽亦有逻辑提供根据,而变局的真正实现则常系于随机的发动。必须将两者结合起来,按照不同情况分别考察其不同的结合方式,才有可能做出较为中肯的判断,这是否可视以为包容逻辑与随机在内的另一种更广泛的逻辑形态呢?

将这个问题提到哲学层面上来思考,涉及通常所谓决定论与非决定论的关系,实质上是一个二元因果逻辑与多元因果逻辑的关系问题。二元因果逻辑总是决定论的,它的定向一般很分明。一旦将眼光转向多元,而且是不在一个平面上的多元,情况就比较复杂,往往非决定论会占据上风。事物的存在总是处在内外众多要素的交互联系之中,但在其常态情况下,真正起支配作用的也就是那么一两个占主导性的"元",其他因子或可略而不计。如射箭要中的,关键在于瞄准和发力,余如风向、湿度、光线之类,在风和日丽的条件下是无须顾及的。而一旦处在狂风暴雨或晦暗不明的状态下,原先的次要因素都会显得重要起来,二元因果随之转化为多元因果,这就是变态时期的事物逻辑。前面讲到的文学史上的例子,实际上正是从这二元与多元相互转化的原理引申出来的。二元与多元的转化还有一种情形,便是微观层面上的多元,往往可简化为宏观层面上的二元。如"自然与人""个体与群体""传统与现代""肉体与心灵"诸种二元关系,其实都是对具体复杂的多元关系的概括与抽象。抽象会造成简单化,但简化了才便于操作,便于宏观地预测事物的发展态势。文学史上亦常有这类跳出微观随机以把握宏观逻辑的研究方法,实有其哲理上的依据,不过要记住这毕竟是一种简化的思考方式,切莫由简化而导致片面化。

(本文系据作者 2007 年 9 月于上海大学东方论坛上的演讲录音整理成稿,全文 15000 字,刊《中国韵文学刊》2008 年第 2 期,此为压缩稿,刊见 2007 年 12 月 2 日《文汇报》)

《文学史与文学史学》编后记

　　本书汇集了个人将近三十年间从事中国文学史研究的主要成果，说得再夸大些，亦可算是近半个世纪来有关文学史学思考的一个结晶，故编完后不能不说上几句。

　　我是在什么时候进入文学史问题思考的，自己也说不清，只记得念大学时偏好理论，对古今中外文学作品亦常有所涉猎，却并不怎么关注文学史。1957年毕业后，分配到上海师范学院任欧美文学助教，不久即下放农村劳动锻炼。"大跃进"期间，报刊上就北大、复旦两校师生自编中国文学史教材开展的热烈讨论，很吸引了我，但身在农村，无缘参与。1960年秋因故调离高校，来到长宁区教育学院（当时称"教工红专学院"）任职，除承担调研及组织教学观摩等任务外，亦要为中小学教师进修开设课程，得以系统讲授由古迄今的中国文学史。教课的感受毕竟不同于听讲，它要求讲授者率先把自己的思路理清楚，从而引发了我对一些问题的探询与思索。1964年暑假过后，下乡参加"四清"工作队，整整两年时间在农村度过。按下乡锻炼的"不成文法"规定，搞"四清"时不准心挂业务，但我长期养成的生活习惯是不读书不得过，于是带上了一批马、恩、列、斯、毛的经典著作，一有空闲便钻进去啃读。我特别醉心于经典大师们对辩证思维的娴熟运用，尤叹服于历史唯物主义的创始人用"生产力与生产关系""经济基础与上层建筑"这两对基本矛盾贯串整个历史运动，解析各种社会现象。由此引起遐想：有无可能在文学史领域也提炼出这样几对矛盾，用以贯串整个文学的发展进程并解说各类文学现象的动因与动向呢？后来公开揭示的"三对矛盾""一串圆圈"等观念,正是在这个阶段开始发酵和初步酝酿成形的,或许可看作我的文学史思考的正式发端吧。

　　下乡回来后,即被卷入"史无前例"的"大革命",不过我仍然偷空从事理论学习,更尝试结合古今中外的一些文学事例进行比照、归纳,断断续续地写下一大叠札记,但在那个"横扫一切"的年代里,自然是无从发表也得不到任何呼应的。"文革"结束,1979年得以返回高校,有了重拾专业工作的条件。起步时我比较谨慎,选择诗人李商隐和《沧浪诗话》这两个个案研究,作为实践自己的文学史思考的场地,发出了若干篇论文。待进入80年代中期,随着"思想解放"的浪潮汹涌于整个学术界,方感到时机已然成熟,遂下决心将长期酝酿在心头的想法拿出来供大家讨论。最早发表于《文学遗产》1985年第3期上的短文《宏观的世界与宏观的研究》,针对以往文学史研究中偏重在给单个作家作品"画像"的不足,倡扬要从宏观、整体的角度来把握文学现象,算是揭开了个人从事宏观研究的序幕。紧接着,又联翩写下《论中国文学的民族性格》《文学史之鸟瞰》《文学动因与三对矛盾》《文学史上的"圆圈"》等一系列论文,分别投送《文学遗产》《文学评论》和《中国社会科学》诸杂志。《文学遗产》为此特地开设"古典文学宏观研究征文"专栏,连续两年刊载这方面的来稿,这样积极提倡的姿态却是我未曾料到的。现在想来,当时思想界里掀起了"文化热",理论界盛行着"方法热",中外文学界有"比较文学热",近现代文学界亦打出"20世纪中国文学"研究的旗号,在这一派热气腾腾之中,唯独古典文学领域显得异常沉寂而冷清,似乎游离于大形势之外,这或许是《文学遗产》编辑部要来提倡宏观研究的用意所在吧。而这一提倡确也造成了一定的气候,一时间,许多刊物均围绕这个题目来做文章,大会小会上亦常就宏观与微观之间的关系辩论不休,赞同者有之,责难者更不在少数。受此形势之鼓动,我的宏观文学史研究也就一发而不可收,前后写了十来个专题,最终整理成《中国文学史之宏观》一书。此书的出版日期要迟至1995年,但其中主要章节都曾作为单篇论文发表于80年代中叶,少量篇章完成于90年代初,而基本构想则早已设定。所以说,《中国文学史之宏观》一书实乃80年代的产儿,没有那场声势浩大的思想解放运动,没有整个学界在思想解放感召下的理论创新意识与追求,是不可能出现文学史领域的宏观研讨热,也不可能产生像《中国文学史之宏观》这类研究成果的。

"宏观研讨热"持续两年左右,逐渐消歇下去,这是很正常的现象。否则的话,"高烧"不退,便有可能说"胡话"。当然,一"热"一"冷"之间反差过大,形同"打摆子",亦会叫人感到不舒服,幸好情况并非如此。我们看到,这场研讨于八九十年代之交转形为"文学史观"的探讨,亦由《文学遗产》等杂志牵头,连续几年,开了好几次大型讨论会,组织出版过几期专栏,有不少发人深省的意见发表。迤逦至90年代中期,便有建设"文学史学"的呼声兴起,在学界也得到了广泛响应。于此看来,从"宏观研讨"经"文学史观"讨论到"文学史学"建设,构成一脉相承的三个台阶,历史正是这样一步步走过来的,不能不予认可。另外,就文学史的实际工作而言,宏观研讨虽未能直接产生有重大标志性的影响,但90年代以后,学界普遍加强了对作家群体、文学社团、思潮流派、文体类型及各群体、流派、体式间相互关系的考察,且着重于文学活动与各种制度文化设施以及作家创作与社会传播、接受之间关系的审视,显然同宏观研究的取向相一致。只是"宏观研讨热"中有关理论思维更多地介入文学史实践的期望,似乎有点落空,这自是90年代以后"思想淡出,学术凸显"的反映,并不意味着愿望自身的不合理。

然则,这期间我又做了些什么呢?90年代前期,因忙于手头其他事务,除主编了一本《近四百年中国文学思潮史》用为《中国文学史之宏观》的补编外,对学界有关文学史观的探讨基本未曾介入,只是在接触到各种不同意见的争议后,写下一篇题作《文学史观念谈》的综述与评议文字,表明了我对这场讨论的回应。尽管如此,讨论中出现的众多说法,仍引起了我的深思:看来文学史的研究不光限于总结几条法则,更须就文学史自身的对象、性能、目的、功效乃至文学史运行有无法则、其存在形态属实有抑或虚构之类问题,作一通盘的反思,才有可能对这门学科建立起较为全面而真切的认识。这就促使我下决心由文学史研究转向对文学史研究的再研究，也就是所谓文学史学的构建了。为谨慎起见，不打算一上手就来构建文学史学的基本原理，这样很容易流于"客里空"。我以为，比较可行的办法是从清理历史遗产入手，即系统调查与总结前人及今人在文学史研究上留下的业绩和取得的经验教训，看看他们走过了怎样的道路，碰到过哪些困厄，而在努力摆脱这些困厄时，又能给我们带来多少启示。有了这笔历史遗产做家底，我们将不至于两手空空地闯入文学史学领域，面对各种疑难杂症始有可能应付裕如。于是我邀了董乃斌先生共同集合起一支队伍，以编撰《中国文学史学史》为题申报国家项目，并获得批准。从 90 年代后期到新世纪初，我的相当一部分精力便投放在这个课题上，虽然动笔撰写的只是全书"导言"和第一卷（古代卷）的"绪论"，却乘机阅读了大量相关的资料，且形成了有关文学史学历史演进的初步而大体完整的概念。本来按预定计划，在完成三卷本的文学史学史之后，还将与董乃斌先生继续合作编写《文学史学原理研究》一书，亦做过一些准备，但由于关注重心发生转移，精力照顾不上，中途退了出来。至于原先在这方面所积累的一点心得，后曾以《文学史的哲学思考》为题，借一次演讲的机会作了概括性的表述。估计自己对文学史的思考基本上只能到达这个深度了，故而将这篇演讲稿也辑入本书用为收结。

　　简略地回顾了个人从事文学史研究的大致历程，我觉得，它不单纯出自对考校历史事实的兴趣，更多地还要归结为以理论思维来把握历史动向的爱好。我一直认为，"史"和"论"是不能分家的。理论要从实践中来，不是取资于当前文学活动的实践，就是要到历史经验里去汲取灵感；脱离了本民族的历史和现实，便只能生搬外来的教条。当然，国外的经验也是要借鉴的，但必须依据本民族的实践（包括以往的实践）予以出新改造。为此，我们应该下大工夫来总结有数千年悠久历史的文学传统，从中提炼出我们民族特有的审美经验、文化情趣、心理习惯及思维方式，用作理论创新的凭借，才有可能将民族精神发展和民族文化建设推上一个新的台阶。换个角度来看，历史的研究亦离不开理论的指导。任何一个搞历史的人都不会满足于个别事象的发现和考订,总要把各种资料排比起来,进行梳理,藉以找寻其内在的逻辑,而这一排比、整理的工作必然脱不了某种理论视野的制约,不管其本人是否明确意识到。因此,真正严肃的史学家决不会有意排斥理论思维的作用,相反,他会自觉地选择最合适的理论模式作为武器,用以保证自己的研究工作取得预期的成效。所以说,"史"和"论"应该是相得益彰的。诚然,就各人性分而言,有擅长史料考证的,有偏爱艺术鉴赏的,亦有倾心于理论思辨的,尽可分途并驰,取长补短,而不必生成派别门户之争。也只有相互尊重,共同协力,我们的文学史研究事业才能兴旺发达,学科建设的大厦才得以牢固地矗立于天地之间。

　　至于我本人,我从不讳言自己是由理论探讨的需求而进入文学史领域的,而且我的理论探讨路子前后也经历了某种变化。如果说,在80年代构想宏观文学史的阶段,我的着眼点主要在于发现和总结历史的规律性(从书中一再强调要建设"科学的文学史"上,即可见出端倪),那么,在经历了文学史观的讨论和从事文学史学史的编写,触及多种文学史观念(背后还常有一定的哲学观念为支撑)及其理论套式的兴替演变后,便已经领悟到,那种涵盖一切而普遍有效的"规律"与"模子",实际上是不存在的。历史的真理永远只具有相对性,故文学史的研究当立足于探寻意义,或者说,要努力从传统中生发出新的意义,以促成历史向未来开放,以求得历史与现实的沟通,这也是为什么文学史要一再重写,其研究任务永无止境的缘由。这样说,并不意味着我完全否认历史的规律性,更不表明我同意文学史仅只是一种"虚构"或"神话"。在我看来,文学的历史演化是客观存在着的,它有自身的内在逻辑(即所谓规律性),也是不容轻易抹杀的,但这一内外相应、纵横交错的关系,又是极其复杂而多变的。不同时代、不同处境里的人们,各从自身的需求来接受传统,常只能找到与自身处境密切相关的那些表征,用以界定传统的某些性能,自无不妥,而用以概括传统的普遍性相,则不单犯有"以偏概全"的毛病,更进而堵死了传统继续推陈出新的路,将"活生生"的传统凝定化了。文学史研究的职责,正在于打破既有的框限,让传统重新被"激活"。传统得以永葆青春,历史与现实的对话能持续进行下去,由过去经当下更流向未来的航道通行无阻,我们民族的生存与发展便会有广阔的前途,这实在是今人关注历史传统的根本出发点所在,也是我个人对待文学史研究的一点指望。将已有的书稿和文章编集于此,除了给自己作个交代外,亦正是为了向学界同道展示一下个人的指望,以期有所是正。陈伯海 2010年元月记于沪上。

(此系拙著《文学史与文学史学》一书的编后记,以其较系统地陈述了个人从事文学史研究的整个历程与想法,姑缀此用为存照,该书于 2012 年由北京大学出版社出版)

陈伯海著作成果一览

李商隐诗选注

（上海古籍出版社 1982 年版，后与郁贤皓、朱易安所撰《李商隐》合编为《李商隐及其作品选》，上海古籍出版社 1999 年版）

严羽和沧浪诗话

（上海古籍出版社 1987 年版，台湾万卷楼图书有限公司 1993 年重版）

唐诗学引论

（知识出版社 1988 年版，于 1994 年获上海市社科优秀学术著作二等奖，东方出版中心 1996 年重印，2007 年修订再版；有韩国学者李锺振韩文译本，韩国人与书出版社 2001 年版，获韩国学术院奖）

唐诗书录（与朱易安合作编撰）

（齐鲁书社 1988 年版）

传统文化与当代意识

（上海三联书店 1991 年版）

中国文化之路

（上海文艺出版社 1992 年版）

上海近代文学史（与袁进合作主编）

（上海人民出版社 1993 年版，于 1994 年获上海市社科优秀学术著作三等奖）

社会科学争鸣大系（1949—1989）文学·艺术·语言卷（蒋孔阳主编，本人任副主编之一）

（上海人民出版社 1993 年版，当年获上海市社联优秀学术成果特等奖，次年获上海市社科优秀学术著作一等奖）

唐诗论评类编（主编）

（山东教育出版社 1993 年版）

唐诗汇评（主编）

（浙江教育出版社 1995 年版，于 1999 年获全国古籍整理图书二等奖）

中国文学史之宏观

（中国社会科学出版社 1995 年版，于 1996 年获上海市社科优秀学术著作三等奖）

中国文学大辞典（与钱仲联、傅璇琮、王运熙、章培恒共任总主编）

（上海辞书出版社 1997 年版，于 1998 年获上海市优秀图书一等奖，并于同年获中国图书奖，台湾建宏出版社 1999 年重版）

近四百年中国文学思潮史（主编）

（东方出版中心 1997 年版，2007 年修订再版，其"导论"部分曾单独发表，于 1998 年获首届"鲁迅文学奖"，全书亦于当年获上海市社科优秀学术著作三等奖）

上海文化通史（主编）

（上海文艺出版社 2001 年版，于 2002 年获上海市优秀学术著作三等奖）

中国诗学史（七卷本，与蒋哲伦合作主编）

（鹭江出版社 2002 年版，于 2004 年获上海市优秀学术著作二等奖）

中国文学史学史（三卷本，与董乃斌、刘扬忠合作主编）

（河北人民出版社 2003 年版，于 2004 年获中国图书奖）

历代唐诗论评选（主编）

（河北大学出版社 2003 年版）

唐诗学史稿（主编）

（河北人民出版社 2004 年版，河北人民出版社与人民出版社 2011

年联合再版）

中国诗学之现代观

　　（上海古籍出版社 2006 年版）

文学史与文学史学

　　（北京大学出版社 2012 年版）

生命体验与审美超越

　　（三联书店 2012 年版）

回归生命本原——后形而上学视野中的"形上之思"

　　（商务印书馆 2012 年版）

唐诗总集纂要（与李定广合作编撰）

　　（上海古籍出版社 2015 年版）

意象艺术与唐诗

　　（上海古籍出版社 2015 年版）

唐诗学书系八种（主编）

　　（上海古籍出版社 2015 年版）

陈伯海文集（六卷本）

　　（上海社会科学院出版社 2015 年版）

图书在版编目(CIP)数据

一孔斋论学集/陈伯海著. —上海:复旦大学出版社,2016.5
(当代中国古代文学研究文库)
ISBN 978-7-309-12062-2

Ⅰ.一… Ⅱ.陈… Ⅲ.中国文学-古典文学研究-文集 Ⅳ.I206.2-53

中国版本图书馆CIP数据核字(2016)第002972号

一孔斋论学集
陈伯海 著
责任编辑/杜怡顺

复旦大学出版社有限公司出版发行
上海市国权路579号 邮编:200433
网址:fupnet@fudanpress.com http://www.fudanpress.com
门市零售:86-21-65642857 团体订购:86-21-65118853
外埠邮购:86-21-65109143
常熟市华顺印刷有限公司

开本787×960 1/16 印张24.5 字数313千
2016年5月第1版第1次印刷

ISBN 978-7-309-12062-2/I·974
定价:60.00元

如有印装质量问题,请向复旦大学出版社有限公司发行部调换。
版权所有 侵权必究